¿Un último baile, milady?

¿Un *último baile,* milady?

Megan Maxwell

Esencia/Planeta

Obra editada en colaboración con Editorial Planeta – España

© 2021, Megan Maxwell

© 2021, Editorial Planeta, S. A. – Barcelona, España

Derechos reservados

© 2022, Editorial Planeta Mexicana, S.A. de C.V.
Bajo el sello editorial ESENCIA M.R.
Avenida Presidente Masarik núm. 111,
Piso 2, Polanco V Sección, Miguel Hidalgo
C.P. 11560, Ciudad de México
www.planetadelibros.com.mx

© Imagen de la portada: Lee Avison / Trevillion Images
© Fotografía de la autora: Nines Mínguez

Primera edición impresa en España: octubre de 2021
ISBN: 978-84-08-24695-4

Primera edición impresa en México: marzo de 2022
ISBN: 978-607-07-8578-8

Impreso en los talleres de Impresora Tauro, S.A. de C.V.
Av. Año de Juárez 343, Col. Granjas San Antonio,
Iztapalapa, C.P. 09070, Ciudad de México
Impreso y hecho en México / *Printed in Mexico*

Nota de la autora

❦

Lo primero de todo: ¡hola!

Y lo segundo, si vas a leer esta historia, antes quiero contarte algo.

¿Un último baile, milady? es una novela atípica y divertida. ¡Un viaje en el tiempo!

¿Te imaginas pasar ahora mismo del siglo xxi al xix y tener que acostumbrarte a su estilo de vida?

Una locura, ¿verdad?

En mi caso particular, y conociéndome, si a mí me pasara eso con alguna de mis amigas, sé que, además de reírnos un montón, meteríamos la pata continuamente.

¿Por qué? Pues porque estamos acostumbradas a hablar con libertad y también a cosas y a comodidades que en el siglo xix no existían. Un ejemplo: unas simples bragas. Otro: una compresa o un tampón. Más: el ibuprofeno. Y no sigo, pues la lista sería interminable.

¿Te imaginas lo que supondría vivir sin lo que sabemos que existe hoy día y no poder decirlo?

Además de las cosas materiales, que son muchas, en el siglo xxi estamos acostumbrados a tutearnos entre nosotros, a tomar decisiones propias y, sobre todo, a vivir sin preocuparnos por el qué dirán. Simplemente esas tres cosas eran inimaginables en la época de la Regencia.

El protocolo a la hora de hablarse era ¡obligatorio!

Tomar una decisión siendo mujer, ¡impensable!

No tener en cuenta el qué dirán, ¡inaceptable!

Como mujer del siglo xxi decidí escribir esta novela, primero para agradecer haber nacido cuando nací y, segundo, para pasármelo bien. Y, oye, reconozco que ha sido divertido transgredir las normas y el protocolo que aquella época exigía.

Uf..., ¡lo que he disfrutado haciéndolo!

Si te cuento esto en confianza es porque no quiero que pienses que vas a leer una novela ambientada en plena Regencia. No..., no..., no... (mi yo guerrero no me lo ha permitido). Esta es una novela loca y divertida de dos mujeres actuales que, a raíz de unas determinadas circunstancias, viajan a esa época y...

¡Ah! Ya no te cuento más, porque eso lo tienes que descubrir tú.

Por tanto, aclarado este punto, que para mí como autora era importante, siéntate, pasa la página y ¡disfruta!

Un besazo,

MEGAN

1

—Borrego recién pelado no lo lleves al mercado.

—¡Yaya!

—Hermosa..., si no lo digo, ¡reviento!

Según oigo decir eso a mi abuela, me tengo que reír porque, como siempre, está *sembrá*.

Le acabo de contar lo que me ha pasado con mi último churri. Sí, sí, *churri*, porque novio, lo que se dice novio, nunca en la vida he tenido, y ella, que es doña Refranes, pues eso que me ha soltado.

La estoy mirando divertida cuando añade:

—Aun así, ese muchacho no era para ti.

—Buenoooo... —me mofo.

—Te lo dije el día que lo conocí, hermosa, como te lo dijo tu amiga Kim. Rafita es guapo pero simplón, y con menos personalidad que esos bichos que tanto te gustaban... ¿Cómo se llamaban?

—Teletubbies.

—Eso —afirma sin repetir el nombre, que siempre lo dice mal—. Tú, como nieta mía, ¡te mereces algo más!

—Un príncipe como poco —bromeo.

Mi yaya asiente. Para ella soy lo mejor de lo mejor, a pesar de mis tropecientos mil defectos, y viendo que me río cuchichea:

—Un príncipe para ti seguiría siendo poco.

Divertida, me carcajeo mientras ella sigue hablando.

Por fortuna, mi abuela es diferente de la media. A pesar de tener setenta y cinco años y los males propios de la edad, Consuelo, que así es como se llama, es una mujer activa que sale, entra y viaja con sus amigas, y no le hables de hacer ganchillo o punto de cruz, porque ella es más de salsa y merengue.

Además de multitud de refranes, de ella he aprendido a valorarme como persona y, sobre todo, como mujer. Según mi abuela, si tengo que casarme algún día, ¡me casaré!, pero mientras esté soltera, mi única misión es disfrutar de la vida y del sexo con total libertad.

¡Ole, mi yaya!

Soy española, concretamente de Madrid. De padre americano y madre madrileña. Ambos eran biólogos con vidas muy intensas y apasionadas. Y, bueno, se conocieron en Holanda en un congreso de biología celular, y en menos de tres meses yo dije «¡Allá que voy!», así que se casaron y se trasladaron a vivir a España.

Meses después nací en Madrid. Si algo tenía claro mi madre era que quería que su bebé fuera español, aunque cuando tenía tan solo dos meses de vida los tres nos fuimos a Texas, donde tuve una infancia plena y feliz. Fui un chicazo más entre mis primos, que eran todos varones, y me convertí en la niña más bruta habida y por haber. Pero al cumplir los quince, en uno de los viajes que mis padres hicieron a la India, hubo una inundación y por desgracia ambos fallecieron. Eso hizo que me trasladara a vivir con mi abuela a España.

En un principio fue un poco caótico. Toda mi vida se derrumbó como un castillo de naipes, pero reconozco que mi yaya, con su arrebatadora personalidad, hizo todo lo posible y más para que yo continuara siendo feliz.

No quería que añorara Texas, y me apuntó a un colegio bilingüe de lo más pijo, donde proseguí con las actividades que hacía allí, como montar a caballo y boxeo por mi padre y danza por mi madre. A eso mi yaya añadió la guitarra. Adora a Paco de Lucía, y ella quería que su nieta aprendiera a tocar este instrumento.

La muerte de mis padres, junto a la fuerza que mi abuela me insufló siendo una adolescente, me hizo tomar decisiones. La primera, vivir la vida con la misma intensidad que mis progenitores, disfrutando de cada minuto del día. La segunda, ser una mujer libre e independiente. Y la tercera, ser médico y viróloga. Me propuse que yo, Celeste Williams Álvarez, acabaría con los virus del mundo.

Durante unos años mantuve correspondencia con mi familia texana. Pero la distancia y el tiempo acabaron con todo. Y aunque guardo un bonito recuerdo de ellos y de sus ranchos de caballos, mi vida ahora está en España.

Junto a mi abuela y a nuestro perrete *Camarón*, fui tremendamente feliz en nuestro pisito de cincuenta metros en la calle Delicias, hasta que, al cumplir los veinte, mi yaya me sorprendió regalándome el piso de enfrente, el de la señora Almudena, que mi abuela compró al morir la mujer.

En su opinión, con veinte años yo necesitaba mi espacio. En la mía, ella con sesenta y cinco lo necesitaba más que yo. Al final me mudé al piso de enfrente un poco a regañadientes, pero, oye, fue hacerlo y entender el refrán ese que dice que el casado casa quiere. Vivíamos juntas en el mismo rellano, pero cada una en su espacio y con sus reglas.

¡Qué maravilla! Ya nadie me regañaba si me dejaba medio vaso de leche.

Al año siguiente, cuando estaba estudiando la carrera de Medicina, mi yaya me dijo que había pensado en vender su piso, comprarse otro en Benidorm, en la playita, y trasladarse allí a vivir con *Camarón*.

Sin dudarlo, la apoyé. Si mi abuela quería playa, no había más que hablar. La echaría mucho de menos, pues ella es mi única familia, pero deseaba verla contenta y feliz.

A partir de entonces, cuando ella viene a Madrid se aloja conmigo, y cuando yo quiero playa me voy a Benidorm. Todo genial.

—Mira, allí vienen la Chati y Pacita —indica mi yaya.

De inmediato me vuelvo y veo a sus amigas. Estas se aproximan a nosotras sonriendo y, tras acercar dos sillas a nuestra mesa, se piden unas horchatas y comienzan a hablar de sus cosas.

Las estoy escuchando en silencio cuando el móvil me suena. He recibido un whatsapp de Kimberly, que pregunta:

¿Qué te ha dicho la yaya?

Según lo leo, sonrío y pienso en Kim. Es mi mejor amiga, una que apareció en mi vida en el momento justo.

Cuando mi abuela se mudó a vivir a Benidorm, dejé de montar a caballo, me olvidé de las clases de danza y también pasé de las de guitarra en el conservatorio. No pensaba ser ni jinete, ni bailarina, ni guitarrista. Pero sí continué con las de boxeo. El ejercicio es bueno para mí, y darle puñetazos al saco me sirve para desahogarme.

Los seis primeros meses fue raro llegar a casa y no tenerla para sentarnos en su salón o en el mío a ver una serie o una película, por lo que decidí alquilar una habitación de mi pisito. Se lo comenté a la yaya y a ella le pareció bien. ¿Por qué no?

Así puse un anuncio en el tablón de anuncios de la universidad y, según lo clavaba en el corcho, Kimberly lo vio y se dirigió a mí. Acababa de llegar a España con la intención de cursar sus estudios de Empresariales y perfeccionar su español. Y, la verdad, fue conocernos y de inmediato surgió el *feeling* entre nosotras.

Un día después se vino a vivir a casa, y todavía recuerdo el susto que me llevé cuando, al levantarse a la mañana siguiente, la chica de ojos negros que había conocido entonces los tenía violeta.

En la vida había visto un color de ojos como el suyo, y rápidamente me explicó que, cansada de que todo el mundo le hiciera comentarios al respecto, hacía años que había optado por utilizar lentillas.

Vamos, ¡ni loca llevaría yo lentillas teniendo unos ojos así!

Nos gustaba la misma música, ir a conciertos, visitar tiendas de antigüedades, leer novela romántica, y nos apasionaban el cine y las series de televisión. En especial las películas rarunas de magia y fenómenos extraños.

Ni que decir tiene que, cuando Kim y mi yaya se conocieron, lo suyo fue un flechazo a primera vista. Tanta fue su conexión que a veces la nieta parecía ella y no yo, y cuando quería hacerlas rabiar solo tenía que hacérselo saber para que ambas duplicaran su amor hacia mí.

¡Qué egoistona soy a veces!

Para acompañarme al gimnasio, Kim se apuntó a dar clases de aeróbic mientras yo hacía boxeo. Estuvo dos meses y al tercero lo dejó, ya que el deporte no era lo suyo. Pero si algo le gustaba era cuando por las tardes, en casa, animada por ella, yo cogía la guitarra y me ponía a cantar. Interpretar canciones de Amy Winehouse, Dani Martín, George Michael, Melendi, Alejandro Sanz, Dvicio o la Pausini acompañada por mi guitarra era algo que las dos disfrutábamos mucho, y más aún cuando ella perfeccionó su español y se aprendió las letras.

Por supuesto, la música de Paco de Lucía continuó estando presente en mi vida. Tocar cualquiera de sus canciones, en especial *Entre dos aguas*, la preferida de mi yaya, me hacía sentirla a mi lado y sonreír.

En Kim descubrí una particularidad que me encanta. Es increíblemente intuitiva, de esas personas que perciben las cosas antes de que ocurran. Vamos, que tiene un sexto sentido que ya quisiera tenerlo yo. Eso sí, los números de la primitiva o la lotería nunca los acierta.

Como sé cuánto nos atraen las cosas raras, para su cumpleaños compré dos entradas para hacer un tour nocturno por el Madrid de los Austrias en el que se visitaban casas encantadas y se hablaba de leyendas, fantasmas y misterios.

¡Lo que disfrutamos la experiencia!

¡Fue increíble!

Y, tras ese tour, decidimos hacer muchos más, que incluían historias de personajes de los que se decía que habían viajado en el tiempo.

Qué locura, ¿verdad?

Kim y yo somos dos lectoras empedernidas de libros de historia. Nos encanta descubrir el mundo como fue hasta llegar a lo que es hoy. Pero si algo nos emociona es leer novela romántica.

Qué bonito es el amor, aunque a nosotras de momento aún no nos ha llegado...

Lo bueno de leerlas es que las disfrutamos mucho. Lo malo, que las expectativas de encontrar un churri de esos que nos enamoran son tan altas que nos reímos pensando que al final nos quedaremos solas.

Nos encantan las historias pasadas. Nos podemos tirar hasta las tantas de la madrugada hablando de personajes que vivieron en otras épocas, descubriendo sus amoríos y sus trapos sucios. Porque, sí, trapos sucios ha habido en todas las épocas, ya sea uno de la clase social que sea.

Durante esas conversaciones en las que hablamos de miles de cosas, un día le conté que el poeta inglés Rupert Chawner Brooke, nacido a finales del siglo xix, al que se lo describió como el hombre más guapo de Inglaterra, fue mi amor platónico en mi adolescencia. Saber eso le hizo gracia a Kim, que, tras mi confesión, me reveló el nombre de su amor platónico: un conde inglés llamado Caleb Alexandre Norwich, que vivió durante la época de la Regencia y al que ella llama «su Muñeco».

No encontramos ninguna foto suya por ningún lado, como sí sucedió con Rupert, pero sus retratos me mostraron que Caleb era alto, moreno, varonil e interesante. ¡Un verdadero pibonazo! Entiendo que a Kim se le caiga la baba con él.

También me habló de un tal Gael. Es un chico al que conoce desde niña y con el que tiene algo desde la adolescencia, pero igual que lo cogen, lo dejan. La última vez fue por culpa de Kim, al trasladarse a estudiar a España. Y, aunque no diga nada y se haga la dura, sé que piensa en él. Lo sé por cómo sonríe al hablar de Gael, y solo se sonríe de ese modo cuando verdaderamente sientes algo especial.

Con el tiempo mi amiga pasó a ser mi hermana. Como nosotras decimos, somos *amimanas*. Yo le enseñé bailes españoles como las sevillanas, la sardana, el chotis, la muñeira o la jota, e incluso country, en el que mi padre, como buen texano, me había instruido, y ella me mostró bailes ingleses y escoceses antiguos y olvidados.

¡Una pasada!

Como dato referente a mí he de reconocer que soy una apasionada de las redes sociales. Kim no; es más, las odia. Pero yo tengo mi propio canal de YouTube donde, además de hablar de virus, subo reseñas de libros, películas y series. También tengo Facebook, TikTok, donde cuelgo vídeos chorras que me hacen gracia, Twitter e Instagram. Como acabo de decir, me encantan las redes sociales, y a mi yaya también. ¡Anda que no se lo pasa bien ella viéndolas desde su teléfono móvil!

De igual manera, soy una entusiasta de los tatuajes. En eso soy mucho más valiente que Kim, que ve una gota de sangre y se marea, además de que para las enfermedades es tremendamente aprensiva. Si le sale un grano, ya está pensando que es un tumor.

El primer tatuaje que me hice sobre las costillas izquierdas dice «*Made in Spain*». Cuando mi yaya lo vio y supo que me lo había hecho en su honor, no podía parar de reír.

También me tatué en mi monte de Venus, en inglés, «*Tell me what you want*», que traducido al español significa «Pídeme lo que quieras».

Escandaloso..., lo sé.

Y lo hice a raíz de un libro que me hizo ver y entender el sexo desde otro punto de vista. Aisss, señor Zimmerman..., ¿dónde puedo encontrarte?

En esos años Kim acabó su carrera de Empresariales y yo la de Medicina. Ella perfeccionó su español y yo mi inglés, que, todo sea dicho, es muyyyyy americano. En especial perfeccionamos las palabrotas, algo que siempre nos ha gustado a las dos.

Tras la carrera, Kim decidió regresar a Londres. ¡Qué disgustazo me llevé! ¡Me quedaba otra vez sola!

Me animó a acompañarla. Podría vivir en su casa y encontrar un trabajo de médico en su país, pero en ese instante yo no acepté. Quería seguir estudiando en España para ser viróloga. Mi propósito estaba cerca y no deseaba alejarme tanto de mi yaya.

Al poco tiempo de mudarse, Kimberly comenzó a trabajar en una editorial y, hoy por hoy, años después, es editora jefe de su propio sello y, por lo que me cuenta, le va fenomenal.

¡Ole, mi inglesa!

En mi caso no tuve tanta suerte. Tras la carrera de Medicina proseguí mi formación como viróloga. Alquilé de nuevo la habitación a otra estudiante, pero esta no pasó el mes de prueba. Era un desastre, y pronto vi que pretendía que yo fuera su criada. Y no, por ahí sí que no pasaba.

Cuando esta se marchó de casa, decidí no volver a alquilar la habitación y, en su lugar, para tener ese ingreso cubierto y no pedirle dinero a mi yaya, me puse a trabajar. Conseguí un empleo como cajera en un supermercado que me duró dos años y, cuando el contrato se me acabó, comencé a limpiar casas por horas.

En esos años era Kim quien siempre venía a visitarme a España. Mis ingresos, aunque no estaban mal, no daban para vivir, estudiar y viajar. En varias ocasiones mi amiga quiso pagarme el vuelo a Londres: quería enseñarme su hogar. Lo intentó por activa y por pasiva, pero yo me negué. Una cosa era quedarme en su casa algún día y otra muy diferente que ella también pagara el avión. Mi pundonor no me lo permitía, y ella finalmente lo entendió y lo respetó.

Una vez acabados mis estudios, ¡ya era viróloga! Había conseguido aquello que me había propuesto siendo una niña y estaba muy feliz. Y mi yaya, ¡más aún! Ahora podría ayudar al mundo curando a enfermos y combatiendo virus. Pero, cuando busqué trabajo de lo mío en mi país, ¡me resultó imposible encontrarlo! Si ser médico era complicado, ¡ni te cuento tratar de ser viróloga!

Visto lo visto, Kim volvió a pedirme que me trasladara a Londres. Ella allí podría ayudarme, pues tenía contactos, pero de nuevo me negué. Mi abuela se hacía mayor y yo no quería estar lejos.

Con el paso de los meses, gracias a mi nivel de inglés, comencé a trabajar en una gestoría. El sueldo no era para tirar cohetes, pero al menos tenía una fuente de ingresos mientras buscaba trabajo de médico en alguna consulta u hospital.

Dispuesta a conocer a gente, y animada por mi abuela, que es más moderna que yo en determinadas cosas que pocos entenderían, me instalé una aplicación de citas llamada Tinder. Siempre había oído hablar de ella, pero nunca me había decidido a participar.

En esa app, tras subir varias fotos mías en las que estaba de lo más mona, y ver otras de algunos tipos que estaban muy bien y darles *like*, me emocioné al ver que algunos de ellos me los devolvían. Eso significaba que nos atraíamos mutuamente y entonces hacíamos *match*.

¡Qué maravillosa forma de ligar!

Pero uf..., uf..., pronto descubrí que esa aplicación es un arma de doble filo en la que hay muchos Pinochos que mienten como bellacos y hay que andarse con cuidadito. Aun así, seguí jugueteando con los *likes*, y fue entonces cuando conocí a Rafita e, ilusa de mí, creí haber encontrado a ese churri especial. Moreno. Ojos oscuros. Alto. Divertido y chispeante. ¡Menuda suerte la mía!

Pero, tras una relación de ocho meses, durante la tradicional cena de Navidad con los compañeros, al entrar en el baño de mujeres lo pillé follando, como vulgarmente se dice, con la hija del dueño de la gestoría donde trabajaba.

En un principio me quedé tan bloqueada que no sabía qué decir ni qué hacer.

¿Rafita y Adelina? ¿Cómo podía ser eso? ¡¿En serio?!

Como siempre que tengo que enfrentarme a algo que me desconcierta, acudió a mi mente mi heroína Amelia Shepherd, una de las doctoras de mi serie preferida, *Anatomía de Grey*. Recuerdo que en un episodio en que ella debía enfrentarse a algo que la desconcertaba, decidía adoptar una postura de superhéroe que consiste en: piernas separadas, brazos en jarras y cabeza bien erguida. Eso le daba poder.

Pues bien, a mí también me daba poder esa postura, y el derechazo que le lancé en la boca del estómago a Rafita, seguido de un izquierdazo en la nariz, fue colosal.

El resultado de todo eso fue que me despidieron de la gestoría y ahora el simplón de Rafita ocupa mi puesto allí junto a Adelina.

Al día siguiente de ese desastre Kim me llamó por teléfono. Sus primeras palabras fueron: «He sentido que...», y yo terminé la frase por ella. Kim y su siempre acertado sexto sentido.

Dos días me duró el disgusto. Ni uno más.

Porque, como sabiamente dice mi yaya, más vale estar sola que mal acompañada.

¡Y yo lo corroboro!

Así que, dispuesta a retomar mi vida, volví al mundo de Tinder y me tatué también sobre las costillas izquierdas la frase en inglés *«Everything happens for a reason»*, que traducida al español significa «Todo ocurre por alguna razón».

Con mi autoestima de nuevo en alza, y mi móvil repletito de *matches* de infinidad de guaperas, tomé la decisión de cambiar mi vida. Y, aun sintiéndome *made in Spain*, comencé a valorar la opción de trasladarme a otro país.

¿Por qué no?

Lo hablé con Kim. Ella nuevamente me ofreció vivir en su casa y, a los dos días, me llamó y me dijo que podía conseguirme un puesto de médico en un hospital. Lo de viróloga ¡ya se vería!

¡Ostras, menuda oportunidad!

¿Qué hacía? ¿Me iba? ¿Me quedaba?

Y aquí estoy ahora, en Benidorm, buscando cómo planteárselo a mi yaya y ver qué dice.

Estoy pensando en todo ello cuando sus amigas se levantan, se despiden y se van. Encantada, sonrío al oír que mi abuela dice:

—¿Cuándo me vas a soltar lo que tienes que explicarme?

La miro boquiabierta. Esta como bruja no tiene precio. Y a continuación coge mi mano y cuchichea:

—Hermosa, soy la persona que más te conoce en el mundo. Y, por cómo me miras, sé que has venido a contarme algo más que tu ruptura con el sosaina de Rafita.

Sonrío, mi yaya es la leche. Y, tomando aire, suelto de carrerilla:

—Kim puede conseguirme un puesto de médico en un hospital, pero es en Londres y, para eso, me tendría que mudar allí. Y yo... yo no sé si quiero vivir tan lejos de ti, porque... porque...

—¿Por qué? —pregunta mi abuela.

Ver su gesto, sus preciosos ojitos y su sonrisa me hace sincerarme.

—Porque tengo la sensación de que te abandono —suelto—. Por eso.

Según lo digo, noto que todo mi cuerpo se libera. Mi abuela me mira y asiente. Luego sonríe y musita:

—Siempre he querido conocer Londres, y que tú estés allí es una gran oportunidad.

Sonrío. Como siempre, mi yaya trata de facilitarme la vida.

—Oye, cariño —añade—. Tienes treinta años. Eres una mujer guapa, joven, lista e independiente que, sin lugar a dudas, ha de labrarse un futuro. Por tanto, deja de decir tonterías como que sientes que me abandonas, porque nada de eso es verdad.

—Pero...

—No hay peros que valgan —me corta—. Yo misma me compré una casa en Benidorm y te dejé a ti en Madrid estudiando..., ¿acaso sentiste que te abandoné? —Rápidamente niego con la cabeza, y ella insiste—: Londres está a la vuelta de la esquina. Son unas tres horas de avión y, mientras yo pueda ir a verte o puedas venir tú, ¿dónde está el problema? Por tanto, vete, sé médico y sé feliz. Incluso puede que encuentres el amor allí.

—Yaya, ya sabes que lo mío no son los ingleses.

—Siempre hay un roto para un descosido —se mofa. Ambas reímos por eso, y luego ella añade—: Si vas a estar con Kim, sé que estarás bien, igual que sé que no te vas a olvidar de mí. ¡Así que márchate a Londres o me enfadaré!

Emocionada, cojo sus manos, esas que tantas veces me han secado las lágrimas, me han arropado o me han hecho cosquillas, y musito:

—¿Estás segura, yaya?

Con los ojos llenos de emoción, ella asiente.

—Tan segura como que me llamo Consuelo y tengo la mejor nieta del mundo.

Aisss, que lloro. ¡Mi yaya es lo más!

—Tú sí que eres lo mejor de mi mundo —susurro—. Gracias por estar en mi vida.

Y, como es inevitable, nos abrazamos y lloramos emocionadas. ¡Somos unas lloronas!

2

WELCOME TO LONDON!, leo en el cartel del aeropuerto mientras espero a que salga mi equipaje. ¡Londres me da la bienvenida!

Emocionada, enciendo el móvil y llamo a mi abuela. Conociéndola, no se habrá separado del teléfono hasta recibir mi llamada.

—¡Yaya!

—Hermosa, ¿ya has llegado?

Gustosa y feliz, asiento e indico mirando a mi alrededor:

—Sí. Estoy esperando a que salgan mis maletas.

—Ten cuidadito con el bolso, que en los aeropuertos hay mucho chorizo.

—No te preocupes. Lo tendré.

Ella se ríe. Su risa es mi vida, aunque no se lo diga todos los días, y durante un ratito charlamos y me cuenta que está esperando a que sus amigas llamen al portero de su casa para bajar un ratito a la playa.

Continúo hablando con ella hasta que veo salir en la cinta el estuche de mi guitarra y rápidamente me despido y prometo llamarla dentro de un par de días.

Feliz por notar a mi abuela contenta, me acerco a recoger la guitarra, pero al hacerlo le doy un golpe a un tipo alto y pálido que hay a mi lado. Él me mira y yo me apresuro a pedirle disculpas con mi perfecto inglés y la mejor de mis sonrisas, pero este me observa con gesto serio.

Uf..., qué estirados son los ingleses.

Una vez que dejo mi guitarra en el suelo, miro mi mano derecha. En el pulgar llevo un anillo de mi padre, un fino sello que mi madre le regaló cuando yo nací y que, tras su muerte, decidí llevar yo.

Con paciencia espero mis maletones, y de pronto llega hasta mis oídos la música que escucha la chica que está aguardando junto a mí. Lleva los auriculares puestos, pero tiene la música tan alta que todos los que estamos a su alrededor la oímos, y sonrío al ver que se trata de la canción *Leave Before You Love Me*, de Marshmello y los Jonas Brothers. Mira que me gusta esa canción.

Estoy tarareándola mientras muevo el pie al compás cuando veo salir mis maletas. Como antes, las cojo. Esta vez no golpeo a nadie y, canturreando, me cuelgo mi guitarra a la espalda y camino hacia la salida.

En cuanto se abren las puertas veo una marabunta de gente. Kim me dijo que estaría aquí, pero no la veo, y de pronto oigo:

—¡Ojo, piojo!

Inevitablemente, me río; esa ridícula frase es algo que Kimberly y yo decimos cuando algo nos sorprende.

—¡*Amimanaaaaaa*! —exclama ella cuando nuestras miradas se encuentran.

Oír eso que solo me dice ella me hace reír, y, como en los anuncios, ambas comenzamos a correr para encontrarnos y abrazarnos. Solo nos falta que suene la musiquita de fondo.

Llevamos meses sin vernos, aunque las llamadas semanales y los whatsapps diarios nunca nos faltan.

Al igual que yo, Kimberly no es muy alta. Es delgada y muy elegante en el vestir. Tiene el pelo castaño, ahora con mechas rubias y, oye, ¡es muy resultona!

Ella es hija única y, como yo, creció sin padres. Según me contó, fue criada por unos familiares, a los que adora, y creo que esa particularidad también nos unió. ¡Qué mejor hermana para mí que ella!

Físicamente, a excepción del color de ojos, ya que los míos son verdes, y de mi pelo, que es más oscuro, podemos tener un aire. Pero yo soy de vaqueros, camiseta y zapatillas de deporte, mientras que ella es de vestiditos, faldas y tacones. Vamos, que vistiendo somos totalmente opuestas.

El abrazo que nos damos al juntarnos lo dice todo, y más cuando ella cuchichea:

—Hay abrazos en los que te quedarías a vivir.

Me emociona oír esa frase que tantas veces nos hemos dicho y que en su momento ella me contó que le decía la mujer que la crio.

—Sabes que soy de lágrima fácil —musito—. Si lo que buscas es eso..., en dos minutos inundo el aeropuerto.

—¿Has llamado a la yaya para decirle que ya has aterrizado?

—Sí. Y te manda millones de besos. ¡Vamos a hacernos el selfi de llegada!

De inmediato nos colocamos y sonreímos a la cámara. ¡Foto! Y, una vez hecho el primer selfi, Kim dice:

—¡Por fin! No me puedo creer que estés aquí. ¡Y con tu guitarra!

—¡Yo tampoco me lo creo! —Río, y entonces me fijo en que lleva puestas sus lentillas negras.

Es mi primera vez en Londres, y nos volvemos a abrazar con cariño hasta que ella me suelta, me echa hacia atrás y exclama:

—¡Cuidado!

Según oigo eso, veo pasar descontrolado entre nosotras un carro cargado con unas maletas enormes y a un chico que corre tras él apurado. ¡Pobre!

En cuanto el muchacho agarra el carro y observo que respira aliviado, miro divertida a mi amiga.

—Echaba de menos tus presentimientos —bromeo.

Ambas reímos por eso, y luego ella comenta:

—¡Qué contenta estoy de que estés aquí!

—¡Yo también!

—¿Cómo estás? —me pregunta a continuación.

Sé que lo dice por mi ruptura. Le preocupa. Y, con sinceridad, respondo:

—¡Divinamente!

—Ese Rafita era un idiota.

—Lo sé.

—¡Te lo dije!

Asiento. Kim tiene razón.

Fue conocer a Rafa en uno de los viajes que ella hizo para visitarme y, con solo ver cómo lo miraba, supe que no le gustaba. Pero, uf..., yo estaba eclipsada por mi moreno de ojos negros e ignoré las advertencias de mi amiga. Por ello, y consciente de mi error, afirmo:

—La próxima vez te escucharé con más atención.

Ambas sonreímos y luego, mirando mis dos maletones, Kim agarra uno. Sin embargo, al hacerlo se le escapa de las manos y protesta mirándose un dedo:

—¡Ay, qué daño!

No han pasado ni dos segundos y el golpe que se ha dado con la maleta ya le ha provocado un feo moratón. Kim se mira el dedo y yo, que la conozco y sé lo aprensiva que es, indico:

—Tranquila. No es nada.

Pero ella musita con gesto de horror:

—¿Estás segura?

Pobre. No puedo evitar reír.

—Soy médico. Tranquila —insisto—. De esta no te amputan el dedo.

Ella se ríe también, confía en mí, y, tomando aire, mira los maletones y pregunta:

—¿Esto es todo?

Afirmo con la cabeza. En esas maletas llevo todo lo que necesito.

—Sí.

Kim asiente y luego dice feliz:

—Vamos. Alguien nos está esperando con el coche en la calle.

Sorprendida, cojo la otra maleta y pregunto:

—¿«Alguien»? ¿Quién es «alguien»?

Mi amiga sonríe y me guiña el ojo. Uf..., malo, malo... La conozco y cuando hace eso es que me va a sorprender.

—No me digas que te has echado churri... —quiero saber.

Pero Kimberly se hace la interesante y, riéndome, la sigo y no digo más.

3

Encantadas, salimos del aeropuerto y nos detenemos frente a un precioso coche azul oscuro. El maletero se abre y Kim, dirigiéndose a un alto mulato de pelo canoso que tiene un ojo azul y el otro azul y marrón, anuncia:

—Mi *amimana* Celeste.

Veo sonreír al tipo de los ojos curiosos y, consciente de que ha entendido lo de «mi *amimana*», no sé qué decir.

El hombre, que tiene como treinta años más que mi amiga, me mira con intensidad.

Vale, ya sé que la edad no existe en el amor. Pero ese no es el tipo de hombre que suele gustarle a mi amiga, por lo que, mirando al estirado y alto hombre, me dirijo a Kim:

—¿Has contratado un Uber?

—No —musita ella.

Boquiabierta, no puedo ni parpadear, y entonces le pregunto en castellano:

—¿Desde cuándo te van los maduritos?

Kim se troncha. Yo también, y el madurito suelta:

—Bienvenida a Londres, lady Celeste. Mi nombre es Alfred.

Ohhhh, ¡qué mono! Me ha llamado lady Celeste. Eso me hace gracia, y, hablándole en mi perfecto inglés, indico:

—Alfred, por favor, con Celeste simplemente vale.

Él asiente. Mete los dos maletones y mi guitarra en el coche y contesta:

—De acuerdo, milady.

Divertida, río por eso.

—Por cierto, tienes unos ojos preciosos, Alfred —comento.

—Herencia familiar, milady —responde él.

Sonriendo, Kimberly tira de mi camiseta para que me meta en el coche y, una vez que lo hago, asegura:

—Prometo explicarte quién es Alfred en cuanto lleguemos a casa y nos sentemos con unas palmeritas de chocolate en la cama. Las has traído, ¿verdad?

—¡¿Acaso lo dudas?!

Mi amiga aplaude feliz.

Para nosotras ese ritual de palmeritas de chocolate, cotilleo y cama es lo ideal. Nuestras mejores conversaciones se han desarrollado así.

Me acomodo en el increíble cochazo y luego, emocionada, cuchicheo:

—¿Puedo pedir algo?

—Pídeme lo que quieras.

Esa frase nos hace reír a ambas, e indico:

—Antes de ir a tu piso, me gustaría dar una vuelta por Londres.

Kim asiente complacida y, tan pronto el mulato monta en el vehículo, le dice:

—Alfred, enseñémosle un poquito de nuestra bonita y mágica ciudad a mi *amimana*.

—Será un placer, milady —afirma él gustoso.

Divertida por ese tratamiento tan correcto, mi amiga y yo nos ponemos al día mientras, durante tres horas, veo con mis propios ojos todo eso que hasta el momento solo he visto en la televisión o a través de internet.

En Piccadilly el vehículo se para en varias ocasiones para que bajemos y Kimberly me enseñe algo. Estoy maravillada.

Pero ¡qué bonito es Londres!

Cuando el coche se detiene nuevamente me duele la cara de tanto sonreír. Estar con Kim es siempre sinónimo de felicidad. Bajamos del vehículo y me quedo mirando el precioso y cuidado barrio londinense, con sus casitas blancas de estilo victoriano..., vamos, de esas que veo en las películas.

—¡Madre mía, qué sitio tan ideal!

Kim sonríe. Hace un precioso día soleado y hasta se oye el canto de los pájaros.

—Bienvenida al barrio de Belgravia —dice—, considerado uno de los más ricos, bonitos y exclusivos del mundo. Estamos a un paso de las zonas verdes de Hyde Park y de los jardines del palacio de Buckingham.

—Impresionada me dejas.

—Es un barrio del centro de Londres, situado entre los distritos de Chelsea, Ciudad de Westminster y Kensington.

Contenta, miro a mi alrededor y me hago un montón de selfis para subir a mis redes. Lo que dice suena fantástico. Es todo tan bonito que no sé qué decir.

—Como sé que te gustan estas cosas —añade Kim—, debes saber que este barrio alojó a ilustres compositores como Frédéric Chopin y Mozart. Actores como Sean Connery o Vivien Leigh, políticas como Margaret Thatcher o escritoras como Mary Shelley, entre otros.

Asiento encantada, sin duda se trata de un sitio excelente. Contemplo la preciosa construcción que tengo ante mí y que no puedo dejar de admirar, y musito:

—¡Qué maravilla de casa!

—Lo es —afirma Kimberly.

Entonces veo que Alfred para el motor del coche y se baja, lo que llama mi atención.

—¿Adónde va? —le pregunto a mi amiga.

—A sacar las maletas.

—¿Para qué? —insisto sorprendida.

—¡Ya hemos llegado!

Confundida, miro a mi alrededor. Me acaba de decir que este es uno de los barrios más caros y lujosos del mundo.

—¿Vives por aquí? —señalo. Ella asiente y yo exijo mirando boquiabierta a mi alrededor—: ¿Dónde?

Con un gracioso gesto, Kimberly señala el precioso casoplón victoriano de color blanco y, sin creerlo, indico:

—¿Acaso eres rica y yo no lo sabía?

Ella suelta una carcajada y luego responde con picardía:

—Quizá...

Según dice eso, insisto sin dar crédito:

—¡¿Esta es tu casa?!

—Es mi casa —asegura.

Boquiabierta, observo la majestuosa mansión. ¿Kimberly vive aquí?

En los años que hace que la conozco, jamás me ha comentado que viviera en un casoplón como este, aunque siempre intuí que su vida era bastante desahogada. ¡Aun así, esto es alucinante!

—Pero ¿esta es *tu* casa? —insisto poniendo mi postura de superhéroe.

Mi amiga asiente de nuevo. Imita mi postura con mofa y señala:

—Ahora es *nuestra* casa.

Afirmo con la cabeza, vuelvo a mirarla y vuelvo a alucinar.

¿En serio voy a vivir en semejante casoplón? Mi yaya va a flipar cuando le envíe fotos.

4

A simple vista observo que la impresionante casa tiene tres plantas, y en un lateral hay una escalerita que imagino que baja a un sótano. Deslumbrada, miro el edificio y me fijo en la parte más elevada del tejado de color negro. Sin saber qué decir, por lo desconcertada que estoy, pregunto:

—¿Eso es una buhardilla?

—Sí —asiente mi amiga.

Reímos divertidas. Me encantan las buhardillas por las cosas que se suelen guardar en ellas, aunque también me inquieta un poco saber que esas estancias suelen aparecer en las películas de miedo.

—Tranquila, los fantasmas que hay en ella son amistosos.

Sonrío.

—Lo genial de esa buhardilla —añade ella— es que está rodeada por una terraza increíble que es todo un espectáculo en las noches calurosas de verano. Ya lo verás.

Sin moverme, sigo mirando el edificio y observo que, bajo la buhardilla, el siguiente piso tiene cinco ventanales y la planta de la calle cuatro, además de una preciosa puerta de acceso bajo un porche de tejas negras sostenido por unas columnas muy señoriales.

—¿Te gusta? —oigo que pregunta Kimberly.

Asiento. ¿A quién no le iba a gustar una casa así? Pero, con sinceridad, indico:

—Me flipa pensar que has vivido conmigo en mi piso de cincuenta metros cuando...

—Vivir en tu casa fue lo mejor que me pudo pasar —me corta.

Durante unos segundos ambas nos miramos a los ojos. Tengo infinidad de preguntas que hacerle, y entonces Kimberly cuchichea:

—Prometo que te lo explicaré todo cuando nos sentemos en la cama y comamos las palmeritas.

Oír eso me hace gracia y, consciente de que me dará esas explicaciones, pregunto divertida:

—¿Por qué nunca me dijiste que vivías en una casa así?

Ella se encoge de hombros.

—Porque no quería que tu concepto sobre mí cambiara.

Sonrío. Kimberly es la tía más estupenda que he conocido en mi vida y, consciente de sus palabras, musito:

—Vale. Creo que te entiendo.

—Gracias —afirma con una sonrisa.

Permanecemos unos instantes en silencio y luego Kim, al ver que vuelvo a admirar el casoplón, señala:

—Esta casa pertenece a mi familia desde 1793.

—¡No me digas!

—Creo que este barrio se construyó entre 1740 y 1840 —añade—. Aunque, con el paso de los años, todos los inquilinos que vivimos aquí, ya sea porque hemos heredado o comprado las casas, las hemos ido reformando para adaptarlas a los tiempos actuales.

—¡Qué pasada! Imaginar que por estas calles pasearon Mozart o Chopin en sus lujosos carruajes, o incluso mi guapísimo escocés Sean Connery, es como poco ¡inquietante!

—Ya empezamos con los escoceses —se mofa.

Ambas reímos y a continuación, bajando la voz, señalo en castellano mientras le muestro mi teléfono:

—Espero que muchos de ellos me den *like*.

—Ven..., entremos en la casa. —Mi amiga ríe.

—Pero las maletas...

—Alfred se encargará de ellas. Tranquila.

Yo no entiendo nada, pero, cogidas de la mano, cuando pasan un par de coches cruzamos de acera y me fijo en la cuidada verja negra que rodea la construcción. Sin detenernos, llegamos frente a los cinco escalones que tiene la casa para acceder al porche y, en cuanto lo hacemos, antes de llamar a la puerta esta se abre y una mujer de pelo oscuro y algo canoso, con unos ojos marrones y expresivos, dice sonriendo:

—¡Ya están aquí! ¡Bienvenidas!

Encantada, sonrío, y entonces Kim dice enseñándole el dedo amoratado:

—Mira lo que me he hecho. ¿Crees que debo ir al hospital?

Veo que la mujer mira su dedo mientras yo me río, y al final responde suspirando:

—Si he de decidirlo yo, con un poco de hielo y pomada está solucionado.

Kim vuelve a mirarse la mano. ¿Por qué es tan aprensiva?

—Lady Kimberly —prosigue la mujer—, han traído un par de paquetes de esos que pide a través de su ordenador. Están en su despacho. Y también ha llamado su primo, el conde de Whitehouse, para hablar con usted sobre la cena de pasado mañana en el West End.

¿El conde de Whitehouse? ¿Kimberly tiene un primo que es conde?

Una vez más mi amiga me indica con la mirada que luego me lo explicará, y sonriendo declara:

—Johanna, ella es Celeste. Mi *amimana*.

La mujer vuelve a posar los ojos en mí mientras Kim se da la vuelta para decirle algo a Alfred.

Inmóvil, noto que Johanna me escanea de arriba abajo, y eso me eriza la piel. Sin embargo, su expresión me hace saber que le gusto.

—Permítame decirle que tiene usted unos preciosos ojos verdes —comenta entonces.

—Gracias —musito algo azorada.

Finalmente ella sonríe.

—Bienvenida a su casa, lady Celeste.

—Por favor, Johanna, con Celeste vale, o tendré que llamarte yo a ti «lady».

Gustosa, la mujer sonríe.

—Sería raro oírlo. Hace siglos que no me lo llaman —cuchichea.

Ambas soltamos una carcajada y luego Johanna añade:

—Lady Kimberly me ha hablado mucho de usted y de su encantadora abuela. De lo bien que se sintió en España y del cariño que se tienen, y que por ello se llaman eso de «amimana». —Ambas sonreímos y a continuación ella afirma—: Gracias por todo, lady Celeste. No sabe cuánto le agradezco su cariño hacia ella y el de su abuela también.

No sé qué decir. Las gracias creo que se las tengo que dar yo a Kimberly, pero entonces la veo sonreír. Me conoce. Sabe que estoy desconcertada y sabe que tiene que explicarme cosas, pero como estoy nerviosa y descolocada, sin pensarlo me acerco a la encantadora mujer, la abrazo y le planto dos besazos en las mejillas como dos soles. Vamos, de esos que mi abuela me da y que tanto me gustan.

Una vez que me separo de ella, Johanna me mira roja como una fresa, y entonces oigo que Kim se ríe y dice en castellano:

—Siento decirte que aquí no somos tan besucones como en España. ¡Aquí los besos, los arrumacos y todo eso sobra! Aunque a Johanna no le suelen molestar.

Eso me hace entender la expresión de la mujer y, dirigiéndome a ella, digo en mi perfecto inglés:

—Ay, Johanna..., disculpa mi momento español.

—No se preocupe, milady.

—Es la costumbre. Es que los españoles somos muy besucones —insisto apurada.

La mujer asiente.

—Johanna es la que me dice eso de «Hay abrazos en los que te quedarías a vivir» —me explica Kimberly.

Gustosa por conocer por fin a aquella a la que mi amiga quiere tanto, estoy sonriendo cuando Alfred pasa junto a nosotras con mis dos maletones. Kim, Johanna y él comienzan a hablar, y yo me fijo en la mano derecha de la mujer. Lleva un guante blanco que se quita y, al hacerlo, observo las feas cicatrices que tiene en algunos dedos.

—¿Dónde está Jareth? —pregunta entonces Alfred.

En ese instante se abre una puerta y aparecen dos chicas y un chico pelirrojo. Los tres rondarán la treintena, como Kim y yo, y el chico dice adelantándose:

—Bienvenidas, ladies. Subiré las maletas y la guitarra.

Alfred asiente, pero entonces Johanna lo detiene e indica con seriedad:

—Antes de que lo hagas, Jareth, lo correcto es presentarnos a lady Celeste.

Según oigo eso, voy a repetir que con Celeste vale, pero Johanna clava los ojos en mí y dice:

—A Alfred ya lo ha conocido. Él es el chófer de la casa y, junto a Jareth, se ocupa del mantenimiento del edificio y el jardín, y en ocasiones puntuales también ejercen de mayordomos.

—Alfred es también el sufrido y amoroso marido de Johanna —tercia Kim—. Un excelente bailarín que me ha enseñado los bailes olvidados que te mostré en Madrid. Ellos son los familiares que me criaron y que siempre te he dicho que son como mis padres para mí.

—Lady Kimberly, ¡qué cosas dice! —Alfred sonríe.

Encantada, veo cómo mi amiga agarra a aquel del brazo. Se acerca a él y, apoyando la cabeza en su brazo, cuchichea:

—Digo la verdad, Alfred, como os he repetido infinidad de veces.

Veo que Johanna y Alfred se miran y luego este último musita:

—Milady, no es oportuno que diga en voz alta que...

—Alfred... —lo corta mi amiga agarrándolo ahora por la cintura—. Mis padres murieron cuando vivíamos en Chicago siendo yo pequeña. Fuisteis vosotros dos los que me trajisteis de regreso a Londres, a la casa familiar, y me criasteis. Y aunque sé que mis padres biológicos fueron Connor y Amanda, vosotros lo sois de vida y corazón.

Emocionada, veo que Johanna parpadea. Lo que dice Kim es sin duda algo muy bonito.

—Milady —señala Johanna tras aclararse la garganta—, para nosotros es un honor que nos tenga en tan alta estima.

Un silencio cargado de emoción se origina cuando Kimberly le da un beso a Alfred en la mejilla y este se lo devuelve con cariño. Todos sonreímos, y luego Johanna afirma:

—Con Alfred es siempre todo muy fácil.

Volvemos a reír y entonces Johanna toma aire y prosigue:

—Bueno, Cristal y Juliet se ocupan de la casa, incluidas la cocina y la lavandería. Vienen a las siete de la mañana y se van a las seis de la tarde de lunes a viernes, igual que Jareth, mientras que Alfred y yo vivimos aquí, en el piso de abajo. En cuanto a mí, creo que lady Kimberly ya le ha comentado algo y...

—Y como la buena gruñona que es, sigue regañándome si no me alimento en condiciones o no duermo lo suficiente —se mofa Kim.

Johanna sonríe. Con una mirada pícara, reprende a mi amiga. Se nota que entre ellas hay una excelente sintonía.

—Cualquier cosa que necesite, no dude en pedírmela, milady, y yo se la facilitaré —añade la mujer.

Asiento boquiabierta y ojiplática. Nunca he tenido personal doméstico. Es más, yo he limpiado casas por horas, así que sonrío sin saber si tengo que hacer una reverencia o no y musito:

—Es un placer conoceros a todos.

El grupo me sonríe. Mi cara de no entender nada debe de ser considerable, y entonces Jareth pregunta asiendo las maletas:

—¿Adónde llevo el equipaje de lady Celeste?

Johanna se echa atrás para dejarle paso e indica:

—A la habitación azul, la que está justo enfrente de la de lady Kimberly.

Una vez que el chico se encamina hacia la elegante escalera, Cristal y Juliet desaparecen junto a Alfred, y Kimberly coge mi mano.

—Johanna, avísanos cuando la cena esté lista, por favor —pide a la mujer.

Acto seguido tira de mí y nos alejamos. De inmediato voy a preguntar cuando Kim me interrumpe:

—¡Luego te lo explico!

Asiento sin dar crédito. Pero ¿por qué asiento? ¡No entiendo nada! Y, sin saber por qué, suelto:

—Solo son las seis y veinte de la tarde..., ¿ya vamos a cenar?

Kimberly sonríe.

—Esto es Inglaterra, no España —y bajando la voz añade—: Ya sabes que los «guiris», como nos llamáis en tu país, tenemos horarios diferentes para las comidas.

Sonrío. Recuerdo que a Kim le costó acostumbrarse un poco a ese tema. Cenar a veces a las diez de la noche para ella era un suplicio, pero ¡se acostumbró! Y, consciente de que ahora soy yo la que ha de acostumbrarse al cambio de horarios, afirmo:

—Creo que me voy a morir de hambre.

—Johanna no lo permitirá —se mofa.

Vamos de la mano, felices, y ella comienza a enseñarme la casa. Bueno..., ¡el casoplón! Madre mía, madre mía, es todo purito lujo y opulencia. En la planta baja, tras abrir una señorial puerta de al menos cuatro metros de altura, entramos en un enorme salón.

Arañas de cristal en el alto techo, recargados espejos dorados en las paredes y muebles yo diría que victorianos. Vamos, lo que le encanta a mi abuela.

Kim me mira, intuyo que sabe lo que pienso, y sin perder su sonrisa cuchichea:

—Este es el salón de baile. Tiene la misma decoración desde el siglo XVIII; actualmente solo se utiliza para fiestas o recepciones.

—¡Qué pasote!

Kim sonríe y, tocando las paredes, indica:

—Como verás, el techo está ornamentado con unos preciosos óleos primaverales. De él cuelgan gigantescas arañas de Murano, y las paredes están adornadas con paneles de ágata de Granada, finos mármoles de Noruega y grandes espejos venecianos, lo que todo unido crea una atmósfera de esplendor y divertimento.

—¡Chica..., qué bien me lo vendes! —afirmo boquiabierta.

Kim abre entonces una puerta situada a la izquierda del salón y explica:

—Este es el comedor principal.

¡Guauuu, menudo comedor!

La mesa oscura que lo preside es enorme y sobre ella hay varios jarrones con unas preciosas flores frescas.

En él hay también unas gigantescas estanterías llenas de bonitos objetos de cristal, y cuando los miro Kimberly comenta:

—Mis antepasados se dedicaban al comercio de cristal. Tenían fábricas en distintos puntos de Inglaterra, aunque hoy por hoy ya nada de eso existe.

Sobrecogida por todo lo que veo, me aproximo hasta un busto que hay sobre una mesa, y mientras lo toco Kim se me acerca.

—Al parecer, es un filósofo —explica—. Esta pieza es de la Grecia clásica del siglo IV antes de Cristo.

Según dice eso, dejo de tocarla como si quemara, pero entonces mi amiga afirma sonriendo:

—Tranquila. No muerde.

En ese instante pita mi móvil. Lo saco del bolsillo de mi pantalón vaquero y riendo cuchicheo:

—¡Ya tengo mis primeros tres *matches* en Londres!

Rápidamente Kim los mira y yo, al ver algo, susurro:

—¡Y uno es escocéssssssssss!

Divertidas reímos por eso, y ella moviéndose abre una puerta y señala:

—Y sé que esto te va a gustar. Es la biblioteca.

Eso llama poderosamente mi atención. Si hay algo que siempre me ha gustado son las bibliotecas. La magia que existe en ellas es algo difícil de describir. Y al entrar en la estancia suelto un silbido de satisfacción y murmuro:

—¡Ojo, piojo! ¡Esto es impresionante!

Si lo que he visto hasta el momento es alucinante, la biblioteca es realmente de película. Si no hay aquí dos mil libros, ¡no hay ninguno!

¡Qué pasada!

Enseguida ojeamos varios ejemplares. Pero luego Kim coge uno, lo saca de la estantería y, al leer el título, me río. Se trata de *Orgullo y prejuicio*, de Jane Austen. Es el libro preferido de mi amiga, que enseñándomelo musita:

—Es una primera edición.

Boquiabierta, lo cojo entre las manos como el que coge la mayor joya del mundo. Tocar una primera edición de *Orgullo y prejuicio* es, como poco, inaudito.

—Me alegro de que lo tengas, pese a que ya sabes que no es mi libro preferido —digo sonriendo.

Kim se ríe. Hemos hablado mil veces de él y, conociéndome, se mofa:

—Aunque sea, como tú dices, una novela ambientada en las terribles diferencias sociales, el maldito patriarcado y el jodido machismo de la época.

Me carcajeo, cuántas veces habremos hablado sobre eso.

—Es una bonita novela, aunque a mí el machismo del siglo en el que fue escrita me saque de mis casillas.

—No seas tan negativa y piensa que en esa época también debía de haber cosas buenas.

—Dime una —la reto.

Ella sonríe y suspira.

—El conde Caleb Alexandre Norwich.

Según oigo eso, suelto una carcajada. Ese enamorado de Kim, que la hace olvidar a Gael, sigue teniéndola loca. Y entonces, quitándome el libro de las manos, señala:

—Mira, en la primera página están escritos los nombres de las jóvenes que lo leyeron.

Al instante miro la hoja que me enseña y leo:

—Prudence, Catherine, Abigail, Bonnie... ¿Quiénes son?

—Mis antepasadas —afirma orgullosa.

A continuación devuelve el libro con mimo a la impoluta librería y yo, curiosa, me acerco sin tocarlos a unos jarrones que hay decorando una esquina. Son de esos enormes que suelo ver en las tiendas de los chinos y que, para mi gusto, ni regalados los pongo en mi casa.

—¿Son antiguos? —pregunto con curiosidad.

Kim asiente.

—Son dos jarrones franceses de estilo Imperio de 1810.

Sobrecogida, asiento por el desorbitado precio que deben de tener, a pesar de lo feos que son, y entonces ella comenta:

—Las cocinas y las habitaciones del servicio están en el sótano. En la primera planta, además de las nuestras, que cuentan con un baño cada una, hay siete habitaciones más, aunque una de ellas la tengo habilitada como un saloncito con televisor y decoración actual. No creas que toda la casa es como esto. Digamos que esta planta es para recibir a las visitas y la de arriba es donde hago la vida.

Asiento gustosa y luego salimos de nuevo al salón de baile. Kim se dirige hacia una puerta de cristal abovedada y la abre.

—Este salón de baile da al jardín —me explica.

Me asomo encantada. El jardín es una pasada. Flores multicolores. Banquitos para sentarse. Todo está cuidado con mimo y gusto, y cuando voy a hablar Kim dice:

—No es un espacio muy grande. Serán unos cuatrocientos metros, pero para salir a que te dé el aire es más que suficiente.

Asiento. Ya me habría gustado a mí tener un jardín así en mi casa o una terracita, aunque hubiera sido de quince metros. Sin lugar a dudas, es un lujazo que todos querríamos.

—Antiguamente esos edificios que ves ahí no existían —prosigue Kim—, por lo que el jardín era diez veces más grande. Pero esto es Londres, el suelo aquí siempre ha estado muy demandado, y mi bisabuelo vendió las tierras para que se edificara.

Afirmo con la cabeza mirando a mi alrededor. Todo lo que me cuenta me parece increíble, y entonces, entrando de nuevo en el salón, Kimberly cuchichea:

—Luego continúo enseñándote la casa. Ven, creo que necesitas una explicación.

Salimos y comenzamos a subir la escalera. En nuestro ascenso me fijo en la infinidad de retratos que hay colgados en las paredes, pero al ver uno en especial me detengo.

—Mis padres. Amanda y Connor —explica mi amiga.

Asiento, porque ya había visto fotos de ellos antes. Físicamente Kim es idéntica a su padre, aunque tiene la forma de la boca de su madre.

—¿Y de quién has sacado tú ese color de ojos tan raro? —pregunto sorprendida.

—Dicen que de una antepasada, aunque no hay retratos de ella.
—Kim suspira.

Al igual que esa imagen, hay otras colgando de las paredes, y cuando voy a preguntar ella se me adelanta:

—Esos son mis ancestros. Luego te los presentaré.

Sin poder parar de sonreír, me dejo llevar.

—Mi dormitorio es esta puerta. El salón de la televisión es aquella, pero ahora vamos a tu cuarto.

Sin decir nada asiento, y en ese instante nos cruzamos con Jareth en el pasillo.

—¿Cómo van las obras en el local que habéis comprado tu hermano y tú? —le pregunta Kim.

Él sonríe y responde con una naturalidad que no tenía delante de Alfred y Johanna:

—Van bien. Hemos programado la inauguración para dentro de cuatro meses.

—¿Ya tenéis nombre?

—Dagger —dice el chico.

—¿Vuestro apellido? —pregunta Kim.

Jareth esboza una bonita sonrisa y afirma:

—Sí, creemos que es un buen nombre para el local —y a continuación añade—: Quedáis ambas invitadas.

Veo que mi amiga asiente y asegura guiñándole el ojo:

—¡Allí estaremos!

—¡Genial! A Gael le gustará saberlo —dice él antes de dar media vuelta y alejarse.

Según oigo ese nombre, miro a Kim. ¡Gael! Y, antes de que pueda preguntar, esta aclara mirándome:

—Siento decirte que aunque Jareth es pelirrojo, no es escocés, sino inglés.

Hago una mueca. Kim ríe, y yo indico:

—Pues parece majo.

Al oírme decir eso, suelta una risotada.

—Lo es.

—¿Y tiene Tinder?

Ambas nos carcajeamos y luego mi amiga cuchichea:

—Lo que tiene es novia.

—Olvidado —afirmo convencida.

—Conozco a Jareth y a su hermano de toda la vida y son encantadores —prosigue ella—. Su madre era Atina, la antigua cocinera de la casa, hasta que murió hace seis años, por lo que se criaron conmigo. Delante de Alfred y Johanna, Jareth y yo mantenemos el protocolo que se exige por ser personal de servicio, pero luego, cuando ellos no están, todo es normal entre nosotros. Bueno..., ¡ya lo irás viendo!

—¿Jareth es el hermano de... Gael?

Según menciono ese nombre, mi amiga asiente y yo, recordando haber visto fotos de aquel, que también es pelirrojo, cuchicheo:

—Me muero por conocerlo en persona y ver cómo es el tipo con el que tan pronto te quieres como te matas. —Kim resopla y yo pregunto—: ¿Estáis en momento matanza ahora?

Ella afirma con la cabeza.

—¿Por qué? —me intereso.

—Sale con otra.

—Vaya dos —me mofo.

Kim menea la cabeza y luego musita con gesto serio:

—Discutimos. Lo mandé a la mierda y..., bueno, decidimos seguir cada uno con su vida. Lo que no puede ser... ¡no puede ser!

Oír eso me apena, sé cuánto quiere a ese chico; cuando voy a hablar dice:

—Pero dejémonos de penas. Ya hablaremos de Gael en otro momento.

Asiento y le pego un pellizco en el trasero.

—Por supuesto que lo hablaremos en otro momento —bromeo.

Divertida, Kim abre la puerta del que será mi dormitorio.

—¡Ojo, piojo! —murmuro al verlo.

Ella suelta una carcajada, intuyo que sabe por qué digo eso. La habitación que ocupo en mi casa no mide más de tres metros, y esta debe de tener por lo menos treinta. Vamos, más de la mitad de mi piso...

Encantada, observo la estancia con muebles modernos en color blanco y cortinas celestes; a continuación mi amiga dice mirándose el dedo:

—¿Te gusta?

Contemplo la enorme cama y, tirándome sobre ella, afirmo:

—¡Me apasiona! Y si dejas de mirarte el dedo de una vez, más aún. Por Dios, Kim, ha sido un simple golpe, por eso se te ha hinchado.

Entre risas, las dos terminamos en la cama, y de pronto recuerdo algo y pregunto:

—¿De qué son las cicatrices que tiene Johanna en la mano derecha?

—Según me ha contado ella, nació con una enfermedad en la mano llamada «sindac-no-sé-qué» —explica Kim.

—¿Sindactilia? —pregunto con normalidad, pues de algo me han de servir mis estudios de Medicina.

Mi amiga asiente y, juntando los dedos, indica:

—Nació con los dedos índice, corazón y anular pegados. Se operó cuando yo era pequeña y, aunque todo salió bien, la cicatrización se complicó y por eso suele llevar ese guante. Es presumida y no le gusta mostrar las marcas.

Asiento, sé de lo que habla, e imagino que, como yo, todo el mundo debe de mirarle la mano.

Entonces saco una bolsa de mi maleta y anuncio entregándosela:

—Palmeritas de chocolate del horno del tío Paco, ¡como te prometí!

A Kim los ojos le hacen chiribitas. La vuelven loca las palmeras que venden en ese horno de mi barrio en Madrid y, como imaginaba, se tira a por ellas con verdadera devoción. Sin embargo, yo las aparto y digo:

—Ya puedes comenzar a soltar todo eso que nunca me has contado.

Kimberly sonríe, finalmente coge una palmerita y, tras darle un mordisco y gesticular de placer, pregunta:

—¿Lo prefieres con anestesia o sin anestesia?

Oír eso me hace reír, esa es nuestra manera de hablar.

—Sin anestesia —suelto.

Ella asiente; luego coge aire y comienza su relato.

—Mi nombre completo es Kimberly Sophie Anne Marie Montgomery, soy dueña de la editorial en la que trabajo y también condesa de Kinghorne.

De inmediato me entra la risa tonta. Pero ¡¿qué dice?! ¡¿Condesa?! ¿Dueña de la editorial? Pero ¿qué broma es esta? Y, riendo, pregunto:

—Me estás tomando el pelo, ¿verdad?

Kim niega con la cabeza y yo insisto impresionada:

—¿Me lo estás diciendo en serio?

—Totalmente.

—¡¿Condesa?!

—Sí.

—¿Eres condesa de... «condesa»?

Mi amiga vuelve a asentir y, tras suspirar, por último dice:

—Sí, Celeste, soy condesa. Pero para ti solo quiero seguir siendo Kimberly.

A cada minuto más sorprendida, asiento, cojo una palmerita, le doy un mordisco y, tras cuchichear nuevamente eso de «¡Ojo, piojo!», me centro en escuchar lo que mi amiga la condesa tiene que contarme.

5

Durante la cena, en la que apenas puedo comer porque todavía sigo impresionada por lo que he descubierto, miro a Kimberly alucinada. ¡Es condesa! Cuando mi yaya se entere, ¡va a flipar!

Ella prosigue hablándome de su vida y yo la escucho con atención, hasta que dice:

—Pero, por desgracia, los gastos de mantener este sitio son tan elevados que, al final, y con todo el dolor de mi corazón, en dos años como mucho tendré que vender la casa y mudarme a otro lugar.

—¿Venderás el casoplón familiar?

Kim suspira.

—Si no consigo una fuente de ingresos lo bastante grande tendré que hacerlo. A ver..., con el patrimonio que tengo gracias a la herencia familiar y los ingresos de la editorial, me llega para vivir bien y sin problemas, pero no para mantener esta casa en las condiciones que necesita y que el gobierno exige.

Aún sorprendida, asiento y no pregunto más.

Una vez que terminamos de cenar, miro el reloj y me río al ver que son las ocho de la tarde.

—Dentro de tres horas voy a tener un hambre de lobo —cuchicheo.

Kim asiente.

—Tranquila —me dice—. En la cocina siempre hay algo para comer.

Eso me tranquiliza. Soy de las que no pueden dormir con hambre.

Salimos del comedor y nos dirigimos a la biblioteca por petición mía. Allí Kimberly me enseña volúmenes antiquísimos que yo admiro con verdadera devoción. Tiene primeras ediciones de libros que jamás pensé que podría ver con mis propios ojos, y menos aún tocar con las manos.

—Esto es alucinante.

Mi amiga se ríe, entiende a la perfección que me asombre de ese modo, y yo prosigo ojeando todo lo que cae en mis manos.

A las doce de la noche la casa está en completo silencio y, como era de esperar, mis tripas rugen como las fieras del zoo. Sin dudarlo, mi amiga y yo bajamos a la cocina y me sorprendo al encontrarme una estancia actual y moderna. ¡Qué bonita!

Sin embargo, un tablero con unas campanillas que cuelga en un lateral atrae mi atención. Lo miro con curiosidad y Kim me explica:

—Es un antiguo llamador de servicio, lleva en la casa desde que se construyó. Quienes vivieron aquí antes lo respetaron, y yo decidí hacer lo mismo cuando reformé la cocina, aunque modernicé el resto.

—Es una chulada —afirmo.

Kim sonríe.

—¿Ves que cada campanilla tiene un número? —Asiento—. Pues cada número corresponde a una estancia de la casa. Por ejemplo, mi habitación actual correspondía al número 4, la tuya al número 5 y donde tengo el televisor, al número 6. Pues imagina que yo, que estoy en mi habitación, quiero avisar al servicio para que me traigan cualquier cosa. Pues bien, solo tendría que usar un tirador que en su momento tendría junto a la cama y la campanilla número 4 sonaría en la cocina.

—¡Era como enviar un whatsapp!

—Más o menos —se mofa.

Durante un rato Kim me cuenta la enorme reforma que hizo unos años atrás en la cocina, que llevaba sin restaurarse desde el año 1950. Y, orgullosa, señala el bonito suelo de barro cocido de toda la estancia, incluida la despensa, que no ha cambiado y que data de 1816.

¡Qué maravilla!

Entre risas, encontramos una riquísima tarta red velvet en la nevera, partimos un par de trozos y decidimos llevárnoslos a la habitación.

En el camino de subida me fijo en los retratos de sus antepasados. La casa está plagada de cuadros de todos los que vivieron allí y, parándome a mirar el de una mujer con un intrincado moño, afirmo:

—Esta es guapísima. ¡Menudo pibonazo!

Kim asiente.

—Es lady Bonnie Pembleton. Según se decía, era algo excéntrica con sus peinados.

La observo complacida. Esa mujer de cabellos claros y ojos azules es purito glamur. Pero, al mirar otros de los retratos que cuelgan de las paredes, cuchicheo sin poder evitarlo:

—No te lo tomes a mal, pero a excepción de la Pembleton y de tus padres, mira que eran feos la mayoría de tus antepasados.

Kim ríe, no dice nada, y yo añado señalando un retrato:

—Ese mismo tiene cara de avestruz.

Ambas reímos y luego ella indica:

—Pues el avestruz es Horatio Charles Cranston, vizconde de Casterbridge, y..., sí, muy agraciado no era el hombre.

Divertidas, comentamos varios de los retratos. Me parto de la risa con la cara de antiguos de muchos. Hay que ver lo que hemos cambiado los humanos con el paso de los años, para bien. Entonces, parándonos ante el de una mujer, Kim comenta:

—Esta es la hija de Horatio.

—¿El avestruz?

Ella asiente divertida y añade:

—Lady Louisa Griselda.

—Por Dios, si es igualita que Cruella de Vil.

La mujer tiene el cabello blanco y negro.

—Se cuenta que siempre fue una estirada, y se volvió más aún al casarse con el estricto Ashton Montgomery, conde de Kinghor-

ne —cuchichea Kim—. Un hombre rígido y excesivamente protocolario que, por cierto, fue amigo del compositor Chopin.

Miro el siguiente retrato, en el que aparece el tal Ashton, y
suelto:

—Tiene cara de llamarse Aniceto... —Ambas reímos, y añado—: La belleza de los hombres de la época era muy cuestionable...

Nos carcajeamos de nuevo y a continuación, mirando otro retrato, afirmo:

—En cambio, este es muy atractivo. ¡Qué mirada tiene!

—Sin duda se merece un *like*.

—Y siete... ¿Quién es?

—Es Oliver —indica Kim—. Hijo de Horatio y hermano de
Louisa Griselda. Murió muy joven en una acción militar en el mar
Adriático, durante las guerras napoleónicas.

—Pobrecillo —murmuro apenada.

Kim asiente, y yo, mirando de nuevo a la hermana de aquel,
digo:

—Por cierto, el collar con la piedra amarilla que lleva Cruella de
Vil es precioso.

—Se la llamaba «gargantilla Babylon» por su increíble y raro
diamante amarillo. Era una joya de la familia de Louisa Griselda.
Ella la obtuvo de su madre; con los años era heredada por la hija
mayor, que solía lucirla por primera vez el día de su enlace. Pero
alguien la robó y ya no volvió a aparecer.

—¡¿Qué me dices?!

—¡Lo que oyes! —afirma Kim, que agrega—: Si hoy por hoy
estuviera en mi poder, te aseguro que sería una enorme fuente de
ingresos por su incalculable valor.

—¿Y eso?

—Ese raro y único diamante amarillo, originario de la India,
podría ser exhibido en los mejores museos y en distintas exposi-
ciones de todo el mundo, y las ganancias que ello me generaría me
darían para mantener este «casoplón», como tú dices, sin preocuparme.

Durante un rato mi amiga continúa hablándome del tema. Veo
que le inquieta la incertidumbre de lo que se le avecina e, intentan-

do desviar el tema para que deje de estar tan seria, musito señalando uno de los cuadros:

—Cuéntame algo más de esta gente.

Kim sonríe.

—Al casarse Cruella de Vil con Ashton Montgomery, pasó a ser la condesa de Kinghorne. Su primogénito, Percival, que por cierto era marido de lady Bonnie Pembleton y del que se decía que, además de feo, era más simple que el mecanismo de un chupete, heredó el título. Él y Bonnie tuvieron dos hijos varones, y con el paso de los años los hombres nacidos en la familia obtenían el título, hasta que el último fue mi padre. Cuando murió, yo, como su única hija, a pesar de ser mujer y gracias a que los tiempos han cambiado, heredé el título de condesa de Kinghorne.

—Mírala ella..., ¡condesa que me ha salido! —me mofo.

Kim se ríe, sabe que eso no va a cambiar nada entre nosotras. Continuamos subiendo la escalera y me muestra otro retrato.

—Louisa Griselda y Ashton tuvieron cinco hijos —y, señalando con el dedo varios retratos individuales, añade—: Percival, Catherine, Robert, Prudence y Abigail.

Observo los cuadros. Las chicas eran muy monas, pero, mirando uno de los retratos masculinos, cuchicheo:

—¿A que este es Percival? —Kim asiente, y afirmo—: Pobrecito, realmente qué poco agraciado era. Robert, en cambio, me recuerda a su fallecido tío Oliver.

Felices por compartir ese momento, nos reímos y, mirando las pinturas de las mujeres, pregunto:

—¿Estas chicas son las que leyeron el ejemplar de *Orgullo y prejuicio* que tienes en la biblioteca?

—Las mismas.

Ambas sonreímos, y entonces indico parpadeando:

—Me falta un retrato. Has dicho cinco hijos...

—Falta el de Catherine.

Al oír eso, asiento a la espera de más, y mi amiga explica:

—De ella no hay ninguno, porque al parecer fue la gran decepción de la familia.

—¡Pobre!

—Por lo visto, yo heredé su color de ojos y algo más.

El misterio con que dice eso me atrapa por completo.

—¿A qué te refieres? —pregunto interesada.

—Ella también poseía un sexto sentido y un carácter indomable que le ocasionaron problemas, hasta que un día se marchó y no se volvió a saber de ella.

—¿Cómo que no?

—Por más que he buscado, no he encontrado nada. ¡Simplemente desapareció!

—Guauuu..., me encantan estos misterios. Me gustaría saber qué le ocurrió a Catherine. Seguro que era una chica fantástica.

Kim sonríe y cuchichea:

—Voy a contarte una cosa, pero tienes que prometerme que no dirás nada.

De inmediato, beso el anillo de mi padre que llevo a modo de promesa.

—Prometido —le aseguro—. Ahora cuéntame...

Ella asiente y, bajando aún más el tono, susurra:

—Según he leído, hubo alguna bruja en la familia, y Catherine y yo heredamos su raro color de ojos.

—¡Una bruja! —exclamo.

Rápidamente Kim me hace saber que debo bajar la voz.

—¿Eres bruja? —pregunto a continuación.

Ella se ríe y murmura negando con la cabeza:

—No más que tú.

Ambas nos carcajeamos.

—¿Tu sexto sentido también lo has heredado de ella?

—Eso parece.

Sin duda Kim no deja de sorprenderme desde que he llegado a Londres.

—Por lo visto —añade—, en el siglo XV, un antepasado mío llamado Jacob se enamoró locamente de una irlandesa llamada Aingeal de la que se decía que era nieta de una bruja. Jacob y ella se casaron y tuvieron seis hijos, cinco varones y una hembra a la que pusieron el nombre de Imogen. Pues bien, además del color de ojos de su abuela, Imogen heredó sus poderes. Al parecer percibía las cosas antes de que ocurrieran y empleaba hechizos de sanación para los enfermos, lo que asustaba a la gente, y terminó siendo ahorcada.

—Nooooo...

En ese instante oímos un golpe y nos sobresaltamos. Ambas miramos hacia abajo, pero no vemos nada.

Kim me pasa entonces su plato de tarta con total tranquilidad y dice:

—Seguro que hay alguna ventana abierta en el salón de baile. Iré a cerrarla.

—¡Te acompaño!

—No, mujer. Quédate aquí.

Mi cara debe de ser un poema, porque mi amiga musita riendo:

—Aquí no hay fantasmas. Tranquila.

Y, antes de que pueda decir nada más, se aleja de mí y me quedo sola en la escalera pensando en lo que me acaba de contar de las brujas. Ahora entiendo más ese sexto sentido suyo y sus gustos en lo referente a muchas cosas. Con antepasadas brujas, ¿cómo no tenerlos?

Con los dos platos de tarta en la mano, e algo intranquila por sentirme observada por esos retratos, miro los pesados cortinajes de color granate y verde que cuelgan junto a la escalera. Parecen antiguos. Y, como estoy nerviosa, hago eso que mi yaya siempre me decía que debía hacer para alejar el miedo: cantar.

Pienso en una canción, y la primera que se me viene a la cabeza es *Vida de rico*, de Camilo. En bajito, para que nadie me oiga, comienzo a tararearla, mientras observo esos retratos que parece que me están cuestionando.

Sin dejar de canturrear, contemplo los cuadros. Mujeres de ojos candorosos, algunas de ellas preciosas pero rígidas, y hombres autoritarios con cara de sosainas y poco sonrientes.

La poca empatía que veo en la mayoría de sus rostros me resulta desconcertante, hasta que me fijo en una chapita dorada que hay en uno de los marcos y que dice: «Londres, 1815». ¡Eso es en plena Regencia!

Recuerdo algunas de las novelas románticas que he leído de esa época. Había tantas normas para las mujeres y tan pocas para los hombres que me sacaban de mis casillas, y creo que por eso prefería las novelas de escoceses. Siempre he tenido la sensación de que daban más juego.

Estoy pensando en ello cuando oigo:

—¿Qué cantas?

El salto que la voz me provoca es tremendo, y Kim coge riendo su tarta al vuelo mientras exclama:

—Por Dios, Celeste, ¡que soy yo!

Asiento llevándome la mano al corazón.

—Joder..., qué susto me has dado.

Kimberly ríe. Yo también. Y luego dice:

—¡Solucionado! Debí de cerrar mal la puerta del jardín.

Asiento de nuevo y ella continúa presentándome a sus antepasados mientras yo los observo complacida.

Una vez que terminamos de subir la escalera, nos dirigimos hacia la habitación de Kim.

—Me encanta que vayas a trabajar en el hospital Saint Thomas —comenta.

—Bueno. Eso no lo sabremos hasta que pase la entrevista con el jefe de personal.

Mi amiga sonríe, me mira y cuchichea:

—El puesto es tuyo. Ya lo hablé con él. Así que considérate contratada.

Me entra la risa. Su seguridad es aplastante. Pero, claro, ahora que sé quién es no me extraña nada. De nuevo a su lado las cosas vuelven a ser ideales, y sonrío feliz.

Trabajar de lo que he estudiado es un lujo, y sin duda estando junto a Kimberly, ¡más aún!

6

Llevo un mes en Londres y reconozco que mejor no puedo estar, aunque siga sin gustarme el té.

Hablo con mi abuela varios días a la semana. Gracias a las videollamadas de WhatsApp, charlamos un ratito alguna tarde viéndonos las caras. Sin duda eso a ella le da vida. Aunque en lo que nunca fallamos es en mandarnos un mensaje de buenas noches. Eso no puede faltar ningún día.

Tras la reunión con el jefe de personal en el hospital, todo fue como la seda y dos días después comencé a trabajar en mi propia consulta de medicina familiar.

La carrera de viróloga es un plus que tengo, y me prometió que, en cuanto quedara una plaza libre en los laboratorios, me la ofrecería. ¡Bien!

Una vez solucionado el tema del empleo, decidí posponer lo de buscar un gimnasio donde practicar el boxeo. Hago demasiadas horas en el hospital, y creo que he de ir poco a poco.

Ponerme al día en la consulta no fue difícil. Aunque los pacientes no me conocían y los compañeros tampoco y al principio tantos unos como otros me miraban con cierto recelo por ser española, hoy por hoy ¡ya me los he ganado! Y no solo por mi manera de ser, sino también por mi entrega al trabajar.

A pesar de los largos turnos en el hospital, a veces salgo con Kim y sus amigos.

Por fin conozco a Gael en persona y, oye, ¡es simpatiquísimo!

Acudimos al bar que están montando él y su hermano Jareth y, en nuestra visita, soy testigo de cómo Gael y Kim se miran. Por Dios, pero ¡si están colados el uno por el otro! Sin embargo, la situación se tuerce cuando aparece la nueva chica de Gael. ¡Vaya tela...! Kim se hace la indiferente. Finge que no le importa, pero la conozco y sé que no es así. No obstante, me callo y lo respeto. Ellos sabrán lo que quieren hacer con sus vidas.

* * *

Los días pasan y quedo con alguno de los tipos con los que hago *match* en Tinder. Es divertido conocerlos, y aunque no encuentro al amor de mi vida, lo que sí encuentro es a alguno con el que paso una estupenda noche de sexo y a otros con los que simplemente me tomo una cervecita. Vivo mi vida.

* * *

Con sus amigos Kim es tan solo Kim, y eso me encanta. Algunos son tan divertidos y locos como ella, e incluso me han buscado en Tinder y me han dado algún *like*.

En contrapartida, también la he acompañado a alguna cenita que me ha resultado soporífera a causa del protocolo que se exigía. Pero, por mi amiga, ¡lo que sea!

* * *

Vivir con Kimberly en el casoplón es una maravilla, y cada día me siento más como en casa.

Desde el primer día Johanna me trata como a una reina, y percibo su cariño y su dedicación por mí. No solo está pendiente de que las comidas me gusten, sino que además intenta incluir en nuestra dieta diaria alimentos españoles, y yo se lo agradezco infinitamente. No tengo nada en contra de la comida inglesa, pero donde esté la dieta mediterránea, ¡que se quite *tó*!

Kimberly no vuelve a mencionarme el tema de la venta del casoplón, pero la he visto hablar un par de veces de ello con Johanna y Alfred, y noto que les preocupa.

¿Cómo podría ayudarlos?

* * *

El sábado por la mañana, que no tengo que ir al hospital, decido pasarme por el supermercado mientras Kim atiende un compromiso de trabajo. Hoy la comida correrá de mi cuenta. Al regresar con la compra, bajo a la cocina y, ante las caras de sorpresa de todos, me curro un estupendo salmorejo, unas ricas empanadillas de atún con tomate, un par de tortillas de patata con cebollita y, como colofón, me atrevo con un bacalao al pilpil, receta de mi padre. Y de postre, flan de huevo.

Gracias a mi yaya, que me enseñó, la cocina se me da bastante bien, y ese día a la hora de la comida todos se chupan los dedos encantados.

* * *

Por la noche, cargadas de energía por la opulenta comida, Kim y yo ponemos nuestras posturitas de superhéroe y nos vamos de juerga.

¡Que se prepare Londres!

Entre sus amigos hay unos chicos escoceses e irlandeses. Todos ellos son encantadores. Y, con ganas de pasarlo bien, primero tomamos algo en un local lleno de gente, pero de pronto, al sonar por los altavoces la famosa canción de los setenta *Heaven Must Be Missing an Angel*, del grupo Tavares, todo el mundo comienza a bailarla con auténtica devoción y, por supuesto, yo no me quedo atrás.

En la pista veo a Kim charlar y reír con un amigo suyo que se llama Helmet. Es simpático, aunque algo estirado. Baila a mi lado, y de pronto oigo que le pregunta:

—¿El tipo de azul que acaba de entrar es el conde de Whitehouse?

Ella sigue la dirección de su mirada y responde:

—En este ambiente, mi primo prefiere ser simplemente Sean.

Eso me hace gracia. He tenido el placer de conocer a Sean y, en efecto, es encantador.

—¿Y el otro quién es? —pregunta entonces Helmet.

Kim se encoge de hombros.

—No lo sé.

—Es el duque de Bedford —indica Ismael, que es periodista.

—Ni idea —dice mi amiga—. No lo conozco.

Mientras bailo, me fijo en aquellos que acaban de entrar. Un conde y un duque divirtiéndose como el resto de la humanidad... ¡Qué curioso!

La verdad, aunque Kim pertenezca a la aristocracia inglesa, y mi abuela al saberlo se lo tomara como si fuera algo de lo más normal, yo sigo sorprendiéndome por ello.

El duque es más alto que el primo de Kim. Siempre me han atraído los hombres altos y, por lo que veo, lleva el pelo recogido en una coleta. ¡Vaya, qué moderno!

Desde la distancia observo que se mueve al compás de la música con una copa en la mano, pero, por más que intento verle el rostro, me resulta imposible, pues la sala está muy oscura. ¡Mierda!

Finalmente me olvido de él y sigo a lo mío. ¡Qué buena es esta canción!

Un buen rato después, tras bailar todos como locos, decidimos cambiar de sitio y vamos a un local español en mi honor. Mira que les gusta a los guiris el flamenquito, a pesar de lo mal que lo bailan...

Allí yo, que soy *made in Spain*, bailo sevillanas, rumbitas y ¡todo lo que me echen! Y posteriormente, para seguir sorprendiéndome, me llevan a un lugar en el que unos gaiteros tocan música en directo y donde, por supuesto, continuamos bailando como descosidos.

¡Uf, lo que me gusta esto!

Por suerte, hace años Kimberly me enseñó el *ceilidh*, entre otras danzas tradicionales escocesas, y ahora, años después, me entero de que fue Alfred quien se las enseñó a ella.

Y entre palmas y buen rollo, ingleses, irlandeses, escoceses y españoles bailamos mientras reímos y gozamos de la noche.

* * *

El domingo por la mañana estamos destrozadas. La juerga del día anterior nos ha pasado factura, por lo que decidimos quedarnos en casa para disfrutar esa tarde de tele, sofá y mantita.

Johanna y Alfred, que tienen el día libre, deciden suspender su descanso al enterarse de ello, pero Kim y yo no se lo permitimos. Sabemos que han quedado con unos amigos para ir a comer, así que los obligamos a marcharse y al final lo conseguimos.

Una vez solas, y tras revisar nuestras cuentas de Tinder y decidir pasar de los *matches* que tenemos, nos comemos unos sándwiches y mi amiga me propone subir a la buhardilla. Sin embargo, al incorporarse, pisa mal, se tuerce el tobillo y cae al suelo.

Enseguida se pone en lo peor. Según ella, ¡se lo ha roto y tendrán que operarla! En mi opinión, simplemente se lo ha torcido.

Media hora después ya está mejor y ambas nos reímos por su dramatismo.

Volvemos al plan inicial, subir a la buhardilla, mientras tengo sentimientos encontrados. Por un lado estoy como loca por conocer esa parte de la casa de Kim llena de recuerdos, pero, por otro, las películas de miedo me han hecho tener cierta aprensión a las buhardillas.

Al final decido dejar los miedos y las tonterías a un lado. El hecho de que en las películas de terror las chicas siempre sean asesinadas en la buhardilla en un día de lluvia por un jodido loco o una loca no tiene por qué pasar en realidad. Es más, hoy hace un esplendoroso día de sol.

Al llegar a la puerta de la misma siento cómo todo el vello del cuerpo se me eriza y el corazón me bombea con fuerza; cojo la mano de Kim, hago que me mire y susurro:

—Se me va a salir el corazón.

—¿Por qué?

—No sé —respondo con sinceridad.

Ella sonríe. Acto seguido abre la puerta y de pronto veo que ante nosotras se extiende una planta diáfana inundada por el sol que entra por los ventanales y que está repleta de silenciosos recuerdos.

Con curiosidad, sigo a Kim hasta el centro de la buhardilla. A nuestro paso una de las sábanas, que cubría un mueble, cae al suelo. Al mirar, veo que se trata de un enorme espejo plateado.

¡Qué bonito!

Se ve antiquísimo, y está apoyado en la pared frente a uno de los ventanales.

—Ese es el espejo Negomi, una pieza preciosa que lleva en mi familia toda la vida. Y ese —dice retirando otra sábana— es el piano Longman & Broderip, que, si mal no recuerdo, data de 1786 y está fabricado en madera de caoba.

—¿Quién lo tocaba?

—Creo que Prudence. Pero tendría que mirar en los papeles familiares para confirmártelo.

Sorprendida, observo el original piano de forma cuadrada. ¡Qué maravilla! Luego me fijo en el espejo y veo que tiene labrado en la parte superior el nombre por el que Kim lo ha llamado.

—¿Cómo pudieron subir el espejo hasta aquí? —pregunto al ver sus dimensiones.

—Ni idea, pero aquí está.

Instantes después mi amiga mira a su alrededor y pregunta:

—¿Qué te parece lo que ves?

Estoy boquiabierta, y no sé qué decir. Todo eso..., el pasado, los recuerdos olvidados, llama poderosamente mi atención, y miro a mi alrededor mientras toco el piano lleno de polvo.

—Impresionante —murmuro.

Kim sonríe, yo también, y, abriendo una de las ventanas para que entre aire, musita:

—¿No te recuerda a cuando visitábamos esas tiendas de El Rastro llenas de cosas viejas y curiosas?

Asiento, eso me hace gracia.

Cuando ella vivía en Madrid, muchos domingos por la mañana nos íbamos a El Rastro. Nunca comprendí por qué a ella le gustaban tanto aquellas antigüedades, pero ahora, sabiendo quién es, lo entiendo, y es que lo lleva en los genes.

—¿Ves algo que te llame la atención?

Asiento con curiosidad. La estancia está llena de polvo y sábanas cubriendo muebles.

—¡Todo!—respondo.

Kim suelta una carcajada y, sin más, se dirige hacia unos baúles; en ese momento yo saco mi móvil del bolsillo y hago un vídeo para subirlo a YouTube y un par de fotos para subirlas a mis redes. Estoy convencida de que este sitio enamorará.

Cuando acabo, abro Spotify y pongo música. De inmediato comienza a sonar la canción *Careless Whisper* y Kim susurra:

—Ais, George Michael...

Sonreímos. Somos unas enamoradas de ese cantante. Lo adorábamos en vida y, aun muerto, para nosotras sigue siendo un número uno.

¡Viva mi George!

Canturreando esa fantástica canción, comienzo a quitar las sábanas que cubren los viejos muebles mientras Kimberly abre uno de los baúles y, al ver ropa en su interior, rápidamente voy a cotillear. Son corsés y vestidos de mujer, y enseguida nos quitamos los nuestros y nos los probamos.

Ataviada con un rígido vestido negro, me miro en el enorme espejo plateado y me río. Parezco una viuda amargada con eso puesto. Después me pruebo varios más. Azul. Granate. Verde. Todos son ropajes de otras épocas, y cojo algo.

—Qué precioso chal de cachemir —cuchicheo divertida.

—¡Mira qué guantes! —exclama ella.

Los miro encantada. Son de seda blanca, finos y delicados. No pueden ser más bonitos.

—¡Fíjate! —añade Kim—. Dentro están bordadas las iniciales «B. P.». ¿Será el nombre de su dueña?

Miro con curiosidad lo que me enseña y, encogiéndome de hombros, contesto:

—Pues no te extrañe.

—¿Serán de Bonnie Pembleton? —insiste mi amiga.

—Seguramente —afirmo sin saber.

Tras considerar durante un rato a quién podrían pertenecer

aquellas iniciales, finalmente dejamos los guantes a un lado y, acercándome al precioso piano de caoba, veo que tiene ruedas para moverse. Con dificultad, le quito el freno. Está muy duro y, empujando, lo echo a un lado, pues me estorba para abrir otro baúl.

Kimberly y yo disfrutamos mirando todo lo que encontramos, hasta que le suena el teléfono móvil. Habla con alguien durante unos minutos y, cuando cuelga, dice sorprendida:

—¡Ojo, piojo!

—¡¿Qué?!

—¡Llevamos aquí tres horas!

—¡No!

—¡Sí!

Saber eso me sorprende. Está visto que cuando una está entretenida el tiempo pasa volando.

—Era mi primo Sean —dice Kimberly mirando su teléfono.

—¿El conde de Whitehouse?

Ella asiente. Me estoy aprendiendo los nombres y los títulos de todos ellos.

—Estará esta tarde en el club de campo con su amigo el duque de Bedford... —añade.

—¿El Melenitas?

Kim se ríe.

—Sí. Al parecer, el duque ha venido de California y nos invitan a tomar algo con ellos. ¿Qué te parece?

Uf..., ¡qué pereza!

Conozco a Sean, al duque no, pero estoy disfrutando de lo que estamos haciendo, por lo que cuchicheo:

—Preferiría quedarme aquí cotilleando todo esto.

Kim sonríe, siento que está disfrutando igual que yo, y, tras teclear un mensaje en su móvil, dice:

—¡Solucionado! ¡Nos quedamos aquí!

Eso me hace sonreír y, olvidándome del tema, pregunto volviendo a mirar las prendas que tengo en las manos:

—¿Nunca te has disfrazado con algo de esto?

Kimberly niega con la cabeza e indica sacando una tiara del baúl:

—La verdad es que no.

Me sorprendo. Si eso fuera mío, ¡anda que no me habría disfrazado yo! Y, tras abrir un baúl en cuya tapa se lee «1800-1820», me pongo un curioso vestido de corte Imperio y pregunto mientras me lo ajusto:

—¿Te imaginas si tú y yo hubiéramos vivido en la época de este vestido?

Según lo digo, Kim se parte de risa.

—Siendo como somos, nos habrían encerrado por locas. Aunque, si lo pienso, habría sido divertido asistir a alguna de esas fiestas de temporada en las que se buscaba marido.

—¡Qué pereza! —resoplo.

Ambas reímos y luego cuchicheo divertida:

—Esas temporadas sociales debían de ser insoportables a causa del rígido protocolo. Las mujeres se mostraban como meros objetos sin voz ni voto, mientras que los hombres hacían lo que les daba la gana.

Mi amiga asiente. Hemos hablado infinidad de veces sobre esto. Y, riendo, me miro en el enorme espejo y comento:

—Así vestida me siento como una de las hermanas Bennet en la película *Orgullo y prejuicio*. Y, dicho esto, si me garantizaran que iba a encontrar a un señor Darcy para mí solita, no me importaría viajar en el tiempo.

Kim sonríe.

—Si yo hubiera vivido en esa época, sin duda habría sido «la americana» —continúo—. En todas las novelas ambientadas en la Regencia que hemos leído son siempre las irreverentes, las locas y las contestonas.

—Sin duda lo serías. —Kim se carcajea.

Durante un rato hablamos de ello, y luego musito:

—Lo divertido de esa época supongo que era asistir a las fiestas de los criados. Allí sí que se debía de bailar con gusto y ganas olvidándote del protocolo.

De nuevo reímos.

—Si Johanna se enterase de lo que estamos haciendo, ¡nos mataría! —dice ella entonces.

—¿Y eso?

Kimberly se coloca la vieja tiara sobre la cabeza e indica levantando el mentón:

—Es muy solemne con el pasado. Lo respeta mucho. Es más, nunca le ha gustado que subiera a la buhardilla para tocar nada de lo que hay aquí. Recuerdo que de niña lo hice varias veces y siempre que me descubría me regañaba. Según ella, los recuerdos de mis antepasados que descansan aquí arriba deben ser respetados. Sin embargo...

Ahí corta la frase, no sigue, y le exijo:

—¿Sin embargo...?

Según pregunto, Kim me mira y, bajando la voz, prosigue:

—Sin embargo, algo en mi interior me dice que aquí hay algo que necesita ser encontrado.

Ver su rostro mientras mira a su alrededor me hace sonreír.

—¿Te lo dice tu sexto sentido de bruja piruja? —replico. Kim asiente sonriendo, y yo añado—: Entonces ¡lo encontraremos!

Ambas reímos por eso, pero de pronto ella exclama:

—¡Empieza a recoger!

Sin entenderla, la miro.

—Recoge —insiste—, que en menos de quince minutos Alfred y Johanna estarán aquí. Lo presiento.

Nos entra la risa. De pronto parece que estamos haciendo algo malo mientras recogemos a toda pastilla.

—Vamos —me apremia Kim—. Debemos salir de aquí antes de que Johanna nos pille.

Con toda la pena del mundo, miro a mi alrededor mientras recojo y vuelvo a cubrir los muebles con las sábanas. Al tapar el espejo, una extraña sensación me recorre de arriba abajo, pero, sin dejarme llevar por ella, la ignoro y devuelvo el piano a su lugar.

Me encanta este sitio lleno de historia y recuerdos. Y Kim, que como muchas veces parece leer lo que pienso, cuchichea:

—Volveremos. Te lo prometo.

Saber eso me hace feliz y, una vez que cerramos la ventana, salimos de la buhardilla y bajamos a la sala donde está el televisor.

Instantes después llaman a la puerta y Johanna saluda mirándonos.

—Ya estamos de vuelta.

—¡Me he torcido un tobillo! —dice Kim de inmediato.

Johanna se apresura a entrar al oírla y, mirándola, pregunta:

—Cielo santo, milady, ¿está bien?

Ella asiente y yo indico divertida:

—Por suerte no se lo han tenido que amputar.

Las tres nos reímos y Kim, levantándose, abraza a Johanna y susurra:

—Soy una exagerada, lo sé.

Desde el sofá las observo, y entonces Johanna le acaricia la cabeza a Kim con cariño y murmura:

—Hay abrazos en los que te quedarías a vivir.

Oír eso nos hace reír a las tres. A continuación mi amiga le da un rápido beso en la mejilla, se sienta a mi lado y pregunta:

—¿Lo habéis pasado bien?

—Sí —contesta Johanna.

Kim sonríe y, ladeando la cabeza, dice:

—Quieres preguntarme algo, ¿verdad?

La mujer suspira al oírla y me mira.

—Lo sabe, Johanna —indica Kim—. Celeste conoce mi sexto sentido y no se asusta ni me juzga.

Ella asiente e, inmiscuyéndome en la conversación, tercio:

—Yo lo veo como un don…, ¡ojalá lo poseyera yo!

Johanna menea la cabeza. No sé si está de acuerdo conmigo.

—Según Johanna, he de ocultar ese «don» porque puede hacerme más mal que bien —explica Kim.

Oír eso me sorprende.

—Es para protegerla —aclara la mujer—. Siempre se lo he dicho.

—¿Protegerla de qué? —me intereso.

Según digo eso, Johanna me mira, pero no responde. Su gesto es incómodo, y Kim, para cambiar de tema y salvar la situación, pregunta:

—Vamos, Johanna, cuéntame… ¿Qué ocurre?

La aludida toma aire y empieza a hablar:

—El sábado que viene se casa la hija de nuestros amigos y…

—Y por supuesto iréis —termina Kim.

Johanna niega con la cabeza.

—¿Cuál es el problema? —quiere saber mi amiga.

—Se casa en Brighton, por lo que tendríamos que irnos el viernes y regresaríamos el...

—¡¿Y...?!

—Que no me agrada dejarlas tanto tiempo solas en la casa.

Kim y yo nos reímos. Johanna no. Y mi amiga afirma:

—Alfred y tú iréis a la boda de esos amigos.

—Pero...

—¡No hay peros que valgan! —la corta Kim—. Ni Celeste ni yo somos unos bebés a los que cuidar, así que iréis a Brighton. Disfrutaréis de un maravilloso fin de semana fuera de Londres y, cuando regreséis, todo estará bien.

La mujer asiente. No la veo yo muy convencida, pero finalmente susurra:

—De acuerdo. Se lo diré a Alfred.

Kim la abraza de nuevo. Entre ellas veo una vez más la complicidad que existe y, cuando se separan, Johanna da media vuelta y sale de la estancia.

En cuanto se marcha, Kim y yo sonreímos.

—¿Por qué no quiere que hables de tu don? —pregunto.

Ella se encoge de hombros.

—No lo sé. Pero siempre me ha dicho que no lo mencione y eso evitará que la gente pueda pensar cosas raras de mí.

Asiento aunque no lo entienda.

—Oye, nunca te he preguntado por los ojos de Alfred, pero también son muy curiosos —digo entonces. No todo el mundo tiene un ojo de cada color.

Kim sonríe y me muestra las palmas de las manos.

—Según me contó hace años, los heredó de su padre —indica.

Asiento. Y, tiradas en el sofá de la salita de la televisión, nos enganchamos a ver series en una plataforma.

En un momento dado, maravillada por los paisajes que veo, comento:

—Necesito ir a las Highlands... ¡ya!

Kimberly se ríe. Hemos planeado que dentro de dos fines de semana nos iremos unos días a Inverness.

—No creas que todos los escoceses son tan altos, guapos y románticos —cuchichea.

—¡Cierra el pico!

—Ya viste que Conrad y Moses, que son escoceses, ¡son normalitos!

—Bueno..., normalitos, normalitos... —me mofo.

Ambas reímos y luego ella añade:

—Lo siento, Celeste, pero la realidad ¡es la que es! Guapos, feos, listos y tontos los hay en todos lados.

Niego con la cabeza; ingleses y escoceses son para mí algo totalmente opuesto.

—No te lo tomes a mal, pero donde esté un cálido a la par que rudo y romántico *highlander*, que se quite un rígido y frío inglés —indico.

—¡Qué equivocada estás! —se burla ella.

Nos estamos riendo cuando me enseña un whatsapp que ha recibido de un amigo. Lo leo y, de inmediato, murmuro:

—¿En serio te gusta ese Helmet?

Kimberly se encoge de hombros.

—Es mono.

Vale, lo admito. ¡Es mono!

Estuvimos anoche de fiesta con él y los demás, pero su rigidez en determinados aspectos me provoca cierto rechazo.

—Pero es tan... tan estirado —digo— y tan inglés que...

—Celeste, deja de ver a los ingleses como el enemigo y de idealizar a los escoceses. Hay hombres majos aquí o allí. Solo tienes que darles una oportunidad. En cuanto a Helmet, simplemente es un tipo agradable con el que pasarlo bien. Nada más. ¡No es mi tipo! Y tengo muy claro que nunca tendré nada serio con él.

—¿Y con Gael?

Kim no contesta. Que no lo haga sé que es porque le duele, y musito:

—Estáis hechos el uno para el otro, aunque no lo queráis ver.

Ella suspira y, tomando aire, susurra:

—Lo sé, y mi sexto sentido me lo dice. Solo con él siento que el corazón me bombea a un ritmo que no es normal, pero... pero como te dije, cada uno ha decidido seguir con su vida. Es complicado, Celeste.

—Querer es poder —afirmo.

Kimberly asiente y, viendo lo serias que nos estamos poniendo, pregunto sabiendo cómo levantarle el ánimo:

—¿Cómo es Gael en la intimidad?

Ella suelta una carcajada y asegura:

—Un veinte.

—Nooooooooo —me mofo.

Mi amiga asiente.

—Es tierno, romántico, cañero, nada egoísta en el sexo... ¡Un veinte! Perooooo... ese veinte ha salido de mi vida y no quiero seguir hablando de él, ¿entendido?

Suspiro. ¡Qué tonta es Kim!

Si un veinte apareciera en mi vida, tengo claro que no lo dejaría escapar, pero... ¡no es mi vida, sino la suya!

—Por cierto —dice ella entonces—, mañana a las siete de la tarde tenemos cita en la biblioteca con mi grupo de lectura.

—¿La biblioteca de tu amor? ¿De tu Muñeco? —me burlo viendo cómo ha cambiado de tema.

Kim se lleva la mano al corazón con un suspiro. Esa biblioteca que lleva el nombre de su amor platónico, el duque Caleb Alexandre Norwich, siempre ha sido su preferida, y afirma:

—Vas a flipar cuando veas el precioso cuadro que tienen allí de él. Más guapo no puede estar. Te juro que a veces voy solo para sentarme en el banco de enfrente y mirarlo sin pestañear.

Sonrío al oírla y ella, cogiendo de la mesita que hay junto al sofá una novela romántica histórica escocesa, añade:

—Una vez que hayamos debatido sobre este libro elegiremos el siguiente. ¿Te apuntas?

Recuerdo encantada que salgo de trabajar a las seis de la tarde y sonriendo afirmo:

—Me apunto a todo. A ver el retrato de tu amorcito platónico y a leer. Es más —agrego señalando el libro que tiene en las manos—, adoro esa novela. ¡Brodick es lo más!

—¡Escocés tenía que ser! —se cachondea.

Divertidas, reímos y luego afirmo:

—Me apuntaré al club para debatir el siguiente libro.

Estamos sonriendo por ello cuando oímos unos golpecitos en la puerta. Instantes después esta se abre; Alfred entra y dice protocolariamente:

—El chófer de su primo, el conde de Whitehouse, ha dejado esta nota para usted, milady.

Veo que le entrega a Kim un sobre cerrado y cuando, tras una nueva inclinación de cabeza, este se marcha, pregunto mirando a mi amiga:

—¿Por qué Alfred y Johanna son tan formales contigo?

Kimberly se encoge de hombros.

—Porque no tienen remedio —responde—. Llevo toda mi vida pidiéndoles que me llamen por mi nombre de pila, pero se niegan. Ya lo dejé por imposible.

Sin saber qué decir, asiento y ella, abriendo el sobre, lee la nota y explica:

—Hay una fiesta en Hyde Park el sábado por la noche. Sean me pregunta si nos apetece ir.

Según oigo eso, resoplo. ¡Qué horror! Protocolo..., protocolo y más protocolo. Ya he asistido a alguna velada de esas en el tiempo que llevo en Londres y, uf, ¡me aburren una barbaridad! Pero no voy a decir nada.

—Le diré que sí —cuchichea ella entonces. Que nos pase a buscar a las nueve, ¿te parece?

—¡Yupi! —me mofo haciéndola reír.

* * *

Esa noche, cuando vamos a acostarnos, estoy agotada. Nada más tumbarme siento cómo rápidamente me duermo, pero no sé cuánto tiempo ha pasado cuando me despierto sobresaltada.

En silencio, me levanto de la cama. Me acerco a la ventana a oscuras y, retirando la cortina, veo que la calle está solitaria y tranquila.

Acto seguido cojo mi móvil y, encendiendo la linterna, me dirijo hacia la puerta. Con sigilo, la abro y me asomo. No hay nadie en el pasillo. Como la habitación de Kim está frente a la mía, tras dudar si hacerlo o no, me armo de valor y voy hasta ella. Abro la puerta y, al ver que está dormida, decido dar media vuelta y regresar a mi cuarto.

Sin embargo, antes de entrar, llama mi atención algo que brilla al pie de la escalera que sube a la buhardilla. Incapaz de quedarme sin saber qué es, me acerco y compruebo que se trata del anillo de mi padre.

Pero ¿qué hace aquí?

De inmediato me agacho a recogerlo. ¡Menos mal que no lo he perdido!

Ese antiguo anillo es muy especial para mí, y enseguida me lo pongo en el dedo. Luego regreso a la habitación, me meto en la cama y, cerrando los ojos, vuelvo a quedarme dormida.

7

El lunes, tras un día de locos en el hospital, me encuentro con Kim a las siete menos cuarto en la puerta de la biblioteca Conde Caleb Alexandre Norwich, donde se reúne el club de lectura.

Una vez que entramos, Kim me coge de la mano y, llevándome a un lateral, indica señalando un enorme cuadro:

—Te presento a Caleb..., ¡mi Muñeco!

Complacida, observo el enorme cuadro que está ante nosotras del conde Caleb Alexandre Norwich, quien no solo era atractivo, sino que en el retrato nos muestra una afable sonrisa y unos penetrantes ojos oscuros.

—Pedazo de muñeco... —musito.

Kim asiente y entonces yo pregunto con curiosidad:

—¿Por qué lo llamas de ese modo?

—Porque es tan perfecto que parece fabricado aposta. —Ambas reímos y luego añade—: Si es verdad que el hilo rojo del destino existe, espero que algún día me lleve hasta él.

Oírla me hace sonreír. Kim y yo hemos hablado muchas veces sobre la leyenda japonesa del hilo rojo del destino.

—Se dice de él que fue un gran mujeriego... —Suspira a continuación.

—Normal..., ¡con esa planta!

Kim asiente y, mirándolo, cuchichea:

—Al parecer, se casó en su madurez con lady Godiva de Schusserland, con la que no tuvo hijos, y se dice que tampoco fue muy feliz porque a ella le gustaba coleccionar amantes.

—Noooooooooooo...

Kim asiente.

—¿Cómo alguien teniendo a su lado a un hombre tan guapo, atractivo y perfecto puede coleccionar amantes? —quiero saber.

Mi amiga se encoge de hombros y susurra:

—Yo tampoco lo entiendo —y, suspirando, musita—: Entre las novelas que leo, el rechazo de Gael y este guapo hombre, ¿cómo voy a ser capaz de encontrar el amor?

Nos miramos riendo y decidimos continuar nuestro camino.

Tras entrar en una sala aparte en la que se puede hablar en voz alta, Kim me presenta a varios de los integrantes del club de lectura. De inmediato compruebo que son gentes variopintas, de todas las edades y condiciones sociales, y eso me gusta. Comentado por personas tan distintas, un libro siempre es más interesante.

Media hora después el grupo ha crecido hasta ser veintidós personas y comienza el debate. Como tratamos una novela que yo he leído mil veces al ser de romance escocés, presto atención a las impresiones de los demás. Está visto que cada persona entiende la historia a su manera y, sin hablar, escucho con interés.

Una hora más tarde, cuando se da por concluido el debate sobre la novela, se procede a la votación de la siguiente lectura. Alguien pone sobre una mesa varios ejemplares de otras novelas y los presentes votamos para elegirla.

Sobre la mesa hay diez libros de literatura romántica. Encantada, compruebo que cuatro son novela medieval escocesa (¡bien!). Tres, de la Regencia inglesa (¡noooo!). Uno es de un viaje en el tiempo (¡bueno!). Y dos de ellos están ambientados en el Oeste americano (¡no es lo mío!).

Las votaciones comienzan y mi sonrisa no puede ser más amplia. Va ganando uno medieval escocés que no he leído (¡síííííí!). Pero de pronto todo empieza a cambiar (¡mierda!) y termina siendo elegido uno de la Regencia inglesa (¡me quiero morirrrrr!).

Uf..., qué pereza, ¡qué pereza!

Todas las ganas que tenía de leer ya se me han quitado.

Nunca me ha atraído esa época por la cantidad de normas y limitaciones que tenían las mujeres. En mi opinión, las novelas son para disfrutar leyendo y, mira, la Regencia inglesa, a pesar de que no dudo de sus increíbles atractivos, no es lo mío. Lo mío son los vikingos y los escoceses. ¿Por qué? Pues porque las mujeres que salen en esos libros viven aventuras, son descaradas, salvajes y le plantan cara al hombre más fiero aun jugándose la vida, y las que aparecen en las de la Regencia son mujeres anodinas que por lo general solo desean casarse y cuyas historias están dominadas por el puritanismo, mientras que los hombres hacen lo que les da la gana.

¡Menuda mierda!

* * *

Esa noche, mientras regresamos a casa con el librito de la Regencia en nuestros bolsos, voy callada en el coche y Kim, que me conoce muy bien, musita:

—Mujer..., la próxima vez ya saldrá uno de escoceses o vikingos.

Oír eso me hace sonreír mientras me toco el anillo de mi padre.

—Más vale, o me borro del club de lectura.

Ella suelta una carcajada y, cuando comienza a sonar en la radio la canción *Careless Whisper* de nuestro maravilloso George Michael, las dos nos arrancamos a cantar con una sonrisa. ¡Adoramos a George!

Entonces, recordando algo que Kim me contó hace años, pregunto sabiendo que voy a ser algo puñetera:

—¿Esta no era la canción tuya y de Gael?

Sin dejar de cantar, mi amiga asiente y yo me río al ver su cara de enamorada. No sé si el hilo rojo del destino conectará con el conde, pero desde luego algo me dice que con quien sí conecta es con Gael.

8

La semana parece volar, y yo no toco el libro de la Regencia.

Tanto Kim como yo tenemos mucho trabajo y estamos tan agotadas cuando llegamos a casa que lo último que nos apetece es subir a la buhardilla.

El viernes por la tarde, tras una semana de locos, pasa a recogerme por el hospital y, mientras vamos en el coche escuchando la canción *Morning Sun* de Robin Thicke, mi amiga pregunta señalando a lo lejos con el dedo:

—¿Ves lo que nos rodea?

Miro a mi alrededor. Veo un parque y muchísimas casas, y prosigue:

—Este lugar se llamó los Jardines de Vauxhall desde mediados del siglo XVII hasta mediados del XIX. Las damas y los caballeros de la época, entre los que estaba mi Caleb, lo utilizaban como lugar de recreo y diversión. Un sitio donde dejarse ver en buena compañía, donde las madres podían mostrar a sus hijas casaderas, o en el que dar paseos románticos a pie o en coche, pero por supuesto con carabina.

Eso nos hace reír a ambas, y replico:

—Vamos, que eso de meterse mano por las esquinas, hacerse selfis con el móvil o besarse apasionadamente como que estaba del todo fuera de lugar.

Kim se mofa.

—¡Menudo escándalo! Aunque, fíjate lo que te digo, estoy convencida de que habría quienes lo harían.

—¡Yo! Con tal de saltarme las normas lo haría... —afirmo convencida.

De nuevo nos reímos y nos detenemos frente a un semáforo en rojo.

—Los Jardines de Vauxhall se convirtieron en un verdadero negocio —continúa Kim—. Había tanta afluencia de público que al final se cobró la entrada para poder disfrutar de atracciones como subir en globo, ver espectáculos de magos y equilibristas e incluso escuchar algún que otro concierto de la época. Ah..., y si mal no recuerdo, en 1817 se hizo aquí una representación de la batalla de Waterloo en la que intervinieron unos mil soldados.

—¡Qué pasote!

Kim asiente y, cuando el semáforo cambia a verde, sigue contando:

—Desgraciadamente, sus propietarios tuvieron que cerrar los jardines al caer en bancarrota y, aunque se subastaron los terrenos y los abrieron de nuevo, ya no volvieron a funcionar como en sus inicios y al final las tierras fueron vendidas como solar para edificar... Y, bueno, hoy en día solo queda el parque público Spring Gardens de ese increíble jardín.

Me encanta que Kim me cuente cosas históricas. Cuando ella vivía en Madrid conmigo, era yo quien le iba contando cositas de la Puerta de Alcalá, de El Rastro, del Palacio Real...

En el coche vamos charlando durante un buen rato, hasta que al pasar por una calle mi amiga señala un edificio e indica:

—Estamos frente al número 49 de Pall Mall, y allí, donde ahora está ese enorme edificio, era donde se emplazaba el mítico y legendario Almack's.

Sé de qué habla. Almack's aparece en muchísimos de los libros ambientados en la Regencia que leemos.

—Como sabes, fue uno de los primeros clubes de Londres donde hombres y mujeres podían reunirse sin problemas.

Asiento y ella prosigue:

—El club fue presidido por un comité de damas de la alta sociedad de lo más influyente. Entre ellas, la condesa Claire Simpson, hija de la hermana de Horatio y, por consiguiente, de la familia.

—Noooo...

—Sí —afirma Kim, y continúa—: Marquesas, condesas, baronesas o princesas, quizá demasiado adelantadas a su tiempo, fueron quienes llevaron adelante el proyecto, ¿y a que no sabes cómo se las conocía?

—¿Cómo?

—Como las patronas de Almack's.

—¡Uis, «patronas»! —me mofo.

—Esas mujeres vendían un vale anual cuyo precio rondaba las diez guineas para asistir a las exclusivas noches de los miércoles, donde todo era lujo. Pero no creas que todos podían ir a Almack's. Allí solo entraban quienes las patronas querían, y eran muchos los que se mataban por formar parte de esa elitista y exclusiva sociedad.

—Pues sí que tenían poder esas mujeres.

Kim asiente con la cabeza.

—Más del que puedas imaginar. Al parecer los lunes, durante la temporada social en que las madres buscaban maridos para sus jovencitas casaderas, esas mujeres se reunían para decidir quiénes entraban en esos bailes, tanto si habían comprado el vale como si no. Ni te imaginas el poder que eso les otorgaba para hacer o deshacer parejas.

Entre risas, Kim me sigue contando cosas sobre Almack's. Sin duda está muy puesta en el tema.

Poco rato después mi amiga mete el coche en un parking y, al salir, nos paramos frente al escaparate de una enorme tienda de electrodomésticos. En sus televisores se habla de la importancia de las fases lunares y, sobre todo, de la luna llena.

Con curiosidad, escuchamos a unos astrónomos hablar del tema.

—No sabía que el influjo de la luna fuera tan importante —musito.

Kim asiente e indica interesada:

—Sí, la luna encierra muchos misterios.

Nos miramos sorprendidas, y el hombre que está escuchando la noticia a nuestro lado señala:

—La luna llena y los espejos son dos grandes aliados de brujas y brujos, pues se dice que sus hechizos o sus conjuros se cumplen inevitablemente. Cuando uno lanza un conjuro a la gran luna llena, se ralentiza el mundo sin que nos demos cuenta. Las horas del presente se convierten en minutos del pasado y la magia hace el resto.

Mi amiga asiente encantada en su dirección, pero yo pregunto:

—¿En serio cree en esas cosas?

El hombre me mira, luego mira a Kim y, finalmente, cuchichea con una sonrisa:

—Siempre hay que creer en la magia de la gran luna llena.

Kim y yo sonreímos y, sin ganas de llevarle la contraria, concluyo:

—Pues estaremos atentas a su magia.

Dicho eso, nos despedimos de él y proseguimos nuestro camino.

Mientras hablamos, a Kim le suena el teléfono. Rápidamente lo coge y, tras conversar unos minutos, cuando cuelga dice:

—Era Johanna. Ya han salido para Brighton. ¡Espero que lo pasen bien!

Yo también lo espero. Entonces Kim me mira y sugiere:

—¿Qué te parece si cenamos en Bixies?

Al oírla, resoplo. Bixies es un restaurante inglés muy elitista, lo que no me va mucho, y musito:

—No me apetece. Prefiero pizza. ¿Qué me dices?

Ahora es Kim quien niega con la cabeza.

—Preferiría algo más sano.

Mientras caminamos, tanto ella como yo proponemos sitios, pero nada, no llegamos a un acuerdo, y de pronto vemos al fondo de la calle un restaurante de comida española llamado La Mediterránea. Sin dudarlo nos miramos y sonreímos.

¡Por fin nos hemos puesto de acuerdo!

Vamos andando por St. James's Street cuando Kim, deteniéndose ante un precioso edificio de esos con solera, afirma:

—Lo que te voy a contar ahora no te va a gustar.

—¿Por qué? —pregunto sonriendo.

—Porque te conozco, ¡y lo sé!

Eso me hace gracia; pero mi amiga señala el precioso edificio e indica:

—Este lugar es Brooks's.

Según dice eso, sé de lo que habla. En los libros ambientados en la Regencia que he leído suelen referirse a él como un club privado fundado en 1764 exclusivamente por y para hombres, y en el que estaba prohibida la entrada a las mujeres.

—Y, sí, seguimos sin poder entrar —se burla Kim.

Con cierto recelo, miro el elegante edificio mientras inconscientemente separo las piernas, pongo los brazos en jarras y levanto la barbilla. Por mi cabeza pasan muchas cosas, entre ellas colarme, les guste a aquellos machirulos o no, pero al ver las cámaras de seguridad del exterior y al gorilón que atisbo desde donde estoy, me mofo:

—El día que yo entre, ¡los voy a revolucionar!

Kim suelta una carcajada y luego proseguimos nuestro camino. ¡Vamos a cenar!

9

Esa noche, cuando regresamos al casoplón, sonrío al llegar al precioso barrio de Belgravia. ¡Es tan bonito...!

Una vez que Kim aparca, ambas nos apeamos. En ese instante otro coche para frente a nosotras, en el número 22, y de él se baja una mujer con un chihuahua. La observo con curiosidad hasta que Kim, mirándome, explica:

—Es la baronesa Genoveva Camberry, una señora encantadora.

Según dice eso, la mujer se detiene y nos mira. Tiene unos bonitos ojos oscuros y, sonriendo, nos saluda con la mano. Nosotras hacemos lo mismo y a continuación proseguimos nuestro camino.

Más tarde, tras cambiarnos de ropa y cogernos unas Coca-Colas Zero, nos dirigimos a la salita de la televisión, donde, tras hacer la videollamada con mi yaya, Kim me anima a coger la guitarra.

Durante un rato disfrutamos interpretando canciones que a ambas nos gustan: George Michael, Amy Winehouse..., y terminamos la noche cantando *Emocional* de Dani Martín, porque a ambas nos encanta.

La primera vez que vimos juntas el videoclip, terminamos llorando como dos magdalenas. ¡Lo que nos va el drama! Su letra y la historia que cuenta nos tocó directamente el corazón.

Tras un rato de disfrutar con esas canciones que tanto nos gustan, nos damos un beso en la mejilla y cada una se va a su cama. Estamos cansadas.

Me quedo dormida en cuestión de segundos, y sueño con los Jardines de Vauxhall. Pero en el sueño no los veo como los he visto antes, sino que los imagino como me ha contado Kimberly que eran.

Entonces de pronto oigo un fuerte golpe y me despierto sobresaltada.

Rápidamente me incorporo en la cama y enciendo la luz.

Miro a mi alrededor y, como es lógico, estoy sola en la habitación, pero veo que el anillo de mi padre está sobre la cama.

¿Otra vez se me ha caído del dedo?

Me lo pongo de nuevo y decido que compraré una cadenita para colgármelo al cuello.

Apago la lamparita e intento dormirme para seguir soñando con lo mismo, pero nada, no lo consigo.

Doy vueltas y más vueltas en la cama y, al final, enciendo otra vez la luz, me levanto y voy al baño.

Al regresar cinco minutos después, veo el libro del club de lectura que descansa sobre la mesilla y, desvelada, decido darle una oportunidad.

Nada más comenzar veo que sale el nombre de Almack's y sonrío cuando leo lo que se explica acerca de un fastuoso baile de máscaras en el que ciertas jóvenes en busca de marido cotillean mientras comen finas rebanadas de pan con mantequilla fresca.

Esforzándome por no dejar la lectura, me sumerjo en ella y de pronto oigo un ruido. Eso hace que levante la cabeza y preste atención. Pero el silencio es total, por lo que vuelvo a la novela.

Poco después oigo de nuevo un ruido sobre mi cabeza. ¿Es que hay alguien en la buhardilla?

Rápidamente me levanto de la cama alarmada. Kim y yo estamos solas en la casa, y pienso: «¿Habrán entrado a robar?».

Tomando aire, cojo mi móvil y uso la linterna para salir de la habitación a oscuras. Sin dudarlo, voy al dormitorio de Kim para ponerla sobre aviso, pero al comprobar que no está en la cama, donde veo el libro del club de lectura abierto, de pronto intuyo que puede ser ella quien esté en la buhardilla.

A paso de tortuga y con cierto recelo subo la escalerilla. Es la una y diez de la madrugada. Todo está oscuro. No enciendo la luz para no advertir de mi presencia, pero si la protagonista de una de las películas de miedo que suelo ver subiera a una buhardilla a estas horas y a oscuras tras oír ruidos extraños y sin llamar a la policía, ya estaría poniéndola verde.

¿Qué hago entonces haciéndolo yo?

Los ruidos se oyen cada vez más cerca y mi corazón cada vez se acelera más, pero no puedo parar. No puedo dejar de subir la escalera.

Cuando llego arriba la buhardilla está a oscuras, y susurro en un hilo de voz:

—¡Kim!

Durante unos segundos que se me hacen eternos nadie contesta y, sin moverme, insisto:

—¡Kimberly!

Ruido, solo percibo ruido, pero entonces oigo decir:

—¡Vas a flipar!

Vale, es su voz. Respiro aliviada, y entonces veo que una luz viene hacia mí. Es ella con su teléfono móvil y, como puedo, pregunto:

—¿Se puede saber qué haces aquí?

Kim me mira, sonríe y cuchichea mirándose en el enorme espejo plateado, que no tiene la sábana puesta.

—Ya ves..., de charla con mis antepasados.

Mi gesto se torna serio y mi amiga, divertida, se mofa:

—Por Dios, Celeste, ¡te estoy tomando el pelo!

Cierro los ojos. ¡Menos mal! Y, cogiendo aire, voy a soltar la primera burrada que se me pasa por la cabeza cuando mi amiga pregunta:

—¿Has comenzado a leer el libro del club de lectura?

Llevo veinte páginas, no más, y asiento.

—Sí.

Kimberly me mira, por fin enciende la luz de la buhardilla (¡bien!) y, con una sonrisa, añade:

—¿Y no tienes nada que decirme?

Parpadeo, no sé de lo que habla, y encogiéndome de hombros indico:

—Que me parece un tostón.

Ella suelta una carcajada y a continuación murmura:

—No te lo vas a creer, pero uno de los personajes de la novela tiene unos guantes de seda blancos con sus iniciales bordadas.

—¡¿Y...?!

—Pues que he subido a ver las iniciales que estaban bordadas en estos por si coincidían, pero nada, ¡no tienen nada que ver!

La miro boquiabierta. Una de dos: o se ha fumado un par de porros que le han sentado mal o se le ha ido la cabeza.

—¿Por qué me miras así? —quiere saber ella.

Sin saber qué responderle, finalmente me río y susurro:

—Porque sin duda te falta más de un tornillo.

Ambas reímos y luego yo me miro en el enorme espejo. Tengo una pinta terrible recién levantada de la cama y, acercándome más al espejo, cuchicheo:

—¡No me jorobes...! Menudo granazo me está saliendo en la frente.

Kim, que ha vuelto a rebuscar en el baúl, no responde. Entonces, al apoyarme en el viejo piano de caoba, este se desplaza, yo caigo de culo al suelo y el piano termina empotrado en la pared tras un tremendo golpazo.

¡Madre mía!

Al ver el castañazo que me he pegado, mi amiga se asusta. Yo no.

Quiere llamar a una ambulancia por si me he roto algo, pero la detengo. Solo tengo ojos para ver el estropicio que he montado y, con un tremendo dolor en el trasero, musito:

—Con las prisas, el otro día no puse el freno a las ruedas y creo que me he roto el culo.

—¡Ay, por Dios! ¿Tendrán que operarte? —pregunta alarmada.

Me río, no lo puedo remediar. Y, extendiendo las manos frente a mí, digo:

—Anda, ayúdame a levantarme.

¡Madre mía, qué culazo me he dado!

Menos mal que Alfred y Johanna no están en la casa. Si hubieran estado, habrían oído el golpetazo ¡y nos habrían pillado!

Una vez de pie, con el trasero dolorido por el golpe, me quedo mirando la pared contra la que ha impactado el piano y, al verlo incrustado en ella, murmuro:

—Ay, Dios...

—Johanna nos va a matar —susurra Kim.

Nos acercamos a mirar el caos que hemos causado y, al ver que la pared ha cedido, pregunto:

—¿Sabías que tras esa pared había otra?

—No.

Sin movernos, miramos el piano empotrado y entonces, al notar el viento que de pronto se oye en el exterior, digo:

—¿Hacía tanto viento hace un minuto?

Kim, que como yo se ha percatado de ello, niega con la cabeza, pero pide:

—Ayúdame a desencajar el piano de la pared.

Obedezco sintiéndome culpable de lo ocurrido.

Ambas agarramos el piano por los lados y tiramos de él con todas nuestras fuerzas hasta que conseguimos nuestro propósito.

Una vez que logramos dejarlo de nuevo en su sitio, comprobar que no le ha pasado nada y ponerles el freno a las ruedas, Kim y yo nos acercamos otra vez a la pared y, encendiendo las linternas de nuestros teléfonos móviles, iluminamos el hueco que ha quedado y murmuramos al unísono:

—¡Ojo, piojo!

Acabamos de descubrir una estancia oculta en la buhardilla, y reconozco que la curiosidad me dice que no me vaya de ahí. Ahora entiendo por qué muere tanta gente en algunas pelis..., ¡por cotillas!

A través del hueco, vemos frente a nosotras lo que parece una caja y un cuadro. Encontrar eso nos emociona y, dejando los móviles a un lado, sin hablar, comenzamos a retirar trozos de la escayola que hacía las veces de pared.

Instantes después, en cuanto el hueco es lo bastante grande para que podamos entrar por él, y a pesar del viento que sopla cada vez más fuerte en la calle, sacamos la caja y el cuadro a la amplia buhardilla.

¡Estamos superemocionadas!

Nos sentamos en el suelo y observamos el cuadro, que es un retrato de una mujer con los ojos cerrados que sonríe y va vestida de blanco de pies a cabeza.

El viento arrecia, golpea las ventanas, y entonces Kim pregunta:

—¿Quién es esta mujer?

Durante un buen rato buscamos en la pintura alguna pista de quién podría ser, pero al no hallarla cuchicheo:

—Antepasada tuya, fijo. Si no, no estaría aquí.

A continuación examinamos la caja, que está cerrada con un candado. Nos metemos de nuevo en el hueco de la pared para buscar la llave. Debe de andar por ahí, pero no la encontramos, y Kim indica mirándome:

—Pues yo no me quedo sin saber lo que hay dentro. Lo forzaremos.

—Te recuerdo que Johanna nos rematará.

—Algo me dice que merecerá la pena —bromea mi amiga.

Durante un buen rato hacemos todo lo que se nos ocurre para abrir el candado, pero nada, es imposible. ¡Se resiste!

Finalmente, agotadas de tanto intentarlo y no conseguirlo, nos volvemos a sentar en el suelo de la buhardilla y debatimos acerca de quién puede ser la mujer del cuadro, pero entonces, en una esquina, tras limpiarla con el dedo, vemos una fecha: «1503». Eso hace que nos miremos y digamos al unísono:

—Imogen.

Según pronunciamos el nombre de la antepasada de Kim que fue bruja, la lámpara del techo comienza a parpadear y surge un fogonazo de luz blanca del enorme espejo plateado.

El chillido que ambas pegamos creo que lo oyen hasta en Australia... ¡Joder, qué susto!

Mirando el espejo, que de nuevo se oscurece, oímos el fuerte viento que sopla en el exterior. La luz eléctrica vuelve a parpadear, se apaga y, sobresaltadas, nos levantamos del suelo.

—¿Qué brilla bajo el espejo? —musita entonces Kim.

Con más miedo que otra cosa, nos acercamos y yo susurro parpadeando:

—¡El anillo de mi padre!

Rápidamente lo cojo, me lo vuelvo a poner y murmuro:

—Se me ha debido de caer cuando me he pegado el trompazo.

Mi amiga asiente. Veo el desconcierto en su cara y, aunque no soy cagona, mi primer instinto es salir corriendo de aquí, pero no puedo: Kim me sujeta por el brazo.

Ambas tenemos las respiraciones aceleradas; en ese momento la luz eléctrica vuelve y ella, mirándome, va a hablar cuando yo, al ver que la mujer del cuadro tiene ahora los ojos abiertos y son de color violeta como los de Kim, susurro:

—¡Ojo, piojo!

Mi amiga mira la pintura y ve lo mismo que yo.

—Es... es... ¡la bruja! —murmuro.

Ella asiente.

—Sin ninguna duda.

—Me... me estoy cagando de miedo —musito.

¡Esto es una locura! ¡Esto no puede estar pasando!

Y, sin apartar la mirada de la mujer del retrato, que parece tener los ojos clavados en mí, exijo:

—Pellízcame.

Kim obedece, eso me hace saber que estoy despierta, y pido:

—¡Vámonos de aquí!

Pero en cuanto nos disponemos a hacerlo, la luz vuelve a apagarse y oímos que algo cae al suelo. Cuando la luz regresa, observamos que la caja está abierta y el candado en el suelo.

No nos movemos, no podemos. Y Kim, tan sorprendida como yo, susurra mirándome:

—No me preguntes cómo ha pasado, pero ha pasado.

—¡Salgamos de aquí! —exijo asustada.

El viento arrecia en la calle, golpea con fuerza contra las ventanas cerradas.

Nos acercamos a la caja y la miramos. Con unos ojos como platos, vemos en su interior una pila de hojas sueltas. Cuando Kim va a tocarlas, la detengo sin poder apartar la mirada del cuadro de la mujer.

—¿Estás segura? —le pregunto.

Ella asiente mirando a su vez el cuadro.

—Segurísima —dice.

En silencio, finalmente coge una hoja y lee el encabezado:

—«Hechizo de viaje en el tiempo».

Nos miramos boquiabiertas.

Atraída como un imán, me agacho ante el pequeño cofre y saco una antigua cajita de metal. Acto seguido la abro y veo unas flores requetesecas dentro de ella y dos cadenitas de las que cuelgan dos preciosas perlas.

—¡Qué bonitas son!

Kim y yo las miramos y ella, cogiendo una, se la pasa por la cabeza.

—¡Pues ya tienen dueñas! —afirma.

—Pero ¡¿qué dices?! —protesto.

Mi amiga se ríe, está claro que aquí a la que se le ha descompuesto el estómago es a mí, y afirma:

—Esto está aquí abandonado. Nadie lo ha reclamado en años... ¿Por qué no nos las vamos a quedar? Y, como hay dos, pues una para ti y otra para mí.

Suspiro. Me entran los calores de la muerte y, finalmente, al ver que insiste, cojo la otra cadenita con la perla y me la cuelgo del cuello.

Instantes después veo también en la caja un objeto de nácar con forma de mariposa.

—¿Qué es esto?

Kim se agacha.

—Parece un carnet de baile.

—Tiene grabadas las iniciales «C. M.».

Con curiosidad, lo abrimos y en su interior leemos nombres como sir Craig Hudson, vizconde Evenson, duque de Bedford...

—¿Ese último no es el que estaba con tu primo Sean? —susurro—. ¿El Melenitas?

Kim asiente.

—¡Es cierto! —exclama, y luego sigue leyendo—. Mira, aquí también aparece el conde de Whitehouse. Sin duda todos estos son los antepasados de los condes y los duques de hoy en día.

Kim continúa leyendo hasta que de pronto murmura:

—Creo que es el carnet de baile de Catherine, la nieta de Horatio. Sus iniciales coinciden: Catherine Montgomery.

—¿La que desapareció? —quiero saber.

Kim asiente y, mirándome, afirma emocionada:

—Por fin he encontrado algo de ella.

Según dice eso, el viento se detiene en seco. Y las perlas de nuestro cuello se iluminan.

¡Guauuu, madre, qué yuyu!

Nos miramos sorprendidas y de inmediato afirmo al borde del infarto:

—Siento decirte que sigo cagándome de miedo.

Kim asiente. La luz de las perlas se refleja directamente en el espejo Negomi hasta que poco a poco se apaga. No sé si quitarme la mía. Mi mente así me lo ordena, pero mis manos no se mueven.

Permanecemos unos instantes en silencio hasta que, atraída como un imán, me acerco al enorme espejo y paseo los dedos por él. Desde que entré en la buhardilla la primera vez, ese antiguo espejo plateado llamó mi atención, y cuchicheo intentando templar mis nervios:

—Espejito..., espejito..., ¿acaso eres mágico y no lo sabemos?

Me río, creo que mis nervios pueden conmigo, y entonces mi amiga propone:

—¿Qué te parece si nos llevamos estas cosas a tu habitación o la mía y, con tranquilidad, vemos qué más hay?

Tras mirar de nuevo el retrato de Imogen, que parece no quitarnos ojo, asiento y, como estamos solas en la casa, nos ponemos manos a la obra.

Con las pulsaciones aceleradas, llegamos a la habitación de Kim y, una vez que dejamos la caja sobre la cama y el cuadro sobre una silla, los observamos durante un buen rato mientras noto que me duele el culo a causa del trastazo.

—«Hechizo de destierro... Viaje en el tiempo... Hechizo de reparación...» —lee Kim de una de las hojas sueltas que hay en la caja—. No me lo puedo creer...

Yo estoy tan sorprendida como ella y no sé qué decir.

—«Día y noche. Luz y oscuridad —leo a mi vez en voz alta—. Instante y...»

—¡No me jorobes, Celeste! —Kim me quita la hoja.

Eso me hace gracia y, divertida, pregunto:

—¿Ahora eres tú quien tiene miedo?

Ella deja la hoja sobre la cama y, mirándome, sisea:

—No juegues con estas cosas. Nunca se sabe lo que puede pasar.

Vale, tiene razón.

—Perdón, perdón —digo—. Me he dejado llevar por el momento.

Kim ríe, yo también y, cogiendo otra hoja, leo el encabezado:

—«La luna, el espejo, la perla y su magia».

Eso llama mi atención, y continúo:

—«La luna ilumina, el espejo refleja, la perla abre el portal y la magia transporta a otras épocas las noches de luna llena...».

Me interrumpo. Miro a mi amiga y le pregunto boquiabierta:

—¿Mañana por la noche no hay luna llena?

Kim asiente. Mira el papel que tengo entre las manos y, tan convencida como yo, murmura:

—Que mañana haya luna llena y que nosotras hayamos encontrado esto justo el día antes desde luego no es fruto de la casualidad.

Nos observamos en silencio. Tenemos infinidad de preguntas para las que aún no hay respuestas y, mirando el retrato de Imogen, le pregunto en voz alta:

—¿Nos vas a ayudar o vas a seguir mirándonos con cara de guasa?

Como era de esperar, el cuadro no dice nada, y casi que mejor. Si me hubiera hablado, creo que me habría dado un infarto aquí mismo.

Entonces, dirigiéndome de nuevo a mi amiga, pregunto tocando la perla que llevo al cuello:

—¿Por qué hemos encontrado esto?

—No lo sé.

Nos quedamos unos instantes en silencio.

—¿Qué es lo que ha pasado en la buhardilla? —insisto.

—No sabría decirte, Celeste. Pero sin duda ha sido ¡mágico!

Estamos de acuerdo. Yo no lo podría haber resumido mejor.

—Si pudieras viajar en el tiempo —digo a continuación—, ¿adónde irías?

—Tendría que pensarlo.

—¿No irías a conocer al Muñeco? ¿Al del retrato de la biblioteca?

Según digo eso, Kim sonríe.

—Excelente elección.

Ambas reímos y luego mi amiga declara con mofa:

—No me lo digas... Tú irías a Escocia. —Y me entra la risa cuando añade—: Ni diez minutos ibas a durar tú viva en esa época. Con el carácter que tienes y lo mal que llevas eso del patriarcado, terminarías en la hoguera. No te imagino viviendo entre la suciedad, sin un baño, sin móvil, sin tus redes sociales y acatando lo que un *highlander* decida por ti, por muy guapo que este sea.

Me río, sé que tiene razón, pero exclamo:

—¡No me quites la ilusión!

Vuelvo a mirar en el interior de la caja y, de debajo de las hojas, saco un cuaderno.

—¡No te lo vas a creer!

Kim me mira y, enseñándole lo que he descubierto, indico:

—Aquí pone «Lady Catherine Montgomery», y por lo que veo parece un diario.

Dejando lo demás a un lado, Kim se acerca a mí.

Permanecemos unos instantes en silencio valorando lo que tenemos frente a nosotras, y al final afirmo mientras lo abro:

—Hoy por hoy, con esto del derecho a la intimidad, hacer lo que vamos a hacer es casi un sacrilegio, pero te digo algo: sí o sí vamos a leerlo y no voy a aceptar un «no» por respuesta.

Kimberly asiente, opina lo mismo que yo. Y, sin más, comenzamos a leer el diario de Catherine y nos sumergimos en su historia.

10

Harewood House, 3 de abril de 1816

La boda entre Vivian y el vizconde Anthonyson ha sido una maravilla. Si algo sé de buena tinta es el amor que mi amiga le profesa, y verla tan radiante con su marido, como ella no para de decir, me hizo muy feliz.

Pero mi felicidad se eclipsa al pensar que yo nunca podré tener una boda como esa. Ni madre, ni padre ni toda la aristocracia londinense jamás aceptarían a mi amor y, ante eso, nada puedo hacer.

Según terminamos de leer, miro a Kim y pregunto:

—¿Quién era el amor de Catherine?

Mi amiga niega con la cabeza.

—Ni idea. Ya te dije que desapareció y nunca, hasta ahora, había encontrado nada de ella.

Sorprendidas, continuamos con la lectura.

Londres, Belgravia, 28 de abril de 1816

Mis hermanas y yo hemos ido hoy de compras. Según madre, necesitamos un par de vestidos más para la temporada y, aunque padre protestó, finalmente ella se salió con la suya.

Antes hemos pasado por el barrio de Cheapside para encargar una pieza que necesitamos para el piano de Prudence, pues anda algo desafinado y, tras hacerlo, nos hemos dirigido al establecimiento de la señorita May Hawl, la tienda de moda más concurrida de Londres.

En la puerta, nos hemos encontrado con nuestros amigos y vecinos del número 22, el vizconde Michael Evenson y su amigo Craig Hudson.

Al morir los padres de Michael, él quedó al frente del negocio naviero y durante años se marchó a vivir a Nueva York, donde se casó y posteriormente enviudó. Al regresar lo hizo junto a Craig Hudson, su socio americano y hermano de su mujer. Craig es un hombre divertido y encantador, muy alejado del carácter inglés. Trabaja junto a Michael y, aunque es discreto y nadie sabe nada, yo sé que se ve con una mujer casada llamada lady Alice, la condesa de Standford.

Durante un buen rato, mientras Abigail y Prudence miraban telas para sus vestidos, yo me he entretenido hablando con ellos. Como siempre, nuestra conversación ha sido alegre y distendida. Y me he enterado de que, para la siguiente temporada, unas sobrinas de Craig vendrán de visita a Londres procedentes de Nueva York.

Saber eso me emociona. Lo que daría yo por conocer Nueva York...

—¿Crees que Catherine pudo marcharse allí?

—Es una opción —responde Kim—. Quizá escapó con su amor porque Michael y Craig les consiguieron unos buenos pasajes en algún barco y de ahí que no se volviera a saber más de ella.

Asiento. Eso explicaría su desaparición. Proseguimos leyendo.

Londres, Belgravia, 1 de mayo de 1816

Hoy, por mi cumpleaños, mi amor me ha regalado unos preciosos pendientes de zafiros.

Sé que no se los puede permitir, pero ha trabajado tanto para comprarlos que no he sido capaz de rechazarlos, aunque nunca podré lucirlos. ¿Qué explicación daría de su existencia?

—Vale —digo mirando a mi amiga—. Después de esto ya sabemos que el amor de Catherine era alguien que no tenía su mismo nivel adquisitivo.

—Pero sí alguien que la quería mucho —afirma Kim.

Ambas sonreímos y continuamos con la lectura.

Londres, 12 de mayo de 1816

Junto con madre, he acompañado a Prudence a Mánchester para iniciar un nuevo tratamiento para su mal.

A nuestro regreso hemos ido directamente a Bedfordshire. Un año más, la encantadora duquesa Matilda organiza la fiesta de cumpleaños de su nieta Donna, como se organiza la suya en agosto, y siempre nos divertimos, aunque mi momento preferido es la fiesta que celebran los criados. Es el único instante en el que puedo bailar frente a todos con mi amor.

A la fiesta asiste el barón Randall Birdwhistle, un hombre que a Prudence le agrada, pero al que madre descarta como pretendiente porque es un simple barón y no un conde o un duque. Madre es así...

—¡Será clasista Cruella de Vil!

Cuando digo eso, Kim sonríe y, encogiéndose de hombros, responde:

—Piensa que en el Londres de la Regencia se miraba mucho la jerarquía social. Toda madre quería que su hija se casara con alguien que tuviera un buen título nobiliario.

—Me enferma saber que daban prioridad al título antes que al amor —insisto.

Kim asiente.

—Para que lo entiendas, después de los reyes y los príncipes van los duques, después los marqueses, a estos los siguen los condes, los vizcondes y, por último, los barones.

—Repito: ¡era una clasista!

Kim sonríe y no dice más, por lo que continuamos leyendo.

Londres, Belgravia, 18 de mayo de 1816

Esta noche, durante la cena, madre y padre han reprendido a Robert. Le exigen que formalice una relación con lady Fina, hija de la duquesa de Burrey, o con Henriette, hija de la condesa de Surrey.

Mi hermano, al oírlos, me ha mirado y yo he intuido de inmediato lo que pensaba. ¿Por qué a Percival, siendo el mayor, no lo atosigan con eso? Pero la respuesta ya la sabemos: Percival es tan raro en todos los sentidos que seguramente se quedará soltero, pues ninguna mujer se acerca a él.

Robert y yo hemos mantenido muchas conversaciones en la buhardilla de madrugada mientras compartíamos un cigarrillo. Y tanto la lánguida lady Fina como la soporífera lady Henriette están muy lejos de lo que él desea como mujer.

Robert espera encontrar una mujer que anhele viajar junto a él y ver mundo, y no como aquellas, que solo aspiran a coser, tocar el piano y llenarse de hijos.

Al final mi hermano les ha hecho saber que se marchará dentro de unos días a Nueva York en uno de los barcos de

Michael. Como era de esperar, entre sollozos, madre ha terminado desmayada y todos nosotros, muy preocupados por ella.

—Será teatrera la tía —musito.
Kim se parte de risa y luego seguimos.

Londres, 22 de mayo de 1816

Robert ya se ha ido, y el baile del sábado en casa fue todo un éxito.

Mi hermano Percival, al que adoro pero sé que es el hombre más soso y aburrido que conozco, se vio agasajado en la fiesta por la recién llegada de la corte lady Bonnie Pembleton.

Barones, vizcondes, condes y todo hombre que había en el baile deseaba conocer a la mujer, pero ella solo parecía tener ojos para Percival y, por lo que vi, eso a padre le encantaba, aunque mi sexto sentido me dice que hay que tener cuidado con ella.

Vi a Michael observando como siempre a lady Magdalene. Sé que adora a esa joven, pero no se atreve a cortejarla por miedo al rechazo. Pobre.

Durante la fiesta, al ver a mi amor cruzar la sala para ofrecer bebida a los invitados, me acerqué a él. Nuestras miradas se encontraron unos segundos y sentí que era lo mejor que me había pasado en toda la noche. Aunque, cuando vi que se alejaba, una tristeza inconsolable me rompió el corazón.

¿Acaso amar y ser amado no cuenta como algo especial?

Según leemos eso, mi amiga y yo nos miramos.
—¿El amor de Catherine es un criado de la casa?
Kim asiente con unos ojos como platos.
—¿Quién sería? —pregunta.
Ni idea, por lo que seguimos leyendo.

Londres, Belgravia, 27 de mayo de 1816

Hoy ha sido el aniversario de boda de mis padres, por lo que madre ha organizado una pequeña recepción en casa en la que ha lucido la gargantilla Babylon, la gran joya de la familia tan valorada por la sociedad londinense por su raro diamante amarillo y su incalculable valor económico.

Sorprendentemente, mis padres invitaron a Bonnie Pembleton. Está visto que el que sea una recién llegada de la corte los ha impresionado, y de nuevo he sido consciente de cómo ella halagaba a Percival, mientras padre sonreía y los observaba.

A la recepción ha acudido también el barón Randall Birdwhistle y Prudence, al verlo, se ha atragantado. Siempre que lo ve el corazón se le acelera, y es tal el nerviosismo que siente que comienza a hacer movimientos raros con el cuerpo. Finalmente, angustiada, ha decidido marcharse de la recepción.

Su pena me aflige, no es justo que a mi hermana le ocurra algo así. Necesito ayudarla.

—¿Qué le pasaba a Prudence?
Kim se encoge de hombros y responde:
—No lo sé. Solo sé que estaba afectada de algún mal de nervios, pero nunca se describió cuál era.

Londres, Belgravia, 1 de junio de 1816

Estoy desolada.
Padre y madre vuelven a estar enfadados conmigo porque anoche, mientras asistíamos a una cena privada en casa de lord y

lady Hadley, tuve uno de mis extraños presentimientos en referencia a Georgina, su hija, y lo comenté.

Como siempre, mi sensación se cumplió y durante la cena llegó una misiva para informar de que Georgina, que estaba embarazada, había perdido a su bebé.

Al volver a casa, padre me gritó enfadado. No me soporta. Tengo prohibido hablar de mis sensaciones en público. Según él, lo avergüenzan y hacen que parezca que yo estoy loca.

Pero lo más extraño es que esa noche, cuando salí de la habitación, oí a madre decirle que eso que me ocurre está claro que lo he heredado de una antepasada de mi padre que fue bruja… !¿Bruja?!

Boquiabiertas, Kim y yo nos miramos para posteriormente clavar la mirada en el cuadro de la mujer que nos observa.

Resulta evidente que Catherine se acababa de enterar de algo muy importante de su pasado; sin hablar, continuamos leyendo.

Londres, Belgravia, 6 de junio de 1816

Hoy madre ha recibido sus productos de París y se siente la mujer más feliz del mundo.

No me sorprende mucho ver que madre y padre están encantados porque Percival ha decidido cortejar a Bonnie Pembleton. Pero eso me entristece. No hay que ser muy listo para saber que esa mujer solo quiere ser condesa tan pronto como mi hermano herede el título por ser el primogénito.

Triste pero cierto.

Londres, 26 de junio de 1816

El rumor de que me han visto paseando con un hombre ha llegado a oídos de padre a través Bonnie Pembleton. Está claro que esa mujer, que ha engatusado al tonto de Percival y a mi padre, nunca será mi amiga.

Padre, que es muy estricto en cuanto a las normas sociales, ya no solo me llama «loca»... Hoy, enfadado por ese rumor, me ha llamado «ramera» para horror de todos, y me ha retirado el saludo.

Eso me ha dolido, me ha destrozado, y Abigail y Prudence han salido en mi defensa. No consienten que padre diga algo tan terrible de mí.

Ni que decir tiene que él ha terminado muy enfadado con las tres.

Preocupadas por lo que acabamos de leer, Kim y yo nos miramos y luego esta dice:

—Tengo sed, ¿vamos a por algo de beber?

Asiento. Dejamos el diario sobre la cama y, juntas, salimos de la habitación. Bajamos a la cocina y de camino me quedo mirando el cuadro de Louisa Griselda, la madre de Catherine.

—Por lo que veo, no solo te pareces a Cruella de Vil por el pelo —siseo—. Y a ti —señalo al marido de aquella— ¡lo de Aniceto, tonto y bobo te va que ni pintado!

Kim suelta una carcajada y proseguimos nuestro camino hacia la cocina.

Una vez allí, miro el reloj del horno.

—¡Ojo, piojo! —exclamo—. Son las cinco y diez de la madrugada.

Kim asiente mientras abre la nevera, de la que saca un par de Coca-Colas.

—Y algo me dice que hoy no vamos a dormir —comenta.

En cuanto salimos de nuevo de la cocina, en la escalera me fijo en el retrato de la Pembleton, y Kim sisea mirándolo:

—¡Qué decepción me estoy llevando contigo, Bonifacia!

Instantes después, al llegar al dormitorio de Kim dejamos nuestras bebidas sobre la mesilla, cogemos de nuevo el diario de Catherine y proseguimos leyendo.

Londres, Belgravia, 29 de junio de 1816

Percival y Bonnie han fijado la fecha de su boda para otoño, cuando termine la temporada, y animado por padre, mi hermano le ha regalado una preciosa pulsera de diamantes que a ella la ha hecho muy feliz.

Embelesada por la noticia, madre organizó una cena privada con algunos amigos en casa para celebrar la buena nueva.

Durante esta Bonnie bromeaba como una oca con padre, que le reía todas las gracias. En la vida ha reído así padre conmigo ni con mis hermanas. Y en un momento dado, al hablar de la boda, Bonnie afirmó que sería ella quien llevara la gargantilla Babylon.

Al oír eso, Abigail y Prudence le hicieron saber que esa gargantilla se hereda de madre a hija y que, por edad, quien tiene que lucirla cuando se case seré yo. Madre me miró entonces con cierto desprecio y no dijo nada. Está claro que no soy la hija que ella quería, y no sé por qué me entró la risa. Algo que por supuesto a padre lo incomodó, y para acallarme afirmó que la siguiente en lucir la gargantilla sería ¡Bonnie!

Abigail y Prudence me miraron horrorizadas. Y, yo, para que ellas no se metieran en más problemas, le dije a padre lo que pensaba al respecto. El resultado fue desastroso. Padre definitivamente dejó de hablarme tras mi osadía de decir lo que pienso.

Prudence, nerviosa, comenzó con sus movimientos y madre la reprendió ante todos enfadada, mientras padre ratificaba con convicción que Bonnie luciría la gargantilla en la boda.

Por suerte para mí, la noche acabó bien. Mi amor y yo nos encontramos de madrugada en la buhardilla. Le conté lo que me ocurría y me consoló. Siento que en sus brazos el tiempo se detiene y todo merece la pena.

Con sonrisas bobaliconas, Kim y yo nos miramos.
¡Lo que nos va una historia de amor!

Londres, Belgravia, 2 de julio de 1816

El baile de máscaras celebrado en el salón Almack's era fantástico hasta que Prudence se mordió la lengua cuando el barón Randall Birdwhistle se acercó a saludarla y, asustada por la sangre que empezó a manar de ella, se desmayó y tuvimos que regresar a casa.

¿Por qué Prudence es tan exagerada?

Divertida al leer eso, comento dirigiéndome a Kim:
—Mira..., ya sabemos de quién has heredado que te desmayes al ver sangre y tu lado alarmista si te duele un dedo. ¡De Prudence!
Ella se ríe y yo insisto:
—Al parecer, era tan hipocondríaca como tú.
—Oh, ¡cállate, pesada!
Riendo, seguimos leyendo.

Londres, Belgravia, 9 de julio de 1816

He descubierto algo terrible y que me hace entender muchas cosas. ¿Cómo vivir sabiendo lo que sé?

Kim y yo nos miramos.

—¿Qué habrá descubierto?

Mi *amimana* se encoge de hombros.

—No lo sé.

Londres, Belgravia, 12 de julio de 1816

¡Imogen!

Así se llamaba la antepasada de la familia que fue bruja.

Sin saber cómo, la pasada madrugada aparecieron junto al enorme espejo familiar un retrato, una caja y varios papeles. Mirando el retrato por fin sé de quién he heredado este extraño color de ojos que tanto llama la atención.

Pero ¿de dónde ha salido todo eso? ¿Quién lo ha puesto ahí?

Londres, Belgravia, 19 de julio de 1816

Me fascina lo que he descubierto de Imogen, pero anoche madre me encontró en la buhardilla y, al ver lo que tenía, se volvió loca y lo ordenó quemar.

Sin poder remediarlo, vi cómo ardían aquellas cosas y se me partió el corazón.

Pero ha ocurrido algo inexplicable, y es que hoy, cuando he subido de nuevo a la buhardilla, he encontrado todo lo que se había quemado frente al espejo.

¿Acaso la magia existe?

Según leemos eso, Kim y yo nos miramos.

—¿El espejo es mágico? —pregunto.

Nos reímos. Madre mía, qué nerviosas estamos.

Londres, Belgravia, 4 de septiembre de 1816

La temporada para cazar un marido ha acabado, y madre está muy enfadada con Prudence y conmigo.

No entiende que nos rechacen los hombres que ella ha elegido para nosotras, y nos amenaza con que al año siguiente, tras presentarse Abigail en sociedad, nos casará a mí con lord Justin Wentworth y a Prudence con lord Anthon Vodela, dos hombres más mayores que padre y de los que sabe que no nos rechazarán.

Enterarse de ello le ha provocado a Prudence fiebre y malestar. Todo le afecta en gran medida. Pobrecilla.

Sufro por ella y por Abigail. Quiero ayudarlas. Necesito hacerlo antes de que yo me marche de aquí en busca de mi felicidad.

—Vale. Prudence es aprensiva como yo. —Kim sonríe.
Oír eso me hace gracia, y prosigo con la lectura.

Londres, Belgravia, 22 de septiembre de 1816

Ha habido unas lluvias terribles en Londres y media ciudad se ha inundado.

Nuestra cocina se ha visto afectada, y a padre no le ha quedado más remedio que meterse en obras antes de la boda de Percival. Está de un humor pésimo. Las obras de la cocina y la boda de Percival le van a suponer un gran desembolso de dinero.

Bonnie Pembleton perdió la pulsera de diamantes que Percival le regaló y, sorprendentemente, Martha, la criada de madre, la encontró en un cajón de mi cuarto.

¿Cómo pudo haber llegado allí?

Ese descubrimiento hizo que padre y madre me llamasen «ladrona», y yo, totalmente desconcertada, me quedé sin saber qué decir.

Londres, Belgravia, 2 de octubre de 1816

¡Han robado la gargantilla Babylon del joyero de madre!

El hecho de que una joya como esa haya desaparecido supone un gran problema para mi familia, en especial para mi padre. En casa casi todos me miran y no dicen nada. A su manera me acusan, creen que he sido yo, pero son incapaces de decir en voz alta lo que les pasa por la cabeza.

Intento concentrarme para saber quién robó la joya, pero mi sexto sentido no siempre está conmigo, y en esta ocasión no quiere cooperar.

Por suerte, Prudence y Abigail están a mi lado. Se niegan a creer lo que todos murmuran y yo se lo agradezco de corazón.

Sin dar crédito, Kim y yo sacudimos la cabeza y luego suelto:
—Pero ¿quién crees que ha robado ahora?
—La Pembleton. Lo tengo más que claro —dice ella.

Londres, Belgravia, 15 de octubre de 1816

La boda de Percival y Bonnie ya es un hecho.

Durante el evento, a pesar de la desazón que me provoca que esa insufrible mujer ya pertenezca a mi familia, intenté disfrutar junto a mis hermanos, aunque el corazón se me desmoronaba al ver a mi amor servir a los invitados y saber que o hacemos algo o nunca llegará nuestro momento.

Conmovidas, Kim y yo nos miramos y, como puedo, susurro:

—Pobrecita.

Ella asiente y seguimos leyendo.

Bibury, 12 de diciembre de 1816

En la casa de campo de Bibury disfruto de una libertad que en Londres no tengo, aunque añoro a mi amiga Vivian y sus risas.

Ocultos entre mis ropas viajan los papeles de Imogen y, no sé por qué, eso me hace sentir poderosa.

Ha ocurrido algo que nadie puede saber, y es que mi amor y yo, tras mucho tiempo evitándolo, nos hemos dejado llevar por la pasión. Su cuerpo y el mío han sido solo uno por primera vez para ambos, y no podemos amarnos más.

En Bibury podemos encontrarnos en numerosos sitios sin que nadie nos vea. El campo nos da privacidad para nuestra historia. Y, tras un nuevo arrebato de pasión en el cobertizo, le hablé de Imogen, de todo lo que he descubierto sobre ella y, aunque se sorprendió, me escuchó sin cuestionarme. Él es así.

—Ooooo, qué monosssss, ¡han perdido la virginidad! —susurro al entender.

Kim asiente y musita:

—Es una indiscreción haber leído esto.

—¡Y qué más da, si no se van a enterar!

Mánchester, 10 de enero de 1817

De nuevo viajo junto a madre y Prudence a Mánchester para el tratamiento de mi hermana. Desde que mi amor y yo nos entregamos, no sé qué me ocurre, pero siento que deseo más sus besos y su cuerpo, y no veo el momento de regresar a Bibury para estar con él.

Leer eso me hace reír, y afirmo:
—Está claro que Catherine ha descubierto ¡el placer del sexo!

Bibury, 15 de enero de 1817

Hace dos noches, mirando uno de los papeles de Imogen, decidí probar uno de sus conjuros contra Bonnie. No puedo con ella. Y, tras conseguir una de sus horquillas de pelo, bajo la luz de la luna susurré su nombre junto a las palabras que leí en el papel, mientras exigía que se rascara sin cesar.

Al día siguiente, cuando me levanté, no pude dejar de reír al enterarme de que Bonnie había comido algo que le había sentado mal y tenía un sarpullido por todo el cuerpo.

Estuve encantada de saberlo, y de pronto fui consciente de que la magia de Imogen es mi gran aliada.

Boquiabiertas, Kim y yo nos miramos, y yo cuchicheo divertida:
—Luego buscamos ese conjuro y lo lanzamos contra mi ex y su novia.

Ambas reímos por eso.

Londres, Belgravia, 20 de enero de 1817

Estoy inquieta, nerviosa.

En uno de los papeles de Imogen dice que la magia de la perla, junto al espejo de la buhardilla y la luna llena, me puede hacer viajar en el tiempo. Puedo viajar al pasado o al futuro… ¡Qué locura!

¿Me atreveré a hacerlo?

Tremendamente interesadas, mi amiga y yo ni siquiera nos miramos, sino que proseguimos leyendo.

Londres, Belgravia, 3 de febrero de 1817

Nadie creería lo que ocurrió anoche.

Inexplicablemente, viajé en el tiempo y vi que el corazón comercial del barrio de Cheapside ya no era lo que conozco. De él solo quedaba la iglesia de Santa María, y pude ver que la calle estaba llena de altos edificios con grandes fachadas de cristal. ¡Cristal!

También visité la plaza de Piccadilly, pero, como sucedió con el barrio de Cheapside, estaba muy cambiada: todo era bullicio y luces de colores, estaba repleta de personas de diferentes etnias caminando con total libertad y mujeres que llevaban pantalones y fumaban.

El futuro me gusta. Está claro que en él puedo vivir con mi amor. Y lo mejor es que aún me quedan tres perlas.

—¡¿Qué?! —exclamo alucinada.

Kim parpadea, está tan sorprendida como yo, y pregunta:

—¿Que viajó al futuro?

Me entra la risa. Eso es una locura...

Londres, Belgravia, 7 de marzo de 1817

Todo el mundo habla del esperado comienzo de la temporada social, y madre nos hace saber a Prudence, Abigail y a mí que o encontramos marido o ella decidirá.

Mis hermanas me piden ayuda horrorizadas. Siempre

acuden a mí, y yo no sé qué hacer. Lo único que sé es que tengo que ayudarlas antes de marcharme definitivamente de aquí con mi amor.

Londres, Belgravia, 10 de abril de 1817

Mi hermano Robert ha regresado de Nueva York cargado de regalos, y encontrarme de nuevo con él me ha hecho muy feliz. Sin embargo, cuando vi su gesto al conocer a Bonnie, sé que pensó lo mismo que yo. ¿Cómo una mujer como esa puede estar casada con Percival?

Aun así, al ver la alegría de madre y la felicidad de padre, Robert decide callar. Como yo, se guarda lo que piensa.

Craig y Michael esperan con anhelo el 30 de agosto. Ese día llegarán las sobrinas de Craig desde Nueva York, y están muy emocionados por su visita.

Mi amor y yo apenas nos podemos ver a excepción de cuando nos cruzamos por la casa. No poder tocarnos, amarnos o besarnos es desesperante.

Londres, Belgravia, 21 de mayo de 1817

Como siempre, el baile en Almack's resultó divertido, hasta que madre nos obligó a Prudence y a mí a soportar a los hombres con los que quiere casarnos.

Prudence, nerviosa, comenzó a hacer sus raros movimientos y yo, viendo la absurda situación, me desesperé. Quiero que mi hermana sea feliz. Que tenga una bonita vida con alguien que la ame y la respete a su lado, y tengo muy, pero que muy claro que ese hombre nunca lo hará.

¿Qué podría hacer para que el barón Randall volviera a interesarse por ella?

Londres, Belgravia, 26 de agosto de 1817

Hoy es la noche. He hecho todo lo posible por mis hermanas, pero me marcho con la sensación de que podría haber hecho mucho más.

Según acabamos de leer eso, Kim y yo volvemos la página y comprobamos que no hay nada más escrito en el cuaderno.

—¡No me jorobes! —protesto—. ¡Se acaba aquí!

Mi amiga, que mira hoja por hoja, asiente, y yo insisto:

—Pero ¿qué pasó? ¿Adónde fueron?

Ella no responde. Sé que tiene la misma extraña sensación que yo en el estómago y, retirándose el flequillo del rostro, se recuesta en la cama y susurra mientras mira al techo:

—No lo sé.

—Pero ¿cómo no lo vas a saber? —exijo—. ¿Acaso tu sexto sentido no te dice nada?

Kim suspira y niega con la cabeza.

—Absolutamente nada.

—¿Crees que viajaron en el tiempo?

—Ni idea.

Miro el reloj que hay sobre la mesilla. Son las siete menos diez de la mañana. Nos hemos pasado toda la noche leyendo el diario de Catherine y, agotada, me tumbo en la cama junto a Kim y, tras un minuto en silencio, murmuro:

—Espero que, hicieran lo que hiciesen, todo les fuera bien.

Veo que mi amiga asiente y luego musita cerrando los ojos:

—Yo también lo espero.

Cierro los ojos como Kim y poco a poco me quedo dormida.

11

Εl olor a café me despierta y al abrir los ojos lo primero que veo es el techo.

Enseguida soy consciente de que estoy tumbada sobre la cama de Kim y, al mirar hacia un lado, mi amiga, que ya está levantada, pregunta sonriendo mientras señala una bandeja con tazas y café:

—¿Te apetece un cafetín?

Rápidamente me desperezo, me siento sobre la cama y, al verla tan despejada, pregunto:

—¿Desde cuándo llevas levantada?

Kim, que incluso ya está vestida con unos vaqueros y una camiseta, me mira y dice:

—Iba a proponerte algo.

—¡Me apunto! —respondo divertida.

—Es una locura.

Según oigo eso, me levanto de la cama y, tomando aire, cuchicheo:

—Entonces propónmelo cuando me haya duchado.

Kim se ríe, yo también, y me dirijo hacia la puerta.

—Regreso dentro de veinte minutos —digo.

Poco después, mientras el agua calentita resbala por mi cuerpo, recuerdo lo que hemos leído horas antes y me inquieta no saber qué le ocurrió a Catherine, al tiempo que me indigna imaginar a Prudence casada sin amor con ese vejestorio.

Al rato, cuando regreso a la habitación de Kim, esta sigue sentada sobre la cama mirando los papeles que descubrimos ayer; voy hacia la bandeja, cojo una taza y me sirvo un café.

Me lo tomo en silencio y finalmente le pregunto:

—¿Qué era lo que querías proponerme?

Kim me mira y se pone en pie.

—¿Te apetece que nos vayamos de tiendas por Piccadilly?

Bueno..., bueno. Su proposición me encanta, y afirmo:

—Guauuu, excelente propuesta, por supuesto que sí.

Dos horas después, tras entrar en una tienda, enamorarme de unas preciosas deportivas rojas Nike de caña alta y comprarlas, camino encantada con ellas por la calle. ¡Qué maravilla!

Durante un buen rato tanto Kim como yo nos permitimos algunos caprichos y, cuando salimos de una tienda en la que he comprado una cámara Polaroid que siempre había querido tener, digo feliz:

—Mi yaya me regaló una como esta cuando hice la comunión. Me encantaban las fotos instantáneas que hacía. ¡Vamos a hacernos una!

Y, ¡zas!, inmortalizamos el momento, pero entonces mi teléfono pita y, mirándolo, digo:

—Me voy a quedar sin batería, pero, mira, tengo un nuevo *like*... ¿Qué te parece?

Mi amiga y yo contemplamos la foto de la pantalla de mi móvil.

—Sinclair Burman —lee ella—. Treinta y cuatro años. Soltero. Entrenador personal. Interesante...

—Para ser inglés, ¡está muy bien! —bromeo.

Kim se ríe y, tocando la perla que llevo al cuello y que no ha vuelto a iluminarse, musita:

—Creo que es mágica.

Me carcajeo, no lo puedo remediar, y luego afirmo tocando la suya:

—Para que yo diga eso de un inglés ¡es que debe de ser magiquísima!

Estamos mirándonos cuando me guardo el teléfono.

—Lo que quería proponerte no era ir de compras —dice ella entonces.

Divertida, la miro.

—¿Te lo digo con anestesia o sin ella?

Eso me hace reír.

—Sin anestesia —respondo.

Kim asiente y luego suelta:

—Esta noche hay luna llena.

—¡¿Y...?!

—Pues que como tenemos las perlas y el espejo..., he pensado lanzar el conjuro para viajar en el tiempo.

Según oigo eso, me entra la risa. Es del todo surrealista.

—¡¿Qué?!

—Lo que oyes.

—Pero ¿crees en esas cosas? —me mofo.

Kim sonríe.

—Quizá funcione —dice tras un suspiro—. Quizá no, pero ¿no sería increíble viajar en el tiempo?

—Flipante —afirmo haciéndonos una nueva foto con mi cámara instantánea.

Pero al ver su expresión, exclamo:

—¡Por Dios, Kim! Pero ¿lo estás diciendo en serio?

Mi amiga sonríe, imaginaba mi reacción, e indica moviendo la foto para que se seque:

—Celeste, he llegado a la conclusión de que poseer estas perlas es tener magia.

—Sí, claro..., ¡magia potagia! —me pitorreo.

Kim asiente e insiste entregándome la foto, que me guardo en el bolsillo trasero de mi pantalón vaquero:

—Ya que tenemos las perlas, habrá luna llena y en el desván sigue el espejo Negomi; ¿por qué no intentamos viajar en el tiempo?

—*Amimana*..., creo que se te está yendo la cabeza. —Me río.

Pero Kim prosigue:

—En el papel indica que cada perla permite un viaje de ida y otro de vuelta, por lo que podríamos...

—Kim, pero ¿tú te estás oyendo? —me burlo.

Me entra la risa. Lo que dice es una auténtica locura. Pero insiste:

—Créeme, Celeste. Algo en mi interior me dice que la magia nos puede sorprender.

Vale, estoy por decirle cosas que puede que no le gusten, pero continúa:

—Sé que es una locura...

—Y tanto que es una locura —la corto.

Kim se mueve de un lado a otro, la noto inquieta.

—He leído con detenimiento las hojas que encontramos, y en el conjuro que habla de viajar en el tiempo indica que podemos elegir el momento al que ir durante la fase lunar.

—¡Por favor...!

—Para que lo entiendas mejor —insiste—: el viaje durará ¡un mes!, ni un día más, y luego la magia de las perlas nos permitirá regresar.

Me entra la risa. Lo que dice es un verdadero disparate.

—Oh, vaya..., viajaremos como el que se va de vacaciones a Menorca, ¿no?

Kimberly ignora mi tono irónico y continúa:

—Si vamos juntas, podremos regresar cuando queramos, siempre que estemos de acuerdo.

Me vuelvo a reír, es inevitable no hacerlo, y luego replico:

—Punto número uno: ¿cómo voy a estar fuera de cobertura un mes sin que la yaya se ponga histérica?

—En el papel pone que, si se viaja al pasado, cada minuto en tiempo real son veinticuatro horas en el tiempo irreal. Y, si se viaja al futuro, cada minuto en tiempo real equivale a lo mismo en el tiempo irreal.

No le hago ni caso, es mejor no responderle, y prosigo:

—Punto número dos: tú y yo a menudo no estamos de acuerdo.

—No digas eso...

—Y punto número tres y tremendamente importante: estamos en el siglo XXI, ya no hay brujas ni magia..., ¿cómo puedes creer en algo así?

Kimberly asiente, su tranquilidad me inquieta, y afirma:

—Porque entre mis antepasadas hay brujas, y creo en cosas que la mitad de la humanidad no cree.

—Pero, Kim...

Mi amiga cabecea, creo que esperaba mi reacción.

—Entiendo tu escepticismo y lo respeto —suelta—. Pero haremos una cosa: esta noche yo lanzaré el conjuro ante el espejo e intentaré viajar en el tiempo con mi perla. Quiero...

—¡Eh! ¿Adónde vas a ir tú sin mí?

Kim sonríe e indica:

—*Amimana*, no tienes que venir conmigo. Solo necesito que sepas lo que voy a hacer por...

—¡Ni hablar! A donde vayas tú, ¡voy yo!

Entre risas, me muevo por la calle iluminada por los neones de los locales. Saco varias instantáneas más, que cuando se revelan se ven geniales, y, tras guardarlas también en el bolsillo de mi pantalón, miro los ojos de mi amiga, que ahora son negros por las lentillas, y voy a hablar cuando ella se me adelanta:

—La idea es viajar al 26 de julio de 1817. La última entrada de Catherine en el diario fue el 26 de agosto de ese año. Llegaremos un mes antes de que ella desaparezca, por lo que podremos conocerla y saber adónde fue con su amor. He estado revisando las fases lunares de 1817 y la luna llena tuvo lugar el día 26 de agosto, así que podremos regresar sin problema.

—Pero ¿tú te estás oyendo?

Kim asiente, está convencida de que algo así puede ser posible, y suspirando musito:

—Vale, ¡me rindo!

Mi amiga sonríe feliz.

—No te rías —añado—, porque si quiero estar a tu lado es para que, cuando no ocurra nada, poder soltarte eso de «¡Te lo dije!».

—¿Y si ocurre?

—No va a ocurrir —insisto convencida.

—Pero ¿y si ocurre?

Me entra la risa. El tema es surrealista y, gesticulando con las manos, repito segura de mí misma:

—No va a ocurrir.

Kim se ríe. Yo también. Lo que dice es un disparate que no tiene ni pies ni cabeza. Y, sacándome del bolsillo del pantalón mi inseparable móvil, propongo:

—Hagámonos un selfi para inmortalizar este absurdo momento.

12

A las nueve y veinte de la noche Kim y yo subimos a la buhardilla. La luna llena se ve preciosa, majestuosa, aunque, si los altos edificios del fondo no estuvieran, el campo de visión sería mucho mejor.

Hago varios selfis que subo a mis redes sociales con la preciosa luna de fondo. Y una vez que dejo el móvil sobre la mesa, mientras estamos sentadas en la terraza tomándonos una Coca-Cola, Kim dice mientras acaricia su perla:

—Dentro de un rato nos ponemos los vestidos que hemos elegido para lanzar el conjuro a las doce en punto.

Oír eso me hace gracia. Poco antes, hemos estado rebuscando en los baúles y hemos encontrado un par de vestidos que, oye, ¡nos sientan muy bien! Como dice mi amiga, si aparecemos en la época de la Regencia, debemos ir acorde con el tiempo. Pero yo, guaseándome todavía de eso, indico:

—Que no se me olvide coger bragas de repuesto, porque como dice mi yaya... —y las dos decimos al unísono—: ¡Hagas lo que hagas, ponte bragas!

—Y yo no puedo olvidarme el kit de viaje de las lentillas —añade Kim mientras me muestra un pequeño estuche.

Divertidas, nos reímos, luego me levanto y, entrando en la buhardilla, miro el enorme espejo que según Kim nos servirá como portal para viajar en el tiempo; me toco los tres pendientes que llevo en la oreja derecha y cuchicheo:

—Espejito mágico..., ¿quién es la más bella del reino?

Al oírme, Kim, que me ha seguido, se ríe. Un poco de humor nunca viene mal.

Durante un rato hablamos de lo que supuestamente podría pasar y yo no paro de reír.

¿Acaso no es una locura lo que pretende que suceda?

Sedientas, salimos de nuevo a la terraza. Bebemos de nuestros refrescos y me siento en el suelo para volver a mirar la luna. Kim se acomoda a mi lado y susurra:

—¿Te imaginas si funciona?

Sonrío. Lo que dice es un verdadero despropósito, y, segura de que no va a funcionar, me mofo:

—Lo que me voy a reír cuando no sea así.

—¿Por qué tienes tan poca fe en ello?

La miro y meneo la cabeza.

—Porque estamos en el siglo xxi y ese tipo de magia ¡ya no existe!

Kim refunfuña; no entiendo lo que dice, pero luego me mira y pregunta:

—¿No te atrae conocer el Londres de 1817?

Asiento, claro que sí me atrae, pero respondo:

—Preferiría la Escocia de 1817. Además, conociéndome, en la Regencia haría cosas nada apropiadas.

Ambas reímos y a continuación, cogiendo los papeles que hemos decidido no llevarnos, los ojeamos. En ellos hay cosas increíbles y difíciles de entender.

—«Hechizo de hermosura» —lee Kim.

—¡Ese me interesa! —afirmo.

—«Conjuro de fertilidad.»

—Ese, como que no —cuchicheo divertida.

Hablamos y nos reímos. Kim deja los papeles en el suelo y después, mirándome, dice:

—¿Jugamos?

—¿A qué?

Kim señala las hojas, que el viento mueve, y musita:

—Juguemos a lanzar algo sobre los papeles y ver cuál sería nuestro conjuro ideal.

Vale, acepto. Me gustan los juegos.

Rápidamente me quito el anillo de mi padre y, cuando el viento mueve las hojas, lo lanzo al aire para que caiga sobre ellos.

Divertidas, miramos el papel sobre el que ha caído.

—«Reencuentro tras viaje en el tiempo» —lee mi amiga.

De inmediato nos miramos. Pero yo me río y, cogiendo el anillo, digo:

—Esa era de prueba. Repito.

Y, sin más, las hojas se mueven y yo lanzo de nuevo el anillo. Con curiosidad, volvemos a mirar y, riendo, Kim indica:

—«Reencuentro tras viaje en el tiempo.»

—¡¿Otra vez?! —protesto.

Mi amiga asiente y lee en alto:

—«Si el amor verdadero has encontrado, ni el tiempo ni la distancia pueden eclipsarlo, pues el hilo rojo del destino tenderá a solucionarlo».

—¿El hilo del destino? —Me río.

—«Un detalle con el corazón regalado hará que ese amor vuelva a ser hallado —prosigue—. Pero eso solo ocurrirá si susurras las palabras y piensas en esa persona al regresar.»

—Oh, ¡qué bonitoooooooooo! —me mofo poniéndome el anillo. Pero pregunto intrigada—: ¿Cuáles son las palabras?

Kim, quien veo que se cree todo eso, se apresura a leer:

—«No quise perderte. Tú no me olvidaste. Tu vida y mi vida volverán a encontrarse».

Según termina, inexplicablemente, el vello de todo el cuerpo se me eriza; entonces mi amiga abre emocionada el cuaderno de Catherine y afirma:

—Lo apuntaré, ¡nunca se sabe!

Me entra de nuevo la risa. Esto que estamos haciendo es una locura.

Pero de pronto Kim frunce el ceño y exclama:

—¡No me jorobes!

—¿Qué pasa?

—Johanna y Alfred están a punto de llegar.

—Buenooooo, ¡se jodió el plan! —me burlo divertida.

Pero Kim, que está muy seria, se levanta sin soltar el diario de Catherine y añade:

—¡Tenemos que hacerlo ya!

—¿El qué?

—¡El conjuro!

Al ver sus prisas, me entra la risa.

—¡No he cogido las bragas! —exclamo.

—Celeste, ¡vamos! —me increpa mientras veo que se guarda el kit de las lentillas en el bolsillo del pantalón.

Me levanto del suelo, las prisas nunca son buenas, y replico:

—Dijimos que lo haríamos a las doce de la noche. La hora bruja.

Pero Kim, que está acelerada, insiste:

—Se puede hacer en cualquier momento siempre y cuando tengamos las perlas y la luna llena se refleje en el espejo y, como ves, ahí está.

Asiento. Y, mirando mi móvil, que está sobre la mesa, lo toco para que se encienda la pantalla y compruebo que son las 23.03.

—Vamos, ¡no hay tiempo! Alfred y Johanna estarán aquí en menos de cinco minutos.

Al verla caminar de un lado a otro de la buhardilla, miro nuestro atuendo. Llevamos camisetas, zapatillas de deporte y vaqueros, e insisto:

—¡Pero si ni siquiera vamos vestidas para la ocasión!

—Da igual... ¡Ven! —me apremia tirando de mí.

—¡Mi teléfono móvil! —exclamo viéndolo sobre la mesita de la terraza.

—¡Déjalo!

—¡¿Qué?!

—¡Que lo dejes! —grita.

—Pero ¡es mi móvil!

—¡Celeste!

Al final, por no llevarle la contraria, lo dejo donde está. Total, ¡no va a pasar nada!

Rápidamente Kim, sin encender la luz de la buhardilla, traza un círculo de agua inconcluso frente al enorme espejo Negomi. Según me ha explicado, dejarlo abierto sirve para que, en caso de que funcione lo que vamos a hacer, podamos regresar.

Me río, me ha dado por ahí.

Acto seguido ella deja la botella de agua a un lado y me pide:

—Ven. Colócate aquí conmigo, en el centro del círculo.

Sin dudarlo, lo hago y, mirándola, me mofo:

—Procura que el viaje no tenga muchas curvas, que sabes que me mareo...

Kim suelta una carcajada. Me da un cariñoso beso en la mejilla y, agarrándome la mano, abre el diario de Catherine, donde ha apuntado el conjuro que hemos de decir, y empieza a leer:

—«Reflejo, luz, perla y luna. Cristal y eternidad. Ralentiza el tiempo, pues te vamos a hablar. Un viaje al pasado invocamos en la misma casa y en el mismo lugar. La luna llena nos lleva y en treinta días la magia de la perla nos devolverá. Llévanos a la noche del 26 de julio de 1817 y deja la puerta abierta para poder regresar».

No pasa nada... ¡Normal! Pero ¿qué esperaba?

Y Kim, animándome, me indica que repita con ella:

—«Reflejo, luz, perla y luna. Cristal y eternidad. Ralentiza el tiempo, pues te vamos a hablar. Un viaje al pasado invocamos en la misma casa y en el mismo lugar. La luna llena nos lleva y en treinta días la magia de la perla nos devolverá. Llévanos a la noche del 26 de julio de 1817 y deja la puerta abierta para poder regresar».

Esta vez, según lo decimos, soy consciente de que sucede algo.

De pronto el cristal del espejo Negomi se mueve. ¡Qué fuerte! Eso hace que nos miremos sorprendidas y yo musite:

—Me cagooooooooo de miedoooooooo.

Kim me aprieta entonces la mano e indica:

—No pares. Sigue diciendo el conjuro.

Y, ¡zas!, como soy muy bien mandada repito lo que mi amiga ha apuntado en el diario de Catherine:

—«Reflejo, luz, perla y luna. Cristal y eternidad. Ralentiza el tiempo, pues te vamos a hablar. Un viaje al pasado invocamos en la misma casa y en el mismo lugar. La luna llena nos lleva y en treinta días la magia de la perla nos devolverá. Llévanos a la noche del 26 de julio de 1817 y deja la puerta abierta para poder regresar».

El cristal del espejo se convierte en algo líquido que parece mercurio y se mueve como las olas del mar.

¿Estoy soñando?

¡Madre míaaaa! ¡Madre mía, qué mareo tengo!

¡Por Dios, pero si parece que me he fumado veinte porros!

Las perlas de nuestros cuellos se iluminan mucho... mucho, mientras siento que nos baña un extraño halo de luz proveniente del espejo.

Miro a Kim.

No me jorobes que va a funcionar...

¿En serio va a pasar algo?

Joder, ¡que me he dejado el móvil y no he avisado a mi yaya!

Quiero protestar, pero ella, mirándome, niega con la cabeza. Lo que hemos empezado se ha de continuar. No podemos parar ahora, por lo que, consciente de que a nuestro alrededor un vendaval arranca las sábanas que cubren los otros muebles, seguimos repitiendo el conjuro hasta que el viento hace volar también el diario de Catherine que Kim tiene en las manos y este cae fuera del círculo de agua.

El piano cuadrado de caoba sale volando por el aire y vuelve a empotrarse contra la pared (¡ostras!), mientras la luz eléctrica se enciende y se apaga, recordándome a la película *Poltergeist*.

Me tiemblan las piernas. Estoy aterrada. ¡No esperaba esto!

De pronto, desde donde estamos, vemos que la puerta de la buhardilla se abre.

¡Son Johanna y Alfred!

En sus expresiones veo sorpresa y desconcierto, pero, luchando contra el viento, que les impide avanzar, intentan acercarse a nosotras.

Por sus gestos intuyo que gritan nuestros nombres, y por sus movimientos creo que nos piden que nos detengamos y salgamos del círculo.

Kim me mira exigiéndome que no pare, que continúe repitiendo el conjuro, hasta que de pronto en el centro del espejo se abre lo que seguramente sea un portal en el tiempo.

¡Madre míaaaaaaa!

Incapaz de dejar de mirar, me doy cuenta de que al otro lado de este vuelvo a ver la buhardilla, y entonces, como si un imán nos atrajera, damos un paso al frente y entramos directamente en el portal.

13

Me pica la nariz.

Sentándome en el suelo, miro a mi alrededor y veo que aún seguimos en la buhardilla, por lo que me retiro el pelo del rostro y cuchicheo, tocando el anillo de mi padre:

—Te lo dije... Te dije que no iba a funcionar.

Kim no para de sonreír, y susurra:

—¡Vas a flipar!

—¿Por qué?

Mi amiga me señala entonces las perlas que ambas llevamos al cuello.

—Solo queda la mitad —indica.

Sorprendida, miro la mía y veo que ¡es cierto! De la redonda y preciosa perla que me puse, en mi cadena solo queda la mitad de ella, y cuando voy a hablar, levanto la vista hacia el espejo y al otro lado veo a Johanna y a Alfred con gesto angustiado.

Durante unos momentos los cuatro nos miramos desconcertados. Ellos están a un lado del espejo y nosotras al otro.

Pero ¿cómo puede ser? ¿Acaso estoy soñando?

Rápidamente toco el espejo. Johanna también. Doy golpes en él. Alfred me imita. No nos oímos; solo nos vemos.

—¡Ay, Dios! ¡Ay, Dios! —exclamo—. Pero... ¿cómo... cómo podemos estar al otro lado?

Kim sonríe. No puede parar de hacerlo.

¡Creo que se ha vuelto loca!

Mediante gestos les indica que se tranquilicen, que todo saldrá bien. Pero la expresión de Johanna y de Alfred nos hace saber que están asustados. Entonces, de pronto su imagen se va difuminando poco a poco hasta que dejamos de distinguirlos para ver tan solo nuestro reflejo.

Durante unos minutos Kim y yo permanecemos en silencio. No esperaba nada de lo que ha ocurrido, y con voz temblorosa murmuro:

—Johanna no sé, pero creo que yo sí te voy a matar. No he avisado a mi abuela, y si no le mando el mensaje de buenas noches en más de tres días, te aseguro que cogerá un avión y removerá todo Londres hasta encontrarme.

Kim, que parece que está en su mundo multicolor, ni me mira, y yo, al levantar la cabeza me fijo en la parte superior del espejo.

—¡Ostras, qué fuerte! ¿Has visto eso? —exclamo.

Ella parpadea siguiendo la dirección de mi mirada.

La palabra *Negomi* que antes veíamos se lee «Imogen» en este lado del espejo.

—¿Es el espejo de Imogen? ¿De la bruja?

—¡Sí!

—¡Por eso es mágico!

Asiento, no me cabe la menor duda.

—El conjuro ha funcionado —dice Kim encantada.

—Te voy a matarrrr...

—*Amimana*, hemos viajado en el tiempo.

—Y yo me he dejado el móvil —susurro sin dar crédito.

Acalorada y sin entender realmente lo que ha pasado, miro a mi amiga, pero esta insiste:

—Nuestro billete de vuelta es la mitad de la perla que queda, así que no la pierdas. ¿Entendido?

Asiento, pero me río por no llorar. Soy un desastre. ¡Lo pierdo todo!

Y cuando creo que me va a dar un ataque de ansiedad, Kim me coge de la mano y musita:

—¡Tranquila! Que aquí la médico eres tú y la histérica soy yo.

Pero me falta el aire, y ella insiste:

—Celeste, por favor, que aquí no estamos como para ir a urgencias ni tengo una bolsa a mano para que respires dentro de ella.

Asiento, cojo aire e intento respirar con normalidad.

—¿Y si una de las dos o ambas perdemos la perla? —pregunto a continuación.

—No la vamos a perder.

—Pero ¿y si las perdemos? ¿Y si no regresamos? Eso mataría a mi yaya.

Kim suspira, me mira con gesto tranquilo y señala:

—En el papel ponía que cada minuto en tiempo real son veinticuatro horas en el tiempo irreal. Este es el tiempo irreal para nosotras. Por lo que, cuando regresemos, apenas habrán pasado treinta minutos.

—Kim, ¡te voy a matar!

—Por favor, Celeste, ¡créeme! —me pide.

—Esto... esto es una locura..., una locura.

Mi amiga resopla, creo que mi negatividad la agobia.

—En cuanto a las perlas —añade—, no las vamos a perder porque nos vamos a encargar de que así sea, ¿entendido?

Asiento. Necesito encontrar mi positividad.

—Tengo que ir al baño —digo entonces.

—No es momento.

—¡Pues me meo! —exclamo.

Kim resopla. Yo también. Y, recordando algo, pregunto:

—En esta época ¿había inodoros?

Madre mía, madre mía... Con lo tiquismiquis que soy yo para ciertas cosas, no me veo en cuclillas sobre un agujero negro.

—No lo sé, Celeste —replica Kim.

—¿Cómo que no lo sabes? Tú eres la que sabe de esta época.

—Habrá orinales —aventura.

Me desespero. No. No. No puede estar pasando esto.

—Sin bragas de repuesto y con orinal... —murmuro—, ¡esto va a ser horroroso!

Kim se parte de risa al oírme. ¡La mato!

Yo suspiro, resoplo. En mi afán por tranquilizarme, me miro al espejo y, de pronto, no sé por qué, pero comienzo a reírme.

Pero ¿qué locura está pasando?

Me entra la risa tonta y no puedo parar. ¿A que me meo?

Me río, me río, me río y me siento en el suelo casi sin aire por reírme sin hacer ruido para que no nos oigan, mientras Kim se carcajea también.

¡Para matarnos!

Instantes después, cuando conseguimos parar, musito mirándola:

—Creo... creo que son los nervios.

Kim asiente, entiende lo que digo, y, tendiéndome la mano, me ayuda a levantarme del suelo. Cogidas de la mano salimos a la terraza. Un poco de aire no nos vendrá mal.

Una vez fuera, de inmediato soy consciente de que el aire no huele a polución, sino simplemente ¡a aire! Miro al cielo. Por fortuna, este sigue como siempre, no ha cambiado. Continúa siendo azul oscuro con estrellitas, e incluso distingo la gran luna llena.

—¿No ves nada raro? —me pregunta Kim.

Raro, raro..., la verdad es que ¡lo veo todo! Pero entonces me doy cuenta de a lo que se refiere, y susurro:

—¡Ojo, piojo!

Según digo eso, ella se tapa la boca con la mano y comienza a dar pequeños saltitos, y yo pregunto señalando al frente:

—¿Dónde están los edificios que estaban ahí?

Kim se acerca a la barandilla.

—¡No existen! Ahora mira hacia abajo —me pide.

Sin dudarlo, lo hago.

¡Ostras! ¿A que me mareo?

No hay ni un solo coche aparcado en la calle, y la calzada, en vez de ser de hormigón, está ahora empedrada. No veo altas y elegantes farolas porque, en su lugar, hay lámparas de gas y, en la puerta de la casa, un carruaje encapotado tirado por cuatro caballos.

Lo dicho..., ¡me mareo!

Boquiabierta, miro a mi *amimana*, que continúa dando saltitos, pero entonces oigo unas voces y, al bajar la vista, veo a dos mujeres y dos hombres ataviados con ropajes de la época que se suben al carruaje y se van.

—¡Son ellos! —afirma Kim.

—¿Quiénes? —pregunto en un hilo de voz.

—¡Mis antepasados!

Bueno..., bueno... ¡Es imposible que esté despierta!

Creo que estoy soñando porque eso ¡no puede ser cierto!

Rápidamente vuelvo a entrar en la buhardilla. Todo está oscuro a mi alrededor y, cuando palpo la pared para encender la luz, pregunto:

—¿Dónde está el puñetero interruptor?

Mi amiga, que me ha seguido, responde:

—No hay interruptor, como no hay luz, ni coches, ni internet, ni Tinder, ni...

—Ay, Dios mío. Esto es un error... ¡Regresemos! —exijo con las pulsaciones a mil.

Kim me mira y niega con la cabeza.

—Ahora no podemos regresar, y lo sabes.

—¡Claro que podemos!

Ella sonríe y, con su típico gesto de «te esperas», añade:

—Para eso tenemos que estar las dos de acuerdo, ¿lo has olvidado?

Sin abrir la boca, me cago en su madre, en su padre y en todos sus antepasados, por muy de la realeza que sean. Comenzamos a estar en desacuerdo y, mirándola, toco la media perla que llevo colgada del cuello.

—Juro que te mataré como nos pase algo. ¡Lo juro! —siseo.

—Correré el riesgo —afirma muy chulita.

Me muevo por la buhardilla tirando de mi camiseta. No sé qué hacer. No sé qué decir, e, intentando tranquilizarme, pregunto:

—¿En serio hemos viajado en el tiempo?

—Sí. ¡¿No es emocionante?!

Uf..., lo que me entra por el cuerpo. Emocionante o no, noto que tengo las pulsaciones a mil y, mirando mi reloj Apple Watch para consultarlas, protesto al verlo apagado:

—Y encima ahora este se estropea.

Kim menea la cabeza.

—Mujer..., no está estropeado. Es solo que aquí no tiene cobertura.

Guauuu, madre, madre...

—Piénsalo —cuchichea—. Estamos viviendo algo único y mágico. Algo que pocos tienen la oportunidad de experimentar y...

—¡Y sin teléfono móvil!

—¿Quieres dejar de pensar en eso?

—¡No puedo!

—Pero ¿a quién ibas a llamar aquí?

Según dice eso, asiento. Tiene razón.

—Pero ¿y si no podemos regresar? —insisto—. ¿Lo has pensado?

Kim sonríe, luego acaricia mi rostro con cariño y afirma:

—Tú por eso no te preocupes, que el conjuro decía que tras una fase lunar como mucho regresaremos a nuestra época para que puedas volver con tu amado móvil, seguir teniendo citas por Tinder, volver a subir vídeos a tu canal y disfrutar de tus redes sociales.

—Suspiro mirando a mi alrededor—. Debemos disfrutar de esta aventura —añade Kim—. ¡Piénsalo!

Asiento horrorizada y luego, mirando mis pantalones vaqueros y mis zapatillas de deporte rojas, musito:

—¿Qué crees que pensarán si nos ven con este *outfit*?

Kim observa mi ropa; luego la suya y se ríe.

—¡Creo que tus nuevas Nike rojas les fliparán!

Me río, todo es muy surrealista.

—Tenemos que salir de aquí —dice entonces Kim—. Debemos ir a la casa de enfrente y hacernos pasar por amigas de las sobrinas americanas de Craig Hudson.

Asiento, me parece una buena idea, pero, sin poder dejar de mirar mis Nike rojas, planteo:

—Pero ¿cómo vamos a salir vestidas así?

—Buscaremos algo por aquí —dice mi amiga señalando la buhardilla.

Intentando no hacer mucho ruido, miramos por la estancia, y al cabo Kim susurra desesperada:

—No hay nada de ropa. Solo muebles viejos.

—Pues cojámosla de las habitaciones.

—Imposible. Solo hemos visto salir a cuatro personas y aquí viven más.

Joder..., joder..., ¡se nos pone todo en contra!

Estoy pensando cuando Kim sugiere:

—Utilicemos las sábanas que recubren los muebles.

Oírla decir eso me hace resoplar, pero, como suele decirse, ¡a lo hecho, pecho!, e indico:

—¡Ya te vale! ¿Acaso estamos en la antigua Roma?

Kim se encoge de hombros.

—¿Prefieres salir a la calle desnuda?

Miro al techo. Cuento hasta veintiséis, porque si cuento hasta veinticinco me voy a cagar en todo lo cagable, y finalmente me rindo.

—De acuerdo. Pongámonos esas polvorientas sábanas de la mejor manera posible y salgamos de aquí.

Lo primero que hacemos es quitarnos las camisetas y los pantalones vaqueros para atárnoslos al cuerpo y que nadie pueda verlos. Acto seguido nos quitamos las zapatillas y los calcetines. Con los cordones, unimos las zapatillas y nos las ceñimos a la cintura para que no se nos caigan.

¡Menudos apaños!

Descalzas y con estas pintas, nos miramos la una a la otra y Kim se mofa refiriéndose al tanga negro que llevo:

—Muy de la época.

Eso me hace sonreír, y luego ante el espejo comienzo a enrollarme la sábana sobre el cuerpo. Lo que hago es un despropósito, pero bueno, ¡hoy no doy para más!

Cuando terminamos de apañarnos, bajamos de la buhardilla en completo silencio.

—¿Tu sexto sentido no te dice cuántas personas hay en la casa?

Kim se detiene, me mira y cuchichea:

—Ni que yo fuera un dispositivo de visión nocturna.

Me río.

—Sígueme y no te preocupes por nada —susurra a continuación.

Asiento y rápidamente, tras abrir la puerta de dos de los dormitorios y ver que no hay nadie en su interior, me indica que cada una debe tocar la campanilla que conecta con la cocina a modo de aviso. Eso hará que los criados suban a las habitaciones.

Sin dudarlo, después de contar hasta tres, lo hacemos y luego nos escondemos tras los cortinones que hay junto a la escalera. Los de color granate y verde, que curiosamente son los mismos que siguen en la época actual, por lo que musito:

—Pues sí que os han salido buenas las cortinas.

Kim se ríe.

Como esperábamos, unos criados suben la escalera corriendo. ¡Qué monos, tan uniformados y repeinados!

En cuanto pasan acelerados frente a nosotras, Kimberly y yo nos lanzamos escaleras abajo y nos la jugamos. Por suerte, nadie se interpone en nuestro camino y enseguida alcanzamos la puerta de la casa y salimos a la calle.

Una vez fuera, un extraño olor nos inunda las fosas nasales. Aquí ya no huele a aire puro. Ambas nos miramos y Kim murmura:

—A rosas la verdad es que no huele.

Niego con la cabeza. ¡Qué peste!

A escasos dos metros de nosotras hay unas enormes cagadas de los caballos que esperaban a sus antepasados, y, mirándolas, cuchicheo consciente de que vamos descalzas:

—Aunque dicen que da suerte pisarla, mejor no lo hagas...

Y, cogidas de la mano, miramos hacia la casa de enfrente, el número 22.

14

Aliviadas al ver que la calle está oscura y en silencio, cruzamos rápidamente y, una vez que estamos paradas frente a la puerta del número 22, pregunto intentando seguir nuestro absurdo plan inicial:

—¿Cómo se llaman las sobrinas de Craig?

—No lo sé —musita Kim con cara de circunstancias.

—Pero ¿no lo ponía en el diario de Catherine?

Mi amiga se encoge de hombros, esto es un desastre, y gruño:

—¡Joder, Kim!

—¡¿Qué?!

—¡¿Qué mierda de plan es este?!

—Siento decirte que, sin ropa adecuada, ¡no tenemos plan!

Mi amiga se ríe. Se ríe por todo la muy jodida, y yo resoplo.

—¡Joder!

—Recuerda en qué año estamos. En esta época las señoritas son comedidas y educadas, por lo que ya puedes ir olvidándote del «¡joder!».

—¡Joder!

—¡Celeste!

Vale, vale. Sé que es lo que toca...

—¿Y tu sexto sentido no te dice si podrían llamarse Karen, Dámaris, Rodolfa...? —pregunto a continuación.

—¿Rodolfa?

Ambas soltamos una carcajada, la situación es cada vez más absurda.

—Pero ¿cómo se nos ocurre hacer esto sin un plan B? —señalo.

Según digo eso, la puerta que está frente a nosotras se abre y dos hombres de unos cuarenta años elegantemente vestidos de negro se nos quedan mirando sorprendidos.

¡Menuda pillada!

Durante unos segundos los cuatro nos observamos en silencio, hasta que, sin saber por qué, pregunto recordando que he de ser comedida y educada:

—Disculpen, caballeros, ¿son ustedes el vizconde Michael Evenson y el señor Craig Hudson?

En silencio, los hombres asienten con gesto de sorpresa y, jugándomela, porque no tenemos plan B, miro al que intuyo que es Craig e indico:

—Somos Celeste y Kimberly, amigas de sus sobrinas, las que van a venir de Nueva York.

Ellos se miran sorprendidos. Kim, a la que parece que se le ha comido la lengua el gato, también me mira, y yo prosigo incapaz de parar:

—Ante todo les pedimos disculpas por nuestra repentina e inoportuna aparición vestidas de esta guisa. Pero nuestro carruaje ha llegado desde Plymouth esta mañana a Londres procedente de España, anteriormente de Nueva York, porque estamos de viaje por Europa y, confiando en el buen hacer de las personas que contactaron con nuestros padres y nos han venido a buscar para acompañarnos a la que iba a ser nuestra residencia —musito en un hilo de voz—, ¡nos han robado!

—¡¿Cómo?! —exclama el más alto de los dos.

Viendo que he llamado su atención, saco mi lado dramático e insisto:

—Unos desalmados, aprovechándose de dos damas solas, extranjeras y desvalidas, nos han intimidado y... y se lo han llevado todo. Nuestros equipajes, nuestras ropas, nuestro dinero..., y cuando ya temíamos por nuestra virtud, en un descuido hemos conseguido hacernos con estas polvorientas sábanas y escapar y... y... ¡Oh, cielos! ¡Ha sido horrible! ¡Horrible!

Ellos se miran boquiabiertos. Sé que la historia que estoy contando hace aguas por todos lados, por lo que prosigo llorando a moco tendido, pues sé que a los hombres las lágrimas suelen confundirlos.

—Sus encantadoras sobrinas, antes de despedirnos de ellas en el puerto de Nueva York, nos comentaron que su tío vivía en el número 22 de Eaton Square, en el barrio de Belgravia, junto al vizconde Evenson. Habíamos quedado en encontrarnos cuando ellas llegaran, pero...

—Por todos los santos, miladies, pero ¡qué barbaridad! ¿Se encuentran bien? —pregunta el más alto con gesto preocupado sin cuestionar lo que digo.

Finjo que me seco las lágrimas. ¡La trola que me he inventado parece que surte efecto! Si ya dice mi abuela que como actriz no tengo precio. Y entonces el otro, el del pelo más claro, que intuyo que es Craig, se hace a un lado e indica:

—Por favor, pasen inmediatamente y considérense como en su casa. Es inaceptable lo que les ha ocurrido. Y, por favor, milady, no llore más.

Sin dudarlo, Kim y yo entramos, y el más alto dice:

—Craig, avisaré a Winona para que prepare una habitación y traiga unas sopas. También mandaré un aviso a Frederic Stuart, el jefe de policía, para que venga y puedan hablar con él.

—Muchísimas gracias por su gentileza —susurra Kim siguiéndome el juego, mientras yo lloriqueo como una boba—. Es usted muy amable.

Acompañadas por Craig, entramos en un más que recargado salón repleto de velas encendidas. Huele a tabaco y a brandy; se nota que es una casa donde viven hombres. Miro a aquel, que nos observa, y cuchicheo haciéndole ver que soy una damisela en apuros:

—Señor, no sé cómo agradecerle que...

—Por favor, llámeme Craig. Las amigas de mis sobrinas Kate y Samantha aquí son como de mi familia. Además, soy americano como ustedes, y nosotros no somos tan protocolarios.

Oír eso me hace querer abrazarlo. ¡Qué mono!

¡Genial! Ya sabemos que sus sobrinas se llaman Kate y Samantha ¡y no Rodolfa!

—Muchísimas gracias, Craig —musita Kim.

Sentadas, y aún envueltas a lo romano con las sábanas, Kim y yo estamos mirando a aquel hombre, cuando este pregunta rascándose la cabeza:

—¿Dónde se alojan?

—No... no lo sabemos.

—Pero ¿adónde las han llevado esos desalmados? —insiste.

Kim y yo intercambiamos una mirada y, ante la incapacidad de responder, sé que nos tenemos que hacer las tontas. Pero unas tontas ¡muy tontas! Así pues, suelto tal berrido lastimero que el pobre se apresura a decir:

—Tranquila, milady. No las agotaré más con mis preguntas.

Sigo llorando un ratito más para hacerlo más creíble. Me siento como la Dama de las Camelias con tanto lloro y tanto teatro. Y entonces él musita:

—Creo que lo más inteligente, y para que puedan quedarse en esta casa con Michael y conmigo hasta que solucionemos el asunto de contactar con sus parientes, es que digamos que son mi sobrina y su amiga. Eso nos evitará murmullos y preguntas indiscretas.

—¿Será buena idea? —pregunta Kim.

Craig, que desde ya me cae genial, afirma:

—Es lo único que podemos hacer si no queremos escandalizar a estos protocolarios ingleses.

Los tres nos reímos y luego él pregunta encendiéndose un cigarro:

—¿De qué parte de Nueva York son?

—De Manhattan —se apresura a responder Kim.

Craig sonríe, vemos que le gusta lo que oye, y después comenta:

—Llevo sin ver a mis sobrinas como diez años. No puedo ni imaginarme lo mayores que estarán.

Kim y yo intercambiamos una mirada.

—Kate y Samantha son dos jóvenes muy hermosas a la par que finas y elegantes —lo informo—. Le aseguro que cuando las vea se enorgullecerá de ellas.

A Craig le agrada oír eso. Y me dispongo a regalarle los oídos con todo lo que se me ocurra de sus sobrinas cuando una puerta se abre y aparece una mujer mayor acompañada de Michael y una jovencita.

La mujer porta una bandeja, que rápidamente pone frente a nosotras, y musita con gesto apenado:

—Oh, miladies, pero ¡¿qué horror les ha sucedido?!

Kim y yo repetimos la historia que hemos inventado añadiéndole más dramatismo. Nos hacemos las damiselas acaloradas y desvalidas y, oye, ¡qué bien se nos da!

—Tómense la sopa calentita, eso las reconfortará, mientras les preparamos la habitación —señala la mujer al cabo.

Ambas asentimos. Las ganas que antes tenía de ir al baño se han esfumado. Y entonces oigo que Michael dice:

—Winona, por favor, id a casa de los condes de Kinghorne. Hablad con Martha, la criada de la condesa, contadle lo que ha ocurrido y...

—Indicadle que una de ellas es mi sobrina y la otra su amiga. Eso es importante —matiza Craig.

Michael mira a su amigo sorprendido y, cuando ve que el otro asiente, prosigue:

—Pedidle algo de ropa de dormir de lady Catherine para que nuestras invitadas puedan descansar.

Oír ese nombre hace que Kim y yo nos miremos, y mi amiga pregunta:

—¿Lady Catherine?

Michael asiente y luego informa con galantería:

—Los condes de Kinghorne viven frente a nosotros. Tienen tres hijas adorables, aunque creo que solo las prendas de lady Catherine, por altura, podrán servirles.

Gustosas, asentimos y rápidamente digo:

—Mañana mismo le daremos las gracias a lady Catherine.

—Lo dudo. Ella, su madre y su hermana Prudence se encuentran ahora mismo en Mánchester, pero regresarán dentro de unos días.

Vaya..., eso no lo esperábamos.

A continuación Winona hace una reverencia ante nosotros y musita antes de salir con la chica jovencita:

—Nos encargaremos de lo que pide, vizconde.

Con una sonrisa, les agradecemos su amabilidad, aunque yo, más que una sopita, me tomaría una cervecita bien fría.

—Para evitar rumores —dice Craig cuando se marchan dirigiéndose a Michael—, y con el fin de que las señoritas Celeste y Kimberly puedan quedarse con nosotros sin que se esparzan disparates sin fundamento por todo Londres que puedan dañar su integridad, he pensado que es mejor que digamos que son una sobrina mía y su amiga y que están de visita. ¿Qué te parece?

Michael lo piensa un momento.

—¿Y cuando vengan tus sobrinas verdaderas? —pregunta.

Craig sonríe, me encanta su sonrisa de canalla, y afirma:

—Diremos que también lo son. Mi familia es muy extensa... De hecho, tengo tres hermanas en Nueva York.

Michael asiente tras unos segundos.

—Sin duda es la mejor opción.

Craig sonríe, se acerca a él y, gustoso por la complicidad, comenta:

—Celeste y Kimberly proceden de Manhattan, como yo.

—¡Qué agradable coincidencia! —exclama Michael y, sin apartar la mirada de nosotras, pregunta—: ¿Y qué hacen dos jóvenes damas viajando solas por el mundo?

Según pregunta eso, Kim y yo nos miramos. Espero que responda ella, pero al ver que no lo hace, suelto sin pensar:

—Necesitaba un cambio de aires después de que el hombre con el que me iba a casar me dejara plantada ante el altar.

¡Toma ya lo que me acabo de inventar! ¡Plantada en el altar...!

—¡Lamento oír eso, milady! —cuchichea Michael sorprendido.

Asiento. Finjo que me seco una lágrima con el borde de la sábana y luego veo que Kim se muerde el labio para no reír, por lo que, bajando la voz a modo de cuchicheo, añado:

—Por suerte para mí, dispuesta a reconfortar mi tremenda pena, Kimberly decidió acompañarme durante este viaje..., ¡y aquí estamos!

—Pero desafortunadamente nuestra llegada a Londres no ha podido comenzar peor —declara mi amiga compungida.

Oír eso hace que los dos hombres asientan, y luego Craig pregunta con curiosidad:

—¿Cómo se llamaba el osado que la desdeñó?

Bueno..., bueno... ¿Qué digo yo ahora? Y, sin pensarlo, suelto:

—Henry. Henry Cavill..., de los Cavill de toda la vida... ¿Lo conoce usted?

Veo que Craig se toca la sien pensativo. Como me diga que sí, ¡me muero! Pero finalmente responde:

—No. Por fortuna para él, no lo conozco.

Asiento con gesto de pena. Madre mía, qué trola acabo de soltar. ¡Plantada en el altar...! ¡Y nada menos que por el guapísimo Henry Cavill!

Kim, cuya expresión me hace intuir que va a soltar una carcajada de un momento a otro, dice entonces para desviar el tema:

—Confiando en nosotras y en las personas que nos recomendaron unos amigos, nuestros padres organizaron este viaje con la esperanza de que estuviéramos aquí durante un tiempo y después pudiéramos regresar y continuar con nuestras vidas en Nueva York.

Michael y Craig asienten y este último pregunta:

—¿A qué se dedican sus padres?

Kim y yo nos miramos. Resulta complicado inventar sobre la marcha, pero mi amiga y yo somos unas apasionadas de la historia, ¡y de algo tiene que servir haber leído tantos libros sobre el tema!

—Padre —empieza a decir Kim—, junto con el padre de Celeste y otros corredores, fundaron la Bolsa de Nueva York y...

—¡Oh, qué interesante! Tengo un amigo que también participó.

—Entonces seguro que se conocen. —Ella sonríe mientras yo maldigo por dentro.

Durante un rato hablamos de Nueva York, de su crecimiento como ciudad y su industria, y Kim y yo mentimos como verdaderas profesionales.

Como era de esperar, el acento de mi amiga, tan diferente del mío, que es americano, hace que Craig pregunte:

—Kimberly, su acento no es muy americano, ¿no?

Ella sonríe. Su acento londinense la delata lo quiera o no, y se apresura a responder:

—Madre es británica, pero padre es americano. Yo nací en Nueva York, e imagino que el acento de madre al hablarme fue lo que primó en mí.

Ambos hombres asienten, no lo ponen en duda, y Craig, que es mucho más curioso que Michael, pregunta:

—¿Y su padre es...?

—Leonardo DiCaprio.

Según dice eso, tengo que mirar para otro lado para no soltar una carcajada.

¿En serio?

¿De verdad la loca de mi amiga ha dicho que su padre es Leonardo DiCaprio?

El vizconde afirma con la cabeza.

—¿Y el nombre de su madre? Quizá tenga el honor de conocerla al ser británica.

Ella asiente y, sin pestañear, suelta:

—Catherine Zeta-Jones. ¿La conoce, vizconde?

¡Ja, ja, ja, qué ingeniosa es Kim!

Está claro que mi amiga se está recreando en sus mentiras, y obviamente las mías han de estar a la altura.

¡Faltaría más!

Sé que lo hace para no decir el apellido de la que es su familia o eso originaría muchas preguntas con difícil respuesta.

Michael, que está sopesando lo que le ha dicho, responde finalmente:

—No, milady. No tengo el honor de conocer a su madre.

Acto seguido todos me miran a mí. Allá va mi trola, y suelto con total normalidad, realzando mi acento americano:

—En mi caso son ambos americanos. Padre es John Travolta, y madre, Scarlett Johansson.

Kim suelta una carcajada al oírlo. ¡Será perra!

Michael y Craig se miran, creo que van a preguntar algo, pero entonces llaman a la puerta.

¡Salvadaaaaaaaaaa!

Instantes después esta se abre y aparece Winona acompañada de un hombre con un bigotazo de la época. Este nos mira y luego Michael dice:

—Lady Travolta, lady DiCaprio, les presento a sir Frederic Stuart, jefe de policía de la ciudad de Londres. Frederic, ellas son una sobrina de Craig y su amiga.

Bueno..., bueno..., bueno... Lo de lady Travolta y lady DiCaprio es para partirse de risa, pero, conteniéndonos, Kim y yo asentimos sin levantarnos y, como es lógico, tenemos que volver a repetir lo que nos ha ocurrido.

El tal Frederic nos escucha con atención. Toma nota en una especie de cuadernillo y, una vez que acabamos, indica:

—Siento lo sucedido, miladies. Por desgracia, la inmoralidad está cada vez más presente en la ciudad de Londres. Intentaremos encontrar a los malhechores que turbaron su tranquilidad y recuperar si es posible sus pertenencias.

Asiento con una comedida sonrisa, y a continuación Michael señala dirigiéndose a él:

—Como es lógico, tanto la sobrina de Craig, lady Travolta, como su amiga, lady DiCaprio, se alojarán con nosotros. Cualquier cosa, Frederic, aquí estarán.

El policía asiente y, tras una severa inclinación de la cabeza, se va tal como ha venido.

Yo flipo con lo confiados que son todos... Nos han creído desde el minuto uno sin cuestionar nada. Vamos, que en la puerta de mi casa se me plantan dos locas medio desnudas contando la película que hemos contado nosotras ¡y no las creo ni de coña! Y mucho menos las alojo así como así bajo mi techo.

Pero, claro, estamos en el siglo xix y, por lo que estoy viendo, la gente es confiada porque no existe tanta maldad.

En cuanto nos quedamos los cuatro solos en la estancia, sin saber qué hacer o qué decir, me centro en la sopa que nos ha traído antes Winona. Tiene muy buen sabor y, con naturalidad, exclamo:

—Madre mía, ¡está riquísima!

Según digo eso, Michael y Craig sueltan una carcajada, y este último dice:

—He de confesar que echaba de menos esa frescura al hablar.

—Eso me hace sonreír, y él añade—: En ocasiones, el protocolo inglés me resulta agotador.

Michael no dice nada, solo sonríe. A diferencia de su amigo, él sigue con su solemne forma de hablar.

—Vizconde, mañana sin falta escribiremos a casa —interviene Kim—. Cuanto antes reciban nuestras cartas, antes nos podrán ayudar y dejaremos de molestarlos.

Michael y Craig, que se han tragado del todo nuestra mentira, se miran y el primero afirma:

—No hay prisa, milady.

—Gracias —digo, pero recordando algo pregunto—: ¿Sería mucha molestia que consultaran si para el 26 de agosto sale algún barco hacia Nueva York? Una vez que conozca nuestra situación, padre les hará llegar encantado el dinero del pasaje.

—Estaré encantado de consultarlo mañana en la naviera. Pero ¿por qué tanta urgencia?

De inmediato sonrío. Siempre he oído eso de que el pescado y las visitas apestan a los tres días..., ¿y a él, que no nos conoce, le parece poco un mes?

—Vizconde —tercia Kim—, no quisiéramos molestar. Demasiado amables están siendo al acogernos de esta manera en su casa.

Craig, con una encantadora sonrisa, me hace saber que podemos confiar en él, y Michael, que como bien decía Catherine en su diario es caritativo y amable, responde con expresión afable:

—No se apuren, miladies. Todo se resolverá satisfactoriamente, y lo ocurrido con esos maleantes pasará a ser una simple anécdota que contar cuando regresen a su hogar.

—¡Eso esperamos! —conviene Kim.

Craig asiente.

—Mañana a primera hora le pediré a la señorita May Hawl, la dueña de una famosa tienda de telas y ropa de mujer, que venga para que les proporcione todo lo que necesiten.

—Pero no disponemos de dinero —cuchichea Kim.

Los hombres se miran. En sus gestos veo que nos quieren ayudar, que les damos verdadera pena, y musito conmovida:

—No quisiéramos abusar.

Craig sonríe. Michel también.

—Será un placer ayudarlas en cuanto sea necesario, miladies. Necesitan de todo, puesto que lo que tenían ha desaparecido y dudo que la policía lo recupere. No se han de preocupar por nada, tanto Craig como yo estaremos encantados de proporcionarles lo que deseen.

—Para mi sobrina y su amiga, ¡lo mejor! —bromea Craig.

—¡Qué galanes de buen corazón! —exclama Kim.

Craig sonríe.

—Tener en nuestra casa a alguien de mi país es tremendamente apasionante para mí, y estoy dispuesto a disfrutarlo al máximo, y más aún tratándose de mi sobrina y su amiga.

Eso nos hace sonreír a los cuatro, y a continuación Michael, tirando de un llamador de servicio que hay en un lateral del salón, indica:

—Aunque su compañía es muy grata y nos quedaríamos charlando con verdadero gusto, miladies, si no les importa, nosotros nos dirigíamos a cenar con unos amigos. Winona y Anna les enseñarán su habitación y les proporcionarán todo lo que necesiten. Espero que descansen.

En ese instante se abre la puerta. Las mujeres entran y, tras esbozar una agradable sonrisa, Michael y Craig se marchan.

Acto seguido Kim y yo nos levantamos. Seguimos a Winona y a Anna a una habitación del piso de arriba, donde al entrar vemos dos horrorosos a la par que enormes camisones sobre la cama. Una vez que aquellas nos repiten que para cualquier cosa que necesitemos solo tenemos que avisarlas, se van, y cuando cierran la puerta protesto:

—Yo eso no me lo pongo.

Ambas miramos los camisones llenos de puntillas y lacitos, y cojo uno.

—Ni mi abuela lleva nada tan repolludo —afirmo.

Nos reímos divertidas y luego Kim musita:

—¿Tu padre... John Travolta?

—Pues anda que el tuyo: Leonardo DiCaprio...

Sin poder parar de reír, nos quitamos las polvorientas sábanas. Después de que estas caigan al suelo, nuestra ropa queda al descubierto y también cae.

Utilizando una aljofaina que contiene agua, nos pasamos un paño por la piel para quitarnos el polvo y, cuando terminamos, nos ponemos los camisones de tatarabuela que Winona ha dejado sobre las camas, cogemos una especie de bolsa de tela que encontramos y, tras meter dentro nuestras pertenencias, la guardo en el armario. Nadie puede verla.

—¡¿Henry Cavill te plantó en el altar?!

Según oigo eso, me río.

Adoro a ese actor, y me mofo mientras Kim se quita las lentillas negras para meterlas en el estuche que ha sacado del bolsillo de su pantalón.

—Chica, ¡menuda fantasía!

Ambas sonreímos por eso. Lo que nos hemos inventado sobre la marcha da como poco para escribir una novela loca.

—Y estamos sin bragas de recambio —murmuro a continuación.

Eso nos hace tirarnos en la cama y no poder parar de reír durante horas.

15

Como prometieron el vizconde y Craig, nada más levantarnos ya está esperándonos en el salón de la casa una encantadora mujer de la que rápidamente nos enteramos que es la señorita May Hawl, ¡la modista!

Boquiabiertas, vemos que aquella, junto a su joven ayudante, han llenado el salón con todo lo necesario que una mujer de la época pudiera necesitar.

La ropa interior, que no nos probamos delante de ella para que no vea nuestros tatuajes, en el período de la Regencia se compone de una camisa de lino o algodón junto a una especie de pantaloncillos o bombachos de tela fina que pueden llegar hasta los tobillos o por debajo de la rodilla y a los que ellas llaman «bloomers». Si mi abuela los viera los llamaría «pololos».

¡Muy sexis como que no son!

Y sinceramente, prácticos menos. Yo necesito bragas, no pololos.

Encima de la camisa se pone el corsé, que puede ser largo o corto para realzar los pechos. Tanto Kim como yo nos decidimos por el corto. Es más parecido a los sujetadores actuales y menos agobiante.

Los vestidos en la Regencia son de corte Imperio, por lo que la cintura no es algo que destacar, pero sí los pechos. Y, joder..., me los aprietan tanto que tengo la sensación de que me van a explotar. Vamos, ¡ni el Wonderbra!

Sobre el corsé, comprobamos que se colocan varias enaguas

para dar volumen a las faldas. Y, entre risas, la señorita May nos cuchichea que las damas más atrevidas y descaradas solo se colocan una enagua para que la tela se pegue a sus cuerpos y resaltar así sus curvas.

¡Está claro que voy a ser descarada!

La señorita May también nos muestra varios tipos de medias de seda y algodón, incluso bordadas o lisas. Unas llegan a mitad del muslo y otras por encima de la rodilla, y todas se atan con ligas.

¡Qué cuquis, pero qué incómodas!

Concluido el tema ropa interior de las prendas que ya tenía confeccionadas o que habían sido devueltas por las clientas la señorita May nos proporciona a cada una un vestido de mañana para andar por casa muy sencillo, dos vestidos de tarde de muselina cuyo escote está oculto tras una pañoleta y dos de noche de satén con grandes escotes bajos en seda y en colores azul pastel o blanco. No es algo que yo me pondría, pero, oye, reconozco que son finos y delicados.

A eso le añade tres pares de guantes de seda, varios sombreros y tocados y tres pares de zapatos que, cuando los veo, me río de lo feos que son.

¿En serio se ponían eso?

Sin que se dé cuenta, y como la mejor choriza del mundo, escondo varias piezas de tela. Kim, que me ve, no entiende lo que hago, hasta que le explico que es para hacernos bragas. Mi amiga se muere de la risa y no me lo reprocha más.

Cuando la modista se marcha, promete regresar en unos días con más ropa especialmente confeccionada para nosotras, y con toda nuestra amabilidad se lo agradecemos.

Una vez solas, miro lo que aquella mujer nos ha dejado. Vale, es todo muy elegante y exclusivo, pero tremendamente repolludo. Lacitos. Puntillitas. Adornitos. Que no..., ¡que no es lo mío!

Aun así, daría lo que fuera por tener mi teléfono móvil a mano y hacerme fotos para subir a mis redes. ¡Lo que chulearía yo con esa ropa!

* * *

Ese día, tras comer con Craig y Michael, que son encantadores, cuando nos retiramos a descansar, Anna, que es sobrina de Winona, nos indica que ella será la encargada de ayudarnos a vestirnos.

Ahí tenemos un gran problema. Si la muchacha nos ve desnudas, verá nuestros tatuajes, ¿y qué explicación le vamos a dar?

Por ello, y tirando de nuestra fama de americanas excéntricas y divinas, aceptamos la ayuda de Anna, pero con reservas. Le hacemos saber a Winona que su sobrina nunca ha de entrar en la habitación hasta que nosotras le demos permiso (¡menudas reinonas!) y que nos incomoda que nos vea desnudas. Sin preguntar el motivo, pues deben de pensar que somos dos imbéciles profundas, lo aceptan.

Kim rápidamente normaliza todo eso. Está claro que nacer en una familia tan burguesa y refinada como la suya te hace ver las cosas de otra manera, pero a mí me cuesta un poco más. Llevo toda la vida vistiéndome sola. A excepción de mi yaya cuando era pequeña, nunca nadie me ha vestido. Pero en la sociedad burguesa en la que estoy debo dejarme vestir como si fuera tonta, sí o sí.

* * *

Pasan dos días en los que apenas salimos de la casa y pienso en mi yaya. Como el tiempo no transcurra como dice Kim, si en una semana no doy señales de vida se presentará en Londres y, conociéndola, la liará parda. También añoro mi teléfono móvil y mis redes sociales. ¿Será que estoy más enganchada a ellos de lo que creía?

Aprovecho los ratos muertos para hacer bragas. Sí, sí, ¡bragas!

Al igual que existe una película titulada *No sin mi hija*, creo que una sobre mí podría llamarse *No sin mis bragas*.

Por Dios, ¡qué maniática soy!

Y, aunque no tengo todo lo necesario para ello, al final me las apaño con la tela y las cintas y consigo hacer tres pares para cada una, atadas a los lados como si fueran biquinis. Eso sí, las escondemos para que nadie las vea y pregunte. Cada noche lavamos las que usamos y las tendemos estratégicamente junto a la ventana. Y como Anna, la criada, tiene que llamar a la puerta antes de entrar, o Kim o yo nos levantamos para quitarlas de su vista. De momento el tema bragas ¡está solventado!

Nuestra ropa, junto con la perla que representa que nos devolverá a nuestra época, también está muy bien escondida. Reconozco que cada vez que entro en la habitación, miro que esté allí. Algo en mí siente pánico a que desaparezca.

En esos días somos conscientes de que, por suerte para nosotras, la casa del vizconde es muy cómoda. No solo tenemos unas estupendas camas en las que dormir y comemos de maravilla, sino que encima dispone de un cuarto de baño con inodoro que, cuando lo vi, solo me faltó agacharme y besarlo.

Aunque parezca una tontería, lo de tener o no tener váter era una de las cosas que más me agobiaron al llegar. No me veía yo haciéndolo en cuclillas sobre un agujero por el que vete tú a saber lo que podría salir de allí. Y aunque el inodoro que posee el vizconde es el único de la casa y una horterada de porcelana blanca con grabados azules, soy feliz. ¡Al fin y al cabo, es un váter!

Ducha no tenemos, pero sí una preciosa bañera de madera y metal. Lógicamente, no se puede llenar todos los días, pero al menos el agua siempre está a nuestra disposición en la aljofaina y podemos asearnos. Eso sí, como diría mi yaya, ¡como ratoncillos! Un poquito por aquí, un poquito por allá.

Los cepillos de dientes no existen ni por asomo, por lo que cada día Kim y yo, gracias a que pertenecemos a la aristocracia, nos frotamos los dientes y la lengua con un preparado de limón y bicarbonato en un trapito de algodón para después enjuagarnos con agua.

¡Menudas arcadas me dan!

Como médico sé que esa mezcla daña el esmalte, pero, la verdad, es mejor que masticar raíces de regaliz, que es lo que solo pueden permitirse las clases más bajas.

* * *

Al tercer día, animadas por Michael y Craig, que se han tragado del todo nuestra mentira, salimos a la calle perfectamente ataviadas como dos damiselas de la época para dar un corto y ligero paseo. No quieren que nos agotemos. ¡Pobrecitos, qué inocentes son!

Por la calle me siento como un pato mareado. Entre el puñetero gorro, que me recuerda a lo que llevan los burros para mirar hacia delante, y que cada dos por tres me piso la jodida falda del vestido, si no es porque Craig me sujeta, me habría dejado los piños en el suelo.

Preocupado por mi inestabilidad, este rápidamente lo comenta y yo, que ya me he acostumbrado a mentir como si nada, le indico que sigo algo mareada por el susto que nos dieron el día que nos robaron. Sin ponerlo en duda, él me cree. Y reitero: ¡qué inocentes eran las gentes de esta época!

A nuestro regreso coincidimos por primera vez en la calle con Aniceto. Perdón, perdón..., quería decir con Ashton Montgomery, conde de Kinghorne y antepasado de Kim. Craig nos presenta y aquel nos mira curioso y nos saluda sin más. Como diría mi yaya, el tipo es un pan sin sal.

* * *

Al cuarto día Michael nos hace saber que hemos sido invitados a tomar el té en casa de la condesa Wildemina Lorraine Cowper Sant German. ¡Menudo nombrecito! Esa mujer, y todo Londres, se ha enterado de nuestra desafortunada llegada desde Nueva York y desea conocernos.

Para la visita, Anna nos aconseja que nos pongamos unos repolludos vestidos de tarde que, vale, son bonitos, pero con los que yo me veo como una coliflor. Se lo digo a Kim y se parte de risa. Pero, claro, ella, se ponga lo que se ponga, lo defiende maravillosamente; sin embargo, en mi caso yo no lo considero así. Según ellas, estamos elegantes; según yo, *coliflornianas*.

Una vez que llegamos divinos y peripuestos al precioso casoplón de la condesa, pasamos a un saloncito de lo más recargado en dorado y rosa en cuyas paredes, cómo no, hay retratos de familiares.

Hay uno, el del abuelo de la condesa, del que si me llegan a decir que es el conde Drácula, me lo creo. ¡Qué ojos inyectados en sangre y qué cara de mal bicho tiene el *jodío*!

Estoy riéndome con Kim por eso cuando veo un sillón repolludo a más no poder.

¡Madre mía, lo que daría por hacerme un selfi sobre el ridículo sillón dorado y subirlo a mis redes!

¡Anda que no iba a recibir *likes*!

Mientras sigo riéndome con mi amiga, una mujer de pelo claro y ojos azules aparece de pronto. Es la típica inglesa alta y estirada, ataviada con exquisitez y austeridad, que rápidamente nos sonríe y, como si fuéramos dos niñitas desvalidas, nos consuela por lo que nos ha ocurrido.

Guauuu, ¡si supiera que es todo mentira!

Con prudencia, y conscientes de que esa invitación es para valorarnos y puede abrirnos o cerrarnos las puertas de la sociedad burguesa, desplegamos todos nuestros encantos ante la mujer, a la que bautizo con el sobrenombre de «lady Pitita», que me cree la sobrina de Craig acompañada de su amiga y a quien, por cómo nos mira y reacciona a las cosas que decimos, notamos que le estamos cayendo en gracia.

¡Qué fácil es actuar! ¡Es que se lo tragan todo!

Kim, que lleva mejor que yo todo el protocolo, maneja la situación. Soy consciente de que puedo meter la pata por mi impetuosidad, por lo que me doy un sutil puntito en la boca y decido que ella sea nuestra carta de presentación.

Cuando al rato abandonamos la casa de lady Pitita, veo que tanto Michael como Craig están muy contentos. Con curiosidad, les pregunto a qué se debe su felicidad, pero ellos solo ríen y responden que pronto se verá.

Esa noche cenamos los cuatro en la intimidad del hogar de nuestros anfitriones. Y, la verdad, la cena que Winona prepara para nosotros ¡es una pasada! Y la compañía de Michael y Craig, ¡maravillosa!

Su prudencia y su amabilidad son increíbles. Se nota a la legua lo buenas personas que son, y en cierto modo me siento mal por engañarlos de esta forma.

* * *

Al día siguiente Anna está peinándome en nuestra habitación cuando la oigo decir:

—Milady, ¿puedo preguntarle algo que hace días que deseo saber?

—Por supuesto, Anna.

—¿Es moda en América eso que lleva?

La miro, pues no sé a qué se refiere, pero entonces veo a través del espejo que señala los tres pendientes que llevo en la oreja derecha.

¡Ostras! ¡Ni me acordaba de ellos!

Sin perder la sonrisa, intercambio una mirada con Kim.

—Sí, Anna, es moda en América —afirmo.

La joven asiente y luego susurra boquiabierta:

—¿Y no le dolió?

Rápidamente niego con la cabeza. Cualquiera le explica a la pobre que en nuestra época la gente no solo se agujerea las orejas para llevar más pendientes, sino que además se taladra los pezones y también otras cosas. Así pues, decido callar. Si le digo eso, creo que se asustará.

Con cariño, la miro. Anna es una niña encantadora. Es divertida, curiosa, lista y trabajadora.

—¿Cuántos años tienes? —le pregunto.

La joven sonríe al oírme.

—La semana que viene cumpliré diecinueve, milady —dice.

—Oh..., aún eres una yogurina.

—¿Una «yogurina»? —repite sorprendida.

De inmediato me doy cuenta de que he metido la pata. ¿Cómo he podido decir esa palabra?

Kim, que está junto a la ventana, sonríe y yo me apresuro a rectificar:

—Aisss, Anna, lo siento. He utilizado una palabra americana.

Ella asiente, se cree cualquier cosa que le digamos, y añado viendo que espera una explicación:

—*Yogurina* significa «muy jovencita». Casi una niña.

—Usted y yo debemos de rondar la misma edad —cuchichea ella entonces.

—¡Ya quisiera yo!

—Pero, milady, ¡¿qué cosas dice?!

¡Ay, que me muero!

Me acaban de echar uno de los mayores piropos que he oído en mi vida, pues tengo treinta años ¡como treinta soles! Pero, claro, entiendo que por los cuidados de belleza que las mujeres de nuestra época nos procuramos parezcamos más jóvenes que ellas, y cuando voy a hablar Kim se apresura a intervenir:

—Anna, lady Celeste es muy exagerada.

Todas reímos, y yo replico:

—Las americanas somos así.

Instantes después, cuando Anna acaba de peinar mi cabello y se va, miro a Kim y cuchicheo divertida:

—¡Somos unas yogurinas!

—Disfrutemos de ello mientras dure —sugiere ella riendo—, y quítate esos pendientes antes de que te vuelvan a preguntar.

—Ni hablar, que se me cierran los agujeros.

—Pero...

—¡No hay peros que valgan! —insisto con decisión.

Estamos riendo por ello cuando llaman a la puerta, Winona abre y, mirándonos, anuncia:

—Miladies..., los señores las esperan en el salón.

Asentimos gustosas y, tras ponernos en pie, nos dirigimos hacia allí.

16

Nada más entrar en el salón, Michael y Craig se levantan con su habitual formalidad inglesa.

—Me agrada ver que sonríen ustedes, miladies —comenta el primero.

—Eso es signo de que cada día se encuentran mejor —afirma Craig.

Kim y yo asentimos y yo indico eligiendo bien las palabras:

—Todo gracias a la gratitud de ambos.

Los dos asienten a su vez y luego Craig dice:

—Hace un rato he pasado por la tienda de la señorita Hawl y me ha hecho saber que mañana vendrá con las prendas confeccionadas especialmente para ustedes.

Eso me parece todo un despropósito, y replico:

—Oh, no. De verdad que con lo que nos ha proporcionado ya tenemos más que suficiente.

Ellos se miran y, sonriendo, Michael murmura:

—Eso no es propio de las mujeres londinenses, lady Travolta. Ellas nunca tienen suficientes vestidos que lucir. Está claro que son ustedes americanas.

—Siempre te lo he dicho, Michael —afirma Craig—. Las mujeres americanas y las inglesas poco tienen que ver.

Los cuatro reímos por eso y a continuación, dirigiéndome a Michael, le pido:

—¿Qué tal si, en vez de lady Travolta, me llama simplemente Celeste? Como habrá visto, Craig lo hace y...

—Lo siento, milady —me corta Michael—. Soy inglés, no americano, y me cuesta hacer lo que me pide. Como mucho podría llamarla lady Celeste.

Su amigo se ríe mientras gesticula, yo también, hasta su manera de moverse es diferente de la de Michael. Y con mofa cuchichea:

—¡Protocolarios ingleses...!

Ahora somos los cuatro quienes reímos por eso, y al cabo Kim afirma:

—Será un placer que nos llame como usted desee, vizconde.

Este asiento y queda todo claro entre nosotros.

Al rato Michael saca unos sobres y nos los entrega.

—Esto ha llegado hoy para ustedes.

Sorprendidas, nos miramos. ¿Quién nos escribe si no conocemos a nadie?

Con curiosidad, cogemos los sobres que nos tiende y, al abrirlos y ver lo que contienen, Craig anuncia:

—La condesa Wildemina Lorraine Cowper Sant German, después de que tomaran el té con ella, como una de las patronas de Almack's que es, les ha otorgado dos billetes de invitado para entrar los miércoles en el salón.

Boquiabiertas, miramos aquellos pases que lady Pitita nos ha proporcionado, y Michael susurra:

—Sin duda, miladies, sorprendieron para bien a la condesa. Y han de saber que no es fácil gustarle al principio.

Sin poder evitarlo, ambas sonreímos y acto seguido Craig murmura con guasa:

—Es bastante... rarita, por no decir exigente...

—¡Craig! —lo regaña Michael divertido.

Todos reímos.

—Hoy es miércoles, noche de baile en Almack's —anuncia Craig—. ¿Les apetece asistir?

Según oímos eso, asiento. ¡Pues claro que sí! Y Kim, tras intercambiar una mirada cómplice conmigo que enseguida entiendo, pregunta:

—¿Almack's? ¿Qué lugar es ese?

Rápidamente Michael nos pone al día con respecto a ese club

social. Nos indica que es un lugar donde muchas jóvenes casaderas encuentran esposo y, sobre todo, un lugar donde los cazafortunas y los calaveras de esta época, gracias a la criba que las patronas hacen, no pueden entrar. Mientras lo escuchamos, nosotras nos hacemos las suecas, por no decir las chinas. Supuestamente, si venimos de Nueva York, ¿cómo vamos a saber qué es Almack's?

* * *

Una hora después, cuando subimos emocionadas a nuestra habitación a arreglarnos para el baile al que nos ha invitado Pitita, reconozco que estoy alterada.

¡Por Dios, que estoy en el Londres de la Regencia y voy a ir a Almack's!

Por suerte para nosotras, los tatuajes que llevamos quedan ocultos bajo la ropa, por lo que nadie puede verlos y eso nos tranquiliza. Si alguien los viera, sería muy complicado hacerles creer que es una moda neoyorquina.

Anna nos ayuda a peinarnos y nos señala que lo que las damas suelen llevar en los bailes son recogidos, y que ahora la moda es dividir el pelo en el centro de la cabeza y llevar unos bucles sobre las orejas.

Opto por probar lo segundo, pero una vez que me veo en el espejo, me niego.

¡Parezco un trol!

¡Yo así no salgo!

Vamos, estoy tan horrenda que ni un selfi me habría hecho para no tener ni el recuerdo.

Al final me hace un recogido que para mi gusto me queda bastante mejor y, viendo unas margaritas blancas en el jarrón, la animo para que me coloque alguna en la cabeza. Y, oye..., quedan genial.

Cuando conseguimos parecer unas damitas virginales y decentes de la época y nuestros *outfits* están perfectos, los nervios nos consumen.

Madre mía..., madre mía, ¡seguro que nos encontraremos a Catherine en Almack's!

17

Junto a Michael, que es inglés pero encantador, y Craig, que es americano y extravagante, Kim y yo viajamos en su landó con capota tirado por cuatro caballos pardos rumbo al baile de Almack's.

Realmente la sensación de pasear por el Londres de 1817 montada en un coche así, mientras nos cruzamos con faetones y birlochos, otros coches de caballos de la época, es increíble.

Nada más llegar a las inmediaciones del barrio de St. James's, lugar donde sé que está Almack's, un mundo diferente se abre ante nosotras. Mujeres y hombres elegantemente vestidos caminan por las aceras con gestos sonrientes, y los observo encantada cuando oigo que Michael pregunta:

—¿Qué le parece lo que ve, lady Celeste?

—¡La leche de flipante! —suelto sin pensar.

De inmediato noto el puntapié de Kim por lo que he dicho..., ¡menos mal que lo he dicho en castellano! Y, al ver cómo aquel me mira, tocando el anillo de mi padre, que va sobre mi guante de seda, contesto esta vez en inglés:

—Es todo muy estimulante, vizconde.

Él sonríe, yo también, y minutos después, cuando el landó se detiene y un hombre nos abre la portezuela, Craig y Michael se apean y, con galantería, nos ofrecen la mano para bajar. Menos mal, porque yo ya iba a hacerlo de un salto.

Una vez con los dos pies en el suelo, noto cómo el corazón me late con fuerza.

¡Qué nervios!

Tomando aire, me paro a mirarlo todo a mi alrededor con las piernas separadas, los brazos en jarras y la cabeza erguida. Vamos, mi postura de cuando sé que me voy a enfrentar a algo que me desconcierta. Entonces Craig se coloca a mi lado y cuchichea:

—Si no quieres que mañana todo Londres hable de ti, corrige esa postura.

Boquiabierta, lo miro y él se ríe.

—Según el protocolo, una dama nunca ha de poner los brazos en jarras en público.

Me río a mi vez. Por mucho que se lo explique no entenderá mi postura de superhéroe, así que bajo los brazos.

—Maldito protocolo —susurro.

Craig suelta una carcajada y, mirándome, musita:

—Lo que has dicho tampoco es muy formal.

—Entre tú y yo, tío Craig, el protocolo no es lo mío —bromeo.

Nos reímos divertidos y proseguimos nuestro camino hasta llegar al interior del local. Con paciencia, hacemos cola y, dirigiéndome a Kim, me mofo:

—¡Hay cosas que no cambian!

Esperamos nuestro turno y, al pasar junto a una mesita baja, Michael y Craig muestran una especie de boletos y, dirigiéndose a una de las mujeres, que nos observa con curiosidad, el primero dice enseñando nuestros pases:

—Wildemina Lorraine Cowper Sant German proporcionó amablemente unos pases a lady Travolta, sobrina de Craig, y a lady DiCaprio, amiga de lady Travolta,

La mujer asiente y, tras entregarnos unos pequeños carnets de baile monísimos que llevan un lapicerito anudado, susurra:

—Disfruten del baile, miladies.

Ambas asentimos con la cabeza y continuamos el camino junto a nuestros acompañantes.

Como era de esperar, el lugar es majestuoso, impresionante, y está lleno de luz. Unas arañas de cristal decoran el enorme salón, tapices y espejos las paredes y, al fondo, hay dispuestas unas sillas donde imagino que se colocarán los músicos.

Rodeadas de lujo y glamur y de la aristocracia de la época, Michael y Craig, tras presentarnos a algunas personas que nos sonríen con agrado, comienzan a hablar con unos hombres.

—¡Ojo, piojo! —susurra Kim en mi oído—. ¡Estamos en Almack's!

—¡Qué fuerteeeee!

Impresionadas, lo miramos todo a nuestro alrededor.

—Lo que daría por tener mi móvil, hacer un selfi y subirlo a mis redes sociales —musito—. ¡Iban a flipar!

Ambas reímos, y ella murmura divertida:

—Fíjate cuánto postureo.

Sí, tiene razón. Aquí no hay móviles ni cámaras ni nada, pero hay postureo. Solo hay que ver cómo se mueven y se estiran los presentes, deseosos de hacerse notar.

—También hay troles —me mofo.

Señalando a un grupo de mujeres del fondo vemos cómo cuchichean y critican sin piedad a una joven que habla tranquilamente con un hombre. Redes sociales digitales no existen, pero está más que claro que la red social de la época es este sitio en el que estamos, y sin lugar a dudas, ¡aquellas son unos troles!

Seguimos mirando a nuestro alrededor mientras lo digerimos todo hasta que Kim pregunta:

—¿Se bailará algo más que el vals?

Oír eso me hace gracia, y, consciente de que solo ella me entenderá, respondo:

—El *Waka* y la *Macarena*, desde luego que no.

Ambas reímos por eso, y a continuación Craig nos ofrece unas copas y, gustosas, las cogemos. Pero la mía se me escurre con los guantes puestos y, sin dudarlo, me los quito antes de que la copa acabe en el suelo.

Unas damas me miran. Parecen criticarme.

—Pero ¿qué haces? —pregunta Kim.

No la entiendo. La miro, y ella dice:

—Ponte ahora mismo los guantes.

—¿Por qué?

—Es inapropiado quitárselos.

Resoplo, y voy a protestar cuando mi amiga insiste:

—Ni una palabra, ¡póntelos!

Viendo su expresión, al final me los pongo por no discutir, y Craig dice acercándose a nosotras:

—Acabo de ver entrar en el salón a lady Catherine con sus hermanas.

Según oímos eso, Kim y yo nos miramos expectantes. Sé que su corazón va tan rápido como el mío.

¡Vamos a conocer a Catherine!

Durante unos minutos que se nos hacen eternos, miramos a nuestro alrededor deseando verla, hasta que un grupo de mujeres se nos acerca y Craig se dirige a ellas.

—Miladies, permítanme decirles que hoy están especialmente bellas.

Las jóvenes, a cuál más elegante y peripuesta, sonríen, y entonces una de ellas se adelanta e indica con voz guasona:

—No me lo digas, Prudence, pero ese halago no puede provenir de otro que no sea Craig.

—Lady Catherine, qué bien me conoce —se mofa el aludido besando su mano.

Todos sonríen mientras Kim y yo nos quedamos paralizadas. Ante nosotras está Catherine, la que escribió el diario que leímos en la buhardilla, y por alguna extraña razón su cara nos resulta familiar.

Ataviada con un precioso vestido blanco de muselina y unos guantes de seda que le llegan hasta el codo, Catherine sonríe sujetando un pañuelo; de pronto esta clava sus ojos en Kim y Michael dice:

—Lady Catherine, lady Prudence, lady Abigail, les presento a la sobrina estadounidense de Craig, lady Celeste Travolta, y a su amiga, lady Kimberly DiCaprio, también estadounidense. Señoritas, ellas son las hermanas Montgomery, hijas de los condes de Kinghorne.

Catherine asiente; las otras dos mujeres que están a su lado también, y, la verdad, porque sé que son hermanas, ya que no pueden ser más diferentes. Abigail es morena de ojos azules, Prudence rubia con los ojos azules también y Catherine es castaña de ojos violeta.

¡Sus ojos son increíbles, idénticos a los de Kim! Y, como me sucedió el primer día que conocí a mi amiga, sin poder evitarlo musito:

—Qué maravillosos ojos los suyos, lady Catherine.

—Muchas gracias, lady Celeste.

Kim, que oculta ese mismo tono de ojos tras las lentillas negras que lleva puestas, no dice nada, está en *shock*; de pronto llega hasta nosotras una muchacha joven y, extendiendo la mano, comenta:

—Mirad lo que me ha regalado mi marido.

Todas observamos un pedrusco precioso que lleva en el dedo. El anillo sin duda merece ser admirado, mientras aquella salta y se regodea del regalo de «su marido».

—Lady Travolta, lady DiCaprio —tercia Catherine—, les presento a Vivian, mi mejor amiga. Vivian, ella es sobrina de Craig —dice señalándome—, y ella es su amiga —añade refiriéndose a Kim—. Ambas vienen de Nueva York.

La saludamos gustosas, y aquella prosigue emocionada:

—Encantada de conocerlas. Mi marido estuvo en Nueva York en una ocasión y siempre dice que algún día ambos viajaremos allí.

Kim y yo sonreímos mientras aquella no para de hablar de su marido. «Mi marido por aquí», «mi marido por allá»... No dice una frase en la que su marido no salga a relucir, por lo que, bajando la voz, me acerco a Kim y cuchicheo:

—¡Lady Mimarío es agotadora!

Kim se ríe, yo también, e integrándonos en el grupo comenzamos a charlar.

Mientras lo hacemos, me percato de cómo Catherine nos observa. En especial a Kimberly. Si tiene ese sexto sentido que mi amiga dice, debe de estar percibiendo algo. Pero entonces Kim va a hablarle y Catherine da media vuelta y se aleja.

Boquiabierta, veo cómo Kim me mira y, riendo, susurro:

—Siento decirte que tu antepasada acaba de hacerte un *ghosting* en toda regla.

Ella se parte.

—Desde luego no se puede decir que no ha pasado de mí.

Necesitando beber algo fresco y comentar la jugada de aquella, cuando nos alejamos del grupo pregunto:

—¿Crees que sabrá quiénes somos?

Kimberly niega con la cabeza, pero, mirando a Catherine, que está al fondo y también nos observa, contesta:

—No. Pero, por su forma de mirarnos, creo que se huele algo.

Yo tengo la misma impresión.

—¿Qué opinas de ella? —pregunta.

—No sabría decirte...

Pero yo, sin poder apartar la mirada, insisto:

—¿No tienes la sensación de que la conoces?

Kim asiente.

—Sí, pero no sé de qué.

Oír eso me hace gracia, e indico:

—¡Ay, chica! Tira de tu parte brujil...

—¡Celeste!

Me río e insisto:

—¿Cuántas personas has conocido que tengan los ojos violeta como tú?

—Solo a Imogen y a ella —musita.

Eso me hace gracia, y luego Kim murmura:

—No quería decirte esto, pero bueno...

—¿Qué pasa? —pregunto alarmada.

Mi amiga da un sorbo a su bebida y, mirándome, susurra:

—Es como si hubiera perdido mi sexto sentido desde que llegamos aquí.

—¡No me jorobes!

—Te jorobo...

—¿Estás sin cobertura?

—No te alarmes, pero sí —asiente ella—. Desde que llegué no percibo nada.

Horrorizada por saber eso, miro hacia mi derecha y veo que se acerca a nosotras un hombre que podría ser fácilmente nuestro abuelo y nos sonríe. Acto seguido se une a él Aniceto, el conde de Kinghorne, vamos, quien al vernos nos reconoce y comenta:

—Miladies, cuánto me alegra verlas por aquí.

Nosotras simplemente sonreímos y entonces el abuelo que había llegado primero pregunta dirigiéndose a él:

—Ashton, ¿quiénes son estas adorables jovencitas?

Aniceto rápidamente hace las presentaciones. El viejo es el conde Jack Moore, y durante unos insufribles minutos Kim y yo tenemos que hablar con ellos y me pongo enferma al ser consciente de cómo nos miran los pechos.

Si estuviéramos en el siglo XXI, conociéndome como me conozco, ya les habría dicho que cuando me hablen procuren mirarme a los ojos y no a las tetas, pero, claro, he de callarme y ser fina y comedida.

Kim, que intuyo que nota mi intranquilidad, me agarra de pronto del brazo y se apresura a decir:

—Conde de Kinghorne, conde Moore... Discúlpennos, pero el tío de lady Celeste nos busca.

Acto seguido, y sin mirar atrás, nos alejamos de ellos.

—Conde Moore tenía que llamarse... —cuchicheo.

Ambas nos reímos y proseguimos nuestro camino a toda prisa. Nos encontramos con lady Pitita. Al vernos, la mujer se alegra y enseguida nos presenta a tres señoras: la condesa Josephine McDermont, la marquesa Lucinda Anthonyson y la baronesa Candance Fellowes. A ellas se les unen otras más, y tanto nombre y título nobiliario ya es que no los retengo..., ¡lo siento!

Instantes después estas nos presentan a algunas de sus hijas, un grupo de jóvenes casaderas que a mí particularmente me hacen gracia, y cuando nos alejamos de ellas decido bautizarlas como Pepi, Luci, Bom y otras chicas del montón. Kim se parte de risa y yo también. Menuda manía tenemos de ponerle nombrecitos a todo el mundo.

Cogidas del brazo, en plan señoritingas, caminamos por el precioso y elegante salón mientras observamos cómo algunos de los invitados bailan un vals. Por favor, ¡qué porte y elegancia!

Entre ellos está Catherine, que lo hace maravillosamente bien.

Con curiosidad, nos paramos a un lado del salón a observarla. Su cara nos suena muchísimo a las dos.

Más tarde vemos una mesa en la que hay ponche y decidimos ir a servirnos, pero un criado se dirige a nosotras:

—Disculpen, miladies, pero este ponche es solo para los caballeros.

Sin dar crédito, nos miramos y Kim pregunta:

—¿Por qué es solo para los caballeros?

—Lleva alcohol, miladies —explica el sirviente—. El ponche para las damas está en la siguiente mesa.

Boquiabiertas, nos volvemos a mirar. ¿En serio? Ya empezamos con las tonterías que nunca he soportado, y cuando voy a hablar, Kim musita:

—Ni se te ocurra. Iremos a la otra mesa.

Pero yo me niego. Y mirando al criado indico:

—Gracias por avisarnos, pero si no le importa, nos serviremos un par de vasitos de este ponche con alcohol.

El hombre parpadea; ya no sabe qué decir. Yo cojo dos vasos, los lleno generosamente y, una vez que le entrego el suyo a Kim y yo tengo el mío, miro al criado y cuchicheo:

—Será nuestro secreto.

El pobre asiente, no dice nada y se retira. Y cuando le damos un traguito a eso, afirmo sonriendo:

—Guauuu..., va cargadito.

Kim bebe y sonríe.

—Y está muy rico.

—Aunque donde esté una cervecita bien fría —me mofo—, que se quite el ponchecito.

Estamos riendo por eso cuando pasa junto a nosotras una mujer y yo susurro divertida:

—Por Dios..., serán muy decentes en la Regencia, pero a más de una se le van a salir las pechugas en cualquier momento.

—¡El conde Moore estaría encantado! —Kim ríe.

Divertidas, durante un buen rato observamos a las mujeres que elegantemente pasan por delante de nosotras con sus delicados vestidos y sus finos movimientos, y, la verdad, ¡las criticamos!

¡Viva el salseo!

Un tipo muy alto y espigado invita a Kim a bailar y ella acepta. Aprovecho para alejarme unos pasos, pues el maldito corsé que llevo para que me suba el pecho a la garganta me está matando. No veo el momento de quitármelo.

¡Qué incomodidad!

Mirando hacia el fondo del salón, estoy dándole vueltas al anillo de mi padre que llevo en el dedo cuando, de repente, este sale disparado.

¡Mierda!

Cae al suelo. Rueda. Lo persigo sin importarme a quién me llevo por delante. Pero, al agacharme para cogerlo, alguien lo coge antes que yo y, mientras me incorporo, advierto sin medir mis palabras:

—Eso es mío, ¡así que dámelo!

Según termino de decir eso, noto tal vuelco en el corazón que me quedo paralizada.

¡Ostras! ¡Cómo se parece a Ragnar, mi vikingo favorito!

El hombre que está ante mí es alto, de pelo claro, muy inglés, por su estirada apariencia, y tiene unos ojos increíblemente azules que parece que me traspasan.

¡Madre mía, qué flechazo acabo de sentir! ¡Menudo *crush*!

Va vestido con una levita azul oscuro, una camisa blanca y un pantalón negro que es imposible que le quede mejor.

—¿Es suyo, milady? —me pregunta entonces.

¡Oh, Dios, qué vozzzzz!

Recobrándome de mi atontamiento inicial, instintivamente le quito el anillo de la mano y, en cuanto lo tengo en mi poder, afirmo:

—Por supuesto. Si no, ¿por qué le iba a estar diciendo que es mío?

Compruebo que, tras mirar a sus dos amigos, que se ríen, él levanta las cejas. Lo ha sorprendido lo que acabo de decir y, esbozando una sonrisa chulesca, pregunta:

—¿Y usted es...?

Levanto las cejas a mi vez y, esbozando una sonrisita tan chulesca como la suya, respondo con su misma educación:

—A usted se lo voy a decir.

Y, sin más, le guiño un ojo con descaro, doy media vuelta y me voy.

¡Para chula, yo!

18

Según me alejo de él, a través del espejo del fondo veo que los hombres que están a su lado le dan sendos golpes en los hombros y ríen. Él también lo hace, y entonces soy consciente de que el guiño de ojo y mis palabras han sobrado. Maldigo por dentro. ¿Por qué no pensaré las cosas dos veces antes de hacerlas?

Una vez que llego hasta una de las mesas donde está el ponche para mujeres, dudo si volver a ir a la del ponche para hombres, pero al final decido comportarme como se espera de mí. Me sirvo un vaso y, cuando lo pruebo, ¡me quiero morir de lo dulce que está!

Mientras dejo el vasito sobre la mesa, pienso en el hombre que acabo de conocer. Madre mía, qué ojazos tiene el pollo..., y de nuevo mi corazón se desboca. Vaya, ¡pues sí que me ha impresionado!

Instantes después, encantada tras su baile, Kim se me acerca. Me hace saber que se ha divertido bailando con aquel, y a continuación vemos a Catherine charlando de manera distendida al otro lado de la sala. Rápidamente somos conscientes de que esta nos observa y sabemos que, por lo que sea, hemos llamado su atención.

Mientras me río al ver la cara de Kim cuando prueba el ponche de mujeres, distingo entre la multitud a Louisa Griselda, la madre de Catherine. Su gesto serio y severo, como el que siempre luce en los retratos que Kim tiene en su casa, me hace entender que no ha de ser una mujer fácil.

—Atenta a lady Cruella de Vil —cuchicheo suponiendo que es

Kim quien está a mi lado—. No me digas que no es para salir corriendo...

Pero, según digo eso, oigo:

—Lamento decirle que no conozco a lady Cruella de Vil, y, aunque la conociera, dudo que saliera corriendo.

Esa voz no es la de Kim... y, al mirar, compruebo que donde
antes estaba mi amiga ahora está el tipo al que hace un rato le he
arrebatado de las manos el anillo de mi padre.

¡Madre mía..., madre mía, qué ojazos!

Estoy sonriendo cuando este comenta:

—¿Qué le hace tanta gracia, milady?

—Su cara.

¡Zas!, ya lo he soltado.

En el acto sé que me he equivocado, y enseguida rectifico:

—A ver..., no. Creo que me he explicado mal. Quería decir...

—¿Mi cara le hace gracia? —quiere saber.

Imposible no sonreír. Esos ojos azules y esa seriedad me recuerdan a Travis Fimmel con el pelo corto. Madre mía, las fantasías
eróticas que he creado con ese actor. Pero él, sin decir más, da media vuelta y se va.

¡Vaya por Dios! ¡Lo he ofendido!

¡Oooooh, qué penitaaaaaa!

Sonriendo por ese desplante, observo cómo él se aleja con gesto
incómodo y se para junto a Pepi, Luci y Bom. Estas se vuelven locas. Es más, si no se mean en los pololos del gusto, poco les falta, lo
que hace que me mofe.

—¡Vaya tela!

Estoy mirando eso cuando Kim se me acerca de nuevo y dice:

—¿Qué pasa?

Sin dejar de observar a aquel, que no ha vuelto a mirarme, y a
las mujeres que lo rodean, indico:

—Acabo de tener un *crush* con todas las letras con ese tipo.

Kim mira y lo escanea de arriba abajo.

—¿Has tenido un flechazo? —pregunta a continuación.

Asiento, no lo voy a negar.

El tipo pasa totalmente de mí, debe de pensar que soy tonta del bote por lo que le he dicho, pero el *crush* lo he sentido. Y, al ver cómo aquellas pestañean y coquetean con él, musito:

—Me alegro mucho de vivir en el siglo xxi, donde las mujeres ya no cacareamos como pavitas en celo delante de un tío para que se case con nosotras. ¡Míralas! Todas tonteando para llamar su atención y ser ellas las elegidas.

Kim se ríe.

—Siento decirte que en el siglo xxi aún existe alguna que otra pavita —replica.

Tiene razón. Alguna he conocido.

—¿Quién es ese hombre para que a todas se les vayan a caer las pestañas de tanto agitarlas? —quiero saber.

—El capitán Rawson —contesta Abigail acercándose a nosotras.

Vaya, ¡un capitán! Uf..., con lo que me gustan a mí los hombres uniformados.

Y, al verlo sonreír, incapaz de cerrar ese buzón de correos que tengo por boca, murmuro:

—Pues el capitán es todo un pibonazo.

Un golpe en las costillas proveniente de Kim me advierte de lo que acabo de decir, y Abigail pregunta:

—¿Qué significa *pibonazo*?

Kim y yo nos miramos.

He vuelto a soltar algo que no debía y, viendo que espera respuesta, me invento:

—En América, cuando un hombre es interesante y atractivo, lo llamamos «pibonazo».

Eso hace sonreír a la joven, que, bajando la voz, señala:

—Entonces se podría decir que el conde Edward Chadburn es un pibonazo.

Según dice eso, señala a un hombre que hay al fondo, un moreno muy mono, y asintiendo yo afirmo:

—Pibonazo..., pibonazo...

Las tres reímos por ello y Abigail, mirando al primer pibonazo, indica:

—El capitán se llama Kenneth Rawson y es el duque de Bedford, un buen amigo de mi hermano Robert. Nuestras familias siempre se han tenido mucho cariño.

Según oímos eso, miro a Kim. ¡Ostras, me suena!

Y cuando voy a decir lo que pienso, un hombre se acerca a nosotras y, con galantería, le indica a Abigail que la siguiente pieza es la suya.

En cuanto ella se marcha, vuelvo a mirar hacia atrás y, ¡ojo, piojo!, he pillado al duque mirándome, pero él rápidamente aparta la vista y yo cuchicheo divertida:

—¿El duque de Bedford no era el Melenitas que estaba con tu primo el conde de Whitehouse?

Kim asiente.

—Ese es del año 2021 y este, de 1817.

Lo miro sin dar crédito. El duque de Bedford que yo recuerdo, aunque no le vi el rostro, llevaba el pelo largo recogido en una coleta y se movía al compás de la música del local. No como este, que lleva el pelo corto, su pose es rígida y encorsetada, y no lo mueves ni con una grúa.

Lo observo en silencio durante unos minutos y, al verlo sonreír a las damas, susurro:

—¡Interesante pibonazo!

—Tu *crush* es monísimo —afirma Kim.

—¿Se parece al Melenitas? —me intereso.

Ella se encoge de hombros.

—Si te digo la verdad, no lo sé, pues no lo conozco. Pero recuerdo que mi primo Sean, en sus mensajes, me decía que el duque de Bedford había venido de California.

Asiento.

—El duque del futuro no lo sé —añade mi amiga—, pero este, por lo poco que veo, es demasiado inglés y formal para ti. Por tanto, ¡olvida lo que sé que estás pensando!

—¿Qué estoy pensando?

Ella levanta una ceja. Y yo me río y cuchicheo:

—Creo que tienes razón.

Divertidas por eso, levantamos la mano y la chocamos como hemos hecho miles de veces. Pero de inmediato nos damos cuenta de que ese gesto tan poco femenino está de más en un sitio tan refinado y, viendo cómo nos observan algunas mujeres, nos damos la vuelta y nos servimos más ponche extraazucarado. Es lo mejor.

19

El baile continúa, y muchas de las miradas de esos hombres están dirigidas a nosotras. Somos la novedad en el salón, ¡las americanas!, y en varias ocasiones Michael o Craig se acercan con algunos de ellos para presentárnoslos.

De vez en cuando busco al duque que ha llamado mi atención con la mirada, pero no lo encuentro, y eso me decepciona. ¿Se habrá marchado?

Durante horas algunos de los hombres que nos han presentado nos solicitan bailar y nosotras, como si lo lleváramos haciendo toda la vida, rápidamente los apuntamos en nuestros carnets.

¡Oye, tiene su gracia!

Bailamos varios valses. Se me da bien, aunque no tanto como a Kim, a la que se le nota que ha bailado eso mucho más que yo, que solo lo he hecho en alguna boda, y de cachondeo con algún amigo.

Divertidas, mi amiga y yo disfrutamos de la noche y del momento, hasta que de repente oímos a nuestro lado:

—Me he enterado por el vizconde Michael Evenson de lo que os sucedió al llegar a Londres. Sin duda, un terrible agravio.

Rápidamente nos volvemos y comprobamos que es Catherine quien está junto a nosotras.

—Sí. Fue una fatalidad —dice Kim—. Por suerte, el vizconde y el señor Hudson lo están pudiendo solventar.

Tanto ella como yo asentimos y a continuación Catherine me pregunta sin rodeos:

—¿De verdad tú eres sobrina de Craig?

¡Toma ya!

—Sí —me apresuro a decir.

—¿Y vuestros nombres son Celeste y Kimberly?

Vaya..., ¿y todas estas preguntas?

—Tan cierto como que usted se llama Catherine —asegura Kim.

Bueno, bueno... Ambas se miran con intensidad, hasta que de pronto Catherine pregunta bajando la voz:

—¿Quiénes sois en realidad?

Eso me hace sonreír. Está claro que su sexto sentido está bastante afinado, pero entonces Kim dice sorprendiéndome:

—¿Esa pregunta es por algo en especial, lady Catherine?

—¿Qué tal si nos tuteamos como se hace en tu época, Kimberly? —musita aquella.

¡Ojo, piojo!

Eso sí que no nos lo esperábamos.

Está más que claro que Catherine tiene de tonta lo que yo de monja ursulina; me mira y dice pasando de formalidades:

—Celeste, los tres pendientes de tu oreja derecha son muy bonitos.

Sin saber qué contestar, miro a Kim, y Catherine prosigue:

—Podríais decir que es moda en Nueva York, como eso que mi hermana Abigail me ha contado de los «pibonazos»... Pero tanto vosotras como yo sabemos que no es así, ¿no es cierto?

¡Increíble!

Está visto que Catherine va directa al grano, y Kim, tan directa como ella, suelta:

—La magia de Imogen nos trajo aquí.

Catherine se lleva la mano al cuello, abre los ojos y murmura en un hilo de voz:

—¡Oh, cielo santo! Lo sabía.

Kim asiente. Yo también. Ambas nos hemos dado cuenta de que intentar engañar a Catherine es totalmente imposible, y más al recordar lo que leímos en el diario. A continuación ella musita alterada:

—Lo habéis hecho.

—¿Qué hemos hecho? —pregunto curiosa.

Catherine mira a nuestro alrededor para asegurarse de que nadie nos oiga y finalmente declara:

—Viajar en el tiempo.

Kim y yo asentimos sin dudarlo. Acabamos de quedarnos en bragas ante Catherine.

—Yo también lo hice una vez durante unas horas —susurra ella entonces—, pero viajé al futuro.

Kim le pide con un gesto que no siga hablando, sin duda es complicado contar algo así en un sitio como ese, y luego mi amiga plantea:

—¿Mañana podríamos vernos para hablar?

Catherine asiente de inmediato. No puede parar de sonreír. Y de pronto oímos que alguien pregunta:

—Catherine, ¿qué te ocurre, que tienes las mejillas encendidas?

Nos volvemos y nos damos cuenta de que Cruella de Vil está a nuestro lado.

—¿Quiénes son estas jóvenes tan encantadoras? —insiste esta observándonos.

Veo que Catherine se recompone de la sorpresa inicial y aclara:

—Madre, ellas son lady Celeste Travolta y lady Kimberly DiCaprio. —Luego nos mira a nosotras y añade—: Miladies, ella es mi madre, la condesa Louisa Griselda Kinghorne.

Kim y yo le dirigimos una reverencia con la cabeza y a continuación Catherine agrega:

—Son invitadas del vizconde Evenson y lady Celeste es sobrina del señor Hudson, madre.

Louisa Griselda nos escanea de arriba abajo. Su manera de mirar parece cuestionarnos.

—¡Oh, cielo santo —murmura—, ya sé quiénes son! —y levantando el mentón añade—: Mi criada Martha me contó lo que les ocurrió al llegar a Londres. Winona, la sirvienta del vizconde Evenson, fue a casa para pedir algo apropiado para que pudieran descansar.

—Condesa, le agradecemos encarecidamente su amabilidad —dice Kim.

—Terrible lo ocurrido —afirma Catherine sin sonreír.

Cruella de Vil vuelve a asentir y, con gesto de haber lamido un limón, pregunta:

—¿Americanas entonces?

Sin dudarlo, Kim y yo decimos que sí. Sabemos que el hecho de ser americanas para aquella clasista inglesa ya es rebajarnos de nivel, pero, dispuesta a ganárnosla para poder acercarnos a Catherine, musito:

—Condesa, permítame decirle que luce usted un impresionante peinado. Nunca había visto un cabello tan espectacular ni unos bucles tan perfectos.

Según digo eso, el gesto de aquella cambia. Por el diario de Catherine sé lo mucho que adora su pelo y que le regalen los oídos, por lo que responde llevándose la mano a la cabeza:

—Lady Travolta, es usted muy amable.

Sonrío. Ella sonríe también orgullosa y luego, bajando la voz, explica:

—Mi criada Martha me cuida el cabello con un aceite especial traído directamente de la India, y los magníficos bucles son gracias a unas tenacillas que mi marido compró en su último viaje a Francia.

Me hago la sorprendida. Kim me sigue el juego y, viendo cómo le gustan los agasajos a aquella mujer, dice:

—Nos encantaría que nos hablara de sus secretos de belleza, condesa. Sin duda, escuchar a alguien tan sabia, distinguida y elegante sería un auténtico placer.

Ella se hincha como un pavo real mientras Catherine la mira con una media sonrisa e intuye que decimos eso para halagarla, por lo que rápidamente añade:

—Madre, las estaba invitando a venir a casa.

—Que vengan mañana por la mañana y se queden a almorzar con nosotras —indica Cruella de Vil—. Lady Travolta y lady DiCaprio serán siempre muy bien recibidas en nuestro encantador hogar.

Gustosas sonreímos como dos auténticas pánfilas de la época, y en ese momento otra mujer se acerca a nosotras con un enrevesado peinado.

Ostras, ¡la Bonifacia!

Kim y yo nos miramos y Catherine dice con cierto pesar en la voz:

—Lady Travolta, lady DiCaprio, les presento a lady Bonnie, esposa de mi hermano Percival.

De nuevo saludamos como dos señoritas. En vivo y en directo, la recién llegada es todavía mucho más guapa que en los retratos, a pesar de su difícil pero curioso peinado. Y a continuación pregunta rascándose una mancha de nacimiento que tiene en el cuello:

—Son las americanas, ¿verdad?

Asentimos. Sin duda ya nos han estigmatizado.

—Sí, querida. Pero son dos jovencitas encantadoras —afirma Cruella—. Y por cómo las observan los caballeros del salón, imagino que sus carnets de baile estarán repletos.

Eso nos hace sonreír; entonces lady Louisa agarra el brazo de Bonnie y, antes de que esta diga nada más, declara:

—He visto a la duquesa de Thurstonbury y a la condesa de Liverpool ir hacia la salida. Vayamos a su encuentro, querida, seguro que tienen algo que contar.

Bonnie, que, como Cruella, nos ha escaneado de arriba abajo, se dispone a ponerse en marcha cuando Louisa, mirando a su hija, cambia su gesto amable por otro más serio y sisea:

—Busca a tus hermanas e id hacia el carruaje. Y por favor, ¡estírate y lúcete!

Dicho esto, tras dedicarnos una ácida sonrisa, da media vuelta y se va junto a la Pembleton.

Una vez que nos quedamos las tres solas, pregunto sin poder callarme:

—¿Siempre es así?

Catherine asiente, sabe que me refiero a su madre, y cuando va a hablar Craig llega hasta nosotras.

—Cuánta preciosidad junta —comenta.

Las tres nos reímos y luego él indica:

—Queridas, el baile ha terminado, nos marchamos a casa.

—Oh, qué pena, ¡con lo divertido que estaba siendo! —musita Kim.

Me río hasta que, viendo que Craig y Catherine hablan, cuchicheo:

—Una birrita en un *after* para comentar las jugadas ahora estaría la mar de bien.

Según digo eso, me entra la risa. Kimberly me empuja. Y yo, perdiendo el equilibrio, me golpeo contra alguien y musito:

—¡Serás bestia!

—¿Me acaba de llamar «bestia», milady?

Según oigo eso, sonrío. Sé de quién es esa voz.

El duque de los preciosos ojos azules me mira con gesto incómodo esperando una contestación y, como una tonta, al sentir cómo se acelera mi corazón, sonrío de nuevo.

Veo que sus cejas se arquean.

—¿Vuelve a reírse de mi cara? —pregunta.

Oír eso me hace más gracia todavía. ¿Por qué sonrío siempre que lo veo?

Mi picardía lo desconcierta y, viendo el gesto de advertencia de Kim, finalmente me trago la burrada inapropiada que iba a soltar y digo antes de alejarme:

—¡Discúlpeme, duque, tengo prisa!

Aprieto el paso junto a mi amiga y, sin mirar atrás, susurro:

—No me digas que no es un Iceman en potencia.

Kim se ríe, yo también, y luego ella murmura muy bajito en castellano:

—Déjate de tonterías y recuerda dónde estamos.

Asiento. Tiene razón. He de centrarme.

Instantes después, una vez que salimos de Almack's y esperamos en la calle la llegada del carruaje de Michael, Catherine se acerca a nosotras.

—Michael, mañana a las diez espero en mi casa a lady Celeste y a lady Kimberly. Después almorzarán con mi familia.

—Allí estarán —afirma el aludido.

Luego Catherine sonríe y murmura antes de alejarse con sus hermanas:

—Ya sabéis que vivimos enfrente.

Kim y yo asentimos gustosas, pero entonces veo salir por la puerta al antepasado del Melenas.

¡Por Dios, qué tipazo!

La elegancia de ese hombre y la sensualidad que desprende por todos los poros es demasiado. Y, cuando nuestros ojos se encuentran, uf..., ¡el calor que me entra!

Durante una fracción de segundo nos miramos. Veo en sus ojos el mismo descaro que sé que hay en los míos, hasta que oigo a Craig decirme que el carruaje ha llegado y, sin poder remediarlo, le guiño con picardía un ojo.

El duque enarca de nuevo las cejas. Sin duda mi descaro lo sorprende, y yo me vuelvo a reír mientras subo al coche.

20

La visita a casa de los antepasados de Kimberly a la mañana siguiente del baile en Almack's está siendo insufrible.

Lady Cruella de Vil nos habla de sus absurdos y ridículos secretitos de belleza; intentamos escuchar con atención y buena cara, aunque, la verdad, todo lo que dice es una patochada, pero a su manera nos está dando una *master class*.

Se empeña en hacernos creer que tres traguitos de agua tibia cada mañana sentada en la cama al despertar es lo que hace posible que su cabello luzca sano y brillante. O tonterías como que lavarse la cara con la lluvia recogida en una vasija de cerámica blanca consigue que su rostro brille con más luz.

Pero, claro, ¿cómo llevarle la contraria?

Aquí ni se imaginan que en el futuro habrá cremas antiedad con colágeno, oxigenantes e iluminadoras, elaboradas con vitaminas y ácido hialurónico, o cremas reafirmantes hechas con polifenoles de hojas de vid, retinol o aminopéptidos. Por cierto, ¡tremendos los nombrecitos esos que les ponen!

Lo que está claro es que mientras ella habla y habla, Kim y yo, con disimulo, lo observamos todo a nuestro alrededor. El casoplón en el que estamos es el mismo que en un futuro será de Kim y, gustosas, reconocemos varias de las piezas que actualmente siguen intactas.

¡Qué fuerte, cómo han aguantado el paso del tiempo!

Por suerte más tarde vienen tres mujeres de visita. Son las amigas de Cruella, a las que nos presentan como la baronesa de Somerset, la duquesa de Thurstonbury y la condesa de Liverpool. Tres viejas urracas que de inmediato comienzan a cotillear y a las que, entre cuchicheos, Kim y yo bautizamos como lady Facebook, lady Twitter y lady Instagram.

Cuando por fin Cruella se marcha con ellas y nos deja a solas, Prudence, Abigail y Catherine nos invitan a entrar en otro salón.

—¿Os agradaría oír algo de música? —pregunta Abigail.

—Oh, sí —afirma Prudence encantada.

Kim y yo contemplamos el piano. Ese que está reluciente es el que nosotras estampamos contra la pared de la buhardilla y, mirándonos, nos reímos.

Una vez que me siento en una cómoda butaca, veo una guitarra española que hay a un lado del salón. ¡Qué maravilla!

—Esa guitarra la trajo padre de España —comenta Abigail.

Encantada, asiento. Solo me falta gritar «¡Olé!».

Tocar esa guitarra tiene que ser como comer jamón de bellota veinticinco jotas, y, mirándola, pregunto:

—¿Puedo tocarla?

—¿Sabes?

Rápidamente asiento, pero Kim se acerca a mí y musita bajito:

—¿Qué narices vas a hacer?

Como si despertara de un sueño, me doy cuenta de mi error, pero ya es tarde. Abigail pone la guitarra en mis manos, Catherine se sienta y Prudence me anima:

—Estamos deseosas de escucharte.

Bueno..., bueno... ¿Y qué les toco yo a estas?

Cuando cojo una guitarra siempre me arranco por rumbitas, pop inglés o español. Pero, claro, ¿cómo voy a hacer eso?

Si les canto el *Despacito*..., ¡van a flipar!

Si les canto una rumbita..., ¡van a flipar!

Les cante la canción que les cante, ¡van a flipar!

Ay, Dios, ¿qué hago?

La cara de Kim es todo un poema. La mía tiene que ser para matarme, pero entonces agarro la guitarra, me siento y, recordando algo que mi profesor me enseñó, comienzo a interpretar una especie de vals de no sé quién que llevo sin tocar desde que dejé el conservatorio de música.

Por suerte, la cosa no sale mal y, cuando acabo la pieza, las chicas me aplauden encantadas y me piden otra. Kim se ríe. Su risa me hace saber que he salvado el momento con dignidad, pero yo, apoyando la mano sobre las cuerdas de la guitarra, les planteo:

—¿Queréis algo más ligerito?

Ellas asienten, y Kim, que me conoce muy bien y sabe que cuando cojo por banda una guitarra ya no la suelto, tercia mirando el piano:

—Dejemos que Prudence o Abigail nos muestren su arte. No lo acapares tú todo.

Pillo su indirecta y desisto.

Enseguida dejo la guitarra donde estaba. Abigail se sienta frente al piano, levanta la tapa y propone:

—¿Algo de Schubert?

—¡Sí! —aplaude Prudence.

—Guauu, ¡qué locura! —me mofo en voz baja, haciendo reír a Kim.

Instantes después Abigail comienza a tocar el piano con maestría mientras las demás la observamos en silencio. Con curiosidad, veo que Prudence hace ciertos movimientos extraños con la cabeza de vez en cuando. Eso llama mi atención, hasta que Catherine me tiende un vaso con limonada y pregunto:

—¿Qué te ha pasado en la mano?

Ella, mirándose la mano derecha, que lleva vendada, se apresura a responder:

—Me corté con un cristal.

Escuchamos varias piezas de música, para mi gusto tan aburridas que estoy a punto de bostezar, hasta que Catherine, viendo a sus dos hermanas entretenidas con eso, se levanta y se inventa:

—En mi habitación tengo el precioso vestido que luciré está noche para el baile que os comenté. Subamos a verlo.

Rápidamente Kim y yo nos levantamos y salimos del salón.

¡Por fin podemos hablar las tres a solas!

En nuestro camino, escaleras arriba, nos fijamos en los cuadros que hay allí expuestos: Aniceto, Cruella de Vil y otros que no conozco, pero entonces oímos:

—¿Adónde se supone que vais?

Las tres nos detenemos en seco. Al mirar vemos a la Pembleton, alias *Bonifacia*. Esta tía es más guapa cada vez que la veo. En esta ocasión lleva el cabello recogido en un simple moñito.

—A mi habitación, ¿algo que objetar? —replica Catherine con sequedad.

Bonifacia y ella se miran. Está claro que ni son ni serán las mejores amigas, y Catherine, acercándose a ella, le dice algo que no oímos.

Kim y yo las observamos sin movernos y entonces mi amiga cuchichea:

—¿Cómo se te ocurre coger la guitarra? Ya te veía cantando una de Dani Martín.

Eso me hace gracia. Qué bien me conoce.

—Cielo santo..., ¿es Prudence quien canta? —protesta de pronto Bonnie.

Y, sin más, se aleja de nosotras en dirección al salón y Catherine indica mirándonos:

—Marchémonos antes de que mi hermana nos rompa los oídos y esa tonta vuelva a aparecer.

—¿Qué te pasa a ti con tu cuñada? —pregunto curiosa.

Catherine suspira. En su mirada veo que quiere decir algo, pero, omitiéndolo, cuchichea:

—Lo que ocurre es que no nos soportamos.

Las tres subimos a toda prisa al piso superior y entramos en la habitación de Catherine, que curiosamente es la de Kim en el siglo XXI.

—¡Aún no me puedo creer que estéis aquí! —dice cerrando la puerta.

—Yo tampoco —bromeo divertida.

Catherine sonríe.

Kim y yo nos sentamos en la cama. Tenemos mucho de lo que hablar. Y, cuando Catherine va a abrir la boca, mi amiga susurra:

—Antes de comenzar a hablar, creo que es justo que veas algo.

La miro, sé a lo que se refiere, y ella prosigue:

—No te asustes, ¿de acuerdo?

Catherine asiente con la cabeza, y Kim, llevándose la mano al ojo derecho, se quita una lentilla y, cuando va a hablar, Catherine cae al suelo desplomada.

—Ay, pobre.

—¡Serás bruta! —protesto levantándome.

—Lo siento. Lo he hecho sin anestesia —murmura Kim, poniéndose de nuevo la lentilla.

Enseguida la auxiliamos. Le levantamos las piernas en el aire y, mirando a mi amiga, indico al vérselas:

—Desde luego, necesita una buena depilación.

—¡Celeste! —gruñe Kim.

Vale, no es momento de fijarme en las lianas que Catherine tiene en las piernas, y, pensando en lo que nos tiene así, susurro:

—Pero ¿cómo se te ocurre quitarte la lentilla? La pobre debe de haber creído que te sacabas un ojo.

—¡Joder, tienes razón! —afirma mi amiga.

Tras unos minutos en los que le damos aire a Catherine y unos cachetes en las mejillas, finalmente ella vuelve en sí y, mirando a Kim, susurra con cara de susto:

—¿Cómo... cómo has podido sacarte un ojo sin que te doliera?

Eso nos hace sonreír.

Está claro que con la impresión en lo último que se ha fijado es en el verdadero color de los ojos de Kim.

Una vez que se recupera y la sentamos en la cama, no sea que se vaya a desplomar otra vez, mi amiga indica:

—No me he sacado un ojo. Llevo lentillas, y...

—¡¿Lentillas?! —repite Catherine.

—En nuestra época, las lentillas sirven para ver mejor —aclaro—. Es como llevar unos anteojos, pero dentro del ojo. —Horrorizada, Catherine asiente—. También se utilizan para cambiar su color si así se desea.

—¿Cambiar el color de los ojos? —pregunta sin dar crédito. Kim y yo asentimos, y ella, dándose aire con la mano, musita—: Pero ¿no duele semejante osadía?

Kimberly niega con la cabeza.

—Si me prometes que no te vas a asustar otra vez, me quito las lentillas para que veas que no duele y entiendas por qué las llevo puestas. ¿Puedo?

Catherine asiente, aunque no sé si muy convencida, y Kim repite el mismo movimiento de antes.

En esta ocasión, a pesar de su gesto inicial de horror, Catherine no se desmaya, y cuando por fin se fija en el color original de Kim, musita:

—Los... los tienes idénticos a los míos y a los de Imogen.

—¡Es que somos familia! De distintas épocas, pero familia —afirma Kim sonriendo y, tras volvérsela a colocar, añade—: Y por lo que intuyo, tú y yo no solo hemos heredado su color de ojos, sino también su sexto sentido. ¿A que sí?

Rápidamente Catherine asiente y, bajando la voz, pide:

—Que madre no te oiga decirlo o se espantará.

—Tranquila —musito—. Aquí el sexto sentido de Kim está apagado o fuera de cobertura.

Según digo eso, de inmediato me doy cuenta de que no lo entiende, y aclaro:

—Desde que hemos llegado a esta época, su sexto sentido no funciona.

—A mí me sucedió lo mismo cuando viajé al futuro —comenta Catherine.

Las tres nos miramos y, al ver cómo me observa ella, indico:

—Yo no tengo sexto sentido ni soy familia de sangre, pero sí de corazón.

—Celeste es mi *amimana* —declara Kim.

Según oye eso, intuyo que Catherine va a preguntar, por lo que explico:

—*Amimana* es la unión de las palabras *amiga* y *hermana*.

Las tres sonreímos, y luego Kim añade:

—Por supuesto, Celeste no es sobrina de Craig. Tanto Michael como él mienten por nosotras con el fin de facilitarnos la vida en Londres, pero tampoco saben que venimos del futuro y nos lo inventamos todo. —Catherine asiente y Kim continúa—: Llevo lentillas para que nadie me haga preguntas que no puedo responder. Soy consciente de que un color de ojos como el nuestro no suele pasar desapercibido.

A continuación Kim sigue contándole quiénes somos. Le dice que venimos del año 2021 y que encontramos los papeles de Imogen y su retrato escondidos en la buhardilla de esa misma casa, pero evita decir que también encontramos su diario.

Cuando hablamos de las perlas, ella se levanta enseguida y nos enseña la suya, y nos dice que en su viaje en el tiempo gastó otra perla. En este caso la que nos muestra está intacta, no como las nuestras, a las que les falta la mitad y están escondidas.

Durante un buen rato escucha con atención lo que le contamos, hasta que pregunta:

—Pero ¿vuestro viaje en el tiempo a qué se debe? ¿Huis de algo?

Kim y yo nos miramos. Realmente no sabemos por qué estamos aquí, pero sí sabemos que no podemos desvelar que leímos su diario, por lo que, encogiéndome de hombros, respondo:

—Estamos aquí porque somos unas locas imprudentes. Encontrar las cosas de Imogen hizo creer a Kim que esto podría ser posible, yo no lo creí, pero sí, ¡aquí estamos!

Catherine asiente y, bajando la voz, explica:

—Cuando yo viajé al futuro, me...

—¿A qué año fuiste?

—A 1980. —Catherine sonríe—. Fue increíble ver lo mucho que ha cambiado el mundo y, aunque estaba feliz, no hacía más que pensar en que tenía que regresar. Por suerte, cuando pronuncié el conjuro, la mitad de la perla que me quedaba me devolvió a casa.

Oír eso me hace reír, y murmuro:

—Más vale que funcione cuando queramos regresar nosotras, o juro que mataré a alguien despedazándola en cachitos. —Catherine se lleva la mano a la boca asustada y tengo que aclarar—: Es broma, mujer. Es broma.

Ya más tranquila, asiente y vuelve a preguntar:

—¿Y cómo sabíais de mi existencia?

Kim suspira. No puede revelar muchas cosas, por lo que miente:

—Porque en el libro familiar que hay en la biblioteca, al igual que tú sabes de la existencia de tus antepasados, yo sé de la existencia de los míos.

Asiento. Es preferible contarle eso a la terrible verdad de que su familia la dejó de lado.

—La realidad es que esto que ha ocurrido ha sido una ¡sorpresa! —tercio—. Te aseguro, Catherine, que yo todavía no me creo lo ocurrido, pero, ya que estamos aquí, tanto Kim como yo queremos disfrutar de esta experiencia contigo y, si podemos ayudarte en algo, que así sea.

Ella asiente emocionada y, levantándose para cerrar la puerta con llave, musita abriendo un armario:

—Tengo en mi poder los papeles de Imogen.

Kim y yo asentimos también, lo sabemos.

Catherine saca una caja de metal, la misma que encontramos nosotras con el candado, la abre y, enseñándonos eso que nosotras hallamos más de dos siglos después, dice:

—En los años que nos separan, el mundo ha cambiado mucho, pero me congratula saber que las mujeres tendremos una osadía que en esta época es impensable.

—Kim y yo somos unas osadas —me mofo—. Y lo peor es que en ocasiones yo soy una bocachancla y...

—¿Una «bocachancla»? —pregunta Catherine.

Kim se ríe. Yo también.

—Que hablo de más —aclaro—. Actúo y luego pienso, cuando debería ser al revés. Antes mismo, cuando he cogido la guitarra, Kim ha tenido que salvarme del desastre que podría haber provocado. Pero es que, claro, mi tiempo y este tiempo no tienen nada que ver, a veces olvido dónde estoy y, uf, ¡soy tremendamente imprudente!

—A mí me pareces encantadora y natural —afirma Catherine.

Eso me hace sonreír, y mi amiga indica:

—A mí también me lo parece. Pero hemos de tener cuidado con lo que hacemos y decimos y, sobre todo, no olvidar de dónde venimos.

Con cierta complicidad, nos miramos. Lo que estamos viviendo y compartiendo es algo muy fuerte.

—Os ayudaré en todo lo que pueda —asegura Catherine.

—Y nosotras te ayudaremos a ti —cuchicheo agradecida.

Las tres reímos por eso, y luego, recordando algo, pregunto:

—Tengo una curiosidad... ¿En esta época no os depiláis?

Según digo eso, Catherine me mira, e insisto:

—Cuando te has desmayado, al subirte las piernas, he visto las lianas que llevas... y, chica, ¡es que ni Tarzán!

Su gesto lo dice todo. No sabe de lo que hablo, como tampoco sabe quién es Tarzán. Y, levantándome el vestido, le enseño mis piernas perfectamente depiladas con láser.

—Me refiero a que si no os rasuráis el vello de las piernas —añado.

Ella se pone roja como un tomate y niega con la cabeza.

—¿Y de las axilas tampoco?

De nuevo vuelve a negar y, cuando voy a seguir preguntando, Kim me corta:

—¡Ni se te ocurra...!

Catherine parpadea.

—Claro que sí —dice—, ¡pregunta lo que quieras!

Me río, Kim también, y yo, bajando la voz, prosigo:

—En el año 2021 también nos quitamos los pelos de ahí.

—¡¿«Ahí»?! ¿Dónde es «ahí»? —quiere saber Catherine.

De nuevo me río. El «ahí» tiene infinidad de nombres. Mi yaya lo llamaba «toto», pero he querido ser fina. Yo solita me meto en cada berenjenal ¡que pa' qué! Y, levantando más mi vestido, me bajo los puñeteros pololos junto a las bragas y...

—Cielo santo... ¿En 2021 lo lleváis así de rasurado?

—Y tan fresquita que te quedas. Y oye..., es muy higiénico —afirmo.

Pero, cuando voy a proseguir, Catherine pregunta con unos ojos como platos:

—¿Por qué os pintáis ahí?

Kim suelta una carcajada. Catherine ha visto mi tatuaje. Y yo, subiéndome más el vestido para mostrárselo mejor, respondo:

—Se llama «tatuaje», y es algo que te haces para toda la vida, a no ser que te lo quites con láser —y, antes de que me pregunte qué es el láser, agrego—: Y, sí, algunas mujeres de nuestra época lleva-mos tatuajes donde nos da la gana, simplemente porque nos gus-tan o significan algo especial para nosotras.

Catherine no cabe en sí del asombro. Entre ver mi pubis sin un pelo y el tatuaje no puede parar de parpadear.

—Pero ¿por qué esa frase? —pregunta a continuación.

—Es por un libro —afirma Kim.

Catherine asiente. Creo que piensa que estoy grillada.

—¿Por un libro te tatuaste eso?

—Sí.

—¿Y qué significa esa frase para ti?

Kim y yo nos miramos. Hablarle de esa saga erótica que para nosotras supuso ver el mundo del sexo de otra manera nos hace sonreír y, segura de lo que digo, respondo:

—Para mí significa ¡sexo y libertad!

Catherine asiente y, necesitando saber, pregunta y pregunta y nosotras respondemos y respondemos. Ni que decir tiene que casi se desmaya cuando le hablamos de la temática del libro. Pobrecilla, creo que es muy desconcertante para ella.

—¿Quieres saber cuál es la situación de las mujeres en el si-glo xxi?

Ella asiente y yo contesto sin dudarlo:

—Somos independientes, llevamos pantalones, conducimos coches, votamos en las elecciones, nos tatuamos, nos depilamos, elegimos casarnos con quien queremos e incluso solicitar el divor-cio si la cosa no va bien.

—¿En serio?

Kim y yo afirmamos con la cabeza y luego mi amiga añade:

—Trabajamos, aunque aún nos queda para llegar a la igualdad laboral, pero administramos nuestro patrimonio, podemos here-dar los títulos nobiliarios de nuestros padres, fumamos en público si nos da la gana, accedemos a la universidad, en nuestra mano está decidir tener o no tener hijos, disfrutamos del sexo con libertad y celebramos el matrimonio entre dos mujeres o dos hombres con normalidad.

Catherine parpadea asombrada.

Está más que claro que nada de lo que oye es imaginable en su mundo, por lo que vuelve a hacernos cientos de preguntas que nosotras le respondemos gustosas.

De pronto se oyen unos golpecitos en la puerta y alguien dice desde el pasillo:

—Lady Catherine, su madre la requiere para el almuerzo en el salón.

—Guauuu, ¡qué bien! Me muero de hambre.

Según digo eso, Catherine me mira e indica bajando la voz:

—Jamás digas eso en presencia de otras personas porque sería considerado una ordinariez.

Asiento, tomo nota, y Catherine señala levantando la voz:

—Karen, dile a madre que ahora mismo vamos.

Tras decir eso, se levanta de la cama y guarda los papeles de Imogen en la caja. Después lo esconde todo dentro del armario y susurra:

—No hagamos esperar a madre.

Una vez que nos miramos en el espejo para comprobar que nuestra apariencia es la apropiada, siento que el lacito de mi braga está deshecho y musito:

—Un minuto.

De nuevo me levanto el vestido frente a Catherine, que pregunta horrorizada:

—¿Qué haces?

Yo, que he localizado la lazada que se ha soltado, rápidamente contesto mirándome en el espejo:

—Sujetándome bien las bragas.

Boquiabierta, Catherine mira eso que no ha visto en su vida. Con los pololos, antes le han pasado desapercibidas, y yo, sin vergüenza alguna, me doy la vuelta y digo:

—Es una braga tanga hecha por mí.

—¡Cielo santo! Eso que llevas es una completa indecencia.

Kim se ríe, yo también, y haciendo una lazada afirmo:

—Indecencia los pololos de vieja pelleja que lleváis vosotras... Y que sepas que los tangas son comodísimos, y si quieres seducir a tu pareja ¡ayudan una barbaridad!

Catherine asiente ofuscada y, cuando por fin acabo y me bajo el vestido, protesto mirándome en el espejo:

—Es que lo quemaría...

—¿Qué quemarías? —pregunta Catherine.

—El lazo, ¿verdad? —se mofa Kim.

Asiento, me río e indico:

—Vuestra manera de vestir es para mi gusto muy *coliflorniana*.

—¿«*Coliflorniana*»? —repite Catherine.

Kim se ríe.

—¿Sabes lo que es una coliflor? —digo. Catherine asiente y yo afirmo—: Pues así me siento yo. ¡Como una auténtica coliflor, con tanto lacito y tanta puntillita!

Eso nos hace reír a las tres y luego, mirándola, añado:

—Luego ven a casa de Michael y Craig. Allí está escondida nuestra ropa; cuando te la pruebes entenderás por qué me siento como una coliflor.

Ella asiente gustosa y, tras abrir la puerta, las tres nos dirigimos al comedor.

21

Mientras bajamos por la escalera, Kim pregunta por los nombres de las personas de un par de retratos que no reconoce y Catherine le contesta.

Una vez que llegamos al último escalón, Cruella de Vil aparece tan impecablemente vestida como siempre y se dirige a nosotras.

—Mis amigas ya se han ido. Vamos, niñas, entrad en el comedor.

Divertidas por eso de «niñas», Kim y yo nos reímos, y al entrar oigo a Catherine decir de nuevo con formalidad:

—Miladies, les presento a mi hermano Robert. Ellas son lady Celeste Travolta y lady Kimberly DiCaprio.

Su hermano, que se parece muchísimo a ella, nos sonríe y, tras una solemne inclinación de cabeza, indica:

—Un placer conocerlas, miladies.

Gustosas, sonreímos como dos pánfilas. Yo le habría dado dos besazos, pero, claro, ¡eso supondría un escándalo!, por lo que simplemente procedemos a sentarnos en los lugares que uno de los criados nos asigna.

Una vez que estamos todos alrededor de la bonita y floreada mesa, Abigail pregunta dirigiéndose a su madre:

—¿Padre no viene a almorzar?

Ella niega con la cabeza y, con gracia, responde:

—Vuestro padre y Percival han viajado a Gales; están pensando en ampliar el negocio de las fábricas de cristal. Me enteré por la duquesa de Clyde de que su cuñado, el marqués de Lanark, vende una fábrica y los animé a visitarla. Si la compran, quizá vuestro hermano y Bonnie terminen viviendo allí.

—¿En Gales? —replica Prudence.

Su madre asiente y Bonnie, frunciendo el ceño, musita:

—Dios no lo quiera.

Cruella la mira.

—Querida, por mucho que me pese privarme de tu encantadora compañía, deberías ir haciéndote a la idea. Si mi marido compra esa fábrica, será Percival, y no otro, quien se encargue de ella, y tú tendrás que estar con él.

—Madre tiene razón. Es tu deber como su esposa —afirma Catherine con convicción.

Bonnie no dice nada, se calla, y entonces veo que Prudence comienza a parpadear con rapidez y sacude la cabeza.

—Prudence, ¿te has tomado la medicación? —pregunta lady Cruella.

—Sí, madre.

Como médico deseo preguntar qué le ocurre y, sobre todo, de qué medicación hablan, pero desisto tras ver que Kim me pide silencio con la mirada.

—Madre —interviene Abigail—, lady Celeste sabe tocar la guitarra española.

Según dice eso, sonrío. Cruella de Vil me mira y yo, para quitarle importancia, cuchicheo:

—Solo un poquito.

—De eso nada, madre —insiste Abigail—. Lady Celeste la toca muy bien. Nos lo ha demostrado antes y ha sido un placer escucharla.

Eso parece agradar a la matriarca, que sonriendo indica:

—Pues, querida, una noche de estas tendrá que ofrecernos un recital.

Madre mía..., madre mía..., en qué lío me he metido. ¿Por qué no me quedaré muda a veces?

Robert, que es el único hombre a la mesa, después de que yo acceda apurada, comenta:

—Madre me ha comentado que proceden ustedes de Nueva York.

Kim y yo asentimos, mientras me sirvo un trozo de lo que parece un pastel de carne que tiene una pintaza impresionante.

—Somos de Manhattan concretamente —señala mi amiga.

Veo que Robert asiente y, sin tregua, comienza a hablar de Nueva York. Mientras todas escuchan, Kim y yo, conocedoras de la historia de la ciudad estadounidense en aquella época, dialogamos con Robert, hasta que finalmente lady Cruella musita:

—Robert, hijo, estás agotando a nuestras invitadas. Insisto en que les permitas respirar.

Eso hace que todos riamos excepto Bonnie, que murmura:

—Seguro que Robert esta noche les solicita algún baile en la fiesta de los Stembleton.

—Y si no lo hace, se lo pediré yo a él —aseguro.

Pero, según digo eso, al sentir la mirada de todos, matizo:

—Es una broma..., es que soy muy bromista...

Parece que mi aclaración los ha dejado a todos más tranquilos, y entonces Robert pregunta mirando a su cuñada:

—Bonnie, según tengo entendido, tu familia vivió durante muchos años en el barrio de Mayfair.

—Sí. Pero se trasladaron.

—¿Adónde? —insiste él.

Bonifacia se rasca la pequeña mancha de nacimiento que tiene en el cuello. Todos esperamos a que diga algo, pero la puerta del salón se abre. Entra un hombre maduro que intuyo que es el primer mayordomo de la casa y se dirige a Robert:

—Señor, ha llegado esto para usted.

Después se acerca a la matriarca e, inclinándose, susurra:

—Señora condesa, esta misiva es para usted.

Tras limpiarse con la servilleta, Robert, que me ha parecido un canalla muy adorable, abre la nota y, después de leerla, señala levantándose:

—Lord Clayderman requiere mi presencia. Les pido disculpas, miladies.

Según se va y la puerta se cierra, su madre, que ha leído su carta, se pone también en pie.

—Es de la duquesa de Mansfield —explica.

—¿Ocurre algo, madre? —se interesa Abigail.

Lady Louisa niega con la cabeza y, sonriendo, responde:

—Nada importante, pero requiere mi visita.

En silencio vemos cómo desaparece por la misma puerta que su hijo.

De inmediato, Bonnie, sintiéndose la dueña de la casa, pregunta mientras me sirvo más patatas asadas con especias (que, por cierto, están ¡riquísimas!):

—Lady Celeste, lady Kimberly, ¿cuánto tiempo estarán en Londres?

—No lo sabemos, lady Bonnie. Digamos que una temporadita —contesta Kim.

La aludida asiente y luego, mirándome, señala:

—Lady Celeste, ¿no cree que ha comido ya muchas patatas?

La miro boquiabierta.

¿En serioooooo?

Siempre me han molestado mucho las personas que se fijan en lo que comen los demás, y replico:

—Pues no, lady Bonnie. Cuando repito es porque creo que no he comido las suficientes. Es más, seguramente vuelva a servirme otra vez —y, ante su expresión de incredulidad, me meto una en la boca y musito gesticulando—: Buenísima.

Todas sonríen por mi osadía, excepto la Pembleton, que pregunta:

—¿En Nueva York hay algún caballero que las espere, además de sus familias?

—Cientos —me mofo divertida.

Bonifacia parpadea y Kim, acudiendo en mi ayuda, cuchichea:

—Como Celeste ha dicho antes, es muy bromista.

Bonnie, a la que noto que no le caigo bien, va a hablar de nuevo cuando Catherine interviene:

—No seas impertinente, Bonnie.

Según dice eso, la aludida me mira y yo, sabiendo que se ha enterado de que me plantaron en el altar, parpadeo fingiendo pena y musito con voz lastimera:

—Tranquila, Catherine, estoy bien...

Nos quedamos unos instantes en silencio hasta que la joven, que más tonta no puede ser, comenta mirando a Kimberly:

—Han llegado a Londres en plena temporada social. ¿Quién dice que no puedan encontrar un marido conveniente aquí?

—Lo dudo. Los ingleses no son lo mío.

Kim me da una patada por debajo de la mesa y yo, sonriendo, murmuro:

—Bromeaba de nuevo, lady Bonnie. Pero lo cierto es que soy una mujer muy exigente y cualquiera no me vale.

—¡Oh, qué osadía! —musita esta ante la sonrisa del resto—. Me alegra que madre no estuviera aquí para oírla, lady Celeste. Sin duda sus palabras no le habrían agradado.

—¿Por qué? ¿Por qué no le habrían agradado? —pregunto al tiempo que recibo otra patada de Kim por debajo de la mesa.

Lady Bonifacia bebe un poco de vino de su fina y delicada copa antes de responder.

—Porque una joven soltera no ha de ser exigente, sino complaciente con los hombres que la puedan cortejar. Y su comentario da lugar a malas interpretaciones y roza la indecencia.

Según oigo eso, voy a hablar cuando Catherine interviene:

—Hay tantas cosas que rozan e incluso sobrepasan la indecencia...

Ella y Bonifacia se miran. La primera sonríe. La segunda, no. Todas las miramos a la espera de que digan algo, pero entonces esa lela gruñe:

—¡Cielo santo, Prudence! No comas más o reventarás tu vestido esta noche durante el baile. A este paso, ni lord Anthon Vodela querrá casarse contigo.

Rápidamente la pobre Prudence suelta el tenedor y comienza a hacer movimientos raros con la cabeza. Eso de nuevo llama mi atención, y veo que Catherine coge la mano de su hermana y susurra:

—Tranquila.

Prudence asiente. Esta vez veo que el tic lo hace también con los ojos, y entonces la imbécil de Bonifacia grita:

—Prudence, ¡basta ya!

Catherine se levanta, da un manotazo sobre la mesa y exclama con gesto agresivo:

—¡Basta ya tú!

Bonifacia, porque para mí ya se llama así, la mira con odio.

—No vuelvas a hablarme de ese modo en la vida —sisea.

Pero Catherine niega con la cabeza y, sin amilanarse, replica:

—Por tu bien, no vuelvas a gritarle así a Prudence en la vida.

Kim y yo nos miramos; vaya mal rollito que tienen estas dos. Abigail, levantándose, hace sentar a Catherine.

—Por favor, templemos nuestros nervios.

Bonifacia y Catherine se miran como dos rivales.

—Bien sabes que cuando Prudence se pone nerviosa no puede controlar esos movimientos —susurra Abigail—. Así que haz el favor de callar para que se tranquilice.

Bonifacia, que como habría dicho mi yaya es una marisabidilla que no es más tonta porque no se entrena, contesta:

—Entiendo lo que dices, Abigail, pero...

—Pues si lo entiendes, déjalo estar —sentencia Catherine.

Un silencio incómodo se apodera del salón. Está más que claro que las hermanas muy buenas migas no hacen con la que es su cuñada. Y entonces la muy tonta repone:

—Prudence no debe olvidar que está buscando un buen matrimonio y a muchos hombres no les gustan las mujeres rollizas. Aunque, bueno, supongo que terminará casada con lord Anthon Vodela, un hombre al que sinceramente creo que eso le da igual.

Debo morderme la lengua con fuerza tras lo que acaba de decir.

Me he dado cuenta de que, por los tics que tiene Prudence, posiblemente padezca síndrome de Tourette, una enfermedad que por supuesto no está identificada en el siglo en el que ellas viven.

—Consejitos vendo que para mí no tengo —replico dirigiéndome a la Pembleton.

Bonifacia me mira. No sé si ha entendido lo que quería decir, e insisto:

—Creerse superior a los demás nunca ha sido una virtud —y, antes de que responda, añado de la manera más educada que puedo—: Desde mi punto de vista, lady Bonnie, no es de ser una dama de buena familia saber que el nerviosismo de Prudence puede terminar con paz y sosiego y privarla de ello.

Mis palabras la descolocan, no las esperaba, y susurra:

—Pero...

—Y en cuanto a las mujeres y a cómo somos cada una —la corto—, debería saber que las hay altas, bajas, rubias, morenas, pobres o ricas, de constitución recia o...

—¿Y esas palabras, lady Celeste, qué quieren decir? —me corta ahora ella a mí.

—Quiere decir que en la variedad está el gusto, y que no a todos los hombres les gustan las mismas mujeres, como no a todas las mujeres nos agradan los mismos hombres. Y, dicho esto, estaría bien que se ocupara de lo que tiene en el plato y dejara de cuestionar lo que Prudence o yo o cualquiera tenga en el suyo.

Según digo eso, Catherine y Abigail sonríen. Kim también. Y yo, mirando a Prudence, que parece más tranquila, le pido:

—Pásame las patatas, por favor, Prudence, ¡voy a servirme más!

Oír eso hace que la aludida sonría abiertamente y yo le guiñe un ojo.

¡Será tonta la Bonifacia...!

～～

22

_L_a llegada al baile junto a Craig y a Michael es como siempre deliciosa. Los marqueses de Stembleton nos reciben con agrado y, encantadas, entramos en su bonito y distinguido hogar.

Durante un rato que se me hace eterno los anfitriones nos presentan a todos los hombres que se nos acercan. Los hay jóvenes y mayores, y me horrorizo al conocer al tal lord Anthon Vodela, al que quieren casar con Prudence.

Pero, por Dios, ¡si podría ser su bisabuelo!

Ataviadas con nuestros finos y delicados vestidos de señoritingas, estamos paseando por el bonito salón de baile lleno de luz cuando vemos que Michael observa a una mujer. Eso llama nuestra atención, y pregunto:

—¿Quién es esa joven tan bella?

Craig sonríe al oírnos, Michael no, y luego el primero dice:

—Lady Magdalene, la hija de los marqueses de Bartonfells.

—Pues es muy hermosa —afirma Kim.

Michael no mira en su dirección, está nervioso por lo que decimos, y por eso mismo debemos callarnos. El pobre lo está pasando fatal.

Seguimos observándolo todo a nuestro alrededor hasta que oímos:

—¡Estáis aquí!

Al volvernos nos encontramos con Catherine, Prudence, Abigail y Vivian o, mejor dicho, _lady Mimarío_. Todas están elegantísimas.

—Mi marido me ha regalado este colgante —comenta Vivian de inmediato.

Todas lo miramos, es precioso, y exclamo:

—¡Qué maravilla!

De nuevo todas asentimos y Vivian, que me hace mucha gracia por su carita de picarona, cuchichea:

—Anoche, cuando nos fuimos a dormir, mi marido me sugirió que solo me acostara con el colgante puesto para el acto...

Me río. Kim y Catherine también, pero Prudence, poniéndose roja, susurra:

—¡Cielo santo!

—Cuando dices «acto», ¿lo que quieres decir es «sexo»?

Según digo esa última palabra, todas dan un brinco, solo les falta taparme la boca con la mano.

—No está bien visto decir esa palabra —repone Catherine—. Pero, sí..., es eso.

Divertida por su mojigatería, aunque está claro que cuando te lo quieres pasar bien en la cama como hace Vivian, te lo pasas, voy a preguntar de nuevo cuando Abigail se me adelanta:

—¿Y aceptaste, Vivian?

Ella asiente con gesto divertido.

—Di que sí, chica —tercio—. Para que se lo coman los gusanos, que lo disfruten los cristianos... ¡Que la vida son dos días!

De inmediato todas me miran. Kim me quiere matar, y yo, llevándome la mano al cuello, en plan señoritinga aclaro:

—¡Oh, cielo santo, me he dejado llevar por el momento!

Todas asienten algo azoradas y no digo más. Mejor me quedo callada.

A partir de ese instante nos presentan a todo aquel que se cruza con nosotras o nos mira, y comenzamos a oír nombres como duque de Nortwood, condesa de Chelsey, barón Ivory o marquesa Barbour, entre otros. Es tal la cantidad de nombres que a mí particularmente me resulta imposible retenerlos.

Estamos tomando una limonada cuando vemos a lady Facebook, lady Twitter y lady Instagram, las amigas de Cruella. Como siempre, aquellas cuchichean, hablan de noticias reales o inventadas sobre el resto de los invitados, y eso me hace sonreír. ¿A qué me recordará?

Pero en un momento dado llama mi atención el nombre de lady Alice, la condesa de Stanford. Esa mujer joven y guapa, que va acompañada de su abuelo y tiene un estilazo estupendo; es con quien está liado Craig. ¡Pues sí que tiene buen gusto mi americano!

Sin moverme de mi sitio, me informo sobre ella, y me río al saber que el hombre que yo creía su abuelo es su marido, un conde con el que la casó su familia. Sinceramente, entiendo que esté liada con Craig..., si la casaron con ese vejestorio, ¿qué esperaban?

—Mira, allí están Pepi, Luci, Bom y otras chicas del montón —bromea Kim.

Sonrío. Cada vez que aparece un hombre al que consideran interesante, las jovencitas casaderas, que están junto a sus madres, van detrás de él como verdaderas *groupies*. ¡Cuánto me alegro de no haber nacido en este siglo!

Desde donde estamos, Kim y yo nos reímos al distinguir los diferentes grupos. Si hay algo que no ha cambiado a pesar del paso de los años es encontrarse en una fiesta al grupo de las guapas y populares, al de las que pasan de todo y al de las tímidas que se creen feas y no lo son, pero las populares y sus propias madres así se lo hacen creer. ¡Pobres!

La música suena y varios hombres se acercan a nosotras para solicitarnos protocolariamente que los incluyamos en nuestros carnets de baile. Kim y yo observamos a las demás mujeres y las imitamos y, una vez que apuntamos los nombres de aquellos en la libreta, tras una inclinación de cabeza se van.

Con curiosidad, miro a mi alrededor en busca del hombre de los ojos azules que me encandiló días atrás, pero no lo veo. No quiero preguntar por él. Si lo hago, con lo alcahuetas que son aquí todas, seguro que enseguida me emparejarán con él y, no, definitivamente los ingleses no son lo mío.

Kim y yo sonreímos intrigadas cuando Prudence, que está a nuestro lado, musita:

—Oh, oh..., ¡ha llegado el conde Moore!

Oír ese nombre me hace sonreír. Recuerdo que nos lo presentó

Aniceto, el padre de Prudence, y Kim, al ver cómo mira el tipo a las jovencitas, cuchichea:

—¡Al *ataquerrrrr*!

Nos carcajeamos divertidas. Anda que no nos hemos reído nosotras con las cosas tan graciosas que decía el humorista Chiquito de la Calzada. ¡Ole tú, Chiquito, y tu Condemor!

Estamos mirando a nuestro alrededor cuando Kim susurra:

—Estoy pensando una cosa.

—¿Qué?

—¿Y si me encuentro en algún baile con mi Muñeco?

Según dice eso, sonrío. Se refiere al conde del cuadro de la biblioteca.

—¡¿Te imaginas?! —murmuro.

Kim hace el ademán de desmayarse y yo me río. ¡Qué cómica es!

De repente veo a Prudence ponerse roja como un tomate y volverse.

¿Qué le pasa?

Rápidamente me fijo en que un hombre de ojos castaños y cabello rubio nos observa. Pero a quien en realidad mira con verdadero interés es a Prudence.

Vale..., ahora entiendo su apuro.

Con disimulo, observo que este se mueve sin saber si acercarse o no a nosotras y, sin poder evitarlo, pregunto tras sonreírle a lady Pitita:

—¿Quién es ese hombre?

Todas miran y Catherine, que está a mi lado, se apresura a susurrar:

—El barón Randall Birdwhistle.

Prudence despliega su abanico al oírlo, se da aire y comienza a respirar con dificultad, por lo que le pregunto sin dar crédito:

—¿Te has puesto así de nerviosa por ese hombre?

A nuestro lado, Abigail sonríe y murmura:

—A Prudence se le acelera el corazón solo con mencionar su nombre.

—¡Abigail! —protesta la aludida.

Asiento divertida. Si con solo mencionarlo se pone así, no quiero ni pensar lo que le podría pasar si él se acercara. Resulta imposible comparar al barón con el tal Anthon Vodela. Mientras que el primero es apuesto y tiene pocos años más que Prudence, el segundo está completamente arrugado y parece su abuelo.

Prudence sigue abanicándose acalorada, y yo, incapaz de callar, cuchicheo:

—Pues que sepas que el barón no te quita ojo.

Según digo eso, la curiosidad de Prudence la hace mirar. El barón sonríe (¡qué mono!), pero ella, retirando de nuevo la vista, parpadea muy deprisa y musita:

—¡Cielo santo! ¡Cielo santo!

Kim y yo nos miramos divertidas, y entonces aquel se encamina hacia nosotras y canturreo:

—Viene hacia aquíííííí.

Catherine, que se percata de lo que ocurre, se dirige a su hermana.

—Prudence, estaría bien que lo saludaras.

—No..., no puedo —susurra ella azorada.

Sorprendidas, Kim y yo volvemos a mirarnos. ¿En serio se pone así solo por saludar a un hombre?

Instantes después él llega hasta nosotras. No es un tipo que llame la atención, pero algo en su rostro me indica que merece la pena conocerlo.

—Miladies —dice él tras hacer una inclinación de cabeza de lo más protocolaria—, ¿lo están pasando ustedes bien?

Por supuesto nosotras, muy cuquis, saludamos con la misma formalidad, y Catherine indica con una sonrisa mientras yo agarro con disimulo a Prudence para que no salga corriendo:

—Barón Birdwhistle, qué agradable verlo. Y en cuanto a su pregunta, está siendo una velada muy agradable.

El hombre nos mira con una bonita sonrisa y asiente. Y a continuación Vivian señala:

—Barón, me es grato presentarle a lady Celeste Travolta, sobrina de Craig Hudson, y a su amiga, lady Kimberly DiCaprio. Ambas han venido desde Nueva York a pasar unos días con su tío.

El hombre, que tiene una cara de bonachón que no puede con ella, nos sonríe y saluda.

—Un placer conocerlas, miladies.

Kim y yo hacemos lo propio, y luego él, dirigiéndose a Prudence, que está mirando hacia otro lado, pregunta:

—Lady Prudence, ¿podría reservarme un baile?

¡Oooooh..., qué monooooooo!

—Lo siento, barón Birdwhistle, tengo el carnet completo —responde ella.

Según la oigo, miro a Prudence. Pero ¿qué dice?

El hombre asiente, no lo cuestiona, y, sin cambiar su gesto, musita antes de dar media vuelta:

—Espero que la velada continúe siendo agradable para todas ustedes.

Con una sonrisa asentimos y, cuando él se marcha, tiro del vestido de Prudence y digo:

—Pero ¿a ti qué te pasa? —Ella no contesta, e insisto—: Si te gusta, lo alejarás de ti comportándote de ese modo.

Prudence, que sigue roja como un tomate, apenas si puede hablar, y entonces Vivian musita:

—Ya se lo hemos dicho muchas veces. Pero ella parece no oírnos.

Prudence tiembla, el pecho le sube y le baja a la velocidad de una locomotora. Sin duda entiende lo que le decimos, y, mirándonos, tras hacer un tic con los ojos, declara:

—No quiero que el barón me vea así.

Suspiro. Acabo de comprender que se esconde de él a causa de sus tics.

Entonces Catherine se acerca a su hermana y le susurra con mimo:

—Intenta tranquilizarte.

Ella obedece. Cierra los ojos para respirar y yo, sintiéndome culpable, murmuro:

—Lamento lo que he dicho.

Prudence abre los ojos y, tras asentir, sonríe justo en el momento en el que Vivian la coge de la mano.

—Ven —dice esta—. Vayamos a por un poco de limonada.

Una vez que ellas se alejan, Catherine se dirige a Kim y a mí.

—Prudence ama a ese hombre en silencio, pero sus miedos y sus vergüenzas no le permiten acercarse a él. Sinceramente, no sé qué hacer para ayudarla, pero si no hago algo al final madre la casará con lord Anthon Vodela ¡y será muy infeliz!

Asiento. Sin duda estar casada con un tipo que le triplica la edad no es algo que quisiera para ella.

—En la primera temporada de Prudence —continúa Catherine—, además de otros hombres, el barón intentó cortejarla. Pero mis padres los descartaron a él y a otros por ser simples barones o banqueros, y no condes o duques. Sin embargo, esta es la última temporada de mi hermana, va a cumplir veintidós años y, como nadie más se ha interesado por ella a excepción de Anthon Vodela, creo que ahora padre y madre sí aceptarían a Randall; pero ella se pone tan nerviosa que es incapaz de mostrarle su interés por él.

Kim y yo asentimos apenadas. Sabemos todo eso por el diario.

—Prudence no puede casarse con lord Anthon Vodela —añade Catherine preocupada.

—No lo consentiremos —sentencio.

Catherine sonríe y entonces Kim musita:

—También es tu última temporada, puesto que tienes veintiuno, ¿verdad?

Ella asiente.

—Sí.

—¿Y tus padres no buscarán un marido para ti, al igual que dices que ya lo tienen para Prudence?

Catherine vuelve a asentir y, señalando hacia un lateral, responde:

—Para mí han elegido a lord Justin Wentworth.

Boquiabierta, observo a otro viejorro, enano y de pelo blanco, que ríe junto al padre de la joven, Percival y la Pembleton.

Saber eso me enerva. Es indignante que estas chicas no tengan el poder de decidir con quién desean casarse.

—¿Acaso vuestros padres no quieren veros felices? —protesto.

Creo que mi pregunta sorprende a Catherine, que indica:

—Conseguir un buen matrimonio es más importante para ellos que el hecho de que nosotras tengamos un buen esposo.

Kim, que me conoce, me mira. Sin hablar me ruega que cierre el pico y no diga lo que pienso.

—Por mí no me preocupo —añade Catherine—, pero sí por Prudence, porque...

De pronto se interrumpe. Y Kim, callando lo que sabe, pregunta al ver que Abigail no nos oye:

—Tú tienes un amor, ¿verdad?

Según dice eso, Catherine asiente sin dudarlo.

—No me casaré con quien decidan mis padres. Antes de que eso ocurra, mi amor y yo nos fugaremos a donde sea o... o... a Gretna Green, en Escocia, donde podremos casarnos libremente.

Oír «Escocia» es música celestial para mis oídos y, cuando voy a intervenir, Kim pregunta:

—¿Puedo preguntarte quién es tu amor?

Catherine niega con la cabeza y, joder, ¡no lo dice! La tía se guarda su secreto.

Estoy pensando en sonsacarle el nombre cuando Abigail se acerca a nosotras.

—Acaba de llegar el conde Edward Chadburn.

Todas miramos hacia donde ella indica, y, reconociéndolo, murmuro:

—Vaya..., ¿ese no es el Pibonazo?

Eso nos hace reír a las cuatro.

—Daría lo que fuera porque se fijara en mí y me solicitara un baile... —musita Abigail.

No pasan ni dos minutos hasta que el joven guapo, alto y moreno se ve rodeado de infinidad de madres e hijas que pestañean sin cesar. ¡Las *groupies*! Está claro que muchas de ellas desean lo mismo que Abigail.

—Entonces haremos algo para que se fije en ti —sugiere entonces Kim.

—¿Cómo? —Abigail ríe—. Yo no tengo el hermoso rostro de lady Jane Wispley, ni soy duquesa como lady Rachel McEvans.

Sonrío, y Kim afirma:

—Buscaremos la forma de que siendo simplemente tú se fije en ti. Y lo primero es no ir tras él como lo están haciendo lady Jane o lady Rachel. Te aseguro que una mujer que no vaya detrás de él llamará más su atención que las pesaditas que no lo dejan ni respirar.

Catherine sonríe y, asiendo a Abigail del brazo, cuchichea ante el gesto sorprendido de su hermana:

—Ellas son americanas. Veamos qué nos pueden enseñar. Y ahora, vayamos en busca de Vivian y Prudence. Quiero saber cómo está nuestra hermana.

El baile continúa y distintos caballeros vienen a solicitar sus bailes.

Cruella de Vil y lady Pitita, al vernos, se acercan a nosotras para hablar. Pero, por suerte, Michael y Craig acuden en nuestra ayuda y nosotras nos volvemos a alejar.

En un momento dado nos servimos ponche, que por cierto está muy bueno, y acto seguido decido probar algo parecido a un buñuelo y casi salto de alegría al comprobar que es de chocolate. Ni que decir tiene que Prudence, Kim y yo nos comemos media bandeja entre las tres.

—Prudence, querida, ¿ya estás engullendo como un pavo?

Kim y yo nos miramos al oír la voz de Bonifacia.

¡Será petarda la tía...!

Roja como un tomate, Prudence deja de comer inmediatamente, pero Catherine replica:

—¿Y si intentaras ser un poquito más amable, Bonnie?

Esta última, que, todo hay que decirlo, más guapa no puede ser, levanta el mentón, mira de arriba abajo a Catherine y suelta:

—Preocúpate de encontrar un marido que quiera casarse contigo o recuerda que a final de temporada te casarás con lord Wentworth.

—Guauuu, qué miedo... —me mofo al oírlo.

Esa frase hace que todas me miren sorprendidas, y luego Catherine, dirigiéndose a la mujer de su hermano, musita entre dientes:

—Bonnie eres...

—No seas insolente y modera esa lengua si no quieres que madre y padre te reprendan cuando les cuente lo mal que me hablas. Sabes que me quieren y me adoran como si fuera hija suya. Y, a juzgar por cómo están las cosas contigo últimamente en casa, no te beneficiará, y menos cuando aún no ha aparecido aquello que robaste.

Según oigo eso, frunzo el ceño.

—No voy a volver a repetir que yo no lo robé —sisea Catherine.

Vale, ahora comprendo que hablan de la gargantilla Babylon, la que fue robada; Prudence y Abigail se ponen junto a su hermana y la primera gruñe:

—Si Catherine dice que no la robó... es que no lo hizo.

—Por supuesto que no —conviene Abigail.

Bonifacia sonríe, me enferma su expresión de superioridad, y musito:

—¿Por qué tendría que ser Catherine y no tú?

Según digo eso, su gesto cambia y Kim, entendiendo que ya he hablado de más, pregunta:

—¿Se puede saber de qué estamos hablando?

Catherine asiente.

—Mi familia siempre ha poseído una joya de incalculable valor llamada la «gargantilla Babylon», un diamante amarillo que lucían las primogénitas de la familia el día de su boda y...

—¡Y la robaron! —la corta Bonifacia—. Qué casualidad que desapareciera antes de mi enlace con Percival, el futuro conde...

Vale. Ahora puedo hablar. Ahora se supone que sabemos algo que antes no debíamos saber, y Kim, con gesto de enfado, pregunta:

—¿Y por qué lo ibas a lucir tú, si quien debe llevarlo en su boda es Catherine, que es la primogénita?

—¡Eso! —musita Prudence.

La Pembleton sonríe, se toca el cabello y responde mirando a Catherine:

—Porque lo hablé con madre y padre, y como soy como una hija para ellos, así lo decidieron, ya que Catherine parece no desear casarse. Solo espero que tarde o temprano cojan a la ladrona que se lo llevó y la joya regrese al joyero de madre.

Veo cómo Catherine cierra los ojos con fuerza. Aunque estemos en otro siglo y en otra época, soy consciente de que cuenta hasta diez.

Entonces la Pembleton se aleja con una sonrisa de superioridad y yo cuchicheo:

—Bonifacia es odiosa.

Según digo eso, todas me miran y Abigail afirma riendo:

—Me gusta lo de Bonifacia.

Entre risas, todas comienzan a llamarla así, hasta que mirando a Catherine pregunto:

—¿No se sabe quién robó esa joya?

Ella niega con la cabeza.

—No se sabe nada de nada —susurra Prudence.

Durante un rato hablamos sobre el tema, y luego varios hombres se aproximan a nosotras para solicitar sus bailes. Por suerte, esa pieza yo la tengo libre y puedo continuar comiendo buñuelos, que están de muerte.

Tras comerme el último, decido buscar el baño. En mi camino observo a las personas con las que me cruzo, pero sigo sin ver al duque que conocí días atrás. ¡Qué penita!

Instantes después, tras salir del baño, donde varias mujeres se acicalan mirándose a los espejos tal como sigue haciéndose después de doscientos años, cruzo de nuevo la bonita puerta que conduce al salón de baile.

Expectante, avanzo entre la gente, y de pronto descubro a mi derecha un pasillo y, al fondo, una puerta entreabierta. Al mirar con más detenimiento veo una librería y me percato de que se trata de una biblioteca. Por ello, tras comprobar que nadie me observa, me dirijo hacia ella con disimulo.

Según entro en la estancia, contengo un silbido. Esa biblioteca de enormes estanterías hasta el techo está repleta de libros. Con cuidado, cierro la puerta en busca de intimidad y, suspirando, miro todo lo que me rodea.

¡Qué maravilla!

Hay libros de diferentes temáticas y tamaños y, con curiosidad, comienzo a leer sus lomos.

De pronto oigo que la puerta se abre y, antes de que pueda reaccionar, tengo ante mí al duque que llevo buscando toda la noche.

Pues este es como la Pembleton: ¡cada vez que lo veo está más guapo!

23

Madre mía..., madre mía, ¡qué mirada tiene y qué bien le sienta la ropa que lleva!

Con su porte, Kenneth Rawson bien podría anunciar calzoncillos de Armani.

Estoy pensando en ello como una boba cuando el guaperas me saluda apoyado en la puerta.

—Lady Travolta, la fiesta no es aquí.

Y, consciente de que me han pillado en un lugar donde no debería estar y donde tampoco debería estar él, replico:

—¿Ah, no? —El duque niega lentamente con la cabeza y, antes de que hable, le suelto—: Pues siento decirle a usted lo mismo: la fiesta no es aquí.

Mi respuesta hace que levante una ceja. Sin duda, soy una descarada.

Nos miramos en silencio durante unos instantes en los que él estará pensando en mi osadía mientras yo lo escaneo.

El traje negro que lleva, junto a la camisa blanca y el pañuelo anudado al cuello, le da una apariencia varonil y distinguida.

Como siempre que lo veo me entra la risa, y al ver su expresión de desconcierto digo:

—¿Puedo preguntarle qué piensa?

Él echa a andar por la biblioteca con una seguridad que comienza a ponerme nerviosa y, parándose frente a unos libros, los toca y contesta:

—Pienso, lady Travolta, en por qué una joven tan agraciada

como usted, de la que imagino que tiene el carnet de baile completo, se esconde en una biblioteca.

Oír eso me gusta. A su manera me ha llamado «pibón», y musito:

—Gracias por lo de «agraciada». Usted tampoco está nada mal.

Según digo eso veo que su ceja vuelve a levantarse y, con una media sonrisa, susurra:

—Es usted algo descarada.

—Estoy totalmente de acuerdo —convengo—. Soy muy descarada.

Ahora el que ríe es él. Por favor..., por favor..., pero ¡qué sonrisa tan ideal tiene! Y, acomodándose donde está, murmura:

—Reconocer eso no es algo que suela agradar a las mujeres.

—Soy americana, duque, y por suerte para ambos, lo que piensen de mí no es algo que me quite el sueño.

Vuelve a reírse, esta vez su sonrisa es más amplia, y sorprendiéndome pregunta:

—Ese anillo que lleva...

Miro el anillo de mi padre que llevo puesto por encima del guante de seda.

—¿Qué ocurre con él?

Kenneth sigue mirándolo sin acercarse.

—Me ha recordado a uno que mi padre llevaba siendo yo niño —contesta.

Eso me hace gracia. Vuelvo a mirar el anillo y musito:

—Mi madre se lo regaló a mi padre hace mucho tiempo.

El duque asiente y sonríe con cierta tristeza. A continuación, tras unos instantes en silencio, digo siguiendo con el protocolo:

—¿Puedo preguntarle qué está haciendo usted aquí, en la biblioteca?

Con un aplomo que uf..., uf..., Virgencita cómo me pone, él vuelve a moverse por la biblioteca y, cuando se para, responde:

—¿Puedo serle sincero, milady?

—Es lo mínimo que espero de usted.

Él asiente y, a continuación, clavando la mirada en mí, explica:

—La he visto y la he seguido hasta aquí.

Sin dar crédito, abro la boca y cuchicheo:

—Cielo santo, duque..., ¡eso es escandaloso!

La mofa que hay en mi cara y sobre todo en mis palabras le hace saber que me lo tomo a guasa.

—Escandaloso para otras —replica—, pero en su mirada veo que para usted no lo es.

Divertida, asiento y, viendo al fondo de la biblioteca una bandeja con vasos y una botella, le pregunto como si estuviera en mi casa:

—¿Le apetece beber algo?

Kenneth sigue la dirección de mi mirada y asiente.

Complacida, me acerco a la bandeja. Tras abrir una de las botellas, olerla y comprobar que es whisky, sirvo dos dedos en sendos vasitos y, una vez que acabo, me doy la vuelta, le muestro el vaso y, cuando él se acerca para cogerlo, lo retiro y digo:

—Solo te lo daré si me llamas Celeste y yo puedo llamarte a ti Kenneth.

La sorpresa en su rostro es considerable. Como poco debe de haber pensado que me faltan varios tornillos por ignorar el protocolo de este modo, pero musita:

—Lo que piensa usted beber es whisky, no ponche ni limonada.

—Por suerte para mí —replico.

Veo que él asiente, sonríe con su sonrisa de medio lado y murmura:

—Además de descarada, osada.

Afirmo con la cabeza, me niego a entregarle el vaso y, finalmente, él cede.

—De acuerdo..., Celeste.

Encantada, se lo tiendo. Él lo coge y, antes de que se lo lleve a los labios, hago chocar el mío con el suyo para brindar.

—Por nuestro secreto —exclamo.

Ambos damos un sorbo a nuestra bebida y, sin haberme quitado los ojos de encima, Kenneth comenta:

—Tu gesto me indica que no es la primera vez que bebes whisky.

Divertida, niego con la cabeza. Yo soy más de ginebra Puerto de Indias de fresa, pero como aquí eso no existe, respondo:

—En efecto. No es la primera vez que lo bebo, ni será la última...

—Esa contestación no es digna de una dama o una señorita.

—Lo imagino, pero simplemente es la mía.

A cada palabra que digo noto que llamo más y más su atención. Está claro que jamás se ha cruzado con una descarada como yo.

—¿Qué haces en la biblioteca, Celeste? —inquiere a continuación.

De un saltito me siento sobre una mesa y, tras dar otro sorbo a mi whisky, contesto:

—He visto la puerta abierta y, como me encantan las bibliotecas, tan solo he entrado a visitarla.

Mi respuesta parece que le agrada. Durante un rato hablamos sobre los libros que hay en las estanterías, y de inmediato me doy cuenta de que ha leído muchos de ellos. Así que le gusta leer..., ¡qué monooooooo!

Continuamos con nuestra charla hasta que de pronto miro unos volúmenes que llaman mi atención. Me bajo de la mesa y me acerco a ellos, cojo uno, lo abro y musito boquiabierta:

—¡Madre mía, Kenneth..., es de William Shakespeare!

Él asiente y, acercándose a mí, va a hablar cuando yo susurro observando la colección:

—*Romeo y Julieta*, *Mucho ruido y pocas nueces*, *El sueño de una noche de verano*... Pero... pero ¡esto es fantástico! ¡Son primeras ediciones, Kenneth!

Me mira divertido y se encoge de hombros.

—En Bedfordshire también tenemos varios libros de Shakespeare —dice.

—¿Primeras ediciones?

—Posiblemente. Mi abuela es una gran lectora.

—Eso es que es una mujer inteligente.

Ambos reímos y a continuación pregunto:

—¿Qué es Bedfordshire?

—La casa de campo familiar.

Asiento. Imagino que será el típico casoplón de duques en el campo, rodeado de tropecientas mil hectáreas.

—¿Te gusta mucho Shakespeare? —se interesa tras dejar los libros de nuevo en la estantería.

Me río. Explicarle determinadas cosas sería una locura, por lo que, mirándolo, respondo:

—Creo que fue simplemente genial.

—«Genial»...

Afirmo divertida con la cabeza y luego añado, sentándome de nuevo sobre la mesa:

—Un magnífico escritor en lengua inglesa.

Durante un rato hablamos sobre Shakespeare y su obra, mientras yo sopeso muy bien lo que digo para no meter la pata.

No sé cuánto tiempo ha pasado cuando soy consciente de que Kim ha de estar preocupada por mí y, dejando el vaso vacío de whisky sobre la mesa, musito:

—He de marcharme. Seguro que me están buscando.

Él asiente y, tras depositar el vaso junto al mío, señala:

—Me apena oír eso.

Nos miramos en silencio mientras mi radar femenino me dice que este ratito a solas nos ha encantado a los dos. Entonces él, acercándose a mí, que sigo sentada sobre la mesa, susurra:

—Antes de que te marches has de saber que me agrada mucho cómo suena mi nombre en tus labios.

Eso me hace sonreír. Reconozco que su galantería me encanta...

—No es por repetirme —digo—, pero en mi caso opino lo mismo.

Ambos sonreímos y él, asiendo mi mano para besarla, murmura:

—Celeste, ha sido un auténtico placer pasar este rato contigo.

Uf..., madre mía..., madre mía, ¡qué tentación!

En circunstancias normales esa sería una señal inequívoca de que está dispuesto a besarme, pero, claro..., ¿cómo lanzarme a su boca en la Regencia?

Lo pienso. «¿Lo beso? ¿No lo beso?»

Finalmente decido que no. Por una vez voy a ser comedida. No puedo arrojarme a su cuello o pensará que soy una loca.

Pero entonces, para mi sorpresa, él se inclina hacia mí y me besa con sutileza.

¡Toma ya! ¡Y yo conteniéndome!

Con delicadeza, solo posa su boca sobre la mía. Me besa y no exige más. Sus labios son suaves, dulces... Y yo que, llegados a este punto, soy incapaz de quedarme de brazos cruzados, agarro las solapas de su chaqueta y, atrayéndolo hacia mí, saco la lengua, la paseo por encima de sus labios para tentarlo a más no poder y, cuando veo que abre la boca, no lo dudo y ataco.

Tomando las riendas del caudal de emociones que ese hombre crea en mí, disfruto de ese inesperado beso. La forma de besar de Kenneth es varonil y primitiva. Una clase de beso que me vuelve loca, que hace que mi cuerpo se rebele y desee más. Mucho más.

Kenneth me aprieta contra sí y puedo sentir su más que caliente sensualidad por encima del vestido de muselina. ¡Madre mía...! Gustosa, empujo las caderas hacia él y me percato de que estoy perdiendo la capacidad para pensar con claridad.

Deseo puro y duro, eso es lo que ambos sentimos, pero de pronto unas risas procedentes del exterior de la biblioteca hacen que regresemos a la realidad y el beso acabe.

¡Joderrrrrr!

Durante unos segundos nos miramos a los ojos en silencio, entendiendo lo que ha pasado. No sé cómo le habrán afectado a él estos besos, pero sí sé cómo me han afectado a mí.

¡Quiero más!

Entonces, dándome un último y fugaz beso en los labios, susurra:

—Sé que esto no debería haber ocurrido, pero...

—Ha ocurrido —finalizo la frase.

Sus manos sueltan mi cintura. Da un paso atrás y dice levantando el mentón:

—Lady Travolta, espero que sepa perdonar usted mi osadía. Me he dejado llevar por el momento, y vuelvo a solicitarle perdón.

Vaya..., volvemos al protocolo, y, tomando aire, musito:

—No se preocupe, duque de Bedford. Si ha ocurrido es porque ambos lo hemos querido. Ninguno de los dos somos unos niños como para no saber parar algo así.

Él asiente sin llevarme la contraria. Me mira con sus impresionantes ojos azules y, dando media vuelta, echa a andar hacia la puerta de la biblioteca y se va.

¡Se va!

Acalorada, me bajo de la mesa. Solo nos hemos besado y unido nuestros cuerpos, pero el deseo que eso me ha provocado es increíble. Y, tras tomarme otro culín de whisky para tranquilizarme y comprobar que mi apariencia es la apropiada, abro la puerta a mi vez y salgo.

Como si fuera flotando en una nubecita de algodón, así llego hasta las chicas, que me preguntan dónde estaba. Y yo, como la buena actriz que soy, les indico que estaba en el baño, donde había mucha gente.

Me creen, su inocencia es inaudita. En cambio Kim levanta una ceja, aunque no pregunta.

Instantes después veo pasar a Kenneth por delante de mí. Va hablando con unos hombres y varias mujeres con sus hijas los siguen ya en plan *groupies*. ¡Qué pesaditas!

Él no me mira, aunque sé que me ha visto, y eso me excita.

El resto de la noche intento divertirme, pero ya nada es igual. Kenneth y yo no nos hemos vuelto a acercar el uno al otro, pero en más de una ocasión nos hemos mirado con intensidad.

De pronto, verlo bailando con las *groupies* de turno me hace sentir algo raro en mi interior, y solo espero que cuando él me vea bailando con otros hombres sienta lo mismo.

* * *

Esa noche, cuando llegamos a la casa con Michael y Craig, tras despedirnos de ellos y entrar en nuestra habitación, Kim se apresura a decir:

—O me lo cuentas, o me lo cuentas.

Sonrío. Sabía que Kim no se tragaría mi explicación de antes y, sin dudarlo, musito:

—Me he besado con el antepasado del Melenitas...

—¿Con el duque de Bedford?

Según asiento, mi amiga comienza a reír y, tirándonos en la cama, le cuento todo lo ocurrido. Con pelos y señales.

24

Al día siguiente nos acercamos a casa de Catherine y sus hermanas.

Al entrar, Prudence está tocando el piano en la salita de música. La escucho sorprendida. Con todo lo mal que canta, hay que ver lo exquisitamente bien que toca el piano. ¡Lo hace fenomenal! Pero en cuanto se percata de que estamos aquí, comienza a equivocarse y al final deja de tocar.

Pobre, los nervios y su baja autoestima pueden con ella.

Tras pasar un rato con la insufrible lady Cruella de Vil y su amiga lady Instagram, que no paran de cotillear, las tres hermanas Montgomery, Kim y yo subimos a la habitación de Catherine. Allí hablamos de lo primero que se nos ocurre, hasta que esta última dice dirigiéndose a Prudence:

—La próxima vez que Bonnie se empeñe en anteponer el lavado de su ropa a la tuya has de imponerte. Yo no puedo estar pendiente de todo.

Ella asiente y susurra contrayendo el gesto:

—Lo sé... Lo sé...

Catherine mira a su hermana con cariño, y yo, al ver que Prudence se muerde el labio, pregunto:

—¿Estás furiosa por lo de Bonnie?

Sin dudarlo, ella afirma con la cabeza.

—Me encantaría poder hornearla con una manzana en la boca —afirma.

—¡Prudence! —Catherine ríe al oírla.

Divertida por la respuesta de Prudence, que no esperaba, me

levanto y, dándole dos puñetazos al colchón de la cama con todas mis fuerzas, digo:

—Haz esto. Te relajará.

Todas, a excepción de Kim, me miran sorprendidas, pero Prudence niega con la cabeza y susurra:

—No. No quiero hacer eso.

—¿Por qué? —insisto.

—Porque dar puñetazos como un hombre no es de señoritas —responde ella.

Kim y yo nos reímos. Desde luego, hay que ver lo que han cambiado los tiempos. Y, pensando qué sugerirle para que pueda expulsar la rabia que lleva dentro, propongo cogiendo un cojín:

—Entonces ponte un cojín en la cara, apriétalo y grita.

De nuevo todas me miran y, sin cortarme, me llevo un cojín a la cara, lo aprieto contra la boca y grito con todas mis fuerzas. Como era de esperar, el chillido queda amortiguado por el cojín y, cuando lo retiro, indico dirigiéndome a Prudence:

—Ahora tú.

Ella mira a sus hermanas roja como un tomate. Estas asienten y, al final, poniéndose el cojín en la cara, la chica suelta un tímido gritito que a mí no me vale. La animo a que dé otro. Y al quinto noto que ya lo hace con todas sus ganas. Grita bien fuerte. Y, cuando se lo retira, pregunto:

—¿Mejor?

Con una tímida sonrisa, ella asiente y, divertidas, Abigail y Catherine repiten el experimento. Ni que decir tiene que todas reímos a carcajadas. De pronto veo que Abigail se rasca las piernas y murmuro al ver su vestido levantado:

—Por Dios..., pero ¡¿cómo puedes llevar las piernas así?!

Acto seguido ella se mira y pregunta:

—¿Qué les ocurre a mis piernas?

Veo que Kim levanta la vista al techo y menea la cabeza. Y yo, que soy incapaz de callar, pregunto:

—Pero ¿no te parece horrible tenerlas llenas de pelos?

Las hermanas se miran entre sí sin entender nada. Entonces me levanto mi vestido, me subo los pololos de la abuela y, enseñándoles mis piernas depiladas, digo:

—¿No os parece mejor llevarlas así?

Catherine sonríe, mientras que Abigail y Prudence observan mis piernas con detenimiento. Imagino que es la primera vez que ven unas piernas sin pelos. Kim enseña también las suyas, y yo pregunto:

—¿Por qué no os depiláis?

Mi amiga se ríe, y Catherine, que ya está al corriente del asunto, tercia:

—Es una moda francesa. No inglesa.

—Bonifacia lo hace —suelta entonces Abigail.

Según oigo eso, me río, y Prudence musita:

—Si Bonnie oye que la llamas así, arderá de rabia.

—Pues, mira, con un poco de suerte arde y se quema del todo —repongo.

Todas reímos a carcajadas y luego Abigail añade:

—Sé que Bonnie lo hace porque un día la oí gritar y, al ir a ver qué le ocurría, vi que se arrancaba unas tiras de las piernas.

Eso llama mi atención.

—¿Qué tiras? —quiero saber.

—Unas bandas de tela impregnadas en resina —informa Catherine.

Según dice eso, Prudence cuchichea frunciendo el ceño:

—Eso tiene que doler.

Asiento, tiene que doler, pero replico:

—Llevar las piernas y las axilas depiladas es un signo de feminidad, ¿no creéis?

Las tres se miran, asienten, y finalmente Catherine declara:

—Feminidad o no, es un sufrimiento innecesario.

—Pues yo quiero depilármelas.

—¡Abigail! —exclama Prudence.

—Si no os lo pedí a vosotras era porque sabía que no ibais a querer ayudarme, pero si Kim o Celeste lo hacen, yo...

—¡Pues claro que sí! —afirmo encantada.

Según digo eso, Abigail da un salto y sale de la habitación. ¿Adónde va?

Instantes después aparece con un tarro de color oscuro y, deján-donos a todas boquiabiertas, dice:

—Lo he cogido de la habitación de Bonifacia sin que se dé cuenta. ¡Hagámoslo!

—¿Ahora? —pregunto sorprendida.

—Sí, por supuesto —asiente Abigail subiéndose el vestido.

Prudence protesta y Catherine trata de quitarle la idea de la ca-beza mientras Kim y yo nos reímos.

Pero ¡qué atrevida es Abigail!

Tras cerrar la puerta con el pestillo para que no nos molesten ni nos pillen, cortamos tiras de una tela que Catherine nos proporcio-na. A continuación abrimos el bote de resina, una pasta asquerosa que huele fatal.

—¿Estás segura? —le pregunta Kim a Abigail.

De nuevo ella asiente y, con una especie de palito de madera, cogemos la resina e impregnamos con ella una tira de tela.

Abigail, que está sentada en un butacón con el vestido subido, nos apremia encantada:

—¡Vamos, hacedlo!

Kim y yo nos miramos. Con los pelazos que tiene en las piernas, le va a doler, pero, acatando su orden, pegamos la tira impregnada en la pierna velluda.

—Ahora, cuando seque, tenemos que tirar —indico.

—¡Cielo santo! —murmura Prudence horrorizada.

Según pasan los segundos, la expresión de Abigail va cambian-do. Me parece que se ha dado cuenta de que va a dolerle más de lo que pensaba.

—Creo... creo que lo voy a dejar para otro día —musita.

Y, dicho esto, se levanta e intenta huir de nosotras. Pero ¿cómo se va a quedar con la tira de resina pegada a la piel?

Abigail es escurridiza. Corre por la habitación subiéndose a la cama de Catherine y nosotras vamos detrás de ella mientras Pru-dence se santigua.

Entre risas y no risas, finalmente conseguimos retener a Abi-gail. No se puede quedar con eso pegado, por lo que entre Catheri-ne, Kim y yo, a la fuerza, conseguimos tumbarla en la cama, levantarle el vestido y, antes de que se nos vuelva a escapar, Kimberly pone un cojín sobre su boca y yo tiro de la banda de tela con todas mis fuerzas.

El aullido que suelta es tremendo. ¡Ay, pobreeeeee! Menos mal que Kim le ha puesto el cojín, si no, nos habrían detenido por escándalo público.

Le retiramos el cojín de la boca a Abigail. Tiene los ojos llorosos. Uf..., qué dolor, ¡pobrecita! Ella mira la tira, que está llena de pelos. Y, según se sienta en la cama, musita observando el trozo depilado de su pierna:

—Catherine tiene razón: es un dolor innecesario.

De inmediato nos miramos y todas comenzamos a reír a carcajadas.

¡Qué momento tan divertido!

Un buen rato después, cuando Abigail devuelve el bote de resina al sitio de donde lo ha cogido, decidimos salir al jardín de la casa, que, todo sea dicho, lo tienen precioso.

En nuestro camino nos cruzamos con Bonifacia, que pregunta mirando a Abigail:

—¿Qué te ocurre, que te noto acalorada?

Oír eso nos hace gracia. La pobre todavía está reponiéndose de la depilación.

—No me pasa nada que tú debas saber —replica ella.

Bonifacia parpadea al oír su respuesta. Nos mira con reproche y, colocándose una pañoleta sobre los hombros, dice:

—Voy a comprarme unos guantes nuevos para esta noche.

Nadie le ha preguntado, pero ella insiste:

—La duquesa de Pittsburg me acaba de escribir personalmente para invitarnos a Percival y a mí a una velada de ópera esta noche en su casa... ¿No es emocionante?

—Emocionantísimo —se mofa Kim.

Todas sonreímos, y luego la Pembleton suelta dirigiéndose a Prudence:

—Querida, ese vestido que llevas no te sienta nada bien.

¡Ya estamos! Es tan mala y tan víbora que siempre arremete contra la más débil de las hermanas.

Prudence se pone roja como un tomate de inmediato, y yo, incapaz de callar, suelto:

—Eso mismo he pensado yo cuando te he visto. Ese peinado que llevas te hace una cabeza enorme.

Según oye eso, ella se toca el pelo y, sin más, da media vuelta y se aleja a toda prisa. Eso me hace gracia y, pensando en mi yaya, digo:

—Si pretendes hacer daño, querida Bonifacia, prepárate, porque yo soy lo peor.

Todas estamos sonriendo por eso cuando Prudence musita con sorna dirigiéndose a mí:

—Gracias por defenderme ante Bonifacia.

Con gusto, la agarro del brazo. De las tres hermanas es la más bajita y la que más curvas tiene, y, mirando sus bonitos ojos azules y su pelo rubio, cuchicheo:

—Gracias las que tú tienes, guapetona.

—¡Oh, Celeste, qué cosas dices! —Sonríe.

—Sabes que eres preciosa y que vales mucho como mujer, ¿verdad?

Enseguida ella niega con la cabeza. Es terrible ver eso.

—Gracias por tus palabras, pero...

—Catherine y yo siempre le decimos a Prudence que es bonita y agraciada —tercia Abigail—, pero ella no nos cree.

—¡Pues muy mal, Prudence! —indica Kim—. Muy mal.

Durante un rato las cinco charlamos sentadas en un banco del jardín, y yo disfruto viendo cómo se comportan las hermanas cuando no tienen a su madre o a Bonifacia delante. Como ya sabía, Catherine es abierta, curiosa y atrevida. Prudence, como su nombre indica, es prudente y tímida, y Abigail es una mezcla de las dos, pero me gusta su decisión.

Mientras hablamos, compruebo las poquitas cosas que pueden hacer sin pedir permiso. Saber que hasta para salir a dar un paseo por el parque hay que llevar carabina me resulta desesperante, pero, claro, yo no soy nadie para cambiar esas normas. Por suerte, solo estoy de paso.

Abigail nos habla del conde Edward Chadburn, el joven que la tiene loquita, y entonces recuerdo que es aquel que vimos la noche anterior.

Nos cuenta que, aunque alguna vez le ha sonreído, nunca le ha solicitado un baile, y eso la tiene en un sinvivir.

—Cuando lo veo se me desboca el corazón.

—Eso es que te gusta mucho —me mofo dándole un dulce codazo.

—¡Que no te oiga madre! —Abigail ríe.

Suelto una carcajada, me hace gracia ver la picardía en su rostro, y le digo:

—En el próximo baile haremos que te mire y te invite a bailar.

—¿Puede ser eso posible?

—Claro que sí. Tú déjalo en mis manos. De eso me ocupo yo —indico.

—¡Cielo santo! ¿Qué harás? —susurra Prudence.

—Algo inapropiado, ¡seguro! —se burla Kim.

La miro divertida, y Catherine añade:

—La gente hablará de ti durante meses si haces algo inadecuado.

—Vosotras por eso no os preocupéis —replico—. Ya sabéis que las americanas tenemos fama de excéntricas entre las británicas, e incluso de impertinentes.

—Oh, cielo santo, Celeste, ¡no digas eso!

—Pero ¿es verdad o no? —insiste Kim.

Las tres hermanas se miran, sonríen y finalmente Catherine afirma:

—La verdad es que sí.

Kimberly y yo nos reímos. Si aquellas supieran que somos nosotras las que les entramos a los hombres en nuestra época y no al revés, se escandalizarían, por lo que respondo:

—Lo que la gente piense o deje de pensar, si os soy sincera, me da un poco igual —y al ver cómo me miran, agrego—: Mi estancia en Londres será breve, así que dudo que los comentarios me afecten a mí o a mi familia.

Ellas se miran, entienden lo que digo.

—¿Y a vosotras alguien os desboca el corazón? —pregunta entonces Catherine con curiosidad.

Mi amiga y yo nos miramos. La verdad es que hay cierto vikingo, guapo y sexy, de una serie que nos desboca algo más que el corazón, pero riendo suelto:

—A Kim, cierto Muñeco...

Según digo eso, Kimberly se carcajea.

—¡Serás perra! —replica.

—¡Oh, cielo santo! —dicen a la vez las tres hermanas horrorizadas.

Kim y yo nos reímos. Está claro que nuestra manera de hablar las desconcierta.

—Nunca digáis eso en público —señala Catherine.

—Pero si se lo digo de broma —Kim ríe.

—¿Os llamáis «perras»? —pregunta Abigail conmocionada.

—Y cosas peores —afirmo divertida.

Prudence y Abigail se miran asombradas mientras Catherine sonríe.

—Llamar «perra» a una mujer es tremendamente insultante —murmura Prudence—. Y un vocabulario que una señorita decente nunca debe usar.

Divertida, miro a Kim. Esta vez ha sido ella la bocachancla.

—De acuerdo, Prudence, no lo volveré a decir —repone.

Me río, y luego Abigail pregunta:

—¿Quién es ese hombre al que llamáis «Muñeco»?

Kim y yo nos miramos y ella esboza una sonrisa. Sé que por su mente pasa Gael, pero tomando aire contesta:

—El conde Caleb Alexandre Norwich.

Tal como pronuncia su nombre, me doy cuenta de que ha metido la pata. ¿De qué vamos a conocer al conde dos neoyorquinas recién llegadas a Londres si no hemos coincidido con él en ningún baile ni evento? Mi cabeza procesa rápidamente y recreo una mentirijilla.

—Y eso que sólo lo ha visto una vez mientras paseábamos con mi tío.

Kim me agradece con la mirada la aclaración. Menos mal que nadie se cuestiona las cosas que nos inventamos.

—¡Cielo santo! —exclama Prudence escandalizada, y Catherine cuchichea:

—Siento decirte que es un hombre al que lo rodea el escándalo. ¡Es un mujeriego!

Estoy por decir «¡muy apropiado para Kim!», cuando esta pregunta:

—No me digas... ¿Por qué?

Rápidamente las tres nos cuentan que el tal Caleb es una buena pieza de museo que vive a las afueras de Londres. También nos informan de que es amigo de su hermano Robert, y que no hay mujer que él corteje que no caiga rendida a sus pies, aunque de momento ninguna ha conseguido llevarlo al altar.

Saber eso de primera mano nos hace gracia, y en un momento dado en que las tres hermanas hablan, yo me acerco a Kim y cuchicheo:

—Vaya con el Muñeco...

Ella sonríe.

—Debe de ser un canalla encantador.

Asiento y, cuando voy a hablar, Kim añade:

—Mataría por conocerlo.

—¿Solo conocerlo?

Mi amiga se ríe, yo también, y no decimos más.

Tras hablar durante un rato sobre el conde, Catherine se dirige a mí.

—Y a ti, ¿alguien te hace aletear el corazón? —pregunta.

Pienso en mi duque, que me hace aletear algo más que el corazón, pero mintiendo musito:

—En la actualidad, nadie.

—¿Y en el pasado? —se interesa Prudence.

—Decir que no sería mentir —asegura Kim.

Asiento con picardía.

—El que iba a ser mi marido..., Henry Cavill —digo—. Tan alto, tan guapo, con esos ojazos y esa cara tan hermosa de superhombre ¡me volvía loca!

Veo que las tres hermanas se ponen rojas como tomates ante mis palabras, y susurro:

—Tampoco voy a obviar que otros hombres también me han desbocado el corazón y lo que no es el corazón...

—¡Oh, cielo santo! —murmura Prudence acalorada.

Todas sonreímos y, mirando a esta última, pregunto:

—¿A ti quién te acelera el corazón y lo que no es el corazón?

Prudence vuelve a ponerse roja como un tomate, y entonces Kim suelta:

—Está claro que el barón Randall Birdwhistle.

—¡Kimberly! —protesta Prudence.

—Sueña con él, pero en cuanto lo ve ya sabéis cómo reacciona —cuchichea Catherine.

—¿Por qué? —quiere saber Kim.

La pobre Prudence, aún roja, se encoge de hombros.

—Porque cuando noto que me mira, me pongo tan nerviosa que siento que me voy a desmayar. Y bueno..., yo... yo no quiero decepcionarlo.

—¿Y por qué vas a decepcionarlo? —pregunto interesada.

Prudence, alterada, comienza a hacer tics con los ojos y, sin poder evitarlo, añado:

—¿Es por eso por lo que crees que podrías decepcionarlo?

La pobre asiente.

—No quiero que se avergüence de mí. Habiendo otras jóvenes sanas y bonitas, ¿por qué habría de fijarse en mí?

—Porque quien le interesa eres tú y no otras —indica Kim.

Esa tonta conclusión deja a Prudence sorprendida.

—¿Desde cuándo te sucede eso de los movimientos? —planteo a continuación.

—Comenzó cuando cumplí los diez años, y es algo que no puedo controlar —me explica.

—Madre y yo la acompañamos cada cierto tiempo a Mánchester —dice Catherine—. Allí visitamos a un doctor.

Saber eso me interesa y, como médico que soy, pido:

—Cuéntame qué dice él.

Prudence resopla.

—Me pone unas ventosas que no me agradan mucho. Y cada mañana he de tomarme dos cucharadas de un frasquito que sabe horrible.

Oír lo de las ventosas me enferma. El síndrome de Tourette, que imagino que es lo que ella tiene, es un trastorno complejo del que se cree que se desencadena por una combinación de factores genéticos y ambientales. En la actualidad muchos de los que padecen esta enfermedad llevan unas vidas plenas y activas, aunque, claro, no puedo ignorar que ahora estamos en el siglo XIX.

Como médico le solicitaría un análisis de sangre y una resonancia magnética para hacer una valoración. Pero ¿cómo pedir algo que aquí aún no existe ni por asomo?

Consciente de que su autoestima debe de verse minada a menudo, cojo su mano y miento:

—En Nueva York tengo un conocido al que le ocurre algo parecido a ti, ¿y sabes qué es lo que hace?

—¡¿Qué?! —exclaman al unísono las tres hermanas interesadas.

Kim me mira. Como siempre, me pide que mida mis palabras, e indico sabiendo que lo que le voy a decir es lo único que puedo hacer:

—Hay plantas tranquilizantes, como la hierbabuena, la manzanilla y el azahar, que le van bien tomadas en infusión. Y también le funciona hacer ejercicios de respiración. Coger aire por la nariz, retenerlo unos segundos y, después, expulsarlo por la boca. Eso repetido varias veces al día, y mantener al mismo tiempo la tranquilidad, puede ayudarte con los tics.

—¡¿«Tics»?! —pregunta Prudence.

—Movimientos —aclaro para que me entienda.

Veo cómo las tres hermanas asienten, y luego Prudence, interesada por lo que le he dicho, me lo agradece.

—Probaré a hacer lo que indicas. Gracias, Celeste.

—Y con respecto al barón —insisto—, ¿acaso crees que él no se ha dado cuenta ya de lo que te ocurre?

Prudence no contesta, y Kim, tomándome el relevo, prosigue:

—Pues claro que se ha dado cuenta. Pero se acerca a ti porque eso no le importa. Y no le importa porque quien verdaderamente le importa eres tú. Y solo tú. Tontita.

Prudence sonríe y se pone roja como siempre.

—¿De verdad creéis eso?

Kimberly y yo asentimos.

—Lo creemos —digo—, pero quien ha de creerlo eres tú.

—Pero...

—¡No hay peros que valgan, Prudence! —la interrumpe Kim—. ¿Acaso no viste que anoche, cuando se acercó a nosotras, a la única que pidió un baile fue a ti? El resto no le interesamos. Y lo que has de hacer, si realmente quieres algo con él, es demostrarle que tú también estás interesada en él. Por lo que, en el próximo sitio en que coincidamos con él, ya puedes dejarte de temblores y miedos, sonreírle y conversar con él.

—No... no sé si podré.

—¡Podrás! —replico convencida.

—¿Quieres terminar casada con el viejo lord Anthon Vodela? —suelta Kim.

Enseguida Prudence niega con la cabeza, y mi *amimana* insiste:

—Entonces, como te ha dicho Celeste, ¡podrás!

Catherine sonríe. Ver que su hermana por fin habla abiertamente de lo que le ocurre es sin duda un gran paso para ella.

—El barón es muchísimo más guapo y seductor que lord Anthon —tercia.

—Mucho más —conviene Prudence.

—Pues entonces —dice Kim—, la próxima vez que lo veas, te den o no te den los movimientos, sonríele y hazle saber que estás tan interesada por él como él lo está por ti, ¿de acuerdo?

Prudence nos mira, y yo afirmo:

—Creo que es una idea excelente. Y, tranquila, todas estaremos a tu lado para ayudarte.

Encantada, la tímida Prudence toma aire y finalmente declara:

—De acuerdo. Que así sea.

Nos sentimos felices de oír eso y Kim, intentando adivinar, pregunta:

—¿Y tú, Catherine? ¿Hay alguien que te acelere el corazón?

Según lo oye, ella sonríe, y Abigail cuchichea poniéndose en pie:

—Lo hay. Sabemos que suspira por alguien, pero todavía no hemos adivinado quién es.

—¡Abigail! —protesta Catherine.

Todas reímos por eso, mientras Abigail se va del jardín y Prudence dice:

—Catherine, Abigail y yo te conocemos muy bien y tenemos ojos. Y en ocasiones, cuando te quedas mirando la luna, es porque piensas en alguien, y no es precisamente en nosotras.

Instantes después, con la misma prisa con la que se ha marchado, Abigail regresa e indica:

—Le he pedido a Karen que nos prepare una bandeja con vasos y limonada para refrescarnos. ¿Qué os parece?

—¡Estupendo! —afirmo gustosa.

Proseguimos hablando de la temporada londinense y sus enrevesados cotilleos cuando se nos unen Michael y Craig. Divertidos, todos continuamos charlando sobre el tema, pero de pronto oigo:

—¡Qué animadas estáis!

Al volvernos veo que se trata de Robert, el hermano de las chicas, que se aproxima junto a... ¡Kenneth!

Y se me desboca el corazón..., entre otras cosas.

25

De inmediato, su mirada y la mía se encuentran y, ¡zas!, sonrío. ¡Es que no lo puedo remediar! Y, oye, sorprendentemente, él me sonríe también.

¡Mmm..., qué monooooooooooooooo!

Con un aplomo que me resulta muy sexy para ser un inglés del siglo XIX, camina hacia nosotras junto a Robert con sendos vasos de whisky en las manos.

—Kenneth —dice este último—, a las insufribles de mis hermanas ya las conoces...

—¡Robert! —musita Prudence colorada mientras Abigail y Catherine se ríen.

Veo que Robert le hace un guiño cariñoso a Prudence y luego prosigue:

—Ellas son lady Celeste Travolta, sobrina de Craig Hudson, y lady Kimberly DiCaprio, su amiga. Ambas llegaron de Nueva York hace unos días. —Con un calculado movimiento de cabeza, Kenneth nos saluda fingiendo que no nos conoce, y Robert añade—: Miladies, él es mi buen amigo Kenneth Rawson, duque de Bedford.

Sin dudarlo, ahora somos nosotras quienes le dirigimos el saludito. Si supieran que Kenneth y yo ya nos conocemos y nos hemos besado, ¡alucinarían! Pero me callo. Es lo mejor.

Instantes después, mientras ambos disimulamos, observo que Kenneth comienza a hablar con Catherine. Solo hay que ver cómo se sonríen para entender que entre ellos hay una buena amistad y, algo inquieta por eso, cuchicheo dirigiéndome a Kim:

—¿Será el duque el amor de Catherine?

Ella niega con la cabeza y, tras mirarlos, replica:

—Imposible. Este es duque, lo que a Cruella le encantaría para su hija, y en el diario da a entender todo lo contrario. Además, si ella tampoco nos lo dice, ¡por algo será!

Vale, tiene razón.

—Pero ni se te ocurra repetir... —murmura mi amiga. Según oigo eso, la miro y ella añade con una sonrisa—: Te conozco, y esa miradita tuya... es para echarse a temblar.

Me río.

—Tranquila —musito—. Como mucho, un revolcón.

—¡Celeste!

—¿Acaso si aparece el tal Caleb tú solo lo mirarás?

Kim sonríe, pone su gesto de interesantona y afirma:

—Revolcón, ¡fijo!

Sin poder remediarlo, suelto una carcajada. Está visto que ambas vamos a por lo que queremos, y con el rabillo del ojo compruebo que el duque me observa. Sé que lo atraigo tanto como él a mí.

Durante un rato todos charlamos animadamente; de pronto en el jardín aparece un joven criado de piel morena y Catherine le indica alejándose unos pasos:

—Barney, por favor, deje la bandeja con limonada sobre esta mesita redonda.

El dulce tono que la joven emplea al dirigirse a él hace que Kim y yo miremos curiosas. Vemos cómo el sirviente deposita la bandeja con cuidado sobre la mesa que le ha pedido ella y, cogiendo la jarra de limonada, pregunta con extraordinaria cortesía:

—Lady Catherine, ¿desea usted limonada?

La aludida asiente despacio y, pacientemente y sin moverse, observa al hombre mulato que le está sirviendo.

Kim y yo sonreímos sin decir nada, y luego el joven criado se vuelve hacia las demás y pregunta:

—¿Desean limonada, miladies?

Según dice eso, a mi amiga y a mí se nos corta la respiración. ¡Ostras! ¡Ostras! ¡Ostras!

Bueno... Bueno... Buenoooooo...

¡Conocemos a ese hombre! Y, de pronto, en décimas de segundo entendemos por qué nos sonaba tanto el rostro de Catherine.

Nos miramos boquiabiertas. ¡No puede ser..., pero todo cuadra!

—¡Ojo, piojo! —suelto en un murmullo.

Kim tose. Creo que se ha atragantado con su propia saliva.

—¿Estás pensando lo mismo que yo? —susurra.

Asiento. Asiento y asiento, y ella dice en voz baja:

—Necesito un copazo, no una limonada.

—¡Que sean dos! —digo.

—¡Pellízcame!

Lo hago y, en cuanto ella lo nota, cuchicheo:

—No me lo puedo creer.

—Ni yo.

Nos miramos en silencio totalmente fuera de cobertura, y, al ver el gesto de mi amiga, musito consciente de los particulares ojos que tiene aquel criado:

—Johanna y Alfred... ¡¿Ellos son Catherine y Barney?!

No damos crédito, no sabemos qué pensar. Acabamos de descubrir que el sirviente llamado Barney es Alfred y Catherine es Johanna, las dos personas que han criado con mimo a Kim desde niña.

En la actualidad tienen como treinta años más, pero sin duda ¡son ellos!

Estamos pensando en eso cuando el criado se acerca a nosotras.

—¿Limonada, miladies? —pregunta.

Ambas asentimos como dos auténticas pánfilas.

Madre mía..., madre mía..., pero ¡que es Alfred con bastantes años menos!

Ahora entendemos muchas cosas. La venda que Catherine siempre lleva en la mano derecha para ocultar la deformidad de sus dedos y que se operó en el futuro. El miedo de Johanna a que Kim hiciera público su sexto sentido. El estricto protocolo por el que tanto ella como Alfred se rigen aun estando en el siglo XXI...

¡Todo cuadra!

Con la segunda perla que Catherine cogió de la cajita, ella y

Barney hicieron un viaje sin retorno y por eso nunca se volvió a saber de ellos.

¡Qué fuerteeeee!

Estoy pensando en eso cuando oigo que Kim dice con un hilo de voz:

—Tiene usted unos ojos muy curiosos, Barney.

Él asiente y, con una tímida sonrisa, igualita a la que nosotros conocemos, murmura alejándose de nosotras:

—Herencia familiar, milady.

Al oír eso nos bebemos la limonada de un trago. Estamos secas. Y, viendo que el duque me observa sorprendido por nuestro rápido movimiento, susurro en dirección a mi amiga:

—Por eso Catherine lleva siempre un guante o una venda, para que no se vea su sindactilia...

Kim asiente, está blanca como la pared.

En ese momento Catherine se acerca a nosotras y se la queda mirando.

—¿Qué te ocurre, Kimberly? ¡Estás muy pálida!

Al oírla, a mi amiga se le llenan los ojos de lágrimas.

¡Ay, pobre!

Intuyo que no sabe qué hacer ni qué decir. Y de pronto, dándole un abrazo, musita:

—Es... es solo... solo... que me acabo de acordar de mis padres... Me emociona pensar en ellos y me muero por volver a abrazarlos.

Catherine sonríe, la estrecha con cariño entre sus brazos y, mirándome, me guiña un ojo y susurra tocando con mimo la cabeza de Kim:

—Hay abrazos en los que te quedarías a vivir, ¿verdad?

Oír eso hace que yo me emocione tanto como mi amiga. Esa frase de Johanna nos hace saber al mil por mil que se trata realmente de ella.

—Y tanto que te quedarías a vivir —replico sonriendo.

Instantes después Kim se recupera y se excusa para ir al baño. Me dispongo a acompañarla, pero ella me pide unos minutos a solas. En silencio veo cómo se aleja, y, mientras todos charlan, para reponerme del sorpresón me acerco a la mesita a servirme más limonada. Preferiría algo más fuerte, pero ¡es lo que hay!

Estoy bebiendo de mi vaso cuando noto la presencia de alguien a mis espaldas. Sin necesidad de volverme, mi sexto sentido de mujer me indica de quién se trata, y oigo:

—¿Se encuentra bien?

Dándome la vuelta para mirarlo, asiento.

¡Madre mía, cómo está este hombre!

Sus ojazos azules y esos labios carnosos que parecen dibujados de lo perfectos que son me tienen encandilada. Y, sin decir nada, miro el vaso que él sujeta en la mano, se lo quito, me bebo su contenido y, en cuanto termino, contesto:

—Ahora mejor.

Boquiabierto, levanta las cejas. Sé que acabo de hacer algo inapropiado, me he bebido su whisky, y susurro:

—Entre usted y yo, duque: sé que no es adecuado lo que acabo de hacer, pero en ocasiones beber algo más fuerte que la limonada sienta muy bien. Por cierto, un whisky excelente.

Su sonrisa se ensancha y eso me agrada. Acto seguido deja sobre la mesa el vaso vacío, sirve dos vasitos de limonada y, tras tenderme uno, que cojo, dice mientras bebo:

—Su tío me ha contado que la plantaron a usted en el altar... ¿Es eso cierto?

De inmediato la limonada se me va por otro lado y, ¡joder!, me sale por la nariz.

Rápidamente me doy la vuelta. Toso. Me limpio la limonada que corre por mi cara. ¡Qué bochorno! Y él, cogiéndome del brazo, hace que lo mire y pregunta preocupado:

—¿Se encuentra usted bien?

Respiro. Dejo de toser. ¡Madre mía, qué mal rato! Y, como puedo, afirmo:

—Sí. Sí, tranquilo.

Está mirándome fijamente cuando Catherine se acerca a nosotros.

—¿Estás bien? —se interesa.

Una vez repuesta de lo ocurrido, le sonrío y luego ella dice:

—El 23 de agosto será el cumpleaños de lady Matilda, la abuela de Kenneth. Pero una semana antes viajaremos todos a Bedfordshire como cada año para celebrarlo.

Sin saber por qué, asiento y sonrío. No sé dónde narices está Bedfordshire.

—Disculpadme un minuto —pide entonces Catherine—. Michael me requiere.

Cuando ella se marcha, miro al duque, que no me ha quitado ojo, y digo:

—Seguro que lo pasarán maravillosamente bien.

Él asiente y, bajando la voz, explica:

—Serviremos algo más que ponche y limonada.

—¡Estupendo!

—Y allí también tenemos biblioteca con libros de William Shakespeare.

Eso me hace reír.

—Por supuesto, la señorita DiCaprio y usted también están invitadas —agrega.

Saber eso me alegra, siempre me han gustado las fiestas de cumpleaños, pero respondo:

—Siento no poder aceptar su invitación, duque.

Veo que lo incomoda oír eso, y enseguida pregunta:

—¿Por qué lo dice?

Su repentino interés en mí me hace gracia.

—Porque tenemos pensado partir para Nueva York el 26 de agosto —respondo—, y no sé si entonces podríamos...

Ese pedazo de duque asiente, me mira con intensidad y luego se vuelve.

—Craig, ¿puedes venir un instante? —pide.

El aludido se acerca a nosotros y Kenneth se dirige a él:

—Pronto será el cumpleaños de mi abuela. Ya sabes que la celebración familiar dura una semana y a la abuela le encanta estar con vosotros. ¿Vendréis como cada año?

—Por supuesto. No me perdería por nada el cumpleaños de lady Matilda ni esa semana con ella —afirma Craig.

El duque sonríe y a continuación añade:

—Ni que decir tiene que tu sobrina y su amiga están invitadas.

Craig asiente complacido y, cuando voy a decir algo, el duque se despide con una inclinación de cabeza.

—Ahora, si me disculpan, he de marcharme para atender unos asuntos. Por cierto, Craig, mañana por la tarde debo reunirme con el conde de Whitehouse en Brooks's. ¿Vendréis Michael y tú?

—Por supuesto. Allí estaremos.

Y, dicho eso, mi duque clava sus preciosos ojazos en mí y, tomándome la mano con delicadeza, la besa consiguiendo que yo tiemble como una hoja.

—Si no la veo antes, espero verla en Bedfordshire, lady Travolta.

Gustosa, alterada y encantada por sentir el roce de sus labios en mi piel, asiento y, ¡zas!, le guiño un ojo. A Kenneth se le curvan las comisuras de los labios e, instantes después, se aleja con todo su aplomo varonil.

Acalorada, lo sigo con los ojos. El *sex appeal* que desprende ese tipo me está volviendo loca y, sabiendo lo que esconde bajo la ropa que lleva, cuchicheo sin pensar:

—¡Madre mía, qué hombre...!

La risa de Craig me hace regresar a la realidad.

Pero ¿qué he dicho?

Como siempre, me he dejado llevar por mis instintos, y, disculpándome por mi ida de olla, murmuro:

—Oh, Dios..., perdóname por no contener mis pensamientos.

Craig asiente y sonríe.

—Los pensamientos son libres, querida Celeste. Pero mi consejo si no quieres escandalizar es que los pienses pero no los digas.

Sonrío a mi vez. Me encanta Craig.

—¿Por qué le has dicho que me plantaron en el altar? —digo a continuación.

—Porque Kenneth se interesó por ti. Deseaba saber si estabas soltera o casada.

—¿En serio?

Craig se ríe, yo también, y, desviando el tema, pregunto aunque ya sé la respuesta:

—Craig, ¿qué es Brooks's?

Él bebe de su copa y se apresura a responder:

—Uno de los clubes de caballeros más exclusivos de Londres.

Asiento y, con fingida inocencia, añado:

—Entonces ¿no pueden entrar mujeres?

Craig sonríe nuevamente.

—No, querida. Está prohibida la entrada a las damas. Digamos que Brooks's es un lugar al que acudimos los hombres para apostar verdaderas fortunas jugando al *whist* o a los dardos y hablar de cosas interesantes.

Con la misma sonrisa con la que él me mira, asiento y no añado nada más. Si digo lo que pienso en referencia a ese club repleto de testosterona, ¡la voy a liar!

—Está claro que has impresionado al duque tanto como él a ti.

Sonrío. Por lo que veo, no solo yo me he dado cuenta y, curiosa, cuchicheo:

—¿Puedo preguntarte si a ti te tiene impresionado alguien?

Craig frunce el ceño divertido, algo me dice que piensa en lady Alice, y responde:

—Llevo a alguien en mi corazón desde hace años.

Ooooh, qué bonito eso que ha dicho.

—¿Y puedo saber quién es? —insisto.

Craig niega con la cabeza.

—De momento, es mi secreto —susurra.

Ambos sonreímos. Nos quedamos durante unos instantes en silencio hasta que él comenta cambiando de tema:

—Kenneth y tú habéis pasado por situaciones complicadas.

—¿A qué te refieres?

Craig, que en el fondo es tan cotilla como yo, se acerca a mí y musita:

—Él ha enviudado y a ti te han plantado.

Saber eso llama mi atención. ¿Kenneth es viudo?

—Su mujer, lady Camelia, murió hace tres años.

—¡Qué horror!

Él asiente.

—Fue algo muy triste para todos, especialmente para él y sus hijos.

—¿El duque tiene hijos? —pregunto.

—Charles y Donna —dice Craig—. Dos niños encantadores, que, tras la pérdida de lady Camelia, se están criando en Bedfordshire con lady Matilda, puesto que el duque, que está considerado uno de los capitanes más audaces de la Marina Real, pasa prácticamente todo el tiempo en alta mar.

Asiento boquiabierta sin dar crédito a lo que estoy oyendo. Y, al poco, Catherine y sus hermanas se acercan a nosotros y cambiamos de tema.

26

Al día siguiente, cuando nos levantamos Craig nos informa de que nos han invitado esa noche a una recepción en casa de los barones de Middleton.

Desde luego, una cosa está clara, los aristócratas londinenses eran unos fiesteros de mucho cuidado en lo que llamaban la «temporada social».

¡Menuda marcha tenían!

Durante la mañana Kimberly habla con Michael. Miran muy interesados unos mapas y, al ver que Craig va a salir a hacer unas compras, pregunto si puedo acompañarlo y él accede encantado.

Como siempre, estar con él es divertido. No tiene la rigidez de Michael ni el postureo de muchos con los que nos encontramos. Simplemente Craig es el amigo atemporal que a todos nos gustaría tener, y disfruto caminando por las calles de Londres a su lado.

En nuestro camino nos encontramos con la duquesa de Thurstonbury, para mí, lady Twitter. Ella nos saluda y, antes de que podamos abrir la boca, nos comenta que ha visto a la señorita Adelaida Pringles hablando en la puerta de un comercio con el comandante Gustav Camberland... ¡Menudo escándalo!

Cuando conseguimos quitárnosla de encima, Craig y yo nos partimos de risa. Lo de esa mujer sí que es un escándalo, y me hace saber que si quiero que todo Londres se entere de alguna noticia solo se lo tengo que contar a ella o a cualquiera de sus amigas.

¡Tomo nota!

Entramos en algunas tiendas lujosas, donde él compra varias

cosas que necesita, incluso vamos al establecimiento de la señorita May Hawl, donde, con galantería, compra un par de guantes de seda para Kim y para mí. Este hombre es un amor.

Seguimos caminando por la calle y, en un momento dado, dice:

—Ahora, si quieres, puedo parar un coche de caballos para que te lleve a casa.

Sorprendida por eso, lo miro y pregunto:

—¿Por qué?

Craig sonríe y señala una calle que hay más allá.

—La tienda de sombreros a la que me dirijo está en un barrio que no tiene nada que ver con este. Por allí no pasean damas con vestidos elegantes ni caballeros con chistera.

Pienso si será verdad lo que me cuenta. Puede que haya quedado con su amante y no quiero jorobarle el plan..., por lo que cuchicheo:

—Si tienes una cita, entonces me voy. Tranquilo.

—No, en serio, Celeste. No tengo ninguna cita con nadie. Es solo que no quiero llevarte a un barrio que quizá te desagrade.

Oír eso llama mi atención. Deseo conocer el Londres de la época, con sus luces y sus sombras.

—Pero ¿cuál es el problema? —quiero saber.

Craig prosigue sin abandonar su bonita sonrisa:

—Para muchos, entre los que se encuentra Michael, el Londres que sigue a partir de esa calle no es digno de visitar. —Asiento, y él añade—: Tengo un buen amigo inglés al que, por culpa del juego y su afición a la bebida, la vida no se lo ha puesto fácil. Hace unos sombreros increíbles, para mí los mejores de todo Londres, pero su tienda está en un barrio pobre al que no va cualquiera.

Entiendo a qué se refiere, y yo, que soy de un barrio obrero de Madrid, indico:

—Pues tú y yo sí que vamos a ir.

—¿Estás segura?

—Segurísima —afirmo.

—Celeste, quizá no te agrade...

—Craig —lo corto—, ambos somos de Nueva York y sabemos que barrios buenos, mejores y peores los hay en todas partes, y que no por haber nacido en un barrio humilde tienes la maldad instalada en la cabeza y en el corazón. Como diría la madre de mi madre, hay de todo en la viña del Señor.

—Muy inteligente la madre de tu madre. —Craig sonríe.

—¡No lo sabes tú bien! —exclamo pensando en mi yaya.

Seguimos andando gustosos hasta que Craig cuchichea:

—Si no fuera porque no tengo el porte ni la juventud de cierto duque que te hace acalorar, sin duda te cortejaría para que te casaras conmigo.

Suelto una carcajada.

—Cortéjame si quieres —bromeo—, porque aún no ha nacido el duque que me haga a mí querer casarme.

Craig se ríe, yo también, y agarrándolo del brazo murmuro:

—Y ahora vayamos a la tienda de tu amigo y cuéntame todo lo que puedas de este sitio. Me interesa conocer Londres en todas sus modalidades.

Una vez que cruzamos varias calles entramos en una zona donde el lujo desaparece por completo y un olor avinagrado nos llena las fosas nasales. Craig me cuenta que estamos en el East End londinense, concretamente en la zona de Spitalfields. Aquí el lujo no existe. Las calles están sucias y malolientes. Los orines y las heces se arrojan por las ventanas junto con la basura, y la gente no puede ser más pobre.

Con curiosidad, le pregunto por el entorno, y él me cuenta que aquí solo hay miseria. Prostitutas, borrachos y niños que juegan en la calle comparten espacio y, la verdad, me resulta terriblemente penoso.

Toda la vida han existido ricos y pobres, pero las diferencias sociales tan impresionantes que veo en este siglo nada tienen que ver con las del mío. Por suerte, en algo hemos avanzado.

En cuanto llegamos a la humilde tienda de sombreros, mientras él hace el encargo, yo decido quedarme en la calle esperando. En un principio Craig se niega, pero le prometo que no me moveré de la puerta y no me pasará nada. Hace un bonito día y, para una vez en la que luce el sol con bravura española, quiero sentirlo en mi piel.

Estoy mirando con curiosidad a mi alrededor cuando al fondo veo abrirse una puerta por la que sale una mujer. Camina muy deprisa hacia un carruaje, y sus elegantes vestimentas llaman mi atención. La puerta por la que ha salido vuelve a abrirse. De ella sale entonces una jovencita con el rostro sucio y, corriendo, grita:

—¡Lili..., Lili..., espera!

Al oírla, la mujer se detiene. Mira hacia atrás y, abriendo las manos, protesta. No sé qué les pasará, pero desde donde estoy veo a la joven llorar. Las contemplo emocionada hasta que, de pronto..., de pronto... Pero ¡si es Bonifacia!

Parpadeo boquiabierta. ¿Lili? ¿Esa chica ha llamado Lili a Bonifacia?

¡Ojo, piojo!

Pero ¿de qué me acabo de enterar?

Consciente de que estoy siendo testigo de algo que no debo, rápidamente me meto en la sombrerería, donde Craig habla con el que imagino que es su amigo, un hombre alto y delgado que no me da la impresión de estar muy bien de salud.

Una vez que él me lo presenta, con disimulo y a través del sucio cristal del escaparate observo cómo Bonnie discute con la joven.

Sin quitarles ojo, veo que Bonifacia se desprende de los pendientes que lleva de mala gana y se los entrega a la chica. Acto seguido, da media vuelta y, sin importarle que aquella siga llamándola, monta en el carruaje y se va.

Sorprendida por lo que acabo de presenciar, veo que la muchachita mira lo que tiene en la palma de la mano mientras sigue llorando. Pobre, su llantina me rompe el corazón... De inmediato, cuando el carruaje desaparece de la calle, salgo de la tienda, corro hacia la chica, que camina cabizbaja, y me acerco a ella.

—¿Qué te ocurre? —pregunto.

La muchacha, que tiene unos preciosos ojos azules, se apresura a responder:

—Nada, milady.

Pero no me creo su respuesta, e insisto:

—Si no te ocurre nada, ¿por qué lloras?

Esta vez ni siquiera contesta, y, necesitada de saber, digo:

—¿De qué conoces a la mujer que se ha marchado en el carruaje?

La muchacha abre descomunalmente los ojos. Le cambia el gesto y, negando con la cabeza, contesta:

—De... de nada, milady.

Miente. Sé que es así. Y, consciente de que o hago de poli malo o no voy a sacar la información que busco, pregunto:

—¿Cómo te llamas?

La chica no debe de tener más de quince años, y enseguida dice:

—Mara.

Asiento sin quitarle los ojos de encima.

—¿Y tu apellido?

—Brown, milady.

Vale. Se llama Mara Brown.

Estoy pensando en mi siguiente pregunta cuando me fijo en la curiosa y particular manchita que tiene en el cuello y se me enciende la bombilla... ¡No me jorobes!

Y, jugándomelo todo a una carta e intentando hacer ver que sé más de lo que realmente sé, digo:

—¿Por qué dices que no conoces a tu hermana Lili Brown?

Descompuesta, la chica no sabe dónde meterse. Lo que acabo de soltar es como una bomba para ella, e intenta escapar. La sujeto con fuerza y, cuando me mira asustada, murmuro:

—Ni voy a hacerte daño a ti ni se lo voy a hacer a tu hermana. ¿Qué temes?

Mara llora, más penita no me puede dar. Y, obviando su suciedad, la abrazo y, como siempre hacía mi abuela para tranquilizarme, susurro con mimo:

—Tranquila, cielo, tranquila.

No sé cuánto tiempo permanecemos así. Solo sé que consigo que deje de temblar, y, cuando la noto más tranquila, la suelto y ella musita mirándome:

—Milady, no delate a mi hermana, por favor. La necesito.

No entiendo nada. ¡Su hermana! Cada vez estoy más perdida...

—¿Por qué tu hermana se hace llamar Bonnie Pembleton si

su verdadero nombre es Lili Brown? —pregunto a continuación.

La joven vuelve a lloriquear. Está confundida, pero, sintiéndose en una encrucijada, murmura:

—No puedo contárselo, milady.

—Sí puedes.

—Si se lo cuento y la delata, la... la...

No dice más. Vuelve a llorar y yo miro hacia atrás. No quiero que Craig descubra esto. Sería un auténtico desastre. Y, abriéndole la mano, le quito lo que lleva en ella e indico, sintiéndome la mujer más mala del mundo:

—Si no das respuestas a mis preguntas, llamaré a la policía y diré que me has robado estos pendientes. Por tanto, Mara, si no quieres tener un problema, ya me puedes contar la verdad en lo referente a tu hermana Lili.

La muchacha niega con la cabeza. Creo que se va a desmayar del susto.

—Mi... mi hermana Lili se marchó de casa hace cinco años y luego nos enteramos de que había llegado a la corte —empieza a contar—. Allí, utilizando su belleza, pasó a ocuparse de las ropas de las damas de la reina. Y... y un día, una de aquellas damas, de nombre Bonnie Pembleton, desapareció y nunca más se volvió a saber de ella.

—¡¿Y...?!

—Aprovechando su desaparición, y provista con objetos de esa mujer, Lili regresó a Londres, donde comenzó a trabajar de... de...

Se calla, no continúa. Pero yo, consciente de lo que quiere decir, digo:

—¿Prostituta?

La pobre Mara asiente avergonzada y luego susurra:

—Así conoció al conde...

—¿Qué conde? —replico en un hilo de voz.

La muchacha cierra los ojos y murmura desolada:

—El señor Ashton Montgomery, conde de Kinghorne.

Ostras... Ostras... Ostras... ¿Que conoció a Aniceto?

Pero ¿qué historia macabra es esta?

Y entonces la muchacha añade:

—Mi... mi sobrina Carla es hija suya.

¡¿Cómooooo?!

¡¿Que Aniceto, el marido de Cruella de Vil, tiene una hija con Bonifacia?!

Ojiplática, ni me muevo del sitio, y Mara continúa:

—El conde y Lili son amantes. Y cuando Carla nació, mi hermana la abandonó.

—¿Abandonó a su hija?

La pobre muchacha asiente. Desde luego, Bonifacia es un mal bicho.

—El conde, encaprichado de ella, la presentó en sociedad e hizo creer a todo el mundo que Lili era Bonnie Pembleton, y luego organizó rápidamente la boda con su hijo.

Madre mía..., madre mía, ¡si me pinchan no sangro!

Ahora resulta que esa idiota no es Bonnie Pembleton porque es Lili Brown. Y, por si eso fuera ya poco lío, es la amante de su suegro, con el que tiene una hija no reconocida, mientras está casada con Percival, que es el hijo de su amante. La escabechina que tendría lugar si Cruella de Vil se enterase de todo eso...

¡Impresionante!

Me quedo boquiabierta y, cuando voy a soltar por la boca lo que no está escrito, la joven susurra:

—Padre murió de fiebres y madre perdió su trabajo. Lili, además de no querer saber nada de nosotros, no veía bien que madre trabajara de cocinera para un amigo del conde, y ahora sobrevivimos como podemos.

No doy crédito.

—¿Que tu hermana hizo que tu madre perdiera el trabajo?

Mara asiente.

—Lili nos exige que nos marchemos de Londres. Se avergüenza de nosotros y no quiere vernos. Y si hoy ha venido es porque le envié una nota diciendo que, si no venía a visitarnos, yo misma me presentaría con su hija en su bonita casa de Belgravia. Madre está enferma. No tenemos qué comer y necesitaba algo de dinero, aunque solo me ha dado estos pendientes para que los venda.

—Pero ¿tu hermana tiene corazón? —suelto.

A Mara le resbalan las lágrimas por las mejillas.

—Milady, ahora ella es una dama. Está casada con un conde y...

—Y vosotros sois su familia e incluso estáis criando a su hija —la corto.

Ella no contesta. Lo que Bonnie hace con su vida y en especial con la que es su familia es algo terrible.

Sin embargo, sé que Craig puede aparecer en cualquier momento y, mirando a la descolocada muchachita, le devuelvo los pendientes que Bonnie le ha dado y pregunto:

—¿Vivís ahí?

Sin dudarlo, ella asiente, y, pensando en cómo ayudarlos, digo:

—Vende los pendientes. Prometo regresar dentro de unos días con comida para vosotros.

—Milady, que Dios la bendiga.

—Pero no puedes decirle nada a nadie. Ni siquiera a Lili. Nadie puede saber que yo sé la verdad, ¿entendido?

Con gesto asustado, la chiquilla asiente en el mismo momento en que veo que Craig sale de la tienda de su amigo, se acerca a nosotras e inquiere con gesto serio:

—¿Ocurre algo?

Mara me mira asustada. Yo, que sigo en *shock*, lo miro y rápidamente digo:

—Esta joven necesita ayuda para ella y su familia. ¿Podrías darle un par de monedas en mi nombre?

Sin dudarlo, Craig, que es un hombre tremendamente empático, se las entrega. Sonrío con cariño y Mara cuchichea con gesto agradecido antes de alejarse:

—Que Dios los bendiga.

Una vez que ella se marcha en dirección a la puerta de donde la he visto salir, miro a Craig y le comento intentando que mi voz parezca normal:

—¿Qué tal tu sombrero?

Él sonríe y, agarrándome del brazo para echar a andar de regreso, afirma:

—Dentro de unos días me lo llevarán a casa.

Asiento y camino a su lado mientras doy vueltas a todo lo que me ha contado Mara. La historia me tiene totalmente alucinada, y sé que tengo que ayudarla.

27

Cuando llego al barrio de Belgravia y el coche nos deja frente a la bonita casa de Michael y Craig, la miro con un amor que hasta ese momento no había sentido y doy gracias al cielo porque mi vida sea como es y no como la de la pobre Mara y su familia.

Kim está sentada en un butacón leyendo y, al vernos, rápidamente se pone en pie y viene a recibirnos. Entonces yo, necesitando explicarle lo sucedido, cuchicheo cuando Craig se aleja:

—Cuando te cuente lo que he descubierto, ¡vas a flipar!

Con una sonrisa, ella me mira, y añado:

—Ni sonreír vas a poder.

—Pero ¿qué ocurre?

—Harías mejor preguntando qué no ocurre...

Enseguida su sonrisa se desvanece y, tras despedirnos de Craig y Michael, que están charlando en el pasillo, nos dirigimos a la que es nuestra habitación. Una vez que entramos y cierro la puerta, deseosa de contar toda la información, que me está quemando, se la suelto de sopetón a Kim. El gesto de mi *amimana* cambia en cuestión de segundos y, en cuanto acabo, dice casi en un susurro:

—No me lo puedo creer...

Yo tampoco y, alterada por el juego sucio del padre de nuestras amigas, murmuro:

—Aniceto, el hombre recto y formal que no le habla a su hija Catherine porque ella es la única que se atreve a decirle lo que piensa, las mata callando...

—Y tanto —afirma Kim tan descolocada como yo.

—Y ya no hablemos de la otra pájara... ¿Acaso se puede ser más mala persona?

Estamos conmocionadas por lo que hemos descubierto.

—Sería muy humillante para las chicas y para Cruella conocer la verdad —indico.

—Sería terrible.

—La doble moral del conde es un juego muy peligroso.

Kim asiente.

—Si alguien se entera del lío entre este y su nuera, arrastrarán a toda la familia a un gran escándalo que destruirá sus vidas e incluso sus negocios.

Nos quedamos en silencio y luego ella musita:

—Si lady Facebook o alguna de esas arpías cotillas lo supieran, aun siendo amigas de Cruella, la hundirían.

—No sé qué opinarás tú —comento—, pero desde mi punto de vista creo que debemos callar. Si se han de enterar, que se enteren, pero que no sea por nuestra indiscreción.

Kim asiente todavía conmocionada.

—Sí, tienes razón —admite—. Evitémosles el dolor y la vergüenza.

Durante un rato hablamos sobre el asunto, hasta que suenan unos golpes en la puerta. Es Anna, que viene a avisarnos para comer.

El almuerzo con Michael y Craig transcurre de manera agradable, pero al no ver a Winona trasteando como siempre con los platos y ver solo a Anna, pregunto:

—¿Le pasa algo a Winona?

—Su esposo anda delicado de salud —cuenta Michael—, y se ha ido a Mánchester para atenderlo.

Asiento, me apena saberlo, y Craig, mirando a Anna, pide:

—Si tienes noticias de ella, háznoslas saber.

—Por supuesto, señor —dice la chica.

Tras la comida, Michael y Craig se marchan y Kim y yo subimos a nuestra habitación, pero antes nos recuerdan que esa noche nos han invitado a una recepción en casa de los barones Middleton.

* * *

La tarde pasa rápidamente mientras seguimos charlando sobre lo descubierto, hasta que toca vestirse de nuevo de coliflor. Pero bueno, ya le estoy cogiendo el tranquillo, y fíjate que hasta está comenzando a gustarme.

Para esta noche me voy a poner un vestido rosa palo, y he teñido con los polvos que Anna me pone en las mejillas unas margaritas blancas que ahora son rosa como el vestido. El resultado es espectacular.

Anna flipa con las cosas manuales que me ve hacer, y yo le enseño encantada. Como siempre decía mi yaya, saber ¡nunca es malo! Y ser apañado en la vida ¡es lo mejor que hay!

Craig y Michael, al ver las llamativas flores rosa que llevo a modo de tiara sobre la cabeza, me alaban mientras subimos en su carruaje. Saben lo mucho que me gustan las margaritas, y les hace gracia que siempre lleve alguna en el cabello.

En nuestro camino, como en otras ocasiones, pasamos junto al edificio donde se encuentra Brooks's, el club de caballeros en el que no está permitida la entrada a las mujeres.

Curiosas, Kim y yo les preguntamos por ese mítico lugar y, divertidos, nos cuentan entre líneas lo que los hombres hacen allí. Beben. Fuman. Apuestan. Juegan a los dardos y a otros juegos e incluso en ocasiones tienen interesantes conversaciones subidas de tono.

Al llegar frente a la esplendorosa casa de los barones de Middleton, como es costumbre en mí me piso el vestido y estoy a punto de dejarme los dientes en la entrada. Por suerte, Craig me sujeta mientras se mofa divertido y me pregunta si ya he bebido algo.

A las diez de la noche entramos en la casa de los barones y, después de que Michael le dé una tarjetita a un criado con nuestros nombres, este nos anuncia amablemente y los anfitriones nos saludan. ¡El protocolo manda!

La baronesa se fija en las margaritas rosa de mi pelo y las ensalza, asegura que nunca ha visto una tiara igual, y me hace prometer que otro día iré a su casa para enseñarle a hacerla. Como es lógico, digo que sí, aunque dudo que lo haga.

Suenan los violines (nanoniano, naniano, nanianoooo) mientras caminamos por el bonito y elegante salón. Yo lo observo todo con auténtica curiosidad, y al fondo distingo a lady Facebook y a lady Twitter mirando a una joven que sonríe. Sin oírlas, intuyo lo que cuchichean, y entonces Kim, acercándose a mí, comenta con mofa:

—¿Crees que estarán hablando del reciclaje o del cambio climático?

Divertida, la miro y respondo:

—Sin duda, de los isótopos radiactivos.

Un camarero se nos acerca con una bandejita de plata y nos ofrece unas copas. Gustosos, cogemos una cada uno y, minutos después, vemos llegar a Catherine, Prudence, Abigail y Robert.

En cuanto nos ven, las chicas acuden junto a nosotros, y Michael pregunta:

—¿No las acompañan sus padres, miladies?

Abigail sonríe y niega con la cabeza.

—Madre estaba un poco indispuesta y Percival, de viaje, por lo que padre y Bonnie han decidido quedarse jugando al ajedrez.

Kim y yo nos miramos. ¿Jugando? No quiero ni pensar a qué deben de estar jugando Aniceto y Bonifacia...

—Hemos venido acompañadas de Robert —añade Catherine.

Según miramos a ese adorable canalla, que ya está charlando con unas distinguidas mujeres, Abigail cuchichea:

—Excelente compañía la de nuestro hermano...

Todos sonreímos por eso, hasta que oigo que el mismo criado que antes nos ha anunciado a nosotros dice:

—El señor Kenneth Rawson, duque de Bedford.

Sin poder evitarlo, me doy la vuelta para mirar y veo a mi duque.

Por favor..., por favor, el nivel de guapura de este hombre no deja de aumentar cada vez que lo veo. Está impresionante con ese traje negro y ese chaleco plateado.

¡Qué elegante..., si pudiera le daba veinte *likes*!

Miro el pañuelo que lleva anudado al cuello a modo de corbata. Uf..., lo que daría yo por quitárselooooo...

Como hacen con todos los invitados, los anfitriones lo saludan, y rápidamente Robert, el hermano de las chicas, se acerca a ellos y todos comienzan a hablar.

Yo me muevo con disimulo, ocupando una mejor posición para cotillear. Kenneth aún no me ha visto. Su gesto es serio. Su barbilla está alzada. No puede negar que es militar, y eso me hace sonreír.

¡Lo que me han gustado a mí siempre los hombres con uniforme!

Durante unos minutos lo veo hablar con ellos hasta que, junto a Robert, se dirige hacia el otro extremo del salón, donde este último le presenta a las mujeres con las que estaba. Ni que decir tiene que todas empiezan a batir las pestañas encantadas.

Mi duque coge una copa que el camarero le entrega. Veo que escanea el salón y entonces, ¡zas!, su mirada y la mía se encuentran y, sin mover apenas la comisura de los labios, sonríe.

Guauuu, ¡me sonríe a mí! ¡Considero su sonrisa un *like*!

Varias personas se acercan a nosotras, y Craig y Michael nos presentan. Entre ellos están el marqués Charles Michael DeGrass y lord Vincent Cranston, unos tipos encantadores con los que enseguida entablo conversación.

—Celeste...

Es Kim quien me llama, y cuando la miro pregunta:

—¿Has visto a mi Muñeco por aquí?

Niego con la cabeza, y ella suspira resignada.

En varias ocasiones mi mirada y la de Kenneth vuelven a encontrarse, y noto que lo incomoda verme hablando con el marqués DeGrass.

—Una estupenda velada, ¿no cree, lady Travolta? —dice este.

Gustosa, asiento y afirmo con todo el protocolo del mundo:

—Sí, marqués. He de admitir que está siendo muy divertida.

Pero la diversión se me acaba cuando minutos después veo que Kenneth, quien desde hace rato ya no me mira, sonríe y parece divertirse con una guapa mujer.

Vale, reconozco que eso me molesta, y mucho.

Un criado llega entonces hasta nosotros y le entrega a Michael un papel. Él lo lee, se lo pasa a Craig y luego indica dirigiéndose a nosotras:

—Craig y yo hemos de ir a las oficinas de la naviera con urgencia.

—¿Qué ocurre? —me intereso.

—Al parecer —responde Craig guardándose el papel—, ha habido un problema en uno de nuestros barcos y requieren nuestra presencia.

Kim y yo nos miramos y mi amiga dice:

—Os acompañaremos.

De inmediato ellos niegan con la cabeza y Michael musita:

—Es preferible que se queden en la recepción —y luego, mirando a Catherine, pregunta—: ¿Les importaría acompañarlas junto a Robert a la hora de regresar a su casa?

—Será un placer. Marchen tranquilos.

Finalmente Craig y Michael hacen una inclinación de cabeza y se van con gesto serio.

La velada continúa. La gente charla y bebe animada y, aunque nadie baila, soy consciente de cómo las madres de muchas de las jóvenes que están aquí siguen moviendo ficha para emparejar a sus hijas con el mejor postor.

Un buen rato después, harta de ver que Kenneth no se acerca a mí, decido salir al jardín a tomar el aire. Tantos lady, lord, barón y vizconde me aturullan, y me escabullo sin que nadie se dé cuenta.

Una vez fuera, me toco la cabeza. Me molestan las horquillas del pelo, y no veo el momento de regresar a la casa para deshacerme el peinado.

—¡Qué gusto hallarla aquí! —oigo entonces que dice alguien a mi espalda.

Según me vuelvo, me encuentro con el marqués DeGrass, que lleva dos copas en la mano y, entregándome una, confiesa:

—Pensé que le apetecería.

Encantada, la acepto y, sonriendo, musito:

—Muchísimas gracias.

—Las que usted tiene, milady.

Bueno..., bueno..., está claro que el marqués está moviendo ficha.

Bebemos en silencio y entonces, recordando algo que dijo Abigail, susurro intentando no sonreír:

—No estaría muy bien visto que nos encontraran aquí bebiendo a los dos solos.

Él asiente.

—Tiene razón, milady. Pero algo me dice que eso a usted no la incomoda mucho.

Esta vez me río sin cortarme, y afirmo:

—Ha acertado, marqués.

Sin importarme el qué dirán, miro la luna, que ya está en su fase decreciente, y entonces él comenta:

—Dicen que es mágica.

—Eso dicen.

—¿Cree usted en la magia, milady?

Me río de nuevo. ¡Como para no creer en la luna! Y, cabeceando, suspiro.

—Sí, marqués. Claro que creo.

—¿Por qué?

Mirando la luna y su resplandor, susurro pensando en algo que me contó Kim:

—Porque alguien me dijo que quien cree en la magia está destinado a encontrarla. Y porque en ocasiones la luna y su magia te sorprenden cuando menos te lo esperas.

Eso hace que el marqués sonría y, acercándose un poco más a mí, murmure:

—¿Y cree que esta noche ambas cosas podrían sorprenderla?

Bueno..., bueno..., ¿en serio está ligando tan a saco conmigo? Y, sin amilanarme, respondo:

—No lo dudo ni por un instante.

El marqués es un hombre de mundo, se nota en su manera de hablar, de contar las cosas, y en su modo de entrarme. La formalidad forma parte de su vida, pero, sin duda, es más directo que la mayoría de los hombres de la fiesta. Y a continuación, bajando la voz, sugiere:

—Creo que usted y yo nos lo podríamos pasar muy bien.

—¿Ah, sí? —replico divertida.

Sin dudarlo, asiente.

—Por su modo de hablar intuyo que no es usted una jovencita inexperta en ciertas lides.

Me hace gracia oír eso. Me ve como una libertina y, desde luego, no se anda por las ramas.

—Qué buena noche hace, ¿verdad? —oímos que dice alguien de pronto.

El marqués no se mueve, se ha quedado del todo paralizado, y yo, volviéndome, veo a mi duque a escasos pasos de nosotros con gesto serio.

—Sin duda, hace una noche fantástica, duque —contesto.

Acto seguido los tres nos quedamos en silencio.

Uf..., qué tensión.

Con una seguridad aplastante, Kenneth se acerca a nosotros y, tras unos segundos muy incómodos, el marqués se excusa, da media vuelta y se va.

Kenneth y yo nos quedamos a solas en el jardín. Ninguno dice nada, ni siquiera hablamos del tiempo para disimular. Incapaz de callar un minuto más, musito:

—Por lo que he podido comprobar, duque, lo está pasando muy bien en la recepción.

—Usted también.

Vale. Yo la he tirado y él me la ha rebotado. Lo acepto, y digo:

—Pensé que no volvería a verlo hasta nuestra llegada a Bedfordshire.

—Yo también lo pensé.

—¿Y qué lo hizo cambiar de opinión?

Kenneth me mira. En sus ojos leo la palabra *tocapelotas*, y pregunta:

—¿Qué hacía aquí a solas con el marqués?

Según lo oigo, estoy por soltarle que qué le importa a él, pero como no quiero ser tan cortante, doy un traguito a mi copa y respondo:

—Mirar la luna.

Él asiente con su habitual gesto serio.

—¿Acaso no sabe que estar a solas con un hombre puede generar chismorreos malintencionados? —dice a continuación.

Bueno..., bueno... Eso me hace gracia y, mirándolo, replico mientras gesticulo:

—Los chismorreos malintencionados son algo que a mí me entra por aquí —señalo un oído— y me sale por aquí —termino, señalando el otro.

Según digo eso, él frunce el ceño.

—¡Qué impertinencia! —murmura.

—Impertinencia o no, responde a su pregunta.

Sin dar crédito, él se mueve y afirma:

—La noto airada y grosera. —Sonrío y susurra—: ¿Y encima se ríe?

Me río, claro que sí. Si yo me pusiera impertinente y grosera, al duque le faltaría vocabulario para describirme.

—No se tome a mal mi respuesta —replico—. Simplemente debe usted saber que los chismorreos son algo que no me importa en absoluto porque tan solo estoy de paso por aquí.

—¿Solo de paso?

De inmediato lo miro. Imaginarme hablando siempre de esta manera, llevando estos incómodos vestidos y fingiendo no ser quien verdaderamente soy no entra en mis planes, por lo que afirmo convencida:

—Sí, duque. Solo de paso.

Asiente, creo que entiende lo que digo, pero insiste:

—Aun así, considero que debería ser usted más juiciosa en sus actos.

—De acuerdo, duque. Lo tendré en cuenta —respondo para que se tranquilice.

De nuevo nos quedamos en silencio. Me gustaría que me hablase de sus hijos, de su mujer fallecida, de él. Pero Kenneth es reservado, por lo que, omitiendo el tema familiar, pregunto:

—He sabido que es usted capitán de la Marina Real británica.

Él asiente con la cabeza sin decir nada.

—¿Y qué clase de barco comanda?

—Un buque de guerra.

No entiendo de barcos, pero la palabra *guerra* me pone el vello de punta.

—¿Grande? ¿Pequeño? —insisto.

Kenneth suspira incómodo y al final dice:

—Se trata de un buque con ochocientos setenta y cinco hombres, tres cubiertas artilladas y ciento diez cañones.

—¡Qué barbaridad! —exclamo sorprendida.

Mis palabras hacen que él me mire y me suelte levantando una ceja:

—¿Se mofa usted de mí, milady?

Rápidamente niego con la cabeza, pero ¿cómo puede ser tan malpensado?, y contesto:

—Por el amor de Dios, duque, ¡claro que no! Tan solo me he sorprendido por sus palabras, pues no conozco a nadie más que comande un buque.

Kenneth toma aire por la nariz y asiente; está visto que hoy no es nuestra noche. Sin poder callar, porque si lo hago reviento, pregunto:

—¿Le agrada alguna de las mujeres de la recepción?

Según digo eso, clava la mirada en mí. Uf..., si las miradas mataran...

Durante unos instantes intuyo que está pensando qué responder, miedito me da..., y entonces dice:

—Soy viudo, milady, y mi vida es la mar.

—¿Y eso qué tiene que ver con mi pregunta?

En cuanto suelto eso compruebo que lo estoy cabreando, y replica:

—Si su pregunta es si busco una esposa que me espere a mi regreso de mis viajes, la respuesta es no. Pero si su pregunta es si busco una mujer con la que pasarlo bien, la respuesta es sí.

Vale, ha sido del todo clarito conmigo, pero viendo su gesto indico:

—Bueno, tampoco hace falta ponerse así. Por Dios..., ¡qué carácter!

Según digo eso, él cabecea.

—En ocasiones me sorprende su falta de distinción.

Vale, a su manera me acaba de llamar «ordinaria».

—Solo le diré que intento ser de lo más suavecita en mis preguntas y respuestas —añado.

—¡¿Suavecita?!

Asiento y él menea la cabeza. Aun siendo suavecita, creo que no le gusta mi manera de hablar, y tras tomar aire dice:

—¿Ha quedado satisfecha su curiosidad?

Joder…, joder…, es que me busca la boca…

—Podría seguir preguntando —contesto después de soltar un suspiro.

—¿Por qué es tan insolente?

—¿Y por qué es usted tan protestón?

—Ahora entiendo que la plantaran frente al altar.

—Qué golpe tan bajo —le reprocho.

Un silencio incómodo se instala entonces entre ambos. Está claro que no acabamos de encajar por lo que sea y, suspirando y dispuesta a olvidar lo ocurrido, le planteo:

—¿Le agrada comandar un buque?

—¿Más preguntas?

—Mira, chato, ¡que te den! —suelto.

Y directamente me doy la vuelta, porque como siga aquí lo voy a mandar a un sitio que no es nada glamuroso. Sin embargo, él me sujeta de la muñeca.

—¿Se va? —quiere saber.

Lo miro y frunzo el ceño.

—Sí.

Nos miramos unos segundos en silencio y a continuación pregunta:

—¿Qué significa eso que ha dicho usted?

Levanto las cejas porque ya no sé ni lo que le he dicho.

—Sí, eso de chato y algo de que me den —añade él.

Guauuuu…, como le explique eso vamos a terminar muy mal, y respondo recuperando mi mano:

—Mejor no quiera saberlo.

—¿Por qué?

—Porque soy una impertinente, y le aseguro que, cuando me enfado, puedo llegar a ser peor.

Me mira boquiabierto. Lo desconcierto, se lo veo en el rostro.

—A su anterior pregunta de si me agrada comandar un buque —continúa entonces—, le diré que la mar es mi vida, como anteriormente lo fue para mi abuelo y mi padre.

—Vaya..., veo que le viene de familia.

Él mira la luna y asiente.

—Sí. Procedo de una familia de militares, aunque por desgracia mi padre murió en una batalla naval.

—Lamento que fuera así —murmuro con pena dando vueltas a mi anillo.

—Volví a Londres hace un mes para celebrar el cumpleaños de mi abuela —prosigue—. Tengo dos hijos a los que añoraba y que, tras la muerte de su madre, viven en Bedfordshire con mi abuela la duquesa. Pero después de su aniversario regresaré de nuevo a la mar, y seguramente tardaré bastante en volver.

Oír eso hace que frunza el ceño. Dentro de pocas semanas yo espero estar de regreso en mi mundo, en mi tiempo; pero ser consciente de que una vez que me vaya nunca más volveremos a vernos me pone todo el vello de punta. Abro el abanico que llevo en la mano y me doy aire, y él dice mirándome:

—¿Puedo serle claro, milady?

Como una autómata, asiento.

—Algo me dice que ambos somos personas experimentadas en los placeres de la carne —afirma.

Bueno..., bueno..., bueno... Está visto que la imagen que doy no es precisamente de monja ursulina.

—Y aunque el juego de seducción que hemos iniciado es agradable —expresa—, y usted con esas margaritas rosa en el cabello me parece una mujer muy atractiva, no soy de los que piden matrimonio, por lo que no se confunda.

¡Vaya, me encanta la claridad de este hombre!

A su manera me está diciendo que ni novios, ni boda, ¡ni leches! De haber algo entre nosotros, será sexo puro y duro y nada más.

Ver sus ojos azules me tiene encantada. Entender lo que dice me tiene acalorada, y, dispuesta a ser tan clara como él lo está siendo conmigo, indico:

—Como bien dice usted, ambos somos personas experimentadas. Su vida es la mar y la mía está lejos de aquí. Y aunque usted también me parece un hombre atractivo y nuestro juego de seducción me provoca cientos de cosas que si las menciono seguramente volverá a quedar patente mi falta de distinción, tenga muy claro que yo tampoco busco un marido.

Él asiente, mi claridad le gusta tanto como a mí la suya.

—Tengo que reconocer que su manera de expresarse —cuchichea sonriendo—, a pesar de que en ocasiones me escandalice, me agrada.

Sin poder evitarlo, me río.

—Será que somos unos libertinos —bromeo.

Ambos reímos por eso y luego él levanta la vista al cielo.

—¿Cree usted que la luna es mágica? —pregunto.

—Cuando estoy en la mar —contesta sin mirarme—, la luna me sirve para guiarme y regresar a casa. Si a eso se lo considera magia, entonces creo, pero poco más. ¿Usted cree en la magia?

Vuelvo a asentir y, mirándolo, afirmo:

—Creo y sé que existe. Se lo puedo asegurar.

—Pamplinas —se mofa.

Sonrío.

—Eso mismo pensaba yo —musito—, hasta que...

De pronto, me callo. Pero ¿qué estoy a punto de decir?

—¿Hasta que...? —insiste él.

Me río y, cautivada por su mirada, susurro:

—Solo puedo decirle que en ocasiones nada es lo que parece.

Noto que mis palabras lo inquietan. Quiere saber por qué digo eso y, dejándome llevar, suelto mirando al cielo:

—¿Sabe, duque?, reconozco que mirar la luna con usted mientras hablamos de algo tan íntimo es tremendamente ardiente e interesante.

¡Guauuu, pero qué intensa me estoy poniendo!

Permanecemos unos segundos en silencio, hasta que noto que se acerca a mí.

¡Cielo santo!, como diría Prudence.

Siento su respiración en la nuca. Uf..., uf, lo que me entra. Y aunque no me toca, solo con su aliento me está poniendo a mil. A continuación su mano coge la mía, me da la vuelta y, mirándome a los ojos, musita:

—No he podido dejar de pensar en lo que ocurrió la otra noche en la biblioteca.

Vaya..., interesante conversación.

—Yo tampoco —murmuro.

Ambos sonreímos, ambos sabemos lo que deseamos. Y entonces él musita:

—Celeste, di mi nombre.

Que me llame por mi nombre de pila, sin protocolo, es sin duda todo un logro, y sin dudarlo digo en voz muy baja:

—Kenneth.

Según lo pronuncio, el estallido que siento en mi cuerpo es idéntico al de un orgasmo.

Por Dios, pero ¿qué me pasa?

¿Cómo puedo sentir un orgasmo con tan solo decir un nombre?

Sin tocarnos. Sin besarnos. Sin rozarnos. Noto que mi cuerpo se estremece y, cuando nuestras bocas se acercan..., se acercan y estamos a punto de besarnos, oigo:

—¡Celeste!

Es Kim. ¡La madre que la parió, qué cortarrollos...!

Con la respiración entrecortada, me vuelvo hacia mi amiga y ella, con una mirada de «¡te voy a matar!», añade:

—Celeste, ven. Quiero presentarte a los condes de Rocamora.

Kenneth y yo nos miramos. Nos deseamos de una manera que comienza a ser irrefrenable, y más tras lo que nos hemos confesado. Finalmente, él da un paso atrás y dice:

—Vaya usted, lady Travolta. Vaya...

Con el corazón latiéndome como no me ha latido en la vida, asiento y, tras sonreír, me doy la vuelta y me dirijo hacia Kim. Una vez que la alcanzo, mientras caminamos hacia el interior del salón mi amiga me mira y susurra:

—Da gracias porque he sido yo quien os ha encontrado, porque si llega a ser lady Facebook o cualquiera de esas, con vuestra actitud descarada sin duda habríais revolucionado la temporada.

Oír eso me hace reír y, segura de mi respuesta, afirmo:

—¡Nada me gustaría más!

Kim se carcajea. Yo también.

Al llegar al salón, pronto veo a Kenneth dirigirse hacia donde está Robert con varias mujeres, y reconozco que no me hace ni pizca de gracia.

Sobre las doce de la noche se sirve una recena, y todos los asistentes nos sentamos a unas preciosas mesitas redondas elegantemente engalanadas con candelabros de plata. La comida está riquísima, pero sin duda mi plato ideal está sentado dos mesas a mi derecha.

Tras la recena, durante la cual Kenneth y yo no hemos parado de mirarnos, calentarnos y besarnos con la mirada, los comensales comienzan a despedirse de los anfitriones.

Entonces Robert, el hermano de las chicas, se acerca a nosotras.

—Hermanas —dice con picardía—, ¿os importa si no os acompaño de vuelta a casa? Joseph os espera para llevaros con el coche.

Prudence, Abigail y Catherine sonríen, y esta última pregunta mirando hacia donde está Kenneth con las mujeres.

—Oh, hermano..., ¿por qué vas a privarnos de tu compañía?

Él sonríe al oírla y, bajando la voz, señala:

—¿Es necesario que os explique por qué?

Como era de esperar, Prudence se pone roja como una cereza, y Abigail indica omitiendo que tampoco están Michael y Craig:

—Por supuesto que no. Ve tranquilo, que no les diremos nada a madre y padre.

Robert les guiña un ojo encantado y, sonriendo, se despide:

—Adiós, miladies.

Fingiendo una sonrisa digo adiós, aunque por dentro estoy que me llevan los demonios. Y, tras una última mirada entre Kenneth y yo, lo veo marchar.

28

Esa noche, en nuestro viaje de regreso en el coche de Catherine y sus hermanas, las chicas reímos y comentamos lo bien que lo hemos pasado en la recepción.

—Si madre supiera que volvemos las cinco solas sin un hombre que nos proteja, ¡se escandalizaría! —cuchichea Prudence en un momento dado.

Sin poder remediarlo, todas reímos por eso, y al pasar por una calle digo:

—¿Estamos en Westminster?

—Sí —asiente Catherine.

Me alegra oírlo, y pregunto como si no lo supiera ya:

—¿Por aquí está Brooks's?

Todas miran en dirección a un edificio que yo ya he reconocido a pesar de los años, y Catherine afirma señalándolo:

—Sí. Ese es el club de caballeros.

Asiento, y Abigail susurra:

—Ahí las mujeres no podemos entrar.

Lo sé muy bien y, sonriendo, planteo:

—¿Podemos parar un minuto para admirar el lugar?

Sin dudarlo, Catherine ordena al cochero que se detenga y me doy cuenta de que, pese a que ahora ya está cerrado, no hay ninguna luz, y de que las medidas de seguridad que existen en mi siglo, como cámaras o vigilantes, aquí brillan por su ausencia.

¡Ostras, qué bien!

Kim me mira. Sin necesidad de que diga nada, sabe lo que quiero hacer y, divertida, me advierte:

—Es una locura. Ni se te ocurra proponerlo.

Pero sí. Yo quiero proponerlo. Quiero profanar ese legendario lugar de patriarcado y testosterona masculina, por lo que, bajando la voz para que el cochero no nos oiga, pregunto:

—¿No os apetecería entrar para ver cómo es por dentro?

Oír eso las escandaliza, y Prudence musita meneando la cabeza:

—Es una idea descabellada.

Lo sé, sé que estoy proponiéndoles saltarse las normas a unos niveles increíbles, pero insisto:

—Podríamos entrar y salir sin ser vistas.

—Es un despropósito —añade Prudence.

—Pero, Celeste, ¿qué necesidad hay de hacer eso? —quiere saber Abigail.

—Necesidad..., necesidad..., ¡ninguna! Pero ¿no os incomoda que exista un lugar en el que os prohíban la entrada simplemente por ser mujeres?

Ellas se miran, creo que en la vida se habían planteado eso.

—Para seros sincera —murmura Catherine—, en alguna ocasión me ha molestado esa deferencia, sí.

—¡Catherine! —exclama Prudence.

—¿Por qué ellos pueden entrar en cualquier lado y nosotras no? —se lamenta su hermana.

—Si madre te oye, te encierra un año en tu habitación —se mofa Abigail.

Kim se ríe. Le gusta esa respuesta tan de la Johanna feminista del siglo XXI y, mirándola, dice sin dudarlo:

—Opino como tú, Catherine. ¿Por qué no?

Divertidas, Catherine, Kim y yo nos miramos, ya somos tres las locas, y entonces oímos:

—Si entráis, yo también quiero hacerlo.

¡Cuatro!

—¡Abigail! —exclama Prudence.

Riendo por eso, Catherine mira al cochero, que, ajeno a lo que hablamos, está a lo suyo.

—Joseph, vamos a bajarnos aquí para admirar unos minutos las flores de aquel jardín —señala—. Hace una noche fantástica. Espérenos dos calles más adelante y nosotras iremos paseando hasta allí.

Veo que el hombre parpadea sin entender nada.

—Ni que decir tiene que nadie debe saberlo —cuchichea Abigail—, o padre y madre e incluso su mujer, Ofelia, se podrían enterar de lo que vi aquella noche entre Martha y usted...

Según dice eso, el cochero abre mucho los ojos y susurra:

—Tranquila, milady. Nadie se enterará. Las esperaré dos calles más allá.

Boquiabiertas, todas miramos a Abigail y esta, abriendo la portezuela del carruaje, se baja y dice:

—Vamos.

Sin dudarlo, todas la seguimos, incluida la tímida Prudence, y cuando el coche de caballos se aleja, Catherine pregunta:

—¿Qué sucede entre Martha y él?

Abigail sonríe.

—Una madrugada bajé a la cocina a por agua y vi cómo se besaban escondidos en la despensa.

—¿Martha, la criada de madre? —quiere saber Prudence.

Abigail hace un gesto de afirmación con la cabeza y yo, viendo el gesto de sorpresa de aquellas, murmuro:

—Nunca os fieis de las más santurronas..., ¡son las peores!

Ellas asienten boquiabiertas y, solas en la calle, únicamente iluminada con tres lámparas de gas, musito:

—¡Vamos!

Alejándonos de la puerta principal, caminamos por la acera y, ¡bingo!, como imaginaba alguna ventana tenía que haber abierta para que el club se airease de los humos de los puros y los cigarrillos. Está claro que la malicia que existe en el siglo XXI no estaba tan presente en el siglo XIX.

—Podemos entrar por aquí —indico.

Según digo eso, Prudence me coge de la mano.

—Cielo santo, Celeste, ¡no sigas con esto!

Su apuro me hace gracia. Los nervios le provocan tics en los ojos.

—¿Alguna vez en la vida has hecho algo inadecuado?

Rápidamente ella niega con la cabeza y luego Catherine musita:

—Yo sí. Cuando tenía quince años besé a Stephan Wedner durante el enlace de la prima Constanza.

—¡Catherine! —Prudence se agita al oírla.

—Yo paseé una vez a solas con John Thomson cuando tenía dieciséis años por los campos de Bibury. Incluso nos cogimos de la mano.

—¡Cielo santo, Abigail! —Prudence vuelve a sorprenderse.

Todas reímos. Kim y yo mejor nos callamos. Y entonces Catherine suelta mirando a su hermana:

—Pues ya es hora de que hagas algo inadecuado, Prudence, ¡ya es hora!

Soltamos una nueva carcajada y la pobre Prudence susurra:

—¡Madre y padre nos matarán!

—Eso si se enteran, que no se van a enterar —matiza Kim.

Sonriendo por lo que vamos a hacer, me acerco hasta la ventana abierta y, agarrándola, la empujo hacia arriba. Pues no soy yo bruta cuando me lo propongo... Observo el gesto de susto de aquellas tres, y al ver que Kim se ríe pregunto:

—¿Estáis nerviosas?

Sin dudarlo, las hermanas asienten.

—¿Sabéis lo que hago yo cuando tengo que enfrentarme a algo que me desconcierta y necesito llenarme de confianza para poder hacerlo? —digo.

—¿Qué haces? —pregunta Abigail.

—La postura del superhéroe.

Como es lógico, ninguna de las tres me entiende. No saben lo que es un superhéroe. Acto seguido, Kim se pone a mi lado y yo añado:

—Ahora imitad mis movimientos.

Con caras de sorpresa, ellas asienten y yo, moviéndome, separo las piernas, pongo los brazos en jarras y, mirando al frente con la cabeza erguida, comento:

—Esta es una postura de ¡poder! Si la mantenéis unos minutos os llenaréis de confianza y podréis enfrentaros a todo lo que se os ponga por delante.

En silencio, las cinco mantenemos la postura en mitad de la noche, hasta que yo dejo de hacerla y, dando una palmada, indico:

—¡Al lío!

Kim se ríe. El resto no.

Instantes después, con la ventana bien abierta me levanto sin miramientos el jodido vestidito de muselina.

—Cielos, Celeste, ¡¿qué haces?! —cuchichea Prudence.

Una vez que meto media pierna por la ventana, respondo tocando las horquillas de mi pelo, que me están matando.

—Levantarme el puñetero vestido para no estropearlo.

Ellas asienten entre risas nerviosas y, una a una, entran tras de mí en aquel mítico lugar solo para caballeros al que las mujeres no tienen acceso. La última en hacerlo es Prudence, y una vez dentro digo para hacerla sonreír:

—¡Chicas, un aplauso bajito para la malota de Prudence por su primera temeridad!

Sin mucho ruido, todas la aplaudimos, y finalmente la muchacha termina sonriendo.

A oscuras, buscamos velas que encender y pronto las encontramos. Con una cada una, recorremos aquel legendario lugar que huele a hombre, a whisky y a tabaco, y me sorprendo al ser consciente de la clase y la distinción que tiene. Brooks's es una preciosidad de sitio.

Recorremos juntas las estancias y, al llegar a un punto que imagino que es el bar, me detengo y, tras coger cinco vasitos, agarro una botella que huele a whisky y digo encendiéndome un cigarrillo que tomo de una bandeja mientras Catherine se enciende otro:

—Brindaremos por nuestra aventura en Brooks's con unos chupitos.

—¡¿«Chupitos»?! —preguntan las tres Montgomery.

Kim y yo nos reímos, y rápidamente aclaro:

—Un chupito es una pequeña cantidad de licor o aguardiente, servida en un vaso pequeño, que se bebe de un solo trago.

Ellas asienten y yo prosigo:

—Pero como aquí no hay vasos de chupito, los serviré en vasos normales.

Según termino de llenar los cinco vasos, Prudence coge el suyo, lo huele y susurra:

—¡Es whisky!

—¿No has probado el whisky? —pregunto.

Abigail y Prudence niegan con la cabeza, pero Catherine cuchichea:

—Admito que yo sí.

—¡Catherine! —susurra Prudence.

Estamos riendo por eso cuando Abigail plantea:

—¿Y no podemos brindar con agua?

—¿Tú no sabes que brindar con agua da mala suerte?

Ella y sus hermanas hacen un gesto de negación.

—¡Qué osadas sois las americanas! —exclama Prudence.

Eso provoca que todas riamos y, tras chocar nuestros vasos, insisto:

—De un trago.

Y, ¡zas!, todas lo hacemos, aunque Prudence y Abigail casi se nos ahogan.

Tras el momento sofocón de las hermanas, nos tomamos un par de chupitos más, y me carcajeo al ver que Prudence se ríe con ganas. Sin duda el alcohol le está haciendo efecto.

Finalmente, y para que ellas no se emborrachen y tener que sacarlas a rastras, dejando los vasos sucios sobre el mostrador, continuamos nuestro recorrido por el lugar y, divertidas, nos sentamos en los sillones y toqueteamos los libros y los periódicos que encontramos por allí.

Vemos las barajas de cartas con las que juegan, las dianas colgadas en la pared en las que tiran, y, sin dudarlo, lo probamos todo. ¡Ya que estamos...!

Una vez recorrido el edificio de arriba abajo, y tras satisfacer mi curiosidad y la de todas, antes de salir cojo un papel y un lápiz y, sonriendo, pregunto:

—¿Dejamos algún rastro para escandalizar a los caballeros?

Unas asienten. Otras no. Y yo, que ya estoy lanzada, escribo:

Si las mujeres queremos, ¡lo hacemos!
Por cierto, un whisky excelente, caballeros.

A continuación la leo en voz alta mientras Kim se parte de risa, y Catherine, Prudence y Abigail se echan a temblar.

Tras dejar el papelito sobre una enorme mesa del vestíbulo, tal como hemos entrado, salimos. Y en cuanto dejo la ventana igual que estaba, cuchicheo con una sonrisa:

—¡Amigas, acabamos de hacer historia!

Acto seguido, entre risas las cinco echamos a correr hacia donde está esperándonos nuestro carruaje y proseguimos nuestro camino hacia casa mientras yo pienso en la que se va a liar cuando encuentren nuestra notita reivindicativa.

* * *

Como imaginaba, a la mañana siguiente lo que sucedió en Brooks's es la comidilla de toda la ciudad. Es un auténtico escándalo que unas mujeres hayan profanado la capilla Sixtina de los hombres. ¡Sacrilegio!

Cuando Michael y Craig nos lo cuentan, Kim y yo nos sorprendemos como dos perfectas actrices, de tal manera que si Spielberg nos viera, nos contrataría para su próxima película.

Aun así, noto a los chicos más serios de lo normal. Intentamos saber qué les ocurre, pero simplemente nos dicen que el problema en la naviera los tiene algo preocupados.

Cuando ellos se marchan a solucionar sus asuntos, Kim y yo leemos *The Times* y nos reímos. Ese día, por primera vez desde que se fundó en 1785, ha salido más tarde de lo habitual tras el notición de la temporada.

El artículo menciona a unas incautas a las que la policía busca por haber entrado en el club de caballeros Brooks's, y que no solo bebieron de su whisky, sino que también fumaron algún cigarrillo, jugaron con sus cartas y sus dardos y, no contentas con eso, les dejaron un escrito para hacerse notar. Boquiabiertas, lo leemos y nos reímos a escondidas. Está claro que como nos pillen, ¡nos crujen!

* * *

Por la tarde, cuando Abigail, Prudence y Catherine vienen a visitarnos, salimos junto a Craig y Michael, a los que animamos para que les dé el aire, a dar un paseo por los Jardines de Vauxhall, donde todo el mundo con el que nos cruzamos habla de lo ocurrido en Brooks's.

¡Por Dios, qué cansinos!

En un momento dado en el que Michael y Craig están charlando distraídos de sus cosas, me dirijo a las hermanas.

—Cambiad esa cara —susurro.

—Cielo santo, Celeste, del susto tengo hasta el estómago descompuesto.

—Eso es por el whisky —me mofo haciendo reír a Catherine—. Pero, tranquilas, no tenéis nada que temer.

Prudence suspira y cuchichea:

—Padre está escandalizado.

—¿Por qué? —pregunto.

—Porque es un hombre muy rígido y conservador —dice Abigail—, y cree que lo que han hecho esas mujeres está totalmente alejado de la decencia.

Según dice eso, me río. ¡Es que me parto...!

¿Aniceto habla de decencia cuando él se acuesta con su nuera, con la que incluso tiene una hija?

Kim, que me conoce y que sabe lo que pienso, me hace un gesto para que no se me ocurra decir nada inapropiado; entonces Catherine cuchichea:

—Padre ha dicho que cuando cojan a las que lo hicieron se las castigará duramente.

—Tranquilas —musita Kimberly.

—Pero ¿y si lo descubren? —insiste Abigail.

Tomo aire, las miro e indico:

—Si lo descubren será porque vosotras lo decís. Pero ¿no veis que si seguís con esa cara de culpables os estáis delatando vosotras mismas? —Las tres hermanas se miran y yo añado—: Debéis comportaros con normalidad. Por favor, que no hemos matado a nadie, solo hemos entrado en el puñetero Brooks's.

Decir eso nos hace reír a todas, y Craig pregunta mirándonos:

—¿Qué os hace tanta gracia?

Dispuesta a salvar el momento, voy a hablar cuando Catherine se me adelanta:

—Hablábamos del próximo viaje a Bedfordshire. Y le contaba a Celeste el maravilloso baile que organiza la duquesa.

Craig sonríe, parece convencido por su respuesta, y, guiñándome el ojo, afirma:

—Lo pasaremos muy bien.

29

Unos días después, Winona regresa de Mánchester. Su marido está mejor, pero la preocupación en su rostro es palpable. Le pregunto qué le ocurre. Ella me cuenta que su esposo tiene un dolor de muelas que no lo deja vivir.

Eso me apena. Esa clase de dolor, sea en el siglo que sea, es horroroso, y rápidamente pienso en remedios naturales que puedan conseguir en esa época. Así, le aconsejo masticar perejil, ya que este reduce las bacterias de la boca, y utilizar ajo o aplicarse aceite de clavo. Winona toma nota. La próxima vez que vaya a verlo, algo de eso harán.

Por lo que sé, en casa de Catherine hay drama. Al parecer, animado por su madre, Percival ha accedido a llevar la fábrica de cristal que su padre ha comprado en Gales, y Bonnie no se lo ha tomado nada bien. Se niega a abandonar Londres y, según cuentan, no hace más que llorar.

Esa noche disfrutamos de un excelente baile en la bonita casa de los condes de Hammersmith. Es increíble la vida social que tiene esta gente. Y yo espero ver a mi duque, del que no he vuelto a saber nada más.

En esta ocasión las margaritas que me he puesto en el pelo las he teñido de azul con un tinte que me trajo Anna, y vuelven a causar furor. Son muchas las damas que quieren saber cómo consigo ese efecto en las flores, y Kim se burla de mí diciendo que voy a tener que dar una *master class*.

Mientras disfruto bebiendo ponche, miro a mi alrededor y,

aunque lo paso bien, es como si me faltara algo. Ese algo es mi duque. No lo he visto aparecer, y eso hace que todo pierda emoción. Pero Kim, que lo sabe, susurra:

—Cambia esa cara, mujer.

—No lo he visto.

—A lo mejor no viene...

—¿Por qué no va a venir?

—Pues porque puede que tanto bailecito lo canse. Y no te quejes, ¡que yo todavía no he visto a mi Muñeco! Eso sí que es decepcionante.

Me deprimo. Quiero que venga. Quiero verlo. Pero cuando voy a responder me fijo en Bonifacia. Como siempre, está impresionante de guapa, y la veo cuchichear con Aniceto. ¿De qué hablarán?

Sin poder quitarles ojo, los observo durante un buen rato. Como suegro y nuera, no levantan ningún rumor. Verlos charlar, pasear o bailar juntos es de lo más normal para todos. Nadie se podría imaginar el lío que hay entre ellos y, sinceramente, siento lástima de Cruella. Si alguna de sus amigas se enterara de eso, ¡la machacarían sin piedad!

Bebo de mi copa y de pronto veo que Prudence se pone roja como un tomate. De inmediato diviso al barón Randall Birdwhistle al otro lado del salón y, mirándola, digo:

—Prudence...

Ella o no me oye o se hace la sueca y, acercándome más, la miro a los ojos y le suelto:

—Lo has visto igual que lo he visto yo. ¡No disimules!

Prudence se acalora, lo de esta muchacha no tiene nombre, y cogiéndola del brazo salgo con ella al jardín para que le dé el aire antes de que se me desmaye.

Una vez que consigo que su respiración se normalice y ella se relaje, comento:

—Recuerda lo que hablamos.

—¡Se me ha olvidado todo! —musita entre jadeos.

Me entra la risa. ¡Prudence es un caso!

Catherine y Kim se nos unen y yo, tras pedirles silencio, añado:

—Solo tienes que tranquilizarte. Permitir que él se acerque a ti, mirarlo a los ojos y sonreír. Y si luego te encuentras cómoda, entablar conversación o bailar con él.

Ella asiente, pero balbucea:

—No... no voy a poder... No voy a poder.

Odio la negatividad, es algo que nunca me ha gustado, y haciendo que me mire, la animo:

—Puedes. ¡Claro que puedes!

—Pero yo no soy tú...

—¡Ni falta que te hace! —la interrumpo.

La pobre Prudence me mira. Su inseguridad me apena.

—¿Quieres ser feliz? —le pregunto a continuación.

—Sí —contesta sin dudarlo.

—Pues entonces tienes que hacer lo imposible para conseguirlo.

Sus ojitos me dicen que quiere hacerlo, lo está deseando. Pero sus miedos y sus inseguridades la frenan.

—Nunca olvides que creer en ti misma siempre ayuda —insisto—. Por tanto, ¡sé positiva! Y piensa que si otros pueden, ¡tú puedes también!

Creo que de lo nerviosa que está ni me escucha.

—Nosotras estaremos a tu lado para ayudarte a sacar temas de conversación —añado—. Tranquila.

De nuevo vuelve a asentir, y yo, que soy consciente de su dura realidad, le expongo:

—Cielo, escúchame. Tus padres quieren verte casada una vez que finalice la temporada, ¿verdad? —Ella cabecea—. Tienes dos posibilidades: o Randall, que es lo que tú quieres, o lord Anthon Vodela, el amigo de tu padre. Tú eliges.

Tras mirarnos como un corderito degollado, ella asiente y, después de coger aire, finalmente afirma:

—Elijo a Randall.

—Pues entonces ve a por él.

Eso nos hace sonreír a todas, y luego su hermana Catherine la agarra del brazo.

—Entremos en la sala —dice—. Y, tranquila, nosotras estamos contigo.

Tan pronto como las cuatro entramos en el salón, mientras ellas se dirigen hacia un lugar donde se las vea, busco a Abigail con la mirada. Cuando he salido antes con Prudence al jardín he visto entrar a su enamorado, el conde Edward. Y, por lo que veo, ella también lo ha visto ya.

Como siempre, el tipo está rodeado de las *groupies* de turno, madres e hijas que baten descaradamente las pestañas ofertándose como la mejor opción para el matrimonio.

Abigail me ve y se acerca a mí.

—Admito que el conde me agrada mucho —cuchichea—, y que cuando lo veo todo mi cuerpo se acelera de una manera que no entiendo. Pero si algo tengo claro es que no quiero ser una tonta más que le pestañee.

Asiento, la entiendo perfectamente. A su manera, veo que se valora, y pregunto:

—¿Estás realmente segura de que ese hombre te gusta tanto como para...?

—Me encantaaaaaa —suelta sin dejarme terminar.

Divertida, me río, Abigail es un amor, y añado:

—Muy bien. Pues si te encanta tanto como dices debemos encontrar la forma de llamar su atención y de que sea él quien se sienta ignorado por ti.

Según digo eso, la boca de aquella y sus bonitos ojos se abren como platos.

—Cielo santo, Celeste... ¿Cómo voy a hacer eso? —musita.

Pienso, soy mujer de recursos, y, mirando a Craig, que habla con unos hombres, explico:

—Tengo una idea. Le pediré a Craig que lo lleve a la salita de música dentro de un rato. Allí tú estarás cantando una pieza, Prudence tocará al piano y...

—¿Prudence tocará ante la gente?

—Sí.

—¡Imposible! Con lo vergonzosa que es, ella...

—Ella —la corto consciente de que tiene razón— ¡tocará!

—Pero...

—Escúchame y calla —la interrumpo—. Tienes una voz preciosa y siempre que cantas todos te escuchan y después te halagan. ¿O no?

—Sí —afirma sonriendo.

—Pues bien. Una vez que cantes, ese conde, como todos, se acercará a ti y tú simplemente le sonreirás y luego lo ignorarás.

—¡¿Qué?!

—Lo ignorarás —insisto.

La cara de Abigail es todo un poema, y parpadeando musita:

—Si realmente viene a halagarme, ¿cómo voy a ignorarlo?

—Pues ignorándolo.

—¡Cielo santo, qué despropósito! —murmura acalorada.

Me entra la risa. La preocupación que veo en su cara me hace gracia.

—¿Tú quieres que ese pibonazo muestre interés por ti? —le planteo.

Abigail lo mira, observo cómo sus pupilas se dilatan, y contesta:

—Sí.

—Pues entonces haz lo que te digo. Si cuando vaya a felicitarte bates las pestañas como el resto de las mujeres, perderá interés por ti. Y lo que pretendemos es todo lo contrario, ¿no?

Abigail asiente con gesto asustado.

—Hoy limítate a agradecerle el halago —insisto—. Muéstrale tu preciosa sonrisa y hazle sentir que es uno más. Te aseguro que si de esa forma llamas su atención, la próxima vez que te vea será el quien vaya detrás de ti.

Ella duda, nunca ha hecho algo así.

—¿Qué puedes perder? —pregunto—. ¿Acaso ahora sabe que existes o va tras de ti?

Según digo eso, Abigail sonríe. Está claro que lo que he dicho la ha hecho pensar.

—Tienes razón —conviene finalmente—. No tengo nada que perder.

Estoy a punto de aplaudir de felicidad, pero, agarrándola del brazo, miro hacia donde están Kim y compañía y digo:

—Ahora vayamos con Prudence. El barón está en el baile y nos necesita.

Rápidamente Abigail y yo nos acercamos a ellas. Sigo sin ver a Kenneth y eso me está alterando. Prudence está acalorada, tiene varios tics que no la dejan estarse quieta, y yo, mirándola, musito al percatarme de que el barón nos observa:

—Respira, Prudence. Respira.

Me hace caso, en eso es muy aplicada.

Y entonces, al ver que él echa a andar, aviso:

—No te asustes, pero el barón viene hacia aquí.

—¡Cielo santooooo! —murmura Prudence, a quien tengo que sujetar antes de que salga corriendo.

La cojo del brazo con fuerza para que no se mueva. El barón llega junto a nosotras y nos dirige una inclinación de cabeza.

—Un placer verlas de nuevo, miladies —dice.

Todas sonreímos, conscientes de lo que queremos conseguir, y Catherine tercia:

—Oh, qué alegría verlo, barón. ¿Se divierte usted?

Él asiente encantado y, mirando la sala, afirma:

—Venir a un acto como este y no divertirse no debería estar permitido.

Eso nos hace sonreír a todas, y a continuación, cuando yo miro a Prudence y le indico sin hablar que le diga algo, esta susurra en un hilo de voz:

—Eso... eso que dice usted tiene mucho sentido.

El gesto del barón al oírla es de sorpresa. Creo que es la primera vez que Prudence lo mira a los ojos y le habla, y sonriendo comenta:

—Lady Prudence, permítame decirle ante sus encantadoras hermanas y amigas que hoy desprende usted una luz radiante y especial.

Ooooh, ¡qué monooooo! ¡Yo también quiero que me digan algo asííííííí!

Noto que a Prudence el halago la hace temblar, y sin que yo diga nada, ella responde:

—Es usted muy amable, barón. Gracias por el cumplido.

Entre nosotras nos miramos. La cosa parece que va bien. Y entonces él, tomando aire, pregunta:

—¿Tendría algún hueco para mí en su carnet de baile?

Prudence parpadea, está muy nerviosa. ¡Ay, madre, que se me desmaya...!

No responde. Parece que se le haya comido la lengua el gato, y para salvar el momento intervengo:

—Barón, ¿sabe usted que dentro de unos minutos Prudence tocará el piano y su hermana Abigail cantará?

Según digo eso, todas me miran. Creo que piensan que me he vuelto loca. Y, dirigiéndome a una Prudence que mueve el cuello con sus tics, señalo:

—Sí, querida, Abigail y tú merecéis que os escuchen.

Las piernas le fallan. Menos mal que la tengo sujeta, si no, se nos habría escoñado aquí mismo.

Para echarnos una mano, Kim coge entonces el carnet de baile de Prudence, que cuelga de su muñeca, y tirando de él dice:

—Barón, apunte su nombre en el baile que desee con ella.

Sorprendido, el barón toma el carnet que mi amiga le tiende y, sin dudarlo, lo abre y apunta su nombre en uno de los espacios libres.

Después, con una bonita y protocolaria sonrisa, hace un movimiento con la cabeza y, antes de dar media vuelta para marcharse, informa:

—Iré al salón de los caballeros a fumarme un cigarrillo y estaré pendiente para oírla tocar el piano.

A continuación se aleja y yo, mirando a Kim, cuchicheo esperanzada:

—¿Y si Kenneth está en ese salón?

Ella se encoge hombros, y entonces oigo a Catherine decir:

—¡Prudence, respira, que estás morada como una ciruela!

La aludida se apresura a coger una bocanada de aire y, cuando va a protestar, indico:

—Muy biennnn, Prudence. Lo has hecho muy bien.

Pero la pobre, que está angustiada, musita:

—¿Qué... qué es eso de que voy a... a tocar el piano?

Abigail sonríe al oírla.

—Tú tocarás y yo cantaré.

—¡Ni hablar!

—Oh, sí, Prudence, ¡claro que sí lo harás! —insisto.

—Noooooooooo.

—Síííííí —afirmo con cabezonería.

—Pero...

—Prudence —la corta Abigail—, lo haces muy bien, y al barón le encantará oírte. Además, ya tienes su atención, y yo quiero llamar la del conde.

—¿Del conde Edward Chadburn? —pregunta ella con un hilo de voz.

Todas miramos hacia el lugar donde aquel guapo hombre está rodeado de mujeres, y Abigail afirma:

—Sí, hermana. Esa es la intención.

Me encanta la determinación con que lo dice, y entonces Catherine, tomando las manos de Prudence, susurra:

—Nadie toca el piano como tú, y lo sabes, aunque por tu timidez no te guste hacerlo delante de la gente. Tampoco nadie canta como lo hace Abigail. Lo haréis maravillosamente bien.

Prudence me mira, y yo insisto:

—Recuerda que has admitido que quieres ser feliz.

Ella asiente y, tras tomar aire, declara:

—Sin duda lo recuerdo.

Instantes después, tras hablar con Craig y pedirle su colaboración para que lleve al conde hasta la salita donde está el piano, me dirijo hacia allí con las chicas, con la esperanza de que Kenneth aparezca de un momento a otro.

Al entrar en el saloncito, veo que otra mujer está al piano. Toca bien, aunque a mí lo que interpreta me resulta soporífero; me recuerda a la música que se oye en las catedrales.

Cuando termina, el piano queda libre y le hago una seña a Prudence, pero ella se hace la loca.

Esperamos durante unos minutos. Abigail anima a su hermana, pero nada, ¡que no se mueve! Veo al barón entrar e, instantes después, lo hace Craig junto al joven conde. Solo me falta Kenneth... ¿Dónde narices está?

Alterada, vuelvo a mirar a Prudence y, al ver que o hago algo o ella no se moverá, me coloco junto al piano y, anuncio alto y claro para que se me oiga:

—Ahora, lady Prudence y lady Abigail Montgomery nos deleitarán con una encantadora pieza.

De inmediato, varias de las personas que están en el saloncito las miran y lady Twitter sale corriendo. Intuyo que se sorprende porque Prudence vaya a hacer algo así.

—Vamos, Prudence —cuchicheo con disimulo.

—No... no puedo —dice ella.

Suspiro y cojo aire.

—Tú puedes, ¡claro que puedes!

Todos nos miran, todos están esperando, y en ese instante veo entrar en la salita a lady Cruella de Vil, junto a Bonifacia y lady Twitter. Perfecto, ¡ya estamos todas!

Sin duda lady Twitter ha ido a buscar a su amiga para informarla de lo que van a hacer sus hijas, y, acercándose a nosotras, lady Cruella pregunta con gesto incómodo:

—¿Qué ocurre?

Las tres hermanas se miran y Catherine susurra:

—Madre...

—Prudence tocará el piano y Abigail cantará. Eso es lo que ocurre —la corta Kim.

Horrorizada, Cruella mira a una descolocada Prudence y, bajando la voz, protesta:

—Oh, cielo santo, ¡qué osadía! ¿Cómo se os ocurre contar con Prudence para algo así?

Oír eso me toca la fibra. ¿Acaso esta mujer no se da cuenta de que su hija desea su apoyo y no esas desafortunadas palabras? Por ello, y consciente de que Prudence nos necesita, indico:

—Porque Prudence toca muy bien el piano y es digna de ser escuchada.

Bonifacia se ríe. ¡Será perra! Clava sus ojos en la pobre Prudence, que está totalmente descolocada, y, mirando a su alrededor, suelta con mofa:

—Imposible que Prudence haga algo así. Ella es como un pajarillo asustadizo.

¡Es que le partía la cara...!

Pero entonces ocurre algo que no esperaba. Prudence, que está de pie a mi lado, pone los brazos en jarras, separa las piernas y mira al frente con seriedad.

¿Está haciendo la postura del superhéroe? ¡Qué fuerte!

Sonrío emocionada y, después de unos segundos, Prudence se encamina hacia el piano con una seguridad que nos deja a todas sin palabras. Está claro que el pajarillo quiere demostrarle a esa perraca que puede ser un pajarraco. Y, una vez que Abigail se sitúa a su lado y comentan algo entre ellas, comienza a tocar el piano.

Encantada, observo lo que Prudence hace. Quizá no sea la mejor explicándose con palabras, pero sin duda es la mejor para expresarse a través de la música. Su manera de tocar el piano y la sensibilidad que le pone hace que todos la observen embelesados.

La sonrisa del barón al mirarla es la que esperaba. Está claro que ese hombre está coladito por sus huesos y Prudence solo tiene que darle una oportunidad. Por ello, decido actuar. Dentro de dos semanas ya no estaré aquí para ayudarlos. Y, moviéndome estratégicamente, me coloco junto al barón y pregunto:

—¿Le agrada cómo toca el piano lady Prudence?

Él asiente sin dudarlo. Desde luego, su gesto es de total adoración.

—¿Puedo serle sincera, barón? —digo acto seguido.

Él me mira y yo, mirando sus preciosos ojos verdes, indico:

—Prudence es una chica encantadora que desea conocerlo, pero es tan tímida que es incapaz de dar un paso para ello. No obstante, ha de saber, eso sí, entre usted y yo, que esta noche se ha atrevido a tocar delante de todos para que sienta en su música las cosas que es incapaz de decirle mirándolo a los ojos.

El barón parpadea, no esperaba oír eso, y luego responde:

—Me agrada muchísimo saber eso que me ha contado, lady Travolta, y por supuesto que esta conversación quedará entre usted y yo. Llevo tiempo interesado en conocer a lady Prudence, pero creí que no le gustaba.

—Oh, sí, ¡claro que le gusta!

Él sonríe y yo, lanzándome a la piscina sin importarme cómo me observa lady Instagram, insisto:

—Cortéjela. Ambos lo desean, y les auguro un futuro próspero y feliz.

Gustoso, él toma aire por la nariz. Siento que se hincha como un pavo y yo, tras intercambiar una última sonrisita cómplice con él, me alejo y regreso a mi sitio consciente de que el camino ya está allanado para Prudence.

Abigail comienza a cantar y miro a Craig, que habla con Edward, hasta que este último, atraído por la voz de esta, se vuelve para mirar. Bien, hemos conseguido llamar su atención.

En silencio, los presentes en la sala escuchan la canción interpretada por las hermanas, mientras lady Cruella endereza orgullosa la espalda mirando a su alrededor. Que todo el mundo esté prestando tanta atención a sus hijas sin duda la congratula, solo hay que ver su sonrisa. Joder, ¡si hasta parece casi humana!

Instantes después, cuando la pieza acaba y Prudence toca las últimas notas al piano, tras un momentáneo silencio todos los presentes rompen a aplaudir encantados, y Catherine, Kim y yo estamos felices de ver a Abigail y a Prudence sonreír.

Lady Cruella se acerca a sus hijas y las besa con mimo. Desde luego, interpreta de maravilla el papel de madrecita delante de todos y, tras aclarar que gracias a ella sus hijas son dos primores, se aleja con Bonifacia y sus amigas vanagloriándose de las virtudes de aquellas.

Estoy riendo por eso cuando veo que el guaperas del conde pibonazo se aproxima a Abigail y, cogiéndole la mano, se la besa y le hace saber lo mucho que le ha gustado su interpretación.

Encantada, ella asiente. Dios, ¡espero que no se desmaye! Pero no..., no lo hace. Abigail sonríe y, tras agradecerle sus palabras, sin darle mayor importancia, se da la vuelta y comienza a hablar con otro de los hombres que se han acercado a felicitarla, dejando al conde sin palabras.

Tras unos instantes Abigail se despide de él con una encantadora sonrisa y se encamina hacia nosotras, y cuando llega a nuestro lado pregunta hecha un manojo de nervios:

—¿Qué tal lo he hecho?

—¡Maravillosamente bien! —afirma Catherine.

Con la mirada, busco a Prudence y al barón, aunque no los veo. Hay demasiada gente en la sala, pero entonces me doy cuenta de que el conde no nos quita ojo, y cuchicheo:

—No te vuelvas, Abigail, pero el Pibonazo te está mirando.

—¿En serio? —pregunta ella acalorada.

Las demás asentimos.

—Tan en serio como que has llamado su atención al ignorarlo —afirmo.

Decir eso hace que ella parpadee, y Kim le indica:

—Ahora ríete con ganas y estira el cuello hacia atrás para mostrárselo.

Como una profesional de la interpretación, Abigail lo hace y todas reímos. A continuación vemos que unas mujeres se acercan a él, pero este solo tiene ojos para Abigail.

Estoy encantada con ese triunfo y, al ver que él echa a andar, susurro:

—¡Ojo, que viene!

—¿Quién viene? —pregunta ella.

—El Pibonazo —murmura Catherine.

—¿Y qué hago? —quiere saber Abigail asustada.

No nos da tiempo a decir nada más; aquel, plantándose ante nosotras, saluda:

—Miladies...

Todas lo miramos y, tras una inclinación protocolaria, él dice con seguridad:

—Lady Abigail, quisiera apuntar mi nombre en su carnet de baile.

¡Guauuu, que le está pidiendo un baile!

Desde luego, ¡como alcahueta no tengo precio!

Encantada, miro hacia otro lado mientras ella, sin abandonar su preciosa sonrisa, responde:

—Lo siento, conde, pero ya tengo el carnet repleto.

Según dice eso, estoy a punto de gritar «¡Ole, mi chica!».

La expresión del conde es de desconcierto total. Está visto que no suele oír a menudo la palabra *no*.

—Quizá en otra ocasión —añade Abigail con gracia.

Él asiente con incomodidad y, tras otra nueva protocolaria inclinación de cabeza, da media vuelta y se va.

Una vez a solas, me entra la risa y ella cuchichea:

—¿Le acabo de decir que no al conde?

—Sí —afirma Kim.

Ahora los calores de la muerte le entran a Abigail, que musita:

—Si antes ya no me miraba, después de este desplante será aún peor...

—¡Qué va, mujer! —replica Kim—. Ahora te has vuelto un reto para él.

Sonrío y entonces veo que el conde se marcha por la puerta de la salita, pero no sin antes mirar atrás. Ese gesto es bueno. ¡Muy bueno!

Estamos hablando sobre ello cuando Prudence se acerca a nosotras junto al barón. ¡Ostras!, este no ha perdido el tiempo. En el rostro arrebolado por los nervios de la muchacha veo algo que en otras ocasiones no he visto.

—Voy a bailar la siguiente pieza con el barón —dice a continuación.

Todas la miramos boquiabiertas y ella, con una media sonrisa que nos hace saber que está bien, se aleja con él.

—No me lo puedo creer... —musita Catherine.

—Ni yo —susurra Abigail.

Kim y yo nos miramos divertidas, y Catherine pregunta:

—Pero ¿qué le has dicho a Prudence?

Y, encantada de ver que el barón ha tomado nota de mis palabras y que la chica intenta salvar sus miedos y sus inseguridades, indico:

—Solo le he dicho que si quiere ser feliz debe hacer lo imposible para conseguirlo.

30

El baile continúa, y Prudence y el barón parecen haber conectado bien.

Lady Cruella de Vil está hablando con sus amigas, imagino que haciéndole un trajecito a medida a alguien, mientras Bonnie, a la que no veo yo muy afectada por su posible marcha a Gales, charla animadamente con su marido y su amante, que no es otro que su suegro.

¡Vaya tela!

En un par de ocasiones Kim y yo nos acercamos a donde está el ponche para caballeros, el que lleva alcohol. Nos servimos unos vasitos ante la mirada expectante del criado y, tras bebérnoslos, nos alejamos sonriendo.

Más tarde Prudence y el barón se aproximan al grupo, y, como era de esperar, de inmediato aparecen Cruella y Bonnie. Al igual que el resto de los asistentes al baile, ambas han visto bailar unas piezas a Prudence y al barón, y se acercan para informarse.

Lady Cruella despliega todos sus encantos ante él y le deja bien claro que está muy complacida con el hecho de que se interese por su preciosa hija. Bonifacia observa en silencio, y yo estoy al tanto por si suelta alguna de sus perlitas. Como se le ocurra decir algo que desestabilice a Prudence ahora que va bien encaminada, juro que le arranco el moño.

Por suerte para ella y para todos, el tonto de Percival se acerca a nosotros e invita a bailar a su mujer. Ella acepta y se quita de en medio.

¡Bien!

En un momento dado en el que lady Cruella habla con el barón, Prudence, que sigue acalorada, me mira y yo pregunto:

—¿Todo bien?

Ella asiente gustosa e ilusionada como una niña pequeña, por lo que sugiero sonriendo:

—¿Por qué no bailas más piezas con él?

Según digo eso, niega con la cabeza y, bajando la voz, explica:

—Celeste, bailar más de cuatro con un mismo hombre en un mismo día da lugar a chismorreos.

Asiento. Maldito protocolo inglés...

Por suerte, en mi mundo si un tipo me gusta, bailo con él todo lo que me viene en gana, pero, entendiendo dónde estoy y sobre todo velando por el bienestar de Prudence, susurro:

—Entonces haz lo correcto.

Prudence, que es una señorita criada y educada para el matrimonio, asiente y yo sonrío feliz.

De nuevo hago un escaneo general por el salón. Sigo sin ver a mi duque, y creo que la impaciencia me va a hacer explotar. Quiero verlo. Quiero estar con él. Mis días en esta época se acaban y...

—¡Celeste!

Kim me llama y, al mirar, la veo gesticular.

—¿Qué te pasa? —inquiero.

La pobre coge mi mano como puede y, arrastrándome hacia un lado del salón, musita:

—¡Se me ha metido algo en el ojo!

Uf..., ¡qué mal rollito!

—Tengo que quitarme la lentilla.

—Pues hazlo.

—¡¿Aquí?! —pregunta mi amiga con un ojo cerrado y el otro abierto.

Vale, tiene razón. Estamos rodeadas de demasiada gente, por lo que, en busca de una solución rápida, tiro de ella y salimos a una terraza que da a un jardín.

—¡Vamos! —la apremio buscando un lugar más discreto.

Bajamos unos escalones y, una vez en el jardín, tras cruzarnos con algunas personas que pasean, llegamos a un sitio donde no hay nadie y que queda tenuamente iluminado por unas antorchas.

—Ahora o nunca —afirmo.

Kim asiente y, mirándome, cuchichea con un solo ojo abierto:

—Lo que voy a hacer es una guarrada.

—¿Por qué?

Kim se quita la lentilla negra, me la enseña y dice:

—Porque no me he traído el estuche con los líquidos y me voy a tener que meter la lentilla en la boca.

Me río, efectivamente, es una guarrada, y una vez que se la mete en la boca, me señala el ojo y, por sus gestos, sé que me está diciendo que se lo mire.

—No veo nada. No hay suficiente luz.

Con cuidado, Kim se lo frota y, con la lentilla en la punta de la lengua, musita:

—*Dedo dado..., dedo dado...*

No la entiendo. Ella lo lee en mi mirada y, sacándose un momento la lentilla de la boca, insiste:

—Tengo algo..., tengo algo...

Le vuelvo a mirar el ojo y, nada, ¡que no veo nada!, por lo que susurro:

—Lo bien que me vendría ahora la linterna del móvil. ¡¿Lo ves?! Si me lo hubiera traído...

—¿Les ocurre algo, miladies?

Según oímos eso, nos quedamos paralizadas.

¡Menuda pillada!

Pero, intentando salvar el momento, me vuelvo y, al ver a dos hombres, empiezo a decir:

—No se preocup...

Pero no puedo seguir. ¡Ostras!

El que está a mi derecha es el guaperas del cuadro de la biblioteca al que Kim adora...

¡Ojo, piojo! ¡El Muñeco...! El conde Caleb Alexandre Norwich.

Rápidamente miro a mi amiga. Ella lo ha reconocido como yo y lo observa con un ojo abierto y otro cerrado. Ver su gesto de pura sorpresa me hace reír. Catherine *and company* nos habían dicho que era un mujeriego, cosa que ya sabíamos, y, la verdad, no me extraña, pues en vivo y en directo el Muñeco es el hombre más guapo y perfecto que he visto en mi vida.

Kimberly ni se mueve, ¡se ha quedado empanada! Y, sin poder callarme, le advierto en castellano para que no nos entiendan:

—A ver si te vas a tragar la lentilla.

—¿Qué dicen ustedes, miladies? —se interesa él.

Mi amiga se ha quedado petrificada con un ojo abierto y el otro cerrado, y sin poder hablar porque tiene la lentilla en la boca...

Desde luego, el momentito más ridículo no puede ser.

Los cuatro permanecemos unos instantes en silencio hasta que el otro hombre, al que conocemos por el nombre de lord Vincent Cranston porque Craig nos los presentó, pregunta mirándola:

—¿Qué le ocurre en el ojo?

Yo miro a Kim. Seguro que nunca había imaginado encontrarse con el Muñeco en esa ridícula tesitura; entonces este se acerca y se ofrece:

—Milady, si me permite...

—*Doooooo. Di ce te ocudaaaaa.*

Madre mía..., madre mía, ¡esto es un desastre!

Caleb y Vincent parpadean. Yo intento no reírme, pero a continuación el primero dice:

—¿Qué le ocurre en la boca, milady?

Kim resopla. Yo me río. Y, cuando el Muñeco va a ponerle la mano en el rostro para abrirle el párpado, grito:

—¡Noooooooooooooooooooooo!

Todos saltan asustados. Menudo grito he metido.

Por Dios..., por Dios... ¡No puede verle el ojo sin la lentilla!

Caleb me mira, debe de pensar que estoy loca, y se excusa dando un paso atrás:

—Solo iba a ver qué le ocurría en el ojo.

Asiento, estoy convencida de que así era, pero, necesito que se vaya de aquí, por lo que me excuso intentando buscar las palabras más apropiadas:

—Discúlpenme, no quería gritar así.

Ellos se ríen. Menos mal.

—Caleb —interviene entonces Vincent—, ellas son lady Celeste Travolta, la sobrina americana de Craig, y su amiga Kimberly Di-Caprio. Miladies, les presento al conde Caleb Alexandre Norwich.

Como dos tontas, asentimos sonriendo.

¡Ni que ignoráramos quién es!

Y, deseosa de que se vayan para que Kim se saque la lentilla de la boca antes de que se la trague, digo:

—Un placer, conde. Y ahora, ¿sería muy indecoroso por mi parte pedirles que nos dejaran a solas para que pueda ver qué es lo que se le ha metido en el ojo a mi amiga?

Ellos se miran, sonríen y finalmente Caleb indica:

—Nos marchamos del baile, pero espero volver a verlas para que me cuenten lo ocurrido.

Kim asiente. Yo también. Y cuando ellos se marchan y nos quedamos a solas, nos miramos y ella, sacándose la lentilla de la boca, susurra:

—Dios mío... Dios mío... Dios mío... ¡Es mi Muñeco!

Asiento. ¡Era él!

—¡¿Que se va?! —musita—. ¡¿Cómo que se va?! Pero ¿dónde ha estado toda la noche?

Me encojo de hombros, yo tampoco lo había visto, y Kim susurra meneando la cabeza:

—¡Debe de haber pensado que soy idiota!

—No, mujer...

—¿Que no? Pero ¿tú has oído lo que he dicho?

—¿Te refieres a «*Doooooo. Di ce te ocudaaaaa*»?

Según termino de decir eso, comenzamos a reír sin poder parar. A lo largo de nuestra vida hemos tenido numerosos momentos divertidos que recordar, y sin duda este será uno de ellos.

Entonces veo la lentilla negra en el dedo de Kim y, parando de reír, le pido:

—Póntela antes de que la pierdas.

En un pispás mi amiga lo hace y, tras un par de parpadeos, pregunto:

—¿Qué tal?

Ella asiente.

—Bien. Lo que fuera que tuviese en el ojo ha desaparecido. Me alegro de oírlo.

—Toda la vida imaginando cómo sería conocer a mi Muñeco y, cuando finalmente sucede, suelto «*Doooooo. Di ce te ocudaaaaa*»...

De nuevo volvemos a reír sin parar.

—Pero ¿tú has visto cómo está? —pregunta ella al cabo.

Afirmo con la cabeza, lo he visto, claro que lo he visto. Y cuchicheo pensando en mi impresionante duque:

—Sin potingues, operaciones, tablas de gimnasio ni nada, ¡tu Muñeco y mi duque están para comérselos!

Kim asiente divertida y yo suelto viendo su expresión:

—Te conozco y sé lo que piensas.

Ella me agarra del brazo y afirma:

—He de conocerlo antes de regresar a nuestra época.

—¡*Amimanaaaaa!* —me mofo.

Ambas reímos de nuevo.

—Como tú dijiste, ¡un revolcón, fijo! —exclama.

Entre risas, nos miramos. Las mujeres del siglo xxi sabemos lo que queremos y lo que no. Y, sin más, nos dirigimos de nuevo al salón, donde la fiesta continúa y yo sigo sin ver a Kenneth.

31

Al día siguiente, muy tempranito, tras inventarnos ante Michael y Craig que tenemos que ir a la tienda de la señorita May Hawl a ver unos sombreros nuevos que ha traído, Kim y yo nos escapamos al empobrecido barrio de Spitalfields, donde vive la familia de la falsa Pembleton. Tenemos que hacer algo para ayudarlos.

Sabemos que Bonnie ha salido con lady Cruella. La hemos visto desde nuestra ventana y, con la seguridad de que allí no nos la encontraremos, emprendemos nuestro camino con la mala pata de que me piso el puñetero vestido y me caigo de bruces.

Despatarrada en el suelo por el leñazo que me he dado, oigo a Kim partirse de risa. ¡La madre que la parió! De inmediato unos hombres vienen a auxiliarme y, caballerosamente, me ayudan a levantarme del suelo. Están preocupados, pero una vez que les aseguro que estoy bien y que de esta no me moriré, ellos se marchan y, mirando a Kim, pregunto:

—¿Vas a dejar de reírte en algún momento?

Pero, nada más decir eso, soy yo la que se ríe. Menudo guarrazo me he dado. Y, colocándome el gorrito en condiciones, pues se me ha ladeado, susurro:

—Juro por Dios que en la vida volveré a ponerme un vestido que me vaya más abajo de las rodillas.

Entre risas, seguimos andando. Pero noto que me he despellejado las palmas y la barbilla y, llevándome la mano a la cara, pregunto:

—¿Estoy bien?

Kim asiente y yo digo divertida mientras hago muecas:

—No me habré quedado como el *Ecce homo* de Borja, ¿no?

Mi amiga suelta una carcajada. El escándalo que vamos formando por la calle es considerable. Todo el mundo nos mira de manera reprobatoria, lo que nos hace saber que eso no es propio de unas señoritas educadas. Pero, joder, ¡si solo nos estamos riendo!

Como podemos, bajamos el volumen e intentamos calmarnos. Pero nada, basta que no puedas reír para que no puedas dejar de hacerlo.

Un buen rato después, ya más sosegadas, pasamos por un mercadillo, donde compramos algunos víveres. Cualquier cosa que llevemos a aquella pobre casa sé que será bien recibida.

En el trayecto tanto Kim como yo nos quedamos sin palabras. La pobreza de muchas de las personas con las que nos cruzamos es extrema, y el corazón se nos encoge mientras somos conscientes de que nada de lo que podamos hacer los va a ayudar.

Al llegar frente a la puerta Kim me mira.

—¿Estás segura? —dice.

Sin dudarlo, asiento y llamo. Instantes después abre un muchachito que no tendrá más de diez años. Este nos mira y yo lo saludo:

—¡Hola!

El crío no dice nada, simplemente nos mira como el que ve a un marciano, e insisto:

—¿Cómo te llamas?

—Tommy, milady —responde.

Sonriendo, pues los niños siempre me han gustado mucho, pregunto:

—Tommy, ¿puedo ver a Mara?

Sigue sin moverse. Supongo que estará pensando quiénes somos y qué hacemos aquí, pero entonces aparece Mara con una niña en brazos que imagino que es la hija de Bonifacia y, sorprendida, inquiere:

—Milady, ¿qué hace usted aquí?

Nos mira asustada. Kim sonríe, y yo me apresuro a contestar:

—Dije que volvería y aquí estoy.

La pequeña se chupa un dedito. Es preciosa. Es morenita, como el conde, y tiene los ojos azules como su madre.

¡Qué monada!

Aunque consternada por nuestra visita, Mara nos permite entrar en la casa y se me cae el alma a los pies. La extrema pobreza en la que viven es inaceptable. Todo está viejo y raído, y una vez que Mara deja a la pequeña en el suelo y mira los paquetes que Kim y yo colocamos sobre una mesa, digo:

—Hemos pasado por el mercado y os hemos comprado algunas cosas.

—Espero que os agraden —susurra Kim mirando a su alrededor.

—Oh, miladies..., ¡no sé ni qué decir!

Mara examina emocionada lo que hemos comprado: pan, leche, queso, té, carne, fruta, verdura, miel... Hay un poco de todo. Y, al ver también un bizcocho, murmura emocionada:

—Esto a los niños les encantará.

Kim y yo sonreímos, y pregunto:

—¿Dónde está vuestra madre?

—En la habitación, milady. Le duele la garganta.

—¿Puedo verla?

Mi *amimana* me mira. Le he prometido que, más allá de llevarles víveres, no me entrometería en su vida. Pero soy médico y, sabiendo que no se encuentra bien, no puedo quedarme quieta.

—Quizá pueda hacer algo por ella —comento.

Mara duda, no sabe qué hacer, pero finalmente pide:

—Deme unos minutos, milady.

A continuación veo que se dirige hacia una puerta, la abre y entra.

Estoy mirando hacia allí cuando mi amiga me agarra del brazo y dice:

—¿Qué narices vas a hacer?

Entendiendo su preocupación, musito:

—Ver qué le ocurre a esa mujer. Que Bonifacia sea una idiota insoportable, entre otras cosas que mejor no digo, no es motivo para no atenderla a ella.

Kim maldice y rápidamente cuchichea:

—¿Y si cogemos la peste negra o la amarilla o el cólera o...?

No sigue. Con mi mano, le tapo la boca y, al ver cómo el chiquillo nos mira, digo en voz baja:

—No empieces con tus aprensiones, que te conozco.

Pero Kim es Kim. Las enfermedades y ella no son buenas amigas.

—Tranquila —añado—. Solo voy a ver qué le pasa y si puedo hacer algo para ayudarla.

Por fin ella accede a regañadientes. Mara aparece en la puerta y nos hace una señal para que nos acerquemos.

—Yo me quedo aquí con Tommy y la niña —indica deprisa Kim.

Asiento, sin duda es lo mejor, y me encamino hacia Mara.

Al entrar en el dormitorio, que está a oscuras, noto un hedor insoportable. ¡Menos mal que Kim se ha quedado fuera!

Alumbrada por una mísera vela, que ha visto tiempos mejores, me acerco junto a Mara a la cama, donde veo a una mujer arropada con una sucia manta. Está temblando, no debe de tener más de cuarenta años, pero físicamente parece una abuelita.

Pero ¿cómo puede consentir esto la idiota de Bonifacia?

¡Joder, que es su madre!

Ella viviendo en la opulencia y su familia en la más mísera de las miserias.

La mujer sonríe al verme y yo, sentándome junto a ella, pregunto bajando la manta:

—¿Cómo se llama usted?

—Lydia, milady.

Con una sonrisa asiento e indico mintiendo por si le cuentan algo a Bonifacia:

—Encantada, Lydia. Mi nombre es Nathalie, y quería ver si puedo ayudarla.

La mujer parpadea sorprendida. No entiende qué hago aquí.

—¿Qué le ocurre? —pregunto a continuación.

Llevándose la mano a la garganta, contesta con un hilo de voz:

—No puedo tragar. Tengo fiebre. La garganta me quema, la cabeza me duele y apenas tengo fuerzas.

Asiento y, cogiendo la vela que sujeta Mara, la acerco a su rostro y digo:

—Lydia, abra la boca todo lo que pueda, por favor.

La mujer hace lo que le pido sin rechistar.

Percibo su mal aliento y el mal estado de su boca.

Un dentista se forraría con ella.

Y, tras ver que tiene las anginas como dos pelotas de ping-pong, pregunto:

—¿La ha visitado algún médico?

Mara y la mujer se miran, y esta última susurra haciendo un esfuerzo:

—Milady, las pocas monedas que consigo como cocinera cuando puedo trabajar son para mantener a mi familia.

—Madre es una excelente cocinera —afirma Mara.

Asiento. Sé la historia porque ella me la contó. Cada vez tengo más ganas de coger a la Pembleton y arrancarle el moño.

—Por desgracia —añade la mujer con pesar—, perdí mi empleo en la casa donde estaba, y ahora el trabajo escasea. Demasiadas bocas que alimentar, milady.

Asiento y, sin meterme, o la voy a liar más, indico:

—Tiene usted amigdalitis.

Mara y ella se miran, sin duda no entienden lo que es, y la joven dice:

—¿Eso es grave?

Lo que su madre tiene es una infección de caballo que requiere antibióticos por un tubo. Pero, claro, aún faltan muchos años para que estos sean descubiertos, y respondo sin querer concretar, pues en esta época y sin medios, hasta un raspón puede ser grave:

—Hay que tratarlo de inmediato.

E, intentando recordar lo que estudié sobre remedios naturales, pues de otra cosa no dispongo, me levanto y, dejando la vela sobre la mesilla, señalo la ventana.

—Lo primero que le prescribo es reposo hasta que se encuentre mejor. Lo segundo, no arroparse con la manta aunque tiemble a causa de la fiebre.

—Pero tengo frío —protesta ella.

Lo entiendo, todo el mundo se tapa cuando tiene fiebre, pero, tratando de que me entienda, expongo:

—Si se arropa, la fiebre que la hace temblar no puede salir de su cuerpo. Usted misma se lo impide al taparse. —Ellas asienten y agrego—: Y lo tercero que debe hacer es abrir la ventana varias veces al día para ventilar la habitación.

Mara lo hace. El aire entra y yo lo agradezco. La mujer sigue temblando; su hija me mira y dice señalando un cubo de agua algo turbia y unos paños:

—Se los pongo en la frente para refrescarla.

Asiento.

—Eso está bien, le bajará la fiebre —y, tras pensar un momento, pregunto—: ¿Disponen de agua limpia y sal?

Ellas dicen que sí.

—Lydia —indico a continuación—, ha de hacer usted gárgaras con agua y sal varias veces al día. El agua tibia mezclada con la sal aliviará el ardor y el dolor y hará bajar la hinchazón del interior de la garganta.

—Se lo prepararé, milady —afirma Mara.

Asiento de nuevo, es bueno ver la predisposición de aquella muchacha, e incapaz de callar pregunto:

—¿Tienen a alguien que les pueda echar una mano?

Sin mirarse, madre e hija niegan con la cabeza. Pudiendo delatar a Bonifacia, las dos demuestran su buen corazón al no hacerlo, y tras tomar aire digo:

—Hemos traído té y miel. ¿Tienen hinojo? —Mara dice que sí con un gesto y yo enseguida añado—: Prepárale infusiones de té con miel e hinojo. La miel pura tiene propiedades antibacterianas que ayudan a tratar las infecciones, y el hinojo le calmará las molestias que puede causar la amigdalitis.

Mara y su madre me miran como si les hablara en sueco, y rápidamente soy consciente de que he utilizado expresiones que sin duda no entienden. Así pues, vuelvo a decir lo mismo omitiendo ciertas palabras y esta vez ambas sonríen.

—Lydia, intente seguir mis consejos y dentro de unos días estará bien.

Ella asiente y luego susurra emocionada:

—Muchas gracias, milady. No sé cómo pagárselo.

—Póngase buena. Siga mis instrucciones y me daré por pagada.

La mujer sonríe. Siento pena de ella.

—¿Dónde trabajaba de cocinera?

Desesperada, ella se retira el pelo de los ojos y contesta con un hilo de voz:

—En casa de los marqueses de Glasgow.

—¿Y por qué dejó de trabajar allí?

Mara y ella se miran, y la mujer añade:

—Los señores me dijeron que ya tenían alojados en la casa a Tommy y a Mara, y que era impensable meter otra boca más.

—¿Se refiere a la pequeña Carla?

La mujer asiente.

—Es mi nieta. Mi... mi hija... murió y tuvimos que hacernos cargo de ella.

Horrorizada, no sé qué decir. Qué triste que la madre tenga que mentir para proteger a la idiota de su hija, que pasa de su familia. Está claro que su situación es complicada, pero murmuro:

—No sé si lo lograré antes de marcharme, Lydia, aunque le prometo que haré todo lo que pueda para conseguirle un empleo con el que usted y su familia puedan vivir con dignidad.

Encantada, la mujer coge mis manos entre las suyas y musita:

—Que Dios la bendiga, milady.

Con una sonrisa asiento y luego salgo de la habitación.

Instantes después Kim y yo nos despedimos de Mara, la pequeña Carla y Tommy, y con el corazón encogido por no poder hacer más, volvemos a Belgravia. Ver tanta pobreza y tanta pena afecta a cualquiera.

32

Tras el almuerzo, durante el cual no hemos comentado nada de lo que hemos hecho esa mañana, Michael se sienta junto a las butacas donde estamos leyendo y nos tiende un sobre.

—Esto es para vosotras —dice ya tuteándonos. Le costó, pero con el paso de los días accedió a hacerlo.

Craig se sienta también y yo, abriendo el sobre, musito al ver lo que es:

—Lo habéis conseguido...

Ellos asienten, y yo, enseñándoselo a Kim, digo con un hilo de voz:

—Son los pasajes de regreso a Nueva York para el día 27 de agosto.

Oír eso hace que mi amiga sonría, y Michael indica:

—Nuestra compañía no tiene ningún barco que zarpe hacia Nueva York para entonces, pero hablé con mi amigo sir John Somerset y, por fortuna, uno de los suyos parte justo ese día.

Emocionadas, Kim y yo nos miramos.

—¿Por qué no os quedáis un tiempo más? —sugiere entonces Michael—. La casa es grande, lo estamos pasando bien juntos y...

—Porque ya hemos abusado bastante de vuestra amabilidad —lo corto.

—Celeste, ¡no digas eso! —me reprende Craig.

Kim y yo sonreímos. Desde luego, más buenos y achuchables no pueden ser.

—Además, vienen tus sobrinas y... —explico.

—Estoy convencido de que a ellas les encantará encontraros aquí.

No quiero mirar a Kim porque me voy a reír. Si sus sobrinas llegan, no sé si les encantará encontrarse con dos desconocidas... Y Kim, que debe de pensar lo mismo que yo, dice:

—Gracias por todo a ambos, pero hemos de regresar a nuestro hogar —y, mintiendo, añade—: Nuestro viaje comenzó hace meses, como os comentamos, y ya es momento de emprender el retorno. Y por vuestras sobrinas no os preocupéis. Cuando vuelvan a Nueva York, las veremos y sin duda tendremos muchas cosas que comentar con ellas.

Todos sonreímos por eso, y Michael, aclarándose la voz, señala:

—Nos entristece vuestra marcha, y os aseguro que os añoraremos muchísimo. Dicho esto, debéis saber que hoy mismo tenemos que partir hacia Escocia. Craig y yo debemos resolver un asunto en Edimburgo y no regresaremos hasta el día antes de ir a Bedfordshire.

—¿Os vais a Escocia? —pregunto extasiada.

—Sí —afirma Michael.

—¿A Edimburgo? —insisto con el corazón latiéndome a mil.

Ellos asienten y yo musito emocionada:

—Siempre he querido ir allí.

Craig y Michael se miran, y el primero dice:

—Acompañadnos. Edimburgo es una curiosa ciudad para conocer.

Bueno..., bueno..., bueno..., ¡lo que me entra por el cuerpo!

¡Edimburgo! ¡Escocia!

Dios..., Dios..., Diosss... ¡Sí! ¡Claro que sí!

Kim me mira con seriedad y no responde nada y yo, sonriendo, tomo aire. Conocer Escocia y sus rudos y varoniles *highlanders* de la época siempre ha sido el sueño de mi vida, pero un clic me hace cambiar de opinión, por lo que no digo ni mu.

Pero ¿qué me ocurre?

De pronto, sin dar crédito, me sorprendo al darme cuenta de que no quiero alejarme de Londres, de que los escoceses me dan igual y de que el culpable de todo eso es... es... ¡un inglés!

¿En serio estoy en mis cabales?

¿Por un inglés?

¿En serio voy a decir que no a un viaje a Escocia? ¿A Edimburgo? ¿Por un inglés?

Todos me miran esperando que conteste algo, y, tomando aire, me aliso el pliegue del vestidito de muselina blanco que llevo y susurro tras mirar a Kim:

—Gracias por la invitación. Pero creo que a Kimberly y a mí nos apetece disfrutar los días que nos quedan en Londres.

—Nooooo —musita Craig decepcionado.

Mi amiga respira aliviada. Yo no sé si respiro o no, pero Michael indica mirando a Craig:

—No pasa nada. Regresaremos a tiempo para acompañarlas a la semana festiva por el cumpleaños de la duquesa en Bedfordshire.

En el rostro de Craig veo la pena y, para intentar que sonría, cuchicheo pellizcándolo en la pierna:

—Tendremos una estupenda despedida antes de irnos.

Él asiente, finalmente sonríe y no dice más.

* * *

Esa tarde, cuando ellos dos se marchan a Escocia y nos quedamos solas en la casa, Kim se mofa divertida:

—Has rechazado un viaje a Escocia... ¡No me lo puedo creer!

Asiento y, todavía consternada, respondo:

—No me lo creo ni yo.

Mi amiga se carcajea, bromea al respecto, y yo no sé si reírme o llorar.

Winona y Anna entran entonces en la sala en la que estamos. Rápidamente nos consultan si nos parecen bien las comidas planeadas para el día siguiente, y cuando asentimos y Winona se retira muy seria, Kim le pregunta sorprendida a Anna, que está cogiendo un jarrón en ese momento:

—¿Qué le ocurre a Winona?

La joven, a quien no se le da nada bien mentir, contesta:

—Nada, milady.

Kim y yo nos miramos y, acorralando a Anna, insistimos mientras le quitamos el jarrón de las manos.

—Sabemos que a Winona le ocurre algo. ¿Qué es?

La pobre lo piensa, maldice, y finalmente señala:

—Winona me va a matar como se entere de que se lo he dicho, pero...

—¿Pero...? —pregunto.

—El caso es que no sé cómo decirles esto sin llegar a incomodarlas. Pero, por norma, cuando los señores se marchan de viaje, mi tía y yo aprovechamos para ir a Mánchester con la familia, y como el marido de Winona está así..., pues claro...

—¿Y por qué no os vais? —quiero saber.

Anna resopla.

—Porque hay que atenderlas a ustedes.

Oír eso me hace gracia. Por favor, que no somos unas niñas. Y, tras mirar a Kim, cogemos a Anna de la mano y las tres nos dirigimos hacia la cocina. Una vez que llegamos allí, vemos a Winona sentada frente a la mesa y, mirándola, digo:

—Winona, queremos que Anna y tú os vayáis a Mánchester.

La mujer rápidamente se levanta y niega con la cabeza.

—No, miladies. No podemos hacer eso. Tenemos que atenderlas.

Pobre... Me da rabia que por nuestra culpa no pueda visitar a su familia.

—Winona, ya está todo arreglado —interviene Kim—. He hablado con lady Louisa y nos alojaremos en su casa para que vosotras podáis ir a Manchester.

Anna la mira sorprendida, sabe que miente como una bellaca, y tras pedirle silencio añado:

—Haremos vida en su casa. No tenéis por qué preocuparos.

Winona sonríe, sabemos lo importante que es para ella ir a su casa, y las apremio:

—Vamos, recoged vuestras cosas. Tenéis que partir en el último coche de la tarde.

Sin más, y creyendo todo lo que decimos, la mujer asiente y, media hora después, cuando ella y Anna van a salir por la puerta, murmuro dirigiéndome a esta última:

—Ni una palabra a Winona.

—Pero, milady...

—Anna —la corto—, estaremos bien.

Finalmente la pobre chica asiente. Sonríe y, del brazo de su tía, se aleja a toda prisa para coger el último coche de la tarde.

Contentas por ver la felicidad en el rostro de Winona, permanecemos aún con la puerta abierta cuando exclamo:

—¡Estamos de Rodríguez! ¡Esta noche, fiesta loca...!

33

Tras una noche en la que he podido dormir en bragas tranquilamente sobre la cama, ir en bragas sin problema por el pasillo y desayunar en bragas en el sofá, no puedo dejar de pensar en mi duque, y sonrío al recordar esos ojos azules, y esos labios. Uf..., lo que me entra por el cuerpo.

Una vez que Kim y yo nos vestimos y nos peinamos, nos sentamos en el salón para hablar y por la ventana vemos que la puerta del casoplón de enfrente se abre y por ella salen lady Cruella de Vil y Bonifacia. Ambas van muy peripuestas, montan en un carruaje y se marchan.

El momento perfecto para ir a visitar a las chicas.

Instantes después, cuando llamamos a su puerta, nos abre Barney.

—Bienvenidas, miladies —saluda—. Las señoritas están en el salón principal.

Gustosas, sonreímos. Kim lo mira y, de pronto, acercándose a él, pone la mano en la mejilla del pobre hombre, que se queda petrificado, y dice:

—Tienes los ojos más dulces y bonitos que he visto en mi vida.

Sorprendido, él asiente y susurra:

—Gra... gracias, milady.

Tirando de Kim, la alejo de él y, según caminamos hacia el salón, musito:

—Pobrecillo, ¡¿no has visto su cara de susto?!

Mi amiga sonríe.

—Necesitaba tocarlo. Al fin y al cabo, para mí es mi padre.

Sonrío a mi vez, tiene razón.

Entramos en el salón principal, donde encontramos a Abigail y a Prudence bordando y a Catherine leyendo. Vernos las alegra, y nos unimos a ellas.

Durante un rato observo cómo bordan, menuda paciencia tienen, hasta que Catherine, deseosa de quedarse a solas con nosotras, comenta:

—En mi habitación tengo el perfume del que os hablé. Subamos y os lo enseñaré.

De inmediato, Kimberly y yo nos levantamos. Pero cuando Abigail hace lo mismo, consciente de que Kim quiere pasar tiempo a solas con Catherine, me siento e indico:

—Subid Kim y tú. Yo me quedo aquí con Abigail y Prudence, observando sus labores de costura.

Abigail vuelve a sentarse y Kim asiente con una sonrisa.

Cuando ellas dos se marchan, Prudence pregunta dirigiéndose a mí:

—¿Qué tal has descansado hoy?

—He dormido como un tronco.

En cuanto digo eso, noto que ambas me miran y, antes de que pregunten, aclaro:

—Dormir como un tronco significa dormir mucho y muy bien.

Ambas asienten, y luego Abigail cuchichea:

—¡Qué raritos sois los americanos!

Eso me hace gracia.

—¿Te gusta coser? —se interesa Prudence a continuación.

—No.

Mi respuesta tan tajante hace que las hermanas se miren.

—¿Por qué, si es algo que templa los nervios? —quiere saber Abigail.

Uf..., a ver cómo le explico yo que ni siquiera sé coger una aguja.

—El arte de la costura es algo que no está hecho para mí —digo.

Ellas intercambian una mirada y sonríen, pero, de pronto, la puerta del salón se abre, entra una criada y ofrece:

—¿Desean que les traiga limonada fresca, miladies?

—Sería maravilloso —asiente Prudence.

Una vez que la criada se marcha, oímos que llaman a la puerta de la calle e, instantes después, la misma criada regresa y anuncia:

—Miladies, acaba de llegar la costurera de la señorita Hawl para la prueba de sus vestidos.

Rápidamente Abigail y Prudence se levantan, y la primera dice emocionada:

—Que suba a mi habitación. Nos los probaremos allí.

Me hace gracia ver su excitación.

—Abigail y yo encargamos vestidos nuevos para la fiesta del sábado —comenta Prudence—. Catherine no quiso.

Asiento gustosa.

—Id a probároslos. Yo esperaré aquí.

Sin más, ambas se marchan locas de alegría y, al quedarme a solas en la bonita y amplia estancia, me dirijo hacia la biblioteca, que sé muy bien dónde está.

Al entrar, la observo con atención y veo que no ha cambiado nada. Es exactamente la misma biblioteca de la que Kim disfruta en la actualidad, y eso sin duda le da un gran valor.

Con curiosidad, leo distintos títulos y, entre ellos, distingo un ejemplar de *La vida es sueño* de Calderón de la Barca. ¡Qué pasada!

Autores como Charles Perrault, Daniel Defoe o Samuel Richardson, que conozco gracias a Kim, que es una gran amante de los libros, ocupan las repletas estanterías. Sonrío al leer el título de *La princesa de Clèves*. Sé que a Kim le apasionó esa novela, y recuerdo cuando me habló de ella y me dijo que había sido escrita por una condesa francesa a la que llamaban Madame de La Fayette.

Tras pasar un rato cotilleando entre los antiguos libros, que son una maravilla, al ver la puerta entreabierta de la salita de música entro en ella y enseguida mis ojos vuelan hacia la guitarra española.

¡Viva España!

Es una auténtica preciosidad y, acercándome a ella, la cojo entre mis manos y me siento en una silla.

Durante unos minutos disfruto del tacto suave de la guitarra, hasta que no puedo refrenarme más y toco sus cuerdas. Uf, cómo suena. Inevitablemente, mis dedos se mueven solos, y al comprender qué canción estoy tocando, sonrío.

¡Madre mía, cuántos días sin escuchar mi música y, sobre todo, sin tocar la guitarra!

Creo que es la primera vez en mi vida en que la música no forma parte de mi día a día. Estoy acostumbrada a levantarme, poner música en la radio o en mi móvil o pedírsela a Alexa, y ya ni te cuento lo que disfruto tocándola yo con mi guitarra.

Tras unos acordes, comienzo a tararear muy bajito y en inglés la canción *Casi humanos*, de Dvicio. Cierro los ojos y disfruto del momento cantando esa música que tanto me gusta.

No sé cuánto tiempo ha pasado cuando, de pronto, oigo un ruido, abro los ojos y me quedo de pasta de boniato al ver junto a la puerta a mi duque. A ese maldito inglés que ha hecho que prefiera quedarme en Londres que viajar a Escocia.

¿Me lo perdonaré algún día?

Pero ¿desde cuándo está ahí?

Sin decir nada, nos miramos y, dejando la guitarra apoyada en la silla, me levanto y voy a hablar cuando pregunta:

—¿Por qué se detiene? Lo que cantaba, aunque bajito, parecía bonito.

Oír eso me hace gracia, ya sé que la canción es bonita; tomo aire y me dispongo a hablar cuando, aunque no veo a Robert, oigo su voz, que dice:

—Kenneth, Barney nos traerá enseguida los papeles que necesitas.

En ese instante, Robert entra en el salón y, al verme, me saluda con una sonrisa.

—Lady Celeste, no esperaba que estuviera usted aquí.

Sonrío, menuda pillada..., y enseguida aclaro:

—Catherine y Kim han subido a oler un perfume, y Prudence y Abigail están en sus habitaciones con la modista.

—¿Y cómo es que usted no está con ellas? —pregunta Kenneth interesado.

—Simplemente porque he decidido esperarlas aquí.

Robert y Kenneth se miran. No sé qué pensarán de mi contestación, pero en ese momento una criada entra y le tiende a Robert una nota.

—Señor, hace un rato ha llegado esto para usted —explica.

Él la coge y, tras ver el remitente, dice mirándonos:

—Disculpad, regreso dentro de un instante.

Dicho eso, sale del saloncito de música y Kenneth y yo nos quedamos a solas y en silencio.

Sin saber qué hacer, porque este hombre me inquieta, me acerco a la ventana, y estoy mirando al exterior cuando noto que se aproxima a mí y, sin tocarme, comenta:

—Posee usted una bonita voz y toca muy bien la guitarra.

—Gracias.

—¿Qué canción era?

Sonrío. Y, sin querer responder a su pregunta, señalo:

—No lo vi a usted en el baile de los condes de Hammersmith.

Kenneth asiente y, tras apoyarse en la otra esquina de la ventana, responde:

—Tenía un compromiso.

—¿Con alguna amiga?

Según suelto eso, me sorprendo. Pero ¿desde cuándo pregunto yo semejante cosa?

Mi cara de pasmo creo que le extraña incluso a él, que replica:

—¿Debo contestar a eso?

Rápidamente niego con la cabeza.

—No, no... Por supuesto que no. Disculpe mi atrevimiento.

Kenneth sonríe. Yo no. Nunca he sido celosa. Nunca he sido controladora. ¿Qué hago preguntando algo tan molesto?

Estoy pensando en mi metedura de pata cuando él se interesa:

—¿Lo pasó usted bien en el baile?

—Fue muy divertido —afirmo acalorada.

Ambos sonreímos, y luego él insiste:

—¿Su carnet de baile se llenó?

Eso es de tan mal gusto como lo que he preguntado yo, por lo que digo con toda mi mala baba:

—¿Debo contestar a eso?

Kenneth no se mueve, solo me mira.

—Me gustaría saberlo —contesta al cabo.

—¿Por qué?

No responde. Y, segura de que los dos estamos comenzando a jugar con fuego, resoplo y pregunto olvidándome del puñetero protocolo:

—A ver, Kenneth... Si tanto te interesa si pensé en ti o no, ¿por qué no lo preguntas directamente?

El descaro de mis palabras lo hace levantar una ceja.

—Algún día su osadía le acarreará problemas, milady.

Resoplo y levanto la vista al techo.

Como decía la canción que cantaba antes, este hombre me va a quemar a fuego lento. No entiendo por qué a veces somos Kenneth y Celeste y otras no.

—Vale, volvamos al «usted» y olvidémonos del «tú y yo» —le pido mirándolo.

—Buena decisión —afirma con una sonrisita.

Me quedo rumiando en silencio durante unos instantes, y de pronto él dice:

—¿Pensaste en mí?

Rápidamente lo miro.

Bueno..., bueno..., me está cabreando de lo lindo. Y, sin saber por qué, echo el aliento en el cristal de la ventana y, cuando el vaho lo empaña, escribo con el dedo la palabra «No».

¡Qué mentirosa soy!

Durante unos instantes ambos miramos la palabra, que poco a poco se desvanece, y entonces él me imita y veo que escribe: «Yo en ti, sí».

Bueno..., bueno..., bueno..., ¡lo que me entra por el cuerpo!

Quiero besarlo. Quiero abrazarlo. Quiero desnudarlo. Quiero...

Y entonces él coge mi mano y dice:

—Me gusta ver que llevas ese anillo que se parece tanto al de mi padre.

Asiento turbada por su contacto como una quinceañera. Pero después recupero mi mano e indico malhumorada:

—Me alegra saberlo.

Acto seguido, me alejo de él. Estoy nerviosa porque me desconcierta. No quiero mirarlo a los ojos, pero él comenta acercándose de nuevo a mí:

—Te noto esquiva, ¿ocurre algo?

Joderrrrrr...

Mira que estoy intentando contener ese genio que tengo, pero quien me busca me encuentra, y cuando lo miro para cantarle las cuarenta, se abre la puerta y aparecen Catherine y Kim.

—Kenneth, ¡qué alegría verte aquí! —saluda la primera.

Él no se mueve de donde está. Sabe que seguramente iba a decirle algo inapropiado y, sin mirarlas, me pregunta:

—¿Qué iba a decirme usted, lady Celeste?

Los tres me miran mientras siento cómo mi cuerpo burbujea por dentro.

Estoy enfadada, pero ¿por qué?

Quiero decirle algo, pero ¿el qué?

Mi confusión es tal que miro a Kim, que sin hablar me lo dice todo, y, suspirando, respondo:

—Nada importante..., duque.

Entonces entra también Robert junto a un hombre al que de inmediato Kim y yo identificamos como Vincent. ¡El que iba la otra noche con el Muñeco!

Él nos mira con curiosidad y, al reconocernos, dice sonriendo:

—¿Pudieron solucionar el perjuicio de la otra anoche?

Kim y yo nos miramos. Los tres reímos, y Kenneth dice frunciendo el ceño:

—¿A qué perjuicio se refiere?

Vincent, que es un tipo con una bonita sonrisa, contesta:

—Caleb y yo las encontramos algo indispuestas.

Nos vuelve a entrar la risa, y Catherine interviene:

—¿Está hablando del conde Caleb Alexandre Norwich?

Vincent asiente y yo, deseosa de dejar con la intriga al duque, miro al primero e indico:

—No cuente lo ocurrido, por favor. Es preferible que quede entre nosotros.

Vincent sonríe, Kim también, y Robert y Catherine se miran mientras Kenneth resopla. ¡Bien!

En ese instante se nos unen Prudence y Abigail y, cuando estamos todos hablando en el saloncito, aparece lady Cruella sin la Pembleton. Estoy por preguntar dónde está, pero, la verdad, ¡me importa un pepino!

—Madre, ¿no has salido con Bonnie? —dice Catherine.

Ella se quita los guantes con delicadeza y, sonriendo, musita:

—Sí, querida. Pero se ha quedado con tu padre en el despacho, pues él deseaba hablar con ella del viaje a Gales.

—¿Los has dejado solos? —quiere saber Catherine.

Cruella asiente y, sonriendo, cuchichea:

—Por supuesto, hija. Tu padre y ella tenían que hablar.

Según dice eso, Kim y yo intercambiamos una mirada.

¿Por qué Catherine insiste tanto?

Y, sin necesidad de que nos lo diga, lo leemos en su rostro: ¡sabe lo que hay entre su padre y su cuñada!

¡Eso era lo que decía en el diario que había descubierto!

Lady Cruella de Vil se alegra de ver a tanta gente en su casa, y rápidamente, tras llamar al servicio, Barney acude y le hace saber que almorzaremos todos allí.

Kim y yo aceptamos la invitación. Total..., tenemos que comer.

34

El almuerzo sin la falsa Pembleton es mucho más ameno en casa de lady Cruella, aunque, al saber que Catherine está al corriente del lío que tienen su padre y su cuñada, Kim y yo estamos en un sinvivir.

Ahora entendemos sus anotaciones en el diario. Comprendemos el mal rollo que hay entre ellas y estamos deseando quedarnos a solas con Catherine para poder hablar del tema. Sin duda, la joven lo necesita.

Durante la comida soy consciente de cómo Kenneth me observa con disimulo mientras yo charlo con Vincent. El duque no es mi novio, no es mi amante, no es nada mío, pero siento que entre él y yo hay una atracción sexual tremenda y difícil de controlar. Al menos para mí.

Tras la comida, Bonifacia regresa junto a su marido Percival. El pobre, como siempre, es un títere a su lado..., pero es que Percival es un títere al lado de cualquiera. No conozco a nadie en el mundo que tenga menos sangre que él. Como diría mi yaya, ¡es una cosa tonta!

Pensar en lo que Catherine sabe y calla y recordar a la familia de aquella imbécil me enfurece y me apena a partes iguales.

¿Cómo Aniceto y Bonifacia pueden jugar con las personas de ese modo tan cruel?

Estoy pensando en eso cuando lady Cruella, cogiéndole las manos a Bonifacia, pregunta:

—¿Qué te ha dicho padre?

No sé qué le contesta ella, pues lo hace en susurros, pero finalmente oigo que afirma:

—Le he dicho que lo pensaré.

Lady Cruella asiente.

—Estoy convencida de que harás lo más acertado, mi querida niña —musita con cariño—. Si aquí hay alguien lista y que sabe aprovechar las ocasiones, esa eres tú.

Según oigo eso, asiento. Desde luego, lista y aprovechada ¡lo es un rato! Pobre Cruella, qué engañada está.

Bonifacia asiente, y en ese instante Robert y Vincent proponen ir a dar un paseo por los Jardines de Vauxhall, pues hace un bonito día, y nos apuntamos encantadas. Percival, en cambio, se desmarca, como siempre, prefiere estar solo, pero lady Cruella y Bonifacia deciden acompañarnos. Está claro que asumen su papel de carabinas.

Dando un agradable paseo llegamos a los Jardines de Vauxhall, donde rápidamente Cruella y la Pembleton saludan a todas aquellas con las que nos vamos cruzando: lady Pitita y su séquito y, más tarde, lady Facebook y lady Instagram. Desde que las bautizamos con esos motes, no recordamos su verdadero nombre.

Vincent, Robert y Kenneth van tras nosotras hablando de sus cosas, y en varias ocasiones, cuando vuelvo la cabeza, la mirada de Kenneth y la mía se encuentran. Menuda tensión se ha creado entre nosotros.

Estoy sonriendo por ello cuando Kim musita tras mirar a Kenneth:

—Aunque no dispongo de mi sexto sentido, presiento que va a pasar algo entre vosotros...

Asiento, a buen entendedor, pocas palabras bastan, y afirmo:

—Presientes bien.

Reímos por eso y Catherine, que se está enterando de lo que decimos, musita:

—Kenneth es uno de los hombres más codiciados por las féminas.

—No me extraña... —comento escaneándolo con la mirada.

—Como tú dices —añade ella bajando la voz—, es ¡un pibonazo!

Oírla decir eso hace que nos riamos y, como era de esperar, él se da cuenta y me mira. Sabe que no puede acercarse a mí y yo, para tensar un poquito más la cosa y provocarlo, porque soy una puñetera provocadora, le guiño un ojo y me muerdo el labio inferior.

Veo que parpadea y se mueve inquieto. ¡Qué monooooo! No está acostumbrado a que una dama de la aristocracia sea tan descarada con él, pero al final sonríe.

Kim, que nos lleva cogidas a Catherine y a mí del brazo, se detiene de pronto. El grupo se aleja unos pasos y entonces ella dice:

—Catherine, ¿puedo preguntarte algo tremendamente indiscreto?

Uf..., uf..., sé lo que va a decir, y cuando aquella asiente, Kim suelta:

—Estás al corriente de lo que hay entre tu padre y Bonnie, ¿verdad?

La pobre Catherine deja de respirar. Creo que lo último que esperaba era esa pregunta.

—Tranquila —murmuro viendo su apuro.

Catherine se vuelve para que nadie la vea. Se lleva la mano a la boca y susurra:

—Os suplico que no digáis nada. Por favor..., por favor.

Ver su pena me destroza el corazón. No ha de ser fácil saber lo que sabe y callar.

—Tranquila, cielo —responde Kim con cariño—. Por supuesto que no diremos nada.

Ella asiente aliviada, hace esfuerzos por no llorar y luego musita:

—Si madre o Percival lo supieran, los mataría.

Kim y yo afirmamos con la cabeza. Está claro que a cualquiera le destrozaría una noticia como esa. Y Kim, que necesita enterarse de que está al corriente exactamente, insiste:

—¿Qué sabes de Bonnie?

Catherine sonríe con amargura.

—Que es la amante de padre..., ¿te parece poco?

Yo suspiro. Desde luego, el tema no es fácil, y a continuación ella añade:

—Desde el primer instante en que la vi no me gustó. Mi sexto sentido me decía que había algo raro en ella y... y con el tiempo lo descubrí. Bonnie es... es una horrible mujer que no tiene corazón ni principios. Habla con madre, la agasaja haciéndole creer que es una hija más, cuando en realidad es... es...

—Una perra —termino la frase.

Catherine asiente, aunque ese tipo de palabras no caben en su vocabulario.

—No me extraña que no tenga familia y esté sola en el mundo —susurra a continuación.

Kim y yo nos miramos. El sexto sentido de Catherine sin duda la avisó de algo, pero por suerte no de todo. No sabe que su padre y que la joven tienen una hija, ni que Bonifacia se llama Lili.

Durante unos minutos dudo qué decir y hacer, hasta que veo a Kim negar con la cabeza. En silencio me está diciendo que calle lo que sabemos. Hundir más a Catherine sería tremendamente doloroso para ella, y, entendiéndola, musito:

—Por nosotras nadie lo va a saber, por eso no te preocupes.

Catherine resopla. Durante unos minutos mira hacia el infinito y por último cuchichea:

—Lo descubrí una tarde. Madre, Abigail, Prudence y Percival se habían ido a visitar a lady Casterbridge. Oí ruidos en la habitación de padre y... y...

—No continúes. Nos lo imaginamos —repone Kim.

Durante unos segundos las tres permanecemos en silencio, hasta que Catherine dice:

—Callo por madre y mis hermanos. Un escándalo así podría arruinar las fábricas de padre y Percival, además del futuro de mis hermanas.

Asentimos. Sabemos que la estricta aristocracia inglesa se echaría sobre todos ellos sin importarles realmente quiénes son los culpables.

—Desearía que... que esa perra y Percival se trasladaran a vivir a Gales —añade Catherine—. Sé que eso no solucionaría el problema, pero...

—Niñas... Niñas... —Es la voz de Cruella, que nos llama—. Vamos, no os quedéis rezagadas.

Las tres comenzamos a caminar hacia los demás y Kim comenta:

—Ya hablaremos en otro momento de este tema.

—Será lo mejor —conviene Catherine volviendo a sonreír.

Abigail se acerca entonces a nosotras y rápidamente, como si no pasara nada, las tres respondemos a las preguntas que nos hace sobre su parasol. Minuto a minuto, siento que Catherine se va relajando y mis ojos vuelven de nuevo a mi duque.

Nuestro juego de miradas prosigue. Yo no sé a él, pero a mí me está poniendo cardíaca.

—¿Qué hay entre Kenneth y tú? —me pregunta Catherine de pronto.

Divertida, suspiro y, dejando de mirarlo, indico:

—Haber, lo que se dice haber..., ¡no hay nada!

—¿Y por qué os miráis como si quisierais comeros?

Oír eso tan directo por parte de Catherine me hace reír y, sin cortarme un pelo, respondo:

—Porque queremos comernos.

Ella se pone roja, pero roja como un tomate, hasta que al final susurra:

—¿Te has enamorado de él?

Al oír eso, niego con la cabeza sin dudarlo. Kenneth me atrae, me gusta, pero no puedo decir que se trate de amor.

—No llames a esto amor cuando simplemente puede ser sexo.

—¡Cielo santo, Celeste! —musita acalorada.

Ver su gesto azorado me hace gracia, y cuchicheo:

—No me he enamorado de él. Pero es un hombre que me atrae mucho y deseo conocerlo un poco más.

—¡Yo diría que quieres conocerlo un mucho más! —afirma Kim.

Ambas reímos por eso, pero en ese momento oímos las voces de Cruella de Vil y la Pembleton. Al mirar, veo a dos chiquillos sucios y harapientos frente a ellas y de inmediato reconozco a uno de los pequeños. Pero ¡si es Tommy, el hermano de Bonifacia!

Kim me mira y yo a ella. Por suerte, Catherine no está al corriente de ello.

—Lo que faltaba —susurro.

Lady Cruella, malhumorada, hace aspavientos con las manos para ahuyentar a los chiquillos, mientras Bonifacia exclama:

—¡Fuera de aquí, pillastres!

—Por Dios, querida, ¡qué mal huelen! ¡Échalos! —gruñe Cruella.

Bonifacia asiente. En su rostro no veo un ápice de lástima por lo que está haciendo, y, dándole a Tommy con el parasol, insiste:

—¡Fuera! ¡Vamos! ¿Acaso queríais robarnos?

Desde donde estoy, miro el rostro del pequeño. Sin duda está aleccionado para no decirle nada aunque la vea, pero los ojos se le llenan de lágrimas y lo oigo decir:

—Milady, solo queríamos entregarle este guante, que se le ha caído.

—¡Ni lo toques, Bonnie! —chilla Cruella—. A saber qué enfermedades tiene ese chiquillo maloliente, podría contagiarnos.

Oír eso me parte el alma.

¿En serio esa imbécil no va a dar la cara por él?

Estoy pensando en darle un golpe con el parasol a esa tonta del bote cuando Kenneth, acercándose al niño, coge el guante que este sostiene y murmura:

—Muchas gracias por tu buena acción.

Sin poder evitarlo, me aproximo a ellos y, al ver que Kenneth le da unas monedas que el crío acepta encantado, con una sonrisa le digo al pequeño:

—Gracias, cariño. Lo que has hecho ha sido muy amable.

Todos nos observan, y el crío, que intuyo que me ha reconocido, musita:

—Un placer, milady.

Complacida, toco su cabeza y, cuando él se marcha corriendo junto a su amigo, me vuelvo hacia la Pembleton, le quito el guante de la mano a Kenneth y, clavando los ojos en ella, digo en voz baja:

—Tu guante.

Bonnie lo mira y, cuando creo que por fin va a decir algo, Cruella tercia:

—Oh..., hace mucho calor. Vayamos a beber algo fresco para olvidar la angustia de lo sucedido con esos truhanes.

Y, sin más, echa a andar. Todos la siguen y, cuando Bonifacia va a dar media vuelta, la agarro del brazo e insisto:

—¡Tu guante!

Ella lo mira y después me mira a mí con desprecio.

—Puedes tirarlo. Lo ha tocado esa basura de muchachito y no quiero que me contagie alguna enfermedad.

¿En serio?

¿De verdad está rechazando lo que su hermano le ha entregado?

¿En serio lo ha llamado «basura»?

Y, al ver que nadie puede oírnos, me acerco a ella y siseo:

—¿No te da vergüenza tratar así a un niño?

Con una media sonrisa, Bonifacia me mira y susurra:

—Vergüenza tendría que daros a ti y al duque... ¿O acaso crees que no me he dado cuenta de cómo os miráis?

Vale. Lo mío con Kenneth cada vez está siendo más complicado de gestionar, por lo que cuchicheo sonriendo:

—¿Acaso lo que ves es una indecencia?

Ella asiente y yo, deseosa de meterle el guante por el trasero, mascullo acercándome más:

—Escúchame, maldita cerda, porque solo te lo voy a decir una vez. Sé que ese muchachito es tu hermano Tommy. Sé que no eres Bonnie Pembleton porque te llamas Lili Brown, y tienes a tu familia abandonada y hundida en la miseria en tu propio beneficio. También sé que tu suegro es más que tu suegro e incluso tienes una hija con él. Eso, querida Lili, sí que es una indecencia. Y como se te ocurra contarle al conde que lo sé, prepárate, porque voy a armar tal lío que no vas a tener suficiente Inglaterra para esconderte.

Según digo eso, su rostro sonriente cambia. No esperaba en absoluto mis palabras.

—Y, dicho esto —añado—, te voy a exigir tres cosas. La primera, que permitas a tu familia salir adelante. La segunda, vas a cambiar tu actitud para con Catherine, Prudence y Abigail. Y la tercera, vete pensando en tu traslado a Gales con Percival. Si no lo haces, te aseguro que, aunque esté en Nueva York, todo el mundo sabrá la verdad de quién eres, y a ver cómo demuestras entonces que miento.

Compruebo que Bonifacia deja de respirar y, antes de que yo pueda hacer nada, cierra los ojos y cae desplomada. ¡Se desmaya!

¡La madre que la parió!

El trastazo que se pega contra el suelo llama la atención de todos, que vienen corriendo a auxiliarla. Lady Cruella suelta el parasol horrorizada y, arrodillándose junto a ella, le da toquecitos en la cara.

—¿Qué le has dicho? —me pregunta Kim con disimulo.

—Lo que se merece —afirmo.

Y, viendo el agobio de todos, tomo aire y digo acercándome a ellos:

—Dejen espacio para que circule el aire y súbanle las piernas.

Según van a hacerlo, Cruella se niega.

—Oh, no, ¡qué indecencia!

—Háganlo —insisto—. Levantarle las piernas ayudará a la circulación sanguínea.

Lo dicho hace que todos me miren, pero insisto:

—Por el amor de Dios, ¡¿quieren hacerme caso?!

Al final Kenneth y Robert lo hacen, y yo, agachándome, miro a esa imbécil y, soltándole dos bofetones que no son para nada necesarios, la llamo:

—¡Vamos, Bonnie, abre los ojos!

Instantes después, se mueve. Abre lentamente los ojos y, cuando veo que me mira, musito sonriendo:

—Tranquila, estás bien. Ahora respira con normalidad, haz caso de lo que te digo y te aseguro que todo irá bien.

Bonifacia asiente con gesto desconcertado. Recuerda perfectamente lo que le he dicho antes del desmayo, y cuando entre Kenneth y Robert la levantan, lady Cruella musita agarrándola del brazo:

—Vayamos a aquel banco, querida. Debes sentarte.

Tras un rato en el que la Pembleton apenas puede articular palabra, pues lo que ha oído de mi boca es como poco desconcertante, acabamos retomando el paseo.

—Te envidio —dice Catherine en un momento dado acercándose a mí.

—¿Por qué?

—Porque habría matado por darle el par de tortazos que le has dado a Bonifacia.

Me río divertida y luego cuchicheo:

—Cuando quieras hago que se desmaye y esta vez los tortazos se los das tú.

Reímos. Es imposible no reír ante esa maldad.

—Le he dicho que se marche a Gales o le contaré a todo el mundo lo que hay entre ella y tu padre —indico.

Catherine me mira horrorizada.

—Tranquila, no lo haré —musito—. Pero la presión hará que se vaya.

Gustosa, ella asiente, y Kim, para cambiar de tema, pregunta:

—¿Se verá muy mal si le pregunto a Vincent por el Muñeco?

—¡Probablemente se verá fatal! —replico. Catherine me da la razón, y yo añado—: Pero, chica, ¿te vas a quedar con las ganas de preguntar?

Kim niega con la cabeza y, moviéndose, mira hacia donde está Vincent y, tras llamar su atención, pregunta como si no lo supiera:

—¿Cómo ha dicho que se llamaba el hombre que lo acompañaba el otro día?

Vincent sonríe, le dice el nombre que ella conoce muy bien y Kim añade:

—Quisiera enviarle una nota para disculparme por mi bochornoso comportamiento.

Oír eso hace que Kenneth frunza el entrecejo, y Vincent responde:

—Esta noche Caleb asistirá al baile de los duques de Camberland y usted misma podrá decirle personalmente lo que desee.

Kim asiente y me mira, no sabíamos nada de ese baile, y con cierto pesar susurra:

—Nosotras no asistiremos. El vizconde y tío Craig están fuera de la ciudad por negocios. Y es una pena, puesto que nuestro tiempo en Londres se acaba. Dentro de unos días regresamos a Nueva York.

Según mi amiga dice eso, Kenneth me mira. Y yo, encogiéndome de hombros, le sonrío y no digo nada.

—Me apena mucho que partan ustedes antes de que finalice la temporada —comenta Robert—. Y precisamente por ello no pueden saltarse ni una fiesta, miladies.

—Y no se la saltarán —asegura Vincent—. Yo mismo las recogeré hoy y las acompañaré.

Miro a Kenneth y en su gesto veo cierta incomodidad por la invitación. Acto seguido, Kimberly y yo nos damos la vuelta encantadas y seguimos caminando con una sonrisa, mientras las palmas de nuestras manos chocan porque sabemos que se presenta ¡una gran noche!

35

Como nos ha prometido, el simpático de Vincent viene a recogernos a Belgravia en su coche de caballos. Encantadas, y tras ataviarnos como dos repollos distinguidos sin la ayuda de Anna, Kim y yo dejamos con disimulo las enormes llaves de hierro forjado de la casa bajo un macetero que hay en un lateral de la entrada y montamos en el carruaje para ir al baile que los duques de Camberland ofrecen en su casoplón londinense.

Gustosas, entramos junto a Vincent en el salón y Kim casi se desmaya cuando divisa a su Muñeco al fondo rodeado de infinidad de mujeres. La verdad..., el tío no es que sea guapo, es que es ¡impresionantemente perfecto!

Es más, si viviera en el siglo XXI, estoy convencida de que sería un modelazo muy solicitado por todo el mundo, porque tan solo mirarlo ¡es un escándalo!

¿Acaso se puede ser más perfecto?

Como esperábamos, Vincent camina en su dirección y nosotras lo seguimos. Y, cuando llegamos a su altura, dice mirándonos:

—Lady Kimberly, lady Celeste, les presento al conde Caleb Alexandre Norwich.

Como manda el protocolo, las dos hacemos una leve reverencia de lo más cuqui y, cuando nos erguimos de nuevo, él pregunta:

—¿No nos hemos visto antes?

Según oigo eso, sonrío y Kim, tapándose un ojo con comicidad, sin importarle cómo nos miran el resto de las mujeres, suelta:

—¿Le recuerda esto algo?

Él se apresura a asentir con una sonrisa, y luego cuchichea con gesto divertido:

—Espero que el problema que tuviera usted ya esté solucionado.

Kim afirma con la cabeza, y con su cara de «aquí estoy porque he venido», declara:

—Nada dura para siempre, ni siquiera los problemas.

—Buena apreciación —indica el Muñeco complacido.

—Lo sé —afirma Kim con una más que radiante sonrisa.

Durante unos minutos permanecemos junto a aquel, Vincent y las demás mujeres. Pero, como era de esperar, estas, que desean ser miradas y admiradas, en cuanto pueden nos apartan, y nosotras se lo permitimos.

Desde donde estoy, observo al Muñeco, es tan guapo que no parece real, y acercándome a Kim susurro:

—Es una monada, pero si me dan a elegir entre él y Gael, me quedo con este último. No sé, lo veo más auténtico. El Muñeco es tan... tan perfecto que me da hasta grimilla.

Kim me mira de pronto.

—¿Por qué me hablas ahora de Gael?

—Porque lo que vas a hacer es una tontería. Y lo vas a hacer por despecho.

Ella resopla y yo añado:

—Y también porque creo que, cuando regresemos, Gael y tú tenéis que daros otra oportunidad.

Kim suspira, vuelve a resoplar y, mirando a este, que la observa, sonríe y cuchichea:

—Gael tiene chica y, como viste, está muy feliz. Así que no seas ceniza y déjame disfrutar de mi fantasía.

Nos miramos divertidas y luego ella me guiña un ojo y, por cómo se mueve, sé que ya ha comenzado su plan de seducción para llamar la atención del conde.

¡Menuda es mi *amimana*!

Él, por su parte, nos observa por encima de las cabezas de las otras mujeres. Está pendiente de Kim, y ella, que se ha dado cuenta igual que yo, se da la vuelta y, agarrándome del brazo, dice:

—¡Toma de contacto hecha! Ahora, alejémonos.

Sin mirar atrás, y con toda la tranquilidad del mundo, echamos a andar, y entonces Kimberly añade:

—Cuenta hasta siete, vuélvete y dime si el Muñeco sigue mirando.

Divertida, asiento. Eso es algo muy nuestro; tras contar, me vuelvo y, al ver que efectivamente nos mira, exclamo:

—¡Es tuyo!

—¡Bien!

Con todo el disimulo que podemos, chocamos nuestras manos y nos reímos; a continuación, al ver entrar a la amiga de Catherine, Kim musita:

—Ya llegó lady Mimarío.

Observamos a Vivian, que, como siempre, está radiante agarrada del brazo de su esplendoroso esposo, y nos alejamos antes de que se acerque y nos ponga la cabeza como un bombo con las virtudes de este.

36

La fiesta está en pleno apogeo y, tras acercarnos a una de las mesas, donde hay sándwiches de pepinillo y el maldito ponche dulzón, saludamos a la baronesa de Somerset, la duquesa de Thurstonbury y la condesa de Liverpool o, mejor dicho, a lady Facebook, lady Twitter y lady Instagram.

Con educación, nos incluimos en su conversación, que gira alrededor de la decoración floral de la sala, hasta que Cruella de Vil se acerca y musita:

—Qué bonita fiesta la de esta noche.

—Sin lugar a dudas, condesa —respondo.

Durante unos minutos esta participa de la charla floral. Todas dicen infinidad de nombres de plantas que no he oído en mi vida, hasta que lady Instagram susurra:

—Querida, ¿al final tu hijo y su mujer se trasladarán a Gales?

Cruella suspira y levanta la vista al techo.

—Aún están decidiéndolo. A mi preciosa y dulce nuera le cuesta una barbaridad separarse de mí... ¡Me quiere tanto...!

Según oímos eso, Kim y yo nos miramos.

¿Separarse de ella? ¿Que la quiere?

Joder..., joder..., ¡lo que hay que oír!

Ais, Diosito..., si supiera que de quien le cuesta separarse es del dinero de su marido, creo que emplearía otros términos menos dulces para hablar de ella.

Como era de esperar, todas ellas alaban a Bonifacia. A todas les tiene sorbido el seso, y yo, cansada de oír hablar sobre esa farsante de corazón negro, miro a Cruella y digo para cambiar de tema:

—Permítame decirle, condesa, que el vestido que lleva esta noche es espectacular.

Como imaginaba, la charla pasa de Bonifacia a vestidos. Las mujeres hablan sobre los atuendos que llevan y en un momento dado sale a relucir el tema de la gargantilla Babylon.

Cruella se lleva la mano al cuello de inmediato y, con todo el pesar del mundo, musita:

—No sé cómo voy a poder superar su pérdida. Esa gargantilla era una rara joya perteneciente a nuestra familia, y solo espero que tarde o temprano regrese a nosotros.

—Pero, querida, ¿no se sabe nada de ella? —pregunta lady Twitter.

—Nada de nada.

Ellas posan sus manos enguantadas sobre el brazo de Cruella para consolarla, y a continuación lady Facebook indica:

—Sé por mi marido que la policía sigue investigando. No desesperes. Seguro que aparece para que tu hija Catherine pueda lucirla el día de su enlace.

Lady Cruella asiente y luego la duquesa cuchichea:

—Hablando de enlace... Hablé con mi sobrino, el conde de Blackmore, sobre Catherine, y le hice saber que es una joven bonita y elegante. Le mostré el retrato que me diste, y está deseando conocerla y pediros su mano.

¡¿Cómoooo?!

Oír eso a Cruella le encanta, lo veo en su rostro; se olvida de las penas y pregunta estirando el cuello para atisbar a su alrededor:

—¿Dónde está el conde de Blackmore para ir a saludarlo?

Kim y yo nos miramos horrorizadas.

—Querida, no está aquí —contesta lady Twitter—. Actualmente está en Canterbury con su padre, solucionando unos temas de la Iglesia, pero tengo entendido que asistirá a algún baile antes de que finalice la temporada.

—¡Estupendo! —afirma Cruella.

Las cuatro mujeres se ríen. Kim y yo no, y luego la duquesa declara en voz baja:

—Mi sobrino está deseoso de tener descendencia. Quiere todos los hijos que Dios le mande, y sin duda Catherine se los dará.

—¡Segurísimo! —asiente la baronesa.

—Eso sí, querida —insiste aquella mirando a Cruella—, te rogaría que Catherine sea comedida con esas rarezas que tiene de adivinar cosas... A mi sobrino, como miembro de la Iglesia que es, no le agradan demasiado...

¡Buenooo..., con la Iglesia hemos topado!

—¡Sin duda lo será! —asegura Cruella.

—Deberías ir hablando con lady Hawl para encargar el vestido de boda —murmura lady Facebook.

Cruella asiente. Eso la hace feliz.

—También he de ir a la catedral para solicitar fecha —señala.

—Por eso no te preocupes —cuchichea lady Twitter—. Mi sobrino, al ser conde y pertenecer a la Iglesia, conseguirá la fecha que desee.

Todas ellas, como cuatro brujas, ríen mientras organizan la vida de Catherine, hasta que en un momento dado lady Instagram comenta:

—Está visto que Bonnie, la preciosa mujercita de Percival, es una hija más para Ashton.

Todas miramos hacia donde Bonifacia y su suegro charlan junto a Percival y otras personas, y lady Cruella musita:

—La llegada de Bonnie a casa fue un soplo de aire fresco para todos. Aunque rarito, Percival a su manera está contento, y mi marido adora a su nuera. Y eso, queridas, como madre de mi hijo y esposa de mi marido me hace tremendamente feliz.

—¡Ojo, piojo! —susurra Kim.

Según oigo eso, me entra la risa y el ponche que estoy bebiendo se me va por otro lado. Enseguida, mi *amimana* me golpea en la espalda para desatascarme y, en cuanto lo hace, mirando a las mujeres, que nos observan horrorizadas, digo:

—Tranquilas. Solo se me ha ido por otro lado.

Asienten y, sin prestarme más atención, lady Facebook continúa dirigiéndose a Cruella:

—¡Enhorabuena, querida! Por fin podrás casar a tu hija mayor a final de temporada, y, por lo que he podido comprobar, no será la única boda... Prudence y el barón Randall Birdwhistle parece que se entienden.

—Y Abigail y el conde Edward Chadburn también —cuchichea lady Twitter.

—Así es —afirma Cruella hinchándose como un pavo—. Mi marido y yo estamos muy felices. Y ahora, sabiendo lo de Catherine, ¡la felicidad es doble!

¡Ostras! ¡Ostras! ¡Ostras!

Tenemos que advertir a Catherine, pues en el caso de Prudence y Abigail es diferente.

Lady Cruella se frota las manos, es evidente que la felicidad la inunda, y, mirándonos, suelta para quitársenos de encima:

—Las niñas están allí. Id con ellas.

Con una sonrisa, Kim y yo asentimos y nos alejamos de ellas mientras somos conscientes de que o Catherine hace algo o a final de temporada se verá casada con ese conde, que no sabemos quién es.

En nuestro camino nos cruzamos con Pepi, Luci, Bom y otras chicas del montón. Al igual que nosotras, no se pierden un sarao. Nos sonreímos, aunque imagino que en cuanto se alejen nos harán un traje a medida como nosotras se los hacemos a ellas.

¡Viva el critiqueo!

37

Una vez que llegamos junto a las hermanas Montgomery, incapaces de callar, les contamos todo lo que hemos oído.

—Cielo santo, ¡¿en qué está pensando madre?! —cuchichea Abigail.

—¿El conde de Blackmore? —pregunta Prudence.

Kim y yo asentimos y esta, mirando a su hermana mayor, insiste:

—¿Por qué no dices nada?

Catherine toma aire, solo Kim y yo estamos al corriente de sus planes, y declara:

—No digo nada porque lo que planee madre no me interesa. No me casaré ni con lord Justin Wentworth ni con el conde de Blackmore.

—¡Catherine! —susurra Prudence.

—Antes de que eso ocurra huiré a Gretna Green y me casaré allí con mi amor.

—Pero... pero, Catherine, ¡no puedes marcharte! —murmura Abigail.

La aludida mira a su hermana, su decisión ya está tomada, y afirma:

—Lo haré tarde o temprano... Padre me odia, y madre...

—Catherine, ¡no digas eso! —Prudence solloza.

Con cariño, ella abraza a sus hermanas.

—Digo la verdad —musita—, y lo sabéis tan bien como yo. Ni padre ni madre me soportan.

Abigail y Prudence se miran afligidas, saben que lo que dice Catherine es cierto, y esta prosigue:

—Lo único que quiero antes de partir es veros felices. Percival eligió vivir su vida con la tonta de Bonifacia; algún día Robert encontrará a la mujer que busca, y siento que por fin vosotras le dais una oportunidad al amor.

—Catherine... —susurra Abigail emocionada.

—En mi caso —continúa ella—, amo a un hombre maravilloso, bueno y decente, pero padre y madre nunca lo aceptarán. Y yo no estoy dispuesta a renunciar a él.

—¿Y ese hombre te ama? —quiere saber Prudence.

Catherine asiente.

—Me ama con locura.

—¿Tu sexto sentido te dice que te hará feliz? —insiste Abigail.

Ella sonríe.

—Tremendamente feliz.

Kim se emociona al oír eso, yo también, mientras que Abigail y Prudence pestañean sorprendidas. Si cualquiera de las tres supiera lo que nosotras sabemos, fliparían, y Abigail, que no duda ni por un segundo de lo que su hermana dice, le plantea:

—¿Cuándo nos dirás quién es tu amor?

Con una dulce sonrisa, Catherine les acaricia el rostro y murmura:

—A su debido tiempo lo sabréis.

Prudence y Abigail se miran y resoplan.

En ese instante se nos une lady Mimarío, que anuncia con una sonrisa:

—Tengo algo que contaros.

—¿Qué pasa? —pregunta Catherine.

Vivian, a la que se la ve expectante y nerviosa, nos pide:

—¡Salgamos al jardín!

Sin dudarlo, todas caminamos hacia fuera. Una vez allí, y sin que nadie pueda oírla, Vivian comenta con una sonrisa:

—Lo que tengo que contaros ¡nos llena de felicidad a mi marido y a mí!

Según dice eso, no sé por qué, se me enciende la bombilla y suelto:

—¡Bombo a la vista!

Kim rápidamente me da un codazo, pero Abigail pregunta:

—¿«Bombo»?

—¿Qué es un «bombo»? —quiere saber Catherine.

Me entra la risa, a Kimberly también, y al final, hago un movimiento con la mano sobre mi barriga, Catherine lo entiende y le dice a su amiga:

—¿Estás encinta?

Ella asiente enseguida y las chicas, felices, comienzan a dar saltitos y a darle la enhorabuena.

Vivian nos habla de la felicidad que ella y su marido sienten por la noticia. Este será el primer hijo de los muchos que desean tener, y me río cuando la oigo decir que su marido desea diez.

¡¿Diez hijos?!

No uno, ni dos, ni tres, sino... ¡diez!

Boquiabierta ante eso, no sé ni qué decir. Creo que, sea en la época que sea, diez hijos es una barbaridad, y sin poder contenerme, pregunto:

—¿Tú también quieres tener diez?

Entonces, con un gesto que lo dice todo, Vivian susurra:

—Yo con cuatro o cinco tendría suficiente. Pero mi marido viene de una familia de doce hermanos y quiere formar una familia tan numerosa como la suya.

¡Por Dios, qué susto!

¡Qué barbaridad!

Si algo tengo claro, ¡clarísimo!, es que si conozco a un tipo y me dice que quiere tener diez hijos..., ¡pies, ¿para qué os quiero?!

¡Qué locura! ¡Qué locura!

Kim y yo nos miramos mientras ellas hablan sobre niños. Nosotras, que ni nos hemos planteado tener ni uno ni dos, somos dos bichos raros para ellas.

Mientras escucho cómo hablan del tema, me encantaría poder comentarles que en el futuro existirán la píldora anticonceptiva, el diafragma, la vasectomía, el preservativo o la píldora del día después, entre otras opciones. Pero, claro, no sería justo para ellas, por lo que toca callar todos esos adelantos de los que, por suerte, yo disfruto en mi época.

Entonces, Abigail baja la voz y explica:

—Os voy a contar una cosa, pero tenéis que prometerme que de aquí no saldrá.

Eso llama nuestra atención, y a continuación ella murmura:

—Una de las veces que acompañé a Dania, la cocinera de casa, al mercado a comprar, nos encontramos con una prima suya en un puesto y las oí decir que si, tras el acto conyugal, no quieres quedarte encinta, debes saltar diez veces o estornudar.

Según lo oigo, no puedo evitar reírme. ¿En serio creen eso?

—Y también montar a caballo tras el acto —señala Catherine.

Kim y yo nos miramos divertidas. Lo que ellas llaman «acto», en nuestro tiempo se llama finamente «hacer el amor» o vulgarmente «follar», y cuchicheo:

—Vaya..., qué curiosos métodos anticonceptivos los vuestros.

—¿Antiquéééé? —dice Prudence.

De nuevo he vuelto a meter la pata, y, sin responderle, pregunto:

—¿En serio saltar, estornudar o montar a caballo tras tener sexo es efectivo?

—Por el amor de Dios, Celeste —protesta Vivian—, ¡no digas esa palabra!

—¿Cuál? —Y al ver que no responde, señalo—: ¡¿Sexo?!

—¡Oh, cielo santo! —Prudence se horroriza.

Ver su apuro me hace gracia, y, mirándola, digo:

—Si te asustas porque digo la palabra *sexo*, ¿qué pasaría si dijera, por ejemplo, *fornicar* ?

Catherine, Abigail, Prudence y Vivian se miran con unos ojos como platos y esta última susurra:

—No es de señoritas decentes mencionar, ni siquiera pensar, esa horrible palabra que solo emplean las prostitutas o personas de baja estirpe.

Kim y yo intercambiamos una mirada, nos reímos, pero vale, ¡tenemos que entenderlo! Y mofándome exclamo:

—¡Ni que me hubiera subido a una escalera para gritar la palabra *sexo*!

De nuevo, todas me mandan callar azoradas.

¡Dios, qué gracia me hacen!

—Hablando de escaleras... —cuchichea a continuación Vivian—, mi marido dice que hacer el acto en una escalera hace que el bebé nazca con la columna torcida.

—¡No fastidies! —me mofo.

—También se dice —añade Catherine— que hacer el acto al amanecer hace que el pelo del bebé concebido sea pelirrojo.

—Pero ¿qué me dices? —se mofa ahora Kim.

—Mira, cuando veas a Gael —tercio—, puedes decirle cuándo lo encargaron sus padres..., ¡seguro que le hace gracia!

Sin poder evitarlo, Kim y yo nos reímos. Por favor..., por favor..., por favor, la de tonterías que se creían en esa época.

Luego, Vivian pregunta dirigiéndose a mí:

—Celeste, y tú que estuviste a las puertas de casarte, ¿no querías hijos?

La miro divertida. No me he preparado esa pregunta porque nunca pensé que nadie me la fuera a hacer, pero al ver que todas me miran deseosas de saber, me invento una media mentira y digo:

—No, no quería hijos.

—¡Cielo santo! —musita Prudence acalorada mientras las otras se dan aire con la mano.

—¡No cabe duda de que eres americana! —se burla Catherine.

—Pero ¿qué he dicho ahora? —replico intentando no reírme a carcajadas.

Ninguna dice nada, por lo que pregunto con curiosidad:

—¿Qué sabéis vosotras sobre el sexo?

—¡Cielo santo, Celeste, baja la voz! —me ordena Prudence roja como un tomate.

Catherine sonríe y calla. Por su diario sé que tiene sexo con su amor, por lo que se pasa el protocolo por ahí mismo. Y Abigail, decidida como siempre, murmura:

—En mi caso puedo decir que no sé mucho. Solo que la noche de bodas has de ofrecerte a tu marido para hacerlo feliz.

Kim y yo nos miramos. Pobrecitas, qué equivocadas están...

—A ver... —tercio—. Yo no soy una mujer casada pero sí experimentada. ¿Queréis preguntarme algo al respecto?

Todas se miran. De nuevo, Catherine calla, y lady Mimarío susurra:

—No es decoroso hablar de eso, Celeste.

—¿Por qué? —quiere saber Kim—. ¿Acaso no estamos entre amigas, a las que podemos ayudar con información?

Vivian, Abigail y Prudence se miran sofocadas, y Catherine interviene:

—Hablar del acto es algo que se evita, aunque, la verdad, si os soy sincera, creo que las mujeres deberían poder tratar el tema para, así, cuando llegue la noche de bodas, sepamos con lo que vamos a encontrarnos.

—No seas descarada, Catherine —la regaña Prudence.

Kim sonríe, yo también, e, incapaz de callar, señalo:

—No se trata de ser descarada, Prudence. Se trata de tener información, de saber. —Y mirando a Vivian pregunto—: ¿La primera vez que hiciste el acto con tu marido fue agradable?

Ella no sabe para dónde mirar. Finalmente niega con la cabeza, más roja no puede ponerse.

—¿En serio, Vivian, no te habría gustado saber lo que iba a ocurrir para estar preparada y, sobre todo, algo más tranquila? —insisto.

Mis palabras hacen que me mire y luego, tomando aire, indica:

—La primera vez fue perturbador.

—¿Por qué?

—¡Abigail, no seas indecorosa! —exclama Prudence.

Vivian suspira.

—Porque hasta el momento, como mucho, mi marido me había rozado el brazo o me había besado en los labios. Pero, claro, esa noche, la noche de bodas, todo cambió cuando, tras la fiesta, nos quedamos solos en la habitación y... y... yo... yo... no sabía que... que...

No dice más, se calla, y Kim indica:

—No sabías que él tocaría y besaría todas las partes de tu cuerpo e introduciría su pene en tu vagina, ¿no es cierto?

Vivian hace un gesto de asentimiento, pero Prudence suelta:

—¿Quéééé?

—¿Que introduce quéééé? —insiste Abigail.

—¡Cielo santooooo! —Prudence se abanica.

Madre mía..., madre mía, el gesto de horror de esta.

Catherine la imita para no ser descubierta, y a continuación Kim y yo hacemos que se sienten en uno de los bancos de piedra del jardín.

—Tranquilas..., por favor..., ¡que no pasa nada!

Abigail se da aire con su abanico y, mirándonos, pregunta:

—¿El acto conyugal es eso?

Sin dudarlo, asiento, y ella murmura:

—¡Qué despropósito!

Todo ello me resulta muy cómico. La inocencia de esas muchachas en lo que al sexo se refiere es algo que si no lo veo no lo creo, y planteo:

—¿Qué creíais vosotras que era el acto?

Azoradas, ellas se miran entre sí, y Catherine, al ver que sus hermanas la observan, señala:

—Dormir juntos, acariciarse, besarse en los labios.

—¿Y cómo creíais que se hacía un niño? —insiste Kim.

Ellas se miran. De la vergüenza que tienen, ninguna responde.

—¡Por Dios! —resopla Kimberly—, ¿en serio no sabéis cómo se engendra un hijo?

Siguen sin hablar. Me dan hasta pena. Está claro que esas señoritas criadas para casarse y procrear no saben nada del sexo y menos aún del placer. Estoy convencida de que si les hablo de tríos u orgías les puede dar un ictus, por lo que susurro:

—Un hijo se crea a partir de que el hombre pone su semillita. Y, para ello, como bien sabe ahora Vivian, el hombre ha de entrar dentro del cuerpo de la mujer y...

—¡Diantres! —exclama Prudence.

—No te asustes, Prudence —digo—. Te aseguro que eso que ahora ves como un despropósito, si en un futuro llegas a un entendimiento con tu pareja, puede llegar a resultarte algo muy placentero y tremendamente divertido.

Ella despliega de nuevo su abanico y se da aire con fervor; entonces Vivian musita sorprendiéndonos a todas:

—Celeste tiene razón. Reconozco que al principio me asusté. Que mi marido me tocara de aquella manera me...

—¡Vivian! —la reprende Prudence.

La aludida guarda silencio, pero Catherine mira entonces a su hermana y dice:

—A mí me interesa escuchar a Vivian, Prudence. Nadie me ha hablado del acto conyugal más allá de servir a mi marido la noche de bodas y las siguientes noches de mi vida, pero yo quiero saber. Quiero entender qué ocurre y qué he de hacer para no asustarme. Por tanto, si tú no quieres oírlo, solo tienes que levantarte e irte. Nada más.

Boquiabierta, miro a Catherine. Está claro que ella no puede hablar sobre su experiencia. No puede admitir que disfruta del sexo con Barney, pero desea que sus hermanas sepan la realidad de lo que ocurrirá.

—Catherine tiene razón —interviene Abigail—. Y aunque madre no vería esto como una conversación decente y refinada, yo quiero saber qué sucede cuando una está con un hombre en la cama.

Asiento. Como siempre, Abigail tiene claro lo que quiere, y al ver que Vivian ahora calla, soy yo la que dice inventándome parte de la historia:

—La primera vez que me acosté con Henry, el hombre que me plantó en el altar, estaba asustada porque no sabía qué podía pasar. Reconozco que sentir sus manos sobre mi cuerpo desnudo fue impactante. Nadie me había tocado de aquella manera... ¡Ni yo misma me había tocado así! Y cuando la intimidad fue a más, su cálida boca rozó mi cuerpo y su duro pene comenzó a entrar en mi vagina, me dolió. Me estuvo doliendo durante un rato, hasta que el interior de mi vagina cedió y un extraño y abrasador calor se apoderó de mí. Las veces siguientes ya no hubo dolor, pero sí el ardiente calor que me llevó a querer más y más.

En silencio, todas me escuchan con las respiraciones aceleradas mientras Prudence se da unos abanicazos increíbles. Como siga así, se va a arañar media cara con las varillas. Abigail asiente con unos ojos como platos, mira a sus hermanas, cuchichean, y entonces Kim murmura acercándose a mí:

—Eso de «su cálida boca rozó mi cuerpo»... ¡me ha puesto cachonda!

Sin poder remediarlo, me estoy riendo por ello cuando Vivian, animada por lo que yo he contado, indica:

—Lo que dice Celeste es cierto. Al inicio de mi matrimonio tenía tanto miedo de todo que me limitaba a hacer el acto mirando al techo y poco más. Pero, según han ido pasando los meses, todo ha cambiado para mejor. La intimidad con mi marido ha ido en aumento. Y aunque os suene raro lo que os voy a decir, ahora no solo el acto me lo hace él a mí, sino también yo a él... cuando me subo encima y lo cabalgo.

—¡Qué barbaridad! —resopla Prudence tremendamente acalorada.

Catherine suelta una risotada, está claro que sabe de lo que habla su amiga, y luego esta última añade:

—Solo espero que el día que vosotras estéis casadas, vuestro marido sea tan complaciente como el mío y podáis disfrutar de lo mismo que disfruto yo.

—¡Oh, cielos, sí! —exclama Abigail.

Lady Mimarío sonríe, yo también, y agrego:

—Vivian se refiere a que el placer ahora es mutuo porque ambos se toman. Ambos disfrutan de su intimidad y de sus cuerpos, y no hay nada mejor que tener a tu lado a un hombre que desea tu felicidad tanto como la suya en todos los sentidos.

Prudence parpadea y a continuación Vivian pregunta bajando la voz:

—¿Os acordáis de mi prima Berenice? —Ellas asienten y la joven continúa—: La pobre tuvo muy mala suerte en su primer matrimonio. Se casó obligada con un amigo de mi tío que nunca la trató con amabilidad. Para ella no existieron caricias, ni palabras bonitas, ni dulces besos, sino todo lo contrario.

—Pobre... —murmuro apenada.

Vivian asiente y, mirándonos, prosigue:

—Si os cuento esto es porque hace dos semanas fui a visitarla con mi marido a su nuevo hogar y por fin me contó el calvario que había vivido. Cuando su primer esposo murió, mi tío quiso casarla con el hermano del muerto. Berenice se negó y se escapó de casa. Prefería vivir en la calle a volver a pasar otra vez por ese horror. En los días que estuvo viviendo en la calle conoció a Parker, un granjero. Se casó con él y, hoy por hoy, aunque parte de mi familia la ha repudiado porque no ven bien esa boda, Berenice vive feliz junto a alguien que la trata con cariño, respeto y amor.

—Cuánto me alegro por ella —afirmo emocionada.

Todas asentimos y, acto seguido, decidimos regresar a la fiesta.

Justo cuando llegamos a los escalones que conducen al salón, Vivian susurra orgullosa:

—Allí está mi marido. —Todas reímos y ella añade—: Os dejo. Voy a bailar con él.

De inmediato desaparece y yo, dispuesta a hacer todo lo que sea por esas jovencitas, digo:

—Prudence, Abigail, tenéis que casaros por amor con la persona que vosotras elijáis y, sobre todo, que el diálogo con vuestros maridos nunca falte en vuestras vidas...

—¿Y Catherine no? —salta Prudence.

Rápidamente rectifico (¡joder, qué fallo!) y afirmo:

—Por supuesto que Catherine también. Las tres.

Y, sin más, entramos en el salón iluminado por las lámparas de araña, donde todos bailan y charlan felices.

38

Esa noche, durante el baile todo parece ir como la seda.

El barón Randall Birdwhistle, al ver a Prudence, rápidamente se ha acercado a ella para hablar y la joven, sin salir corriendo a pesar de los nervios, ha charlado y luego ha bailado con él.

Poco después, mientras hablábamos, y para desconcierto de las *groupies* que lo perseguían a todos lados, el conde Edward Chadburn se ha acercado a nosotras para solicitarle a Abigail un baile. Y ni que decir tiene que en esta ocasión mi amiga ha accedido.

Por su parte, Catherine está que no cabe en sí de gozo. Ver a sus hermanas felices es lo único que necesita para ser también feliz.

De pronto, en un momento dado, me mira y suelta:

—Algo me dice que quien va a entrar por la puerta del fondo te va a gustar.

Enseguida me vuelvo e instantes después mi duque, mi guapo e interesante Kenneth, aparece. En esta ocasión va vestido de militar, de azul y blanco, y yo me quiero morir, eso sí..., de placerrrrr.

Madre mía..., madre mía... ¡Más guapo no puede estar!

Estoy como abducida por los marcianos, en este caso por un capitán de la Marina británica, y Kim, que me conoce, cuchichea:

—Que no se te olvide respirar.

Asiento. Respiro. E, impresionada por la sensualidad que Kenneth desprende así vestido, no puedo ni articular palabra.

—Como tú dices, ¡Kenneth es un pibonazo!

Asiento. Asiento y asiento. La palabra *pibonazo* se le queda corta esta noche.

Y, cuando este desaparece de mi campo de visión, tomo aire y exclamo:

—¡Viva la Marina Real británica!

Divertidas por eso nos reímos, y entonces Kim, que perdió su sexto sentido al viajar a esta época, pregunta dirigiéndose a Catherine:

—¿Qué vas a hacer con respecto a los planes de tu madre?

La joven resopla, menea la cabeza y susurra:

—Viendo que mis hermanas están encauzando sus vidas, me marcharé. Ya lo he hablado con Barney, nos iremos juntos con la próxima luna llena. El mismo día que vosotras.

Veo cómo ella y Kim se miran. Mi amiga no le ha dicho nada sobre lo importante que serán Catherine y Barney en su futuro. Ha decidido callar para que el destino obre su magia, y emocionada murmura:

—¿Barney sabe que nosotras venimos del...?

Catherine niega con la cabeza y, sonriendo, responde:

—No. No le he dicho nada.

—¿Por qué? —pregunto.

—Porque si la magia de Imogen no funciona con él, no quiero que se lleve una decepción. —Asiento comprensiva, y luego añade—: Repetiré el hechizo del viaje en el tiempo que hice en su día, y, si no funciona, huiremos a Escocia, donde nos casaremos y viviremos tranquilos.

Oír eso me hace sonreír. Sé que el hechizo saldrá bien, y gustosa musito:

—Mataría por acompañaros a Escocia.

—Acompáñanos. Para nosotros será un placer.

Me río. Nada me gustaría más que irme a Escocia, pero replico:

—La noche de luna llena es para todos: para vosotros y para nosotras. Si quiero regresar, ante el espejo de Imogen he de estar.

—Mira, hasta te ha salido un pareado —se mofa Kim.

Con complicidad, las tres nos miramos, y a continuación Catherine cuchichea emocionada:

—¡Qué locura!

Kimberly y yo asentimos. Sin duda, todoooooo esto es una gran locura, y, tras tomar aire, mi amiga pregunta:

—¿No me dijiste que esta noche habías quedado con Barney? Catherine asiente y Kim insiste:

—Oye, como ya te dije, si queréis ir a la casa de Michael y Craig, allí no hay nadie. Y las llaves están bajo la maceta de la entrada.

Catherine cabecea feliz, pero, mirando a su madre, que está al otro lado del salón con lady Facebook, susurra:

—Nada me gustaría más, pero no quiero arriesgarme. Aprovecharé para estar con él en la buhardilla hasta que madre y mis hermanas regresen de la fiesta.

Las tres asentimos y luego ella dice:

—Quería agradeceros la conversación que habéis mantenido antes sobre el acto con mis hermanas. La necesitaban, y yo no se la podía dar, así que ¡gracias! —De nuevo reímos, y ella añade—: Ahora me voy. Si madre o mis hermanas preguntan, les decís que...

—Tranquila. Tú vete —la corto—. Si nos preguntan, les diremos que estás en el baño porque te duele la cabeza y que, en cuanto regreses, nosotras te acompañaremos a casa.

—¿Por qué? —pregunta Catherine.

Kim y yo, que ya lo hemos hablado, sonreímos, y mi *amimana* responde:

—Porque Celeste y yo también tenemos planes.

Con comicidad, Catherine sonríe y, antes de desaparecer, musita:

—Saltaré la valla del jardín para salir. En la parte izquierda es muy baja. Pasadlo tan bien como lo voy a pasar yo.

Sin dudarlo, asentimos; ella se marcha para encontrarse con Barney. Su amor.

Una vez que nos quedamos solas, Kim y yo nos miramos a los ojos y sonreímos. Tras hacer de alcahuetas con nuestras amigas sabemos lo que queremos.

—Voy a ir a por mi Muñeco... —dice ella—. ¿Qué te parece?

—Pues me parece genial, porque yo voy a ir a por mi capitán. Kim asiente.

—Mi intención es ir a cualquier sitio que no sea la casa de Michael y Craig. Te lo digo por si quieres ir tú allí con el duque.

Me entra la risa. Esa misma conversación la hemos tenido cientos de veces en nuestra época, por lo que respondo:

—Vale. Tendré la casita toda para mí.

Entonces veo que mi duque me mira desde el otro extremo de la sala.

—¿Has conocido alguna vez a un inglés al que le quede tan maravillosamente bien el traje de capitán?

Kim lo mira. Por el modo en que lo escanea sé que le parece tan impresionante como a mí.

—Cariño..., ¡disfrútalo! —indica.

Asiento, esa es mi intención. Y, sin dejar de mirar a Kenneth, que está calentando mi cuerpo de una manera que parece que voy a entrar en combustión espontánea, digo:

—En circunstancias normales te pediría que me mandaras un whatsapp para saber que todo va bien, pero ¡aquí eso no existe!

—Confiemos en que todo irá como queremos y pasémoslo bien —contesta.

Como siempre, chocamos nuestras manos pero con disimulo, y luego Kim dice:

—Media hora para desaparecer. Yo les diré a Cruella y a las chicas que nos vamos con Catherine. Y, tranquila, estoy convencida de que esta noche ni Prudence, ni Abigail, ni lady Cruella, teniendo las atenciones del barón y el conde, se van a preocupar por nuestra marcha.

Asiento gustosa.

Acto seguido, Kim se aleja y, sin dudarlo, miro de frente a mi duque. Se acabó ser prudente.

39

Durante unos minutos camino por el salón de baile siendo consciente de cómo mi duque me observa. Sé que está deseando acercarse a mí. Estoy segura de ello.

Veo a Kim bailar un vals con su Muñeco. Está claro que ya ha pasado a la fase dos, y, viendo cómo se miran, la fase tres no tardará en llegar.

¡En quince minutos he de tener a mi duque en el bote!

Vincent se me aproxima y charlamos durante un rato, hasta que de pronto Kenneth se acerca también y, tendiéndome la mano, dice:

—Nuestro baile, milady.

Eso me hace gracia, ¡será mentiroso!

No tengo ningún baile apalabrado con él, pero, encantada de que se atreva a hacer eso, tomo su mano y nos dirigimos juntos a lo que se considera la pista.

En silencio bailamos un vals. No hablamos. Solo nos miramos. Y a nuestra manera sé que nos comunicamos. Sentir su mano sobre mi cintura me abrasa de una manera que uff...

¡Madre mía, cómo lo deseo!

Tras el baile, él besa mi mano y, ¡zas!, se aleja de mí... ¿En serio?

Molesta y algo cabreada, me dirijo hacia una mesa para tomar ponche y veo a Kim hablar con Cruella. Sin duda la media hora ya ha pasado y le está diciendo que ella y yo nos vamos con Catherine.

¡Tengo que actuar ya!

Catherine se ha marchado, Kim se va, y ahora tengo que irme yo si no quiero jorobar el plan. Así pues, tras mirar a Kenneth con descaro, me encamino hacia el jardín.

Una vez allí, el aire fresco me da en el rostro. Si en cinco minutos no viene, me iré aunque sea caminando sola hacia la casa. Por suerte, no estamos lejos y sé llegar. No quiero jorobarles los planes ni a Catherine ni a Kim.

Deseosa de que el hombre en el que pienso venga a mí, miro al cielo buscando la luna, y aunque está en su fase decreciente y no se ve, yo sigo percibiéndola tan mágica y alucinante como la que me trajo hasta aquí. Una voz interrumpe mis pensamientos:

—¿Qué hace aquí tan sola?

Oír eso me hace sonreír. ¡Biennnnn!

Y, segura de lo que quiero hacer, me vuelvo, lo miro y contesto:

—Esperándolo a usted, capitán.

Mi respuesta, como siempre, lo sorprende, y, sin apartar los ojos de él, le planteo:

—¿Sabe lo que es la atracción entre dos personas?

Él asiente. Veo cómo la nuez de su garganta se mueve arriba y abajo, e insisto:

—Pues eso es lo que yo siento por usted. Verdadera atracción.

Kenneth me mira. Si antes pensaba que era una sinvergüenza, sin duda ahora debe de pensar algo mucho peor. Sin embargo, sorprendiéndome, sonríe y dice:

—¿Acaso está usted jugando conmigo?

Ahora la que se ríe soy yo, e indico:

—No, duque. No juego con usted. Solo le hago saber que me atrae y que, si usted quiere, entre nosotros esta noche puede haber algo más.

—¿Esta noche?

—Esta noche... —ratifico.

Kenneth parpadea tratando de asimilar lo que he dicho.

—¿Puedo tutearlo? —pregunto a continuación. Él asiente sin dudarlo y yo cuchicheo con una sonrisa—: Muy bien. A partir de este instante somos Kenneth y Celeste.

Él me mira aún desconcertado, y yo, recordando algo, señalo:

—Me comentaste que no buscabas esposa, pero sí una mujer para pasarlo bien en tierra. Pues bien, yo tampoco busco marido, pero sí alguien con quien pasarlo bien. Ambos tenemos experiencia, sabemos de lo que hablamos y...

—¿Te estás ofreciendo a mí?

Divertida por su pregunta, meneo la cabeza y respondo con toda mi seguridad de mujer del siglo xxi:

—Yo diría que más bien te estoy eligiendo para que estés conmigo.

Él alucina con mis palabras tan directas. Su desconcierto me hace gracia, pero al mismo tiempo me excita, por lo que, deseosa de que acepte mi proposición, insisto:

—Michael y tío Craig no están. Kimberly tiene sus planes y yo tengo la casa para mí sola.

Desde luego, más clarita y descarada no puedo ser. Si mi abuela estuviera delante, me daba dos *guantás* con toda la mano abierta por mi descaro. Entonces Kenneth me coge la mano, tira de mí hasta ocultarnos tras un arbusto del jardín y, acercándome a su cuerpo, me besa con tal deseo, con tal ímpetu y con tal necesidad que incluso me tiemblan las piernas.

Encantada con su reacción, permito que me bese a su antojo, que, todo sea dicho, ¡también es mi antojo! Y, cuando el beso acaba, susurra:

—Lo que propones, y de la manera en que lo haces, no está bien visto.

—Ya..., pero sabes muy bien que soy una imprudente.

De nuevo nos miramos en silencio, y ahora soy yo la que, poniéndose de puntillas, lo besa. Con gusto, lo tiento con mi lengua, recorro sus labios con ella hasta que Kenneth no tarda en contestar con su ávido beso lleno de pasión.

Un beso. Dos. No sé cuántos nos damos, y, necesitada de mucho más, lo miro y pregunto con todo mi descaro:

—¿Nos vamos de aquí?

Sin dudarlo, él asiente y, mirando alrededor, dice:

—No podemos salir juntos o...

—Tranquilo. —Me río y, señalando hacia un lado, toco el lazo que mi vestido lleva en el pecho y pido—: Tú sal por la puerta. Yo saldré por allí.

—¿Por allí?

Asiento, sé que es por donde ha salido Catherine.

—En la parte izquierda del jardín, la valla es muy baja y podré saltarla.

Él me mira boquiabierto y luego afirmo poniendo los brazos en jarras:

—Sí. He dicho que voy saltar la valla, algo que sin duda no hacen las señoritas decentes, como tampoco ponen los brazos como lo estoy haciendo ahora. Pero yo, Celeste, soy así..., ¡imprudente!

Está descolocado, no se mueve. Creo que me va a mandar a freír espárragos finamente, pero, sorprendiéndome, susurra:

—Me asombra tu imprudencia.

¡Oh, qué monooooooo! Estoy mirándolo encantada cuando pregunta:

—¿Cómo sabes lo de la valla?

Me río, le doy un cariñoso beso en los labios y cuchicheo:

—A ti te lo voy a decir.

Kenneth sonríe. Su sonrisa ladeada me encanta, y, dispuesta a tener mi rollito de temporada, indico:

—Nos encontraremos al otro lado de la valla.

Finalmente, él asiente y, tras darme un último y rápido beso, se va y yo, flotando en mi propia nubecita de felicidad, camino hacia la valla y busco la zona más baja.

¿Dónde estará?

Tras recorrer unos metros, como ha dicho Catherine, la encuentro y, arremangándome el vestido, me encaramo a la valla y la salto sin problemas, aunque en el camino el fino vestidito se lleva un enganchón que cuando lo vea Kim se va a partir de risa.

40

La calle a la que he ido a parar después de saltar la valla está solitaria y en silencio. Apenas está iluminada por una farola de gas. Pero entonces oigo los cascos de un caballo y, al mirar, sé que es mi capitán. Gustosa, lo observo acercarse y sonrío.

¿En serio estoy viviendo esta locura?

¿De verdad me voy a marchar con mi duque?

Una vez que llega a mi altura, Kenneth extiende la mano y me invita a montar. Su caballo es como su coche o su moto en mi época, y, cogiéndola, noto que me aúpa y me sienta delante de él.

¡Guauuu, qué pasote!

Siempre me han gustado los caballos. Cuando vivía en Texas con mis padres, me llevaban a montar al rancho de mi tío, por lo que nunca me ha asustado su altura.

Sentada ante él, me vuelvo y nos miramos. En plena calle, nos besamos de nuevo, y a continuación Kenneth dice:

—Ir a casa de Michael y tu tío es complicado. Podrían vernos llegar demasiadas personas y, posteriormente, ver cómo me marcho yo.

—¿Y qué más da?

Según digo eso, por cómo me mira, sé que no es lo correcto. Belgravia es un barrio en el que viven muchos de los asistentes a la fiesta, y la importancia del qué dirán en la sociedad londinense es abrumadora.

—De acuerdo, vayamos a otro lado —claudico.

—Podríamos ir a mi casa —sugiere entonces Kenneth.

Sin dudarlo, acepto.

—De acuerdo. Vayamos allí.

Sin tiempo que perder, nos dirigimos hacia Hyde Park, mientras yo me siento una auténtica guerrera escocesa sentada ante mi duque en su caballo. Eso sí, ¡inglés, y no escocés! Por favor..., por favor..., ¡qué momentazo!

La noche y su oscuridad nos dan la privacidad necesaria. Minutos después, Kenneth detiene el caballo frente a un casoplón impresionante, pero donde no hay vecinos enfrente como en Belgravia. Se apea de la montura, con delicadeza me baja a mí y, cogiendo mi mano, tira de ella.

Gustosa, entro en su hogar. Un mayordomo bastante mayor camina hasta nosotros, y Kenneth le indica:

—George, he dejado mi caballo fuera. Guárdalo y después Ronna y tú retiraos a dormir. No os voy a necesitar esta noche.

El hombre asiente sin apenas mirarnos y luego se va. Una vez que nos quedamos los dos solos en el amplio salón, oigo que Kenneth pregunta:

—¿Te apetece beber algo?

Encantada, camino por la masculina estancia y pregunto a mi vez:

—¿Qué puedes ofrecerme?

Veo varias botellas sobre una especie de mesita redonda.

—Brandy o whisky —contesta.

—Whisky —digo.

—Es muy fuerte —señala.

—Lo resistiré —me mofo.

Kenneth guarda un instante de silencio y, a continuación, me mira y dice:

—¿Por qué todas tus respuestas son diferentes de lo que espero?

Encantada, me acerco a él, y, tras empinarme, lo beso y susurro:

—Porque yo soy diferente.

Asiente con una sonrisa. No sé si me ha entendido. Acto seguido, sirve el whisky. Sus movimientos seguros y precisos me excitan, y cuando me mira y me entrega el vaso, sonriendo musito:

—Gracias —y, sin pensarlo, hago chocar el mío con el suyo y digo—: Por ti.

Kenneth sonríe. Debe de hacerle gracia lo que he hecho; e, imitando mi movimiento, repite:

—Por ti.

Bebemos. El ambiente está cargado de deseo y, cuando no puedo más, dejo el vaso sobre una bonita mesa marrón, y, acercándome a él, lo beso sin demora.

Un beso nos lleva a otro.

Una caricia provoca mil más.

Hasta que Kenneth me coge en sus brazos y, a grandes zancadas, me conduce a través de un oscuro pasillo hasta la que imagino que es su habitación. Una vez que entramos en ella, que solo está iluminada por una vela, le desabrocho la levita azul como una tigresa ávida de sangre. La prenda cae al suelo. Después le arranco la camisa blanca que lleva y, cuando queda desnudo de cintura para arriba, lo miro y susurro:

—Eres una auténtica tentación.

Mis palabras vuelven a hacer que sonría y él, mirándome desde su altura, desabrocha lentamente el lazo de mi vestido.

Oh, Dios..., oh, Dios... Es increíble lo que eso me provoca.

Dándome la vuelta, comienza a besarme el cuello y yo cierro los ojos mientras siento cómo sus dedos desabrochan mi vestido botón a botón y este cae segundos más tarde a mis pies.

Vestida con los pololos y el corsé, Kenneth me mira.

¡Dios, qué horror!

Con lo mona que estaría con un conjuntito...

Sus preciosos ojos azules recorren mi cuerpo. Le gusta lo que ve. Pobre..., qué mal gusto tiene. Y, necesitando que no mire más esos horribles pololos con puntillas, llevo las manos a mi cabello y, como hoy me he peinado yo porque Anna no estaba, me quito tan solo tres horquillas y mi pelo cae libre sobre mis hombros.

—Aquí la verdadera tentación eres tú —musita él entonces con la respiración acelerada.

Me río, me gusta oír eso, y, empujándolo, hago que se siente sobre la cama y, montándome a horcajadas sobre él, lo beso con auténtica devoción.

Mmm..., me gustan los besos de mi duque.

Después de varios fogosos y apasionados besos iluminados solo por la luz de una vela, mi corsé vuela por los aires. Tras él, la camisola, y cuando mis pechos desnudos quedan ante él, los mira y los besa con mimo.

¡Madre mía, cómo me está poniendo!

El mimo se va convirtiendo poco a poco en delirio y, cuando noto que mete en su cálida boca uno de mis pezones, un glorioso jadeo sale de la mía y siento que comienzo a tocar el cielo.

No sé cuánto tiempo disfruto de su jugueteo con la lengua hasta que, levantándome de sus piernas, rápidamente se quita los pantalones.

¡Madre míaaaaaaa! ¡Viva lo inglés!

Kenneth me observa. Yo creo que piensa que me he asustado, y, para darle seguridad, me quito los pololos de un tirón y entonces, mirándome, él pregunta:

—¿Qué es eso?

¿«Eso»? ¿Cómo que «eso»?

Y cuando miro hacia abajo... ¡Ostras, es verdad! Llevo las bragas, las que yo misma hice.

—¿Nunca has visto unas bragas? —inquiero.

Enseguida niega con la cabeza y yo, juguetona que estoy porque sé que me lo voy a pasar muy, pero que muy bien con él, cogiendo sus manos, las pongo sobre las lazadas que tengo sobre las caderas y digo:

—Tira a la vez.

Kenneth obedece. Los lazos se deshacen y, ¡zas!, las bragas caen al suelo.

Espero que eso lo haya excitado tanto como a mí, que se lance cual Tarzán a su Jane, pero de pronto suelta:

—¿Dónde están tus rizos?

¡Guauuu, es verdad! En esa época era moda tener pelo en el toto, y cuando voy a responder, él susurra dando un paso atrás:

—¡Diantres!

Oír eso ahora me hace parpadear a mí y luego, con un gesto indescriptible, pregunta:

—Por todos los demonios..., pero ¿qué llevas escrito ahí?

¡El tatuaje!

Intento aguantarme la risa.

Si en el siglo XXI, cada vez que me acuesto con un tipo se sorprende al leer lo que llevo tatuado, ni te cuento cómo se asombra Kenneth.

¡Joder, qué momentazo! Lo que daría por hacerle una foto.

Nunca he visto un gesto de sorpresa igual.

Pero ¡si creo que se ha puesto hasta bizco!

Rápidamente coge la vela que está sobre la mesilla y, tras alumbrar mi pubis, levanta la vista y pregunta:

—¿Por qué llevas escrito «Pídeme lo que quieras»?

Me río, no lo puedo remediar, y de nuevo, antes de que pueda contestar a su pregunta, ve el tatuaje de mis costillas y susurra:

—Diantres, pero ¿qué haces con tu cuerpo?

Vale, me parece que todo esto está siendo un exceso de información para él. Por mucho que se lo explique no creo que entienda el motivo de mis tatuajes, y, haciendo que me mire, musito:

—¿Qué tal si dejas la vela y continuamos con lo que estábamos haciendo?

—Pero...

—Kenneth... —insisto.

Lo piensa. Por su cara sé que quiere explicaciones y, pegándome a él, le quito la vela, la dejo sobre la mesilla y, tras empujarlo sobre la cama, me coloco encima de él y murmuro:

—Nos deseamos, así que hagámonos el amor.

Mis palabras, el empujón y mi descaro por fin pueden con su curiosidad y, cuando lo beso, su reacción es la que esperaba. ¡Descomunal!

Gustosa y encantada con el hombre que deseo desnudo debajo de mí, me siento sobre él y, una vez que introduzco su duro y caliente pene en mi interior, tengo que reconocer que el grito de satisfacción que ambos damos es de lo mejor.

¡Madre míaaaaaaaa!

Mirándonos a los ojos, nuestros cuerpos se acoplan y, agarrándome a su cuello, comienzo a ondular las caderas mientras él jadea sin dejar de mirarme. Vale, está mal que yo lo diga, pero lo estoy volviendo loco.

Disfrutamos. Jadeamos. Nos besamos, y nuestros movimientos a cada instante se vuelven más fuertes, más intensos y certeros.

Encantada, sonrío mientras siento cómo sus manos agarran mis caderas para atraerme hacia sí. ¡Mmm..., me gusta!

Su ímpetu, su masculinidad y su manera de mirarme me vuelven loca, del mismo modo que mi entrega y mi descaro lo enloquecen a él. Como bien imaginaba, el sexo con mi duque está siendo un auténtico placer, y esto no ha hecho más que empezar.

41

Desnuda y acurrucada en la cama, me despierto al notar la luz que incide sobre mis ojos.

Según me retiro el pelo del rostro soy consciente de dónde estoy y con quién he pasado la noche.

¡Qué fuerte! ¡Qué fuerte...!

He tenido una noche de loca pasión con un hombre del siglo XIX, que, para más guasa, es duque, capitán e inglés... ¿Quién da más?

Me doy la vuelta en la cama y compruebo que estoy sola.

¿Dónde está?

Miro la habitación con curiosidad. Es masculina, austera, y está decorada con objetos que guardan relación con la mar. Desde luego, Kenneth no puede negar que sea marino.

Sonriendo, recuerdo lo ocurrido. Cinco veces..., ¡cinco!

¿Desde cuándo llevaba yo sin tener una noche así? Porque, no vamos a negarlo, los hombres con los que ligo que van de machitos, tras tres asaltos, están *mataos*. En cambio, después de cinco con Kenneth, la que estaba matada era yo.

¡Insuperable!

Así tengo el dolor de ovarios que tengo. Pero, oye, si es a causa de la gran noche de pasión que he pasado, ¡que viva el dolor de ovarios! Lo volvería a repetir.

Mirando al techo, suspiro y pienso en Kim.

¿Cómo le habrá ido a ella con su Muñeco?

Vuelve a salir un nuevo suspiro de placer de mi boca y, tras levantarme desnuda, me acerco a una silla donde veo que Kenneth ha colocado la levita azul que se quitó ayer. Con mimo, la acaricio y, tras cogerla, me la pongo, me miro en un espejo y, haciendo un gesto como si me hiciera un selfi, sonrío.

¡Qué pava soy!

Con cuidado, separo la fina cortina de la ventana y miro al exterior. En ese instante, al notar el olor que desprende la levita de Kenneth, soy consciente de que, tras la estupenda noche que he pasado con él, el sexo es sexo sin importar el siglo en que estés.

Estoy pensando en ello cuando la puerta se abre y, al volverme, veo que es él. Va vestido como siempre con elegancia y distinción, y, al verme con su levita puesta, sonríe y murmura cerrando tras de sí:

—Venía a despertarte.

Gustosa, sonrío, me acerco a él y lo beso en los labios.

—Buenos días —susurro.

Encantado y relajado, mi duque me besa y, cuando nos separamos, pregunta mirándome:

—¿Has descansado bien?

Asiento; la verdad es que he dormido a pierna suelta. Él toca el borde de su levita azul e indica:

—Te queda muy bien..., capitana.

—¿Ah, sí...?

Kenneth asiente. En sus ojos veo lo que desea, lo que va a ocurrir. Y cuando la levita resbala por mi cuerpo hasta caer al suelo, voy a hablar, pero su boca toma la mía y me corta.

«Oh, sí..., córtame cuanto quieras...»

Deseosa de él, llevo la mano hasta su entrepierna y lo acaricio. Vaya..., sin duda mi nueva amiga está preparada, y riendo cuchicheo:

—Me deseas tanto como yo a ti.

Y no hace falta decir nada más.

Tiro de él hasta llegar a la pared. Me apoyo en ella y, cuando Kenneth se desabrocha el pantalón, me dejo aplastar por él hasta que me coge entre sus brazos y, de una estocada, se introduce en mi interior.

—Oh, sí, mi empotrador... —murmuro incapaz de callar.

Kenneth me mira, no entiende lo que digo.

¡Madre..., madre..., que acabo de llamarlo «empotrador»! Y, dándole una cachetada en su blanco e inmaculado trasero inglés, digo cual Mata Hari antes de que pregunte:

—No pares, por favorrrrr.

Y no para, ¡vaya si no para!

Me besa. Me toca. Me provoca. Mi capitán me hace el amor contra la pared de tal manera que solo puedo disfrutar, disfrutar y disfrutar, hasta que no podemos más y, tras un último empellón que soy consciente de que a ambos nos hace tocar el cielo, el clímax nos alcanza y quedamos apoyados contra la pared agotados.

En la habitación ya solo se oyen nuestras respiraciones agitadas. Creo que nuestros jadeos de placer deben de haber resonado por todo Hyde Park, y me río. ¡Qué escándalo!

Una vez que Kenneth me deja en el suelo, veo que me escanea en profundidad. No puede evitarlo. A la luz del día, y no de las velas, mi falta de vello corporal y mis tatuajes son más visibles y, mirándolo, susurro:

—Estás flipando, ¿verdad?

—Fli... ¿qué?

Suelto una carcajada. Pobre, entiendo que no comprenda nada.

—Estar flipando es como decir estar sorprendido —indico.

Él asiente, no paro de cagarla, y él no para de preguntar.

—¿Por qué tu cuerpo está...? —quiere saber.

—¿Sin vello?

Sin dudarlo, asiente de nuevo y yo, sin un ápice de vergüenza, respondo:

—Porque me gusta no tenerlo, y considero que es más higiénico así.

Kenneth asiente una vez más. Creo que asentiría ante cualquier cosa que yo dijera, pero entonces, clavando la mirada en mis tatuajes, veo que va a preguntar y, adelantándome, digo:

—Me gustan, y como mi cuerpo es mío, hago con él lo que quiero.

Frunce el ceño sin dar crédito. Estoy convencida de que nunca ha oído a una mujer decir nada parecido.

—¿Por qué me miras de ese modo? —pregunto a continuación.

Sus preciosos ojos azules no paran de escanearme. Uf, qué mirada tiene... Y finalmente musita:

—Porque eres diferente.

Interesada en eso, insisto:

—¿Diferente en qué?

Kenneth no me quita ojo. Creo que intenta comprenderme.

—Diferente en todo —susurra al fin—. En cosas como hablar, mirar, caminar, reír, contestar. Incluso a veces hasta en respirar. —Eso me hace reír, y añade—: Nunca he conocido a una mujer como tú.

Gustosa por lo oído, sonrío y, tras besarlo, afirmo:

—Ni la conocerás.

Él levanta las cejas divertido, me hace cosquillas y dice:

—¿Por qué estás tan segura de eso?

Estoy riendo a carcajadas por sus cosquillas cuando respondo:

—Porque Celeste solo hay una.

Ríe, ríe a carcajadas, y, cogiendo mis muñecas, las inmoviliza por encima de mi cabeza y murmura:

—Descarada. Irreverente. Preciosa. Insolente por momentos. Contestona. Espontánea. Pero ¿de dónde has salido tú?

Divertida por eso, que en el fondo sé que me define perfectamente, suelto:

—De un siglo muy diferente del tuyo.

—¿De qué siglo vienes? —se mofa divertido.

—Del xxi —respondo.

Kenneth se ríe. Yo también. No busca respuesta a lo que he dicho porque en su cabeza no es posible creerlo. Y, tras besarme, pasándome el dedo por el tatuaje que tengo en las costillas, no pregunta por él, pero señala:

—Solo he visto esta clase de arte corporal en hombres de baja estofa, prisioneros y criminales.

—Guauuuu..., no me digas.

Él asiente.

—Recuerdo una expedición que hice a Haití, donde conocí a algunos aborígenes con el cuerpo...

—Kenneth —lo corto.

Explicarle el porqué de mis tatuajes es complicado. No creo que lo llegue a entender, e, inventándome una mentira a medias, musito:

—En el lugar del que yo vengo no está mal visto...

—Pero ¿cómo no va a estar mal visto?

—En el siglo XXI las cosas son diferentes.

Él sonríe, no hace caso de lo que acabo de decir, e insiste:

—Pero ¡eres una mujer!

Uf..., qué complicado es hacer que lo comprenda.

—He viajado con mi padre a la Polinesia y, allí, el arte corporal es una tradición que...

—¿Y a tu padre le parecía bien esto?

Sin dudarlo, asiento. Pobre, no hago más que mentirle.

—¿Echas de menos al hombre que te plantó frente al altar? —me pregunta a continuación.

Me entra la risa. Pobre..., pobre, y sin dejar de sonreír, niego con la cabeza.

—¿Cómo se llamaba?

—Henry. Henry Cavill. —Veo que espera algo más, y añado con mofa—: Era médico, un hombre magnífico y muy guapo.

Kenneth asiente y yo, aprovechando el momento, pregunto a mi vez:

—¿Echas de menos a tu mujer?

Durante unos minutos, no responde, solo me mira, hasta que dice:

—No.

—¡¿No?! —digo sorprendida.

Kenneth niega con la cabeza.

—Del modo al que tú te refieres no la añoro. Aunque, por supuesto, preferiría que continuara viva por el bien de mis hijos. Era una buena madre y una buena mujer, pero entre ella y yo nunca hubo amor. Como te dije, soy un hombre de mar. Esa es mi vida, y mi esposa y yo solo nos casamos para cumplir las expectativas de nuestras familias. Nada más.

Asiento, más clarito no ha podido ser.

—Aunque echaré de menos a mis hijos y pensaré mucho en ellos cuando vuelva a partir —agrega—. No veo el momento de regresar a la mar, a mi vida... Por eso aquel día te dije que yo no busco esposa en tierra, porque mi vida es la mar.

Me gusta ver la pasión en sus ojos al hablar de la mar y de sus hijos. Me complace saber que Kenneth es feliz a su manera, y, deseosa de disfrutar del momento, lo beso.

Besos, caricias, risas. Durante un buen rato, olvidándonos del mundo en general, disfrutamos de una bonita intimidad sobre la cama. Me cuenta cosas de sus viajes que yo escucho con atención, pero de pronto oímos unas voces alarmadas.

Kenneth y yo nos miramos.

¿Qué ocurre?

Las voces provienen del interior de la casa, y mi duque, levantándose, se pone los pantalones a toda mecha y exclama:

—¡Es George!

Rápidamente corre hacia la puerta y sale. Desnuda, yo miro a mi alrededor. Sigo oyendo los gritos de auxilio, y, necesitada de hacer algo, cojo mi camisola, me la pongo y, sin pensar en nada más, corro hacia la puerta.

Bajo los escalones de dos en dos y, al entrar en la cocina, me encuentro a Kenneth pálido, junto a George y una mujer que debe de ser Ronna. Esta última está tirada en el suelo, tiene la cara azul, se toca la garganta y casi no respira.

Pero ¿qué ha ocurrido?

Miro a mi alrededor en busca de pistas y entonces distingo sobre la mesa unos trozos de fruta cortada; intuyendo lo sucedido, ordeno:

—Levantadla del suelo.

—¡¿Qué?!

—¡Levantadla! —insisto.

Kenneth está paralizado. Pero ¿qué le pasa? Entonces recuerdo que Craig me dijo que su mujer había muerto ahogada mientras comía. Por ello, le doy un empujón a Kenneth para hacerlo salir de su aturdimiento y, mirándolo, exijo:

—¡Levantadla ya!

George y Kenneth, que por fin reacciona, enseguida hacen lo que les pido y yo, colocándome tras la mujer, rodeo con los brazos la boca de su estómago. Cierro uno de mis puños, pongo la otra mano sobre este y comienzo a presionar su abdomen de abajo arriba con movimientos secos.

Horrorizados, ellos comienzan a preguntarme qué hago mientras el cuerpo de Ronna se sacude. Yo no les respondo. Me concentro y sé que no tengo tiempo que perder.

Con determinación, le practico la maniobra de Heimlich ante las caras de sorpresa de Kenneth y George. Vamos, hago el típico procedimiento que se usa para ayudar a una persona que se está asfixiando y, por suerte, tras varias compresiones, por la boca de la mujer sale despedido un trozo de pera, que era lo que le estaba impidiendo respirar.

Ronna coge aire asustada. Y yo, sentándola en el suelo, la tranquilizo ante la mirada de los otros y, con los dedos en su muñeca, controlo sus pulsaciones, que por suerte se van regularizando.

En silencio, y pasados unos minutos, cuando veo que el color vuelve a su rostro y ya respira con más tranquilidad, indico que la levanten y la sienten en una silla. Ella, agobiada, no sabe dónde mirar.

—Tranquila, Ronna —musito—. Estás bien. Estás bien.

Esta asiente y se da aire con la mano.

—Pero ¿qué ha ocurrido? —pregunta entonces Kenneth.

George y su mujer se miran, se toman de la mano y luego el primero susurra aliviado:

—Estábamos cortando fruta, cuando de pronto... de pronto...

Ver la angustia en sus ojos me indica el susto que ha pasado.

—Ronna se ha comido un trozo de fruta —continúo yo—, esta se le ha ido por otro lado y se le han obstruido las vías respiratorias. Por suerte, todo está bien y hemos podido solventar el problema.

La mujer, a quien el color ya le ha vuelto al rostro, coge mi mano y murmura:

—Gracias, milady. Si no hubiera estado usted aquí...

Asiento, sé lo que quiere decir, pero indico sin dejarla terminar la frase:

—Por suerte, estaba aquí y estás bien. No pienses en nada más.

—Muchas gracias, milady. Le estaremos eternamente agradecidos —musita George.

Dicho esto, Kenneth, que sigue pálido, pide:

—George, llévate a Ronna a la habitación para que descanse.

—Oh, no, señor, yo...

—Ronna —la corta él—, aunque solo sean cinco minutos quiero que descanses.

Finalmente, y animada por su marido, ambos salen de la cocina rumbo a su cuarto, y Kenneth pregunta mirándome:

—¿Cómo has sabido lo que le ocurría?

—Porque he visto la fruta sobre la mesa.

Él asiente, pero insiste:

—¿Y cómo sabías que había que hacer lo que has hecho para que la fruta saliera de su boca?

Uf..., uf..., cuántas preguntitas de difícil respuesta; encogiéndome de hombros, vuelvo a mentir:

—¿Recuerdas que te he dicho que Henry, mi exprometido, era médico?

—Sí.

—Pues él me enseñó muchas cosas.

Kenneth asiente, aunque me mira de un modo raro y, consciente de que o me quito de su vista o continuará haciéndome preguntas, digo tocándome el pelo que me cae sobre la cara:

—Subiré a vestirme y a adecentarme.

Y, sin más, salgo a toda prisa de la cocina, donde el duque se queda mirándome con extrañeza.

42

Vestida y adecentada, aunque me he dejado el cabello suelto, bajo de nuevo al salón, donde Kenneth está sentado leyendo el periódico. Al entrar, Ronna se acerca a mí.

—Muchísimas gracias por su ayuda, milady —me dice.

La miro, y ella añade señalando la mesa:

—Coma usted algo. Le vendrá bien.

Encantada, sonrío. Ver que Ronna se encuentra bien es maravilloso, y, observando la mesa, veo la cantidad de comida que hay sobre ella. De inmediato pienso que, si tuviera mi móvil, haría una foto de aquellos manjares para subirlo a mis redes y pregunto:

—¿Todo eso es para mí?

La mujer sonríe y, bajando la voz, explica:

—El señor así lo ha ordenado.

Instantes después, Ronna sale del salón y yo me dirijo a Kenneth:

—¿Pretendes que salga de tu casa rodando?

—¿Rodando?

Me río, no lo ha entendido, y aclaro:

—Rodando como una rueda, por todo lo que pueda comer.

Divertido por mi comentario, él asiente. Deja el periódico y, levantándose, se acerca a mí y musita tocando mi cabello suelto:

—Debes recogértelo.

—¿Por qué?

—Llevarlo así es indecoroso.

Eso no me hace ninguna gracia.

—Anoche dijiste que te gustaba —replico—. ¿Acaso no te agrada verlo así?

Kenneth asiente, pero es tan protocolario que insiste:

—Me agrada, pero en la intimidad.

Oír eso me hace sonreír. Hay cosas que no entiendo, aunque tampoco creo que las entienda él.

—¿Acaso hay alguien más aquí aparte de tú y yo? —pregunto.

Kenneth me mira, niega con la cabeza y reitera:

—A esta hora del día, y ante la mesa de comer, una mujer decente ha de estar perfectamente vestida y llevar el cabello recogido. No hay más.

Según oigo eso, tengo dos opciones: callar o hablar. Y decido callar. Si hablo, la vamos a tener.

Joder, que en mi época, a esta hora y a la mesa estoy en pijama, en bragas o como se me antoje.

Pero ¿qué tontería es esa?

Kenneth, al ver que guardo silencio, señala la comida que hay sobre la mesa.

—No sabía qué te apetecería —dice.

Feliz por lo que veo, observo los distintos platos. Parece el bufet de un hotel de cinco estrellas, y, sonriendo, cuchicheo:

—La verdad es que estoy hambrienta.

Después de darle un más que apetecido beso en los labios, me siento en la bonita silla que él me señala y, centrándome en los manjares, tras verter café y leche en una bonita taza de porcelana, me sirvo huevos, algo de jamón, fruta, panecillos y un par de pedazos de bizcocho en un plato. ¡Todo tiene una pinta increíble!

Kenneth se sienta al otro lado de la mesa con el periódico. Entre él y yo habrá como cinco metros, y pregunto divertida:

—¿Por qué te sientas tan lejos?

—Es mi sitio.

—¿Y pretendes que hablemos a gritos?

—¿Es necesario hablar ahora?

Sin poder creerme su respuesta, meneo la cabeza y susurro:

—Yo es que lo flipo contigo...

Él sonríe y luego indica:

—Si mal no recuerdo, eso de *flipar* significaba «sorprender». Por lo que te he sorprendido, ¿verdad?

Asiento, claro que me ha sorprendido. Y, levantándome, musito:

—¡Qué raritos sois, por Diosssssss!

Sin más, traslado mis cosas hasta el sitio libre que está a su lado y, una vez que me siento, pregunto mirándolo:

—¿No crees que más cerca estamos mejor?

Mi duque asiente. En sus ojos veo que eso lo divierte, e, ignorándolo comienzo a comer. Durante unos minutos me recreo en lo que me he servido en el plato, pero, al ver que no me quita los ojos de encima, inquiero:

—¿Qué pasa?

Kenneth sonríe.

—Que eres tremendamente bella sin importar la hora o la luz que te ilumine.

Oh..., sí... ¡Oh, sí!

Reconozco que oír ese halago me encanta y, acercándome a él para darle un rápido beso en los labios, afirmo:

—Tú eres muy guapetón también.

—¿Guapetón?

Encantada, asiento, y a continuación él murmura:

—Nunca me habían dicho eso.

—Pues mira, ¡ya te lo he dicho yo!

Se ríe divertido. Por Dios, qué monada de hombre...

Acto seguido, coge una taza y se sirve café. Yo sigo comiendo, tengo un hambre de lobo, y de pronto lo oigo decir:

—Sin duda tienes apetito.

Vuelvo a asentir contenta y suelto:

—Si mi yaya te oyera, te diría que le resulta más barato comprarme un vestido que darme de comer.

—¿Tu «yaya»?

—Llamo así a mi abuela.

—¿Por qué? —replica extrañado.

Rápidamente me encojo de hombros.

—No lo sé. Pero siempre la he llamado así.

—¿Qué edad tiene tu abuela?

—Setenta y cinco.

Kenneth asiente y, antes de que yo le pregunte por la suya, insiste:

—¿Dónde vive?

Bueno..., bueno, que al final la voy a liar. Decirle la verdad sería un despropósito, por lo que requetemiento:

—Con mis padres, en Nueva York.

Él afirma con la cabeza, al parecer, me cree, pero por el modo en que me mira, sé que querría preguntarme mil cosas más, y para evitarlo exclamo:

—¡Este bizcocho está de muerte!

—¿«De muerte»?

Por Diossss..., si es que no salgo de una para meterme en otra..., y riendo aclaro:

—Quería decir que está muy rico.

—¿Y para eso tienes que nombrar a la muerte?

No sé qué responder. La verdad es que tiene razón.

—He conocido a algunos americanos —expone a continuación—, pero nunca los he oído decir las cosas tan raras que en ocasiones dices tú.

Me río. No lo puedo remediar.

Permanecemos unos minutos en silencio hasta que él comenta:

—No podré acompañarte a Belgravia. Alguien podría vernos, y los rumores...

—¿Por qué te preocupas tanto de los rumores?

—¿Cómo no voy a preocuparme? —pregunta.

Y yo, que no tengo filtros, respondo:

—Pero ¿acaso tú no sabes que quien más habla suele ser quien más tiene que callar?

Según digo eso, comprendo que me he excedido. Estoy en una sociedad donde los rumores y el qué dirán están a la orden del día, y antes de que conteste cuchicheo:

—Vale..., los americanos somos raritos.

Kenneth no dice nada, solo me mira y yo, levantándome, me siento sobre sus piernas y, olvidándome de dónde estoy, susurro:

—Te voy a decir una cosa que cualquier persona, sea americana o no, debería entender, y es que vivir pendiente de lo que los demás digan, opinen o critiquen no es vivir. Y, ya que estamos, te voy a decir otra más. Esa doble moral a la que jugáis los ingleses no me gusta nada de nada.

Mi duque sonríe. Dios, cómo me gusta su sonrisa... Y, deseosa de hacer más cosas con él, propongo:

—¿Qué te parece si tú y yo nos vamos un par de días fuera de Londres?

Él parpadea, mi proposición lo desconcierta, y riendo cuchicheo:

—Vivamos el momento antes de que yo regrese a mi hogar y tú a la mar. ¿No sería genial? Tú y yo solos, disfrutando de tiempo libre y del sexo.

Sin moverse, enseguida suelta con gesto serio:

—Lo que propones es inapropiado.

—¿Por qué?

—Porque hablas abiertamente del placer de la carne, y eso no está bien. Una dama nunca ha de mencionarlo.

—Será que no soy una dama... —me mofo.

Kenneth resopla, sé que se contiene para no volver a regañarme, y al final añade:

—Además, ¿cómo vamos a pasar unos días juntos? Alguien nos podría ver y...

—¡Ya estamos otra vez!

Él sacude la cabeza y susurra:

—Diantres, ¿qué clase de moralidad tienes tú?

Boquiabierta, parpadeo, e, incapaz de cerrar esta boca, que parece un buzón de correos, suelto:

—Por si lo has olvidado, acabamos de pasar la noche juntos, y no hemos estado precisamente jugando al ajedrez, sino disfrutando del sexo. ¿Qué dices de moralidad?

Kenneth no responde. Como siempre, está desconcertado por mis palabras.

—Pero, vamos a ver —insisto—, ¿acaso tenemos que rendirle cuentas a alguien? Tú no tienes pareja. Yo tampoco. ¿Dónde está el mal?

Por su gesto sé que está incómodo. Tengo que controlarme, no debo hablar con la libertad a la que estoy acostumbrada. Y, tras retirarme de su regazo, se levanta, se aleja de mí unos metros y dice:

—El mal está en hacer algo que es inaceptable. Y lo que hemos hecho ¡lo es!

—Venga, Kenneth, ¿es que no lo has pasado bien esta noche? ¿Acaso lo que ha habido entre tú y yo no ha sido divertido y placentero?

Su mirada vuelve a centrarse en mí.

—No es apropiado que una dama pregunte esas cosas.

—Por favor...

—Por favor, ¿qué?

Me río, no lo puedo remediar, y afirmo:

—Si hablar sobre sexo o placer con la persona con quien lo has disfrutado no es propio de una dama, ¡definitivamente no lo soy!

—¡Diantres! —exclama—. Deja de decir cosas inapropiadas.

Oír eso me hace suspirar. Por mucho que me guste este hombre, estoy en el siglo XIX, y sé que nunca lo haría cambiar de parecer con respecto a sus opiniones y su concepto de la moralidad. Sin embargo, mi yo de cabrona ya no puede parar, y pregunto:

—¿Por qué es tan inaceptable que pasemos unos días juntos?

—Porque lo es —insiste sin dar más explicación.

—Venga, Kenneth, ¡no seas muermo!

—¡¿«Muermo»?!

—Sí. ¡Muermo! ¡Aburrido!

—¿Soy aburrido?

—En este instante, sí. ¡Mucho!

Oír eso le escuece, no le gusta y, levantando el mentón, musita:

—Nunca una mujer me había hablado de un modo tan desagradable.

—Pues, mira, el «nunca» ya no existe para ti, porque ya lo he hecho yo.

Ver su gesto me hace gracia. Lo dicho ya no le escuece..., ¡lo cabrea!

—Es usted una insolente y una inmoral —sisea.

Oír eso me hace gracia y, sacando esa lengua sibilina que tengo, cuchicheo:

—No decías eso anoche cuando...

—Lady Travolta —me corta con gesto serio—, creo que se está excediendo.

—¡¿Lady Travolta?! ¿Ya no soy Celeste? —Él no responde, y añado—: Sinceramente, Kenneth, que me llames «inmoral» o «insolente» es algo que no me afecta en absoluto porque sé muy bien lo que hago y quién soy. Pero, tal y como te estás comportando me haces saber que, además de aburrido, eres un enfadica.

—¿«Enfadica»?

—Sí, enfadica —insisto aun viendo su cabreo—. No se te puede llevar la contraria o rápidamente cambias las normas del juego.

—¿Que cambio las normas del juego?

Sin amilanarme, asiento.

—Sí, Kenneth, sí. Tú decides cuándo somos Celeste y Kenneth y cuándo el duque de Bedford y lady Travolta, y, la verdad, ¡es agotador! Mira, entiendo que tu mundo y el mío no tienen nada que ver, pero, hombre, ¡es que me vas a volver loca!

Él resopla, creo que se está acordando de toda mi familia, y entonces, sorprendiéndome, dice:

—Cuando termine de desayunar, mi cochero la llevará a Belgravia.

—Pues mira qué bien, ya me veía yo yendo a patita —replico.

De nuevo me mira a la espera de que diga algo más. Estoy que voy a explotar, pero no le voy a dar el gusto.

—Una vez que usted se marche —añade—, partiré para Bedfordshire, donde están mi abuela y mis hijos.

Oír eso me hace saber que está tremendamente ofendido. ¡Ole, qué bien! Pero si cree que voy a lanzarme a sus pies y a pedirle que no se vaya, lo lleva claro.

—Me parece muy acertada su decisión, duque —afirmo.

En silencio, nos sentamos de nuevo a la mesa para continuar desayunando, y él coge el periódico, que sigue leyendo. ¡Me ignora!

No sé qué pensará, cualquiera se lo pregunta. Pero lo que yo pienso es que tener una historia de amor con él sería imposible y complicado. Imposible porque vivimos en dos mundos diferentes y yo deseo regresar al mío. Y complicado porque, con un hombre de mente tan cerrada como la suya, yo no podría vivir.

Lo miro de reojo. Por fuera es todo lo que siempre me ha gustado en un hombre, pero interiormente nos separan demasiadas cosas.

Sin mirarme, sigue leyendo el periódico, y yo, sin que se me note, sonrío. Pienso que me habría encantado conocerlo pero en el siglo xxi, en mi tiempo, porque estoy convencida de que las vivencias en esa época le harían tener una mentalidad moderna y abierta, y no una tan cerrada y protocolaria como la que tiene ahora.

Con el Kenneth del siglo xxi podría discutir abiertamente sin miedo a escandalizarlo por mis ideas feministas, pero con el del siglo xix sé que debo callar, por él y por mí.

Aun así, lo miro con cariño. Este hombre es un encanto, aunque no lleguemos a un entendimiento, y estoy convencida de que cuando regrese a mi mundo guardaré un precioso recuerdo de él. Así pues, tras coger una uva del plato, sin dudarlo se la lanzo esperando que se le haya pasado el cabreo. La uva impacta contra el periódico y este sobre su nariz y uf..., ¡si las miradas matasen!

Intento no sonreír, no es el momento, y él sisea:

—¿Qué desea usted ahora, milady?

Uf..., desear, desear..., primero deseo que quite esa cara de inglés *revenío*, como diría mi yaya, y, después, otras muchas cosas. Pero, consciente de que la situación no está para tirar cohetes, respondo:

—Ya he terminado. Puedes avisar al cochero.

Sin más, asiente, se levanta y, a grandes zancadas, sale por la puerta.

Sonrío..., mira que soy tocapelotas. ¿Por qué le habré lanzado la puñetera uvita?

Estoy esperando a que regrese cuando la puerta se abre y entra George, el mayordomo.

—Milady, el carruaje la espera.

Asiento con una sonrisa y, mientras me levanto de la silla, el hombre añade:

—El duque me ha indicado que le diga que espera verla en la fiesta de su abuela en Bedfordshire.

—¿No se va a despedir de mí? —pregunto sorprendida.

George niega con la cabeza con gesto apurado y yo, tomando aire, susurro:

—De acuerdo, George. Dame un minuto, enseguida voy.

El hombre asiente y, cuando va a salir, pido:

—¿Podrías traerme algo para escribirle una nota?

Él afirma con la cabeza. Se acerca hasta una mesita de la sala, abre un cajón y, señalándome papel y unos lapiceros, indica:

—Aquí tiene, milady.

Cabreada y alterada por ese feo detalle del jodido del duque, asiento y, una vez que George se va, me dirijo hasta la mesita, cojo un papel y escribo:

¿Sabes, guapo? Idiotas los hay en tu siglo y en el mío.

Pero, al leer la nota, de inmediato la estrujo. No, no puedo decirle eso.

Acto seguido, dejo la bola de papel sobre la mesa, cojo otro y esta vez intento ser más comedida.

La caballerosidad y la cortesía han brillado por su ausencia a la hora de despedirse usted, querido duque.

Firmado: La inmoral

Lo leo. Esta me parece bien. Y, cogiendo el papel, lo dejo junto a su taza de té. Espero que lo vea y se cabree aún más.

A continuación, me doy la vuelta y me marcho; no hay más que decir, y, al salir a la calle me da la luz en los ojos y echo de menos mis gafas de sol polarizadas por primera vez desde que estoy aquí.

¡Qué bien me vendrían ahora!

43

Cuando llego ante la puerta de la casa del barrio de Belgravia, como no sé si Kim habrá regresado de su noche loca con el Muñeco, busco la llave de la entrada bajo la maceta y doy con ella. Me apresuro a abrir para entrar y, tras dejar de nuevo la llave bajo la maceta por si Kim vuelve, entro en el salón y me sobresalto al oír:

—¡Holaaaaaaaaa!

Según miro, me encuentro a mi *amimana* sentada leyendo en un butacón. Sonríe, la veo feliz, y, guiñándome el ojo, pregunta:

—¿Cómo ha ido tu noche?

Gustosa, suspiro. La noche, perfecta, aunque la mañana ha sido desastrosa; sentándome junto a ella, voy a hablar cuando se me adelanta:

—Si vas a preguntarme por la mía te diré que ha sido... ¡decepcionante!

Boquiabierta, parpadeo, y luego Kim añade:

—¡El Muñeco es un fraude! ¡Una total y completa decepción!

—Pero ¿qué dices?

Ella asiente. Se levanta y, con su claridad de siempre, indica:

—Te aseguro que *Churri*, mi vibrador, me da más morbo y placer que él.

—Kim... —Me río.

—Cuando salimos de la fiesta cada uno por su lado para evitar las malas lenguas, él ya había dado orden a un cochero para que me llevara a su casa de Berkeley Square. Por cierto, tiene una casa preciosa, con un montón de criados, pero fue entrar en su habitación y ver que se quitaba la ropa mirándose al espejo y supe que me iba a decepcionar.

Deseosa de saber más, levanto las cejas y mi amiga añade riendo:

—Su cuerpo es como su casa o su rostro, ¡impresionante! Purita fibra y todo, pero todo, todo muy bien puesto. Sin embargo, chica, cuando se quedó desnudo, me miró y sus palabras literales fueron: «Lo sé. Soy perfecto».

—Noooooooooooooo...

Kimberly asiente. Se ríe tanto o más que yo, y agrega:

—Y como oírlo decir eso me molestó, para no darle la razón, le dije que para mí era normalito, y mis palabras lo ofendieron.

—Noooooo...

—¡Sí!

—¿Me lo estás diciendo en serio?

Mi amiga se ríe.

—El Muñeco es un tipo egocéntrico al que le gusta ser admirado. Es de los que se creen divinos y superiores por ser tan irresistiblemente guapo, y mira, chica, para divina e irresistible, ¡yo! Pero como me apetecía probarlo porque durante toda mi vida lo he idolatrado como mi amor imposible por los siglos que nos separaban, ¡me lo tiré!

—¡Kim! —Me río a carcajadas.

—Y cuando terminé —prosigue gesticulando—, como me dejó más fría que un cubito de hielo, me vestí y, tras hacerle una peineta con el dedo y decirle que era un pésimo amante, me marché.

—Pero ¿qué dices?

Mi amiga se parte, se ríe a carcajadas, y cuchichea:

—Con todo lo guapo que es y con todo lo que me atraía, el Muñeco es el hombre más frío, mecánico y aburrido con el que me he acostado. Vamos, ¡que ni loca repito! Y te digo una cosa: ahora entiendo que la mujer con la que se casará en el futuro, lady Godiva, coleccione amantes... ¡Este no da la talla!

Sorprendida, no sé qué decir. El Muñeco parecía precisamente lo opuesto. Y luego Kim pregunta mirándome sin darle más importancia a lo ocurrido.

—¿Y tú qué tal?

Mi sonrisilla me delata.

—Kenneth es todo lo contrario.

Ella aplaude y yo, pensando en aquel, musito:

—Es atento y complaciente. Un caballero de la época ardiente en el sexo.

—Chica, ¡me muero de la envidia!

Ambas reímos por eso y luego, tomando aire, susurro:

—Pero todo se ha jorobado esta mañana, cuando se me ha ocurrido invitarlo a pasar unos días juntos...

—Noooooooooo...

Asiento. Me río. Me quito el vestido, me libero del corsé y, consciente de la locura que le he propuesto al pobre Kenneth, afirmo:

—Hemos discutido. Me ha tachado de inmoral e insolente y yo lo he llamado «aburrido», «enfadica», y le he dado un uvazo en la nariz.

—¡¿Qué?!

Me troncho, no lo puedo remediar, y añado:

—Creo que eso ha sido el colofón, y se ha marchado sin despedirse de mí.

—Pero ¿qué dices?

—Lo que oyes.

Divertidas, mientras hablamos sobre ello, subimos a la habitación.

—Mi Muñeco —dice luego Kim—, ¿te puedes creer que ha estado tan pendiente de él que ni se ha fijado en mis tatuajes? Pero si mientras me lo estaba tirando solo se miraba al espejo y le faltaba decirse «¡Qué guapo soy!».

Asiento.

—El duque ha flipado con los míos y con mi depilación integral.

—Nooooo...

—Sí... —Me río.

—¿Y qué explicación les has dado a los tatuajes?

Pienso en lo que le he dicho, pero estoy tan aturullada por todo que respondo:

—Si te soy sincera, le he soltado tantas mentiras que ya no sé ni lo que le he dicho.

Por suerte, todo lo que nos está ocurriendo Kim y yo nos lo tomamos con humor. Ni el Muñeco es el amor de su vida ni Kenneth es el mío.

—¿Sabes en quién no he podido parar de pensar desde que he regresado a la casa? —murmura ella a continuación.

—¡Sorpréndeme! —contesto, pues ya sé la respuesta.

—En Gael.

Oír ese nombre me hace asentir, y más cuando ella añade:

—Cuando vuelva tengo que hablar muy seriamente con él.

—Harás bien.

Mi amiga sonríe y, en cuanto me desnudo, musito:

—¡Ojo, piojo!

—¿Qué pasa?

Y, consciente de mi mala suerte y de la jodida realidad, cuchicheo:

—Que me ha venido la regla.

—¡No jorobes!

Asiento horrorizada, con razón me dolían los ovarios... Joder..., joder..., joder... No tengo compresas. No tengo tampones. ¡No tengo nada! Y, mirando a mi amiga, pregunto:

—¿Qué voy a hacer?

—Pues tenerla, ¡a ver qué vas a hacer! —se mofa Kim.

Resoplo. Me joroba que la puñetera regla haya aparecido sin avisar.

—Por suerte, me ha venido hoy y no ayer —susurro.

Kim afirma con la cabeza, entiende por qué lo digo.

—¿Qué utilizan en esta época cuando tienen la regla? —insisto yo.

Kim se ríe. Yo no. Y, abriendo el armario, señala unos pañitos.

—Anna me dijo que dejaba estos trapos aquí para cuando nos viniera el período.

Horrorizada, los miro y gruño:

—¡¿Eso?!

—Siento tener que recordarte que aquí no existen ni los tampones ni las compresas con alas... —repone Kim.

—¡Ni sin alas! —protesto horrorizada.

Rápidamente me lavo, es mejor no pensar mucho en ello, y, tras coger uno de aquellos trapos, pregunto:

—¿Y esto me lo pongo así, sin más?

Kim se encoge de hombros.

—Pero ¡esto es una guarrada! —exclamo—. Voy a mancharlo todo.

Mi amiga resopla, y yo, consciente de que lo que hay ¡es lo que hay!, cojo otro, me los pongo los dos y luego me coloco una de mis improvisadas bragas limpias.

—Esto es insostenible —me lamento.

Kim se ríe. Yo también. Por suerte, no soy de las que se doblan de dolor por la regla. Cuando estoy terminando de vestirme, llaman a la puerta.

—¿Esperas a alguien?

Ella niega con la cabeza.

—No.

Juntas, vamos hacia la entrada y, al abrir, nos encontramos con una apurada Abigail, que dice:

—Tenéis que venir inmediatamente a casa.

—¿Qué ocurre? —pregunto al verla tan alterada.

La pobre se da aire con la mano e indica:

—El barón Randall Birdwhistle ha venido a visitar a Prudence.

44

La noticia de que el barón ha dado ese paso nos emociona a Kim y a mí. Pero entonces Abigail insiste:

—Tenéis que venir. Prudence se niega a bajar al salón.

—¡La madre que la parió! —protesto.

Kim me da un codazo y Abigail, que creo que no se ha enterado de lo que he dicho, prosigue:

—Madre está histérica. Lo está entreteniendo en el saloncito, pero Catherine y yo ya no sabemos qué hacer con Prudence.

Según oigo eso, miro a Kim. Lo de Prudence no tiene nombre, y, olvidándome de mi regla y de todo, indico:

—Ahora mismo vamos.

Una vez que Abigail se marcha, volvemos a subir a toda prisa a nuestra habitación. Vestidas como vamos no podemos presentarnos allí, por lo que, tras ponernos unos vestidos de mañana, a los que ya les estoy cogiendo el truco, de nuevo dejamos la llave al salir bajo el macetero y nos dirigimos hacia la casa de enfrente.

Catherine, que está pendiente de nuestra llegada, abre la puerta y de inmediato musita:

—¡Oh, cielos! Esto es un desastre.

En ese instante aparece Barney con una bandeja de plata en las manos. En ella lleva un par de vasitos, y Catherine, al verlo, susurra dulcificando el tono:

—Por favor, llévalo al salón donde están madre y el barón.

Él asiente y nos mira. Le sonreímos. Intuimos que sabe que estamos al corriente de lo que existe entre ellos, y entonces lo oímos preguntar:

—¿Te encuentras bien?

Catherine sonríe. Con su sonrisa nos hace sentir lo mucho que lo quiere, y Kim y yo, emocionadas, nos tomamos de la mano.

¡Qué blanditas somos para el amor!

Catherine asiente y, consciente de que solo nosotras los oímos, cuchichea:

—Sí, tranquilo, Barney, estoy bien. Es solo que el barón ha venido y... y... ya sabes.

Con la mirada se lo dicen todo y, antes de marcharse, él indica:

—Si necesitas lo que sea, yo...

—Lo sé, Barney... Lo sé... —replica ella.

Él nos mira y nosotras, que no hemos abierto la boca, le sonreímos, y a continuación se retira. Las tres nos quedamos en silencio, y entonces Kim susurra:

—No sé cómo nadie se percata de lo que hay entre vosotros...

Catherine suspira, se encoge de hombros y, cuando va a responder, aparece Bonifacia. Solo verla ya me crispa los nervios. Ella, tras mirarme mientras se coloca un sombrerito, dice:

—Me marcho a la modista.

Levanto las cejas.

—Lo he intentado todo, pero Prudence no quiere escucharme —le comenta a Catherine.

Y, sin más, se va; cuando cierra la puerta, musito:

—Tanta paz lleves como descanso dejas.

Kim se ríe, yo también, y cuando Catherine me mira, murmuro:

—Es un refrán que suele decir mi abuela.

Estamos sonriendo las tres cuando Catherine cuchichea bajando la voz:

—Aunque no lo creáis, Bonifacia ha intentado ayudarnos con Prudence. Ha ido a la puerta de su habitación y, además de ser cordial con Abigail y conmigo, ha intentado convencer a Prudence para que abriera. Todo ello con palabras amables.

—Eso está muy bien —afirmo consciente de que Bonnie sigue

mi consejo. Pero, sin querer hablar de ella, no vayamos a meter la pata, pregunto:

—¿Qué tal anoche con tu amor?

Catherine sonríe.

—Con él todo siempre es fácil.

Oír esa frase hace que Kim y yo nos miremos. La Johanna que conocemos sigue diciendo eso de su amor.

—Y vosotras, ¿qué tal anoche? —pregunta ella a su vez.

Nos reímos y Kim musita:

—Un desastre que ya te contaré con tiempo.

Catherine parpadea y, cuando me mira, explico:

—En mi caso pasé una excelente noche con el duque, pero esta mañana todo ha terminado muy mal entre nosotros. Por tanto, ¡mejor no hablar!

Durante unos instantes las tres permanecemos en silencio, hasta que finalmente Kim dice:

—Ahora vayamos a lo que nos interesa... ¿Qué le pasa a Prudence?

Catherine suspira.

—No lo sé. Solo sé que no quiere bajar al salón.

Mi amiga y yo nos miramos y rápidamente propongo:

—Tú ve al salón e intenta que el barón no se vaya. Yo subiré con Catherine y haré bajar a Prudence como sea.

—Daos prisa —apremia Kim.

Catherine y yo subimos la escalera de dos en dos. Los buenos modales quedan para otros momentos, y cuando llegamos frente a la habitación de Prudence, veo a Abigail, que se lamenta:

—Por el amor de Dios, Prudence, ¡¿quieres hacer el favor de abrir?!

—Que no..., ¡he dicho que no!

—¡Diantres, hermana! —se queja.

—Abigail —regaña Prudence—. ¡No blasfemes!

Abigail, que siempre me hace mucha gracia por sus expresiones, gesticula y gruñe.

—¡¿Que no blasfeme?! Cielo santo, hermana, ¿acaso el barón te va a comer?

Sin poder evitarlo, sonrío, y entonces oímos:

—Eso no me tranquiliza. Al revés. Me pone más nerviosa.

Oír su voz temblona me hace saber lo turbada que está, por lo que indico dirigiéndome a Abigail:

—Kim está con tu madre y el barón abajo. Ve con ellos y ayúdala si es necesario.

Si dudarlo, ella asiente y, cuando se marcha, tras mirar a Catherine, llamo a la puerta con los nudillos.

—Prudence, soy Celeste, abre.

Espero. Espero pacientemente, hasta que la oigo cuchichear:

—No. No puedo.

—Sí puedes, ¡claro que puedes! —insisto.

Catherine suspira. Yo resoplo y, viendo que no hace caso, comento:

—Prudence, el barón está aquí por ti... ¿Cómo no vas a bajar a saludarlo?

No responde, se calla, y Catherine susurra mirándome:

—Yo ya no sé qué más decirle.

Durante un rato, su hermana y yo le explicamos todo lo que podemos sin perder los nervios. Pero estoy con la regla, mi paciencia es más limitada de lo normal, y cuando ya no puedo más, siseo:

—Prudence, tienes dos opciones. O abres o juro por mi madre que tiro la puerta abajo de una patada, y sabes tan bien como yo que, si te digo que la tiro, es que la tiro.

Nada más decir eso, Catherine y yo oímos un clic.

Joder, ¡qué poder de convicción tengo!

Y cuando, segundos después, la puerta se abre y aparece ante mí una despeluchada Prudence con los ojos como dos tomates de tanto llorar, voy a hablar, pero Catherine interviene entrando en el cuarto:

—Prudence, el hombre que está abajo te hace aletear el corazón y llevas soñando buena parte de tu vida con él... ¿Se puede saber qué estás haciendo?

Ella no responde, solo lloriquea. En ese instante llaman a la puerta de la calle, y, buscando tranquilidad, entro a mi vez en el cuarto y digo cerrando la puerta:

—Siéntate para que te peinemos y te arreglemos. Y haz el favor de dejar de llorar y compórtate como la chica lista y fuerte que sé que eres.

Sin dudarlo, ella obedece, y yo, mirando a Catherine, le pido:

—Péinala tú, porque como tenga que hacerlo yo, no respondo.

Rápidamente ella recompone el cabello de Prudence. En un pispás le hace un moñete con tirabuzones que me deja boquiabierta. A continuación, abro el armario y, tras echar un vistazo a varios vestidos, a cuál más aburrido, elijo uno que sé que le queda bien y, volviéndome para mirarla, digo:

—Ahora te vas a poner esto y...

En ese instante, la puerta de la habitación se abre de par en par. Abigail entra con cara de asombro y susurra con voz temblona:

—¡Cielo santo...!

Catherine, Prudence y yo la miramos. ¿Qué pasa?

Segundos después, la puerta vuelve a abrirse. En esta ocasión aparece Kim, que, mirando a Abigail, pregunta:

—Pero ¿qué haces aquí?

La chica se da aire con la mano, está agobiada y, mirándonos, suelta:

—Acaba de llegar el conde Edward Chadburn.

Catherine y Prudence se miran. Kim se ríe y yo exclamo:

—¡El Pibonazo!

Abigail asiente con una radiante sonrisa y, moviéndose histérica por la habitación, cuchichea:

—Ni os imagináis la cara de madre cuando lo ha visto aparecer con otro precioso ramo de flores como el del barón y lo ha oído decir que venía a visitarme.

—Con ver la tuya me hago una idea. —Me río divertida.

El nerviosismo se apodera de Abigail. Ahora la que está al borde del infarto es ella, y Prudence pregunta mirándola:

—¿Acaso el conde te va a comer?

Oír eso me hace gracia. Cómo se las tiran las unas a las otras... Y, al ver cómo las hermanas se miran, aclaro:

—Aquí nadie se va a comer a nadie. Las dos deseabais ser pretendidas por esos hombres, así que ¡ahora no es momento de rajarse!

—¿«Momento de rajarse»? —preguntan las tres.

Kim y yo nos reímos y luego yo explico:

—*Rajarse* es echarse atrás.

Ellas asienten, ahora me entienden, y Catherine, tomando el mando junto conmigo, tercia:

—Hermanas, en el salón hay dos guapos hombres que han venido a visitaros. ¡No hay tiempo que perder!

A toda mecha arreglamos todo lo que podemos y más a Prudence y a Abigail. Está claro que esos dos hombres, que han aparecido en sus casas por voluntad propia, es lo que ellas desean, y por nada del mundo hay que perder esta oportunidad.

Una vez que salimos de la habitación, Abigail parece flotar. Camina feliz y dichosa, aunque parece dubitativa sobre cómo proceder. Su conde está aquí. Es el primer día que viene a visitarla para cortejarla y, como podemos, entre todas le damos consejos que ella escucha con atención.

Prudence ya no llora, sino que ahora intenta aconsejar a su hermana, que, minutos después, desaparece junto a Kim, y desde la escalera vemos cómo entra en el salón, donde están su madre, el conde y el barón.

Miro a Catherine. En su rostro veo la felicidad. Que aquellos dos hombres que sus hermanas quieren estén allí es lo mejor que le podría pasar, y murmura:

—Abigail ya ha entrado. Ahora te toca a ti, Prudence.

La aludida, nerviosa perdida, hace un movimiento involuntario con el cuello. Sé que eso la agobia, e, intentando tranquilizarla, digo:

—Escúchame. Que Randall esté aquí, en tu casa, en tu salón, y con tu madre, es un gran paso adelante, y ahora no puedes ser tú la que dé un paso atrás.

—Lo sé, pero estoy tan nerviosa...

La entiendo. Creo que si yo tuviera que vivir una situación parecida, con lo rarita que soy, lo llevaría fatal, pero pensando en ella insisto:

—Solo tienes que recordar al pretendiente que tu madre había buscado para ti y tener claro con quién quieres casarte tú. Prudence, cielo, puedes elegir. Por tanto, elige bien y, por favor, tranquilízate y sé lista.

Ella asiente. Pero entonces, al hacer otro movimiento involuntario con el cuello, susurra:

—¡Maldita sea!

Su inseguridad con respecto a sí misma le está haciendo pasar un mal rato, y, necesitada de que me escuche, voy a hablar cuando Catherine interviene:

—Eres preciosa, maravillosa, y el barón te quiere tal y como eres. Cada vez que Randall te ve se le iluminan los ojos de felicidad. ¿Cuándo te vas a dar cuenta de eso y a dejar de pensar en tonterías?

Prudence sonríe. ¡Ole por Catherine!

Está claro que ha dicho las palabras justas en el momento justo, y yo, aprovechando esa positividad que veo en su hermana, la agarro del brazo y digo mientras veo a Catherine sonreír:

—Y ahora ha llegado el momento de que entremos en el salón para que disfrutes de tu visita. Al fin y al cabo, el barón ha venido a verte a ti, no a tu madre, ni a tu hermana, ni a mí. Ese guapo hombre ha venido únicamente a verte a ti.

Instantes después, cuando las tres entramos en el salón, la cara de lady Cruella de Vil es todo un poema. Pero Prudence, sorprendiéndonos, despliega la mejor de sus sonrisas y, comportándose como la jovencita casadera que su madre ha criado, se sienta en el sofá donde está el barón y comienza a hablar con él. Eso sí..., roja como un tomate.

Noto que lady Cruella respira. Todas lo hacemos, y nos sentamos junto a ellas para ofrecerles nuestro apoyo si lo necesitan. Sin embargo, tanto el barón como el conde son dos hombres encantadores que dan conversación, y lo que ha comenzado siendo un purito desastre se está convirtiendo en una bendición a cada minuto que pasa.

Un último baile, milady?

Una hora después, cuando Kim y yo regresamos a nuestra casa, me mofo de la situación. Mientras a aquellas las han ido a visitar un barón y un conde, a mí me ha venido a ver la regla... ¿Puedo tener peor suerte?

45

Los días pasan, y aunque Michael y Craig no están, asistimos a diversos bailes acompañadas por la familia de Catherine, ya que el hecho de que vayan dos mujeres solas está muy mal visto.

En esos eventos, lo que ha surgido entre Prudence y Abigail con sus respectivos enamorados se hace patente a ojos de todo el mundo, y a quien no le llega la noticia lady Facebook, lady Twitter y lady Instagram se la hacen saber. Esas tres juntas son aquí ¡la gran red social!

Todo el mundo observa a las nuevas parejas y cuchichea, y aunque muchas de las *groupies* del conde le siguen haciendo ojitos, el Pibonazo solo los tiene para Abigail. ¡Qué mono!

Por suerte, la regla se me va al cabo de cinco días y vuelvo a ser yo. Y, aunque estoy bien, soy consciente de que, cada vez que entro en uno de los bailes, mis ojos buscan a Kenneth, a mi duque. Pero él nunca está. Está claro que, enfadado, partió para Bedfordshire.

El domingo por la mañana, Kim y yo recibimos a Michael y a Craig en casa. Su regreso es motivo de felicidad y, emocionadas, miramos los dos abanicos de alabastro que nos han traído como regalo. Nunca imaginé que un abanico pudiera hacerme tanta ilusión, pero, sí, me la hace. Es un regalo que sin duda regresará conmigo a mi tiempo, junto con muchos momentos imposibles de olvidar.

No quedan ni siquiera diez días para que nuestra aventura o locura, como queramos llamarla, se acabe.

Todos los que nos rodean están felices, y a Catherine se la ve pletórica. Ver a sus hermanas con pareja y, sobre todo, que sus padres las acepten, era sin duda lo único que necesitaba para poder marcharse ella y ser feliz.

Llega el momento de ir a Bedfordshire y estoy nerviosa. Voy a ver a Kenneth.

¿Seguirá enfadado conmigo o, por el contrario, se le habrá pasado ya?

Cuando veo por primera vez su casa de campo en Bedfordshire me quedo sin palabras. Si la casa de Kim en Londres me parecía un casoplón, eso a lo que nos acercamos es un auténtico palacio rodeado de jardines e interminables bosques frondosos.

Durante el viaje me entero de que, de lunes a viernes, solo estaremos nosotros allí junto a la familia de Kenneth, algo que hacen todos los años por el cariño que se tienen. Y que el sábado es cuando llegarán el resto de los invitados para celebrar el cumpleaños de la abuela.

Según nos aproximamos, observo por la ventanilla del carruaje el impactante lugar. Bedfordshire es una impresionante mansión de color claro con tropecientas mil ventanas que rezuma historia y elegancia por todos lados, y reconozco que verla me emociona.

El camino hasta llegar allí, a pesar de que no paro de pelearme con el puñetero gorrito y tengo el culo dolorido del traqueteo y seguro que las bragas del revés, ha sido agradable. Por suerte, Kim y yo viajamos en el carruaje junto a Catherine, Abigail y Prudence, mientras que en el otro coche van Cruella y Aniceto, junto a Percival y Bonifacia. Por su parte, Craig, Michael y Robert disfrutan del trayecto montados en sus caballos.

En una tercera carreta viajan los equipajes junto a Martha, la criada de Cruella, Karen, la de las tres hermanas, y Anna, la nuestra. Y, por supuesto, el primer criado del conde, que es Douglas, y el segundo, que es Barney, que atenderá a Percival y a Robert.

Tan pronto como los coches de caballos se detienen frente a la mansión, un enorme número de criados que nos aguardan en fila nos ayudan a apearnos.

Me siento como si estuviera en *Downton Abbey*, aunque, bueno, si mal no recuerdo, esa serie estaba ambientada alrededor de 1912, y aquí digamos que aún nos quedan casi cien años para llegar.

Una vez con los dos pies en el suelo, soy consciente de que las bragas no se me van a caer y me coloco el jodido gorrito, que me trae por la calle de la amargura, susurro:

—Madre mía, Kim, ¡esto es impresionante!

Mi amiga asiente sonriendo, y, segundos después, la puerta de la mansión se abre y por ella salen corriendo unos niños que se lanzan en brazos de Robert.

—Oh..., qué grandes y preciosos están los hijos del duque. No veo el momento de que yo misma disfrute de mis nietos —oigo decir a lady Cruella.

Con curiosidad, observo a los pequeños y sonrío al darme cuenta de que, mientras el niño, que debe de tener unos siete u ocho años, se comporta como un adulto a pesar de la gorra que lleva, que parece de capitán, la niña, que debe de tener unos cinco, es revoltosa y divertida.

—Cielo santo, lady Donna, compórtese como una señorita —musita una joven que intenta coger a la niña para que deje de dar empujones a su hermano y a Robert, que ríe con ella.

—Tío Robert, ¿a que yo también me puedo poner la gorra de capitán de papá? —pregunta la pequeña.

Divertido, el aludido asiente y, cogiendo a Donna en sus brazos, afirma:

—Mejor dejémosle la gorra a tu hermano.

—No. ¡Yo quiero ser capitán! —insiste la niña.

Acto seguido, tanto Catherine como Prudence, Abigail y la madre de estas saludan con cariño a los pequeños, que les sonríen encantados. Se nota que las conocen. La que no se acerca es Bonnie. Vaya..., por lo que veo, los niños no son lo suyo.

Instantes después, el chiquillo, tras dirigirnos un saludo con la cabeza a Kim y a mí, se dirige a tocar el caballo de Michael, mientras la pequeña, que tiene los ojos de su padre, nos mira e inquiere:

—¿Cómo os llamáis?

Kim y yo sonreímos, y rápidamente digo:

—Ella es Kimberly y yo soy Celeste. ¿Y tú cómo te llamas?

—Donna Marlene, pero todos me llaman Donna.

—¡Bonito nombre! —exclamo, y ella sonríe.

Los lacayos retiran el equipaje de los carruajes, cuando el niño exclama señalando con el dedo:

—Ahí viene padre.

Según lo oigo, me vuelvo para mirar y... Oh..., Dios... ¡Oh, Dios!

Ni el mejor anuncio de colonia ni la mejor campaña publicitaria diseñada para transmitir sensualidad harían sombra a esa aparición.

Con el corazón latiéndome a mil, veo a Kenneth acercarse a nosotros a lomos de un precioso caballo pardo, vestido con un pantalón negro, unas botas altas, una camisa blanca de mangas abullonadas y un chaleco oscuro.

Madre mía..., ¡es la sensualidad personificada!

Sin dejar de mirarlo, veo cómo él, una vez frente a nosotros, baja de un salto de su caballo, coge a su hija en brazos e indica:

—Deja de pegar a tu hermano de una vez.

—Papi, ¡quiero tu gorra! —afirma ella haciéndonos sonreír.

Encantada por la frescura de la niña y la sensualidad del padre, sonrío como una boba, y entonces oigo a Kim musitar:

—Si no cierras la boca, se te llenará de moscas.

Según dice eso, la miro. Soy consciente de que tengo la boca abierta, y cuchicheo en castellano para que nadie nos entienda:

—¿Se puede estar más sexy, guapo y atractivo?

—Te recuerdo que es inglés, no escocés.

Lo sé. Seguramente es el inglés más inglés que conoceré en mi vida, pero musito:

—¡Viva lo inglés!

Ambas sonreímos, pero en ese momento el duque me mira durante una fracción de segundo; tras apartar la vista, dice:

—Bienvenidos a Bedfordshire.

Louisa Griselda sonríe, su felicidad es completa, y susurra:

—Querido duque, qué alegría estar un año más aquí.

Kenneth, tras darle un cariñoso beso a su hija en la mejilla, la deja en el suelo y replica:

—Para nosotros también es un honor recibirlos.

Lady Cruella y su marido se deshacen en halagos ante aquel, y luego él, acercándose a nosotras, pregunta sin mirarme directamente:

—Miladies, ¿el viaje ha sido de su agrado?

Catherine asiente con una sonrisa y, mirando a Barney con el rabillo del ojo, responde:

—Como siempre, venir a Bedfordshire es un disfrute para los sentidos.

¡No puedo estar más de acuerdo!

Aunque estoy convencida de que el significado que Catherine le da a la frase no es el mismo que le doy yo...

—Duquesa, ¡qué alegría volver a verla! —oigo que dice entonces lady Cruella haciendo una exagerada reverencia.

Rápidamente, me doy la vuelta. Por cómo aquella ha reaccionado, sin duda se halla ante alguien que la impresiona mucho. Y me encuentro con una mujer no muy alta, de cabellos canosos y exquisitamente vestida. Posee unos ojos oscuros como la noche que llaman mi atención, y más cuando la oigo responder:

—Un placer tenerla un año más en mi casa, querida —y luego, mirando a las chicas, añade—: Catherine, Prudence, Abigail... Muchachitas, ¡cada día estáis más guapas! Qué gusto volver a veros.

—El gusto es nuestro. —Catherine sonríe.

—Espero que los invitados a mi fiesta del sábado os agraden —cuchichea la mujer a continuación—. Quién sabe si de aquí puede salir un futuro enlace.

—Estoy convencida de que así será —afirma Cruella, a la que solo le falta arrastrarse de satisfacción.

Sin dar crédito, la miro. Y entonces la duquesa, tras saludar a Aniceto, Robert, Michael y Percival, exclama mirando a Craig:

—¡Qué alegría ver de nuevo a mi libertino americano favorito!

Craig se le acerca con una sonrisa, le besa la mano con delicadeza y comenta:

—Ni que decir tiene, mi querida duquesa, que desde ya solicito que me guarde un vals para el sábado.

La mujer sonríe al oírlo. Está claro que entre Craig y ella hay una excelente sintonía.

—Ese baile ya lo tienes concedido —dice ella guiñándole un ojo y, tomando aire, añade—: Ahora, hasta que llegue el sábado, disfrutemos bailando todos los días.

—¡Abuela! —Kenneth ríe.

—Ay, querido, no me regañes. Voy a cumplir setenta años y lo pienso disfrutar.

—Hará usted muy bien, duquesa —afirma Michael sonriendo y besándole la mano.

Encantada, ella asiente y luego, mirando a Robert, cuchichea:

—Tú tienes reservado otro baile. Estoy dispuesta a bailar con los hombres más guapos de mi fiesta.

—Oh, duquesa, ¡qué cosas dice! —susurra Cruella entre escandalizada y divertida.

—La verdad, condesa..., la verdad. Con setenta años que voy a cumplir, una ya puede decir lo que quiera sin temer ser juzgada —asegura ella.

Su espontaneidad me hace reír. Está claro que la duquesa no tiene la rigidez de su nieto, y más cuando mirando a Kenneth indica:

—Y, por supuesto, amado nieto, tú serás el elegido para abrir el baile. Me agrada mucho ver la gracia con que te mueves.

—¡Abuela! —murmura él.

Oír eso me hace soltar una carcajada. La picardía que veo en aquella mujer es la misma que veo en mi yaya cada vez que me quiere ensalzar ante cualquiera.

—Y estas dos dulces y sonrientes jovencitas ¿quiénes son? —pregunta ella entonces.

—Familiares de Craig —informa Catherine.

Enseguida miro a mi presunto tío, que está junto a Michael. Ambos se miran, y finalmente Michael da un paso adelante y nos presenta con todo el protocolo:

—Duquesa, ellas son lady Celeste Travolta, sobrina de Craig, y lady Kimberly DiCaprio, su amiga. Ambas son americanas. Están haciendo un viaje por Europa y ahora están pasando unos días con nosotros en Londres.

Ver cómo nos mira la mujer me hace gracia y, sin dejar de sonreír, hago una reverencia al igual que Kim, que replica:

—Un placer, duquesa.

La mujer nos hace un escaneo en profundidad. Imagino que está sacando sus propias conclusiones por lo de americanas, cuando una ráfaga de viento me arranca el gorro de la cabeza y suelto mientras echo a correr tras él:

—¡Me cago en su padre!

Una vez que lo agarro, regreso junto a los demás, que me miran boquiabiertos, y, pensando en lo que he dicho, susurro:

—Disculpen mis palabras, pero...

—No querida, no —me corta la duquesa—. El aire es un impertinente y lo menos que se merece es que te cagues en su padre. Por tanto, no te disculpes.

Sonrío divertida por eso, mientras soy consciente de cómo Cruella de Vil y la Pembleton se miran.

—¿Tú eres Kimberly o Celeste? —me pregunta a continuación la duquesa.

—Celeste.

La mujer asiente y, sonriendo, mira a su nieto e indica:

—Kenneth, espero que saques a bailar a esta jovencita. Me agrada mucho su frescura.

—¡Abuela!

—Abuela..., abuela... Me vas a borrar el nombre —se mofa ella gesticulando.

Kenneth y yo nos miramos con disimulo y sonrío. No lo puedo remediar.

Cruella de Vil, que ha permanecido en un segundo plano, de pronto coge a su nuera del brazo y dice acercándose:

—Duquesa, permítame presentarle a la preciosa mujer de mi hijo Percival. Era una de las damas de la corte. Su nombre es Bonnie Pembleton.

Desde donde estoy, observo que la mujer escanea de arriba abajo a Bonifacia, que en esta ocasión lleva un peinado que no sé ni cómo se le sujeta. Cruella, como es tan clasista, le ha contado eso de la corte para impresionarla, y entonces la mujer, sorprendiéndome, comenta en castellano:

—Menudo adefesio.

Parpadeo divertida. ¿He oído bien? Y, también en castellano, cuchicheo a mi vez:

—¡Qué buen ojo tiene!

La duquesa me mira sorprendida. Por compromiso, le sonríe a Bonifacia y, ante la mirada de todos, se centra únicamente en mí.

—¿Hablas español? —pregunta.

Joder..., joder... ¡Estoy por enseñarle mi tatuaje de «*Made in Spain*»! Pero, conteniéndome, suelto:

—Mi abuela es española, y algo de castellano sé, duquesa.

Ella sonríe gustosa. Ya sé de quién ha heredado Kenneth esa pícara sonrisa ladeada.

—Mi madre era de Sevilla —dice ella entonces—. Un precioso lugar de España.

Guauuuu, pero ¡¿qué me está contando?!

¡¿Sevillana?! Estaba claro que la gracia que posee muy inglesa no era; sonrío y afirmo conteniéndome para no decirle «¡Ole tú, *miarma*!»:

—Su madre era de un bonito lugar, que, por cierto, lady Kimberly también conoce, ¿verdad?

—Sí, duquesa. Sevilla es una maravilla —afirma mi amiga en español.

La duquesa asiente encantada mientras todos nos miran. Nadie a excepción de nosotras entiende lo que decimos, y entonces la mujer, agarrándose al brazo de Kim y al mío, dispone:

—Entremos. Tengo un vinito español que sin duda os agradará.

Eso me hace sonreír, y luego todos entramos en la casa.

Instantes después, cuando estamos charlando en un impresionante salón, Kenneth pasa por mi lado y cuchichea alterándome el corazón:

—Como ve, milady, no le mentí: aquí servimos algo más que ponche y limonada.

Según lo oigo decir eso, él se aleja y tengo muy claro que de aquí no me marcho sin volver a tener otro encuentro con mi rollito de la Regencia.

46

He de reconocer que en Bedfordshire me siento como en casa.

La duquesa es encantadora, y aunque Bonifacia en ocasiones me satura, la estancia está siendo interesante.

Kenneth y yo nos buscamos con disimulo. Pero él es tan formal que no traspasa sus límites ni una sola vez, aunque siento que entre nosotros saltan chispas cada vez que nos miramos. Pero, claro, ¡soy la inmoral!, y noto que se aleja de mí.

Como la mujer del siglo XXI que soy, estoy acostumbrada a ligar cuando, como y con quien quiero sin problemas y, sobre todo, a llamar a las cosas por su nombre. Pero aquí, en el siglo XIX, todo es diferente, y una simple mirada de Kenneth desde el otro lado de la estancia la siento como una caricia. Y cuando pasa por mi lado sin rozarme siquiera me resulta una loca provocación.

Las sensaciones que percibo son muy intensas, del todo desconocidas para mí. Nunca un hombre me había excitado de esa manera con solo mirarme y me había provocado el deseo que siento sin tocarme.

Todos deciden salir de caza al día siguiente.

Oír la palabra *caza* me pone los pelos como escarpias. Soy una defensora a ultranza de los animales y me niego a matarlos. Es más, si no me gustara tanto el jamón ibérico, creo que me haría vegetariana. Por tanto, ayudada por Catherine y Kim, me invento que me he levantado con fiebre, a lo que ellos llaman «calentura», y decido quedarme en la casa.

La verdad, algo de calentura sí que tengo..., pero eso es por culpa de mi inglés.

Cuando se levantan al alba para partir, Kim me despierta.

Por favor..., pero ¡si no deben de haber puesto aún los campos!

Desde la ventana observo cómo van llegando todos perfectamente uniformados al patio, y me sorprendo al ver a la pequeña Donna corriendo entre ellos.

Pero ¿qué hace la niña despierta a estas horas?

¡No me jorobes que se la van a llevar de caza!

Mientras los observo sin ser vista y me siento como la Vieja del Visillo, soy consciente de que Kenneth, al no verme, le pregunta a Kim por mí. Contemplar su cara de decepción por mi ausencia me excita y me gusta. No sé hasta cuándo voy a poder resistir el loco deseo que siento por él.

Ese hombre cada día llama más mi atención, a pesar de lo jodidamente inglés que es. Pero verlo vestido con esos pantalones oscuros, las botas altas, la camisa, y, en esta ocasión, una especie de cazadora que se le pega al cuerpo, ¡sin duda es electrizante!

Minutos después, veo que montan en sus caballos y se alejan mientras la institutriz de Donna entra en la casa con la niña y yo decido regresar a la cama. Los ingleses madrugan en exceso y, hoy, podré dormir un poco más.

Pero mi gozo en un pozo... De pronto oigo gritos y lloros. Me tiro de la cama muy deprisa e, ignorando que solo llevo puesto el horroroso camisón, abro la puerta y corro hacia el lugar de donde provienen los chillidos.

Al llegar al salón me encuentro a la duquesa con gesto preocupado junto a una criada que se retuerce de dolor y a la pequeña Donna llorando desconsolada. Según me acerco, veo que tiene sangre en la cara.

—¿Qué ha pasado?

La duquesa, que parece paralizada, no contesta, y Gina, la institutriz encargada de cuidar a la niña, me informa:

—Como siempre, lady Donna estaba corriendo. Ha tropezado con la alfombra y ha caído de bruces contra la mesa. Se ha hecho daño en el brazo y Angelina, al ir a cogerla, ha caído también al suelo y no deja de aullar de dolor.

Rápidamente evalúo la situación.

Comienzo por la niña. La sangre que tiene en el rostro es de la herida del brazo, por lo que lo toco en busca de una fractura. La pequeña lloriquea, le duele, pero por suerte su brazo está intacto, aunque tiene una fea herida que necesita puntos de sutura.

Cuando acabo con ella, me acerco a la pobre Angelina. Sus gritos son de verdadero dolor y, al mirar su hombro, enseguida me doy cuenta de que se lo ha dislocado.

—Que alguien vaya a avisar al doctor Poster —indica la duquesa.

Según oye eso, la niña redobla sus gritos, e, intentando que se calle, cojo su carita y digo mirándola:

—No, cielo. No llores así.

—El doctor nooooo —gimotea ella.

Vale, entiendo que es una niña, su susto y su dolor. Precisamente por nuestro oficio, los médicos no solemos ser los mejores amigos de los niños. Y, tras mirar a la duquesa y pedirle tranquilidad, añado:

—Donna, cariño, mírame...

Ella obedece, tiene la cara congestionada, y yo con mimo musito:

—Si te pones nerviosa, el dolor aumentará, y tú no quieres eso, ¿verdad? —La pequeña niega con la cabeza y yo cuchicheo sonriendo—: Entonces, vamos a respirar para tranquilizarnos, ¿de acuerdo?

Me asombra que ella asienta y, tras repetir unas respiraciones que al final veo que hacen todas las que me rodean, incluida la duquesa, digo dirigiéndome a esta última:

—Yo las puedo atender si usted me lo permite.

Las mujeres se miran entre sí sorprendidas mientras se preguntan si han oído bien. Vale, en esta época tan patriarcal no hay doctoras, por lo que he de idear una buena mentira para cuando me pregunten. Pero, sin importarme eso, miro a la duquesa e indico:

—El brazo de Donna no está fracturado. Si lo estuviera, indudablemente aullaría de dolor y, como ve, no es así. Pero necesita unos puntos en la herida para que la carne se cierre y deje de sangrar. En cuanto a Angelina, tiene el hombro dislocado y yo podría colocárselo.

—¿Que usted podría colocárselo? —pregunta otra de las criadas con asombro.

—Eso he dicho —afirmo.

La duquesa me mira y, sorprendentemente, asiente. No duda ni un minuto de lo que estoy diciendo, y, sin cuestionarme y fiándose por completo de mí, indica:

—Lady Celeste se ocupará de Donna y de Angelina.

Las criadas se miran entre sí, pero Gina insiste:

—Duquesa, con todo el respeto..., como institutriz de lady Donna, creo que el duque preferiría que...

—Gina —la corta ella—, mi nieto ahora no está y, aunque usted sea su institutriz, yo he decidido que lady Celeste sea quien se encargue de Donna. No hay más que hablar.

Ella asiente y luego guarda silencio. Y yo, gustosa por la confianza que la condesa ha depositado en mí, cojo en brazos a la pequeña, que ya no grita como antes, y la siento sobre la alta mesa del comedor. Allí, tras darle un dulce besito en la mejilla, miro a las mujeres que me rodean y digo consciente de donde estoy:

—Gina, para Donna necesito agua para limpiar la herida. Vendas y paños para el vendaje. Alcohol o whisky para desinfectar la zona que tratar y aguja e hilo para coser.

Todas se miran. Sin duda creen que me he vuelto loca. Pero, oye, ¡me da igual! Aquí lo importante es que la niña y Angelina se recuperen cuanto antes.

Veo que Angelina se marea, suda, y, acercándome a ella, hago que se levante del suelo y digo mientras la sujeto:

—Esto te va a doler, pero te aseguro que será un instante. Cuenta hasta tres en voz alta y yo te colocaré el hombro en su sitio.

La pobre está muy asustada, empieza a contar y, cuando va por el número dos, mientras pienso cómo hacer la maniobra sin tocar arterias ni nervios, tiro de su brazo por sorpresa y, en décimas de segundo, noto que le he colocado bien el hombro.

De la impresión, la pobre se desmaya, y, ayudada por Gina, la tumbo en el suelo y le subo las piernas en el aire.

—Solo ha sido el susto —susurro al ver que todas me miran horrorizadas—. Tranquilas.

Instantes después, Angelina se mueve, abre los ojos y, sin darle tregua, hago que se siente. A continuación le pido que mueva el brazo y ella, boquiabierta, sonríe y musita:

—Puedo moverlo..., puedo moverlo...

Sonrío a mi vez. Un tema solucionado. Ahora me queda el otro.

Miro a la niña, que aún gimotea, y al ver que tengo todo lo que he pedido sobre la mesa, le doy a beber un poco de agua para el sofocón. Observo el miedo en su mirada, y, enseñándole una cicatriz que tengo en el brazo, digo:

—Cariño, esto me lo hice cuando tenía siete años. Dolió un poco cuando me lo cosieron, pero desde entonces, cuando les enseño esta herida a los chicos, les hago saber que soy una guerrera fuerte y que conmigo no deben meterse. Y si tú quieres ser capitán como tu papá, esta herida les mostrará a todos lo fuerte que eres.

Según digo eso, la pequeña asiente, le gusta lo que oye, y la duquesa, entendiendo que necesito que la chiquilla confíe en mí, afirma dirigiéndose a ella:

—Esa cicatriz será la envidia de muchos. Créeme, Donna, que así será.

Con gesto asustado, la pequeña asiente, y, antes de que pueda reaccionar, la tumbo sobre la mesa, y, sin que vea lo que tengo que hacer, pido a las demás que la sujeten y me pongo manos a la obra.

Lógicamente, la pequeña llora. Le duele, no es agradable que te cosan sin anestesia. Pero estamos en el siglo XIX y no en el XXI, y debo atenerme a lo que hay.

Trabajo deprisa. No me doy tregua ni se la doy a ella, y, antes de lo que esperan, doy la última puntada. Luego le vendo el bracito y susurro:

—Ya está, cariño. He terminado.

Donna asiente y entonces la duquesa pregunta mirándome:

—¿Dónde aprendiste a hacer eso?

Suspiro, esperaba la pregunta, y rápidamente respondo:

—Mi exprometido...

—¿El que te plantó en el altar?

Vaya tela, cómo corren los cotilleos en esta época, y sin redes sociales...

—Sí, duquesa —afirmo—. Era médico y, gracias a él, aprendí muchas cosas.

La mujer asiente. Veo que mi respuesta no hace que se lleve las manos a la cabeza.

—Duele un poco —musita entonces la niña.

Su mirada y su vocecita me llenan de ternura.

—Lo sé, cariño —convengo—. Pero ahora vas a descansar en tu camita y cuando te despiertes te encontrarás mucho mejor. Y tú, Angelina —añado dirigiéndome a la criada—, túmbate y reposa al menos durante el día de hoy.

Ella mira a la duquesa para pedir su permiso y esta asiente. Acto seguido, Angelina se marcha, y cuando Gina, la institutriz, va a coger a la pequeña, esta se tira a mis brazos como un monito y, agarrada con fuerza a mí, dice:

—Quiero descansar contigo.

La duquesa me mira. Y yo, encogiéndome de hombros, pregunto:

—¿Sería muy indecoroso que me acostara con ella?

La mujer sonríe y, dándole un beso en la cabecita a la pequeña, responde:

—Id a descansad las dos a la habitación de Donna. Enviaré a un criado para que avise a mi nieto de lo ocurrido.

Cinco minutos después, tumbada en la pequeña cama de la niña, cuando veo que ella cierra los ojos y su respiración se normaliza, cierro yo también los míos y me quedo frita.

47

Cuando me despierto, Donna sigue durmiendo.

Sin moverme para no molestarla, observo a aquella niña de rasgos preciosos y disfruto de la paz y la tranquilidad que refleja su rostro.

Me recreo durante un rato tumbada en la cama, compruebo que no tiene fiebre y me levanto; al salir, descubro en la puerta a Gina.

Durante unos instantes nos miramos, y al cabo digo con una sonrisa:

—Donna está dormida y se encuentra bien. No te preocupes.

La mujer asiente y, sorprendiéndome, susurra:

—Muchas gracias, lady Celeste. Le agradezco mucho lo que ha hecho por la niña. Espero que disculpe mis reticencias iniciales.

Oír eso me hace sonreír y, entendiendo el porqué de sus palabras, musito:

—No hay nada que disculpar. Tú solo te preocupabas por Donna.

Tras una sonrisa que me hace saber que todo está bien entre nosotras, ella se mete en la habitación de la pequeña para velar su sueño, yo me encamino hacia la que ocupo con Kim.

Una vez allí, tras asegurarme de que nuestros enseres personales, que han viajado escondidos entre la ropa, siguen en su lugar, me aseo con ayuda de la aljofaina que hay en un mueblecito. Una vez que termino, me visto sin esperar a que venga Anna para ayudarme y, cuando acabo, la puerta se abre y Anna pregunta mirándome:

—Milady, ¿cómo no me ha llamado?

—Tranquila, Anna —respondo con una sonrisa—. No pasa nada.

La pobre, apurada, rápidamente se acerca a mí y me recoloca el vestido. Me atusa el pelo. Me ayuda a ponerme un collar, y, en cuanto acaba y parezco una muñequita de porcelana fina, dice:

—En la cocina no paran de hablar de usted. Lo que ha hecho hoy por Angelina y la pequeña Donna sin duda dará mucho que hablar.

—No es para tanto.

—Lo es, milady. Es una mujer, y usted sola ha atendido a dos personas tan bien como lo habría hecho un médico profesional.

Oír eso me hace sonreír. ¿Qué pensarían si supieran que soy médico?

Aún recuerdo cuando hacía las prácticas en las urgencias de los hospitales de Madrid. Allí, la rapidez a la hora de atender a los pacientes era vital.

—Para mí ha sido un placer poder atenderlas —susurro.

Durante unos minutos, aún sorprendida por eso, Anna no para de hablar de ello, hasta que de pronto dice:

—¿Me permite preguntarle una cosa, milady?

—Por supuesto, Anna. Dime.

La muchachilla sonríe.

—Me han hablado de la fiesta que anualmente organizan los criados para la duquesa, y quería saber si a usted o a lady Kimberly les importaría que yo asistiera.

Sorprendida por eso, me apresuro a contestar:

—Pero ¿cómo nos va a importar? ¡Ve y pásalo bien!

Anna suspira y luego musita:

—La condesa de Kinghorne les ha prohibido la asistencia a las mujeres de su servicio.

—¿Que les ha prohibido asistir? —Ella asiente, y yo quiero saber—: ¿Por qué?

Entonces Anna, apurada, baja la voz y explica:

—Milady, lo que le voy a comentar es una indiscreción, pero Karen me ha dicho que su señora no las deja asistir a la fiesta porque, si lo hacen, no podrán atenderlas cuando decidan irse a dormir.

Según oigo eso, me muerdo la lengua. La jodida Cruella como siempre tan egoísta... Y, mirando a Anna, insisto:

—Pues tú irás y lo pasarás fenomenal.

—Usted también puede asistir si lo desea —repone.

—Pues no dudes que allí estaré. Porque si hay algo que me gusta ¡es una fiesta! —afirmo encantada.

En los libros de la época, siempre he leído que las mejores fiestas no eran las que organizaba la aristocracia, sino las del servicio. Y, sin duda, no me la pienso perder.

Estoy mirándome en el espejo cuando ella indica:

—Me consta que la duquesa está en su saloncito.

Asiento, sonrío y, sin más, salgo de la habitación.

En mi camino me encuentro con varios de los criados de la casa y les pregunto por la fiesta. Estos, encantados, me informan de que es una celebración que llevan haciendo toda la vida en la que la duquesa se sienta con ellos a comer, a brindar y a bailar.

Saber esa deferencia por parte de Matilda me agrada. En mi opinión, eso la humaniza. Y, sonriendo, me despido y prosigo hacia el salón.

Al entrar veo a la duquesa sentada junto a la ventana con un libro en las manos. Cuando ella oye la puerta, levanta la cabeza y sonríe.

—Celeste, ven, por favor.

Encantada, hago lo que me pide y, cuando estoy cerca, digo:

—¿La pequeña Donna se encuentra bien?

La duquesa asiente.

—Sí, querida. Estupendamente. Tan bien que Gina casi ha tenido que atarla a la cama para que descanse. ¡Es un torbellino de locura!

Oír eso me congratula. La herida de la niña no es nada grave. Y, cuando veo que ella deja su libro sobre la mesa, pregunto:

—¿Qué lee, duquesa?

La mujer sonríe.

—He comenzado a leer una novela que me ha recomendado mi

amiga la baronesa Claravelle Dumont Lapierre. Se titula *Orgullo y prejuicio*.

Según dice eso, asiento con la cabeza.

—Una preciosa novela de Jane Austen —comento.

Sorprendida, ella me mira. ¿Qué habré dicho ahora?

Y entonces cierro los ojos al recordar las charlas que he mantenido con Kimberly durante años, en las que ella me contaba que Jane Austen siempre publicaba de manera anónima y jamás vio escrito su nombre en la cubierta de una de sus novelas.

¡Joder..., joder!

¡Ay, Diossss..., ¿no me digas que he metido la pata?!

La duquesa sonríe y, a continuación, bajando la voz, señala:

—Entre la aristocracia, es sabido por todos quién escribió esta novela, así que es un secreto a voces, querida. Lo que ignoraba era que la señorita Austen también fuera conocida en América...

Respiro, respiro aliviada al saber que no he metido la pata.

—Entonces ¿la has leído? —añade a continuación.

Asiento. Podría decirle que la leí en papel hace tiempo y que he visto varias versiones en cine y televisión, pero, conteniéndome, afirmo:

—Sí, duquesa. La he leído.

—¿Y qué te pareció?

Bueno..., bueno...

Si no contengo la lengua, creo que mi sinceridad al respecto de esa novela podría escandalizarla. No puedo decirle que, aunque me gustó por su bonita historia de amor, cosas como la exagerada dependencia de la mujer hacia el hombre, la presión por el matrimonio o la falta de independencia femenina me pusieron enferma, por lo que opto por desviar el tema y pregunto:

—¿Cuánto lleva leído?

—Apenas veinte páginas.

Asiento y luego musito:

—Entonces es mejor que no diga nada para no hacerle ningún *spoiler*.

—¿«*Spoiler*»? —pregunta ella.

Según oigo eso, sonrío e indico:

—¡Oh, cielo santo, duquesa, discúlpeme! Se trata de una palabra que utilizamos a menudo donde yo vivo, pero, para que usted me entienda, un *spoiler* sería revelar algo, en este caso, de la novela, y así arruinársela.

Rápidamente ella sacude la mano en el aire y replica:

—¡Pues no quiero *spoilers*!

Ambas reímos, y yo, en especial, por ver a una duquesa del siglo XIX decir eso.

—Solo le diré —cuchicheo a continuación— que adoré a la señorita Elizabeth Bennet desde el primer instante en que apareció. Es ingeniosa y me encanta su ironía cada vez que habla con el señor Darcy. Y en cuanto a este último, aunque hubo momentos en que lo habría matado, admito que finalmente me reconcilié con él y me enamoró.

La duquesa se echa hacia atrás en su butaca y comienza a reírse a carcajadas.

—¿Habrías matado al señor Darcy? —exclama después—. ¡Qué osada y graciosa eres, Celeste!

Yo me río a mi vez, verla reírse me hace gracia. Y, de pronto, las puertas del salón se abren de un golpe y Kenneth entra como un vendaval.

—¿Qué le ha ocurrido a Donna? —quiere saber.

La duquesa y yo dejamos de reír en el acto, y ella, levantándose, camina hacia su nieto y lo calma:

—Tranquilo, Kenneth. La pequeña está bien. Es solo que, corriendo, se ha caído y...

—Por el amor de Dios, abuela... ¿Está bien?

Por la puerta entran entonces muy agitados Catherine, Kim y Robert, aunque la preocupación que veo en ellos no es comparable con la de Kenneth, a quien nunca antes he visto de ese modo.

—Sí, querido —responde la duquesa—. Donna está bien. Por suerte, Celeste estaba aquí y ha sido ella quien la ha atendido.

Según dice eso, veo que Kim abre la boca, y yo, dispuesta a aclararlo todo, indico:

—Ha caído contra la mesa. En un principio he pensado que se había roto el bracito, pero no, solo ha sido el golpe, aunque he tenido que suturarle la herida con aguja e hilo. Pero tranquilo, duque, Donna está bien.

Kenneth me mira. No sé qué pasa por su cabeza, y, sin decir más, da media vuelta y sale a grandes zancadas de la estancia. Robert, al verlo, va tras él.

Yo me quedo paralizada, pero la duquesa se acerca a mí y musita:

—Tranquila, querida. En cuanto la vea, se le pasará. Kenneth se preocupa mucho por los niños. Es muy protector con ellos, aunque solo los vea cuando regresa de sus viajes y..., bueno...

Asiento. Entiendo lo que dice. Y, sin más, ella se marcha también tras su nieto.

Una vez que sale, Kim y Catherine se acercan a mí, y la primera pregunta:

—¿Cómo se te ocurre coserle el brazo a la niña?

—¿Y qué querías que hiciera?

Kim sacude la cabeza, y entonces Catherine susurra:

—¿Le has cosido el brazo a la niña?

—Ya te dije que era médico —contesto bajando la voz.

Ella asiente, mientras yo me callo lo de viróloga, pues no lo entendería. Y, consciente de que tengo que darle una explicación a Kim, digo:

—Cuando la duquesa me ha preguntado por qué sabía tratarla, le he dicho que Henry, mi exprometido, era médico y aprendí de él. Lo siento, Kim, pero la niña y Angelina necesitaban asistencia, y yo no podía permanecer impasible.

Al final, Kim cede.

—Vale, lo entiendo. Supongo que yo habría hecho lo mismo.

Saber eso me deja más tranquila; Catherine, viendo el libro que hay sobre la mesita, lo coge y dice:

—*Orgullo y prejuicio*, qué bonita novela. En casa, mis hermanas y yo también la hemos leído.

Según oye eso, Kim me mira y yo declaro levantando la mano en el aire:

—Juro y perjuro por mi teléfono móvil, al que cada día echo más de menos, que no he dicho nada inadecuado en referencia a la odiosa diferencia de clases, al maldito patriarcado y al jodido machismo que existe en esa novela por exigencias de la sociedad.

Kimberly asiente, mientras que Catherine parpadea boquiabierta; en ese momento entran en el salón Prudence y Abigail, junto al resto del grupo, y lady Cruella se acerca a nosotras.

—Pero ¿qué ha ocurrido? —pregunta.

Como un mono de repetición, vuelvo a contar lo mismo y, cuando dan por satisfecha su curiosidad, la mayoría se marchan. Acto seguido, Prudence se aproxima a la mesita y susurra:

—*Orgullo y prejuicio*, mi novela preferida.

—Es exquisita —conviene Kim.

Prudence sonríe y luego murmura con gesto soñador:

—Nada me gustaría más que me dijeran las cosas tan bonitas que el señor Fitzwilliam Darcy le dice a la señorita Bennet.

—¿El barón Randall Birdwhistle, por ejemplo? —sugiero.

Ella se pone roja como un tomate al oír eso y yo me río. Está claro que tengo que informar al barón al respecto.

48

Esa noche, durante la exquisita cena que se organiza en el salón principal, se cocinan varias de las piezas abatidas en la jornada de caza.

Para ello, nos vestimos elegantemente y decido ponerme en el pelo unas margaritas que he encontrado en mi paseo; cuando los demás las ven, me dan la enhorabuena.

Estoy sentada entre Craig y Robert; todos reímos al escuchar sus historias y la duquesa los anima a que cuenten más.

Veo a Kenneth callado, pero su expresión ahora es relajada. La tensión por lo de su hija ya se ha disipado, e incluso sonríe de vez en cuando. Eso sí, el tío no se acerca a mí ni por asomo. Siento que me evita desde que tuvimos lo que tuvimos.

Tras la cena, los hombres se marchan a un saloncito a beber brandy, mientras que las mujeres salimos al jardín a tomar el aire. Eso, que se hace después de cada comida, agradezco que haya dejado de hacerse en el siglo XXI, pues adoro esas interminables sobremesas con los amigos en las que todos reímos y disfrutamos del momento.

Junto a Kim y las chicas, una noche más oigo hablar a Bonifacia sobre la época en que estuvo en la corte real y de cómo era todo allí. Imagino que cuenta la vida inventada de Bonnie, no la de Lili. Y, aunque no me mira porque sabe que sé que miente, ella habla sobre el tema, puesto que su suegra se lo exige.

Bonifacia cuenta cotilleos sobre Jorge III y distintos episodios de sus ataques de locura provocada por la enfermedad que arrastra. También habla del príncipe regente, Jorge IV, hijo del anterior, y todas se sonrojan al oír cómo este disfrutaba de los placeres de la carne con toda joven que se cruzaba en su camino.

Según oigo a la Pembleton y veo cómo se regocija en lo que cuenta, tengo más que claro que si esa mujer viviera en el siglo XXI, sería de las que saldrían en los programas del corazón, vendiendo con quién se acuesta y con quién se levanta.

Después de un rato, las mujeres nos dirigimos a un saloncito donde hay un piano, y a los pocos minutos se nos unen los hombres.

Lady Cruella anima a alguna de sus hijas a que nos amenice la noche y, obedientemente, todas lo hacen. No queda otra.

Hoy es Abigail la que nos deleita con una cancioncita que habla de un pajarillo azul que se llama *Chipichú*, que con su aleteo hace sonreír a una joven dama mientras esta mira graciosamente por la ventana de su hogar y espera la llegada del hombre con el que va a casarse.

Más simplona la cancioncita no puede ser, pero, mira, Abigail hace unos gorgoritos muy graciosos con la garganta, que, oye, ¡su mérito tiene!

Una vez que acaba la pieza, aplaudimos encantados, y la duquesa propone:

—Prudence, ¿qué te parece si tú...?

—¡No! Prudence no —suelta de pronto Bonifacia.

Todos la miramos. Estoy por darle un abanicazo, pero la duquesa levanta una ceja y pregunta:

—¿A qué se refiere con eso, lady Bonnie?

Percival, su marido, al que pocas veces he oído hablar, susurra tras recibir una reprobadora mirada de su madre:

—Duquesa, disculpe a mi mujer, ella...

—Percival, querido —lo interrumpe la duquesa—, ¿acaso tu mujer no sabe responder ella misma a mi simple pregunta?

Ole y ole, mi duquesa. Esta mujer me cae mejor cada minuto que pasa.

Todos miramos a la Pembleton y su complicado peinado y esta, tomando aire, dice tras mirarme a mí, que la estoy observando con cara de «¡cuidadito!»:

—Discúlpeme, duquesa, pero, a diferencia de Abigail, Prudence no posee una voz ligera, aunque toca el piano como los ángeles.

Como era de esperar, la pobre Prudence, que está a mi lado, se pone roja como un tomate. Tanto si la ensalzan como si no lo hacen, los tics se apoderan de su cuerpo. Ver eso incomoda a su padre, y yo, cogiéndole la mano, hago que me mire y susurro:

—Respira con tranquilidad.

Prudence asiente. Sabe que hacer eso calma su nerviosismo y evita los tics.

—Quizá quiera deleitarnos usted misma con su melodiosa voz, lady Bonnie —tercia entonces Kenneth poniéndose en pie.

—Excelente proposición, Kenneth —se mofa la duquesa.

Abuela y nieto se miran, una mirada cómplice que me hace sonreír, y Aniceto exclama:

—¡Cielos, espero que no acepte la proposición!

—¡Ashton! —gruñe lady Cruella a su marido.

Según dice eso, el conde de Kinghorne, Aniceto para mí, consciente de que ha hablado de más, suelta:

—Mi nuera Bonnie es todo clase y belleza. Y aunque mi hijo Percival me ha comentado que posee infinidad de virtudes, cantar no es una de ellas...

Oírlo decir eso provoca risas a algunos, y a Catherine, a Kim y a mí ¡asco!

Me gustaría decirle que nos enumere qué virtudes posee esa mujer, pero ¡mejor me callo! Y entonces Catherine, que veo que no desea que su padre siga hablando de su amante, sugiere para darle tiempo a Prudence a que se relaje:

—Abigail y yo podemos cantarles algo.

—¡Fantástico, querida! —dice Cruella mirando a su nuera con una ácida sonrisa.

Una vez que estas comienzan a entonar una nueva canción, veo que Prudence se levanta y se marcha. ¿Adónde irá? De inmediato, me levanto a mi vez y, siguiéndola, la alcanzo en el salón del fondo.

—¿Adónde vas?

Sin hablarme, Prudence se deshace de mi mano y, tras agarrar un cojín que hay sobre un sofá, se lo pone sobre la boca y da un grito. Se desahoga.

Instantes después, deja el cojín donde estaba y musita:

—Ya podemos volver.

Asiento, me río. Y, en cuanto echamos a andar en dirección a la sala donde están los demás, comento:

—Quizá tu voz no sea un prodigio, pero tocas el piano de maravilla. Y eso no lo hace cualquiera.

Prudence sonríe tímidamente.

—Soy un desastre... —murmura.

—No, no eres un desastre.

Entramos de nuevo en el saloncito, y, mientras nos sentamos donde estábamos, veo a Kenneth que nos observa y le cuchicheo a Prudence:

—Tienes que confiar en ti misma. No puedes permitir que nadie te haga sentir inferior. Aquí todos somos válidos. Y cuando digo todos... ¡es todos!

Ella asiente y toma aire. Sé que lo que le he dicho vuelve a darle la positividad que necesita. En silencio, escuchamos cantar a sus hermanas y, una vez que acaban, oigo decir a Abigail:

—Lady Celeste sabe tocar la guitarra. Lo hizo en casa y es una virtuosa.

Noooooooooooooooooooooooo...

¡Oh, Dios..., oh, Diosssss!

Todos me miran. Creo que por primera vez tengo cara de susto. Y la duquesa encantada pregunta:

—¿Es eso cierto, querida?

Sin poder mentir, asiento. Virtuosa no soy, pero tocarla claro que sé; Matilda dice mirando a un criado:

—Stanley, traiga la guitarra española de mi madre.

¡Ostras! Me entran los sudores de la muerte.

—Tranquila, Celeste. Confía en ti y seguro que lo harás fenomenal —musita Prudence.

Sonrío al oírla. ¡Será *jodía*!

—Lady Abigail tiene razón, abuela —interviene Kenneth—. Yo también la he oído y es una virtuosa.

Lo miro con gesto reprobador, pero él insiste:

—Milady, será un placer escucharla otra vez.

Joder..., joder... y joderrrr...

Y cuando miro a Kim, veo que esta sonríe y cuchichea:

—*Amimana*..., ¡tú te lo has buscado!

Y, sí, tiene razón. ¡Yo me lo he buscado!

¿Por qué no pensaré antes de hacer las cosas?

Instantes después, me levanto de mi sitio, el criado le entrega a la duquesa una preciosa guitarra española y, mirándome, esta dice cuando me la tiende a mí:

—Era de mi madre. Ella también sabía tocarla.

Asiento y la cojo sin dudar de lo que me dice. A continuación, me siento en una silla delante de todos y, sin mirar a Kenneth, que sé que me observa con atención, afino la guitarra y, tan pronto como la tengo preparada, sonrío a Prudence, que me da fuerza con la mirada, y comienzo a tocar la pieza que aprendí en el conservatorio.

Disfruto del momento mientras siento la mirada de todos clavada en mí, especialmente la de Kenneth. ¡Madre mía, qué nerviosa me pone!

Cuando termino, todos aplauden gustosos y, para mi desgracia, exigen otra pieza.

Pienso..., pienso..., pero no puedo tocar ninguna de las canciones que se me ocurren. Y, finalmente, acordándome de mi yaya, tomo una decisión. De perdidos, al río... Dudo que nadie se vaya a enterar. Y, mirando a la duquesa, que sonríe encantada, digo mintiendo como una bellaca:

—No sé quién es el compositor de la pieza que voy a interpretar a continuación ni cómo se titula, pero lo que sí sé es que es algo muy español. Por ello, se la dedico enteramente a usted, duquesa.

Encantada, la aludida asiente. Kim mueve la cabeza divertida y yo, con todo mi papo, por no decir algo peor, comienzo a tocar *Entre dos aguas*, del gran Paco de Lucía. ¡Casi *ná*!

Como era de esperar, todos se quedan boquiabiertos. Es más, creo que ni siquiera respiran.

Nunca han oído nada igual y, por supuesto, nunca lo volverán a oír. Pero yo, que soy *made in Spain*, toco gustosa esa pieza que me sale del corazón, mientras cierro los ojos y pienso en mi yaya, en lo mucho que le gusta Paco, y sonrío.

Siempre he tenido claro que el lenguaje más famoso y universal es la música, y a través de lo que estoy haciendo, no solo yo retorno a mis raíces, sino que además consigo que todos ellos viajen a España por unos instantes.

El ritmo de la pieza se acelera y mis manos comienzan a volar por la guitarra, y sorprendiéndome, Kim empieza a dar palmas al compás y les pide a todos que la sigan. Cuando lo consigue, mirándonos divertidas, nos reímos, y, conociéndola, sé que esta se me arranca aquí mismo.

¡Qué locura!

Pero no..., no se arranca. Mantiene el tipo todo lo que puede y más, y cuando toco las últimas notas con la guitarra, todos se levantan para aplaudir enloquecidos, hasta Percival. Yo sonrío y solo me falta gritar: «¡Yaya y Paco, esto va por vosotros!».

Está visto que lo que es bueno, increíble y genuino lo es independientemente del siglo que sea y de que lo escuche quien lo escuche.

Feliz, me levanto de la silla, dejo la guitarra a un lado y comento toda emocionada:

—Duquesa, espero que le haya agradado.

Encantada, la mujer asiente, me da un abrazo y, con los ojos empañados en lágrimas, dice delante de todos:

—Llámame Matilda, querida.

Gustosa por oír eso, sonrío. Veo la sorpresa en el rostro de muchos, y afirmo:

—De acuerdo, Matilda.

Ambas sonreímos, sabemos que entre nosotras ya hay algo fantástico.

—Has traído la calidez de España a mi casa —añade ella entonces.

Eso que me dice es un piropazo y, encantada, le planto dos besos como dos soles y la abrazo. Ea..., ¡ya me he dejado llevar!

La duquesa ríe por eso, yo también, y cuando minutos después me siento junto a Kim y disimuladamente chocamos nuestras manos, miro a Prudence y, sin pensarlo, suelto en voz alta:

—Ahora lady Prudence nos deleitará con una pieza al piano.

La aludida vuelve a ponerse roja como un tomate, pero yo insisto dirigiéndome a ella:

—Lo haces muy bien. Sal y déjalos a todos sin habla.

La seguridad con que se lo digo creo que le da fuerza, y, tras ponerse en pie, se sienta frente al piano y, sin mirar a nadie, comienza a tocar.

Y, sí..., los deja sin habla.

49

Cuando se da por finalizado el momento musical, todos salimos de nuevo al jardín.

Nos sentamos en sus cómodos butacones para charlar con cordialidad, hasta que, mirando a la duquesa, pregunto mientras me abanico:

—¿Es cierto que dentro de unos días el servicio celebrará también su cumpleaños con una fiesta?

La duquesa asiente.

—Oh, sí, querida. Fue mi madre la que instauró esa fiesta desde mi primer año de vida, y así será hasta que me muera.

—Es una celebración muy divertida —asegura Craig.

—Y tanto que lo es —conviene la mujer—. ¿Recuerdas lo que bailamos el año pasado?

—Y el anterior —se mofa Craig.

El buen humor está en el aire, y en ese momento Bonifacia interviene:

—Matilda, es un...

—Querida —la interrumpe la aludida—, a usted no le he dado permiso para llamarme por mi nombre de pila.

¡Guauuuu, menudo corte le acaba de dar!

Está claro que la duquesa no se anda con tonterías. Entonces su nieto, sonriendo, interviene para acabar con el momento incómodo que se ha creado:

—Abuela, según me ha contado Margaret, la cocinera...

—Oh, no, Kenneth..., ¡no me hagas *spoilers*! —suelta de pronto ella.

Según dice eso, todos la observan sorprendidos. ¡Aquí nadie sabe lo que es un *spoiler*!

Kim me mira sin dar crédito, y yo me río sin poder evitarlo.

—Celeste me ha enseñado alguna palabra de su tierra —aclara la duquesa a continuación—, y *spoiler* es una de ellas.

Me vuelvo a reír, y más cuando veo a Kim mirar al cielo.

—Ni que decir tiene que están todos invitados a la fiesta, aunque entenderé que a algunos no les apetezca asistir —añade Matilda.

Según dice eso, mira directamente a lady Cruella. En esta ocasión esta calla, pero su marido Ashton habla por ella:

—Preferimos reservar nuestras fuerzas para la fiesta del sábado, duquesa.

—Oh, tranquilo, querido —repone la mujer—. Entiendo lo que dice, como entiendo que sus hijas sí asistirán como cada año, ¿verdad?

Rápidamente Catherine, Abigail y Prudence asienten. Me sorprende que no le hayan pedido permiso a su madre, y Catherine indica:

—Por supuesto, duquesa. Nosotras siempre asistimos.

—Percival y yo tampoco iremos —se apresura a decir Bonifacia—. Preferimos descansar como madre y padre para el sábado.

Encantada, sonrío. Está claro que esos esnobs no quieren juntarse con la servidumbre; como siempre, creen que están por encima de los demás.

—Anna, nuestra doncella, acudirá con nosotras —tercio.

Según digo eso, Cruella me mira.

—Mis doncellas no asistirán —suelta.

—Pues Douglas y Barney, sí. Un poco de fiesta no les vendrá mal —indica Aniceto, y por primera vez estoy de acuerdo en algo con él.

Desde donde estoy, veo que Catherine sonríe y nadie se percata de eso. Su madre, mirando a Ashton, insiste:

—Mis criadas están aquí para atendernos, no para ir a festejos.

—Aguafiestas —murmura la duquesa en español. Y, levantándose, agrega ya en inglés—: Ha llegado el momento de ir a descansar para mañana estar como una rosa. Buenas noches a todos.

La mujer me mira y yo, sonriendo, le guiño un ojo. Ese guiño la hace sonreír a su vez, y, cuando se aleja, lady Cruella y su marido la siguen, e instantes después lo hacen Bonnie y Percival.

Cuando el grupo se reduce, Robert sugiere:

—¿Os apetece dar un paseo por los jardines antes de retirarnos a descansar?

Sin dudarlo, todos aceptamos y comenzamos a caminar por el enorme y frondoso jardín. Durante un rato, Prudence, que veo que es una entendida en flores y plantas, me habla sobre la vegetación, y de inmediato soy consciente de que Kenneth camina cerca en silencio.

De inmediato, me pongo muy nerviosa.

Pero ¿por qué?

No puedo evitar pensar que mi reacción ante eso, estando en el Londres que yo conozco, sería muy diferente. Sin duda, ya me habría acercado a él, habríamos hablado y posiblemente lo habría atacado. Pero, claro, ¿cómo hacerlo aquí?

Con todos mis sentidos puestos en conseguir que él y yo terminemos caminando juntos, me paro a oler unas bonitas flores. El grupo prosigue caminando, y entonces oigo la voz de Kenneth que dice:

—¿Le gusta el olor de esas flores, lady Celeste?

Vale, primer propósito conseguido. ¡Está a mi lado! Lo miro y afirmo, desplegando el abanico:

—Muchísimo, duque.

Sin hablar, nos miramos a los ojos hasta que él, con un movimiento de la mano, me indica que debemos seguir caminando. No quiere que nos quedemos rezagados.

Echamos a andar en silencio y, al cabo, este dice:

—Lady Celeste, quería disculparme por mi entrada de esta mañana en el salón. Pero cuando me han contado lo que le había ocurrido a Donna, me he alarmado, y soy consciente de que mi llegada y mis palabras no han sido las más apropiadas.

Asiento, tiene razón.

—Dicho esto, quiero darle las gracias por lo que hizo por mi hija —insiste.

Con una sonrisa, lo miro, entiendo que se asustara, y respondo:

—No pasa nada. Su preocupación era comprensible.

Kenneth sonríe. Dios, qué sonrisa tan bonita tiene, y musita:

—Mi pequeña Donna es un bichillo intranquilo...

—Y precioso —afirmo sonriendo a mi vez.

Él asiente, y, de pronto, se me cae el abanico al suelo.

De inmediato me agacho a cogerlo, pero entonces él se agacha también y, ¡zas!, nos damos un golpe en la frente que me hace exclamar:

—¡Ostras, qué melonazo!

Según lo suelto, lo miro a los ojos.

¡Joder, ¿qué he dicho?!

—¿*Melonazo* es otra curiosa palabra de su tierra? —quiere saber.

Como una tonta, asiento. Madre mía..., madre mía, qué bocachancla soy. Entonces él me ayuda a levantarme e indica:

—Cuando a una dama se le cae algo al suelo, no es menester que ella se agache a cogerlo. Por norma lo hace el caballero que esté a su lado.

Vale..., a su manera me acaba de decir que de nuevo me he saltado el puñetero protocolo, e, intentando enmendar mi error, respondo:

—Discúlpeme, duque. Pero el aroma de las flores me ha turbado.

Tela..., tela..., ¡lo que acabo de soltar! ¿Se puede ser más tonta y *repollúa*?

Estoy sonriendo por ello cuando, al notar sus dedos en la piel de mis brazos, todo el vello de mi cuerpo se eriza.

Por Dios, ¡que solo me ha tocado el brazo!

Pero yo ya no puedo más. Deseo besarlo, tocarlo, comérmelo y, sin pensar que de nuevo me voy a saltar el maldito protocolo, lo agarro de la mano, tiro de él hasta un enorme árbol y, sin dudarlo, acerco mi boca a la suya y lo beso.

¡Se acabó la contención!

En un principio, él me aparta sorprendido.

¿En serio me va a rechazar?

Nos miramos en silencio. ¡Madre mía, qué tensión! Pero, viendo la determinación de mi mirada, me acerca a él y me besa.

¡Oh, síííííí!

Encantada por haber conseguido mi propósito, me empino y, pasando las manos por su cabello, ahondo en el beso deseosa de más, mientras noto sus manos alrededor de mi cintura y, por cómo me aprieta, intuyo que disfruta el momento tanto como yo.

Sin embargo, oímos un ruidito e interrumpimos el beso. Mi respiración está acelerada.

—Es usted una inmoral —susurra el duque.

—Lo sé. Y algo me dice que le gusta. —Me río.

—Lady Celeste, creo que...

Pero no lo dejo creer nada. ¡Se acabó el creer!

Y, atraída como por un imán, vuelvo a fusionar mis labios con los suyos para besarnos con pasión y locura. Un beso. Dos...

No sé cuántas veces nuestras bocas se juntan y se separan, hasta que él musita:

—Lady Celeste...

—Kenneth, por favor —lo corto—. En este instante solo somos Kenneth y Celeste. Hasta tu abuela me llama por mi nombre.

Hechizado, veo que afirma con la cabeza, y yo, incapaz de callar, susurro:

—Te deseo.

Él asiente. Sin duda también me desea a mí, y volvemos a besarnos.

Estamos disfrutando del momento cuando oímos una tosecilla a nuestro lado y, al mirar, veo que se trata de Kim.

¡Me cago en toda su familia!

¿En serio me va a cortar el rollo otra vez?

En silencio, los tres nos miramos, y yo, sin saber por qué, suelto:

—El duque me estaba enseñando las margaritas.

Por favorrrrr, ¡qué mentira tan mentirosa!

—Son las margaritas preferidas de mi abuela —añade él apurado—, y como he comprobado lo mucho que le gustan a lady Celeste, quería mostrárselas con detenimiento.

Kim asiente, aunque sabe perfectamente lo que ha visto. Entonces Kenneth, tras un gesto con la cabeza, da media vuelta y se encamina hacia donde está el resto del grupo.

Una vez que mi amiga y yo nos quedamos solas, me llevo la mano a mis ardientes labios y ella susurra con mofa:

—¿Viendo las margaritas...?

Me entra la risa, no lo puedo remediar. Es absurdo mentir con la edad que tenemos.

—¡Dios, necesito arrancarle la ropa ya! —murmuro.

—¡Celeste!

Como si estuviera sobre una nubecita de algodón, lo veo alejarse y cuchicheo:

—Lo sé. Soy una imprudente y en las margaritas es en lo último que me he fijado. Pero ¡es que no me he podido contener y ya estoy deseando repetir!

Kimberly se ríe, luego pone los ojos en blanco y dice en voz baja:

—¿Quieres hacer el favor de tener un poco de cabeza?

—¿Cuándo he tenido yo cabeza?

—¡Celeste!

—Kim, soy sincera. Sabes que yo funciono por impulsos y no lo puedo remediar.

Mi amiga asiente, me conoce mejor que nadie, pero insiste:

—¿Qué pensarían los demás si te hubieran visto? ¿O qué va a pensar el duque?

Según dice eso, gesticulo y musito encogiéndome de hombros:

—Como entenderás, lo que piensen los demás me la refanfinfla. Y en cuanto al duque, tranquila, que por cómo me ha besado, no tiene nada que objetar.

Kim menea la cabeza y al final sonríe.

Pero ¿qué otra opción hay?

Tomando aire, y cogidas del brazo como dos abuelas de nuestra época, comenzamos a caminar hacia el grupo, al que se ha unido Kenneth.

—¿*Spoilers*? —quiere saber entonces Kim.

Divertida, me río e indico pensando en la duquesa:

—Ha sido sin querer. Me ha preguntado por *Orgullo y prejuicio* y, sin querer destrozárselo, se me ha escapado esa palabra.

Kim asiente y se mofa:

—Una duquesa del siglo XIX diciendo «¡No me hagas *spoilers!*»...

Ambas reímos y, a continuación, mirando al hombre que me tiene el corazón acelerado, y que más atractivo no puede ser, cuchicheo:

—Madre mía, pero ¡¿tú has visto qué trasero tan mono tiene?!

—Estupendo.

—¿Te lo imaginas con unos Levi's y una camiseta o un traje negro de Armani?

—¡Impresionante!

Nos volvemos a reír y, cuando llegamos hasta el grupo, que se ha parado para mirar unas flores azuladas, Prudence, que es purita inocencia, comenta:

—Ya nos ha dicho el duque que te has quedado maravillada con las margaritas de su abuela.

Según oigo eso, miro a Kenneth, que nos observa con gesto serio, y declaro:

—Loca me han dejado.

Veo que mi respuesta lo hace sonreír y mirar para otro lado. Poco después, tras un breve paseo, lo que para ellos debe de ser como hacer un botellón, regresamos al palacete a descansar.

Una vez allí, sin abandonar el jodido protocolo inglés, nos despedimos de los demás y, cuando Kenneth y yo nos miramos, percibo que el deseo que sentimos el uno por el otro no se va a quedar ahí.

50

Cuando me despierto, mi primer pensamiento es para el duque. Me dormí pensando en él y me despierto del mismo modo.

Por Dios, ¡me estoy obsesionando con él!

Kim y yo, tras levantarnos y quitar las bragas que estaban tendidas junto a la ventana para que se secasen antes de que llegue Anna, nos vestimos y bajamos al salón, donde nos encontramos con Catherine y sus hermanas. De inmediato, esta se desmarca de ellas y nos hace un gesto para que nos acerquemos.

—¿Qué pasa? —pregunta Kim.

Catherine, una vez que es consciente de que nadie nos oye, indica:

—Hace un rato, mientras ayudaba a la duquesa a enviar las invitaciones para su fiesta del sábado, he visto que ha invitado al conde Edward Chadburn. No se lo he dicho a Abigail para que sea una sorpresa para ella. En cambio, entre esas invitaciones no estaba la del barón Randall Birdwhistle, y me entristece saber que Prudence, aunque no dirá nada, se llevará una decepción.

Asiento, sé lo que quiere decir, y contesto con seguridad:

—Hablaré con la duquesa y le propondré sutilmente que lo invite. Quizá lo consiga.

Kim y ella asienten. De pronto vemos a Barney pasar con unos candelabros de plata por el salón y rápidamente la mirada de Catherine se enciende; yo, incapaz de callar, cuchicheo:

—Barney es un hombre muy atractivo.

—Para mí, el más atractivo —responde ella.

Oír eso hace que Kimberly y yo sonriamos, y Catherine pregunta preocupada:

—¿Tan evidente es a ojos de los demás que lo miro?

De inmediato, Kim y yo negamos con la cabeza.

—No, no. No te angusties. No es en absoluto evidente.

Los ojos se le llenan de lágrimas. Catherine está feliz y preocupada a partes iguales por lo que pretende hacer la próxima noche de luna llena, y Kim, abrazándola, murmura:

—Todo irá bien, ya lo verás.

—Me preocupan mis hermanas.

—Tus hermanas estarán bien. Serán felices —afirmo sin tener la certeza.

Catherine asiente al ver mi seguridad, cree lo que le digo, y musita:

—Si me lo decís vosotras, que venís de donde venís, me tranquiliza.

Kim y yo nos miramos. No deberíamos asegurar lo que realmente no sabemos, pero mi amiga añade:

—Tus hermanas estarán bien, y tú y Barney seréis felices. Te lo garantizo.

Aisss, que me emociono. Mira que soy de lágrima facilona...

—¿Sabes, Catherine? —digo entonces—. *Amor* es solo una palabra más de nuestro vocabulario hasta que llega ese alguien especial que le da todo el sentido. Y si Barney le ha dado sentido a tu palabra *amor*, lucha junto a él con uñas y dientes porque siga teniéndolo.

Ella asiente, sonríe y, mirando a Barney, que coloca los candelabros al otro lado del salón, susurra:

—Os confieso que me paso todo un año deseando que llegue la fiesta de la duquesa porque es la única vez que podemos estar y bailar juntos frente a los demás sin levantar sospechas.

Oír eso me hace gracia, y cuchicheo:

—Mírala, qué lagartonaaaaaaaa...

Catherine me mira.

—¿Qué significa «lagartonaaaaaaa»?

Kim y yo nos reímos.

—Significa que sabes muy bien lo que tienes que hacer —le explico.

Dicho esto, se nos une Abigail y, cambiando de tema de conversación, nos acercamos a una mesa, de donde cojo un bollito de canela que me sabe a gloria.

51

Durante la mañana, veo a la pequeña Donna corretear por la casa seguida de Gina, su institutriz. Al verme, la niña corre para que la coja en brazos y me cuenta que su hermano Charles ha salido a cabalgar con su padre y los hombres. Encantada por eso, asiento y me impaciento por que mi duque regrese. Estoy como loca por verlo.

Una vez que la niña se va con Gina, cuando veo que todas las mujeres salen al jardín, me acerco a la cocina para saber cómo van los preparativos de la fiesta.

Las criadas me cuentan sus planes rápidamente. Para mí son sosos y básicos, y enseguida les doy ideas para la decoración mientras ellas me miran boquiabiertas y me piden ayuda.

Encantada, dibujo sobre un papel lo que quiero hacer en el jardín trasero. Seguro que a la duquesa le agradará. Con un papel, hago lo que puede parecer un clavel, después lo sumerjo en agua coloreada en rojo y el resultado es espectacular. Las criadas se emocionan y, a escondidas, comienzan a crear claveles de papel y también recortan otros papeles para hacer unas guirnaldas.

Una vez que dejo a las criadas, que en secreto preparan la fiesta de los criados, busco a la duquesa y la encuentro sentada leyendo. Como si estuviera en mi casa, cuando veo que me sonríe, me acerco a ella y pregunto sentándome:

—¿Cómo lleva la novela?

Ella me mira y cuchichea:

—Estoy en una velada donde el señor William Lucas le sugiere a la señorita Bennet que sea la compañera de baile del señor Darcy y ella, la muy osada, ¡lo rechaza!

Oír eso me hace gracia, y canturreo:

—Se lo que va a pasarrrrr.

Lady Matilda se levanta, da un paso atrás y, divertida, murmura señalándome con el dedo:

—Ni un *spoiler*, jovencita, ¡ni un *spoiler*!

Divertida, me río a carcajadas, y aquella se sienta de nuevo en la butaca; yo, que voy a lo que voy, digo:

—¿Puedo hacerle una pregunta algo indiscreta?

La mujer asiente.

—Puedes y debes.

Encantada con su contestación, me hago la sueca y prosigo:

—¿Quería saber si ha invitado a su fiesta del sábado al barón Randall Birdwhistle?

Según pregunto eso, veo que ella levanta las cejas como lo hace su nieto y pregunta:

—¿Acaso sería un drama si no fuera así?

Sin dudarlo, asiento con la cabeza. Si para Prudence es esencial su asistencia y yo puedo ayudarla, sin duda es importante.

La duquesa me mira durante unos minutos hasta que se levanta. Va hasta una mesita, veo que saca un papel de un cajón, escribe algo, lo introduce en un sobre y, tras acercarse a la chimenea, toca un llamador; minutos después se abre la puerta y, después de que entre un sirviente, dice:

—Stanley, encárguese de que esta invitación le llegue al barón Randall Birdwhistle.

El criado lo coge, asiente y luego se va.

Con una sonrisa, la duquesa se acerca hasta donde estoy sentada y, una vez que toma asiento, cuchichea:

—Espero que haya solucionado ese drama, aunque has de saber que me agradaría que mi nieto y tú...

—¡Duquesa! —Me río.

—¡Matilda! —me corrige.

Ambas reímos por eso, y luego musita:

—Este nieto mío y el ducado necesitan una mujer como tú que

les aporte modernidad y vida. Y reconozco que nada me gustaría más que pensar que en el futuro pertenecerás a esta familia.

—Pero, Matilda, ¡si no me conoce!

La mujer se ríe y, como suele hacer mi yaya, repone:

—A mi edad, una se da cuenta de que la vida es para vivirla. Y tú la vives.

Encantada, sonrío. Lo que me pide es imposible. Kenneth y yo no tenemos ningún futuro. Y, sin saber qué decir, la miro y ella indica:

—Piénsalo, Celeste, serías una excelente e irreverente duquesa de Bedford.

Su cara de guasa me hace reír. Esta mujer es tremenda.

—Matilda, ¡es usted increíble! —suelto divertida.

La mujer sonríe justo en el instante en que se oyen unos golpecitos en la puerta y acto seguido entra mi duque.

Como siempre, está que quita el aliento, vestido de sport según la moda de la época; se acerca hasta nosotras y nos saluda.

—¿Charles lo ha pasado bien? —le pregunta su abuela.

Kenneth sonríe. Cuando le hablan de sus hijos, su rostro siempre se ilumina.

—Puedo asegurarte que ha disfrutado de la mañana cabalgando tanto como yo.

Nos quedamos en silencio los tres y luego él añade:

—Pido disculpas si he interrumpido vuestra conversación.

Rápidamente la duquesa niega con la cabeza.

—No, hijo, tranquilo. Celeste y yo solo hablábamos de los invitados del sábado a la fiesta —y, guiñándome un ojo, cuchichea—: Acabo de enviar una última invitación a alguien que no había tenido en cuenta.

Kenneth frunce el ceño al oír eso y pregunta:

—¿Puedo saber a quién?

Y, antes de que yo responda, la duquesa contesta:

—Al barón Randall Birdwhistle.

Kenneth me mira sorprendido. Como si fuera un libro abierto, veo las preguntas en sus ojos. Pero entonces oigo la voz de Kim, que me llama. De inmediato, me levanto y me apresuro a decir:

—Si me disculpan, Kimberly me llama.

Y, sin más, salgo de la estancia mientras pienso que la sugerencia de mi invitación parece no haberle hecho gracia a Kenneth. Pero, evitando pensar en ello, corro hacia la cocina, donde sé que me esperan algunas criadas a las que he puesto a recortar papelitos para decorar el jardín de la duquesa.

Menudo fiestorro le vamos a montar.

52

Soy consciente de que Kenneth y yo nos buscamos continuamente con la mirada, del mismo modo que sé que mis días aquí se acaban.

Creo que todos se dan cuenta de la química que existe entre nosotros. Cada vez es más descarado lo que hacemos, y aunque observo una sonrisita en el rostro de la duquesa cuando ve a su nieto cerca de mí, me siento culpable, porque si algo tengo claro es que el tiempo se termina y yo no voy a quedarme bajo ningún concepto. He de regresar con mi yaya.

Cruella de Vil y su marido Aniceto me miran con sorna. Imagino que pensarán que soy una descarada por cómo me comporto a veces, pero, oye, me da igual. Tengo claro que quiero pasarlo bien, y lo que digan los demás, como dice la canción, ¡está de más!

Por su parte, los criados siguen preparando su fiesta, y la cantidad de guirnaldas y claveles rojos que han hecho es increíble. Todo por su duquesa.

Con la pequeña Donna y Charles juego a todo lo que se me ocurre, y les estoy enseñando a jugar a juegos que ni por asomo deben de conocer. Pero bueno, ¿quién se va a enterar? Les enseño a jugar a las tres en raya, a piedra, papel, tijera, al pañuelo, a la gallinita ciega, a hacer carreras a la pata coja, a coger manzanas con la boca... Lo que más le gusta a Charles es el juego de la cuerda con dos equipos. Eso de tirar en plan bestia para ganar lo vuelve loco. Y a Donna, la gallinita ciega. Lo que me río con ella.

En estos días hablo a menudo con la duquesa. Charlamos del tiempo, de libros, de flores, de cualquier cosa que se nos ocurre.

Matilda es una señora encantadora y maravillosa, y pronto me hace ver de qué está hecho su corazón cuando en una de nuestras conversaciones le comento que busco un trabajo para la familia de una conocida que no lo está pasando bien. Rápidamente se interesa. Le cuento que Lydia es cocinera y que, por tener que ocuparse de sus hijos y su nieta, la echaron de su anterior empleo. Eso la enfada. Y, dejándome sin palabras, me indica que Bedfordshire puede acogerlos.

No sé qué decir, no esperaba eso, pero ella afirma que una buena cocinera nunca está de más en una casa como esa, y que el hecho de que Lydia tenga niños es maravilloso, pues así sus nietos tendrían con quién jugar.

Finalmente quedo en hablar con ella a mi regreso a Londres. Si Lydia quiere, en Bedfordshire puede tener un hogar.

¿Accederá o no?

Emocionada por lo que he conseguido en un momento, pillo por banda a Bonifacia y le canto las cuarenta. Sé que llevo todas las de ganar y ella todas las de perder, por lo que la informo de lo que he hablado con la duquesa. En un principio veo que se sorprende, no le hace gracia tener que ver a su familia allí. Pero, al final, viendo sus reticencias, hago de poli malo y la fuerzo a que tome la decisión de marcharse a Gales: o lo hace, o todo el mundo se enterará de lo que hay entre su suegro y ella.

* * *

El viernes es la fiesta de los criados, y el jueves Kenneth propone salir a montar a caballo. Catherine, Abigail, Robert, Kim, Craig y yo nos apuntamos, mientras que el resto prefieren quedarse en la casa.

Durante el camino comienza a llover y, aunque sugerimos regresar, Kenneth no está de acuerdo. Desea que sigamos cabalgando, y, aun con la lluvia, así lo hacemos, y reconozco que me gusta. La sensación de libertad mientras te mojas ¡es genial!

Durante una hora, disfrutamos bajo la lluvia de las tierras de Bedfordshire que Kenneth nos muestra, hasta que de pronto vemos a un hombre que se aproxima corriendo a nosotros. El grupo se detiene, y el labriego dice acercándose a Kenneth:

—Mi señor...

—¿Qué ocurre, Freddy?

El hombre, apurado, se limpia el agua que le corre por el rostro y dice:

—Mallory, mi mujer, se ha puesto de parto.

—¿Dónde está? —quiere saber Kenneth.

—En casa, señor.

—¿Sola?

—Yo iba a avisar al médico...

Kenneth asiente. Luego me mira y, sorprendiéndome a mí, y creo que también a los demás, pregunta:

—¿Cree usted que podría atenderla, lady Celeste?

Sin dudarlo, afirmo con la cabeza. ¡Claro que sí! Y a continuación Kenneth se dirige al grupo:

—Regresad a la casa e informad a la duquesa que, por la cercanía de la noche, nos quedaremos en Old House junto a Freddy y Mallory. Si todo va bien, regresaremos mañana por la mañana. —Acto seguido, le tiende la mano al hombre, que nos mira desde el suelo, e indica—: Sube, Freddy. Regresarás con nosotros a Old House. Con lady Celeste no hace falta que avises a ningún médico. Ella se ocupará de Mallory.

El hombre sube al caballo sin dudarlo, y entonces Robert, que está tan empapado como nosotros, dice:

—De acuerdo, Kenneth. Id raudos. Nosotros volvemos.

Catherine y Kim me miran, y Craig me guiña el ojo... ¡Qué pillín es! Finalmente yo me encojo de hombros y, una vez que nos despedimos, cada grupo cabalga por el monte en dirección contraria.

En silencio, y tras un buen rato en el que se nos ha hecho de noche, empapados y tiritando, llegamos frente a unas casas. Hay dos: una grande y otra pequeña a escasos metros, y entonces es cuando veo un viejo letrero que dice: OLD HOUSE.

Kenneth detiene el caballo, yo hago lo mismo, y luego lo oigo decir:

—Gracias, Freddy.

Con asombro, veo cómo el labriego se apea y, sin mirar atrás, se dirige hacia la casa más pequeña.

—¿De quién es esta casa? —le pregunto a Kenneth.

—Mía.

Sorprendida por eso, y sin esperar a que él me ayude a bajar, desciendo del caballo.

—Vivía aquí con mi mujer y mis hijos hasta que ella murió —añade él entonces mientras desmonta.

Miro el casoplón con cierto yuyu, pero no deseo preguntarle más por su esposa, así que pregunto:

—¿Dónde está la mujer de Freddy?

Kenneth se acerca a mí con una sonrisa. Pasa las manos alrededor de mi cintura y susurra:

—Su mujer, Mallory, está perfectamente en su casa. Ah..., y no está de parto.

Boquiabierta, lo miro y, antes de que pregunte, él señala en voz baja:

—Freddy solo cumplía órdenes.

Oír eso hace que sonría. Pero ¡míralo, qué picarón! Y cuando voy a hablar murmura paseando los labios por encima de los míos:

—Me moría por estar a solas contigo.

—Serás inmoral... —me mofo encantada.

—Ahora solo somos Celeste y Kenneth, ¿te parece bien?

Asiento. ¿Cómo me va a parecer mal, si yo estaba como loca por lo mismo?

—Te deseo tanto como sé que tú me deseas a mí —añade a continuación—. Y aunque no podremos estar mucho tiempo juntos antes de separarnos, esto es mejor que nada, ¿no crees?

—¡Qué escándalo! —me burlo.

Kenneth no me besa, solo me tienta, y divertida pregunto:

—¿Quién es ahora el descarado e irreverente?

Mi duque sonríe, me da un beso en la punta de mi húmeda nariz y cuchichea:

—Sin lugar a dudas, yo.

Asiento, me gusta que lo admita, pero insisto:

—¿Y si yo no deseara estar ahora contigo?

—Si así fuera, no pasaría nada —responde sin cambiar el gesto—. Lo respetaría. Soy un caballero.

Encantada con su respuesta, asiento de nuevo. Él, como siempre, tan galante. Y, empinándome para estar más alta, susurro:

—Por suerte para ti, deseo estar contigo para disfrutar de ti y hacerte el amor.

Kenneth sonríe, le gusta lo que oye y, cogiéndome en brazos, afirma:

—Entonces, no perdamos más tiempo.

53

Entrar en la casa supone intimidad y mucho deseo, y, a grandes zancadas y sin soltarme, mi duque me sube a la planta superior, hasta llegar a una espaciosa y bonita estancia.

Está claro que los días que llevamos en Bedfordshire, en donde solo nos hemos mirado y apenas rozado, nos han enloquecido de deseo a ambos, y comenzamos a desnudarnos sin pensar en nada más.

Sorprendida, veo ante una gran chimenea una bañera llena de agua humeante y, cuando Kenneth la mira, cuchichea:

—Mallory, la mujer de Freddy, nos la ha dejado preparada.

—¡Viva Mallory! —exclamo gustosa.

Encantados y acelerados, terminamos de desnudarnos y nos metemos en la preciosa bañera. El agua caliente hace que ambos suspiremos de placer, y, sentándome a horcajadas sobre él, susurro:

—Muy bien, Kenneth. Ya estamos aquí.

Un beso..., dos...

La pasión desmedida hace que nos comamos, y yo, agarrando su pene, lo coloco en el centro de mi deseo y, bajando a mi gusto sobre él, jadeo:

—Te voy a hacer el amor.

Kenneth se coge a la bañera. Su mirada velada me hace saber cuánto le gusta lo que le estoy haciendo sentir. Le encanta mi irreverencia. Y, una vez que lo noto del todo dentro de mí y el placer me llena por completo, muevo la pelvis y le arranco un jadeo.

Mmm, ¡me gusta!

Satisfecha por sentirlo totalmente a mi merced, agarro sus manos, se las inmovilizo contra la bañera y, moviendo las caderas con frenesí, le hago el amor con un desenfreno, un deseo y una pasión que nos vuelve locos a ambos.

Durante horas, nos hacemos el amor como dos posesos. En la bañera. En la cama. En el suelo. Somos incansables, inagotables, y cuando finalmente decidimos darnos una tregua, nos acurrucamos en la cama a la luz de las velas, y yo sonrío al notar que se queda dormido a mi lado.

Encantada, contemplo el rostro de Kenneth, ese inglés que tanto me atrae y siento que el corazón se me rompe al pensar que dentro de muy pocos días he de alejarme de él. No puedo decir que estoy enamorada. No, no lo estoy. Pero reconozco que estoy impresionada.

Pienso en mi yaya, en lo que ella diría si lo conociera, y me tengo que reír. Cuando lo viera seguro que me diría eso de «Muy agradable y guapo, pero demasiado estirado para ti». Y, aunque me jorobe admitirlo, tendría razón. Kenneth es demasiado estirado para mí.

No tengo sueño y me levanto con cuidado de la cama. Me pongo las bragas y la camisola y, como intuyo que no hay nadie en la casa que me pueda ver con estas pintas, salgo de la habitación con una vela en las manos.

Curiosa, doy una vuelta por la casa. Es grande, muy espaciosa, la típica casa de campo, aunque ni la mitad de grande que Bedfordshire. Esta es más modesta, pese a que sigue siendo un casoplón.

Al bajar al salón, retiro los cortinones de la ventana para que entre la luz de la luna, pues la llama de la vela me resulta pobre, y entonces sonrío al ver que allí hay una guitarra.

¿En serio?

Feliz por mi descubrimiento, cierro la puerta del salón para no despertar a Kenneth. Que yo no pueda dormir no significa que él no tenga que hacerlo, y, encantada, cojo la guitarra y comienzo a afinarla. Luego empiezo a tocar y, cuando quiero darme cuenta, ya estoy cantando. Eso sí, muy bajito, para no despertarlo.

Canto canciones de Dani Martín, de Amy Winehouse y, de Melendi. Estoy tan deseosa de cantar y tocar la guitarra que me olvido de dónde estoy y simplemente disfruto del momento, hasta que oigo unos aplausos.

Al mirar, me encuentro con Kenneth en la puerta, vestido solo con unos pantalones oscuros. ¡Menudo pibón! No sé cuánto tiempo lleva ahí, y, acercándose, dice:

—¿Puedo preguntarte algo?

—Claro.

Entonces se detiene frente a mí y suelta:

—¿Qué haces para estar siempre tan increíblemente bella?

Guauuu, lo que me entra al oír eso. Me gustan sus halagos. Me agrada sentir su mirada cuando me los dice, y estoy sonriendo como una boba cuando pregunta:

—¿Dónde has aprendido esas canciones?

No sé qué decir. Me ha pillado con la guardia baja, y simplemente musito:

—En mi casa.

Kenneth asiente mirándome con una intensidad que me pone nerviosa.

—¿De quién es esta guitarra? —inquiero.

—Era de mi mujer.

Uff..., lo que me entra por el cuerpo.

Siento que estoy profanando algo de la difunta, y, cuando la suelto, pide:

—No la dejes. Ella estaría encantada con lo que estás haciendo.

Vuelvo a cogerla y Kenneth indica:

—Como sabía que a la abuela le encanta la guitarra, ella se la compró para aprender, pero nunca le resultó fácil, y al final lo dejó. Por eso te digo que le encantaría ver que esa guitarra produce bonitas melodías y no ruidos extraños, como decía ella.

Ambos reímos por eso y a continuación él susurra:

—No sé qué me ocurre contigo.

—¿Por qué dices eso?

—Porque algo dentro de mí me dice que entre tú y yo no puede haber nada, pero no puedo dejar de pensar en ti.

Oír eso me hace reír, lo que le sorprende.

—¿Y si te digo que a mí me ocurre eso mismo contigo? —le planteo entonces.

Ahora es Kenneth quien sonríe, y señalo tocando el anillo de mi padre:

—La atracción que existe entre nosotros hace que nos sintamos así. Nos atraemos. Nos gustamos. Pero al mismo tiempo sabemos que, en este momento de nuestras vidas, no sería apropiado nada entre nosotros.

Él asiente, está de acuerdo conmigo, y yo, recordando algo, pregunto:

—¿Has oído hablar de la leyenda del hilo rojo?

Kenneth niega con la cabeza.

—No suelo creer en leyendas.

Su gesto escéptico me hace gracia, y, sin apartar mis ojos de él, susurro:

—Hay una leyenda japonesa que dice que aquellos que están unidos por el hilo rojo del destino tarde o temprano se encontrarán. Si el hilo rojo te une a una persona, no importa cuánto tiempo pase ni lo lejos que estéis, porque volveréis a encontraros. ¿Y sabes por qué? —Él niega con la cabeza, y musito—: Porque da igual que ese hilo se tense, se desgaste o se enrede..., lo mágico de ese hilo rojo es que nunca se rompe porque es tu destino.

Acto seguido, ambos sonreímos y nos miramos a los ojos. Y, consciente de lo que sé, añado:

—Quizá... ese hilo rojo vuelva a reunirnos algún día.

—Quizá —afirma agachándose para coger mi mano y besarla.

En silencio, e iluminados por la luz de la luna que entra por la ventana, nos miramos. Estos momentos con él son increíbles, y cuando veo que mira el anillo de mi padre, cuchicheo:

—Lo sé... Te gusta porque te recuerda al de tu padre.

Ambos reímos por eso y entonces él, soltando mi mano, dice cambiando el gesto:

—¿Puedo pedirte una canción?

Sorprendida por eso, sonrío. No me sé canciones de su época, por lo que musito:

—Prueba a ver.

—Me gustaría oír la que cantabas aquel día en casa de Catherine.

Eso me desconcierta, no sé de cuál habla, pero entonces añade:

—Si mal no recuerdo, decía algo sobre quemar a fuego lento.

Según dice eso, asiento y noto que se me eriza el vello del cuerpo. Sé que me habla de la canción *Casi humanos* de Dvcio, y pregunto:

—¿Por qué quieres que cante esa canción?

Con cariño, Kenneth se incorpora y, dando un paso más, susurra:

—Porque reconozco que me gustó esa parte que decía que cada segundo del día junto a su amor sabía mejor.

Durante unos instantes nos miramos en silencio.

Madre mía..., madre mía..., lo tonta que me estoy poniendo con lo que me dice.

Sé que cantar esa canción de mi tiempo es como enseñarles a los niños a jugar a ciertos juegos que no han de conocer. Pero, consciente de que, una vez que la cante, nunca más la volverá a oír, sin dudarlo, miro la guitarra y comienzo a tocar sus acordes.

La letra, ahora que se la canto a él, siento que está escrita por y para nosotros, mientras sus preciosos ojos azules no dejan de mirarme. La atracción física que hay entre nosotros es brutal. Siempre he oído que hay dos tipos de atracciones: la física y la química. La física, sin duda, ya la hemos traspasado, y en cuanto a la química, aunque existe, y a raudales, algo en nosotros nos impide ir más allá.

Mientras interpreto la canción en inglés para que la entienda, soy consciente de que se la canto a él, a mi duque. Y lo hago porque sé que, cuando regrese a mi tiempo y escuche esta canción, sin duda solo pensaré en él.

Escucha en silencio la letra y veo cuánto le gusta. La música de esa época no tiene nada que ver con la música de la mía, y cuando termino de cantarla, susurra boquiabierto:

—En la vida la letra de una canción me había emocionado tanto.

Asiento, lo entiendo. Pero, no queriendo hablar de sentimientos que a ambos nos puedan hacer daño, decido dar un giro al momento y, lanzándome, comienzo a cantar *¡La bamba!* Ni que decir tiene que lo dejo ojiplático, y más cuando me levanto guitarra en mano y empiezo a mover las caderas y los hombros al compás por el salón.

¡Me dejo llevar!

Kenneth me mira desconcertado. Me escucha boquiabierto y, cuando lo animo a bailar conmigo, se niega rotundamente. Pobre..., ¡menudo apuro le estoy haciendo pasar!

Una vez que termino la canción y dejo la guitarra, con una expresión que no sabría definir, pregunta:

—Pero ¿dónde has aprendido a cantar y a bailar así?

Divertida, me río. Solo me he movido un poquito. No quiero ni pensar si realmente me pongo a bailar como lo hago en las discotecas, lo que podría pensar de mí. Y con mofa susurro:

—¿Recuerdas que te conté que venía del futuro?

Kenneth se ríe. Una vez más, no hace caso de mis palabras y, cogiéndome en brazos, me besa.

Un beso lleva a otro.

Una caricia a la siguiente.

Y terminamos haciendo el amor como dos salvajes contra la pared, sin importarnos los gritos de placer que damos ni el ruido que nuestros cuerpos hacen al chocar el uno contra el otro.

¡Y yo me lo quería perder...!

54

Un buen rato después, mientras abrazados miramos la luna por la ventana, mis tripas suenan. Eso me hace gracia, y Kenneth, acercando la boca a mi oído, cuchichea:

—Creo que tienes hambre.

—Yo también lo creo —afirmo divertida.

Cogiendo una vela, cruzamos el enorme pasillo para ir a la cocina.

Al llegar me encuentro la típica cocina de la época, pero muy curiosa, y yo diría que hasta bonita. Y siento el sumun de la felicidad al distinguir una especie de sartenes colgadas que son una maravilla.

Kenneth me hace saber que hay una despensa y una fresquera.

Intrigada, miro lo que hay dentro de la fresquera, y él pregunta:

—¿Qué te apetece comer? Mallory ha dejado varias cosas preparadas.

Encantada, miro lo que hay. Todo es apetitoso. Pero, deseosa de hacer algo para él, valoro mis opciones y sugiero:

—¿Te importa si preparo yo algo de comer?

—¡¿Tú?!

—Sí. ¡Yo!

—¿Sabes cocinar? —pregunta sorprendido.

Rápidamente asiento, y él dice:

—Yo no lo he hecho en la vida.

Lo miro boquiabierta. ¿No ha cocinado nunca? Y, sin dejar de mirarlo, replico:

—Pues hoy me vas a ayudar.

Kenneth se ríe y, sentándose en un taburete junto a la mesa, musita:

—Será interesante hacerlo.

Divertida, me pongo manos a la obra.

—¿Sabes lo que es una tortilla española de patata con cebolla y bcicon? —pregunto.

Él niega con la cabeza. Normal..., no entiende de qué le hablo. Y, acercándome, lo beso y cuchicheo:

—¡Vas a flipar!

Kenneth sonríe. Ya no me pregunta qué quiere decir esa palabra, pues ya lo sabe, y, entre risas, lo pongo a pelar patatas.

Mientras tanto, yo corto la cebolla y Kenneth, al ver mis ojos llorosos, pregunta preocupado:

—¿Qué te ocurre?

—Es la cebolla.

—¿Cómo que es la cebolla? —susurra con gesto serio.

Ver su expresión me hace reír. Como nunca ha cocinado, no sabe que los gases que liberan las cebollas al cortarlas pueden hacerte llorar. Y, tras darle un beso, exijo:

—Echa aceite en esa sartén.

Me hace caso. Después de pochar la cebolla, echo las patatas en la sartén y también los trozos de beicon que previamente hemos cortado. Como le he pedido, Kenneth bate los huevos. Me río de su poca gracia al hacerlo, pero cuando los tiene bien mezclados, añado sal y, una vez que tengo cuajada la tortilla en la sartén, afirmo:

—Te vas a chupar los dedos.

Él sonríe, yo también, y cuando, minutos después, tras enfriarse un poco la tortilla, se mete el primer trozo en la boca, murmura:

—¡Exquisita!

—¡Y la hemos hecho entre tú y yo! —afirmo para darle importancia a su trabajo.

Kenneth asiente maravillado, y yo indico:

—Me encantaría prepararte una hamburguesa, pero lo tengo difícil, especialmente por el kétchup.

Según digo eso, sé que no sabe lo que es una hamburguesa.

—¡¿Kétchup?! —oigo entonces.

Divertida, asiento y, retirándome el pelo de la cara, comento como el que no quiere la cosa:

—En Nueva York llamamos así a una clase de tomate.

Kenneth asiente. En silencio, comemos la tortilla, que, oye, he de decir que está de muerte, pero de pronto me mira y suelta:

—Hay algo en ti que no llego a entender...

—¿A qué te refieres?

Él se acomoda en su silla.

—Me refiero a ti, a cómo eres. —Oír eso me hace sonreír, y añade—: He estado en Nueva York, he conocido a mujeres, pero ninguna se expresa como tú ni hace las cosas como tú. Eres diferente, y Kim también lo es. Es una diferencia difícil de explicar, para mí muy evidente.

Sé por dónde va. El refrán de «Aunque la mona se vista de seda, mona se queda» desde luego se podría utilizar en este caso, pero, sin querer contestarle directamente, digo:

—No sé si debería alegrarme o no por lo que dices.

Kenneth sonríe.

—Celeste, ¿eres sincera conmigo? —pregunta a continuación.

Sin dudarlo, asiento. Yo ya le he dicho en dos ocasiones que vengo del futuro, pero replico:

—¿Crees que oculto algo?

Él afirma con la cabeza convencido. Vale, creo que ha llegado el momento de sincerarme, aunque me tome por loca, y musito:

—Voy a contarte algo y espero que me creas.

—Prueba.

Tomo aire. Luego lo miro a los ojos y suelto de carrerilla:

—Kim y yo no somos las sobrinas de Craig Hudson. Provenimos del siglo XXI y, por circunstancias que no vienen al caso, hemos viajado en el tiempo. De ahí que nos veas diferentes, en nuestra manera de hablar, actuar o cantar. Ah, y además te diré que en mi época soy médico y trabajo en un hospital.

Kenneth parpadea y me mira. Se echa hacia atrás en la silla y, tras procesar lo que ha oído, susurra:

—¿Supones que soy tan estúpido como para creer esa patraña?

Lo sabía, sabía que no me creería, e insisto:

—Entiendo que no me creas porque, si a mí me cuenta esto un tipo que viene del pasado o del futuro, directamente no lo creo. Pero te estoy diciendo la verdad.

—Celeste...

—Es más, te lo puedo demostrar.

—¿Me lo puedes demostrar?

Asiento y, recordando que viajamos con todas nuestras cosas para no perderlas de vista, murmuro:

—Cuando regresemos a Bedfordshire, puedo enseñarte...

—Celeste, ¿me tomas por tonto?

Rápidamente niego con la cabeza. Y, consciente de lo difícil que es creerme, me levanto de mi sitio, me siento sobre su regazo y, tras darle un dulce beso en los labios, cuchicheo:

—Dentro de unos pocos días nos tendremos que separar. ¿Qué tal si dejamos esta conversación y aprovechamos el tiempo que nos queda juntos?

Kenneth me mira. No sé por dónde me va a salir. En sus ojos veo infinidad de preguntas, e insisto mimosa:

—Unos pocos días, Kenneth. Solo nos queda eso.

No hace falta decir más. De inmediato, mi duque, mi capitán, mi rollito de la Regencia se levanta conmigo entre sus brazos y me lleva directamente a su habitación. Y lo que ocurre allí ¡ya te lo puedes imaginar!

55

El regreso a Bedfordshire al día siguiente, tras pasar la noche fuera, nos cuesta horrores, pero es lo que toca. Nuestro tiempo a solas ha terminado.

Al llegar, los demás nos miran. Unos lo hacen con reproche, como Cruella y Bonifacia, y otros con sonrisitas, como Catherine y Kim. Y, mira..., ¡me quedo con las sonrisitas!

¡Que me quiten lo *bailao*!

Como diría mi abuela, «Piensa mal y acertarás», y, sí..., que piensen lo que quieran, porque sin duda están acertando.

Esa noche se celebra la fiesta de los criados de la duquesa, y veo que los ánimos están todo lo alto. Todos están nerviosos con el festejo.

En la habitación, Kim me hace referirle lo ocurrido y, sin cortarme, se lo cuento todo con pelos y señales. Me escucha atenta y luego yo musito:

—¿Crees que debería hablar con Craig para que le diga a Kenneth que en realidad no somos sus sobrinas?

Kim camina por la habitación y pregunta:

—Vale. ¿Y qué mentira le cuentas luego a Craig? ¿También pretendes decirle a él que venimos del siglo XXI?

Uf..., tiene razón, explicarle eso podría ser complicado. Pero, dispuesta al menos a aclarar el tema con mi duque, insisto:

—Quiero enseñarle a Kenneth la perla y nuestras ropas.

—¡Ni hablar!

—Quizá al verlos me crea —insisto.

Kim suspira mientras sigue caminando arriba y abajo por la habitación.

—Pero ¿te has vuelto loca? —pregunta.

Niego con la cabeza.

—No, Kim, no. Pero necesito que sepa que le estoy diciendo la verdad.

—Pero ¿tú piensas que te va a creer?

Eso es otro cantar, hacer creer una cosa tan irreal es complicado.

—Tengo que pedirte algo —digo a continuación.

—Tú dirás.

—Es una guarrada.

Según digo eso, mi amiga levanta las cejas.

—Si lo que pretendes es que haga un trío con vosotros para demostrarle lo moderna que eres, mi respuesta es ¡no!

Divertida, me río. Aunque tengo fantasías, nunca había pensado en eso.

—Necesito que me dejes tus lentillas esta noche cuando vaya a verlo —indico.

Kim parpadea de nuevo al oírme, y yo insisto:

—Creo que ponérmelas y quitármelas delante de él harán que alucine y piense.

Kim se ríe, yo también, y a continuación exclama:

—Pero ¿te has vuelto loca?

Asiento, sin duda alguna sí, y afirmo:

—Lo sé. Puede que la líe aún más, pero necesito que se plantee al menos que le digo la verdad y, quizá, en un futuro se dé cuenta de que no le mentía.

Kim resopla, menea la cabeza y cuchichea:

—Mis lentillas...

—¡Sí!

—¿No era un trío?

—Kim...

La tonta de mi amiga se ríe al ver mi cara de desconcierto.

—Y todo esto ¡por un inglés! —suelta a continuación.

Divertida, asiento. Sé que Kim me dejará lo que le he pedido, y, mirando mis preciosas deportivas Nike rojas, me mofo:

—Va a flipar cuando las vea.

* * *

Esa tarde, para la fiesta de los criados, Anna nos comenta que nuestra indumentaria, aunque elegante, puede ser más informal, y me he hecho una especie de corona de margaritas que, encantada, me coloco sobre el pelo.

Pero ¡qué chulada!

Estoy mirándome al espejo de la habitación ataviada con un vestido azulón y mi pelo suelto, tan solo recogido con la corona, cuando Kim pregunta:

—¿Te has puesto el conjunto de tanga y sujetador negro?

Gustosa, asiento, y luego ella musita:

—Madre mía, ¡¿estás segura?!

Vuelvo a asentir. Pienso insistirle acerca de la verdad a Kenneth me crea o no, y, viendo el gesto de mi amiga, digo:

—Siento que tu Muñeco te decepcionara y no le debas ninguna explicación, pero yo necesito marcharme con la conciencia tranquila en lo que a Kenneth respecta.

—¡Pensará que estás loca!

—Tranquila..., ya lo piensa ahora —me mofo.

Kim suspira.

—De acuerdo. Pero luego no me vengas con lloros, porque te diré eso de «¡te lo dije!» —repone.

No hablamos más. Sobran las palabras.

A las siete en punto, todos los que vamos a asistir a la fiesta de los criados nos reunimos en el salón principal junto a la duquesa. De inmediato compruebo que las únicas que llevamos el pelo suelto somos Kim y yo y, al ver cómo nos miran, mi amiga aclara:

—En América, a las fiestas de los criados se puede ir así.

Sin dudar de nuestra palabra, ellos asienten, y entonces Kenneth, acercándose, me mira y pregunta:

—¿Decepcionada porque no esté el barón Randall Birdwhistle?

Oír eso me hace gracia. Vaya, ¡me la tenía guardada! Y, divertida, respondo:

—Si estuviera, sin duda sería mucho mejor.

Kenneth asiente con seriedad, toma aire y se aleja de mí mientras yo sonrío.

¡Aisss, qué tontuso es mi... lo que sea!

Instantes después, siempre acompañando a la duquesa, salimos a un jardín trasero que, habitualmente, es de uso exclusivo del servicio.

La mujer, al ver sobre las mesas lo que parecen claveles rojos, velas por todos los lados y guirnaldas colgando de los árboles, se lleva la mano a la boca impresionada. Ni que decir tiene que todos se sorprenden a causa de la decoración. Nunca han visto nada igual; entonces la doncella de la duquesa les hace saber que yo los he ayudado a crear ese espacio tan mágico, y todos se emocionan. La primera, mi Matilda.

Gustosos y felices, los criados han colocado una bonita mesa perfectamente engalanada, y sobre ella hay tantísimos platos que creo que como nos comamos todo eso vamos a reventar.

La duquesa, encantada, lo prueba todo, y enseguida la oigo alabar a las cocineras, algo que a aquellas las hace felices. A continuación, nos sentamos todos alrededor de otra mesa; de pronto noto un codazo y Kim me dice emocionada:

—Míralos.

Me vuelvo y sonrío al ver a Catherine y a Barney junto a la mesa de la comida, sirviéndose, mientras charlan y ríen. La felicidad en sus rostros es la del amor, y, viendo que mi amiga está a punto de llorar, musito:

—Piensa que ahora pueden disfrutar libremente de ese amor. Son felices y, lo mejor, ¡te tienen a ti!

Ella asiente, está emocionada, e indico señalándome las orejas:

—Catherine me ha dejado los pendientes que le regaló Barney.

—Son preciosos —comenta Kimberly.

Encantadas, los miramos, y mi amiga cuchichea:

—Aún no puedo creer que sean ellos.

—Pues lo son —replico gustosa.

Catherine y Barney hablan y ríen con naturalidad, y Kim susurra:

—Cuando regresemos tengo tantas preguntas que hacerles... Solo espero que me las contesten.

—Seguro que lo harán —afirmo mirando a Kenneth, que disfruta en compañía de sus hijos.

La cena en el jardín es pura alegría. Todos reímos. Todos bromeamos. Todos hablamos con todos sin miedo al qué dirán, hasta que unos sirvientes aparecen con violines, guitarras y gaitas.

¡Ostras, esto sí que es una fiesta!

De inmediato comienzan a tocar y, como era de esperar, la duquesa y Kenneth abren el baile, y yo, mientras los observo, no puedo ser más feliz.

Veo entre ellos lo mismo que yo tengo con mi yaya, y reconozco que me encanta. La conexión entre ambos es increíble, y siento unos deseos irrefrenables de ver a mi abuela. Si le contara lo que estoy viviendo, no me creería, se reiría a carcajadas y sin duda me diría: «¡Hermosa, qué imaginación tienes!».

En un momento dado, uno de los criados de la duquesa me saca a bailar y, haciendo una fila, todos bailamos entre palmas, risas y diversión.

Aquí no hay protocolo, no hay formulismos, no hay bailes encorsetados. Aquí simplemente hay fiesta y ganas de pasarlo bien.

Tampoco faltan danzas escocesas como el *ceilidh*. Por suerte, gracias a Kim, y, por su parte, gracias a Barney, sabemos bailar todo eso y disfrutamos como dos locas saltando, girando y dando palmas. ¡Qué divertido es!

Encantada, veo a Prudence danzar y reír. Estar con personas que no la juzgan, que no la miran mal, que no la denigran por su problema es lo que la hace estar relajada y feliz.

Metida en juerga, con varias cervezas entre pecho y espalda y olvidándome de dónde estoy, canto a mi vez varias canciones guitarra en mano, entre ellas, la que sé que le gusta tanto a mi duque. Kenneth me observa junto a sus hijos, disfruta del momento como yo y no dice nada. Además, para hacerle una gracia a la duquesa, me arranco por sevillanas. Ni que decir tiene que todos se miran ojipláticos mientras canto, aunque cuando termino y grito «¡Ole!», aplauden enardecidos.

Durante la noche, bailo con Kenneth infinidad de veces y disfruto de su sonrisa. Al igual que los demás, él se olvida de su encorsetamiento, y soy consciente de lo buen bailarín que es.

A la una de la madrugada la duquesa se retira agotada y feliz, pero, antes de hacerlo, les da las gracias uno por uno a sus sirvientes y les hace prometer que al año siguiente habrá otra fiesta. Ellos lo hacen gustosos y Matilda, tras despedirse del resto de las chicas, se acerca a mí.

—¿Lo pasas bien, querida? —me pregunta tocando la corona de mi cabeza.

Acalorada, y con las mejillas más arreboladas que las de Heidi, la niña de los Alpes, asiento, y entonces ella se aproxima más a mí y cuchichea:

—Como le he dicho a mi nieto, disfrutad de esta noche mágica.

Sonrío. ¿En serio la duquesa acaba de decir eso?

Pero ¡qué moderna!

Y, tras darle dos besazos nada protocolarios a la mujer, ella se marcha muerta de risa y yo, acercándome a su guapo nieto, cuando los músicos comienzan una nueva pieza escocesa, le pido:

—¿Bailas conmigo, duque?

De inmediato, él accede. No sé si en los bailes de criados las mujeres solicitan bailes o no, pero el caso es que yo lo he hecho y él ha aceptado.

56

Baile tras baile, nuestras miradas hablan por sí solas. La atracción que sentimos el uno por el otro es difícil de ocultar; cuando la fiesta se da por finalizada y todos nos retiramos a nuestras respectivas habitaciones, tengo muy claro adónde quiero ir.

Por ello, me visto con mis ropas del siglo XXI, me pongo sobre ellas una bata que las oculta y, después de que Kim me desee buena suerte, salgo del cuarto sin hacer ruido.

De puntillas para que nadie me oiga, camino hasta que llego a la puerta de la que sé que es su habitación.

Madre mía..., madre mía... ¡Estoy tan nerviosa que parece que soy novata!

De pie frente a la puerta tomo aire, agarro el pomo y, sin llamar, abro y entro.

Kenneth, que está al fondo de la estancia quitándose el chaleco, se queda mirándome. Por su gesto compruebo que lo he sorprendido. Y, cuando cierro la puerta, veo que esta tiene pestillo y lo echo. ¡No quiero que nadie nos interrumpa!

Kenneth me mira boquiabierto. En sus ojos puedo ver la sorpresa, y yo, con más morro que potorro, me desabrocho la bata que llevo puesta y dejo que esta caiga glamurosamente hasta el suelo.

Los ojos de Kenneth se abren desmesuradamente. Creo que lo he sorprendido más así vestida que si hubiera estado desnuda.

Me escanea y luego pregunta:

—¿Qué llevas puesto?

Su cara me hace gracia.

Verme con camiseta, pantalones vaqueros y mis Nike rojas sin duda ha de ser lo más extraño que ha visto en la vida.

—Es mi ropa, Kenneth —musito—. Lo que te conté en referencia a que venía del futuro es cierto.

Él no se mueve, se ha quedado petrificado. Meto la mano en el bolsillo trasero de mi pantalón, toco algo, lo saco e indico:

—Estas son fotos de mi Polaroid.

Sigue sin moverse. Como es lógico, no sabe lo que es una foto y, menos aún una Polaroid. Creo que le da miedo acercarse a mí a causa de mis pintas, así que insisto alargando el brazo:

—Por favor, Kenneth, míralas.

Por fin se mueve, se acerca a mí y, cogiendo lo que le tiendo, veo que parpadea y susurra con las fotos en la mano:

—Diantres, ¿qué es esto?

En las fotos estamos Kim y yo en Piccadilly, riendo, y explico:

—En el futuro, esto se llama «fotografía». Y, como puedes ver, somos Kim y yo.

Luego saco de otro bolsillo mi Apple Watch de colores.

—Esto en mi tiempo es un reloj —prosigo—. Se llama Apple Watch y, además de darme la hora, puede decirme la temperatura ambiental y un sinfín más de cosas que no entenderías.

Kenneth lo coge y lo mira extrañado, nunca ha visto nada parecido y nunca lo verá. Luego vuelve a examinar las fotos y de nuevo el Apple Watch. Al cabo, me mira, y, levantando una mano, digo:

—Quiero enseñarte otra cosa. No te muevas.

Acto seguido, saco del estuchito las lentillas de Kim, me vuelvo y me las pongo. Una vez que noto que están bien colocadas, me doy la vuelta y Kenneth, mirándome, susurra:

—Por todos los santos... ¿Qué les ha pasado a tus ojos?

Sin moverme, afirmo con la cabeza.

—Tus ojos son verdes —insiste—. ¿Por qué ahora se ven negros?

Sonrío, él no, e indico:

—En mi época, entre otras muchas cosas, podemos elegir el color de ojos que queremos lucir en casa o fuera de ella.

Kenneth asiente. Como imaginaba, lo de los ojos le ha impactado, y entonces veo en su mirada algo que hasta el momento no había visto y creo que comienza a creerme.

—Pero... pero esto no puede ser posible —murmura sin embargo.

Acto seguido, me quito las lentillas. Las guardo. Y, mirándolo, comento:

—Como ves, ahora vuelvo a tenerlos verdes.

Él me observa desconcertado y, consciente de que lo que estoy intentando hacer que entienda será lo más extraño que deberá entender en su vida, empiezo a hablarle del futuro y de los cambios que habrá. Durante un buen rato, me escucha. Sé que trata de procesar todo lo que le digo, y, cuando veo que por fin asiente con la cabeza, musito:

—Kenneth, no te estoy mintiendo. Te estoy mostrando mi verdad —y, sacándome el colgante de la media perla de debajo de la camiseta, añado—: Esta perla mágica, junto a la luna llena y un espejo que hay en casa de los Montgomery, es lo que nos ha permitido viajar en el tiempo y lo que nos llevará de nuevo a Kim y a mí de vuelta a casa.

Cada vez más alucinado, mira lo que le muestro. Al tocar mi piel, la perla se ilumina de una manera especial, y, atraído por la luz que desprende, él se dispone a tocarla, pero le advierto:

—Es mejor que no la toques. Solo debo hacerlo yo.

Instintivamente, retira la mano y luego pregunto:

—¿Me crees ahora?

Sin dudarlo, asiente. ¡Bien! Eso me hace respirar y, sonriendo, digo:

—Si no te importa, voy a quitarme todo esto y lo voy a guardar. Nadie ha de saber la verdad de lo que te he contado, pero sí quería que lo supieras tú.

En silencio, me quito las zapatillas rojas y, cuando voy a guardarlas en la bolsa de tela que llevaba en un bolsillo de la bata, Kenneth pregunta:

—¿Puedo tocarlas?

Divertida, se las entrego. Él las coge y las mira boquiabierto. Está claro que mis deportivas Nike le gustan a cualquiera sea de la época que sea, y, tras unos segundos, murmura:

—Diantres. ¡Esto es increíble!

Oírlo decir eso me hace gracia; tras cogerle las zapatillas y meterlas en la bolsa, me quito la camiseta, los pantalones vaqueros y, con cuidado, también la perla.

Una vez que lo guardo todo y dejo la bolsa en el suelo, me incorporo y Kenneth, que está frente a mí, susurra:

—Pero ¿qué indecencia llevas puesta?

Según lo oigo, sonrío. Llevo puesto mi conjuntito sexy de sujetador y tanga negro, y sin duda la visión de esto último con mis cachetes del culo al aire lo ha escandalizado.

—Es un tanga —explico.

—¡¿Un «tanga»?!

Divertida, asiento y, acercándome a él, me empino para besarlo y ya no hablamos más.

Con deseo y locura, durante un buen rato ya no nos soltamos, pues solo deseamos gozar de nuestros cuerpos y hacernos el amor.

Durante horas hablamos en la cama entre besos y caricias. Sé que lo que le he contado es difícil de procesar, pero, por raro que parezca, Kenneth me escucha, no me cuestiona. Y me hace saber que ahora comprende por qué Kim y, en especial, yo somos tan diferentes del resto de las mujeres; yo me siento feliz. Necesitaba que me creyera.

—La mentira no es algo que me agrade.

Kenneth asiente, sonríe y a continuación pregunta:

—¿Nunca mientes ni ocultas nada?

Ahora soy yo la que sonríe.

—A ver..., alguna vez en la vida sí que he ocultado algo o dicho alguna mentirijilla sin importancia.

—Entonces ¿me estás diciendo que eres una persona sincera? —insiste.

—Y transparente —afirmo con convicción.

Pero entonces siento que se tensa. ¿Qué le ocurre? Y, levantándose de la cama, suelta:

—Mientes.

—¡¿Que miento?!

Él dice que sí con la cabeza.

—Michael y Craig creen que sois alguien que no sois y...

—Esa es una mentirijilla piadosa.

—¿Una mentirijilla piadosa? —se mofa.

Divertida, digo que sí con un gesto, y a continuación Kenneth pregunta:

—¿En el siglo xxı lo que haces no se llama «mentira»?

Encantada por lo sagaz que es, me apresuro a responder:

—La mentira es mentira sea el siglo que sea. Pero, en este caso, más que una mentira, yo lo considero ocultación de información para no asustarlos ni desequilibrarlos y...

—¿Y conmigo eres sincera y no me ocultas nada?

Sin dudarlo, asiento, lo que tenía que decirle ya lo sabe, pero insiste:

—¿Estás segura?

De nuevo vuelvo a asentir, pero él, cambiando el gesto, repite:

—Tu contestación te resta credibilidad.

Boquiabierta, me levanto a mi vez de la cama. Pero ¿de qué habla?

—¿Se puede saber por qué dices eso? —cuchicheo molesta.

—Porque hay algo que ocultas.

—¡¿Yoooooo?! —exclamo.

Kenneth se acerca hasta una mesita. Allí, sirve en dos vasos un poco de whisky y, tendiéndome uno, musita:

—Lady Travolta, usted sabrá en qué miente...

Cojo el vaso y me mofo:

—¡¿Lady Travolta?!

¡Ya estamos con el jodido protocolo!

Kenneth ha dejado de sonreír. Como siempre, me vuelve loca con sus cambios de humor.

—¿Me puedes decir qué pasa ahora? —pregunto.

Pero él no contesta, y yo insisto:

—¡¿Ves como eres un enfadica?!

Noto que esa palabra le gusta tan poco como la primera vez que se la dije.

—Es usted una osada, una imprudente y una mentirosa —susurra.

Desnuda ante él, me encojo de hombros y murmuro:

—Y tú eres terco como una mula y el ser más cambiante y desconcertante que he conocido en mi vida.

Kenneth, que parece no haberme oído, repite:

—Entonces ¿no oculta usted nada?

Divertida, me bebo de un trago el whisky y, tras dejar el vaso sobre la mesita, suelto:

—Pues no, no oculto nada. Lo que tenía que decirte ya te lo he dicho. ¿Acaso crees que, después de soltarte todo eso, puedo ocultar algo más?

Acto seguido, él se acerca a una cómoda, abre uno de los cajones y, tras sacar algo, me lo enseña y dice:

—Esto estaba en Brooks's. Por suerte para usted, esa mañana pasé por allí para dejarle unos documentos a un amigo y encontré estas flores en el suelo.

Nada más ver las margaritas teñidas de rosa, parpadeo sin dar crédito. ¡Ostras, son un par de flores de las que esa noche llevaba en el pelo, las que todo el mundo ensalzó por su originalidad!

Desde luego, si otra persona las hubiera encontrado me habría delatado.

Divertida, recuerdo la noche que profanamos, según yo, la catedral del machismo londinense, e intento no reír.

Joder, ¿cómo iba a pensar que hablaba de eso?

No sé qué decir, y entonces él, acercándose, coge mi mano y deposita sobre mi palma las margaritas rosa secas.

—Si yo no hubiera cogido esta prueba y la hubiera escondido, tenga por seguro que ya estaría en el calabozo —suelta—. Solo a unas osadas descerebradas como ustedes se les ocurre entrar en Brooks's y hacer lo que hicieron...

—Por Dios..., ¡no es para tanto!

—¿Cómo que no es para tanto?

—Kenneth, solo entramos a...

—Brooks's —me corta con dureza— es un lugar donde está prohibido que entren las mujeres, y, según usted, en su época también.

Me quedo boquiabierta al oír eso, y luego añade:

—Su falta de decoro, de dignidad y de respeto queda patente al haberse saltado una de las normas esenciales de nuestra sociedad.

Sin poder remediarlo, me río. Kenneth levanta una ceja asombrado y pregunta:

—¿Se ríe? ¿Le hace gracia lo que digo?

Por favor..., por favor...

Quisiera decirle que ¡por supuesto que me río! ¡Me descojono! Pero, conteniendo mi lengua, pues cuando me cabreo más inapropiada no puedo ser, me acerco con furia a la bata, que está en el suelo, y cuando me la pongo oigo que pregunta:

—¿He de suponer que se ríe de mi cara otra vez?

Suspiro. Me ato el cinturón de la bata y, negando con la cabeza, contesto:

—No, Kenneth. Me río de lo absurdo de la situación...

Veo que asiente y luego, con gesto sombrío, añade:

—Soy un militar cumplidor de las normas porque estas son la base de cualquier sociedad. Intento que mis hijos se críen con dignidad. ¿Cómo crees que me siento ocultando lo que sé? ¿Acaso te parece que para mí es fácil callar lo que sé que has hecho, cuando es algo que absolutamente ninguna mujer antes se ha atrevido a hacer?

Suspiro. Si le contara la cantidad de normas que he transgredido en mi vida, encendería la mecha aún más, por lo que, intentando entender el error tannnnnnnnn grande que para él se supone que he cometido, musito:

—Si de algo sirve, te pido perdón.

—¿Ese perdón del que hablas es sincero?

Uf... ¿Miento? ¿Le digo la verdad?

Finalmente me decanto por lo segundo y respondo:

—Ese perdón que te pido es porque te entiendo. Pero no puedo admitir que lo pido de corazón porque dentro de mí no lo siento.

Kenneth afirma con la cabeza y luego se viste en silencio con cara de pocos amigos. Menudo cabreo lleva... Y, antes de que yo pueda decir nada, se encamina hacia la puerta, y cuando creo que me va a echar, se va él y me deja sin más.

Ea..., ya me ha plantado como siempre suele hacer.

Aguardo unos minutos con la esperanza de que vuelva, pero no lo hace. Por lo que, al final, cojo la bolsa con mis pertenencias y, abatida, regreso a mi habitación.

Allí, tras guardar a buen recaudo mis cosas, me tumbo en la cama donde duerme Kim y, tras cerrar los párpados, intento hacerlo yo también.

57

Cuando abro los ojos a la mañana siguiente, como de costumbre pienso en él. Recuerdo nuestra tonta discusión, y tan pronto como Kim entra en el dormitorio, sin dudarlo se lo cuento.

Ella me escucha y se ríe.

—¿Y por qué no nos ha dicho que lo sabía durante todo este tiempo? —pregunta.

Me encojo de hombros. No sé qué decirle, y ella, con cariño, me abraza y cuchichea:

—Vale. La cagada ya la hicimos y eso ya no se puede remediar.

—Lo sé —afirmo.

Nos quedamos en silencio unos segundos, hasta que oigo que me pregunta:

—¿Te has enamorado de Kenneth?

—No.

—¿Ni siquiera un poquito?

Lo pienso. Y finalmente respondo:

—Vale..., un poquito.

—¿Te has planteado no regresar?

Según dice eso, la miro. Quedarme en el siglo XIX es lo último que me apetece, así que me apresuro a contestar:

—¡Ni de coña!

Kim asiente y, sonriendo, cuchichea:

—Hemos leído libros de viajes en el tiempo en los que él o ella, por amor a la persona que han conocido, deciden quedarse en esa época y...

—Ese no es mi caso —la corto—. Aunque no te voy a negar que me habría encantado conocer a Kenneth en otras circunstancias. Pero, además de doscientos años, nos separan vivencias, normas, maneras de pensar y de vivir. Él como persona ¡me encanta! Soy consciente de que es un tipo excepcional a pesar de sus rígidas reglas, pero si algo tengo claro es que mi vida no está aquí, y menos aún dejaría a mi yaya ni por él ni por nadie.

Kim asiente.

—Creo que es lo más sensato que has dicho en tu vida —opina.

Ambas reímos. Yo también pienso que es lo más sensato que he dicho nunca, y musito:

—Mira, todo esto que nos ha ocurrido ha sido una locura desde el minuto uno, pero ¡aquí estamos! He conocido a un hombre increíble, lo estoy pasando bien, pero soy consciente de que esto se ha de acabar. Sin embargo, hasta que se acabe, esta noche, que es la gran celebración del cumpleaños de la duquesa, lo vamos a pasar de lujo me hable Kenneth o no. Y va a ser así porque quiero disfrutarlo a tope, ya que será nuestro último baile antes de regresar.

Según digo eso, Kim niega con la cabeza.

—Ahí te equivocas —señala.

—¿Me equivoco?

Divertida, Kim asiente e indica:

—Me acaba de decir Michael que el 26 lady Pitita organiza un baile en su casa al que, por supuesto, estamos invitadas.

¡Qué locura!

Ni la ruta del bacalao tiene la marcha que tienen estos ingleses de la Regencia.

—Pero el 26 tenemos que... —empiezo a decir.

—Lo tengo todo pensado —me corta mi amiga—. Haremos acto de presencia y luego regresaremos con Catherine a su casa y, como allí no habrá nadie, podremos...

La puerta de la habitación se abre de repente. Es Catherine, que, mirándonos, anuncia:

—Madre me acaba de decir que Bonifacia y Percival ¡se marchan a Gales!

—¡Qué maravilla! —aplaude Kim.

Sonrío, lo sé, pues yo misma obligué a esa tonta a que tomara la decisión, y afirmo:

—Excelente noticia para comenzar la mañana.

Catherine está feliz. Es una estupenda noticia para ella.

—Y, por si eso fuera poco —añade—, acabo de pasarme por el salón donde esta noche se celebrará la cena por el cumpleaños de la duquesa y, en un cartelito, he visto el nombre del barón Randall Birdwhistle.

¡Genial!

Al parecer, él recibió la nota de la duquesa y, como esperaba, aceptó. Aplaudimos felices y luego Catherine susurra bajando la voz:

—Por supuesto, no le he dicho nada a Prudence, para que la sorpresa sea grata. Y que sepas que lo habían sentado a tu lado, Celeste, pero me he tomado la libertad de cambiar el cartelito y ponerlo junto a mi hermana.

—¡Me parece fenomenal! —exclamo gustosa.

Durante un rato, las tres charlamos sobre eso, hasta que mencionamos a la modista, la señorita May Hawl, y recordando algo que Kim y yo hemos hablado, digo:

—Catherine, ¿podemos pedirte un favor?

—¿Acaso me lo tenéis que preguntar?

Las tres reímos y a continuación indico:

—Nos da un poco de vergüenza pedirte esto, pues hasta el momento siempre que necesitamos algo son Craig y Michael quienes nos lo dan. Pero desearíamos comprarles un regalo de despedida, y pedirles a ellos el dinero es...

—No tenéis que decir nada más —afirma ella con complicidad.

Solventado eso que nos daba apuro, Kim le habla del baile del día 26 en casa de lady Pitita. Catherine se alegra de saberlo, pues, como nosotras, entiende que esa fiesta nos permitirá regresar esa noche al casoplón y hacer el conjuro sin miedo a que nos pillen.

58

La tarde del sábado, Bedfordshire comienza a llenarse de gente. Duques, condes, barones, marqueses y sus respectivos sirvientes acuden a la celebración del cumpleaños de la duquesa, a la que veo sonreír feliz junto a su nieto desde donde estoy.

Tras lo ocurrido con Kenneth, no hemos vuelto a encontrarnos. Lo he intentado de mil maneras, pues no quiero que pasemos nuestros últimos días enfadados, pero él parece rehuirme, y finalmente he decidido dar por zanjado el tema. Nunca he sido una pesada, y no lo voy a ser con él por mucho que me atraiga.

Ataviada con un bonito vestido en color celeste, como mi nombre, saludo con distinción y elegancia a todo aquel a quien lady Cruella nos presenta, pues la duquesa lo merece. Algunos de los invitados ya son viejos conocidos de otras fiestas, otros son nuevos. Pero de lo que sí me doy cuenta es de que a esta fiesta no asisten las ladies de las redes sociales. Está claro que la duquesa las tiene vetadas.

Durante un rato, estoy con el grupo de las chicas. Quiero disfrutar de ellas todo lo que pueda y más, hasta que llega al conde Edward Chadburn, el Pibonazo, que tras saludar a la duquesa, se acerca a nosotras y comienza a charlar con Abigail. Menudo *feeling* hay entre ellos.

Más tarde aparece el barón Randall Birdwhistle, y cuando Prudence lo ve, su gesto se convierte en pura felicidad. Creo que no lo esperaba y, sin que nadie le diga nada, al ver que este la mira, la propia Prudence se aleja de nosotras para dirigirse hacia él.

¡Mírala, qué lanzada!

Kim y yo nos miramos sorprendidas, y Catherine, viendo a sus dos hermanas tan bien acompañadas y felices, afirma:

—Sus caminos ya están trazados. Ahora sí que puedo marcharme tranquila.

Gustosas, Kim y yo asentimos, y, junto a Catherine, nos dirigimos hacia una mesa para tomar algo. Allí, es Barney quien sirve el ponche, y, después de que este nos ponga unos vasitos y de ver Catherine cómo sonríe, Kim musita:

—Tu camino también está ya trazado.

Ver la felicidad con la que se miran mi amiga y Catherine hace que me emocione. ¡Qué tonta estoy! Y cuando estas comienzan a hablar con la condesa de Willoughby, me acerco hasta la ventana. Aunque está cerrada, me encantará ver la bonita noche.

Estoy mirando por ella cuando oigo:

—Lady Travolta...

Al oír ese nombre, y debo reconocer que todavía me hace gracia cuando me llaman así, me doy la vuelta y me encuentro con el barón Birdwhistle. Está solo, por lo que digo sorprendida:

—Pensé que estaba usted con lady Prudence.

El barón sonríe.

—Su hermana Abigail la ha requerido unos minutos —aclara.

Asiento y luego él, bajando la voz, dice:

—Milady, quería agradecerle todo lo que ha hecho para que lady Prudence y yo pudiéramos encontrarnos.

—Oh, barón, ha sido un placer. Solo había que ver cómo se miraban para saber que estaban hechos el uno para el otro.

Randall sonríe. Tiene una preciosa sonrisa. Intuyo que Prudence va a ser muy feliz. Y entonces, recordando algo, pregunto:

—Barón, ¿ha leído usted la novela *Orgullo y prejuicio*?

—No, milady.

Asiento y, acercándome a él, cuchicheo:

—Pues debe usted saber que es la novela preferida de lady Prudence, y nada le gustaría más a ella que oír las bonitas palabras de amor que el personaje principal le dedica a su amada.

El barón asiente, ha entendido perfectamente mi mensaje, y afirma:

—Entonces la leeré.

Estamos sonriendo por eso cuando Prudence se acerca a nosotros y con una seguridad aplastante dice:

—Randall, quisiera presentarle a mi primo el conde de Whitehouse.

Él asiente, se da la vuelta y, tras yo guiñarle un ojo a Prudence, que sonríe, veo cómo ambos se alejan.

¡Qué bonita pareja hacen!

Miro por la ventana mientras pienso en ellos, pero de pronto veo a Kenneth al otro lado de esta.

¿Cuánto rato lleva ahí fuera?

Decir que está guapo es quedarse corto. Separados por el cristal, nos miramos. Él está serio. Yo intento no sonreír para que no se ofenda. Pero, sorprendiéndome, veo que acerca su boca al cristal, le echa el aliento y, del revés, escribe: «¡Hola!».

Leer eso me gusta.

Me hace saber que ya se le ha pasado el enfado.

Sé que significa que volvemos a ser Kenneth y Celeste.

Y, sin dudarlo, lo imito y dibujo una carita sonriente en el cristal.

Al ver eso, Kenneth sonríe. Me encanta ver su sonrisa ladeada, e instantes después desaparece.

A partir de ese momento, la sonrisa se instala en mi cara. Saber que él está bien es lo único que necesito para estar contenta, y más cuando aparece en el salón y, como siempre y desde la distancia, comenzamos nuestro juego de seducción. Yo te miro. Tú me miras. Y ambos sonreímos.

Vaya dos pánfilos que estamos hechos.

Llega el momento de la cena, pasamos al comedor principal y, aunque me decepciona no estar sentada junto a Kenneth, no puedo quejarme porque lo tengo justo frente a mí.

A mi izquierda tengo sentado al duque de Pembroke y a mi derecha, al marqués de Somerset. Ambos son dos hombres tremendamente protocolarios y correctos, por lo que, sacando ese yo de buena niña aplicada, lo hago todo maravillosamente bien y ellos me halagan gustosos.

Pero a mí los halagos y la mirada que me interesan son los del hombre que está frente a mí y que, aunque disimula, sé que me come con los ojos, mientras, como dice nuestra canción, a fuego lento nos estamos quemando.

Tras la cena, en la que todo lo que nos han servido estaba exquisito, al pasar al salón de baile me sorprendo de lo espacioso que este ha quedado después de retirar todos los muebles que hay allí a diario.

Los músicos llegan elegantemente vestidos. Son bien recibidos por los invitados. Y, una vez que se sientan en el sitio preparado para ellos, comienzan a tocar un vals.

Kenneth y su abuela abren el baile mientras sonríen. Como siempre, veo la excelente conexión que hay entre ellos, y poco a poco los invitados se van lanzando a bailar.

Junto a Kim y Catherine, disfruto del momento mientras los hombres vienen a solicitarnos bailes y nosotras los apuntamos en nuestros carnets.

Y, de pronto, Kenneth se pone ante mí y dice:

—Lady Travolta, ¿puedo reservarle un baile?

Asiento gustosa. Por mí se los reservaba todos, pero, muy cuqui, pregunto:

—¿Le parece bien la séptima pieza, duque?

Mi protocolario capitán asiente, sonriendo. Y, manteniendo las distancias que el momento requiere, afirma:

—Excelente propuesta.

Una vez que lo apunto, espero que se aleje, pero, a diferencia de otras veces, se queda en el grupo con el que hablo y disfrutamos de una agradable conversación. Mientras charlamos, percibo su olor y, cada vez que nuestros brazos o nuestros cuerpos se rozan, es tal la electricidad que noto que siento que voy a explotar.

¡Menudo aguante estoy teniendo!

Cuando anuncian la séptima pieza, Kenneth toma mi mano con esa galantería inglesa que tiene y nos dirigimos hacia el lugar donde otras parejas esperan a que empiece a sonar la música.

Entonces, de pronto, veo que la duquesa nos mira sonriendo y cuchicheo:

—¿Por qué nos mira así tu abuela?

El vals comienza. Kenneth y yo empezamos a bailar y, mirándome, contesta:

—Porque, según ella, eres perfecta para mí.

Oír eso me gusta. Me encanta. Kenneth y yo nos miramos mientras bailamos y, consciente de que espera una respuesta, a lo que acaba de decir, replico:

—Pero tú y yo sabemos que no puede ser, ¿verdad?

Kenneth asiente, lo tiene tan claro como yo, y afirma:

—Por eso vamos a disfrutarlo mientras podamos.

Notar esa positividad tan rara en él me hace sonreír, y a partir de ese instante la velada se convierte en una noche mágica en la que Kenneth, ignorando lo que los demás digan o piensen, no se separa de mí y ambos disfrutamos del momento, pues sabemos que es lo único que tenemos.

* * *

De madrugada, cuando la fiesta se da por finalizada, algunos invitados se marchan, mientras que otros se quedan a dormir.

Kim y yo estamos charlando y riendo en nuestra habitación cuando oímos unos ruiditos en la ventana. Rápidamente, ella se levanta, mira y, volviéndose, anuncia:

—Julieta, ¡tu Romeo está aquí!

Sorprendida por eso, me levanto, me asomo a la ventana y me quedo sin palabras al ver a Kenneth, que, sonriendo, me indica sin levantar la voz:

—Vamos, baja.

Asiento con gusto. ¡Me encanta que sea así de lanzado!

Y, sin pololos, pues nadie se va a dar cuenta, me calzo un vestidito y, mirando a Kim, voy a hablar cuando ella dice:

—Disfrútalo a tope.

Encantadas, chocamos las manos y yo salgo de la habitación. Con sigilo, me apresuro por el pasillo, bajo la escalera y, cuando llego a la puerta principal y la abro, veo que Kenneth está ahí. Sonriendo, me besa y, tras cogerme de la mano, tira de mí y nos alejamos de la casa corriendo hacia los establos, donde montamos en su bonito caballo y salimos al galope.

¡Dios, me encanta esto!

Tras un rato cabalgando iluminados por la preciosa luz de la luna, siento que estoy viviendo una fantasía con la que siempre he soñado, aunque sea con un inglés; finalmente Kenneth se detiene a la orilla de un lago. La luna casi llena lo ilumina, y yo, mirando a nuestro alrededor, susurro:

—¡Qué preciosidad!

Él asiente y desmonta. Luego me ayuda a bajar a mí y, cuando lo hago, mirándome a los ojos pregunta:

—¿Estás flipando?

¡Ay, Dios, la risa que me entra! La duquesa diciendo la palabra *spoiler* y su nieto el duque la palabra *flipando*... Creo que no soy una buena compañía para ellos.

Acto seguido nos besamos, y el resto de la noche lo disfrutamos como mejor sabemos: ¡flipando!

⁂os pocos invitados que se quedaron a dormir se fueron el domingo, pero tanto los Montgomery como nosotros alargamos la marcha hasta el lunes por la mañana. Despedirme de la duquesa y de los niños me encoge el alma. Por Dios, qué llantina me entra, y más cuando Matilda me hace prometer que la próxima vez que regrese a Londres he de ir a visitarlos. ¡Qué dolor...!

Kenneth, por su parte, observa el momento con gesto serio y comedido, y no dice nada. En su cabeza intuyo que da vueltas a la información que tiene, y, aunque también intuyo que algo en él le dice que es una locura, me cree. Sé que así es.

Mi guapo duque, tras despedirse de su abuela y sus hijos y prometer que regresará dentro de unos días para estar con ellos antes de embarcar en su buque, nos acompaña de regreso a Londres. Como él dice, quiere disfrutarme el poco tiempo que nos queda.

Junto a Robert, Craig, Michael, el barón Randall y el conde Edward Chadburn, mi rollito de la Regencia va en su caballo y, cuando nos alejamos de Bedfordshire, vuelvo a llorar. Solo Kim y Catherine entienden mi dolor mientras Prudence y Abigail me consuelan.

Esa noche, tras muchas horas de viaje, cuando llegamos al barrio de Belgravia, una vez que el barón y el conde se despiden de Prudence y Abigail, los Montgomery al completo entran en su casa. Sin que nadie se percate, Catherine se lleva nuestras ropas del futuro entre sus cosas. Es necesario que ya estén en la casa para, al día siguiente, cuando escapemos de la fiesta, no tengamos que pasar por casa de Michael.

Cuando vemos cómo desaparecen en el interior de su hogar, Craig, que vale más por lo que calla que por lo que cuenta, tras cruzar una mirada conmigo que lo dice todo, invita a Kenneth a cenar. Él acepta sin dudarlo, y, junto a Michael y Kimberly, entramos en la casa.

Durante la cena todos charlamos con tranquilidad. Hablamos de la fantástica semana que hemos pasado en Bedfordshire y, divertidos, recordamos los bonitos momentos vividos. El buen rollo que hay entre los cinco es palpable, hasta que llega la hora de descansar y Kenneth tiene que marcharse.

¡Qué injusticia!

Sin poder besarnos ni abrazarnos, nos decimos adiós. Nos encantaría pasar la noche juntos, pero sabemos que es imposible, por lo que nos despedimos hasta el baile que organiza lady Pitita, que será mañana.

¿En serio voy a estar sin verlo hasta ese momento?

* * *

A la mañana siguiente, cuando me despierto, estoy nerviosa.

¡Esta noche es la gran luna llena!

Deseo ver a Kenneth, estar con él, y tengo que encontrar la manera de conseguirlo.

Kim, que se ha levantado antes que yo, ya ha planeado cómo acercarnos hasta donde vive Lydia para hablarles del trabajo que la abuela de Kenneth le ofrece en Bedfordshire sin que nadie se entere.

¡Qué lista es la tía!

Como Craig y Michael tienen que ir a la naviera, Kimberly se ha inventado que tenemos que ir a la tienda de la señorita Hawl a recoger unas cosas antes de emprender nuestro viaje y, sin dudarlo, Michael ha puesto un coche a nuestra disposición.

Un buen rato después, y con el dinero que Catherine nos proporcionó en Bedfordshire, tras arreglarnos como las señoritas decentes y *coliflornianas* que somos, vamos en el coche de caballos por las calles de Londres en silencio mientras miramos todo a nuestro alrededor.

Sabemos que será la última vez que veamos esa ciudad y sus calles tal y como están, y Kim con cierta emoción murmura:

—Deseo retener todo esto en mi mente para el resto de mi vida.

Asiento y no digo nada. Estoy sensible y, como hable, me pondré a llorar como un trol.

Cuando llegamos a una determinada calle, le pedimos al cochero que pare y nos deje allí, y que regrese a recogernos dentro de un par de horas.

Una vez el hombre se marcha nos dirigimos hacia la tienda de la señorita May Hawl. Queremos verla por última vez y comprar unos detalles de despedida. Como siempre, la encantadora mujer nos recibe con amabilidad y nosotras, a nuestra manera, nos despedimos de ella y quedamos en que nos envíe lo que hemos comprado a casa de Michael y Craig.

Al salir de la tienda, sabedoras de adónde vamos y de que dos mujeres andando solas por esas calles no es lo más recomendable, nos dirigimos hacia el Londres nada burgués. Como la otra vez que fuimos, muchas de las personas que aquí viven nos observan con curiosidad. No entienden qué hacen solas dos damas como nosotras. Y, de pronto, unos hombres con mala pinta nos cierran el paso y uno de ellos dice:

—Miladies, qué agradable verlas por nuestro barrio.

La mirada de aquellos tipos nos pone en alerta. Mira que no hemos tenido ni un problema en todo el tiempo que llevamos aquí y lo vamos a tener ahora.

—Caballeros, ¿serían tan amables de quitarse de nuestro camino? —les pide Kim.

—¡¿Caballeros?! —se mofa una mujer que está con ellos.

Kim sonríe. Yo no. Entonces la mujer, que tiene una pinta desastrosa, exclama:

—¡Gordon, dudo que estas señoritingas se vendan por tres peniques o una rebanada de pan viejo!

De inmediato, nos miramos. Sabemos que las prostitutas de la zona se venden por ese precio. De pronto el tal Gordon agarra a Kim del brazo y murmura:

—Quizá no me cobre al saber que va a estar con un hombre de verdad.

¡Buenoooooo!

—¡Serás grosero! —gruñe mi amiga, que, sin dudarlo, levanta la rodilla para darle en la entrepierna.

El resultado: el tipo se retuerce de dolor en el suelo.

¡Ya la hemos liado!

Otro individuo se acerca entonces a mí. Va a agarrarme, pero yo le suelto un derechazo que lo hace tambalearse y siseo:

—Volved a tocarnos y os aseguro que vuestros sucios y malolientes traseros terminarán en el suelo.

Los hombres y la mujer se ríen a carcajadas. No esperaban eso de unas señoritas. Y, cuando otro da un paso al frente, sin dudarlo, aprieto el puño y le lanzo un izquierdazo tan fuerte y potente que termina despatarrado en el suelo.

¡Madre, qué golpe le he dado!

¡Joder, me duelen hasta los nudillos!

Ese es el primer golpe de otros muchos. Pues, como alimañas, se lanzan contra nosotras; por suerte, nos defendemos con maestría y decisión. La verdad, mis clases de boxeo y las de defensa personal de Kim ayudan bastante.

Puñetazo por aquí, patada por allá. La estamos liando parda cuando noto que hay alguien detrás de mí y, sin dudarlo, me vuelvo y lanzo un puñetazo con todas mis fuerzas. Aunque, según lo hago, grito:

—¡Kenneth!

El aludido se toca el pecho colérico. Menudo puñetazo que le he dado... Y, al ver que otro lo va a golpear, grito:

—¡A tu izquierda!

Kenneth reacciona y sacude al hombre que iba a por él, mientras yo golpeo al que ha ido a por mí.

Durante unos minutos, Kim, él y yo nos dedicamos a repartir leña a diestro y siniestro, hasta que la fuerza de aquellos se va agotando y Kenneth, interponiéndose entre nosotras y los que nos atacan, sisea con gesto fiero:

—¡Malditos indeseables, desapareced de mi vista si no queréis meteros en un grave problema que os lleve directamente al calabozo por propasaros con estas señoritas!

Ni cinco segundos tardan todos en largarse.

Por favorrrr, ¡qué poder de convicción!

Y, cuando voy a hablar y a pedirle perdón por el puñetazo que le he dado, Kenneth nos mira y pregunta con gesto hosco:

—Por el amor de Dios, ¡¿qué hacéis solas en este barrio?!

Kim y yo nos miramos. No sabemos qué contestar. ¡Menuda pillada!

Explicarle el porqué de nuestra presencia aquí es complicado, y, respondiendo con otra pregunta, digo:

—Pero ¿qué haces tú aquí?

Kenneth resopla, suspira, se toca el pecho y, clavando su azulada mirada en mí, replica:

—Eso mismo te he preguntado yo a ti.

Acto seguido, lo miro avergonzada y, bajando la voz, murmuro consciente del tremendo golpe que le he dado:

—Ay, Dios, perdona..., perdona... ¿Te duele?

Kenneth niega con la cabeza, pero sé que miente. Un golpe lanzado con la fuerza con que lo he hecho sin duda hace pupa, y susurra:

—Quería verte, por lo que he ido a Belgravia y la criada de Michael me ha dicho que habíais ido a la tienda de la señorita May Hawl. Os esperaba en el exterior, pero entonces habéis salido y, al ver que caminabais, os he seguido y...

—¿Me buscabas? —pregunto sonriendo.

Kenneth asiente. Al ver mi sonrisa, sonríe él también y suelta:

—Pero ¿dónde has aprendido a golpear así?

Emocionada porque tuviera las mismas ganas que yo de vernos, aunque preocupada por lo bruta que soy y el golpe que le he dado, me acerco a él, pero dice:

—Venga. Vayámonos de aquí.

Kim y yo nos miramos. Es imposible hacer lo que nos pide, y sin pensarlo contesto:

—Vete tú.

Sin dar crédito, él me mira y, cambiando su gesto por otro más serio, insiste:

—Nos vamos los tres.

—No.

Mi negativa lo hace levantar la ceja sorprendido.

—Lo siento, Kenneth —añado—, pero Kim y yo tenemos que hacer algo...

—Pero ¿qué tenéis que hacer vosotras en este barrio? —pregunta molesto.

No sé qué contestar, pero Kim suelta con toda su educación:

—Discúlpenos, duque, pero conocemos a alguien que necesita nuestra ayuda y vive no muy lejos de aquí.

—¿Que conocéis a alguien que vive aquí?

Sin dudarlo, ambas asentimos ante su expresión de incredulidad.

—No sé si su abuela la duquesa le comentó algo —agrega mi amiga.

—¡¿Mi abuela?!

Kim y yo volvemos a asentir y, tomando el relevo de mi Kim, termino:

—Conocemos a una mujer que es cocinera y tu abuela le ha ofrecido un trabajo en Bedfordshire junto a su familia. Nosotras tenemos que ir a decírselo.

Boquiabierto, Kenneth parpadea. Está claro que Matilda no le ha dicho nada.

—Kenneth —insisto—, Lydia es una buena mujer y necesita el trabajo para sacar adelante a su familia y salir de estas calles.

Al final, él asiente. Por suerte, no profundiza en el tema, y cuando creo que se va a ir, resuelve:

—Os acompañaré.

—No hace falta —musito.

Pero Kenneth no se da por vencido.

—Sí la hace. Por supuesto que la hace —dice con rotundidad.

Tomando aire, asiento. Si algo tengo claro es que de aquí no se va a marchar solo, y, haciéndonos una seña con la mano, comenzamos a caminar.

Proseguimos nuestro camino en silencio hasta llegar a casa de Lydia. Una vez que le señalo dónde es, decide entrar con nosotras. Está claro que quiere ver a quién pretendo meter en su hogar.

Lydia, quien tiene ya mucho mejor aspecto, sonríe al vernos, pero Mara se asusta cuando ve que nos acompaña Kenneth. Rápidamente se lo presento e, intentando que se tranquilicen, Kim y yo les contamos las buenas noticias que llevamos y se echan a llorar.

Ni que decir tiene que Lydia acepta la propuesta sin dudarlo; sin que yo se lo pida, Kenneth le indica que dentro de un par de días enviará un coche para recogerla a ella y al resto de la familia y llevarlos a Bedfordshire.

Lydia asiente sorprendida. Mara también, y, tras despedirnos felices de ellas por saber que van a tener un futuro mejor, nos marchamos.

Sin decir nada, los tres caminamos hasta el lugar donde nos espera el carruaje, y, cuando llegamos, miro a Kenneth; voy a hablar cuando él pide mirando a Kim:

—Señorita DiCaprio, ¿le importa si le robo a su amiga hasta las tres de la tarde?

Sorprendida, me río. Eso no lo esperaba yo ni loca. Y Kim afirma subiéndose al coche de caballos:

—En absoluto, duque. Es lo mejor que puede usted hacer.

Kenneth sonríe. Yo también. Y, en cuanto el carruaje se marcha con Kim, veo que él me ofrece su brazo y dice:

—Vayamos a mi casa.

Sin dudarlo, me cojo de su brazo y, cuando veo cómo nos miran, cuchicheo:

—¿Eres consciente de que lo que estás haciendo es inapropiado y la gente hablará?

Él asiente y, con una sonrisa que me encanta, afirma:

—Como tú dices, quizá quien más hable es quien más tenga que callar.

¡Guauuu, lo que me entra por el cuerpo!

Ni que decir tiene que, cuando llegamos a su casa, tras saludar a George y a Ronna, que me observan sorprendidos, nos vamos directo a su habitación, donde durante horas nos hacemos loca y apasionadamente el amor sin pensar en nada más.

60

A las tres de la tarde, con puntualidad británica, el cochero de Kenneth me deja en Belgravia. Él no me acompaña, pues así se lo pido, y no por mí, sino por él.

Hemos pasado unas horas juntos en las que ha primado nuestro deseo y, a nuestra manera, ambos sabemos que hemos culminado la primera fase de nuestra despedida.

Cuando me bajo del coche y me dirijo hacia casa de Michael y Craig, oigo que alguien me llama. Me detengo, me vuelvo y veo que son Catherine y Kim, desde la ventana de la habitación de la primera planta.

Encantada, me dirijo hacia el casoplón y, antes de llamar, Barney me abre la puerta y, sonriendo, anuncia:

—Milady, la esperan en la habitación de la señorita Catherine.

—Gracias, Barney.

Comienzo a subir la escalera cuando ellas salen a mi encuentro.

—¿Qué tal? —preguntan con picardía.

Sonriendo, asiento. Gesticulo con los ojos y todas reímos. No hace falta decir más.

—¿Dónde están las chicas? —digo mientras las tres subimos por la escalera.

—Prudence y Abigail han ido con madre y Bonifacia a tomar el té a casa del barón Birdwhistle. Al parecer, este ha invitado también ¡al conde!

Encantadas, las tres aplaudimos, y luego Catherine musita:

—Estoy tan feliz por ellas que solo deseo bailar.

Emocionadas, nos abrazamos, y a continuación ella añade:

—Ahora que no hay nadie, subamos a la buhardilla y os digo dónde he escondido vuestras cosas para que podáis cogerlas esta noche.

En nuestro camino, miro los cortinajes de color granate y verde.

—¿Sabes que estas cortinas seguirán ahí colgadas en 2021? —menciona.

Catherine nos mira muy sorprendida, y Kim afirma:

—Te lo juro. Han salido buenísimas.

Divertidas, reímos por eso y, al entrar en la buhardilla, las tres nos quedamos mirando el enorme espejo que hay allí.

—Espejo, espejito mágico, como esta noche me falles, ¡te mato! —susurro tras acercarme a él.

Es nuestro portal en el tiempo. Y, mirando el nombre de Imogen, que está grabado en la parte de arriba, comento:

—Y nosotros llamándolo el espejo Negomi...

Kim se ríe. Yo también, y cuando le explicamos el porqué a Catherine se parte de risa.

—Necesito vuestro consejo —afirma al cabo.

—¿Qué ocurre?

Tras levantar varios trapos de un rincón, vemos la caja que conocemos, y Catherine indica:

—¿Qué hago con las cosas de Imogen? No podemos marcharnos y dejarlas aquí.

—Nos las llevamos —decido.

—No se puede —replica Catherine.

—¿Cómo que no se puede? —pregunta Kim.

La primera suspira y a continuación indica señalando las hojas:

—Cuando hice mi viaje al futuro tenía en las manos la hoja del conjuro. Quería llevarla conmigo por si olvidaba lo que debía decir para regresar, pero cuando el portal se abrió, el viento me la arrancó de las manos y esta cayó al suelo. Solo la pude recuperar cuando regresé. Seguía en el mismo sitio donde yo la había visto caer.

Resoplo y asiento. Eso mismo pasó con su diario. Recuerdo que Kim lo tenía en las manos, pero, al comenzar el conjuro, voló hasta caer al suelo. Estoy dándole vueltas al tema cuando Catherine dice:

—Había pensado esconderlo todo bajo el suelo de la buhardilla. Con una palanca podríamos levantar las tablas de ese lado, guardar todo lo de Imogen y después volver a dejar el suelo como estaba.

De inmediato, Kim y yo asentimos. Nos parece una excelente idea.

Ni que decir tiene que montamos un buen destrozo al levantar el suelo... La madera se nos resiste, algunas tablas se astillan, pero al final lo conseguimos y podemos guardar eso que tan importante es para nosotras y que nadie ha de encontrar. Una vez que acabamos y ponemos un baúl encima, afirmo:

—Nadie lo encontrará.

Kim asiente, y Catherine pregunta:

—¿Vosotras lo encontrasteis ahí?

Rápidamente negamos con la cabeza y, señalando la pared, indico:

—Nosotras lo encontramos allí. En el futuro habrá una falsa pared; las cosas de Imogen estaban detrás.

Catherine frunce el ceño sorprendida.

—¿Y quién las puso ahí?

Kim y yo nos miramos. Intuimos que fue Catherine, la Johanna del futuro, pero, sin querer responder a eso, porque nunca le hemos hablado de esa verdad que aún desconoce, digo:

—Ni idea. Pero, fuera quien fuese, está claro que también quería protegerlas.

Catherine asiente conforme y, sonriendo, no le da más vueltas.

¡Qué inocentes y cándidas eran todas en esa época!

61

Estoy mirándome al espejo mientras me arreglo para asistir a mi última fiesta en la Regencia.

¡El último baile!

Dentro de unas horas se acabaron los pololos, los vestidos *coliflornianos*, las fiestas, el protocolo, el terrible ponche dulzón para mujeres y... todo. Absolutamente todo.

La luna, esplendorosa y enorme, ya ilumina un precioso cielo azul lleno de estrellas, y en breve iluminará también el espejo de Imogen. Nuestro portal en el tiempo.

Estoy colocándome unas margaritas en el pelo con la ayuda de Anna cuando sonrío al recordar los besos de Kenneth. Besos dulces, sabrosos, maravillosos. Besos que no olvidaré en la vida.

Durante el día, Kenneth y yo hemos hablado como nunca lo habíamos hecho. Nos hemos sincerado de tal manera el uno con el otro que a ambos nos ha quedado claro que, ni aun pudiendo, ninguno de los dos dejaría su mundo. Él nunca abandonaría a sus hijos y yo nunca abandonaría a mi abuela.

Somos conscientes de que lo que estamos viviendo es algo raro, improbable de repetir pero mágico, que, cada uno a su manera, atesorará eternamente en su corazón.

—Milady, ¿le gusta así?

La voz de Anna me trae de vuelta a la realidad.

—Está perfecto —digo mirándola a través del espejo.

La joven sonríe, es un amor de muchacha. Consciente de que

una vez que salga de esta casa no la volveré a ver, la cojo de las manos y musito viendo que Kim se acerca:

—Queremos que sepas que eres la mejor doncella que nadie podrá tener nunca, que te añoraremos mucho y que nos ha encantado conocerte.

—Pero mucho ¡mucho! —ratifica Kim.

Anna sonríe, se pone roja como un tomate y, mirándonos, susurra:

—Miladies, ¡me van a hacer llorar!

Kim y yo la abrazamos. Sabemos que no nos espera una noche fácil, y mi amiga dice:

—Como mañana nos marcharemos y probablemente habrá mucho jaleo, queremos que tengas un recuerdo nuestro.

Y, entregándole un paquetito que ella coge con cara de susto, la apremio:

—Vamos, ¡ábrelo!

Con manos temblorosas, lo hace. En el interior del paquete hay unos preciosos guantes de seda blancos y una fina pañoleta de muselina que compramos en la tienda de la señorita Hawl.

—Ambas esperamos que te gusten.

Anna mira los guantes y la pañoleta como el que mira un platillo volante. Supongo que en su vida había imaginado tener algo tan caro y elegante, y murmura:

—No... no puedo aceptarlo, miladies.

—Claro que puedes —afirma Kim sonriendo; besándola con cariño, le entrega otro paquetito e indica—: Este es para Winona. Se lo das cuando regrese de Mánchester de visitar a su marido.

Emocionada, con los ojos anegados en lágrimas, Anna asiente. Nosotras también, y finalmente rompo el momento con una de mis bromas o hubiéramos terminado llorando.

Cuando nos despedimos de ella, una vez preparadas, Kim y yo bajamos al salón, donde Craig y Michael nos esperan; el primero musita al vernos aparecer:

—Esta noche sin duda estáis más radiantes que nunca.

Ambas sonreímos. Craig, como siempre tan galante.

—Nunca tendremos vida suficiente para agradeceros todo lo

que habéis hecho por nosotras —dice entonces mi amiga—. Queremos que sepáis que este tiempo con vosotros ha sido increíblemente bonito y...

Kim no puede continuar. Se rompe. Es una noche complicada, y yo, tomando el relevo, indico al ver el gesto de ambos:

—Sois los hombres más encantadores, comprensivos, candorosos y amables que seguramente conoceremos en nuestras vidas, y deseamos que sepáis que, aunque regresamos a nuestros hogares, parte de nuestro corazón se queda aquí, con vosotros.

Craig asiente. Michael se emociona y Kim, que ya ha tomado aire, asegura:

—De todas las cosas bonitas que nos han ocurrido, una de las mejores es haberos conocido. Sois excepcionales, y os merecéis todo lo bueno que os pueda pasar. Y en cuanto a ti —señala mirando a Michael—, debes dejar de mirar a lady Magdalene desde la distancia y acercarte a ella.

Saber eso sorprende a Michael.

—Por cómo ella te mira —añado yo entonces—, sabemos que lo está deseando.

El vizconde sonríe y asiente, creo que toma nota, y entonces, mirando a Craig, digo sin protocolo alguno:

—En cuanto a ti, mi consejo es que, cuando Alice enviude, no te duermas en los laureles.

Craig sonríe, Michael también, y el primero afirma:

—Te aseguro que no lo haré.

Los cuatro nos miramos felices. El instante que se ha creado es especial, y Kim, haciendo que los cuatro nos tomemos de las manos, musita:

—Pase lo que pase esta noche, esperamos que el amor y el cariño que nos llevamos de vosotros sea recíproco.

—¿Por qué decís eso? ¿Acaso va a pasar algo? —pregunta Michael.

Rápidamente, Kim y yo negamos con la cabeza; nos estamos poniendo dramáticas. Recordando algo que sé que les hará olvidar lo dicho, comento mirando a Michael:

—Cuando lleguemos a Nueva York, padre os devolverá hasta el último penique de...

Como esperaba, no puedo terminar la frase. Michael pone la mano sobre mi boca y susurra:

—Ni se te ocurra acabar de decir lo que intentas o juro que me enfadaré, y entonces ni el amor ni el cariño serán recíprocos.

Me río, no lo puedo remediar, y Craig añade:

—No deseamos un penique por algo que hemos hecho con gusto y que nos ha permitido disfrutar de un mes magnífico en vuestra compañía.

Oír eso me emociona, aunque sé que esta noche, cuando desaparezcamos, ellos no lo van a entender.

—Pero ¿por qué os estáis despidiendo si hasta mañana no partís? —plantea Michael.

Eso hace que Kim y yo nos riamos.

—Porque tenemos algo para vosotros —respondo— y, antes de que lo abráis, queríamos deciros esas palabras.

Ellos asienten y entonces Kim les tiende sendos paquetitos. A cada uno les hemos regalado un pañuelo muy bonito en seda salvaje para anudarse al cuello. Y, al verlos sonreír, pregunto:

—¿Os agradan?

Ignorando el protocolo, el recto Michael se acerca entonces a mí y me abraza.

—Es precioso, Celeste. Muchas gracias.

Me río sin poder evitarlo, y él, poniéndose rojo como un tomate, cuchichea:

—No me mires así o no volveré a tutearte ni a abrazarte nunca más.

—Entonces, Dios me libre de mirarte así —digo emocionada.

Eso nos hace reír a los cuatro y, entre bromas, les colocamos en el cuello los pañuelos, que les quedan muy bien, y nos marchamos a la fiesta.

62

Como el primer día que entramos en casa de lady Pitita, nos quedamos asombradas. El precioso baile que la mujer ha organizado tiene una clase y un estilo muy especiales y, gustosas, la saludamos con todo nuestro afecto en cuanto la vemos.

Como era de esperar, nos cruzamos por el salón con Pepi, Luci, Bom y otras chicas del montón, y sonreímos al ver que por fin se han emparejado. Todas charlan muy sonrientes con el hombre que llevan a su lado, y sabemos que al final de temporada se celebrarán muchas bodas. Espero que sean muy felices.

Enseguida nos encontramos con Catherine y las chicas. Prudence y Abigail están expectantes. Se las ve felices por el bonito momento del que disfrutan y cuando, poco después, aparecen el barón y el conde para sacarlas a bailar, Catherine, Kim y yo las miramos emocionadas.

¡Hemos conseguido lo que queríamos!

Estamos observándolas cuando veo a la Pembleton. Como siempre, está espectacular: ¡qué guapa es esa tía tan tonta!

Percival y su padre caminan tras ella como sus perritos falderos, y, viendo que Catherine los mira, pregunto con recelo:

—¿Te has despedido ya de ellos?

Ella niega con la cabeza.

—No merece la pena, y todavía menos cuando imagino las barbaridades que dirán al saber que me he marchado y con quién lo he hecho.

Oír eso me entristece. En el tiempo que llevo aquí, no he visto ni una sola vez a su padre dirigirse a ella con una sonrisa o una mirada cómplice, más bien todo lo contrario. Es evidente que la brecha que hay entre ambos es insalvable.

—En cambio, me he despedido de Robert hoy, antes de que se fuera —añade.

—¿Robert se ha marchado? —replico con curiosidad.

Catherine asiente.

—Antes de ir a Bedfordshire me comentó que se iba en un barco que partía hacia Asia una vez que regresáramos a Londres, pero que no dijera nada hasta que él lo comunicara. Madre y padre se han enterado esta mañana y, como imaginábamos, no se lo han tomado bien.

Sonrío. Robert me parece un tipo increíble.

—Seguro que le irá fenomenal —afirmo.

—Estoy convencida. Intuyo que será muy feliz. —Catherine sonríe.

Durante unos instantes permanecemos en silencio, hasta que, viendo a Cruella hablar con sus amigas, pregunto:

—¿Qué crees que pensará tu madre cuando se entere de tu marcha?

Catherine la mira. Sé que quiere a esa mujer a pesar de su rechazo, y, encogiéndose de hombros, responde con frialdad:

—Imagino que hará su teatrillo durante unos días. Maldecirá por haberme escapado con Barney, un criado, y dejará claro a todo el mundo que esa deshonra no me la perdonará y que nunca volveré a entrar en la que fue mi casa.

Asiento, qué bien conoce Catherine a sus progenitores. Y luego ella, mirando a sus hermanas, murmura:

—Anoche les propuse dormir las tres juntas en mi cuarto, como cuando éramos pequeñas. Estuvimos hasta las tantas hablando de mil cosas. Recordamos anécdotas bonitas, les hice saber cuánto las quiero y, a mi manera, me despedí de ellas.

—Eso que dices es precioso, Catherine —murmuro emocionada.

Con una candorosa sonrisa, ella sonríe y declara:

—Sé que serán felices junto al barón y el conde, y que siempre me tendrán en su memoria y en sus corazones. Les he escrito unas cartas que he dejado bajo sus almohadas y que espero que las reconforten y entiendan el porqué de mi marcha con Barney.

Uf, que lloro... Los sentimientos por lo que Catherine dice y siente me hacen tener los míos a flor de piel, cuando pienso en Kenneth y en las cosas que he hablado con él.

—Disculpadme un minuto, que me llama Prudence —se excusa entonces ella.

Con una sonrisa, asiento mientras Catherine se aleja. ¿Dónde estará Kenneth?

Estoy pensando en ello cuando Kim, que estaba algo apartada de nosotras, pregunta al verme tan seria:

—¿Qué te pasa?

Rápidamente sonrío y le cuento lo que acabo de hablar con Catherine; de pronto veo entrar a alguien por la puerta del salón principal y digo:

—Adivina quién acaba de aparecer.

—No me digas que es el tonto del Muñeco...

Asiento. Es él. Y Kim, mirando a aquel, que va acompañado por media docena de _groupies_ y los amigotes de turno, susurra:

—Con lo guapo que es y la buena planta que tiene, hay que ver qué penita lo tonto y mal amante que es. Pobre lady Godiva, ¡qué engañada se va a casar!

Según dice eso, el aludido indica a su séquito que lo esperen donde están y, acercándose con toda su clase y distinción, saluda:

—Miladies, ¡qué agradable volver a verlas!

—Ojalá pudiera decir lo mismo —suelta mi amiga.

—¡Kim!

Ella sonríe. Él no. Y, clavando la mirada en Kimberly, dice:

—Lady DiCaprio, ¿puedo solicitarle un baile para hablar con usted?

Según dice eso, pienso: «¡Madreeeeee!», pero Kim replica:

—No.

Su respuesta hace que el conde parpadee sorprendido, y, viendo el desastre que sobrevuela nuestras cabezas, añado para quitarle hierro al asunto:

—Le ha dicho a usted que no porque ya tiene todos los bailes comprometidos.

—¡Serás mentirosa...! —se mofa Kim—. Le digo que no porque no quiero bailar con él.

Divertida por la cara de aquel, que no tiene precio, intento no sonreír:

—¡Es usted una insolente, lady DiCaprio! —repone él tremendamente ofendido.

Mi *amimana* sonríe entonces y cuchichea ignorando el protocolo:

—Y tú eres un pánfilo, un engreído y un prepotente que se cree un dios y no llega a un mierdecilla.

Bueno..., bueno..., bueno..., ¡aquí se va a liar!

—¡Mujer malhablada! —sisea él colérico—. Me voy a encargar de que todo el mundo sepa que es usted una fresca y una impertinente.

Ahora sí que me río, y más cuando oigo a mi Kim decir:

—¿Sabes, tontito? Ni siquiera el sueño me quita saber eso.

Enfadado y malhumorado, él se aleja de nosotros y, acercándose al grupo que lo espera, lo vemos gesticular. Instantes después, las *groupies* y sus amigos nos miran mal, y Kim, que es mucha Kim, musita:

—Este se va a cagar.

Enseguida me coge del brazo y, antes de que yo pregunte, ya sé lo que va a hacer. Sin poder evitarlo, me voy riendo, y, acercándonos hasta Cruella de Vil, que está junto a sus inseparables lady Facebook, lady Twitter y lady Instagram, musita:

—Señoras..., señoras, ¡no saben lo que acaba de llegar a mis oídos!

Rápidamente aquellas, a las que un cotilleo les va más que a un tonto un lápiz, clavan la mirada en Kim y esta, bajando la voz, añade:

—Se dice, se comenta y se rumorea que el conde Caleb Alexandre Norwich, a pesar de su gallardía y su porte, despide unos terribles olores pestilentes en la intimidad...

—¡¿Cómo?! —exclama lady Instagram.

—Que expulsa flatulencias..., ¡se tira pedos mientras come! —cuchichea Kim.

—¡Cielo santo, qué despropósito! —susurra lady Twitter.

Me río. Me destrozo de la risa. Lo que no se le ocurre a Kim no se le ocurre a nadie.

—Y..., bueno, también me he enterado de otra cosa... —prosigue.

—¡¿Qué cosa?! —exige lady Facebook.

Mi amiga me mira, sonríe, y lady Cruella insiste:

—Por Dios, niña, ¡sigue!

Tocándose el cuello como una jovencita recatada, Kim musita a continuación:

—Es que es algo tremendamente indecente, miladies. Algo que... que una joven dulce e inexperta como yo no debe oír, y menos aún mencionar.

—Muchacha, no nos puedes dejar así —insiste lady Twitter.

—Digas lo que digas, ¡de aquí no va a salir! —suplica Cruella.

Guauuuu, ¡lo que les va a esas el salseo!

Kim sonríe. Por su sonrisita me temo lo peor, y murmura:

—Dicen que ha contraído una enfermedad venérea en su cosita y toda la que comparta lecho con él se contagiará también.

Según suelta eso, me tapo la boca para no soltar una carcajada.

Pero ¿mi *amimana* se ha vuelto loca?

Las mujeres se miran horrorizadas, se acaloran, y lady Instagram exclama:

—¡Cielo santo!

A continuación, con cara de no haber roto nunca un plato, Kim indica:

—Miladies, les pido discreción, por favor. Nadie ha de saberlo.

Las cuatro urracas se apresuran a asentir. Le prometen a Kim que esa información no saldrá de ahí, y, cuando nos alejamos, digo divertida:

—Hoy no, pero mañana todo Londres lo sabrá.

Mi amiga afirma con la cabeza, luego mira al Muñeco, que nos observa con desprecio y, guiñándole un ojo, dice:

—Por suerte, cuando lo que he dicho llegue a sus oídos ya estaremos lejos de aquí.

Me parto de risa al oírlo. Acto seguido, nos acercamos a Craig y a Michael y estos nos invitan a bailar. Con gusto y ganas, danzamos con ellos. Sabemos que probablemente es la última vez que lo haremos, y lo disfrutamos mucho.

Tras ese vals, dejamos a Michael y a Craig charlando con Magdalene, a la que se ve feliz porque el primero por fin se ha atrevido a hablarle.

A continuación nos acercamos hasta donde están las chicas, y estamos charlando tranquilamente cuando llega lady Mimarío y, con su habitual chispa, cuchichea:

—¿Os cuento la última de mi marido?

De inmediato, todas asentimos, e indica:

—Le regalé un abrigo de capas para este invierno, de esos que se llaman *carrick*, y me hizo ponérmelo sin nada debajo...

Prudence se lleva las manos a la boca roja como un tomate, mientras el resto nos reímos, y soy consciente de lo juguetones que son lady Mimarío y su esposo. ¡Ole por ellos!

La noche pasa y, aunque observo la luna en varias ocasiones, disfruto del momento con las chicas. Cada una de ellas a su manera es única y divertida. Y, de pronto, Catherine, acercándose a mí, mientras Prudence se aleja para hablar con otra mujer dice:

—Acaba de llegar tu amor.

Sin dudarlo, miro hacia la puerta de entrada del salón, pero no lo veo..., hasta que al poco aparece.

¡Oh, sí!

Sin poder evitarlo, sonrío. Kenneth no puede estar más guapo con esa chaqueta roja y un pañuelo claro anudado al cuello.

Sin moverme de mi sitio, lo observo y soy consciente de cómo, al entrar, coge de una bandeja una copa y, mientras se la bebe, mira a su alrededor. Sé que me busca por el salón y, cuando me encuentra, sus ojos me sonríen.

—¡Qué guapo está tu Romeo! —se mofa Kim.

Indudablemente asiento, y Catherine dice:

—Por Dios, qué pesada está Prudence esta noche. Ahora vengo.

Y, dicho eso, se aleja.

—Sé que, aunque no estás enamorada de él, lo vas a echar mucho de menos —cuchichea Kim a continuación.

—Sabes bien... —replico.

Kenneth camina por el salón. Saluda a los conocidos que se va encontrando hasta que llega a donde estamos Kimberly y yo y, con galantería, nos saluda:

—Lady Travolta, lady DiCaprio... ¿Lo están pasando bien?

Gustosas, ambas asentimos y, sin dudarlo, afirmo:

—Ahora que usted está aquí, sin duda mucho mejor.

Kenneth sonríe, yo también, y en ese instante Craig y Michael se nos acercan y todos entablamos conversación. Otros hombres se nos unen y proponen marcharse al salón de fumar. Kenneth intenta zafarse de la invitación de ir con ellos, pero al final le es imposible y se ve obligado a acompañarlos. No queda otra.

La noche avanza. Me sudan las manos y hasta el estómago se me encoge. En varias ocasiones miro un reloj que hay sobre una de las chimeneas del salón y veo cómo los minutos parecen pasar volando.

Madre mía, ¡que esto se acaba!

Sé que a las once y media de la noche, como muy tarde, nos tenemos que marchar de la fiesta. No porque seamos Cenicienta, sino porque hemos de irnos antes de que Cruella y compañía lo hagan, y mi corazón late desbocado al pensarlo.

Cuando Kenneth puede salir de la habitación donde fuman los hombres me busca y me invita a bailar. Lo hacemos durante un par de piezas, hasta que no sé qué duquesa amiga de su abuela lo reclama y él, fastidiado, se marcha con ella para que le presente a su nieta.

Desde la distancia, sonrío. Ver cómo la joven lo mira obnubilada no me encela. Quiero la felicidad de Kenneth y, si ella o cualquier otra se la puede dar, ¿por qué no?

Catherine está nerviosa, se lo noto en el semblante, y en un momento dado, nos coge a Kim y a mí y nos saca a la terraza.

—Bonita luna —señala mirando al cielo.

Sin dudarlo, la observamos. Esa mágica luna que nos trajo aquí supuestamente nos tiene que devolver a nuestra época.

—¿Creéis que esta noche habrá magia? —pregunta Catherine.

Ambas asentimos, y yo, intentando mantener mi buen humor, afirmo:

—Más vale, porque, si no, voy a matar a alguien.

Kim y Catherine sonríen por eso, y la segunda dice entregándonos una llave:

—Con ella podréis entrar en casa y subir a la buhardilla. —Sorprendida, la miramos y ella añade—: Creo que ya ha llegado mi momento.

—¿Te vas?

—Prudence se huele algo —asiente Catherine—. No para de buscarme continuamente, por lo que he de marcharme ahora que está bailando con el barón.

Mi amiga y yo asentimos. Nos hemos dado cuenta de que esta noche no pierde de vista a su hermana.

—¿Qué hora es? —pregunta Kim.

—Las diez —contesta Catherine—. Barney me espera, y seguro que no falta mucho para que la luz de la luna incida en el espejo. Así que he de aprovechar el tiempo, para que, si no funciona la magia con Barney, podamos marcharnos a Escocia.

Oír eso hace que el corazón se me desboque.

—Estoy muy nerviosa —añade ella sonriendo.

Ninguna puede hablar. Ha llegado el momento de despedirnos, y, tomándonos de las manos, sonreímos conscientes de que no podemos montar ningún drama.

—¿Nos volveremos a encontrar? —pregunta entonces Catherine.

Uf..., lo que me entra por el cuerpo...

Las lágrimas se me agolpan en los ojos, y entonces oigo a Kim que dice con la voz cargada de emoción:

—Deseémoslo para que así sea.

Las tres asentimos e intentamos sonreír, y luego Catherine mira hacia el salón por última vez. Con una sonrisa de emoción, se da la vuelta y se va en busca de su felicidad.

Kim y yo la vemos alejarse en silencio mientras nuestros corazones desbocados desean que todo salga bien. Catherine y Barney se merecen poder vivir su amor con total libertad.

—¿Habéis visto a Catherine? —oímos que dice al poco la voz de Prudence.

Rápidamente reaccionamos y, sonriendo, indico:

—Estaba con Michael bebiendo ponche.

Ella asiente, y Kim pregunta mientras entramos en el salón para alejarla de donde estamos:

—¿Todo bien con el barón?

Encantada, Prudence, que ha crecido como mujer en apenas un mes, asiente.

—No podría ir mejor.

La siguiente hora pasa como si fueran minutos. Kenneth y yo intentamos estar juntos todo lo que podemos, aunque en su rostro también veo la tensión. Bailamos, reímos, lo pasamos bien, hasta que Prudence se acerca de nuevo a nosotros. En su rostro ya no veo la felicidad de hace una hora. Le tiemblan las manos, los tics le hacen mover el cuello involuntariamente, y Kim y yo decidimos ir con ella de nuevo al jardín.

Una vez las tres a solas, Prudence pregunta:

—¿Dónde está Catherine?

—Bailando en la fiesta —contesto sonriendo.

Pero ella niega con la cabeza.

—No está. Llevo buscándola un buen rato y...

No sigue, se calla. Un tic le hace mover de nuevo el cuello, y de pronto señala:

—Se ha marchado, ¿verdad?

Mentirle sería cruel, pues dentro de un par de horas como mucho sabrá que así ha sido.

—Lo primero de todo, tranquilízate —musita Kim.

Prudence asiente. Cerrando los ojos, toma aire por la nariz y lo expulsa por la boca como le enseñé, y, cuando se calma y los tics cesan, aseguro:

—Ella quiere verte bien. No quiere verte así. Y debes pensar que si se ha marchado ha sido en busca de su felicidad.

—Pero yo no quiero que se vaya. Yo quiero que esté conmigo y...

—Prudence —la corta Kim—, ella estará siempre contigo en tu corazón y en tu cabeza. Sabes que Catherine te adora, como adora a Abigail y a Robert, pero no puedes ser egoísta y pensar solo en ti. Ella tiene una vida, y quiere vivirla como tú vivirás la tuya junto al barón.

—Pero...

—Si realmente la quieres, tienes que pensar en su felicidad. No en la tuya.

Prudence se toca el pelo. Le tiemblan las manos. Intenta no llorar, veo los esfuerzos que hace para ello.

—¿Se ha ido con su amor? —pregunta.

Kim y yo asentimos, y ella, sorprendiéndonos, suelta:

—Espero que Barney la haga muy feliz. —Nos quedamos boquiabiertas al oírla, pero entonces añade—: Abigail y yo siempre lo hemos sabido, aunque nunca se lo hemos dicho.

Kim y yo volvemos a asentir, negarle la verdad ahora ya es ridículo, y mi amiga afirma:

—Barney la hará muy feliz. —Prudence asiente y Kimberly prosigue—: Sabes tan bien como yo que tus padres nunca habrían aceptado esa relación.

—Lo sé.

—Ni tus padres ni la sociedad londinense habrían visto con buenos ojos que una mujer, hija de unos condes, se casara con un sirviente y este, encima, fuera un mestizo. Pero Catherine y Barney se quieren. Merecen ser felices, y lo único que les quedaba si querían vivir su amor era marcharse de aquí.

Prudence asiente, veo que entiende lo que Kim le dice, pero pregunta:

—¿Se han marchado a Escocia? ¿A Gretna Green, a casarse?

Mi amiga y yo nos miramos. Sabemos que decir que sí a eso es lo mejor que podemos hacer y, sonriendo, afirmo:

—Sí. Han ido allí.

Prudence toma aire y luego, retirándose las lágrimas del rostro, musita:

—La que se va a liar cuando padre y madre se enteren...

Asentimos, no lo ponemos en duda, y ella dice mirándonos:

—Lo sabía. Sabía que esta noche se marcharía.

—¿Cómo lo has sabido? —pregunta Kim.

—Por su manera de hablarnos anoche, de mirarnos, de besarnos. Y cuando esta mañana le ha regalado a Abigail su peineta preferida y a mí su broche, he sabido que pasaría algo así.

Sin saber qué decir, asentimos, y Prudence vuelve a llorar y cuchichea:

—Se ha ido ignorando algo importante...

—¿A qué te refieres? —replico curiosa.

Ella suspira, se da aire con el abanico y cuchichea:

—Me refiero a que la gargantilla Babylon no la robaron. Fuimos Abigail y yo quienes la escondimos.

—¡¿Qué?! —murmuramos Kim y yo sin dar crédito.

Prudence asiente y luego susurra:

—Cuando padre y madre decidieron que fuera Bonnie quien la luciera en su boda con Percival, no nos pareció bien. La tradición manda que sea la hija mayor del matrimonio quien la lleve y la herede para su propia hija. Y esa hija es Catherine, no la tonta de Bonifacia... Por eso la cogimos y la guardamos.

Saber eso nos deja perplejas. ¡Vaya con Prudence y Abigail! Está visto que el sexto sentido de Catherine en ocasiones brilla por su ausencia, y esta es una de ellas.

Boquiabiertas como en nuestra vida por eso que la dulce e inocente Prudence nos cuenta, musito incapaz de callar:

—Dijiste que nunca habías hecho una maldad...

Al decir eso, las tres lo recordamos, y ella replica:

—¡Cielo santo, Celeste! No era el momento ni el lugar apropiados para decirlo.

Divertida, asiento. Está claro que las cándidas de Prudence y Abigail tienen más carácter y decisión de lo que imaginábamos.

—¿Y seguís en posesión de la joya? —me intereso.

—Sí.

—¿En serio? —pregunta Kim.

Prudence asiente y, bajando la voz, añade:

—Está en casa. Nunca ha salido de allí.

Mi amiga y yo parpadeamos. ¡Qué fuerteeee!

—El año pasado hubo una inundación que afectó al suelo de nuestra cocina y que padre tuvo que arreglar. Así que, dispuestas a que nadie luciera esa joya si no era Catherine, la escondimos durante las obras en el suelo de la despensa. Allí nunca la encontrará nadie.

Asentimos boquiabiertas, y Kim pregunta:

—Y ahora que Catherine se ha marchado, ¿sacaréis la joya de allí?

Prudence niega con la cabeza.

—Si Catherine no regresa para lucirla en su boda, no la lucirá nadie —sentencia.

Asombradas por lo que acabamos de descubrir, nos miramos. ¿La gargantilla Babylon está bajo el suelo de la despensa?

—¿Dónde está Catherine? —oímos que pregunta entonces Abigail acercándose a nosotras.

Kim y yo suspiramos. La dependencia que esas dos tienen de su hermana mayor hará que les cueste superarla.

—La he visto hace unos minutos hablando con Craig —contesta Prudence. Gustosas por oír eso, mi *amimana* y yo no decimos nada; Abigail asiente y Prudence le pregunta—: ¿Necesitabas algo de ella?

Abigail suspira y contesta:

—Edward desea invitarnos mañana a madre y a mí a conocer a su madre. Y, como no me apetece ir sola con ella y sé que a ti te incomodan esas visitas, quería preguntarle si vendría con nosotros.

Prudence asiente. Valora la situación, por primera vez es consciente de que ahora ella es la hermana mayor, y propone:

—Yo iré contigo.

—¡¿Tú?!

—Sí. Yo.

—¿Y Catherine?

—Mañana ella tiene cita con la señorita Hawl —replica Prudence y, acercándose a la inocente de su hermana, cuchichea—: A Catherine le agradará que yo te acompañe, y yo estaré encantada de hacerlo.

Abigail, que vive en su particular mundo multicolor, sin poner en duda lo que su hermana explica, susurra feliz:

—De acuerdo. Se lo diré a Edward. Y ahora regreso a la fiesta. ¡El Pibonazo me espera!

Divertidas por cómo ha llamado a su amor, todas reímos y, cuando se va, Prudence musita:

—Cuando se entere de la marcha de Catherine, va a llorar mucho.

—Pero, por suerte, te tiene a ti para que la consueles y le hagas entender lo que tú ya entiendes —afirma Kim.

En silencio, las tres asentimos, y luego Prudence toma aire y hace eso que ahora sé que le da fuerza. Separa las piernas, pone los brazos en jarras y, una vez que tiene erguida la cabeza, tras unos instantes en silencio, pregunta en la postura del superhéroe:

—¿Volveré a ver a Catherine?

Ni Kim ni yo respondemos, y ella insiste:

—¿Creéis que será feliz con Barney?

Sin dudarlo, mi amiga y yo asentimos.

—Sí —asegura Kim.

Nos miramos con complicidad y, siendo consciente de que las siguientes que nos tenemos que marchar de la fiesta somos nosotras, digo abrazándola:

—Prudence, Catherine estaría muy orgullosa de ti con lo que acabas de hacer. Te has convertido en una mujer fantástica, y has de prometernos que siempre serás así.

Ella nos mira y asiente. En sus ojos veo una seguridad que nunca le había visto, y, sonriendo, afirma emocionada:

—Os lo prometo.

63

El reloj avanza y, una vez que entramos con Prudence en la casa, esta se acerca al barón; a pesar de que tiene el corazón roto por la marcha de su hermana, prosigue como si no ocurriera nada. Sabe que es vital darle tiempo a Catherine para que se aleje de aquí.

Kenneth, que intuyo que me ha estado buscando, se acerca a nosotras. Sin tocarnos, sin rozarnos, nos sentimos uno al lado del otro. La conexión que tengo con él es increíble, pero el tiempo se nos acaba y, cuando ve que queda un cuarto de hora para mi marcha, dice cogiéndome la mano:

—Salgamos a tomar el aire.

Kim me mira. Yo le hago saber que regresaré dentro de quince minutos, y, sin importarnos cómo nos miran dos mujeres por ir de la mano, salimos de nuevo al jardín. Caminamos unos metros para alejarnos de las miradas indiscretas y, una vez que nos vemos amparados por la oscuridad de la noche, nos abrazamos ante la mágica y preciosa luna.

—No sé qué decir —musita Kenneth.

—No digas nada.

Seguimos abrazados. Pegados. Hasta que, tras un par de minutos, nos separamos levemente y, mientras nos miramos a los ojos, él susurra:

—Te voy a echar de menos.

—Y yo a ti —afirmo.

—Prométeme que vas a ser feliz.

—Te lo prometo, pero también has de prometérmelo tú.

La mezcla de sentimientos que experimentamos es complicada de explicar. No nos amamos, pero nos queremos. No nos necesitamos, pero nos añoraremos...

—Esta noche —dice entonces—, mientras te observaba, he recordado esa leyenda de la que me hablaste, la del hilo rojo del destino.

Gustosa porque se acuerde de eso, cuchicheo:

—Si mal no recuerdo, dijiste que no creías en esas cosas.

Kenneth asiente y sonríe.

—Tú me has hecho creer en cosas que nunca imaginé.

—Vaya...

—Y deseo que ese hilo rojo del destino, si de verdad existe, en algún momento nos vuelva a unir.

Eso me hace sonreír. Con cariño, él besa mi mano enguantada y entonces yo, quitándome el anillo de mi padre, que siempre llevo sobre el guante, susurro:

—Quiero que lo tengas tú.

—No... Era de tu padre.

Su negativa no me vale, e insisto:

—Quédatelo. Así, no solo te acordarás de tu padre, sino también de mí.

Él mira lo que le ofrezco, sabe lo importante que es ese anillo para mí, e indica:

—Para acordarme de ti no necesito...

—Acéptalo. Por favor —le pido.

Kenneth me besa. Solo es un dulce y simple beso en los labios que sé que a ambos nos eriza el vello de todo el cuerpo, y, cuando se separa de mí, coge el anillo, se lo coloca en un dedo y, con voz emocionada, murmura:

—Será como llevarte conmigo mientras deseo reencontrarte para poder devolvértelo.

Ambos sonreímos por eso, y en ese instante vemos que aparece Kim. El tiempo se nos acaba. Entonces, Kenneth coge mi mano y pregunta:

—¿Un último baile, milady?

Gustosa, emocionada y conteniendo las ganas que tengo de llorar, asiento. Quiero bailar con él una última vez. Nuestro último baile. Y, tras mirar a Kim y ver cómo esta asiente, entramos en el precioso y lujoso salón de lady Pitita. Uniéndonos a quienes bailan, simplemente nos dejamos llevar por la música y el momento.

Durante el baile no hablamos, solo nos miramos. Como dice mi yaya, en ocasiones no hace falta decir nada para entenderse. Y esta es una de ellas.

Nuestro baile dura unos minutos, unos cortos minutos, y cuando los músicos acaban la pieza, Kenneth me besa la mano con galantería y susurra:

—Siempre estarás en mi pensamiento. Y no sé cómo lo haré, pero te encontraré.

No puedo hablar, estoy paralizada mientras nos miramos a los ojos sin movernos. Soy consciente de que ambos estamos grabando la imagen del otro en nuestras retinas para no olvidarnos. Qué rabia que no tenga mi teléfono móvil para hacer una foto de despedida. Y, necesitando acabar con este complicado momento, murmuro:

—He de irme.

Kenneth asiente y, tras una última sonrisa por parte de los dos que necesito que se quede anclada en mi mente para siempre, me doy la vuelta y, al ver a Kim, me uno a ella. Tras echar un último vistazo a Abigail y a Prudence y a Michael y a Craig, salimos sin fuerzas del salón.

En la calle vemos varios carruajes, pero, conscientes de ambos podemos utilizar ninguno, pues los cocheros no se irán sin el permiso de sus dueños, echamos a andar como habíamos planeado. Permanecemos en silencio y las lágrimas resbalan por nuestras mejillas, hasta que, al ir a cruzar una calle, un coche de caballos se detiene ante nosotras.

—El duque de Bedford me ha indicado que las lleve hasta su casa, miladies —nos dice el cochero.

Saber eso me hace sonreír. Kenneth es todo un caballero hasta el final, y, mirando a mi amiga, indico:

—Vamos...

Poco después llegamos al casoplón de Eaton Square, en Belgravia. El coche se para, nos apeamos y, una vez que este se marcha, susurro iluminada por la farola de gas mientras miro hacia la casa de Craig y Michael:

—Espero que lleguen a perdonarnos por marcharnos de esta manera.

—Conociéndolos, seguro que lo harán —afirma Kim.

Cuando vemos que no hay luces en las ventanas de los criados de la casa de Catherine y presuponemos que estarán durmiendo, sacamos la llave que ella nos ha dado y abrimos con sigilo la puerta principal.

Sin hacer ruido, entramos y, a oscuras y de puntillas, subimos la escalera hasta llegar a la buhardilla.

Al entrar, encendemos unas velas para poder ver. Y, al comprobar que Catherine y Barney no están, ambas sonreímos. Está claro que ya han iniciado una nueva vida allá donde se encuentren.

Kim se acerca entonces hasta donde están escondidas nuestras cosas y, enseñándome una de mis preciosas deportivas rojas, pregunta:

—¿Quieres cambiarte de ropa?

Sinceramente, eso es lo que menos me importa en este momento. Y, cogiendo el colgante de la media perla, me lo pongo en el cuello mientras digo:

—No. Pero mi ropa regresará conmigo.

Kim asiente. Se cuelga también su media perla y acto seguido ambas comienzan a brillar. Después coge una botella de agua que Catherine debe de haber dejado allí y empieza a preparar el ritual mientras yo observo el espejo de Imogen y pienso en Kenneth. En nuestra última mirada.

Kim se me acerca, me tiende una hoja y comienza a decir:

—Para regresar imagino que tendremos que...

—¡¿«Imaginas»?! ¿Cómo que «imaginas»? —pregunto sorprendida.

Ella sonríe.

—A ver...

—Kim —siseo—, como esto no funcione, te juro que...

—Funcionará —me corta.

Tomo aire. Quiero pensar que así será, por muy doloroso que esté siendo el momento para mí.

—Leeremos lo que escribí y la magia se obrará. Tranquila —indica.

Finalmente asiento, y mi amiga, mirando el reflejo de la luna en el espejo de Imogen, recita el hechizo y yo la sigo:

—«Reflejo, luz, perla y luna. Cristal y eternidad. Un viaje de retorno al futuro invocamos en la misma casa y en el mismo lugar. La luna llena nos trajo y la magia de la perla nos devolverá».

Según decimos eso, empieza a crearse a nuestro alrededor el torbellino de viento que recordaba de la otra vez. ¡Funciona! Y nosotras repetimos:

—«Reflejo, luz, perla y luna. Cristal y eternidad. Un viaje de retorno al futuro invocamos en la misma casa y en el mismo lugar. La luna llena nos trajo y la magia de la perla nos devolverá».

La extraña luz del espejo aparece y su halo nos rodea mientras mi respiración y la de Kim se aceleran. El vendaval se intensifica y la llama de las velas se apaga.

Pienso en Kenneth. ¿Cuáles eran las palabras del conjuro para reencontrarse?

Mierda..., mierda..., mierda... ¿Cuáles eran? ¡No las recuerdo!

El cristal del espejo comienza a ondular, recordándome al mercurio como hizo en su día. Y entonces, mientras Kim sigue recitando el hechizo que nos llevará a nuestro tiempo, mi mente recuerda de pronto y musito:

—«No quise perderte. Tú no me olvidaste. Tu vida y mi vida volverán a encontrarse».

Sí..., sí..., sí, ¡creo que era así!

Kim me mira, ambas parecemos levitar, e insistimos:

—«Reflejo, luz, perla y luna. Cristal y eternidad. Un viaje de retorno al futuro invocamos en la misma casa y en el mismo lugar. La luna llena nos trajo y la magia de la perla nos devolverá».

En ese instante, en el centro del espejo se abre el portal. Vemos la buhardilla del siglo XXI mientras nosotras seguimos en la del XIX. Sabemos que ha llegado el momento. Por ello, nos cogemos de las manos. Damos un paso adelante y siento que caemos.

Una vez al otro lado, en el suelo, el vendaval y el ruido se detienen. El aire huele diferente y la luz eléctrica del techo parpadea.

—Celeste, ¿estás bien? —me pregunta Kim.

Asiento. Las luces dejan de titilar, y, mirando el espejo de Imogen y sabiendo dónde estoy, sonrío. Durante unos instantes, al otro lado del espejo continuamos viendo la buhardilla del pasado, hasta que poco a poco la vista se desvanece y ya solo vemos nuestro reflejo.

Como en *shock*, sabemos que hemos vuelto. Estamos en casa. Hemos pasado en un pispás del siglo XIX al XXI, con todo lo que ello conlleva, y cuando miro el piano empotrado en la falsa pared, me entra un no sé qué por el cuerpo y cuchicheo:

—El piano de Prudence...

Asentimos emocionadas. Ahora muchas de las cosas que descansan aquí son preciosos recuerdos para nosotras, e inevitablemente rompemos a llorar, pues no somos nosotras moñosas ni nada...

Entonces, el enorme espejo de Imogen, frente a nosotras, vuelve a iluminarse de pronto.

—Ay, Dios, ¡¿qué pasa?!

—No... no lo sé —susurra Kim.

Como aún estamos en el suelo, nos arrastramos hacia atrás rápidamente y el espejo, tras iluminarse por completo, pierde su brillo poco a poco y se desvanece ante nuestros ojos hasta que no queda ni rastro de él.

Parpadeando, y aún con los corazones acelerados, miramos el espacio libre que el espejo ha dejado y de inmediato nos abrazamos.

Seguimos sentadas en el suelo cuando un pitido muy peculiar me hace regresar a la realidad. Me levanto, me piso el vestidito de muselina fina y caigo de nuevo al suelo..., ¡faltaría más! Pero cuando consigo levantarme de nuevo corro hacia la terraza junto a Kim, que me sigue, y exclamo:

—¡Mi teléfono!

Sonriendo por ver mi móvil tras tantos días sin saber de él, lo toco hasta con miedo. Este se enciende y, al ver la hora y el día que es, musito:

—¡¿Solo ha pasado media hora?!

Kim asiente.

—Sí, acuérdate: el pasado se ralentiza y cada minuto del presente era un día allí.

El pitido del teléfono me vuelve a indicar que he recibido otro whatsapp y, cogiéndolo, lo abro, veo una foto de mi abuela tomándose un heladito en Benidorm y leo:

> Hermosa, hoy he tenido un día estupendo. Besos y buenas noches.

Emocionada, se lo enseño a Kim. Ambas reímos y, consciente de que mi abuela espera su mensajito nocturno, escribo:

> Mi día ha sido increíble y ha mejorado al recibir tu mensaje. Besitos y buenas noches, yaya.

Según le doy a «Enviar», sonrío. Recuperar mi vida, tener mi teléfono y saber que mi abuela está bien es todo lo que necesito de momento.

Acto seguido, se abre la puerta de la buhardilla y entran Johanna y Alfred con gesto descompuesto.

Los cuatro nos miramos en silencio. Nuestras pintas con estos vestiditos de la Regencia y los pelos de locas que llevamos son para echarse a reír, pero Kim corre hasta ellos y susurra abrazándolos:

—Os quiero... Os quiero... Os quiero...

Alfred y Johanna sonríen al fin. Están felices. Y abren su abrazo para que yo me una a ellos; cuando lo hago, digo emocionada:

—Está claro que en este abrazo nos quedaríamos a vivir...

Ni que decir tiene la llorera que nos entra a todos, y, sin poder esperar un minuto más, comenzamos a hablar. Tenemos muchas cosas que contarnos.

64

Han pasado horas desde nuestro regreso del pasado y no hemos parado de hablar, de llorar, de reír, mientras les contamos a Johanna y a Alfred todo lo que nos ha ocurrido.

Ellos no cuestionan lo que les decimos, y, emocionados, admiten ser Catherine y Barney, aunque Kim y yo no existimos en sus recuerdos.

Saber eso no nos extraña. Siempre hemos oído que hay muchas líneas temporales en el espacio tiempo, donde ocurren cosas ordenadas de otra manera, y aunque ellos no nos recuerden, da lo mismo. Con creernos mutuamente nos es suficiente.

Sentados a la mesa de la cocina, mientras bebemos agua, nos cuentan que cuando hicieron su viaje en el tiempo aparecieron en el Londres de 1991, justo el día en que Kimberly nació en Chicago, cosa de la que se enteraron muchos años después.

Barney y Catherine, quienes decidieron cambiarse los nombres por los de Alfred y Johanna, durante meses, mientras se adaptaban a la época, vendieron las pocas joyas que ella trajo del pasado para poder subsistir y trabajaron como personal de servicio en un bonito hotel de la ciudad.

Al oír que habían vendido todas sus joyas para sobrevivir, recuerdo que entre mis cosas traigo algo para ellos. Les pido un minuto y, cuando les entrego los pendientes de zafiros que Barney le regaló siendo un criado, ambos lloran emocionados. Me preguntan cómo es que los tengo yo, y rápidamente les cuento que se los pedí a Catherine para una fiesta y nunca se los devolví. Gustosos, ellos se miran y se abrazan sonriendo. Recuperar esos pendientes que son tan especiales para ellos los emociona.

Una vez repuestos de esa sorpresa, prosiguen contándonos que en el hotel donde habían empezado a trabajar valoraron de inmediato la profesionalidad de Barney. No tenían un solo empleado que fuera tan correcto y especial como él, y un día, un huésped de la aristocracia londinense le dijo que tenía un amigo que vivía en Chicago. Este poseía una casa en el barrio de Belgravia que deseaba poner al día para sus futuros viajes a Londres, por lo que buscaba un matrimonio de confianza y con buenas referencias que pudiera atenderla y mantenerla en su ausencia.

Cuando se enteraron de que ese amigo del huésped era el conde de Kinghorne, antepasado de Catherine, y de que la casa era la misma donde ella había vivido toda su vida, no se lo podían creer.

Entre risas, Johanna nos relata que su sexto sentido desapareció al llegar al futuro. Justo lo mismo que le ocurrió a Kim cuando viajamos al pasado. Está claro que, fuera de la época de cada una, esa magia tan especial heredada de Imogen deja de producirse.

Emocionados, nos cuentan que la primera vez que vieron en una fotografía a Kim se quedaron sin palabras. El parecido entre la niña y Catherine, ahora Johanna, era escandaloso, y más aún por su raro color de ojos. En ese instante Johanna supo que Kim era especial, como lo fue ella.

Por ello, y antes de que Kim y sus padres regresaran a Londres, lo primero que hizo fue sacar las cosas de Imogen del suelo de la buhardilla y guardarlas tras la falsa pared que levantaron. Y, lo segundo, teñirse el pelo más oscuro y ocultar sus llamativos ojos tras unas lentillas. Lo mismo que Kim hizo al llegar al pasado.

Conocer el curioso detalle de las lentillas que ambas hicieron en momentos diferentes de sus vidas nos hace reír a todos, y más cuando les contamos lo ocurrido con la Catherine del pasado cuando Kimberly se las quitó delante de ella.

Luego, mi amiga le pide a Johanna que se quite las suyas y esta lo hace por primera vez y, emocionados, Alfred y yo asentimos. Desde luego, no se pueden parecer más.

Entre confidencias nos hablan de la primera vez que entraron en la casa de Belgravia. Todo, absolutamente todo, estaba igual que como lo recordaban, y así lo habían mantenido, a excepción de lo que los padres de Kim les pidieron que guardaran en la buhardilla, como el piano de Prudence y algunas otras cosas.

Durante cuatro años, varias veces al año Johanna y Alfred recibían la visita de Kim y sus padres en Londres, con lo que se forjó una amistad muy especial entre ellos. Los padres de Kim, al vivir en Estados Unidos, no eran encorsetados, sino todo lo contrario. Y, al ver el amor con que aquellos los trataban, cuidaban de su casa y en especial de su hija, les parecieron tan especiales que, sin que ellos lo supieran, los pusieron en su testamento como albaceas y tutores de Kim en caso de que a ellos les pasara algo.

Por desgracia, murieron, y Alfred y Johanna se ocuparon sin dudarlo de la pequeña. No hacía falta que lo pusiera en un papel, ellos nunca la abandonarían, cuidarían de sus intereses todo lo que pudieran y más.

Para ellos Kimberly, ahora la condesa de Kinghorne, era su niña, su hija, aunque ante todos intentaban mantener las distancias. De ahí el protocolo. Y el día que Johanna supo a ciencia cierta del sexto sentido de Kim, intentó que ella lo ocultara. No quería que tuviera problemas como ella los había tenido en su momento.

Emocionadas, mi amiga y yo escuchamos todo lo que esa pareja tiene que contar. Es una historia increíble, mágica y especial, y somos conscientes de haber vivido, dentro de una misma vida, una segunda línea temporal donde los problemas de Prudence y Abigail quedaban resueltos antes de que Catherine desapareciera, algo que no ocurrió cuando ella se marchó.

Saber eso la sorprende. Ella no recuerda nada al respecto. Entonces Kim se levanta, nos hace un gesto con la mano para que esperemos y sale corriendo. No sé adónde va, pero, cuando vuelve minutos después con un libro, lo abre y el gesto de Johanna cambia totalmente.

En ese libro familiar, en el que no se habla de ella y en el que algunas noticias siguen como estaban, algo ha cambiado. Y es que ahora refleja que Prudence y Abigail, al acabar la temporada social de 1817, se casaron con el barón Randall Birdwhistle y el conde

Edward Chadburn, respectivamente. La primera tuvo siete hijos y la segunda seis, y ambas tuvieron hijas a las que les pusieron los nombres de Catherine, Celeste y Kimberly.

¡Oh, qué monassssss!

Johanna sonríe emocionada. La felicidad de sus hermanas era lo único que le importaba cuando ella se marchó, y saber que la alcanzaron y que quedó reflejada en el libro de familia es la mejor noticia que podría haber recibido.

Mientras los demás hablan de todo lo acontecido, yo hojeo con curiosidad el libro familiar y me pregunto si en algún momento mencionarán a Kenneth.

Hay notas indicando que Bonifacia y Percival tuvieron dos hijos en Gales. ¿Serían de este o de su padre? Bueno…, casi mejor no indagar. De Robert indica que se casó en Italia con una joven llamada Arabela, con la que tuvo tres hijos. Apenada, también leo las fechas de la muerte de todos ellos, incluidos lady Cruella y Aniceto. Saber eso me entristece, aunque más me entristece no ver nada de Kenneth.

Al rato, tras dejar el libro sobre la mesa, Kim y yo intercambiamos una mirada y sonreímos. La siguiente noticia que les tenemos que dar será impactante. Y, divertida, ella se levanta de su silla, abre la puerta de la despensa y a continuación inquiere:

—¿Desde cuándo lleva puesto este suelo?

Johanna la mira.

—Padre tuvo que cambiarlo como consecuencia de una inundación que hubo. Por lo que, si mi mente no me traiciona, se puso en 1816.

—¡Madre mía! —musito sonriendo.

—¿Hay algún pico en la casa? —le pregunta entonces Kim a Alfred.

Según dice eso, él y Johanna se levantan de sus sillas y, cuando van a hablar, Kim aclara:

—No me he vuelto loca. Pero tenemos que picar la despensa.

Ellos se miran sin dar crédito y preguntan. Pero ni Kim ni yo soltamos prenda, pues queremos que sea una sorpresa. Y cuando por fin los convencemos y Alfred trae el pico, Kim se lo arrebata de las manos y dice:

—Lo haré yo.

—De eso nada, milady —protesta él.

—¿Quieres dejar de llamarme «milady»?

—No, milady —se mofa Alfred.

Al final, Kim da su brazo a torcer; discutir con él es imposible. Nos sentamos junto a Johanna, que está horrorizada y Kim agarra su mano y murmura:

—Tranquila, ahora entenderás el porqué.

Durante un buen rato, el bueno de Alfred, que rechaza nuestra ayuda, pica y pica y pica, mientras Johanna, Kim y yo hablamos.

—Milay, cuando vi que habían encontrado las cosas de Imogen y emprendido el viaje, me asusté —comenta Johanna—. En un principio no sabía si llevaban una perla o dos. Aunque me he tranquilizado al ver que en la caja faltaban las dos y he sabido que, fueran a donde fuesen, ambas podrían regresar.

Gustosa, asiento, y Kim, abrazándola, susurra haciéndola reír:

—¡Cielo santo! ¿Cuándo vais a dejar de llamarme «milady»?

—Nunca, tesoro —se mofa Johanna.

Mi amiga y yo nos miramos. Hay cosas que nunca cambiarán.

—¿Sabes, Johanna? —dice entonces Kim—. Creo que Imogen, a su modo, nos ha querido ayudar a ambas.

—¿Ayudarnos a ambas? —pregunta la mujer.

Kimberly asiente.

—Cuando Celeste y yo hicimos ese viaje al pasado, realmente no sabíamos a qué íbamos. Lo que comenzó siendo una locura difícil de entender se convirtió en una realidad que estoy convencida de que ha cambiado para bien nuestras vidas. Y ahora que todo ha acabado, creo que Imogen quería que hiciéramos ese viaje al pasado para que te ayudáramos a conseguir la felicidad de Abigail y Prudence y, por consiguiente, que ellas nos ayudarán a nosotras en el presente con lo que vamos a encontrar bajo ese suelo.

—Pero ¿qué hay bajo ese suelo? —pregunta Johanna escéptica.

—Algo que, si está, te va a dejar sin palabras —respondo sin revelar lo que es.

Ella parpadea y en ese instante oímos a Alfred decir:

—¡Creo que aquí hay algo!

Todos miramos y, al ver un objeto que parece de metal, decidimos retirar las piedras que hay alrededor con las manos. Poco a poco va quedando al descubierto una cajita de metal vieja y oxidada, y, una vez que Kim la coge y la deja sobre la mesa de la cocina, Johanna cuchichea emocionada:

—Esa cajita era de Prudence.

Sin dudarlo, asentimos. Si ella lo dice, será verdad.

—Ábrela —pide Kim a continuación—. Lo que hay dentro es tuyo.

Con manos temblorosas, Johanna la toca con cariño. Vemos cómo unas lágrimas ruedan por sus mejillas. Imaginamos que los recuerdos acuden en masa a su mente, y cuando por fin la abre, retira un paño de seda, y al ver lo que hay en su interior musita con un hilo de voz:

—¡La gargantilla Babylon!

Kim y yo asentimos. Alfred y ella se miran boquiabiertos, y Kim, que no puede hablar por la emoción, me hace una señal para que lo cuente yo.

—Nadie la robó —digo—. Fueron Prudence y Abigail quienes la escondieron.

Ellos miran sin poder creérselo.

—En esta ocasión, tu sexto sentido no te alertó —afirmo.

Johanna asiente emocionada, y prosigo:

—Tus hermanas, al saber que la horrorosa de Bonnie la iba a lucir el día de su boda con tu hermano Percival, la cogieron y la ocultaron. Antes de marcharnos, Prudence nos confesó que tanto Abigail como ella sabían que Barney era tu amor, aunque nunca te lo dijeron, y nos aseguró que si tú no lucías esa gargantilla el día de tu boda, no la luciría nadie.

—¡Prudence..., Abigail...! —Johanna solloza conmovida.

Alfred sonríe, abraza a la que es su mujer y, con cariño, susurra:

—Siempre te han querido y siempre te querrán.

Kim y yo la miramos emocionadas, y luego mi amiga dice tomando aire:

—Esa joya era de la familia. Tus hermanas se la jugaron por ti y solo tú puedes heredarla. ¡Es tuya, lady Catherine!

Johanna, a quien se le va a salir el corazón a causa de tantas emociones juntas, asiente. Coge la fina y delicada joya, tan conocida para ella, se la acerca al rostro y la besa. Acto seguido, sonríe y cuchichea dirigiéndose a Kim:

— Como tu madre que dices siempre que soy, esta joya es ahora para ti.

Mi amiga se emociona, las lágrimas resbalan por sus mejillas.

—Si accedemos a que expongan esta joya, no tendremos que vender ni abandonar esta casa —indica—. ¡Nuestra casa! ¿Ves como la felicidad nos llega a nosotras gracias a Abigail y Prudence?

Johanna asiente hecha un mar de lágrimas y, emocionada, abre los brazos y reclama un abrazo grupal que, por supuesto, nos damos.

* * *

Esa noche, cuando nos vamos a dormir, al quedarme a solas en mi habitación, pienso en Kenneth. Nos separan doscientos años, e, inconscientemente, toco el dedo donde siempre he llevado el anillo de mi padre y que le dejé a él. En cuanto me levante por la mañana, con la ayuda de Kim, he de saber qué fue de él, de su familia, y de Michael y Craig.

65

Al día siguiente, en cuanto me despierto, la puerta de mi habitación se abre y Kim entra con unos papeles en la mano.

—Buenos días, lady Travolta —saluda.

—Lady DiCaprio... —me mofo divertida.

—¡Traigo noticias!

—¡¿Noticias?!

Mi amiga asiente, se tira sobre la cama conmigo y, mirándome, pregunta:

—¿Cómo estás?

—Rara —contesto y, al ver cómo me mira, añado—: Pero feliz por llevar bragas en condiciones.

Nos reímos divertidas.

—Esta mañana he llamado a Gael —dice ella a continuación.

—¡¿Y?!

Toma aire y susurra:

—Está en Irlanda.

—Noooooooooooooooooo...

—Regresa pasado mañana, y le he dicho que quiero hablar con él. ¿Y sabes lo que me ha contestado?

Niego con la cabeza, y mi *amimana*, sonriendo, cuchichea:

—Me ha dicho que soy la mujer de su vida y que nadie en el mundo le hace sentir la felicidad que le hago sentir yo cuando lo miro o le sonrío.

—¡¿Y tú qué le has respondido?! —exclamo.

Kim sonríe de nuevo.

—Por moñoso y recursi que parezca..., nada. No he podido parar de llorar.

Bueno..., bueno..., bueno..., el revuelo que organizamos con el tema nos hace saltar en la cama como dos niñas pequeñas. Y, cuando nos cansamos, nos sentamos y Kim me tiende los papeles que llevaba en la mano al entrar.

—Sé que querías saber esto —comenta.

Sin entenderla, cojo los papeles y, al leer el encabezamiento, me llevo la mano a la boca emocionada.

—Al dejar de ser lady DiCaprio he recuperado mi sexto sentido —dice—, y anoche percibí que deseabas saber. Así que he rebuscado todo lo que he podido y más y... aquí lo tienes.

Sin hablar, asiento y, ávida de saber, leo que, tras varios años de vida en la mar al frente de distintos buques, y tras ser condecorado por su valor y heroicidad, Kenneth se casó en 1822 con una mujer llamada lady Constanza McDougall, con la que no tuvo hijos. Saber que se casó con una escocesa me hace sonreír.

El siguiente dato es el de su fallecimiento. Murió un 16 de abril, mientras dormía, a la edad de setenta y seis años, en su casa de Bedfordshire. Noto que mi corazón se desboca, es todo muy raro... Pero prosigo leyendo y veo que la duquesa, su abuela, murió a los ochenta y siete. En cuanto a los hijos de Kenneth, Charles y Donna, se indica que él no siguió la carrera militar de su padre, sino que fue integrante de la Cámara de los Lores. Nunca se casó, tampoco tuvo hijos, y vivió en Old House hasta que un incendio arrasó la propiedad. Donna, por su parte, se casó y fue madre de seis hijos, siendo el primero de ellos un varón al que llamaron Kenneth, y que heredó el título de duque de Bedford. Se trasladó junto a su marido y su familia a vivir a California, lugar donde vive en la actualidad el último duque de Bedford.

En cuanto a Michael y Craig, leo encantada que su naviera prosperó, convirtiéndose en la más grande de toda Inglaterra y Escocia. Michael finalmente se casó con su amada Magdalene, con la que tuvo cinco hijos, y Craig, al enviudar lady Alice del viejo con el que estaba casada, se desposó con ella y se trasladaron a vivir a Edimburgo, donde tuvieron tres hijos y fueron felices.

Saber eso me emociona. Kim me abraza y, durante un rato, lloramos desconsoladas, hasta que se nos pasa y ella dice:

—Quiero proponerte algo.

Según la oigo, sonrío y musito:

—Si me vas a proponer otro viaje en el tiempo, te recuerdo que el espejo ya no está. —Ambas nos reímos y, suspirando, indico—: Tú dirás.

—Acabo de hablar por teléfono con mi primo Sean...

—¿El conde de Whitehouse?

—El mismo —afirma ella sonriendo, me mira y pregunta—: ¿Te lo digo con anestesia o sin ella?

—Sin anestesia. —Sonrío.

Kim entonces coge aire y suelta:

—Mañana por la noche vendrá a recogernos e iremos a una fiesta en Hyde Park.

Según oigo eso, me río, y ella agrega:

—Lo sé, lo sé... Creo que nos van a nombrar las reinas de las fiestas, pero ya le habíamos prometido que iríamos..., ¡y no he podido decirle que no!

Ver su cara me hace gracia. Recuerdo que habíamos prometido a Sean que lo acompañaríamos y, encogiéndome de hombros, cuchicheo:

—Mientras no tengamos que llevar pololos y vestiditos de muselina, ¡perfecto!

—Mujer..., ¡con lo mona que estabas! —se mofa la loca de Kim.

Divertidas, durante un rato hablamos sobre qué ponernos para la fiesta del día siguiente, y al cabo dice:

—Te prometí que te llevaría a Escocia, concretamente a Edimburgo, pero ¿prefieres eso o que hoy mismo vayamos a visitar Bedfordshire?

La miro sin dar crédito. ¿Ha dicho «Bedfordshire»?

—Me he informado y la casa que tú y yo conocemos hoy en día es un museo en el que se organizan visitas guiadas —añade con una sonrisa.

—¿Visitas guiadas? —pregunto boquiabierta.

Kim asiente.

—La casa era una joya digna de admirar y los jardines, impresionantes.

Asiento, lo recuerdo perfectamente.

—El duque de Bedford, _el Melenitas_, como tú lo llamabas, vive en California, pero ahora está por Londres. Al parecer es viticultor en Santa Bárbara, como lo fue su padre y el padre de este.

Asiento. Saber que aquel no es militar como lo fue Kenneth y sus antepasados se me hace raro, pero sin dudarlo digo:

—Vayamos a Bedfordshire.

—¿Seguro? —cuchichea Kim—. ¿Bedfordshire antes que tu amada Escocia?

—Segurísimo.

—¡¿Quién eres tú y dónde está mi _amimana_?! —se mofa ella.

Sonriendo, la miro. Es la segunda vez que rechazo un viaje a Edimburgo. Desde luego, estoy perdiendo la cabeza por los ingleses.

—Pues venga —dice Kim—. Levántate, dúchate y desayuna, que en dos horas en coche estamos allí.

Me levanto encantada. El trayecto que antes tardábamos en recorrer casi un día entero en coche de caballos ahora se hace en dos horas. ¡Viva el siglo XXI!

66

Los alrededores de Bedfordshire son diferentes de como yo los recordaba. En mi mente han transcurrido apenas unos días desde que estuve aquí, pero realmente en el tiempo han pasado más de doscientos años.

¡Dos siglos nada menos!

Los kilómetros y kilómetros de campos que rodeaban la casa ya no son tantos. Ahora, en su lugar hay carreteras, gasolineras, peajes, urbanizaciones y fábricas, aunque reconozco que, cuando llegamos a la casa y nos bajamos del coche, la impresión que tengo es la misma que tuve entonces, a pesar de que me falta la hilera de criados a lo *Downton Abbey* como aquel día.

Tras dejar el coche junto a otros en un parking que antes no existía, Kim y yo nos dirigimos hacia un grupo de gente que está frente a una especie de caseta. Enseguida vemos que en su interior hay una muchacha de lo más agradable que se presenta con el nombre de Wendy y nos indica que ella será nuestra guía.

Entrar en la casa, que sigue exactamente igual que la que yo recordaba, hace que el corazón se me acelere. Ver las escaleras por las que yo he bajado y subido, o las puertas que he abierto y cerrado me hace tener la sensación de que en cualquier momento la duquesa, Kenneth o los niños van a aparecer por cualquier esquina, y sonrío.

Wendy explica a todos los que allí estamos curiosidades de cuanto nos rodea. Algunas cosas las sé, otras no, y al entrar en la sala donde la duquesa se sentaba a leer, me emociono al ver su retrato. Ahí está, tan majestuosa como era ella, y con esa sonrisita ladeada heredada por su nieto.

Y, sin importarme quién me rodea, susurro tocando el cuadro:

—Matilda, como te prometí si regresaba a Londres, aquí estoy. He venido a verte.

Kim, que está a mi lado, me oye y musita en un hilo de voz:

—Me cago en tu padre, Celeste, me vas a hacer llorar...

—¡Señorita! ¡Señorita, por favor!

Esa voz me saca de mi ensimismamiento. Es Wendy, la guía, que dice:

—No traspasen el cordón azul, por favor. Y recuerde: está prohibido tocar nada.

Emocionada, no le contesto, y entonces veo *Orgullo y prejuicio* sobre la chimenea. Un libro que para mí antes era simplemente una novela más, pero que ahora se ha convertido en una muy muy especial.

Kim, que noto que está pendiente de mis movimientos, cuchichea al ver lo que miro:

—¿Te acuerdas de la duquesa diciendo *spoiler*?

Ambas reímos entre lágrimas al recordarlo. ¿Cómo olvidarlo? ¿Cómo olvidar a la duquesa, a Kenneth y todo lo que vivimos aquí...?

Instantes después, cuando abandonamos esa sala y vemos hacia la que nos dirigimos, el corazón se me desboca.

Madre mía..., madre mía...

Vamos hacia el despacho de Kenneth. Emocionada, entro en él junto a los otros visitantes y mis ojos van directos hacia un retrato. Es él, sentado en un sillón, pero con unos años más. Solemne y serio. Caballeroso y elegante. Su claro cabello rubio ahora es blanco, aunque nunca perdió el desafío de su mirada. ¡Qué guapo!

Emocionada, lo estoy mirando mientras pienso en sus últimas palabras. Me dijo que no sabía cómo, pero que me encontraría. Y entonces reparo en que en su mano, concretamente en el dedo corazón de la mano derecha, lleva el anillo de mi padre, el que yo le regalé. Como atraída por un imán, me aproximo hasta el retrato y, acercando mi mano a la mano de él, lo acaricio y musito:

—Hola, Kenneth.

Sus ojos y los míos están conectados, y estoy sonriendo cuando oigo una voz que dice:

—¡Señorita! ¡¿Otra vez?!

Al volverme, veo que se trata de Wendy. Joder, con la tía. No me pasa una.

—Ya le he dicho que no puede traspasar el límite del cordón azul. Y recuerde, esto es un museo, y no se puede tocar nada.

Mirando el cordón azul al que se refiere, asiento. Me he dejado llevar por la emoción de nuevo. Y Kim cuchichea entonces al ver que todos nos miran con reproche:

—¡Mira que eres desobediente, lady Travolta!

Acto seguido, Wendy nos pide a todos que salgamos del despacho, pero yo antes le hago una foto al retrato de Kenneth. ¡Ya tengo móvil! Necesito esa foto por si mi mente lo olvida con el paso del tiempo, ese retrato me lo recordará.

Pasamos al gran salón, donde se organizaban las recepciones y los bailes, y Kim susurra emocionada:

—¡Qué fuerte! Está igualito.

Encantada, asiento. Las arañas en el techo. Los espejos en las paredes. Las alfombras. Todo está exactamente igual. Entonces, me acerco a una ventana y sonrío. Recuerdo que un día, en esa misma ventana, Kenneth y yo nos comunicamos echando nuestro aliento en el cristal e hicimos las paces. Y, haciendo ahora eso mismo, escribo del revés: «¡Hola!».

—¡Celeste!

Es Kim quien me llama. Me vuelvo para mirarla, veo que me señala la mesa donde cosí el bracito de Donna el día que se lastimó, y ambas reímos.

¡Qué recuerdos!

El grupo se aleja, y, antes de salir del salón, vuelvo a mirar hacia la ventana; de pronto me fijo en que al otro lado de la misma se difumina algo. Enseguida me acerco y, ojiplática, veo que se trata de una carita sonriente.

¿Quién la ha dibujado?

Sin dudarlo, y aun sabiendo que no he de tocar nada, abro la ventana. Y, tras sacar medio cuerpo por ella y ver brevemente a un chico vestido con vaqueros y una camisa negra doblar la esquina, la cierro de nuevo; entonces oigo la voz de Kim, que dice:

—Si Wendy ve lo que has hecho, yo creo que nos lapida.

Me entra la risa y, sin más, corremos para alcanzar al grupo, que está bajando a la cocina. Posteriormente subimos al primer piso. Allí, Wendy nos muestra desde la puerta, pues no se puede entrar, la habitación de la duquesa y otras más. Me apena ver que entre las que no nos enseña está la de Kenneth. Desde el fondo del pasillo veo su dormitorio, pero el cordón azul me impide ir más allá, y he de respetarlo.

Una vez acabada la visita guiada de la casa, todos salimos a los jardines, donde podemos caminar con libertad. Como recordaba, está repleto de flores. Si Matilda viviera, estaría feliz de verlo así.

—Las margaritas de la duquesa —comento con una sonrisa.

Kim afirma con la cabeza y cuchichea:

—Detrás de ese árbol te pillé dándote el lote con el duque, mi querida lady Travolta.

Con el corazón a mil, asiento. Los recuerdos me están embargando y no digo nada. Si lo hago, lloraré.

Un buen rato después, dando por satisfecha nuestra curiosidad, descubrimos que junto al parking hay una tienda de regalos. Kim, que ha recibido una llamada de teléfono del director de un museo de joyas, me anima a entrar mientras ella habla con él. Y yo, que soy muy obediente, entro y observo boquiabierta que aquí se venden imanes para la nevera, camisetas y un sinfín de cosas de Bedfordshire.

¿En serio el sitio tiene hasta *merchandising*?

Bueno..., bueno..., bueno... Como encuentre una camiseta de Kenneth o de la duquesa, ¡me la compro!

Estoy mirando unas con el escudo o la silueta de Bedfordshire cuando, de pronto, oigo que algo metálico cae al suelo y rueda.

Atraída por el ruido, busco de dónde procede, y entonces veo que algo viene hasta mis pies.

Sorprendida, me agacho para cogerlo y... y... ¡Madre mía! Todo mi cuerpo tiembla al ver que se trata del anillo de mi padre. Me apresuro a cogerlo y en ese mismo instante oigo que alguien dice a mi lado:

—Disculpe, señorita, pero ese anillo es mío.

Según oigo eso y levanto la mirada, el corazón me da un vuelco. ¡Madre mía! Si no me muero de esta, no moriré en la vida.

¡Ostras! ¡Ostras! ¡Reostras!

El hombre que está ante mí y que me mira con esos increíbles ojos azules que me traspasan es... es... ¡igual que Kenneth!, pero con el pelo largo, vaqueros y una camisa negra abierta de manera informal.

Por favor..., por favor, ¡yo este encuentro ya lo he vivido!

La primera vez que Kenneth y yo nos encontramos fue porque a mí se me cayó el anillo..., ¿y ahora se le cae a él? ¿En serio?

Boquiabierta como el que ha visto una aparición mariana, así creo que lo miro con el anillo en la mano, y a continuación oigo que pregunta con el mismo tono de voz de Kenneth:

—¿Se encuentra bien, señorita?

Como puedo, asiento, mientras soy consciente de que estoy haciendo el más completo de los ridículos; estoy convencida de que él estará pensando que soy la friki del grupo. Tiende la mano y me pide:

—¿Podría devolverme el anillo?

Afirmo con la cabeza. Ahora sí que tengo claro que ese anillo es el de mi padre. Me encantaría decirle que es mío, que yo se lo regalé días atrás a su antepasado, pero, consciente de que, si digo algo así, directamente me pondrán una camisa de fuerza y me internarán en un psiquiátrico para el resto de mi vida, se lo entrego y susurro:

—Es muy bonito.

Él sonríe de un modo igualito que Kenneth.

—Gracias —dice—. Es un anillo al que le tengo mucho cariño, pues es una herencia familiar.

Como en una nubecita, asiento. Es un placer oír eso, y afirmo:

—Una preciosa herencia familiar. Por cierto, yo tuve uno muy parecido.

—¿Y por qué hablas de él en pasado?

Ver cómo me mira y comprobar que el protocolo no va con él, pues ya ha pasado a tutearme, me hace gracia.

—Se lo regalé a alguien muy especial —indico.

Sin abandonar su ladeada sonrisa, asiente y luego, sorprendiéndome, confiesa:

—Te he visto antes, durante la visita guiada con Wendy, y me ha hecho gracia tu «¡Hola!» escrito en el cristal.

Oír eso me hace parpadear. ¡Cielo santo! Es el mismo chico al que he visto doblar la esquina, porque va vestido como él, y pregunto:

—¿Has dibujado tú la carita?

Él sonríe, es mucho más risueño que Kenneth, y, bajando la voz, dice:

—Que no se entere Wendy o nos regañará.

Oh, Dios... ¡Oh, Dios!

Otro momento que ya he vivido lo vuelvo a vivir con este...

¿Me estaré volviendo loca?

No puedo dejar de sonreír hasta que un hombre se nos acerca.

—Disculpe, duque de Bedford —se excusa—. Tengo la llamada que esperaba.

Ignorando que estoy al lado, él coge el móvil que el hombre le da y se pone a hablar.

Conmocionada por ese encuentro, me alejo unos pasos mientras me repongo de la sorpresa inicial.

Sé que ese no es Kenneth. El Kenneth que yo conocí murió hace doscientos años, pero sin duda es ¡el Melenitas!, su descendiente.

Cuando se lo cuente a Kim, ¡va a flipar!

—Ese acento tuyo ¿de dónde es? —oigo que dice de nuevo su voz.

Está detrás de mí y, volviéndome para mirarlo, respondo sin mentir:

—España.

—¿Eres española?

—Sí.

Él asiente, y yo, totalmente centrada en él, señalo:

—He oído que ese hombre te llamaba «duque de Bedford»... ¿Es cierto? ¿Eres el duque de todo esto?

—Gracias al legado de mis antepasados, lo soy —cuchichea—. Pero, entre tú y yo, no hice nada para merecerlo.

Su locuacidad me encanta, y, con gracia, a continuación añade en tono jovial:

—Por cierto, adoro España.

Ahora la que sonríe soy yo y, dejándome llevar, murmuro:

—Y seguro que te gusta la paella...

—¡Me encanta! —afirma divertido.

—¿Y el gazpacho?

—Mmm..., exquisito —exclama.

—¿Y qué me dices del jamón ibérico?

—Lo mejor de lo mejor —musita cerrando los ojos.

Ambos reímos y, como si nos conociéramos de toda la vida, comenzamos a bromear mientras hablamos sobre España y su deliciosa cocina mediterránea.

—Disculpa —dice él en un momento dado—. No nos hemos presentado. Soy Kenneth Rawson, ¿y tú?

¡Ojo, piojo! ¡¿Kenneth Rawson?!

Tiene sus ojos, su porte, su apellido, su mirada, su sonrisa ladeada..., aunque reconozco que esa espontaneidad y su sentido del humor son de su propia cosecha. Pero, ¡joder, con todos los nombres que existen en el mundo mundial, sus padres tuvieron que ponerle Kenneth!

Intentando tranquilizarme a pesar de que mi corazón está a punto de sufrir un infarto, estoy por decirle que mi nombre es Celeste Travolta, pero no lo hago. Lo que viví es pasado y ahora estoy en el presente, por lo que, tomando aire, respondo:

—Mi nombre es Celeste Williams.

Oír mi nombre parece gustarle, pero de pronto pregunta:

—¿Williams? Ese no es un apellido muy español.

Eso me hace gracia.

—Mi padre era americano —aclaro.

—Eso lo explica todo —repone él.

Encantada, asiento, y entonces Kenneth, clavándome su mirada azul de Iceman, suelta:

—Celeste, sé que es raro lo que te voy a preguntar, pero... ¿tú y yo nos hemos podido conocer en algún sitio?

Oír eso hace que el corazón me aletee.

¡Madre mía! ¡Madre mía!

¿Cómo decirle que nos conocimos hace doscientos años y tuvimos un rollito durante una temporada en la Regencia sin que piense que me faltan tres tornillos?

—Cuanto más te miro y hablo contigo, más siento como si te conociera —añade.

¡Madre..., esto es una locura!

Y, sin que se dé cuenta, me pellizco en la pierna. ¿Estoy dormida?, ¿despierta?. Estoy despierta. Sí, ¡confirmado!

Las cosas que viví con el Kenneth del pasado pasan por mi cabeza a la velocidad de la luz mientras nos miramos a los ojos, y de pronto pregunto:

—¿Conoces la leyenda japonesa del hilo rojo del destino?

Lo que digo parece sorprenderlo, y a continuación responde:

—Aunque no lo creas, mi abuelo me contaba que su abuelo le hablaba a menudo de esa leyenda.

Uf, ¡que lloro...! Imagino que ese abuelo de su abuelo es el Kenneth que yo conocí...

No puedo hablar. La emoción no me deja. Como si estuviéramos hechizados, así nos miramos mientras siento que el mundo se detiene a mi alrededor. No sé lo que él sentirá. Yo solo siento que existimos él y yo.

Entonces, el tipo que nos ha interrumpido antes vuelve a hacerlo, y esta vez Kenneth dice dirigiéndose a mí:

—He de marcharme, Celeste, pero ha sido un placer hablar contigo.

—Lo mismo digo, Kenneth —susurro con cierto pesar.

Con una sonrisa afectuosa, nos despedimos y, cuando él va a

salir por la puerta, se para y se vuelve. Como lo estoy mirando y me ha pillado, sin poder evitarlo le guiño el ojo y veo que vuelve a sonreír.

¡Qué monooooooo!

Instantes después se marcha de la tienda y yo me quedo en *shock* por lo sucedido.

Como me ocurrió con su tatarabuelo (creo), el flechazo que he sentido me ha dejado sin respiración. Ha sido verlo y volver a flotar.

Entonces Kim, ajena a lo que me ha ocurrido, aparece a mi lado y pregunta:

—¿Qué te vas a comprar?

—Una camiseta —digo sin pensar.

A partir de ese instante mi amiga me habla de su conversación telefónica con el director del museo donde posiblemente se va a exponer la recién recuperada joya de la familia, la gargantilla Babylon, pero poco soy capaz de procesar y entender, porque bastante tengo con procesar y entender mi encuentro con el duque de Bedford.

¿En serio ha ocurrido?

He conocido al tataranieto de Kenneth. Lleva el anillo que yo le regalé a él, y la conexión que se ha creado entre nosotros en un instante ha sido como poco mágica.

¡Qué fuerte!

Estoy pensando en ello cuando Kim me da un empujón y yo, al perder el equilibrio y golpear a alguien, gruño:

—¡Serás bestia!

La expresión de Kim es de sorpresa total, y yo oigo a mi lado:

—¿Me acabas de llamar «bestia»?

Según oigo eso, entiendo la cara y el empujón y sonrío. Sé de quién es esa voz.

¿En serio vuelvo a vivir lo mismo?

¿De verdad el destino lo repite por si no me he dado cuenta de que es Kenneth?

Y, volviéndome, miro al Kenneth del presente y pregunto sonriendo:

—Pero ¿tú no te ibas?

Este asiente y, encogiéndose de hombros, indica:

—No sin antes conseguir tu número de teléfono.

Sorprendida, levanto las cejas. Está claro que los tiempos han cambiado. El Kenneth del presente ya no se anda con protocolos y tonterías. Si quiere algo, va a por ello, y cuando voy a hablar, mi *amimana* murmura:

—¡Ojo, piojo!

Kenneth la mira y Kim me pregunta boquiabierta:

—Pero ¿desde cuándo os conocéis?

Él y yo nos miramos, sonreímos y contesto:

—Desde hace cinco minutos.

Kimberly, que no cabe en sí del asombro, saluda:

—Duque de Bedford, un placer conocerlo.

Él la mira sorprendido, no entiende cómo es que lo ha reconocido, pero esta dice:

—Mi nombre es Kimberly, aunque, para que me ubiques, te diré que soy la condesa de Kinghorne y prima de Sean, el conde de Whitehouse, que sé que es tu amigo.

Él asiente gustoso, se sorprende y pregunta:

—¿A ti es a quien va a recoger Sean mañana por la noche para llevarte a la fiesta?

—A mí y a ella —responde Kim señalándome.

Boquiabiertos, Kenneth y yo nos miramos, y a continuación este susurra:

—Ni te imaginas lo que me alegra saberlo.

—¡Sorpresa! —me mofo yo como puedo.

De nuevo, nos miramos. La magia de este encuentro es increíble.

—Me encantará verte mañana en la fiesta que doy en mi casa de Hyde Park —dice él entonces.

—¿Tu casa de Hyde Park? —replico sorprendida.

Kenneth afirma con la cabeza.

—Es la casa familiar de toda la vida que utilizo cuando estoy en Londres por negocios.

Feliz y confundida porque voy a volver allí, asiento y entonces Kim indica:

—Desde luego, chicos, lo que está claro es que si no os hubierais dado hoy los teléfonos, mañana os habríais vuelto a encontrar.

Kenneth y yo nos miramos y sonreímos, y luego él musita:

—Al final voy a creer en el hilo rojo del destino.

¡Guauuu, madre, lo que ha dichoooooooooooooooo!

Oír eso me hace gracia. Me da risa y, sin dudarlo, le doy mi número. Él hace entonces una llamada a mi teléfono y, cuando este suena, declara:

—Ahora sí que estamos conectados.

Sonrío, pues algo me dice que estamos conectados por cosas más fuertes que un simple número de teléfono.

—Mañana por la noche nos vemos en mi casa, ¿de acuerdo? —propone él entonces dando un paso atrás.

—De acuerdo —afirmo gustosa.

—¿Te gusta bailar?

—Mucho —respondo.

Kenneth sonríe, qué maravillosa sonrisa tiene..., y, acercándose a mí, susurra:

—Entonces, milady, el último baile será mío.

¡Madre mía! ¡Madre mía! lo que me entra por el cuerpo.

Siento unos deseos irrefrenables de besarlo, de abrazarlo, de comérmelo a besos, pero he de contenerme. El hombre que está ante mí, aunque se llame igual y sea idéntico al que conocí, es otra persona, y estoy pensando en ello cuando dice:

—Mañana no hará falta que te pongas guapa, porque ya lo eres.

Oír ese halago tan propio de su tatarabuelo, pero dicho con la gracia de este, me hace sonreír como una boba. Está claro que este Kenneth es la versión actualizada del que conocí, y, cuando finalmente se marcha, Kim musita mirándome:

—¡Qué fuerte!

—Muy fuerte.

—Cuando lo he visto, yo...

—Pues imagínate yo —asiento como en una nube.

Instantes después salimos de la tienda. He comprado una camiseta con el dibujo de las margaritas de la duquesa y no puedo parar de sonreír.

El hilo rojo del destino, el anillo de mi padre, la promesa de Kenneth al separarnos y yo decir el conjuro de Imogen al regresar está más que claro que han provocado este reencuentro, y, pase lo que pase, quiero disfrutarlo.

Epílogo

Londres, un año después

Con lo que nos van los saraos a Kim y a mí, ¿cómo no vamos a estar en uno si somos las reinas de las fiestas?

Miro feliz cómo mi amiga baila con Gael en el día de su boda.

Sí..., sí..., ¡su boda!

Al final, dejándose llevar por sus sentimientos, Kim y Gael se han casado tremendamente enamorados, y todos los que los queremos lo estamos celebrando a lo grande.

¡Hasta mi yaya ha venido desde Benidorm!

Encantada, disfruto del fiestorro que hemos organizado Johanna, Kim y yo, junto a una empresa de catering, en el salón del casoplón de Eaton Square, en el barrio de Belgravia, mientras subo infinidad de fotos y vídeos a mis redes sociales chuleando de momento feliz. Condes, marqueses y duques se mezclan en la fiesta junto a gente de a pie, y aquí todos somos iguales. Una maravilla.

Kenneth, mi maravilloso, guapo y simpático duque de Bedford, está entre los invitados. Como él dice, el título de duque es algo heredado de sus antepasados y, aunque lo lleva con orgullo, su vida es otra cosa. Ser viticultor y vivir en California lo tiene alejado de protocolos y tonterías, y eso me encanta. Me alegra ver y sentir que es libre y feliz.

Estoy mirando a Kenneth, al hombre que este último año ha hecho que vuelva a creer en la magia del amor, cuando mi abuela se sienta a mi lado y susurra:

—La faja me está matando.

—¡Yaya!

—¡Me tiene la lorza *desgastá*!

Eso me hace sonreír.

—No te rías, hermosa, es la verdad —insiste.

Encantada de tenerla aquí conmigo, cojo su mano y se la beso. Como siempre, ella es mi punto de apoyo para todo. Y, tras hacernos un selfi con mi teléfono móvil, dice:

—Por cierto, hermosa, se me olvidó decirte que el día antes de venirme para aquí me llamo Encarnita, la vecina de Madrid, para decirme que los muchachos a los que les vendiste el pisito son encantadores.

Sonriendo, asiento. Hace dos meses, mi yaya y yo vendimos el piso de Madrid; ni ella ni yo volveremos a vivir allí.

—Me encanta saber que Encarnita tiene buenos vecinos —cuchicheo sonriendo.

Ambas asentimos y a continuación, la miro y pregunto:

—¿Te lo estás pasando bien?

Mi yaya asiente, no dudo de su respuesta, y comenta:

—Todos son muy agradables, y el Kennedy cada día me gusta más.

—Kenneth, yaya, ¡Kenneth! —la corrijo.

—Ya le he dicho a Kennedy que, en cuanto os instaléis en California, haré un viajecito para visitaros.

—Yaya..., es Kenneth.

Ella asiente y, como siempre, sin hacerme ni puñetero caso, añade:

—Qué buen mozo es y qué planta tiene con ese traje. Me recuerda mucho a ese actor que tanto nos gusta que hace de vikingo. Ya le he dicho que luego nos tenemos que hacer unas fotos para enseñárselas a mis amigas de Benidorm. ¡Se van a morir de la envidia!

Encantada, miro a Kenneth y asiento. ¡Ole nuestro vikingo! Con ese traje gris que lleva, mi duque está para comérselo. Y sí, es verdad que se parece muchísimo a la versión Travis Fimmel con melenita.

—Sí, yaya. Hazte mil fotos y disfruta enseñándolas.

Ambas reímos y luego ella pregunta:

—¿Le has dicho a Kennedy que mañana venga a comer, que voy a hacer croquetas? —Divertida, contesto que sí, y añade—: Lo que le gustan mis croquetas...

Asiento, pues tiene razón. Si algo adora Kenneth es la cocina de mi yaya, que, todo sea dicho, es estupenda. Pero más estupenda es la relación que existe entre ellos dos.

La primera vez que se vieron, como me pasó a mí con la duquesa en su momento, fue conocerse y adorarse. La diferencia entre ellos y nosotras era que, mientras la duquesa y yo nos entendíamos porque hablábamos el mismo idioma, Kenneth y mi yaya no. Aun así, reían con complicidad y a su manera se entendían.

Por ello, ella se apuntó en una academia de Benidorm para aprender inglés. Ni que decir tiene que aprender, lo que se dice aprender, poquito..., pero voluntad, ella pone toda la del mundo y más.

Kenneth, al enterarse, no lo dudó y comenzó a dar clases de español. Si aquella mujer lo hacía por él, ¿cómo no lo iba a hacer él por ella? Y ahora, cuando se ven, me tengo que reír cuando los oigo hablar a su particular manera, mientras se dicen cada burrada el uno al otro que es para echarse a temblar. Pero, oye..., ahí los tienes, felices y comunicándose. ¿Qué más puedo pedir?

De repente Alfred se nos acerca y, cogiéndonos a mi yaya y a mí de la mano, nos saca a bailar. Comienza a sonar una danza escocesa, un *ceilidh*, y yo, enloquecida, brinco, doy palmas y bailo con unas ganas tremendas junto a Kim. ¡Lo que nos gusta bailar!

Mientras tanto, soy consciente de que Kenneth me observa desde donde está. Me mira con la intensidad con que lo hacía su tatarabuelo, y eso me gusta. Es purita genética.

Nunca le he hablado a Kenneth de aquella historia, ni creo que lo haga. ¿Qué pensaría si le contara que, gracias a una antepasada bruja de Kimberly llamada Imogen, viajamos a través de un espejo mágico al siglo xix, donde conocí a su tatarabuelo mientras me hacía llamar lady Travolta, tuve un rollito con él y el anillo que tanto adora y que me ha regalado a mí se lo regalé yo a su vez a su tatarabuelo antes de regresar al futuro?

Según lo pienso, me río yo sola. ¿Quién se iba a creer eso?

Estoy convencida de que, si se lo contara, pensaría o que me he fumado veinte porros o que me he dado un mal golpe en la cabeza. Por ello, lo omito y es algo que morirá conmigo.

Minutos después, agotada de bailar, decido acercarme a la barra que hemos puesto en un lateral del salón y, allí, le pido al camarero un cubatita de ron. Estoy sedienta.

Estoy observando cómo se divierte la gente cuando se me acerca Johanna y, mirando a Kim, que se besa con Gael, musita:

—Solo espero que sean tan felices como Alfred y yo.

Con una sonrisa, la miro. Le cojo la mano y asevero:

—Estoy convencida de que así será.

La música cambia. Las luces del salón se atenúan y comienza a sonar *Careless Whisper*, la canción de Gael y Kim, cantada por nuestro George Michael.

Observamos en silencio cómo ambos comienzan a bailar agarrados y enamorados al son de la preciosa melodía. Desde el día que se dieron la oportunidad, todo ha ido rodado entre ellos.

—Me alegro tanto de esta boda por amor... —murmuro.

—Y yo —afirma Johanna.

Encantadas, vemos su felicidad y musito:

—Saber que Kim pudo sacar la gargantilla Babylon del museo para poder lucirla en su boda es un gustazo.

—Verla con ella puesta es una de mis mayores alegrías —asiente Johanna.

Sonrío. Ver la expresión de puro amor con que la mujer observa a Kim es para derretirse, y, mirándola, cuchicheo:

—La mayor alegría para Kim sería que dejaras de llamarla «milady» de una vez y la llamaras por su nombre...

Johanna sonríe, sabe que lo que digo es verdad, y dice con un hilo de voz:

—Lo intentaré..., lady Travolta, pero no prometo nada.

Ambas reímos por eso de «lady Travolta», ¡vaya tela!, y luego ella añade mirándome:

—Aunque te echaremos de menos, a todos nos alegra saber que te vas a vivir con Kenneth a California.

Asiento feliz. Se puede decir que lo voy a dejar todo por amor. ¡Qué locura!

Kenneth me ha conseguido un trabajo como viróloga en un laboratorio de California, y para allá que me voy con mi duque. El tema bodorrio y tal de momento no nos llama la atención. Aunque sé que Matilda, mi duquesa, estará feliz de ver que estoy con Kenneth y ya soy de su familia, pero de momento evito ser oficialmente la duquesa irreverente. Si nos queremos tal y como estamos, ¿para qué complicarlo?

En ese instante, Alfred se acerca y, tendiéndole la mano a Johanna, pregunta:

—¿Bailamos, preciosa?

Ni que decir tiene que ella asiente y yo, con una sonrisita de boba enamoradiza, observo cómo bailan.

¡Desde luego, qué bonito es el amor cuando es con ese alguien especial!

Al rato, mi mirada busca a Kenneth y lo encuentro hablando con Sean. Con avidez, lo recorro de arriba abajo con los ojos y suspiro. ¡Qué maravilla de hombre tengo a mi lado..., y no es solo por su cuerpo!

Como les ocurrió a los recién casados, desde que Kenneth y yo nos reencontramos en la fiesta de su casa de Hyde Park un año atrás, no hemos podido separarnos.

Qué curioso fue regresar a aquella casa y cuántos recuerdos bonitos me trajo. Sin embargo, a diferencia del casoplón de Eaton Square o de Bedfordshire, esa casa sí que ha cambiado. Al Kenneth de hoy en día no le gusta la sobriedad de los muebles ingleses, y la construcción ahora es moderna y actual. ¡Chulísima!

Tras aquella fiesta en Hyde Park, donde la conexión entre él y yo fue brutal, durante los siguientes seis días con sus correspondientes noches que Kenneth pasó en Londres no nos separamos ni un segundo hasta que tuvo que regresar a California.

¡De nuevo tenía que despedirme de él!

Era una putada. Un mal rollo tremendo, porque, aun estando

en el mismo siglo y en el mismo año, los dos vivíamos terriblemente lejos. Él en California y yo en Londres. De hecho, nos reíamos por eso porque ambos conocíamos una película de unas hermanas gemelas, una de las cuales vivía en Londres y la otra en California.

Separarme de él me dolía, y más cuando nos habíamos vuelto a encontrar, pero intenté ser positiva y pensar que, si me había despedido una vez de Kenneth, ¿por qué no lo iba a hacer una segunda?

Y entonces en el aeropuerto ocurrió algo que me hizo ver la diferencia entre ambas despedidas. En la primera, cuando tuve que decir adiós al maravilloso Kenneth del pasado, a pesar de la pena que sentía, me despedí queriendo y con el corazón blandito. Pero decirle adiós al Kenneth del presente, literalmente, me partía el alma, porque no deseaba separarme de él.

Aun así, disimulé, mantuve el tipo y no dije nada. No quise hacerle saber lo especial que era para mí porque no lo habría entendido y podría haber pensado que era una loca *groupie*, como esas que conocí en la Regencia, deseosa de cazar un marido para ser duquesa.

¡Eso ni de coña!

Pero todo cambió cuando, diez días después, una tarde, al salir del hospital, me lo encontré esperándome en la puerta con un enorme ramo de margaritas blancas, y entonces supe que me añoraba tanto como yo a él.

¡Dios, qué momentazo!

Kenneth había regresado, y estaba claro que el hilo rojo del destino había entrado en acción.

Y así llevamos un año, viajando de Londres a California y de California a Londres, pasando de vez en cuando por Benidorm para ver a mi yaya y por Bedfordshire, donde me salto todos los cordones azules y toco todo lo que se me antoja.

Como dice nuestra canción, cada segundo del día con él me sabe mejor. No podemos pasar más de dos semanas sin vernos, sin acariciarnos, sin sentirnos. La necesidad que tenemos el uno del otro es difícil de explicar a los demás, pero para nosotros es fácil de comprender.

En este último año junto a él, se puede decir que he conocido el amor con todas sus letras. Y la noche que, tras una cena romántica a la luz de las velas en la playa de Benidorm, puso el anillo de mi padre en mi dedo y me dijo que ese anillo era la prueba de nuestro verdadero, especial y único amor, uf..., lo que me entró por el cuerpo... Rompí a llorar de tal manera que casi lo mato del susto.

¡El anillo había vuelto a mí porque la magia entre nosotros seguía existiendo!

Alguna vez, en el pasado, cuando me preguntaban qué significaba para mí la palabra *amor*, realmente nunca sabía qué responder. Pero si lo hicieran ahora diría que *amor* es igual a Kenneth, porque conocerlo ha sido lo que le ha dado significado a esa palabra.

Mi duque es cariñoso, romántico, complaciente, trabajador y algo cabezón, aunque, bueno, yo tampoco es que sea una perlita llena de virtudes. Su manera de tratarme y de amarme hace aflorar lo mejor de mí, porque nunca se enfada, y en ocasiones soy tan complaciente que ni yo misma me lo creo.

Desde luego, el amor atonta... ¡Y como muestra, yo!

Además de un buen viticultor que cuida de sus tierras y de su gente en Santa Bárbara, he descubierto que le gusta el cine, la música, las motos, el fútbol americano, leer y, por supuesto, la mar. ¡Cómo no, si lo lleva en los genes! Aunque los barcos no son lo suyo, sino que prefiere la tabla de surf y la moto acuática.

A él parece encantarle todo de mí, incluida mi cabezonería. ¡Angelillo! Pero hay una cosa que lo vuelve loco, y es que le cante con la guitarra. Curioso, ¿verdad?

Una noche, en California, a la luz de la luna, le canté el tema que tanto le gustaba a su tatarabuelo, la del grupo Dvicio titulada *Casi humanos*. Fue mágico hacerlo, pues no la había vuelto a cantar desde mi regreso. No podía. Pero esa noche Kenneth la escuchó con atención y, cuando la acabé, con el gesto más bonito y dulce que he visto en mi vida, me besó, me dijo que todo el vello de su cuerpo se le había erizado y que esa era nuestra canción porque la letra éramos él y yo.

¿Acaso podía ser todo más bonito?

Fue un momento que nunca olvidaré porque para mí el pasado y el presente se unieron para dejar paso a un maravilloso futuro entre él y yo. Kenneth y Celeste. Y, bueno, a partir de ese día aquella bonita canción no solo se convirtió en nuestro punto de encuentro, sino que son muchas las veces que me pide que se la cante o bien que yo lo oigo a él tarareándola.

¡Me lo como cuando lo hace!

—Eh, *amimana*..., ¡deja de pensar y ven a bailar!

Es Kim, que, cogiéndome de la mano, me saca a la pista y, divertidas, bailamos la canción *Dancing Queen* de ABBA, sabiendo que somos y siempre seremos las reinas de las fiestas.

La celebración continúa durante horas. Kenneth y yo bailamos juntos todo lo que se nos antoja y más. Por suerte, estamos en el siglo XXI, y una mujer puede bailar todas las canciones que quiera con un hombre, y no menos de cuatro, como se tenía que hacer en el siglo XIX o te crujían.

Bailamos juntos, como bailamos con otras personas, y nos divertimos de lo lindo hasta que a las cuatro de la madrugada apenas quedamos diez personas en el salón. Los invitados, agotados, se han ido marchando poco a poco, y cuando Kim y Gael, tras despedirse de nosotros, se van a un hotel para pasar su noche de bodas, damos por concluida la fiesta.

Kenneth se despide en la puerta del casoplón de Eaton Square de los últimos invitados junto a su moto. Ahora es moto. Antes fue caballo. Alfred, Johanna y mi yaya ya se han ido a dormir. Y yo voy a salir de la casa para irnos a la de Kenneth cuando me doy cuenta de que he olvidado el bolso en el salón.

—Cielo, un segundo, que me he dejado una cosa —digo mirándolo.

Él asiente y yo, en silencio, entro de nuevo en la bonita y ahora silenciosa casa.

Al mirar hacia la escalera, donde siguen los legendarios cortinones, los retratos de aquellas personas que conocí parecen mirarme, y yo, sonriendo, les guiño un ojo para contemplar el retrato de Imogen, que por fin tiene su sitio de honor. Kim quitó el retrato de Bonifacia para poner el de ella, y también incluyó una preciosa foto de nosotras dos muy peripuestas con la gargantilla Babylon, junto a Kenneth y Gael y Johanna y Alfred. Como era de esperar, cuando lo vieron, estos últimos pusieron el grito en el cielo. Pero eso a Kim le dio igual. Ellos debían estar junto al resto de la familia, y la fotografía sigue ahí, sí o sí.

Sonriendo por ello, me encamino hacia la impresionante sala de baile donde hemos celebrado la fiesta. Una vez que abro la puerta y le doy al interruptor de la luz, las preciosas arañas de cristal del techo se encienden ofreciendo su magnífico esplendor y todo el vello del cuerpo se me eriza. Si esa sala pudiera contar todo lo que se ha vivido allí, ¿qué no contaría?

Estoy ensimismada en mis recuerdos cuando las luces se apagan de pronto.

¡Ostras!

Acto seguido, oigo y veo cómo el cortinaje de uno de los grandes ventanales se abre de golpe y la luz de la luna llena entra para iluminarme.

No me asusto. Sé que es Kenneth, oigo sus pasos; de pronto comienzan a sonar por los altavoces instalados para la fiesta los primeros acordes de nuestra preciosa y romántica canción. Sonrío. Desde luego, nos seguimos quemando a fuego lento.

Mi guapo duque de preciosos ojos azules y sonrisa ladeada se acerca a mí, me tiende la mano mientras la mágica luz de la luna que entra por la ventana nos ilumina y pide:

—¿Un último baile, milady?

Pasado y presente.

Presente y pasado.

Está claro que el destino quiere que viva con la conjugación de ambos tiempos, y yo lo acepto. ¡Por supuesto que lo acepto!

Gustosa, comienzo a bailar con Kenneth, mi único y verdadero amor, mientras soy consciente de que el mágico hilo rojo del destino nos volvió a unir y nada, absolutamente nada, podrá separarnos en esta ocasión.

Referencias a las canciones

Entre dos aguas, Ⓟ 1981 Universal Music Spain, S. L., interpretada por Paco de Lucía.

Leave Before You Love Me, Ⓟ 2021 Joytime Collective, bajo licencia exclusiva de UMG Recordings, interpretada por Marshmello y Jonas Brothers.

Vida de rico, Ⓟ 2020 Sony Music Entertainment US Latin LLC, interpretada por Camilo.

Heaven Must Be Missing an Angel, Ⓟ 1994 Unidisc Music Inc., interpretada por Tavares.

Careless Whisper, Ⓟ 2011 Sony Music Entertainment UK Ltd., interpretada por George Michael.

Morning Sun, Ⓟ 2015 Interscope Records / Star Trak Entertainment LLC, interpretada por Robin Thicke.

Emocional, Ⓟ 2014 Sony Music Entertainment España, S. L., interpretada por Dani Martín.

Waka Waka (This Time for Africa), Ⓟ 2010 Sony Music Entertainment (Holanda) B. V., interpretada por Shakira.

Macarena, Ⓟ 1996 Serdisco, interpretada por Los del Río.

Despacito, Ⓟ 2019 UMG Recordings, Inc., interpretada por Luis Fonsi y Daddy Yankee.

Casi humanos, Ⓟ 2017 Sony Music Entertainment España, S. L., interpretada por Dvicio.

La bamba, Ⓟ 2006 Rhino Entretenimiento, interpretada por Ritchie Valens.

Dancing Queen, Ⓟ 2014 Polar Music International AB, interpretada por ABBA.

Megan Maxwell es una reconocida y prolífica escritora del género romántico que vive en un precioso pueblecito de Madrid. De madre española y padre americano, ha publicado más de cuarenta novelas, además de cuentos y relatos en antologías colectivas. En 2010 fue ganadora del Premio Internacional de Novela Romántica Villa de Seseña, y en 2010, 2011, 2012 y 2013 recibió el Premio Dama de Clubromantica.com. En 2013 recibió también el AURA, galardón que otorga el Encuentro Yo Leo RA (Romántica Adulta) y en 2017 resultó ganadora del Premio Letras del Mediterráneo en el apartado de Novela Romántica.

Pídeme lo que quieras, su debut en el género erótico, fue premiada con las Tres Plumas a la mejor novela erótica que otorga el Premio Pasión por la Novela Romántica.

Encontrarás más información sobre la autora y su obra en:
Web: https://megan-maxwell.com/
Facebook: https://es-es.facebook.com/MeganMaxwellOficial/
Instagram: https://www.instagram.com/megan__maxwell/?hl=es
Twitter: https://twitter.com/MeganMaxwell?ref_src=twsrc
%5Egoogle'Ctwcamp%5Eserp'Ctwgr%5Eauthor